国家出版基金项目
NATIONAL PUBLICATION FOUNDATION

科幻之路

The Road to Science Fiction

Ⅱ

从威尔斯到海因莱因

FROM WELLS TO HEINLEIN

[美国]詹姆斯·冈恩 编著

何锐 等译

译林出版社

图书在版编目（CIP）数据

从威尔斯到海因莱因 ／（美）詹姆斯·冈恩（James Gunn）编著；何锐等译. —南京：译林出版社，2024.5

（科幻之路；II）

书名原文：The Road to Science Fiction Volume 2: From Wells to Heinlein

ISBN 978-7-5753-0045-2

I.①从… II.①詹… ②何… III.①幻想小说－作品集－世界 IV.①I14

中国国家版本馆 CIP 数据核字（2024）第 058132 号

著作权合同登记号　图字：10-2023-21 号

从威尔斯到海因莱因　［美国］詹姆斯·冈恩／编著　何　锐　等／译

策　　划　姬少亭　李兆欣
项目统筹　吴莹莹
责任编辑　吕雅坤
特约编辑　郭　凯　武甜静　李不撑
装帧设计　韦　枫
封面插画　赵恩哲
校　　对　张　萍
责任印制　闻媛媛

原文出版　Scarecrow Press
出版发行　译林出版社
地　　址　南京市湖南路 1 号 A 楼
邮　　箱　yilin@yilin.com
网　　址　www.yilin.com
市场热线　025-86633278
排　　版　南京展望文化发展有限公司
印　　刷　南京爱德印刷有限公司
开　　本　652 毫米 ×960 毫米　1/16
印　　张　44.5
插　　页　4
版　　次　2024 年 5 月第 1 版
印　　次　2024 年 5 月第 1 次印刷
书　　号　ISBN 978-7-5753-0045-2
定　　价　108.00 元

目录

前言 ［美国］詹姆斯·冈恩 1

科学：新加速剂 21

新加速剂 ［英国］H. G. 威尔斯

文艺之争 43

大机器停转 ［英国］爱德华·摩根·福斯特

天空中的岛屿或传奇的凯旋 86

火星月下（节选） ［美国］埃德加·赖斯·巴勒斯

天上地下许多事 120

月池 ［美国］A. 梅里特

幻想的呼唤 173

赤者 ［美国］杰克·伦敦

恐怖自普罗维登斯涌出 203

大衮 ［美国］H. P. 洛夫克拉夫特

科幻杂志开启惊奇事业 215
组织培养王 ［英国］朱利安·赫胥黎

文字地上徒步，思想天空高翔 244
行人的反叛 ［美国］戴维·H. 凯勒

时空哲学家 282
最后与最初的人类（节选） ［英国］奥拉夫·斯台普顿

福特安坐他的车中 304
美丽新世界（节选） ［英国］阿道斯·赫胥黎

密尔沃基的外星人 329
火星奥德赛 ［美国］斯坦利·温鲍姆

谁在那儿? 365
黄昏 ［美国］约翰·W. 坎贝尔

点子机器 394
比邻星 ［美国］默里·莱因斯特

火星上的“世界排险员” 459
火星什么样? ［美国］埃德蒙·穆尔·汉密尔顿

科幻军团 493
无所事事…… ［美国］杰克·威廉森

轻佻使命 553
多毛症 ［美国］L. 斯普拉格·德·坎普

炼“金”术师集合 572

忠诚的伙伴 [美国] 莱斯特·德尔·雷伊

科学童话 588

黑色毁灭者 [美国] A. E. 范·沃格特

群星涌现 630

日暮 [美国] 艾萨克·阿西莫夫

卖出科幻的人 676

安魂曲 [美国] 罗伯特·A. 海因莱因

前言

［美国］詹姆斯·冈恩

1

大约在20世纪初，透过大众杂志和众多作者——尤其是H. G. 威尔斯（H. G. Wells）——的作品，科幻小说开始成形。在那之前，它作为科学技术的新发展及其对社会的影响所激起的回应，只是零星偶见。

科幻小说的源头往上追溯，至少可以到玛丽·雪莱（Mary Shelley）那部讲述创造人工生命故事的优秀哥特恐怖小说[1]，纳撒尼尔·霍桑（Nathaniel Hawthorne）的科学寓言[2]，埃德加·爱伦·坡（Edgar Allan Poe）的奇妙旅程和轻松愉快的推想，还有儒勒·凡尔纳（Jules Verne）的“奇异旅行”系列[3]，等等。

威尔斯看到科学和技术成为人们日常生活中的核心事物，并且他率先将人类视为一个物种，甚至还是一个生存前景不确定的物种。他的求知欲和技

1. 即《弗兰肯斯坦》，被誉为世界上第一部科幻小说。——本书脚注若无特别说明，均为译注。
2. 指霍桑的《拉帕西尼的女儿》等具有科幻色彩的小说。
3. 儒勒·凡尔纳于1863—1905年间创作的有相似特征的54部小说的总称。这些作品大多描述主角们的探险历程，其中包含大量真实科学细节的介绍。他身故后其子在1905—1919年间补充发表的8部作品有时也被算在其中。

巧将早先那些零散片段中的各种元素拼凑起来，创造出一种新的小说。无怪乎他会被称为“现代科幻小说之父”。

当然，他没有把这种小说称为“科幻小说”。他写的东西叫作“一憩科学故事”[1]或“科学传奇”。“科幻小说”是1929年雨果·根斯巴克（Hugo Gernsback）给予该类型作品的名称——并被沿用至今。

《从威尔斯到海因莱因》是一套六卷本选集中的第二卷，本卷的主旨是追溯科幻小说的演变——始于它最古老的祖辈，直到如今在杂志或者单行本中发表的那些作品。第一卷《从吉尔伽美什到威尔斯》对于科幻小说做了这样的一个定义：

> 科幻小说是文学的一个分支，它描述变革对生活在现实世界里的人们所产生的影响，其范围可以延伸到过去或未来，也可以延伸到遥远的地方。科幻小说所关注的往往是科学和技术的变革；所涉及的事件常常是重要性大大超过个人或集体层面的；在科幻小说中，往往是整个文明或整个种族处于危亡之中。

这个定义被缩略成了现在的版本：“变革的文学”。第一卷表明，人们在能写出科幻小说之前，必须学会以之前并不习惯的方式思考：（1）他们必须学会不把自己当作一个部落、一个民族，甚至一个国家的一员，而是作为一个物种来整体看待；（2）他们必须对宇宙的本质——它的开始和结束——以及人类的命运抱持开放的思维；（3）他们必须对未来有所认知，一个会因为科学进步和技术革新而不同于过去或现在的未来。

第一卷所涉及的主要是这些先决条件当中的第三项：对“未来”的认知，生活和人们对未来的想法是如何被科学和发明彻底地、不可逆转地改变的，以及这种认知和这些改变如何激发少数作者开始创作。在第一卷中提及

1. 意指小说篇幅不长，可在一次坐下休息的时间内读完。

或收录的那些作品展示出人类的世界是如何因人类自身对它的看法而改变的。人类诞生时，身处其中的宇宙神秘而不可知，人类就像所有的新生儿一样，柔弱无力，惶恐不安；慢慢地，通过科学，人类开始认识到宇宙是可以理解的，开始不再依赖于魔法或者信仰万能的神祇，越来越多地不再屈从于自然的专横暴政。

渐渐地，人类认识到，通过运用大脑去理解和改造世界，可以决定自身的命运。工业革命为这一过程如何可能成功提供了一个例证。将化学能转化为机械能，然后将其巧妙地用到人类的无数劳作之中，这个过程改变了人类的生活方式。

有少数作者对人类活动中的这一新力量做出了回应，但几乎是在詹姆斯·瓦特的发明出现一个世纪后，才有了对这个新世界和其中宇宙的新思维方式存在明确认知的小说。如果人类的未来掌握在自己的手中，而不受制于某些冷酷神明的心血来潮或是某个仁慈神祇的宏大计划，那人类就该对现在正塑造出未来的那些因素有所思考。

这就是科幻小说。

但科幻小说不仅仅关乎未来主义[1]。或许可以说，它应该始于1859年，那一年查尔斯·达尔文的《物种起源》出版。“人类”一词的含义那之前就在逐渐扩大，直到包含了整个物种，而《物种起源》的出版为这一过程提供了科学理论基础。将人类视为一个物种，这不仅是科幻小说的一个特征，而且对它至关重要。

因为科幻小说是如此千变万化，每个定义似乎都只涵盖了其本质的一个侧面。因此，它会同时被称为点子的文学，期望的文学，又或是变革的文学。

也可以被定义为将其自身重点放在人类的境况和命运上的文学。

1. 20世纪初出现的一种艺术思潮，主张重视和顺应技术发展带来的变化，革新艺术形式和创作内容。

2

人类社会从个人开始逐步演进，先有家庭组织，然后是部落、村庄、城市、地区、国家，再到它的最新形式，国际联盟。接下来是全人类作为一个物种。一路走来，社会群体之外的任何一人都不会被承认拥有完全的人性；群体之外的人在最好的情况下是“野蛮人”，在最糟的情况下是“妖怪”“非人”。劫掠、强奸、杀戮、奴役——对这些“非人”加以此等非人道之举不仅是可接受的，甚或是合理的。无论出于何种原因，对该群体之外的人发动战争都是正义的，而征服他们便是扩大理性和美德所统治的神圣之地，“人类”仅存于此地之内。

任何时期的文学都适应其社会背景的需要。部落时代诞生了关于部落的创建和它从洪水、瘟疫、战争中生存下来的民间传说。城邦国家中出现的是史诗，其中的英雄们建造城市，或驱逐侵略者，赢得神明的喜爱，为人民向他们求情，有时候还自我牺牲。宗教的时代产生了虔信剧[1]，它们诠释教义，让观众们牢记神明的地位与作用；还有些其他的文学作品，或是讲述善与恶，或是讲述如何获得超越性，如何察觉神圣的意志并顺应它生活，以求获得救赎。民族主义的时代产出的是关于战争胜负的小说。个人主义的时代出现的故事里，社群意识几乎是不存在的，主要关注的是自我的发现，文化英雄[2]的冒险历程而非胜利结局，以及有时悲剧性地发现事物的本质。

在威尔斯作于世纪之交[3]的那些长篇和短篇小说中，关注的焦点变成了物种。在其他作家描摹着小范围的个人悲剧或不幸的社会悲剧时，《时间机器》(*The Time Machine*，1895）和《世界大战》(*The War of the Worlds*，1898）涉及的是全人类的命运。这样在文学的画布上大刀阔斧的如椽巨笔，

1. 即宗教剧、“神圣剧”，中世纪时一些以宣扬教义和宗教美德为主的戏剧。
2. 指传说中和某种文化或者技术的发明、发现相关联的英雄人物，如神农、奥丁等。这种人物往往在完成使命后以死亡或者退隐为归宿。
3. 指 19 世纪末至 20 世纪初。

和那些异想天开的情节一起，让威尔斯的科幻小说以及他后来的乌托邦小说跟那些他所谓的“轻喜剧”泾渭分明；他的三部百科全书式作品——《世界史纲》（*The Outline of History*，1919）、《生命之科学》（*The Science of Life*，1930）和《人类的劳动、财富和幸福》（*The Work, Wealth, and Happiness of Mankind*，1931）——也展现出同样的视野。

3

科幻小说奠基于威尔斯那些光彩夺目的早期小说，而它的本质属性是通过许多将其负载其中的作品形式慢慢凸显出来的。科幻小说的繁多形式一直让其涵盖的范围显得含糊不清。凶杀探案小说必然出现特定的行为，西部小说必然发生在特定的场所；科幻小说中这两者都不存在。它可以涉及所有种类和任何程度的行为，发生在从万物之始到万物终末的任何时间里，从无限微渺之处到无际宇宙本身的任何空间中。[1]

此外，科幻小说会自由自在地采纳其他类型小说的模式，让它们为自己的目的服务——比如说，冒险小说或者爱情小说的模式就常被采用。就连体育科幻也并不少见，而把孤胆英雄的坐骑换成火箭飞船，左轮枪换成爆能枪的西部科幻更是风行一时，以至于《银河》（*Galaxy*）杂志的创办者 H. L. 戈尔德（H. L. Gold）发了份公告，说他的杂志绝不会刊登此类故事。《惊异》/《类比》[2]（*Astounding/Analog*）的已故主编约翰·W. 坎贝尔（John W. Campbell），多年来一直坚称科幻推理小说是不可能存在的，因为科幻中的犯罪可能有那么多离奇古怪的谋杀或者逃脱方式，这样一来故事就没法向读

---

1. 约翰·W. 坎贝尔据此曾声称，所有其他小说，包括主流小说，都是科幻小说的子类。——原注
2. 该杂志最初名为《超科学的惊异故事》（*Astounding Stories of Super-Science*），后经多次更名。1960年起，杂志名称中引入了“类比”（Analog）。本书后文提及该杂志时将分别简称为《惊异》或《类比》。——中文版编注

者摊开所有的线索，让竞赛[1]公平；但艾萨克·阿西莫夫（Isaac Asimov）证明了他是错误的，方法是写出了《钢窟》（*The Caves of Steel*，1954）和《裸阳》（*The Naked Sun*，1957）这样的科幻推理小说，外加至少[2]一卷短篇小说集（《阿西莫夫推理小说》，*Asimov's Mysteries*，1968）。

科幻小说在有的时段似乎会自然而然地趋向于采用同一种模式，有时又趋向于另一种模式。阿西莫夫将现代科幻小说的历史［按照他的定义，这始于1926年《惊奇故事》（*Amazing Stories*）的创刊］分为四个时期：1926年至1938年是冒险主导，1938年至1950年是科学主导，1950年至1965年是社会学主导，那之后是文艺主导。虽然这些术语并非都是能并列的词，但它们对于将信息进行编目是有用的。为一个类型文学下定义，目的是将其特有的属性跟那些可能被它作为讲述故事的一种手段而采纳的属性区分开来。在科幻小说中，传统的定义来自主题：科幻小说是"关于"诸如科学、技术、变革之类事物的小说。但还有另一种方式，从科幻小说的观念出发进行定义。

在信仰时代[3]，人类被敦促为了来世抑制尘世的欲望；作为个人，目标不在于如何发现自己，而是如何变得更像一个理想的基督徒。信仰的时代逐渐过渡到了个人的时代。新教改革让每个人都成为上帝话语的诠释者，科学发现提供了不同于上帝创世的解释，加速的技术进步摧毁了之前提供传统答案的旧社会秩序，让每个人去寻找自己的答案。

在个人的时代产生的小说，其中提出的问题不再是关于信仰，而是关于个人：他或她是生是死，或成或败，是得到爱还是失去爱，是去认识事物的本质还是保持无知。跻身康拉德[4]、詹姆斯[5]和本涅特[6]之间，威尔斯关注的问题似乎不仅不合时宜，也不够文艺。

---

1. 指作者、侦探和读者之间进行的推理竞赛。
2. 除此之外，阿西莫夫还著有"黑鳏夫"（*Black Widowers*）和"协会俱乐部探案"（*The Union Club Mysteries*）等系列短篇推理小说。
3. 指宗教信仰在社会生活中占据主导地位的年代，特别是欧洲的中世纪。
4. 指约瑟夫·康拉德，水手、作家，著有《黑暗的心》等。他曾高度评价威尔斯的作品，但后来转而批评后者。
5. 指亨利·詹姆斯，作家，和威尔斯曾是好友。后来两人因对艺术的看法不同而决裂。
6. 指阿诺德·本涅特，英国现实主义作家，著有《平凡人和他的妻子》等。他和威尔斯是多年好友。

4

《时间机器》和《世界大战》在许多方面都非同寻常，有一个方面尤显独特：它们关注的是人类整体的命运，而不是任何个人的命运，而在像威尔斯的《星》（“The Star”，1897）这样的故事中，地球的命运如此令人瞩目，以至于个人的存在感几近稀薄。即使是像《新加速剂》（“The New Accelerator”，1901）这样一个看起来规模不大的喜剧故事也不例外：很大意义上，它并非在讲述发明家个人的成功或失败，而是在不断提醒人们这项发明的社会意义，包括结尾对不负责任的科学家的暗讽。

爱德华·摩根·福斯特（Edward Morgan Forster）的《大机器停转》（“The Machine Stops”，1909）显然是关乎全人类的，故事结尾的毁灭也可能是世界性的。甚至奇幻冒险小说《火星月下》[1]（*Under the Moons of Mars*，1912）和它的好些续集都涉及火星上的多个种族，整个星球的历史，以及从海洋蒸发中拯救残余的文明，从大气层消失中拯救行星本身的斗争。A. 梅里特（A. Merritt）的《月池》[2]（“The Moon Pool”，1918）描述了些比人类更古老的生物，人类面对它们几乎无能为力。《大衮》（“Dagon”，1919）和 H. P. 洛夫克拉夫特（H. P. Lovecraft）的其他恐怖故事都是以神话为基础，讲述古老的神明以及它们与当代男男女女之间的关系。杰克·伦敦（Jack London）的《赤者》（“The Red One”，1918）描述了一个人与一艘外星飞船的关系，但其寓意超出了主角个人的命运。这样的分析可以贯穿本卷的全部内容。

如果一篇小说不涉及全人类范畴的寓意，或者涉及的程度不够，那它也许更适合冠以别的名目。也许它更多的是一个非常环境中的爱情故事、冒险故事、童话、寓言，又或是对人物的探究。这种对重点和态度的探究可能有

1. 埃德加·赖斯·巴勒斯的成名作《火星公主》（*A Princess of Mars*，1912）最初的名称。
2. 同名的作品有一个短篇，一个将之续写和扩展后形成的中篇（1919），这里指的是前者。

助于解释20世纪60年代中期围绕“新浪潮”的争论。

无论科幻小说中这种广及全人类的关注能否上升为对该类型的基本要求，这种看待科幻的方式都足以阐明它的某些特征。例如，英国评论家、作家和文选编撰者埃德蒙·克里斯平（Edmund Crispin）就用这种理解方式来辅助诠释科幻小说对人物的处理方式。他称科幻小说为“物种小说的源头”，然后写道[1]：

> 科幻小说对人类的基本价值判断仅仅是共享这颗行星的诸多动物族群之一。有鉴于此，不难看出，在科幻小说当中，个体自身的权利容易显得无足轻重。人类物种的数量之巨会妨碍我们去——如果我们打算采取这样一种立场的话——非常认真地对待其中的角色，哪怕那是包法利夫人、斯特瑞塞[2]或利奥波德·布卢姆[3]。

无论如何，在20世纪的头40年里，科幻小说开始提出一些前所未见的问题：人类是会进步还是会倒退？人类社会的形态会改变吗？人类能存续吗？

在1926年第一本科幻杂志问世后，尤其是在20世纪30年代，随着科幻出版物的激增，读者群的扩大，以及专业作家的出现，这些问题开始被自动归类：旅程、外星人、过去、未来。

许多早期故事写的都是各式各样的漫长旅程。旅行的目的之一是为遇到的奇怪生物，或文明，或发生的事件提供可信度。在像亨利·赖德·哈格德[4]（Henry Rider Haggard）的《她》（*She*）这种“失落的种族”类型故事中，或者在早期通俗杂志的冒险故事中，旅程的目的地是地球上尚未被探索过的地

1. 刊于《泰晤士报文学增刊》（*Times Literary Supplement*），1963年10月25日。——原注
2. 亨利·詹姆斯的代表作《使节》的男主角。
3. 爱尔兰作家乔伊斯名著《尤利西斯》的男主角。
4. 英国小说家，以创作冒险小说闻名。他的代表作有《所罗门王的宝藏》《她》等。《她》有多个中文版，译名包括《长生术》《三千年艳尸记》《不可违抗的她》等。

方；偶尔角色们会通过星光体投射[1]去往其他世界。当太空飞行变得比地球上未被探索的秘境显得更为可信时，作家们也就转向了太空飞行。

除了似是而非的叙述（仿佛和幻想背道而驰），这样的旅行还给作者提供了机会，将人们置于陌生的环境中，让人类遭遇外星人，让熟悉的文明和环境遭遇在各种意义上陌生的文明和环境，来比较截然不同的道德和伦理准则、物理学和生物学歧异，以及种种差异对人类的影响。这些故事提出疑问：我们认为理所当然的环境条件，在宇宙中任何地方都是一样的吗？每个地方的人类都是一样的吗？如果两者有明显的不同，生活会有怎样的变化？人类能在外星环境中生存或是发展壮大吗？在外星旅途的主题下隐藏着这样的基本观念：人类有权尽其所能地征服宇宙；在其他世界建立人类殖民地将增加人类的存续机会。

其他种类的故事则为“人类”做出定义，并描述它在其他方面的前景如何。有时外星人被直接用来测试人类的特性或生存权利。关于遥远过去的故事通常聚焦于人类的诞生、物种的演进或当代文明继承其他文明的遗产（但可能会重复其致命的错误决定）。关于未来的故事越来越常见，它们提供了机会，对人类改善或改变其本性或命运的潜力进行探讨。有时，未来会爆发末日之战，对人类的理性，或者说，从本身的破坏冲动中生存下去的能力提出质疑。有时，未来还存在其他威胁，比如人口过剩、污染、能源短缺、瘟疫、丧失人性的技术、危险的发现，以及诸如地震、洪水、冰期、太阳释放的能量发生变化、恒星爆炸等势不可当的自然现象。有时，未来提供的是不可思议的谜团和“未知”最根本的动人之处，在讨论科幻小说时经常提到的“惊异感”。

没有其他类型的小说会探讨这类问题。起初，科幻小说提出的问题似乎遥不可及，匪夷所思，仅仅只是些有趣的推想，但从20世纪30年代末开始到现在，其中许多问题陆续变得比其他类型的小说提出的关于个人的问题更加现实、更加重要。

---

1. 西方神秘学术语，大致相当于中国的“灵魂出游”“阴神出游”等。“星光体”常被描述为环绕肉身，可以脱离肉体的微弱光晕，具体在精神、灵魂体系中的意义有多种不同说法。

5

科幻小说的发展还受其他因素的影响。正如《从吉尔伽美什到威尔斯》中所展示的，科学技术的崛起改变了人们对待科幻的态度；之后科幻小说发展成形的过程也受到它们的助力。在工业革命期间，科学和技术确实改变了社会，但并不总是直接和明显的；从 1900 年到 1940 年，它们渐渐成为西方文明中普通人日常生活的一部分。

威尔斯对未来的憧憬在他有生之年变成了现实。医药和公共卫生措施延长了人类的寿命。电力照亮了夜晚，两根电线的末端为人们提供了方便的能源。无线电、电话、汽车和飞机开始缩短距离，为个人提供新的通信手段和新的移动手段，为工厂和新的生产方式创造出的休闲时间提供新的用途，伴随着这些的是前所未有的必须与工人共享才能完全实现的繁荣。宇宙的秘密正在被越来越强大的望远镜窥探，而原子正在被分割成越来越小的粒子，那些粒子有望为人们提供取之不尽的能源。这些科学发现和发明有许多都被应用到战争中，让战争越来越致命，越来越趋向于总体战[1]。

在 20 世纪的最初十来年当中，西方对进步的信念发展成了一种宗教信仰。这种信仰宣称，人类是可以变完美的，阻碍千年盛世到来的那些障碍都可以通过运用人类的聪明才智，特别是通过新科学家和工程师的教育以及科学方法的应用来克服，从而解决人类面临的所有难题。用法国著名心理学家库埃的话来说，人类每天都在每一方面变得越来越好。用通用电气公司的口号来说就是，进步是它最重要的产品。

基督教对“另一个世界”[2]的信念已经幻灭，文艺复兴时期对古代的崇敬也已褪色，这为进步的信念铺平了道路。西欧取得的巨大成就，人类跟自身所在的自然与社会环境关系的稳步改善，让这种信念成长壮大。航海探险打

1. 又称“全面战争”，指将全部国民卷入其中的战争形式。
2. 指死后世界。一般包括天堂和地狱，有时候也指未来死后复生或轮回的新世界。

开了新大陆的大门；伽利略和牛顿揭示了关于宇宙和人类在宇宙中所处位置的新观点。农业和交通状况显著改善。在黑死病消退，百年战争结束后，瘟疫和战争相对来说已经远离欧洲。像米开朗琪罗、莎士比亚和歌德这样的艺术家创作出了可与希腊人和罗马人相媲美的作品，甚至更胜一筹。人口稳步增长。一切都让人们越来越相信，人类可以解决所有尚未解决的困难。

对未来的乐观情绪大约在19世纪末、20世纪初达到了顶峰，这自然并非无因：在1914年之前的一个世纪当中，西欧人口几乎翻了一番，哪怕有大量人口移民到了美国——同期美国人口增加了10倍。工业发展得更快：人均收入在1914年之前的30年里翻了一番。英国和美国对教育前所未有的重视几乎消除了文盲，这不仅创造出了因应新技术所需的新型劳动力，而且为形式多样的报纸和小说创造出了新的读者群。

第一次世界大战带来了对社会进步信念的幻灭，但新型军事武器（坦克和飞机，威尔斯都已预见到了，而《世界大战》中火星人所使用的一种黑色毒气和“热射线”，现今的科技显然还造不出来）的引入可能让人类大为惊恐，同时却也增强了人们对技术的信心，之后25年间的诸多发明继续滋养着这种信心。它们同时可能还加大了那些愤愤不平的文学传统主义者和那些很快就会被称为“科幻”的小说的创作者们之间的分歧，这种分歧和斯诺[1]描述的“两种文化”之间的分歧颇为相类。甚至在第一次世界大战之前，福斯特就已经用《大机器停转》对乌托邦阶段的威尔斯作品做出了回应，但进步的信念遭遇全面攻击要等到更晚些时候，随阿道斯·赫胥黎（Aldous Huxley）的《美丽新世界》（*Brave New World*，1932）和乔治·奥威尔（George Orwell）的《1984》（*Nineteen Eighty-Four*，1949）同来。

然而，在20世纪的前40年，很少有科幻作家是悲观主义者。“迷惘的一代”的忧郁与他们无关。早期的科幻作家普遍都像第一份科幻杂志的创始人雨果·根斯巴克一样，沉醉于科学和发明的可能性中，或是把这些可能性作

1. 指英国科学家、小说家查尔斯·珀西·斯诺。下面提到的“两种文化”出自他1959年的演讲，他提出“人文文化”和“科学文化”的对立，在西方思想界有相当大的影响。

为发射平台，高扬他们的梦想，这些梦想关于人类不可思议的冒险或成就。

新发明开始直接影响科幻小说呈现给读者的方式。正如麦克卢汉[1]预示的那样，媒介将要塑造信息。铁路、卡车和全国配送系统能在合适的时间内将杂志送到每一个城镇。轮转印刷机和网目印版[2]使得印刷和插图更便宜，让大众杂志成为可能。英国1870年颁布的《初等教育法》和美国内战后的小学义务教育运动提供了新的读者。

然后，在1884年，两项新发明——整行铸排机和木浆造纸工艺——进一步降低了印刷成本，使纸浆杂志[3]成为可能。

6

直到19世纪前后，“通俗文学”看起来还是个自相矛盾的词。大众、常人、普通人的文学[4]，在人类历史的大部分时间里，都只是以口口相传的形式存在；只有更高级的文学（被那些有闲的，懂得阅读技巧的人正式认可的）才会被形诸笔墨。通俗小说在18世纪刚刚进入书写传统——先是长篇小说，然后是短篇小说。

随着有读写能力者数量增加，以及廉价印刷方法的出现，有人开始为那些购买能力有限、阅读时间有限、理解文学所需的背景知识有限的人创作小说。在狄更斯的时代，许多小说（包括狄更斯的）在“便士报”上连载，或者作为“便士怪谈”出版；它们在美国的对应物“美分小说”[5]出现于1860年，一直流行到19世纪90年代，然后其地位开始被少年杂志所取代。

---

1. 20世纪最著名的媒体理论家，其“媒介即信息”等观点影响巨大。
2. 利用部分镂空的网版，让油墨从镂空部分透过印到纸上，从而高效印刷图片的印刷技术。
3. 19世纪末至20世纪50年代在美国盛行一时的廉价小说杂志。
4. 1977年11月，在《科幻研究》的第4卷第3章中，达科·苏恩文将大众文学称为“准小说”，将其和上流阶层公开赞赏的“高雅”或者“经典”文学区分开来。——原注
5. 或称“廉价小说”。

新的出版业造就了像弗兰克·A. 芒西（Frank A. Munsey）这样的新企业家。1882 年，他从缅因州来到纽约，梦想着通过出版一本名为《金色阿尔戈西》的男孩周刊致富。1888 年，杂志名被缩短为《阿尔戈西》，1896 年，它成为一本纯粹刊登小说的刊物。这第一本纸浆杂志让读者“只需 10 美分，就能买到 192 页的小说”。读者据信主要是些男孩，他们的父亲来自工人阶级，或许还有些属于正在扩大的中产阶级。这些读者想要的是冒险故事，而新的通俗杂志提供了各种各样的冒险故事：西部荒野故事、航海故事、间谍故事、战争故事、旅行故事、幻想故事，以及，科学传奇。

1903 年，斯特里特与史密斯出版公司[1]发行了模仿《阿尔戈西》的《流行杂志》[2]。1905 年，芒西推出了《故事大全》[3]。同年，《月月刊》创刊；两年后，它被改名为《蓝皮书》[4]。1906 年，斯特里特与史密斯又发行了《人民杂志》[5]，而芒西推出了《剪贴簿》[6]，后者的小说部分在 1908 年被命名为《骑士》，之后不久成为了独立发行的杂志。

H. G. 威尔斯的故事和小说在美国诸如《大都会》一类的杂志上连载，但纸浆杂志上连载了亨利·赖德·哈格德的《她》的续作《艾莎》（*Ayesha*），还有加勒特·P. 塞维斯（Garrett P. Serviss）、威廉·华莱士·库克（William Wallace Cook）、乔治·艾伦·英格兰（George Allan England）等作家的短篇和长篇小说，然后 1912 年一位新作家出现在读者面前：埃德加·赖斯·巴勒斯[7]（Edgar Rice Burroughs）。

纸浆杂志在组稿时有这样一个假设，即读者对不同的冒险故事的阅读兴趣是差不多的。当侧边栏成为每本纸浆杂志的一个组成部分之后，第二种可

1. 创立于 1855 年的纽约老牌出版公司，以两位创始人的姓氏命名，早期曾出版过许多大众读物。1949 年后专注于体育杂志出版，其他业务被出售给其他出版机构。
2. 这本杂志于 1931 年停刊，实际上不太刊登有科幻性质的故事。
3. 1920 年，该杂志被并入《阿尔戈西》。
4. 1906—1907 年间，该杂志名为《月月蓝皮书》。1975 年这本“通俗杂志之王”停止发行，之前还曾几度改名。
5. 杂志曾几度改名，1924 年停刊。
6. 1912 年被《骑士》合并。
7. 那是一个几乎所有作者（和许多编辑）的名字都由三部分构成的年代。——原注

能性开始浮现：有些读者对某一类冒险故事的兴趣会胜过对其他类别的。出版业者对此做出的反应是创建专门类型的纸浆杂志。

芒西在1906年发行了第一本此类刊物《铁路人杂志》，里面全是和铁路建设有关的冒险故事；然后他在1907年出版了《海洋》，一本全是海洋故事的杂志，这本只维持了一年。但这一类型杂志的真正起始点是在1915年，这一年斯特里特与史密斯的《侦探故事月刊》创刊，然后在1919年推出了《西部故事杂志》，1921年又推出了《爱情故事》。最后，在1926年，有人鼓足勇气出版了一本科幻杂志。他的名字叫雨果·根斯巴克，而杂志的名字叫《惊奇故事》。

根斯巴克，这位1904年从卢森堡来到美国的移民、发明家，他不仅向人们推销收音机和电子设备，也推销这些设备背后的科学精神和发明精神。他一直在发行科普杂志，头一本是1908年创办的《当代电子学》[1]。他在1912年卖掉了这本杂志，并开始发行《电气实验者》，在1920年又把它的名字改成了《科学与发明》[2]。从1911年开始他偶尔会在杂志上刊登科幻故事，起头的就是他自己创作的关于未来科技奇迹的连载小说《大科学家拉尔夫124C 41+》[3]（*Ralph 124C 41+*），然后1923年8月号的《科学与发明》全部版面都被用来刊载"科幻小说"了。

"科幻小说"是根斯巴克在第一期《惊奇故事》中提出的名词，他将其描述为"儒勒·凡尔纳、H. G. 威尔斯和埃德加·爱伦·坡式的故事——融合了科学事实和预言图景的迷人传奇故事"。起初，该杂志只重刊大多来自凡尔纳、威尔斯和爱伦·坡的旧文，但一两个月之后上面开始有新故事冒头。他发现的作者之一是爱德华·埃尔默·史密斯（Edward Elmer Smith）博士[4]［甜甜圈调味料专家，他的第一部小说《太空云雀号》[5]（*The Skylark of Space*）

1. 1914年停刊。
2. 同年7月停刊。
3. 标题和主人公名字中的124C 41+是一个文字游戏，谐音"一个为他人预见未来的人"（One to foresee for one another）。
4. 美国著名科幻作家，太空歌剧的开创者。
5. 或译《宇宙云雀号》。同名三部曲的第一部。

于 1915 年开始写作，1920 年完成，直到 1928 年才发表]。另一位是菲利普·诺兰[1]（Philip Nowlan），巴克·罗杰斯[2]（Buck Rogers）的创造者。

1929 年，根斯巴克失去了对他的出版帝国的控制权，随即着手构筑新的帝国，其中包括两本科幻杂志《科学惊奇故事》（*Science Wonder Stories*）和《空中神奇故事》（*Air Wonder Stories*），很快他就将这两本杂志合并成了《神奇故事》（*Wonder Stories*）。在《科学惊奇故事》的创刊号（1929 年 6 月）中，他描述了他将要发行的“科幻小说”的特征。[3]

1930 年，一家名为“克莱顿杂志”的纸浆杂志连锁集团又新增了一本名为《超科学的惊异故事》的科幻杂志。这样科幻杂志就有三本了。科幻小说不仅被命名，而且开始被出版它们的中介确定规范。新时代最重要的人物不是作家，而是编辑；他们通过自己愿意发表什么来划定哪些是科幻小说，哪些不是[4]。

7

差不多就在获得名字和专属杂志的同期，科幻小说的出版濒于停顿。A. 梅里特的奇幻小说仍在出版；在加利福尼亚州的泰山镇[5]（Tarzana），埃德加·赖斯·巴勒斯成立了一家公司，出版他自己的作品。老的经典被重印——凡尔纳、威尔斯、哈格德、M. P. 希尔（M. P. Shiel）、柯南·道尔——

1. 美国科幻小说家。
2. 诺兰的代表作《巴克·罗杰斯在 25 世纪》的主人公，一位名为威廉·安东尼·罗杰斯的美军太空飞行员，因为飞行事故穿越到了 25 世纪。“巴克”是他的绰号，意思大致相当于“棒小伙子”“好男儿”。
3. 布赖恩·M. 斯塔伯福德在《基金会刊》第十期中描述了该词一个更早的出处：威廉·威尔逊在 1851 年出版的《关于一个伟大而古老主题的一本认真的小书》，但根斯巴克对该词的发明才具有重大意义。——原注
4. 弗雷德里克·波尔曾说过，他在担任《银河》编辑时对科幻小说所用的定义实际上就是，他可以在杂志上发表一个故事，而不会有太多的读者取消订阅。——原注
5. 位于加利福尼亚州洛杉矶市的圣费尔南多山谷地区，由一个属于巴勒斯的大农场发展而成。小镇的名字来自他的小说主角人猿泰山（Tarzan）。

还有些新书出版，它们按照每条标准都该属于科幻，只有一个问题——它们并没有发表在新生的科幻杂志上。例如像奥拉夫·斯台普顿（Olaf Stapledon）的《最后与最初的人类》（*Last and First Men*，1930）和其他小说，以及赫胥黎的《美丽新世界》。从1926年到1946年，出版商一直在从旧纸浆杂志里发掘小说，但为杂志创作的新文既没有被结集出版，也乏人评点。

看起来就好像杂志对这一文学类型的关注让它脱离了文学的视野；它成了不值得认真考虑的亚文学。根斯巴克没有为科幻小说建立起自己的祖国，而是创建了一个隔离区。然而，这个隔离区中热情洋溢。读者来信整包整包地邮来。当这些读者来信开始被发表在侧边栏里，并附上地址之后，读者们开始互相通信，成立俱乐部，发行同好刊物，最终组织大会。在隔离区中，读者们创造了一种同好者亚文化。

作家遇到的麻烦更多了。编辑说了算，他们的决定是最终决定。

早期的纸浆杂志编辑也很有影响力。罗伯特·H. 戴维斯（Robert H. Davis），这位跟芒西的《故事大全》、《剪贴簿》和《骑士》紧密相连的编辑发现并鼓励了许多新作家。《故事大全》的执行主编托马斯·纽厄尔·梅特卡夫[1]（Thomas Newell Metcalf）买下了埃德加·赖斯·巴勒斯的第一部小说《火星月下》，然后又买下了《人猿泰山》（*Tarzan of the Apes*，1912），但却莫名其妙地丢掉了《泰山归林》[2]（*The Return of Tarzan*，1913）。拿到《泰山归林》的是斯特里特与史密斯的月刊《新故事》[3]（*New Story Magazine*）的编辑阿奇博尔德·劳里·塞申斯（Archibald Lowry Sessions）。

然而，科幻杂志的数量越来越少，要求也越来越挑剔。仅仅是个“好故事”已经不够了；它必须符合更精确的标准，不仅是主题要符合，有时还会对准确性、开拓性和观念有要求。就连1923年才创建的《怪谭》（*Weird Tales*），在由法恩斯沃思·赖特（Farnsworth Wright）编辑多年后，也悄然

1. 他写信给巴勒斯表示鼓励并预支稿费，让后者得以登上文坛。
2.《人猿泰山》的后续，该系列小说的第二部。
3. 1911年创刊，1915年停刊，其间历经几次转手。曾有多位早期科幻名家在上面发表作品。

开出了自己的一亩三分地。

《神奇故事》的主编是T. 奥康纳·斯隆（T. O’Conor Sloane），他是一个上了年纪的人，除了在刊头上骄傲地亮出自己的硕士和博士学位外，他还会自豪地宣称，自己的小儿子是托马斯·阿尔瓦·爱迪生的女婿。但设定要求的是根斯巴克本人。他把自己这些新“科幻小说”看作是通过小说来增进人们对科学技术了解的一个途径，一种涂在教育的药丸之外的糖衣。他的公式是“75%的文学与25%的科学交织在一起”。这是个违反它会比遵守它更受尊重的公式，但根斯巴克坚持他的信念直到最后：1963年，他对一个科幻俱乐部抱怨说，在第一届雨果奖（由世界科幻大会颁发年度佳作的奖项，以根斯巴克的名字命名）的九个获奖短篇小说中，只有一个应该被称为科幻，其余的都是奇幻。

《惊异》的编辑是哈里·贝茨（Harry Bates）。他想要的是情节经过精心筹划，遵循其他克莱顿纸浆杂志模式的故事。相比《惊奇故事》和《神奇故事》的编辑，他有个很大的优势：能付给被接受的投稿每词两分的价格。其他杂志则能少给就少给，发表的每个词不超过半美分，甚至，按照H. L. 戈尔德的回忆，得在以诉讼相胁的情况下才给钱。但《惊异》作为克莱顿杂志一直入不敷出，当1933年克莱顿杂志集团倒闭时，它被卖给了斯特里特与史密斯。

1933年，一位17岁的科幻爱好者查尔斯·德尔温·霍尼格（Charles Derwin Hornig）被任命为《神奇故事》的编辑；他是首开风气者，之后还会有一批的编辑（和作者）从爱好者圈子里脱颖而出。他最大的成就是和根斯巴克一起创建了第一个全国性的科幻爱好者组织——科幻联合会（Science Fiction League）。1936年，根斯巴克把《神奇故事》卖给了标准杂志出版公司[1]，后者将它改名为《惊险神奇故事》（*Thrilling Wonder Stories*）；几年后，它有了一本姐妹刊《惊人故事》（*Startling Stories*）。这两本杂志的编辑是另一位年轻的科幻爱好者，其名为莫特·魏辛格（Mort Weisinger），他因构思

1. 1958年被大众杂志社合并。

精巧，想象力丰富，善于为作者提供故事创意而渐渐出了名；后来他成了《超人漫画》[1]（*Superman Comics*）的执行编辑和多产的作者，名气更上层楼。

《惊异》在1933年迎来了新主编，F. 奥林·特里梅因（F. Orlin Tremaine）。他要找的是像E. E. 史密斯（现在他的粉丝们都叫他史密斯博士）的太空歌剧那样的好故事，然后他在1935年连载了史密斯的《瓦莱隆云雀号》[2]（*The Skylark of Valeron*）。他还希望看到大胆创新，刊登了一系列此类故事，并称之为"奇思异想故事"（thought-variant stories）。他发表了一个年轻作家的作品，此人的作品曾出现在其他杂志上；这个叫作小约翰·W. 坎贝尔（John W. Campbell, Jr.）的人，用本名在太空歌剧的传统阵地中与史密斯博士争夺人气，同时还以唐·A. 斯图尔特（Don A. Stuart）为笔名开始创作一种新的故事：更文雅，更精致，比起自然科学技术要更关心哲学和行为科学的故事。

1937年，坎贝尔被任命为《惊异》的编辑。他成了一种新的把关者：和作家一起工作，鼓励他们，给他们启发性的想法，帮助他们重新组织情节，要求他们反复修改——通过私人之间的对话、长篇通信和激动人心的编辑部社论，他创造出一种智识愉悦的氛围。坎贝尔以自己的思维改变了科幻小说的面貌。

8

艾萨克·阿西莫夫曾写道，坎贝尔"在科幻小说中淡化了非人性和非社会性的因素……坎贝尔想要商人、宇宙飞船船员、青年工程师、家庭主妇、作为逻辑机器的人造人"。[3]

---

1. 由于1938年开始在《动作漫画》上连载的"超人"漫画大受欢迎，次年这本专刊出现了。
2. "太空云雀号"系列的第三部。实际连载于1934—1935年。
3. 见于《社会科幻小说》（"Social Science Fiction"），该文收录于由雷金纳德·布雷特诺（Reginald Bretnor）编辑的《现代科幻小说》（*Modern Science Fiction*），纽约科沃德-麦卡恩出版社1953年出版。——原注阿西莫夫还曾在另一场合说，坎贝尔希望故事中的科学是真实的，故事能准确地反映科学文化[1]。

在安东尼·鲍彻（Anthony Boucher）的影射小说《火箭直奔太平间》（*Rocket to the Morgue*，1942）中，一个可以看得出实指罗伯特·A. 海因莱因（Robert A. Heinlein）的角色谈到一个实指坎贝尔的编辑时说："做出你的小小假定，然后由此出发展开你的故事。换句话说就是，假设文明取得了某些进步，然后令人信服地推断这些进步将如何影响像你我这样的普通人的生活。……用唐的一句话来概括就是：'我想要一个能在25世纪的杂志上发表的故事。'"[2]

坎贝尔善于跟思维打交道——他重视实效，善于激发灵感，而不太擅长和人交流——他刚愎自用，惹人恼火[3]。这个人把自己对科幻小说的愿景变成了现实。他接手了《超科学的惊异故事》，将其改名为《惊异科学幻想》[4]（*Astounding Science-Fiction*），然后是《惊异科幻》[5]（*Astounding Science Fiction*）、《惊异 / 类比，科学事实与幻想》[6]（*Astounding/Analog Science Fact & Fiction*）、《类比，科学事实–幻想》[7]（*Analog Science Fact-Fiction*）、《类比，科学事实–科学幻想》[8]（*Analog Science Fact-Science Fiction*），最终改名为《类比，科学幻想–科学事实》[9]（*Analog Science Fiction-Science Fact*）。改名是出于他的信念：用语事关重大；而且他坚信，科幻小说应当向科学看齐，减少身上通俗杂志的色彩。正是在他，还有那些能接受他的愿景的作家的影响下，后来被称为"科幻小说黄金时代"的年代才得以诞生。

（何锐　译）

1.《1938年至今的科幻历史》（电影）（"The History of Science Fiction from 1938 to the Present"），堪萨斯大学，1973年。——原注
2.《火箭直奔太平间》于1942年出版于纽约迪尤尔，斯隆和皮尔斯出版社。——原注
3. 原文这里前后两种形容是使用英文中的多义词做双关表达，中文对应的词汇无此种相关。
4. 1938年3月—1943年10月。
5. 1943年11月—1960年1月。
6. 1960年2月—1960年9月。
7. 1960年10月—1961年11月。
8. 1961年12月—1965年3月。
9. 1965年4月—1981年8月。

科学：新加速剂

至19世纪下半叶，科学与技术成为推动变革的主要力量，并以前人未曾预见的方式改造着社会。科学家如布尔[1]、凯库勒[2]、麦克斯韦[3]、孟德尔[4]、门捷列夫[5]、斯旺[6]、康托尔[7]、阿伦尼乌斯[8]、巴斯德[9]、赫兹[10]、马可尼[11]、伦琴[12]、贝可勒尔[13]和汤姆孙[14]分别发现了物质、能源与生物的基本特性，以及与之相关的计算方法和思想见解。发明家如亨特[15]、奥

1. 英国数学家，数理逻辑学先驱。
2. 德国化学家，化学结构理论的主要奠基人。
3. 英国物理学家、数学家，提出将电、磁、光统归为电磁场中现象的麦克斯韦方程组，为狭义相对论和量子力学打下理论基础。
4. 奥地利遗传学家，遗传学奠基人，进行了豌豆试验并建立了许多遗传法则，提出孟德尔定律。
5. 俄国化学家，发现化学元素周期性，依原子量制作出元素周期表，并据以预见了一些尚未发现的元素。
6. 英国化学家，发明家，白炽灯的第一个专利申请人。
7. 德国数学家，现代集合论的创立人。
8. 瑞典化学家，1903年诺贝尔化学奖得主。
9. 法国微生物学家、化学家，近代微生物学的奠基人之一。
10. 德国物理学家，频率单位赫兹即以他的名字命名。
11. 意大利工程师，专门从事无线电设备的研制和改进，1909年诺贝尔物理学奖得主。
12. 德国物理学家，发现了X射线。
13. 法国物理学家，1903年和居里夫妇共获诺贝尔物理学奖。
14. 英国数学家、物理学家，第一代开尔文勋爵，热力学之父。
15. 美国机械师，发明了早期的钢笔、安全别针、缝纫机等诸多物品。

的斯[1]、贝塞麦[2]、勒努瓦[3]、诺贝尔、舒尔茨[4]、海厄特[5]、迈布里奇[6]、艾萨克[7]、格利登[8]、贝尔[9]、奥托[10]、爱迪生、汤姆逊、戴姆勒[11]、斯旺、默根特勒[12]、多尔、帕森斯[13]、斯坦利[14]、艾夫斯[15]、霍尔[16]、贝利纳[17]、伊斯曼[18]、沃克[19]、杜瓦[20]、古德温[21]、巴勒斯[22]和霍夫曼[23]有意或无意地将此前的科学发现应用到了实践之中，创造了一套工艺流程。哲学家如达尔文和马克思提出了一系列理论，令人们思考社会的方式发生了革命性的改变。

他们为变化中的世界注入了愈发强劲的推动力。

应对一个静态的世界相对容易，社会结构本身就包含着这个世界，教育体制——无论其本质为何——既关乎教化，也直白明确。在这样的世界里，个体只需找到自己的位置，并如柏拉图《理想国》所荐的那样自得其乐。

变化的世界给出的第一个挑战是要人们意识到它将与从前有所

---

1. 美国发明家，电梯发明人。
2. 英国发明家和工程师，转炉炼钢法的发明人之一。
3. 比利时-法国发明家，发明了第一台实用内燃机。
4. 德国精神病学家和独立心理治疗医师，开发出了自生训练法。
5. 美国化学家，塑料发明人。
6. 英国摄影师，因在摄影运动研究方面的开创性工作和在电影放映机的早期工作而知名。
7. 原文疑多字母，应指艾萨克·亚当斯，他发明的印刷机对美国印刷业产生了革命性的影响。
8. 原文疑漏字母，应指美国商人格利登，他改良铁丝网形成了现代有刺铁丝网。
9. 电话的发明者。
10. 发明了四冲程内燃机。
11. 德国工程师和发明家，现代汽车工业的先驱者之一。
12. 整行铸排机发明人。
13. 英国-爱尔兰工程师，蒸汽涡轮发动机的发明者。
14. 英国发明家，拥有 78 项专利。
15. 美国摄影师、发明家。
16. 美国工程师、化学家，因对炼铝工艺的改进发明而知名。
17. 德裔美国发明家，以改进电话技术和留声机唱片而知名。
18. 美国发明家，柯达公司创办人以及胶卷发明人。
19. 英国发明家，发明了火柴。
20. 苏格兰物理学家、化学家。设计了杜瓦瓶，成功液化了氧气、氢气等多种气体，为低温物理的研究提供了条件。
21. 美国发明家，拥有一项以硝化纤维胶片制作胶卷的专利，早期的活动电影放映机使用的多是这种胶卷。
22. 美国发明家，计算机行业先驱之一，是“垮掉的一代”代表人物威廉·巴勒斯的祖父。
23. 德国化学家，最先将海洛因和阿司匹林合成为药物。

不同，无论从前的世界是怎样的。第二个挑战是识别出那些引发变化的力量。第三个挑战，也是至为艰难的，则是预测出变化是什么，并遴选出那些会影响变化走向的决定。

变化既包含实现乌托邦的希望，也包含走向灭亡的威胁。H. G. 威尔斯的作品涵盖了所有的可能性。他很早就认清了世界的本质，而正是世界变化的现实使他得以从近乎贫困的境地中崛起，赢得财富、名声和影响力，这份影响力既体现在对他人精神世界的影响，极可能也包含了对重大事件发展方向的影响。他在《自传实验》[1]（*Experiment in Autobiography*，1934）中写道：

> 世界上的种种力量正在瓦解欧洲的贵族等级制度，它们消灭小商贩，使零售商难以自立自足，以此来促进产业布局，提高生产力，促进生成更好、更有见地的新阶层，唤醒一种新型的教育并使之变得普适，打破政治壁垒，使全人类结成一个全球性的共同体。

威尔斯对小商贩的困境特别感同身受，这是因为他本人一度身陷其中，是靠顽抗和运气才得以摆脱此种命运。他的母亲依然将世界当作静止的，并同第二任丈夫在伦敦市郊买下了一家经营不善的陶瓷店。她希望自己的孩子能过上安稳的商贩生活，于是两度将威尔斯送到布商的店铺里，一度送到药剂师店里做学徒。书籍、教育和科学是威尔斯挣脱这种命运的方式，而通过教材、文章和百科全书将新科学科普给大众，并将其中的暗指和可能性以戏剧化的方式融入小说，则是他赖以成为主流作家和受尊敬的权威专家的方式。

1. 威尔斯自传。

在写作生涯早年，威尔斯将自己的目标定在那些面向新兴中产阶级读者的英格兰新杂志上。曾于十年前创办《珍文点滴》杂志的乔治·纽恩斯在1891年创办了第一本通俗杂志——《河岸街》[1]。其后《路德门月刊》[2]、《帕尔摩晚报》[3]和《闲人》杂志接踵而至，《皮尔森杂志》和其他同类刊物则稍晚一些。

威尔斯最初的小说都发表于《帕尔摩集萃》上，但不久后他就把业务范围扩展到了《帕尔摩晚报》和《河岸街》之上。威尔斯还在科学学校[4]上学时，便曾针对时间旅行概念构思过若干个版本的故事。基于此，《国家观察者》报发表了一系列有关时间旅行的文章，当该系列的编辑转任《新评论》编辑时，威尔斯将这些文章整合重写成了一个名为《时间机器》（1895）的故事。

这部中篇小说取得了立竿见影的成功，连载时及付梓成书后都大受欢迎，这也为威尔斯赢得了文学家如约瑟夫·康拉德和亨利·詹姆斯的欣赏。随之而来的是一系列长篇小说：《莫罗博士之岛》（*The Island of Dr. Moreau*，1896）、《隐身人》（*The Invisible Man*，1897）、《世界大战》（1898）、《当睡者醒来时》（*When the Sleeper Wakes*，1899）、《月球上最早的人》（*The First Men in the Moon*，1901）。他的短篇小说被汇编为小说集如《被盗的病菌及其他事件》（*The Stolen Bacillus and Other Incidents*，1895）、《普拉特纳的故事及其他》（*The Plattner Story and Others*，1897）、《时空故事》（*Tales of Space and Time*，1899），以及《十二个故事和一个梦》（*Twelve Stories and a Dream*，1903）。

---

1. 因刊载福尔摩斯系列而闻名于世。
2. 路德门是旧伦敦城的一座城门。
3. 杂志名源于英国作家威廉·萨克雷在小说《彭登尼斯》中虚构的报刊名，帕尔摩街是伦敦的一条街道。《帕尔摩集萃》是它的周刊集萃。
4. 英国皇家科学院前身，威尔斯在此师从托马斯·亨利·赫胥黎学习生物。

变化的结果可能带来灭绝的威胁，而通过这些故事，威尔斯几乎穷尽了所有可能的灭绝形式，他想象了如此之多的灭绝方式：从外星人入侵到偏离轨道的星球，蚂蚁军团，头足类动物军团，海底类人动物，社会暴政，战争，人类退化，太阳死亡。随后他笔锋一转，探讨起变化的另一面：乌托邦。在那些刻画当代生活的小说和百科全书中，他不时创作一些“主旨第一，故事第二”的政治文宣作品。康拉德和詹姆斯曾不顾他的意愿，劝诱他强化写作的艺术性（后来他与此二人展开过一回有关小说功能的著名论战），而他则坚持“在把小说当作一种艺术形式的同时，也当作一个市场、一条大道”，并且“将之视为，且仅视为与其他事物——比如一个故事、一个主题密切相关的东西”。他在自传中写道：

> 最终我彻底起而反抗，完全拒绝了他们那套游戏规则。“我是一个记者，”我宣称，“我拒绝扮演艺术家。如果我偶尔显出个艺术家的样子，那就是神的意旨出了差错。我永远是个记者，我写的都是当下之事——且转瞬即逝。”

但他的作品并未转瞬即逝，特别是他在世纪之交前写下的长篇小说和短篇故事。这些就是他的科幻作品，直到今天它们仍如问世之时一般鲜活。《新加速剂》发表于1901年的《河岸街》；如今，衣着风俗虽时移世易，但这些变化于小说而言无关宏旨。

《新加速剂》是一部发明小说，一部“装置小说”。它仅仅推测了一种新药的可能性。正如艾萨克·阿西莫夫在评论文章《社会科幻小说》中所说，一个点子可以朝着许多方向发展。威尔斯本可以将它撰写成一个探险故事，用这个发明来窃取军事机密，来绑架独裁者或是犯罪团伙头子，从入侵的外星人或是毁天灭地的战争中拯救世界。他可以将之写成一个带有社会学意义的故事，可以设定这种新药已经被社会接受，而能够在不同时间线上生活的人们必须解决一些新问题，诸如控制犯罪、不当劳动行为和贫富差距。

威尔斯选择漫不经心地处理这个点子，这与他对待许多其他概念时的态度一样，但他的推想显示他很清楚这个概念可能造成的影响。他写得出具有社会学意义的故事，这一点他已在《当睡者醒来》等多部作品中证明过，但是他的读者需要能够轻松进入的小说，他们并不像当代读者这样，已经在大量阅读中熟悉了科幻的类型套路，能够分辨故事的微妙之处。

（赵佳铭　译）

新加速剂

［英国］H. G. 威尔斯

如果有人在寻找一枚大头针的时候却发现了一枚基尼[1]，那他一定是我的朋友吉伯恩教授。我之前就听说过，科研人员会获得超出预期的研究成果，但是从没听过超出到他这个程度的。至少这次，他确确实实地找到了某种对人类生活带来重大变革的新发明，这绝对不是夸大其词。而他原本的目的只是要为心神倦怠的人们找到一种全面神经兴奋剂，帮助他们应付近年来快节奏的生活。我已经试服这种药物好几次了，不如就让我描述一下这种药物在我身上的功效吧。对于那些想要寻找新的感官刺激的人来说，我的描述足以清楚表明这种即将遍及所有人的惊人效果。

很多人都知道，吉伯恩教授是我在福克斯通[2]的邻居。如果我没记错的话，他在不同年龄的肖像照都曾登上过《斯特兰德杂志》——我记得是1899年年末的时候。但是我没办法去查阅当期杂志，因为有人借走了杂志一直没归还。读者们可能还能想起他高高的额头和不同寻常的、又长又黑的眉毛，这让他的面庞带上了一种冷酷的感

1. 英国旧时金币名称。
2. 英国城市。

觉。在上桑盖特路的尽头有许多独立式房屋，它们风格混搭，让那里的景色别有一番风味，吉伯恩就住在其中的一栋里。他的房子有着佛兰德式的山墙和摩尔式的回廊，房子里有一间直棂凸窗的屋子，当吉伯恩住在那里时就在那间房间中工作，我们也常常在傍晚时分在屋里吸烟、聊天。他是个很风趣的人，也很乐意和我讨论他的工作。他是那种可以在交谈之中获取帮助和灵感的人，我也正因此从研究的早期阶段起就对新加速剂这个发明了解得一清二楚。当然，他的大多数实验工作都并非在福克斯通完成，而是在高尔街医院旁边的那间新建的实验室。他是首个在这间实验室工作的人。

每个人——最起码聪明人——都知道，吉伯恩取得了巨大名望，并在生理学家中享有盛誉，这是因为他深入研究了药物对神经系统的作用。据我所知，他对催眠剂、镇静剂和麻醉剂的研究无人能及。他同样是一位声名显赫的药剂师。我认为，在神经细胞和轴向纤维的谜团组成的错综复杂的丛林之中，他的研究开辟了许多得见天光的林间空地。这些成果极少为人所知，除非他认为它们适合公开并让大众知晓。最近几年他特别致力于研究神经兴奋剂，并在研发出新加速剂之前就取得了很大成就。医药科学界要感谢他发明了至少三种效果显著而且绝对无害的药剂，这些药剂对辛勤工作的人来说极有帮助。我觉得，在人们精力枯竭时，那种叫作“吉伯恩 B 型糖浆”的药剂挽救的人比海岸边的任何救生艇挽救的人都要多。

“但这些药物没有一种能让我满意。”他在大概一年前说，“它们要么增加了核心能量供给却不影响神经系统，要么单纯增加了可支配能量却降低了神经传导性能。它们的效果都不平衡，作用只限于局部。一种药物刺激心脏和其他内脏，却让大脑变得迟钝，另外一种药物让大脑思绪翻滚，却对腹腔神经丛没有帮助。而我想要的是——哪怕只有一丝一毫的可能性——我想要的是一种能对整个人体都有兴奋作用的兴奋剂，可以让你从头顶到脚趾都获得一段时间的活力，让你相对于其他人来说获得双倍甚至是三倍的效率。啊！我想要的就是这种东西。”

“这会让人精疲力竭的。”我说。

“完全不用担心这一点。你的饭量也会是别人的两倍三倍——用这种方式来补充能量。想一想这种药剂意味着什么吧。假如你有这样的一个小药瓶——”他举起了一个绿色玻璃制成的小瓶子，在上面指指点点，“在这个珍贵的小药瓶中有着让你思考速度增加一倍、行动速度增加一倍、在同样的时间中完成的工作量增加一倍的能力。”

“但这种东西可能存在吗？”

“我相信是可能的。如果不可能的话，我就浪费了一年的时间。比如说，这些不同的次磷酸盐药剂似乎就有着类似的功效……尽管这些药剂只能让速度变为原来的一点五倍。”

“原来的一点五倍。”我说。

“比如说吧，你是一位陷入困境的政治家，时间对你来说非常紧迫，而你还必须要去处理一些紧急事务，嗯？”

“他可以让他的私人秘书喝下这种药。”我说。

“然后就会获得——双倍的时间。再想想，比如说，你想要写完一本书。”

“一般来说，”我说，“我会希望我从没开始写过那本书。”

“或者是一个医生，忙得要死，想要坐下来仔细思考一个病例的情况。或者是一位律师，又或者是一个正在临时抱佛脚准备考试的人。”

“对这些人来说，”我说，“这药水一滴就值一基尼，甚至还更多。”

“又或者在决斗中，”吉伯恩说，“那时一切都取决于你扣扳机有多快。”

“或者在击剑比赛中。”我附和道。

“你看，”吉伯恩说，“如果我研究出了这种可以作用于全身的药物，这对你不会有任何伤害——除了它会让你变老一点点之外。你会比其他人多活一倍——”

“我想，”我想到了一点，“在决斗中——这公平吗？”

“这个问题之后再考虑。”吉伯恩说。

我又回到了之前的问题。“你真的觉得这种事情可能实现？”我说。

“很可能，”吉伯恩一边说，一边盯着窗外一晃而过的某个东西，“就像公共汽车一样可能。实际上——”

他停顿了一下，朝着我意味深长地微笑起来，用那个绿色的药瓶轻轻地敲击着桌子边缘。“我想我很了解这种药剂……实际上，我已经得到了一些初步成果。”他脸上略带紧张的微笑显示出揭晓这个研究成果的重大意义。除非他的研究已经非常接近尾声，否则他很少谈及具体的实验工作。“而且它有可能，有可能——我不该对这件事如此意外——这种药有可能产生加速两倍以上的效果。”

“这一定是个重大事件。”我猜测。

“是的，我想，这确实是个重大事件。”

但尽管如此，我不认为他真的意识到了这件事情的影响有多大。

我记得我们之后又有几次谈过这种药剂，他称之为“新加速剂”，每次提起这种药剂，他的语调都会变得更有信心。有时候他会紧张地谈起这种药剂的功效可能会导致的预期之外的生理效应，这时候他就会变得有一点不高兴。另外一些时候他又显得很唯利是图，我们长久而忧虑地讨论着如何将这种药剂转化为商业利益。“这是一种好东西。”吉伯恩说，“极好的东西。我知道我给这个世界做了一些贡献，我认为我很有理由希望世界给我以回报。科学当然是神圣的，但是我想我必须使些手段来垄断这种药物的专利，比如说垄断十年。我看不出为什么世界上的一切乐趣都得归那些脑满肠肥的经销商所有。”

我对于这种新药剂的兴趣当然也没有随着时间的推移而衰退。在我的脑海中始终有一种奇怪的形而上学观点，我常常喜欢思考时空悖论，觉得吉伯恩的药物只是在提供一种对于生命的绝对加速度。假如某个人时常服用此药剂，那么他的确会度过充满活力、成就斐然的一生，但是他会在十一岁时成年，在二十五岁时进入中年，在三十岁左右开始衰老。对我来说，吉伯恩目前只是在为服用了他的药剂的人提供那种大自然赋予犹太人和东方人的能力，他们在十几岁就成年，在五十岁就步入老年，但是他们在思考和行动上都比我们要更快一些。我一直认为药物创造的奇迹至为伟大：药物使人发狂，使人平静；使人强健机敏，使人呆若木鸡；使人情绪激昂，使人兴致全无。这一切都可以用药物来实现。现在医生们可用药物的武器库里面又多了一件奇妙的武器！但是吉伯恩太关心研究当中的技术细节，并不非常关心我关注的这些问题。

在八月七日或者八日的闲聊中，他和我谈起他已经做了一阵子蒸馏工作，还将再做一阵，成败就在此一举。十日，他和我说事情已经大功告成，新加速剂已经实实在在地问世了。遇见他的时候，我正走向桑盖特山，打算去福克斯通理发。他急急忙忙地走来见我，只见他匆匆地下来迎接我——大概他正想上我家告诉我成功的喜讯。我注意到他的双眼明亮异常，满面红光，甚至脚步都轻快了许多。

“大功告成。”他抓住我的手，急切地大声说道，“比之前预想的还要成功，快来我家里看看。”

“真的？”

“真的！”他大喊道，“令人难以置信！快来看看吧。”

“它能让人加速到……两倍？”

“不止，远远不止。它的功效都吓到我了。快来看看那东西，尝一下！试一下！那是世界上最奇妙的东西。”他抓住我的胳膊，快步朝他家走去，我不得不小跑起来。他拉着我朝山上走，一路还叫嚷着。一辆游览车上的人们像欣赏什么风景似的齐刷刷地转过身来，目不转睛地看着我们。那天的天气炎热而晴朗，福克斯通的景色看上去色彩鲜明、轮廓清晰。当然也有微风，但这样的天气之下的微风还不足以让我觉得凉爽宜人。我求饶一般地喘着粗气。

“我走得不快吧？”吉伯恩大声说，他稍微放慢了一点脚步，现在他的速度像是在急行军。

“你已经吃了那种药了。”我气喘吁吁地说。

“没有。”他说，“我最多也就是喝了烧杯里的一滴水，那只烧杯装过药剂，但我已经洗干净了。我昨晚服用了一些药，你知道的，但那已经是过去的事情了。”

“然后你的速度就变成两倍了？”我在他家门口大汗淋漓地说。

“有一千倍，几千倍！”吉伯恩大声说道。他以浮夸的动作打开了那扇雕刻了早期英式风格装饰花纹的橡木大门。

“啊？”我说着，跟着他走进门。

“我也不知道有多少倍。”他手里拿着房门钥匙说。

“那你——”

“它将为神经生理学的所有领域都带来突破，它将完美地重塑视觉理论！上天知道这种药能让人加速几千倍。我们之后会去研究——我们现在还是先试一试这种药吧。”

“试试这种药？”我说，这时我们正穿过走廊。

“是的。”吉伯恩说，他在他的书房中转向我，“药就在那边的绿色小瓶里。你不是害怕了吧？”

我骨子里是个行事谨慎的人，所谓冒险精神只存在于理论上。所以我确实有点害怕。但另一方面我也是个要面子的人。

“呃。”我硬着头皮说，“你说你已经试过了？”

“我试过了。”他说，“我没出事，不是吗？我看上去完全健康，我感觉——”

我坐了下来。“把药瓶给我。”我说，“如果最糟糕的事情发生了，我就正好不用去理发了，我觉得理发是一个文明人最讨厌的应尽义务之一。这药要怎么吃？”

“加水冲服。”吉伯恩重重地放下一个水瓶，说道。

他站在书桌前，看着我坐在他的安乐椅上。他的举止突然间有些哈莱街[1]的名医的感觉。“这东西药劲可不小，你知道。”他说。

我做了一个手势。

“我必须要先提醒你，你一服下药就要马上闭上眼睛，大概一分钟之后才能小心地睁开。你的视力不会有问题，视觉和光波的振动波长有关，和冲击强度无关，但是你的视网膜还是会受到冲击，药物起效的时候如果你睁着眼睛，准会感觉眩晕恶心，所以闭上眼睛。”

“闭眼，”我说，“好的！”

“下一件需要注意的事情是坐好，不要到处乱动。你想要去拿什么东西的话，可能会重重地敲在它上面。要记得你现在的行动比之前要快几千倍，你的心、肺、肌肉、大脑——身上的每个器官——都是如此。如果你不注意这一点的话，会重重地撞上别的东西。但你要知道，你不会注意到这一点，你的感觉会和现在别无二致，只是世界上的一切看上去都比之前放慢了几千倍。这正是这种药剂的

1. 伦敦街道名称，自从19世纪中叶起就有诸多名医在此开设诊所。

神奇之处。”

“天啊！”我说，“你的意思是——”

“你会明白的。”他说着拿起一个量杯，看了看桌子上的东西。“玻璃杯，”他说，“还有水，都在这里了。第一次试服不要服用太多。”

珍贵的药水从小药瓶里面咕噜咕噜地流了出来。“别忘了我交代你的话。”他就像意大利侍者调制威士忌那样把量杯里面的药水倒进了玻璃杯中。“闭目静坐两分钟，”他说，“然后注意听我说。”

他往每个玻璃杯中又添了大约一英寸高的水。

“对了，”他说，“不要把玻璃杯放下，把它拿在手里，手靠在膝盖上。对了——就是这样，那么——”

他举起他的那杯药水。

“敬新加速剂。”我说。

“敬新加速剂。”他回答道。我们碰了杯，喝下药水，我立刻闭上眼睛。

你们知道人吸了毒品之后会陷入的那种丧失自我认知的虚无感吧，有那么一阵子我就有这种感觉。随后我听到吉伯恩叫我醒来。我动了动，睁开了眼睛。吉伯恩站在老地方，手里还拿着杯子。杯子空了，这就是我睁眼前后的唯一不同。

“嗯？”我说。

“有没有感觉什么异常？”

“没有。可能有一点点兴奋，没有别的了。”

“听到什么声音了吗？”

“一切都很安静。”我说，“天哪！是的！是很安静，只是有一种微弱的打击声，什么东西在啪啪作响，就好像雨滴落在各种各样的东西上面。这是什么声音？”

“被分解了的声音。”我好像听到他这么说，但是我不确定。他盯着窗户。“你之前见过窗帘像这样定在窗前吗？”

我朝着他的视线看过去，看到了窗帘的下端定格在空中，一角高高扬起，似乎正被微风轻盈地吹拂起来。

“没，”我说，“这太奇怪了。”

“再看这里。”他说着，松开了握着玻璃杯的手。我本能地躲了一下，以为玻璃杯要掉到地上摔得粉碎。但是它不仅没有摔碎，而且似乎都没有动，它就这么悬在半空中，一动不动。“粗略地说，”吉伯恩说，“处在这个纬度上的物体在下落的第一秒会落下十六英尺。这个玻璃杯正在以十六英尺每秒的速度下落。只是你看，它现在下落还不到百分之一秒。这可以让你对我的新加速剂的功效有一些认识。”他在缓慢下落的杯子四周和上下方挥舞着手，最后抓住杯底，把杯子拉过来，非常小心地放在桌子上。“嗯？”他对我说，大笑起来。

“看起来很不错。”我说。我小心翼翼地从椅子上站起身来。我感觉非常好，身体轻盈舒适，头脑也很清晰。我全身都被加速了。比如说，我的心脏一秒钟跳动一千次，但是这完全没有让我觉得不舒服。我看向窗外，一个骑着自行车的人一动不动，正低着头奋力地想要超过一辆同样一动不动地行驶着的游览车。自行车的车轮后面扬起一阵凝结在空气中的灰尘。这不可思议的一幕让我目瞪口呆。“吉伯恩，”我大喊，“这种令人混乱的药物可以持续多久的药效？”

“天知道！”他回答，“上次我服了药，上床睡了一觉后药效才过去。和你说，我当时很害怕。药效一定持续了几分钟，我想——但是却像是持续了几小时一样。但是我相信，药效一会儿之后就会突然减弱的。”

我很得意地发现我并没有感到害怕，我想这是因为我们两个人一起服了药。“为什么我们不出去呢？”我提议。

“为什么不呢？”

“他们会看到我们的。”

“他们不会的，天哪，看不到的！因为我们要比最快的魔术表演还要快上一千倍。来吧！我们该走哪里？窗户还是门？”

最后我们从窗户翻了出去。

我很确定，在我的经历和想象中，或者我读到过的其他人的经历和想象中，没有任何经历能比与吉伯恩一起在新加速剂生效期间游历福克斯通的利亚斯[1]的这段经历更加奇异古怪。我们穿过大门来到马路上，花了一分钟的时间细细地看了看雕塑一般静止不动的过往车辆。一辆大游览车的车轮顶端、拉车的马的几条腿、马鞭的末端和售票员的下巴——他正要开始打哈欠——这些东西能看出是在动，但这辆笨拙的交通工具的其余部分似乎都是静止的。除了一个人的喉咙发出低沉的咯咯声，一切似乎也寂然无声。你要知道，在这个似乎被冻住了的庞然大物里面可有着一名车夫、一名售票员和十一名乘客呢！我们在车的四周走动，一开始惊奇万分，最后却有些不自在。那些人和我们一样，却又和我们有所不同，他们带着一种漫不经心的态度，以各种姿势定在那里。一个女孩和一个男人相视微笑，那种暧昧的笑容似乎要永远定在他们脸上。一个头戴松软的宽檐帽的妇女把胳膊倚在扶手上，目不转睛地盯着吉伯恩的房子，似乎要一直看下去。一个男人摸着自己的小胡子，就像一尊蜡像，另外一个男人僵硬呆板地伸出手，手指张开，伸向松了的帽子。我们盯着他们看，朝着他们大笑，向他们做鬼脸，直到我们感到厌烦，才转身走到了那个正前往利亚斯的骑车者面前。

“天哪！”吉伯恩突然大喊道，“看那儿！”

---

1. 位于福克斯通的一处崖顶步道，有广场、花园、音乐台等设施。

他伸出手指，在他指尖处有什么东西正缓缓地拍打着翅膀在空中飞行，速度如同特别慵懒的蜗牛——那是一只蜜蜂。

我们就这样来到了利亚斯。那里的场面看上去更为怪异。乐队正在台上演奏，但在我们听来，乐队奏出的是一种音调低沉、断断续续的咯咯声，时而如同一声长长的叹息，而后又转为一口巨钟在走动时缓慢沉闷的嘀嗒声。僵立不动的人们直挺挺地站着，在草坪上散步的人看上去诡异、沉闷，如同傻瓜一般，摆着不稳定的姿势呆在那里。我走近一只似乎刚刚一跃而起的贵宾犬，看着它四条腿缓慢移动，落在地上。“天哪，看这里！”吉伯恩大喊道。我们在一位气质高贵的男人面前停了下来，他穿着白底暗色条纹的法兰绒衣服，脚下踩着一双白鞋，戴着一顶巴拿马帽。他正转向身边路过的两位衣着华丽的女士，冲她们眨眼。我们仔细研究了一下眨眼这个动作，发现这动作实在是引人生厌。眨眼这个动作失去了所有机敏喜人的特点，我注意到正在眨着的眼睛并没有完全合上，在正在下垂的眼皮下方，露出了眼球的下缘和一丝眼白。“愿上帝让我记住，”我说，“我再也不眨眼了。”

“也不微笑了。”吉伯恩说，他正看着一个姑娘微笑时露出的牙齿。

“不知为何，现在热得很。”我说，“我们慢点走吧。”

“哎呀，快跟上！”吉伯恩说。

我们在小径上的巴思椅[1]之间穿行而过，许多人懒洋洋地坐在椅子上，看上去非常自然，但身着红色制服的乐队成员扭着身子，看上去有些刺眼。一位紫脸膛的绅士僵在那里，正在风中努力把报纸折起来。很明显一阵强劲的风刚刚吹过这些行动迟缓的人，而我们

1. 一种为老人或病人提供的带有轮子和软垫的椅子。

却完全没有感觉到这阵风。我们走出人群，走到离他们有些距离的地方，转过身去回望人群。看到各式各样的人凝成一幅画，似乎被什么东西所困住，僵立不动，就像是栩栩如生的蜡像一般，这种感觉令人难以置信地美妙。当然，这个场面有些荒诞可笑，但我的心中却浮现起一种没来头的优越感。想想，这是多么神奇！自从药物开始在我的血管中起效后，我说了这么多，想了这么多，又做了这么多，但这一切对于那些人来说，对于整个世界来说，只过了一刹那而已。“新加速剂——”我开口说，但是吉伯恩打断了我。

“那个可恶的老太太在那儿！”他说。

“什么老太太？”

“住在我隔壁的，”吉伯恩说，“她有一只到处乱叫的小狗。上帝啊！我实在是忍不住了！”

吉伯恩的性格有时会非常幼稚冲动。我还没来得及劝他，他就猛冲出去，神不知鬼不觉地抓起那只可怜的动物，朝着利亚斯边缘的悬崖飞奔而去。但你们要知道的是，最令人惊讶的事情是那只小动物既不叫也不动，没有显露出任何活力。它一直呆呆地保持安静，似乎被施了催眠术一样，吉伯恩抓着它的脖子，就好像提着一只木头狗一样狂奔。“吉伯恩，”我喊道，“把它放下来！”随后我指出了另外一点。“如果你这么跑的话，吉伯恩，”我大喊，“你的衣服会烧起来的。你的亚麻裤子已经焦了！”

他用双手拍着大腿，在悬崖边上犹豫不决。“吉伯恩，”我大喊着爬了上来，“把狗放下。太热了！是我们跑步产生的热量！我们每秒钟跑两到三英里，空气的摩擦力！”

“什么？”他瞟了一眼狗，问道。

“空气的摩擦力，”我大喊道，“空气的摩擦力。跑得太快了。就像陨石一样，太热了。而且，吉伯恩！吉伯恩！我现在浑身灼痛、汗流浃背。你可以看到人们已经开始动弹了。我觉得药效快过了！快把狗放下来。”

“啊？”他说。

“药效快过了，”我重复道，“我们现在太热了，药效也快过了！我浑身都湿透了。”

他注视着我，之后又注视着乐队。他们演奏出来的断断续续的咯咯声明显变得更快了。吉伯恩猛地挥了一下胳膊，把狗扔得远远的。狗旋转着向上飞去，依旧一动不动，最后悬浮在了一大群正在闲聊的人头顶张开的阳伞上面。吉伯恩抓住了我的胳膊肘。“天哪！”他大叫道，“我想你说得对！我现在感觉一阵灼热，而且——是的，我看得出那个人正挥舞着手帕！我们得赶紧离开！”

但我们离开得还不够快。也许这反而是我们的运气！因为我们本想跑步离开，而如果我们确实跑起来的话，我相信我们身上会着火！你也知道，我们两个都没想到这一点……但我们还没来得及跑，药效就过了。这只是一瞬间的事情。新加速剂的效果就像拉上窗帘一样，手一挥就消失不见了。我听到吉伯恩惊慌失措的声音。他喊着：“坐下！”我一下子坐在利亚斯的崖边草地上，坐下的时候把周围的草都烧焦了。在我当时坐下的那个地方，现在还有一小片烧焦了的草地。整幅停止的景象似乎在我坐下去的时候活动起来。乐队断断续续的演奏汇集成了音乐的洪流，散步的人的脚落在地面上，开始行走。报纸和旗帜开始在风中猎猎作响，微笑变为交谈，眨眼的人眨完了眼，心满意足地继续前行，坐着的人们开始动弹，相互交谈起来。

整个世界又重新焕发生机，以和我们相同的速度运转着，或者说，我们现在终于并不比世界的其他部分运转得更快了，就像是正在进站的火车一样。我感觉天旋地转，经历了一次最为短暂的眩晕，一切就都结束了。至于那只小狗，刚才吉伯恩使劲抡胳膊的时候它似乎在空中滞留了片刻，现在它以极大的加速度砸穿了一位女士的阳伞。

这件事挽救了我们。一位坐在巴思椅中身材肥胖的老绅士无疑一开始就看到了我们，之后又用他那双黑色的眼睛狐疑地不时看看我们，我觉得，他最后还和他的护士说了些关于我们的话。除了他之外，我认为没有任何人注意到了我们的突然现身。扑通！我们的出现一定非常突然。我们几乎立刻就摆脱了灼热之苦，尽管我身下的草坪还很烫，让我很不舒服。所有人的注意力——甚至包括娱乐协会的乐队，他们竟然破天荒地走了调——都被一件令人惊讶的事情以及这件事情导致得更为令人惊讶的狗叫声和一阵骚乱吸引过去了：一只养尊处优的小狗本来正在演奏台东面安安静静地睡着，此时却突然穿过坐在演奏台西边的一位女士的阳伞从天而降，身上的毛还有一点烧焦的痕迹，因为它刚刚急速穿过空气。在那个荒唐可笑的年代，人们都很神经质，很愚蠢，也很迷信。人们纷纷站起身来，踩在别人身上，椅子翻来滚去，就连利亚斯的警察也在到处乱跑。我不知道最后事情是如何收场的——我们急于离开事件现场，摆脱那位巴思椅上的老绅士想要仔细调查一下我们的目光。当我们的身体冷却下来，从头晕目眩的状态中恢复过来后，我们站起身来，绕过人群，沿着梅特罗坡下面的路直接朝着吉伯恩的房子走去。但在一片喧嚣之中，我还是非常真切地听到一位先生的话，他坐在那位遮阳伞被砸坏了的女士身边，口气生硬地质问一个帽子上写着“监护”的护理人员：“如果这条狗不是你扔的，那是谁扔的？”

外界的运动速度和喧嚣声音突然复原，我们自己又惊魂未定（衣服仍然烫得要命，吉伯恩那条白裤子的大腿前部已经被烫得焦黄），我们没能仔细观察发生的一切，我本应该很乐意观察一下。实际上，我在回去的路上没有做任何有科学价值的观察。蜜蜂当然已经飞走了；当我们回到上桑盖特路的时候，那个骑车者也已不知去向，或许汇入了车流之中。至于那辆游览车，正载着车上生机盎然、活泼欢快的人们，吵吵闹闹地驶向前方，即将到达附近的教堂。

但我们还是注意到，我们离开房间时踩过的窗台有烧焦的痕迹，我们踩在沙砾小路上的脚印也异常深。

以上就是我第一次服用新加速剂的经历。我们当时的一切动作、一切话语、一切行为，实际上都是在一秒左右的时间内完成的。我们觉得自己经历了半小时，而乐队在此期间大概只演奏了两小节左右。但对我们来说，这种药剂的效果就像是整个世界都暂停了下来，以便我们观察。现在回想起这一切，尤其是回想起我们冒冒失失、急急忙忙地跑出房间，事情的结果很有可能会更糟。毫无疑问，这次经历意味着吉伯恩要想让自己的药剂成为易于控制的方便有用之物，还需要做很多研究，但是这种药物的实际效果已经确凿无疑。

自从那次冒险之后，吉伯恩一直在致力于让药物的效果易于控制，我也在他的指导下定量地服用过几次药剂，没有任何不良反应。尽管我必须承认，在药性未过时我再也没有贸然外出过。我需要提一句，我写这篇文章一气呵成，其间吃了一些巧克力，此外未受外界任何打搅。我在六点二十五分开始写作，现在我手上的手表很接近三十一分。在事务缠身的一天中获得好长一段无人打扰的工作时间，这种方便怎么说都不为过。吉伯恩现在正在做药物剂量方面的研究，尤其是药物对不同体质的人产生的不同效果。他还希望能找到一种减速剂，可以用来抵消加速剂的过度效果。当然，减速剂会起到加速剂的反作用。单独使用减速剂能使服药者感到通常的几小时转瞬即逝，使得他能在最为繁乱嘈杂的环境之中不慌不忙，平心静气好似万年冰川。这两种药物一定可以彻底变革人类社会。这是我们摆脱卡莱尔所说的“时间外壳”[1]的起点。加速剂可以保证我们在任何需要集中精力的时候全神贯注，减速剂则可以让我们心神稳定地度过艰难沉闷的漫长时光。也许我对减速剂有些过于乐观了，毕竟这东西还没有做出来，但加速剂却无论如何都不需疑虑。方便、可控而好用的加速剂走向市场也就是几个月之后的事情。在所有药剂师和药商处，你都可以买到装在绿色小瓶子里面的药剂，价格高昂，但是考虑到超乎寻常的药效，这个价格绝对物有所值。这种药物会被命名为“吉伯恩神经加速剂”，他希望能提供三种不同的效果：加速二百倍、加速九百倍和加速两千倍，分别以黄色、粉色和白色标签来做区分。

毫无疑问，加速剂的应用会让一系列超乎寻常的事情成为可能。其中最值得关注也是最可能的，当然是罪犯可能通过这种药剂在时间的缝隙中作案，以此来逃脱惩罚。就像所有的强效药剂一样，加速剂也很可能被滥用。然而，我们已经非常彻底地讨论过这方面的问题，我们认为这完全是法医学上的问题，不在我们需要考虑的范围之内。我们会生产并销售加速剂，至于其影响——让我们拭目以待。

（赵佳铭　译）

1. 参见苏格兰哲学家托马斯·卡莱尔关于时间的哲学论述。

文艺之争

尽管玛丽·雪莱的《弗兰肯斯坦》描绘了一位太过大胆妄为的科学家，但拜伦和雪莱[1]对科学启蒙运动的前景都感到乐观。歌德不仅是一位文学天才，也是位著名的科学家。爱伦·坡庆祝技术进步。丁尼生预见了人类美好的未来。不过，在工业革命和第一次世界大战之间的某个时候，文学文化在相当程度上背叛了对进步的普遍信仰，谴责科学和技术，并鼓吹回归传统美德和永恒价值。

布莱克[2]抱怨，“黑暗的撒旦工坊”[3]正在掠夺英国农村。卡莱尔[4]承认，“在对外部事物的管理上，我们超越了所有其他时代”，但论到“纯粹的道德本性，灵魂和人格的真正尊严，我们很可能是不如绝大多数文明时代的”。[5]霍桑笔下的科学家摧毁了他们所热爱的一

1. 指玛丽·雪莱的丈夫珀西·比希·雪莱，英国著名诗人。著名诗人拜伦是雪莱的好友。《弗兰肯斯坦》就是在拜伦召集的一次“写作会”当中创作的。
2. 英国浪漫主义诗人，画家。
3. 出自布莱克晚年的代表作《耶路撒冷》，所指究竟为何尚有争议，一般认为代指工业革命带来的新式工坊，但也有人认为是在比喻他眼里异端教派的教堂。
4. 英国历史学家、评论家。
5.《时代的特征》（“Signs of the Times”），《爱丁堡评论》，1829 年。

切。对爱默生[1]来说，“物坐鞍上，驾驭人类”。[2]

斯诺在1959年他的《两种文化》演讲中说，“人文知识分子……是天生的勒德分子”，他们“从未试过去理解，也不想去理解，甚且无法理解工业革命，更不用说接受它了……几乎到处都一样……知识分子们不明白正在发生的事情。作家们当然也不。他们中的许多人耸耸肩走开了，就好像一个有感情的人的正确做法只能是回避；另一些……试着写出各式各样的幻想，其实只不过是惊恐的尖叫”。

剑桥大学的评论家F. R. 李维斯对此回应说，在人类的各种禀赋当中，文学所最看重的是道德自觉，并坚持认为，伟大的文学作品对其所处的文明提出了极为重要的问题，但“当然，对于这样的问题，不可能有任何通常意味上的答案”。此外，所有这样的问题都会让社会犹豫不决，放慢脚步，对未来失去信心，不再信任社会规划和技术进步。

斯诺–李维斯之争实际上与19世纪80年代托马斯·亨利·赫胥黎和马修·阿诺德之间的分歧[3]，以及20世纪第二个十年里H. G. 威尔斯和亨利·詹姆斯之间的分歧颇为类同。人文文化对威尔斯的进步信念，尤其是他后期那些宣传小说中的乌托邦图景的回应，是“反乌托邦”。最近这种社会图景又被叫作“敌托邦”，词头来自希腊语，意思是“病态的”“坏的”。这些作品的表述中，状况是越来越差，而不是越来越好，世界更可能会走向毁灭，而不是臻于完美。

然而，反乌托邦并不仅仅是对遍地机器、由科学家和工程师统治的威尔斯式美好未来图景所做出的文学反应，尽管威尔斯和他建立一个为创造更美好的世界而“公开合谋”的组织的努力是反对者

1. 美国著名思想家、文学家。
2. 出自《颂诗，致威廉·H. 钱宁》（“Ode, Inscribed to William H. Channing”）。
3. 19世纪60年代，英国发起了一场“科学与文化”之争，其中最具代表性的人物即托马斯·亨利·赫胥黎和马修·阿诺德。

们最明显的靶标。被斯诺描述为“不能更强烈地表达了未来不该存在的意愿”的《1984》(1949),其作者乔治·奥威尔谈及威尔斯时写道:

> 生于本世纪初的热爱思考的人们[1],在某种意义上是威尔斯本人创造出来的。一位单纯的作家,尤其是一位作品时效性很强的“大众”作家,其影响力有多大,容或可议,但我很怀疑在1900年至1920年间的作者们,至少在英语世界里的,还能有谁对年轻人有他这么大的影响。

不过,两次世界大战和一次大萧条也将幻灭的氛围带到了文学当中,这种文学氛围产生了阿道斯·赫胥黎[2]的《美丽新世界》(1932)、扎米亚京(Zamyatin)的《我们》(*We*,1924)、C. S. 刘易斯(C. S. Lewis)的“皮尔兰德拉”(*Perelandra*)三部曲[3](1938、1943和1945)、戈尔·维达尔(Gore Vidal)的《弥赛亚》[4](*Messiah*,1953)、伊夫林·沃(Evelyn Waugh)的《废墟中的爱》[5](*Love Among the Ruins*,1953)、安东尼·伯吉斯(Anthony Burgess)的《发条橙》(*A Clockwork Orange*,1962)和许多其他作品。

反乌托邦式的想象出现在科幻杂志上,也出现在斯坦顿·A. 科布伦茨(Stanton A. Coblentz)、戴维·H. 凯勒(David H. Keller)和S. 福勒·赖特(S. Fowler Wright)等作家的头脑中,有时甚至出

1. 这里奥威尔是在解释自己为什么会(为希特勒等灾难)指责威尔斯。
2. 阿道斯·赫胥黎是托马斯·亨利·赫胥黎的孙子,马修·阿诺德的甥外孙。
3. 一般称为“太空三部曲”或者“空间三部曲”。其中《皮尔兰德拉》是其核心的第二部。“皮尔兰德拉”是书中对金星的称呼。
4. 该书描述了被一个新兴宗教统治的未来世界。
5. 该书标题来自勃朗宁的同名诗歌,还有个副标题《一段近未来的罗曼史》。该书是一部反乌托邦式讽刺小说。

现在杰克·威廉森（Jack Williamson）这样基本上抱乐观主义态度的作家的头脑中。弗雷德里克·波尔（Frederik pohl）和西里尔·科恩布鲁斯（Cyril Kornbluth）用他们的小说《太空商人》（*The Space Merchants*）让反乌托邦在科幻小说的主流中牢牢占据了一块阵地[该小说于1952年在《银河》上以《图利星球》（*Gravy Planet*）为名连载]。

然而，最早和最著名的反威尔斯式敌托邦作品是E. M. 福斯特的《大机器停转》。这个故事的发表时间通常被定在1928年，当年他的《永恒瞬间》[1]（*The Eternal Moment*）一书收录了该故事,但实际上它首次发表于1909年[《牛津剑桥评论》（*Oxford and Cambridge Review*），米迦勒学期[2]号]。

福斯特是一位小说家、散文家和评论家，他的作品和观点在数十年间都为人敬重。他最著名的那些小说，特别是《印度之行》（*A Passage to India*，1924），着眼于不同文化间的理解问题；但他也写了一些幻想故事，比如收集在《永恒瞬间》中的作品，以及那篇著名的，被收录于1923年出版的同名小说集中的《天国公共马车》（"The Celestial Omnibus"）。

在《大机器停转》中，正如讽刺文学惯常所做的那样，福斯特将威尔斯式的未来城市推向了这样一个极端：其中的居民极度依赖机器，以至于没有它们的生活不仅是"野蛮"的，而且是不可能的。

（何锐　译）

---

1. 其中收录了发表于1911年的同名短篇小说。
2. 英国部分大学对秋季第一学期的称呼。

大机器停转

［英国］爱德华·摩根·福斯特

第一部分
飞空船

如果可以的话，想象一下：一个小小的房间，呈六边形，就像是蜂房当中的小格子。没有采光的窗户，也没有照明的灯火，但有种柔和的光线把房间照得通明。这里没有通风口，可屋里的空气新鲜。没有乐器，但随着我的冥想开始[1]，房间里便有悦耳的音符跳动。小屋正当中有把扶手椅，椅子边上是张书桌——只有这两样家具。在扶手椅里头塞着一大团被裹得严严实实的肉体——是个女人，身高大约五英尺，脸色惨白，好似蘑菇。正是这房间的主人。

有电铃响起。

女人触动了某个开关，音乐停了。

“我想，不去看看来的是谁是不行了。”她这么想着，并让椅子移动起来。和音乐一样，由机械操控的椅子在地上滚动，将她送到

1. 在 19 世纪末到 20 世纪上半叶，很多人相信冥想可以预见未来。

了房间的另一面，那边的电铃依然在喋喋不休地叫唤。

“谁啊？”她叫道。她的声音有些不耐烦，因为她经常在音乐刚刚响起时被打搅。她认得的人有好几千；人类间的交际在特定的方向已取得了巨大的进步。

但一听见话筒里的声音，她苍白的脸上便露出了笑容。她说：

“很好，我们谈谈。我会把自己隔绝起来。我希望接下来的五分钟里不会有任何重要事务——因为这样我就可以把那五分钟完完整整地用在你身上，库诺。然后我必须去做个讲座，关于澳大利亚时代的音乐。”

她按了下隔绝按钮，好让其他任何人都没法找她讲话。然后她按了下照明装置，于是整个小房间沉入了黑暗之中。

“快点！”她喊道，她又不耐烦了，“快点，库诺；我这边在黑暗中浪费我的时间呢。”

但足足过了十五秒，她手中拿着的那个圆盘才亮了起来。一道微弱的蓝光从盘面上掠过，又暗淡下去，变得有些发紫；这会儿她能看到她儿子的图像了，同时，在地球另一边的他也能看到她了。

“库诺，你动作太慢了。”

他露出个沉重的笑容。

“我真的觉得，你就是喜欢磨蹭。”

“我之前就给你打过电话，母亲，但你总是在忙，要不就进入了隔绝。我有些特别的事情要说。”

“什么事，最亲爱的小男孩？快点。为什么你不用气动系统发邮件过来？”

“因为这种事情我更想亲口说出来。我想——”

“嗯？”

“我想你过来看看我。”

瓦实提[1]打量着蓝色圆盘上他的面孔。

“可我现在就能看到你啊！”她大声说道，“你还有什么不满？”

“我不想透过大机器看你，”库诺说，“我也不想通过这讨厌的大机器跟你说话。”

“喔，别说了！”他母亲略感震惊地说，“你不可以说任何反对大机器的话。”

“为什么不可以？”

“谁都不可以的。”

“你说得好像大机器是哪个神明造出来的，”对面大叫起来，“我估计，你不高兴的时候还会向它祈祷吧。别忘了，制造它的是人。伟大的人，但仍是人类。大机器意义非凡，但并不是一切。我在这盘子上看到了跟你类似的形象，但我并没有见到你。我透过这个话筒听到了和你类似的声音，但我没听到你的声音。这就是为什么我希望你能过来。来跟我待在一起。来看看我吧，这样我们可以面对面地聚聚，来谈谈我心中在希望的那些事。”

瓦实提回答说，她不太可能抽出时间去拜访他。

“飞空船只要两天就能从你那边飞到我这里。”

“我不喜欢飞空船。”

“为什么？”

“我不喜欢看见下面那可怕的棕色大地、海洋，还有夜里的星星。在飞空船上我想不出任何新的想法。”

“我倒是在别的任何地方都没有新想法。”

“飞在半空能让你想出什么？”

库诺停了一下。

---

1. 该人物和《旧约·以斯帖记》中因不从夫命被废黜的波斯废后同名，此名意谓“最好的”“被爱的”。

“你知不知道，有四颗大星组成了一个长方形，然后在长方形中间有三颗星星聚在一起，这七颗星边上又挂着另外三颗？”

“不，我不知道。我不喜欢星星。但它们让你有了新想法？真有趣，给我讲讲。”

“我觉得它们像是个人。”

“我不明白。”

“那四颗大星是这个人的双肩和双膝。中间的三颗是腰带，从前人们腰上系的那种东西，而挂在边上的那三颗就像是一把剑。”

“剑？”

“人们以前身上会带着剑，用来杀死动物或其他的人。”

“这并不是个能打动我的好点子，但倒是非常新奇。你最初是怎么想到这个的？”

“在飞空船上——”他顿住了。瓦实提觉得他看上去有些悲哀，她并不能非常肯定，因为大机器并不会把细微的表情差别传输过来。它只是给出个大体的印象，足以满足任何实用需求的印象——她这么想着。有个可疑的哲学流派认为，那种被大机器合情合理地忽略掉了的难以捕捉的风采，是人际交往中真正的精髓所在，就像是葡萄上被人造水果的制造者们忽略掉的那层难以捕捉的白霜。我们人类早就已经惯于接纳这种“足够好”的东西。

“其实，”库诺继续往下说道，“我还想再看看那些星星。它们很不寻常。我希望不是从飞空船上，而是从地球表面看看它们，就像是我们的祖先千万年前那样。我想去地表看看。”

瓦实提再度震惊了。

“母亲，你一定要过来啊，哪怕只是为了给我解释下，去看看地球表面有什么样的害处。”

“没什么害处，”她控制住自己的情绪答道，“但也没好处。地表只有尘埃和泥土，上面没有生命残留，而且你还需要戴个人工呼吸器，不然外面冰冷的空气会杀死你的。暴露在外面的空气中，人一下子就会死掉。”

“我知道；当然，我会做好所有的防护措施。”

“除此之外——”

“嗯？”

瓦实提考虑了下，小心地选择用词。她希望能说服自己这性情古怪的儿子，让他不要去冒险。

“这和时代的精神背道而驰。”她最后断言。

“你这话的意思，其实，是跟大机器背道而驰吧？”

“某种意义上来说，是的，但——”

蓝色圆盘上库诺的形象隐去了。

“库诺！”

他进入了隔绝状态。

瓦实提感到一阵孤独。

然后她打开了灯。灯光照亮了她的整个房间，到处装点着按钮的房间，这景象让她恢复了活力。到处都是按钮和开关——呼叫送餐的，点播音乐的，索要衣饰的。这里有洗热水澡的按钮，一按下去就会有一个（仿）大理石的浴缸从地板中冒出来，里面满满地装着温热的除臭液。也有冷水浴按钮。还有文学创作的。当然，还有那些她用来跟朋友们通话联络的。这房间虽然空空荡荡，却跟这世上她所在乎的一切都紧密相连。

瓦实提随即关闭了隔绝开关，于是之前三分钟内累积起来的讯息骤然涌向她。房间里满是铃声和通话管的喧闹声。那种新食品怎么样？她能不能给推荐下？她最近有没有什么新想法？也许有人可以给她讲讲自己的？她近期要不要约个时间，拜访下公立托儿所？——下个月的今天如何？

她答复大多数问题的时候都带着怒气——在这个飞速发展之后的时代，这种心情正日渐增多。她说那种新食品糟糕透顶。她说她去不了公立托儿所，各种预约安排已经多得让她不堪承受了。她说自己没什么新想法，但刚听到了一个——四颗星星，再加上中间三颗，看起来像个人；她很怀疑这有多大意义。然后她关闭了回复线路，因为到了发送她关于澳大利亚音乐讲座的时候了。

公众集会那种拙劣的体系早就被抛弃了；无论瓦实提还是她的听众都无须离开自己的房间。她坐在自己的扶手椅上讲，听众们坐在各自的扶手椅上听她讲，看她讲，听得挺清楚，也看得挺清楚。她开始先轻松诙谐地介绍了下前蒙古时代的音乐，接下来描述了在中国大征服之后歌曲的爆发式涌现。她说，虽然艾山叟和布里斯班学派的方法太过古老和原始，但她仍然觉得他们值得今日的音乐家们进行研究：他们生机勃勃；最重要的是，他们带来了很多新想法。

她的讲座持续了十分钟，反响很好。结束后，她和她的许多听众一起又去听了一个关于海洋的讲座；海洋能给人们提供新的思路；演讲者不久前曾戴着人工呼吸器去看过海。然后她去用餐，跟众多友人聊天，又去洗了个澡，继续聊天，最后召出了自己的床铺。

这张床并不合她的意。太大了，而她喜欢的是小床。抱怨是没有用的，因为全世界的床铺都是一个尺码，想要张不一样大小的会涉及大机器内部的大范围更动。瓦实提让自己进入隔绝状态——在地底，没有白天也没有黑夜，所以这是必须的——又回顾了一遍上次她召出床铺到现在之间发生的一切。新想法？几乎没有。要事——库诺的邀请算得上一件？

在她旁边，在小书桌上，有一件从那些混乱时代中幸存下来的东西——一本书，是《大机器之书》。其中包含了针对任何可能发生的状况的建议。如果她热了、冷了、消化不良了，或是不知该怎么说话了，她就去求助于这本书，书会告诉她该按下哪个按钮。书是“中心委员会”印行的，被装饰得富丽堂皇——和近来愈发盛行的风潮一致。

她坐在床上，将书恭恭敬敬地捧在手中。她把明亮的房间整个扫视了一遍，就像可能会有人正在观察她。然后，她半是尴尬半是快活地小声呢喃：“噢，大机器！噢，大机器！”同时将那卷册举到自己唇边。她三度亲吻书皮，三度低下自己的头颅，三度感觉到那顺服[1]的狂喜。她执行完仪式之后，把书翻到了第1367页，那上面给出了从南半球的岛屿出发，去往北半球岛屿的飞空船开船时刻表——她住在南面岛屿的土层之下，她儿子住在北面。

她想：“我没那个时间啊。”

她让房间暗了下去，睡了；她醒来，让房间亮了起来；她进食，跟她的朋友们交流想法，听音乐，参加讲座；她让房间暗了下去，睡了。在她上方，在她下面，在她周围，大机器永远在嗡嗡作响；她注意不到这噪声，因为她出生时就满耳都是这声音。地球携着她，嗡嗡作响，在寂静的太空中飞驰，让她忽而转向那看不见的太阳，忽而转向那看不见的群星。她醒来，让房间亮了起来。

“库诺！”

他的回应是：“我不跟你讲话。除非你过来。”

“我们上次谈话之后，你去过地表了吗？”

他的影像消失了。

她再度求教于那本书。她非常紧张不安，躺倒在自己的椅子上，心悸不已。想象下，没有牙齿，也没有头发的她。她随即让椅子移

1. 基督教术语，指对神的意志毫无异议地接受。

动到墙边，按下了一个不常用的按钮。墙壁缓缓地分开。透过开口，她看到一条隧道，走向略有弯曲，让人看不到它的终点。如果她要去见她的儿子，旅程就要从这里开始。

当然，她对交运系统一清二楚。这其中没什么神秘的。她会招来一辆小车，车子会带她飞过隧道，直抵通往飞空船港的升降梯：这套系统已经沿用了许多个年头了，早在大机器在世界范围内建立起来之前就有了。当然，她也研究过在她之前最近的那一个文明——那个文明对这一系统的功能完全是误用了，它利用这一系统来把人们带到物品旁边，而不是把物品带到人们身边。在过去那个可笑的年代，人们得出去呼吸新鲜空气，而不是把新鲜空气送到房间里来！可她还是被隧道吓到了：自从她最小的孩子出生以来，她就再也没看过它一眼。它是弯曲的——但没她记忆里的那么弯；里面亮着灯——但并没有某位演讲者描述的那么亮。切身体验带来的恐惧压倒了她。她缩回了房间里，墙壁再度合拢了。

“库诺，”她说，“我没法去看你。我身体不舒服。”一台大型仪器随即从天花板上冒了出来，降到她身体上方，一根体温计自动插进了她嘴里，一个听诊器自动贴到了她胸口。她虚弱无力地躺着。清凉垫在她的额头上摩挲。库诺给她的医生打了电报。

就是这样，在大机器下仍有人类的感情，跌跌撞撞，起起落落。

瓦实提把医生注入她嘴里的药剂喝了下去，那台设备也退回到了天花板中。她听到了库诺的声音，在问她感觉怎么样。

“好些了。”她恼火地说，“但为什么就不能是你来看我呢？”

“因为我不能离开这个地方。”

“为什么？”

“因为有件非同小可的事情，随时都可能发生。”

“你去过地表了吗？”

“还没有。”

“那你说的是什么事？”

“我不会透过大机器告诉你的。”

她又继续过着自己的日常生活。

但她会想起库诺，想起他婴儿时的样子，想起他的降生，想起他被带到公共抚育院，想起自己那次去抚育院探望他，想起他一次次前来看望自己——在大机器给他在地球另一边分配了一个房间之后，他就不再前来了。“父母，其责，”大机器之书这样说，“在降生之刻即告消灭。第422327483页。”确实如此。但库诺的情况有些特别——实际上，她所有的孩子多少都有些特别——所以说到底，如果他实在想要，瓦实提必须鼓起勇气踏上旅途。还有那个“可能发生”的“非同小可的事情”。那是指什么？这毫无疑问，是年轻人的胡思乱想，但她必须要去。她再一次按下那个陌生的按钮，墙壁再一次分开，她又看到了那条蜿蜒到她视野之外的隧道。她紧抱住圣书，站起身来，踉跄着走到站台上，召唤小车。她的房间在她身后关上了：前往北半球的旅程开始了。

当然，这绝对是轻而易举。车来了，她发现里面有把扶手椅——跟她自己的完全一样。她发出信号，车就停了，然后她踉跄着走进了升降梯。升降梯里除了她还有另一名乘客，这是她几个月来面对面看到的头一个生灵。当今时代，很少有人还会出门旅行了——多亏了科学的发展，整个地球到处都是一个样。之前的文明曾极为渴望的便捷人际交往，在实现之后又自我消亡了。北京和什鲁斯伯里一模一样，那去北京又有什么意义？什鲁斯伯里和北京也没差别，那又何必回什鲁斯伯里？人们几乎不会再挪动自己的身体；所有的躁动不安都只在方寸之间。

飞空船是上一个时代遗留下来的交通工具。它被保留下来，是因为停运或者销毁它更费事，虽然现在它的运力远远超过了所需。一艘艘飞空船从拉伊或是克赖斯特彻奇（我这里用了它的古名）的出入口升起，驶入拥挤的天空，然后在南方的码头停下，船上总是空空如也。系统调校非常精准，完全不受天气影响，无论是碧空如洗还是阴云密布，天穹都犹如一个巨大的万花筒：同样的图案在上面周期性地重复。瓦实提乘坐的航班在日落或是黎明起航。但在它飞过兰斯上空时，总是会和往返于赫尔辛基与巴西的飞空船并行；每当它第三次越过阿尔卑斯山时，巴勒莫的船队都会横向穿过它在身后留下的轨迹。白天或是黑夜，风暴、潮汐和地震，都已不能阻挡人类。他们驾驭了利维坦般的巨力。所有那些旧时代的文学，它们对于自然伟力的赞美和恐惧，听起来都已如同孩子口中的呓语，毫无真实感。

但当瓦实提看到巨大的船体，看到那由于暴露在外部空气中而沾染上的污迹之时，切身体验到的恐惧又回来了。这跟电影图像中的飞空船可不太一样。首先，它有股味道——并不强烈，也不是臭味，但就是有味道，她闭上眼睛也会知道有个陌生的东西正在靠近。然后她还得从升降梯里走过去，不得不忍受其他乘客偶尔投来的目光。她前面的男人把自己的圣书弄掉了——不是什么大事，但让所有人都感觉不安。在房间里的话，如果圣书掉了，地板会自动把它抬升回来，但通往飞空船的走道可没这种功能，于是那神圣的书就一动不动地躺在地上。人们停下脚步——这景象难得一见——那个男人也没有去捡起他的宝贵财富，而是捏着自己胳膊上的肌肉，想搞清它们怎么就出问题了。这时，有人居然真的发声说话了：“我们要迟到了。”——于是登船队伍继续向前，当中瓦实提还踩到了书页上。

进船后，她的焦虑有增无减。船内的陈设过时且简陋。这里甚至还有个女乘务员，在旅途中瓦实提若有什么需求只能向她提出。当然，还是有一条自动回转走道贯穿全船，但她还是得从那上头自行走到自己的舱位去。有些舱位比其他的要好些，而她分到的并不是最好的。她觉得乘务员行事不公，气得她的决心又有些动摇。玻璃阀门已经关上了，她回不去了。她看着船道的尽头，之前她乘坐的升降梯正悄然上上下下，里面空无一人。在通道那些闪亮的瓷砖下面，是一个个房间，一层下面还有一层，直到地底深处，在每个房间里都坐着一个人，或在吃饭，或在睡觉，又或是在创造新想法。她自己的房间就掩藏在这蜂巢深处。想到这里，瓦实提感到很害怕。

“噢，大机器！噢，大机器！”她低声呢喃着抚摸自己的圣书，借此获得了安慰。

然后船道的两侧似乎融合到了一起——我们在梦中就会见到通道那个样子——升降梯消失了，先前掉下去的圣书滑向左侧后也消失了，那些亮闪闪的瓷砖像流水般飞驰而过。飞空船微微一震，冲出了隧道，翱翔于热带海洋的水面之上。

时当夜晚。片刻间，她看到了苏门答腊的海岸线，它被散发磷光的海浪勾勒成形，边上装点着灯塔，那些灯塔依旧在射出光柱，尽管已经没人在意。这些消失不见之后，吸引她注意的只剩那些星星。它们并非静止的，而是在她头顶上前后摇摆，集体从一个天窗中蹿进另一个天窗里，就好像在疾驰的并不是飞空船，而是宇宙。还有（在晴朗的夜晚常常如此），它们有时看起来有明显的透视关系，有时又看似在一个平面上；有时看似朝着无尽天穹层层叠叠，有时又将浩瀚天际遮蔽起来，好似一个即便以人类的视野而言也太过局促的屋顶。无论哪种情况，看起来都让人难以忍受。“我们要在黑暗中旅行吗？”乘客们愤怒地喊叫起来。那个粗心大意的乘务员打开了灯，拉下了柔性金属窗帘。建造这些飞空船的时候，亲眼观看东西的渴望还在这世间徘徊未灭。这就是为什么天窗和舷窗的数量多得异乎寻常——由此导致了当今有教养的高雅人士大感不适。就算是在瓦实提的舱内，也还有一颗星星从窗帘上的一个缺口透进了光芒。在辗转反侧了几个小时之后，一道陌生的光芒让她再也睡不着了，那是一线曙光。

船向西行驶得很快，但地球向东旋转的速度更快，于是瓦实提和她的旅伴们被拖了回来，拖进阳光中。科学可以延长夜晚，但只是一小会儿；人们曾期望能中和掉地球追赶太阳的旋转，这种奢望而今已然不再——若干也许更加宏大的期望亦然。“赶上太阳的步伐”，甚至超越它，为了这一目标，人们建造了能以极高的速度飞行，由当时的顶尖人物驾驶的飞空船。它们在人们的欢呼声中绕着地球飞行，一圈又一圈，向西，再向西，一圈又一圈。徒劳无益。地球向东的速度仍然更快。并且还发生了可怕的事故。于是当时崛起的大机器委员会宣布，这种追日行为是非法的，反大机器的，当处以无家刑。

关于这个“无家刑”，我们后面再介绍。

毫无疑问，委员会是正确的。但“击败太阳”的尝试曾最后一次唤起了我们这一种族历史上对天体，确切说，是对任何事物的那种共同兴趣。那是人类最后一次团结在一起，思索着这世界之外的伟力。太阳获胜了，但那成了它对人类心灵统治的终点。黎明、正午、薄暮、黄道带，都不再能影响人们的生活，不再能触动他们的心灵，科学退回了地底，将注意力集中到那些它确实可以解决的问题之上。

所以，当瓦实提发现玫瑰色的阳光探出一根指头，侵入她的舱室时，她大为恼火，竭力想要把窗帘调好。但帘子整个飘了起来，于是她透过天窗看到了几朵小小的粉色云团，在蓝色的背景上浮动；随着太阳越升越高，它的光线直接照了进来，照得满墙都是，有如一片金色的海洋。阳光随着飞空船的运动起起伏伏，就像是浪头起起落落，但还是在持续推进，就像是上涨的潮水持续向前。一个不小心，阳光差点就照到了她脸上。她一时间吓得发抖，于是按铃叫来了乘务员。乘务员也恐惧不已，但她无能为力：修理遮光窗帘并不是她的职务。她只能建议这位女士换间船舱，瓦实提也准备照办。

全世界的人们都差不多，但飞空船上的这名乘务员，可能是由于她岗位的特殊性吧，变得和大众略有不同。她必须时常和乘客直接对话，这让她举止间带上了某种特别的粗野和个人特色。当瓦实提叫喊着逃开太阳的光束时，她做出了野蛮人的行为——她伸出手扶住了瓦实提。

“你怎么敢这样！”乘客指责道，“太失态了！”

这女人手足无措，为没任她摔倒而向她道了歉。人类绝不可以接触他人。多亏了大机器，过时的传统习惯已经被淘汰了。

“我们现在在哪？”瓦实提居高临下地问道。

“我们正在亚洲上空，”急于想表现得彬彬有礼的乘务员说道。

“亚洲？”

“对我惯常的说话方式请务必见谅。我实在是习惯了用非大机器定名的方式来称呼我经过的地点。”

“噢，我知道亚洲。蒙古人就来自这里。”

“在我们下方，矗立着一座暴露在空气中，曾被称为西姆拉的城市。”

“你从没听说过蒙古人，或是布里斯班学派？”

“没有。”

“布里斯班也是暴露在空气中的。”

“请容我向您介绍一下——右面的群山。”乘务员推开一张金属遮光帘，露出了外面喜马拉雅的主山脉。“那些山，它们曾一度被称为世界屋脊。”

“这称号太愚蠢了！”

“请不要忘了，在文明的黎明到来之前，它们看起来是一堵直抵星空，无可逾越的墙壁。人们以为，它们的顶峰凡人无法抵达，唯有神明才能踏足。感谢大机器，我们的文明如此先进！”

“感谢大机器，我们的文明如此先进！”瓦实提说道。

“感谢大机器，我们的文明如此先进！”那个头天晚上失手落下了自己圣书的乘客应和道。他正站在通道上。

“在裂口当中的那些白色的东西呢？那是什么？”

“我忘记那东西的名字了。”

“请把窗户盖上吧。那些群山没让我有什么想法。”

太阳刚刚才爬上印度一侧的山坡，因此喜马拉雅山的北面笼罩在深沉的暗影之中。在印刷品盛行的年代，为了提供制造新闻纸所需的纸浆，这里的森林都被砍伐殆尽了，但在晨光中白雪依旧会再度显露它的光辉；在干城章嘉峰的山腰上，也依然有朵朵白云浮动。在平原上可以看到城市的废墟：沿着它们的城墙，水量大减的河流缓缓流过；在边上时而可见大出入口[1]的标志，它们标志着当今的城市所在。一艘艘飞空船从这一切景象之上匆匆掠过，以一种难以置信的镇定从容横越山脉或是与之交错而过；在需要摆脱低空大气的扰动，越过世界屋脊之时，它们又会以漠然的姿态爬升。

“感谢大机器，我们的文明如此先进！”乘务员重复了一遍，然

1. 原指古罗马角斗场的出入口拱门，这里借指地下世界的出入口。

后将喜马拉雅山挡在了金属窗帘之后。

这个白天过得格外漫长，令人生厌。乘客们各自坐在自己的舱室中，极力避开他人，那种拒斥感几乎要化为实体。他们渴望着再度回到地面之下。一共有八到十个乘客，多数都是年轻男性，公立抚育院把他们送出，去继承世界各地死亡者留下的房间。那个把自己的圣书弄掉了的男人是在回家的路上。他之前为了繁衍种族被派到了苏门答腊。只有瓦实提是因个人愿望出行。

中午的时候，她再一次看了看地面。飞空船正在越过另一片山区，但云层让她几乎看不到什么。她脚下巨大的黑色岩峰起伏不定，隐约之间仿佛融入了灰色的云中。它们的形状千奇百怪；有一块像是个趴着的人。

“没有新想法。”瓦实提嘟哝着，把高加索山挡在了金属帘幕之后。

傍晚时分她又看了看。他们正越过一片金色的海洋，海上散布着众多小岛，还有一个半岛。

她重复了一遍：“没有新想法。”然后把希腊挡在了金属帘幕之后。

第二部分
维修机

经过门廊，经过升降梯，经过隧道铁路，经过平台，经过一道滑门——经过和她离开时正相反的所有一系列步骤之后，瓦实提抵达了她儿子的房间——和她自己的完全相同的房间。她满可以断言，这次造访是多此一举。按钮，把手，书桌和上面的圣书，温度，空气，照明——全都一模一样。就算库诺，她肉中的肉[1]，终于站到了她身旁，那到底又有何益处？她太有教养了，不可能跟他握手。

她转开自己的视线，说出了这样的话：

“我来了。我经历了最可怕的旅程，极大地延缓了我灵性的成长。这不值得，库诺，这不值得。我的时间太宝贵了。阳光差点就照到我身上，我还不得不遇到些粗鲁得要命的人。我只能待几分钟。把你要说的说出来，然后我就得回去了。”

“我有被处无家刑的危险。”库诺说道。

瓦实提直直地看着他。

“我有被处无家刑的危险，这种事情我是没法透过大机器来告诉你的。”

无家刑意味着死亡。犯人会被暴露在大气中，从而被夺去生命。

“上次跟你讲话之后，我到外面去过了。非同小可的事情已经发生了。而且他们已经发现了我。”

“但你出去又有什么不可以的！”瓦实提叫道，“去地表看看，这完全是合法的，完全符合机器之道。我最近就去听过一次在海上举办的讲座；这并没什么好反对的；你只要招来一副呼吸器，取得外出许可就行了。虽然这并不是关心自己灵性的人该做的事，我也请求你别这么做，但做了也并不违法啊。”

“我并没有取得外出许可。”

“那你怎么出去的？”

“我自己找到了一条路。”

瓦实提似乎觉得这话毫无意义，于是库诺不得不重复了一遍。

1. 出自《圣经·创世记》：“这是我骨中的骨，肉中的肉。”

“自己找路？”她小声说，“但那是不对的啊。”

“为什么？”

这问题对她的冲击大得无可估量。

“你开始崇拜大机器了，”库诺冷冷地说道，“你觉得我找到自己的路是亵渎之举。委员会在威胁要判我无家刑的时候，他们也是这么想的。”

这话激怒了瓦实提。“我什么都不崇拜！”她大喊道，“我是思想最先进的人。我不觉得你亵渎神明，因为如今已经没有宗教这种东西了。所有曾经存在过的恐惧和迷信都已经被大机器摧毁了。我只是说，你自己找出条路是——另外，并没有别的路可以出去。”

“人们确实一直误以为如此。”

“要通过大出入口你必须有外出许可。除此之外是没办法出去的。圣书是这么说的。”

“嗯，那本书错了。因为我已经自己走出去过了。”

库诺有着相当的体力。

在当今时代，身强力壮是个缺点。每个婴儿一出生就要接受检查，所有那些预计未来将有过强体力的婴儿都会被销毁。人道主义者会反对这种做法，但让一个强壮的人活下来并不是真正的仁慈；生活在大机器安排给他的环境中，他永远也不会快乐；他会渴望有树可以攀爬，有河可以沐浴，有草地和山岗可以让他估量自己的体能。人必须适应自己的生存环境，不是吗？在世界的黎明期，体虚力弱的人必须被丢到泰格图斯山[1]上；在世界的黄昏期，身强力壮的人则要被安乐死，如此大机器才可进步，如此大机器才可进步，如此大机器才可永恒进步。

---

1. 希腊山名。传说古代斯巴达人会将族中身体虚弱的婴儿丢到该山上，任其自生自灭。

“你知道吧，我们已经失去了对空间的感觉。我们说‘空间被消除了’，但我们消除的不是空间，只是对它的感觉。我们失去了一部分的自我。我决心要把它找回来，于是我开始步行上下我房间外的平台。上去又下来，直到我身体疲惫，于是我重新拥有了‘近’和‘远’的认知。‘近’就是我可以靠我的双脚迅速抵达的地方，而不是火车或者飞空船能迅速带我抵达的地方。‘远’就是我无法靠双脚迅速抵达的地方；这里的大出入口就在‘远’处，只要叫来列车，我三十八秒内就能到达那里。人是衡量之尺[1]。这就是我获得的第一个经验。衡量距离的是人的双脚，衡量所有权的是人的双手，而他的身体，衡量的是一切可爱可想望的东西，以及力量。然后我去到了更远的地方：就在我第一次给你打电话，而你不愿意来这里的那个时候。

“这座城市，正如你所知，建立在地表之下很深的位置，只有那些大出入口突出地面。我步行走过自己房间外的平台后，搭乘升降梯到了另一层，也同样在上面步行，如此一层层上去，最后我到了顶上的一层，在那上面就是土层了。每一层平台都是完全相似的，我走过了所有的平台，从中获得的唯一收获就是增强了我的肌肉和对空间的感知。我想我或许该满足于此了——这收获也不小了——但我边走边想，忽然就想到，建造我们的城市之时，人们仍然呼吸外头的空气，那么这里就肯定有为干活的人们建造的通风井。我的思维完全集中到了通风井上。它们已经被大机器后来逐步发展出来的食品管道、医疗管道和音乐管道完全破坏掉了吗？或者尚有遗迹残留？有件事是确定无疑的。要说在什么地方我能找到它们的话，那肯定是在最顶楼的铁路隧道里面。其他任何地方的空间都已经被

---

1. 古希腊哲学家普罗塔哥拉名言：“人是万物的尺度。”

占用了。

“我现在说起来快，但别以为当时我没有胆怯过，别以为你的回答没有让我意志消沉过。沿着铁路隧道步行，这事不对，这不‘机器’，这不得体。我或许会踩到导电轨上被电死，但我对这倒并不害怕。我怕的是某种更加难以捉摸的东西——做完全在大机器考量之外的事情。然后我对自己说，‘人是衡量之尺’，于是我又去了。然后，在去过许多次之后，我找到了一个出口。

“隧道里自然是有照明的。到处都有光，人造的光明；黑暗才是规则的例外。所以当我看到瓷砖当中有一道黑色的沟壑时，我知道那就是例外之处，因而欢欣鼓舞。我把我的手臂伸了进去——起初只有手臂能伸进去——狂喜不已地一圈圈晃动手臂。我卸下另一块瓷砖，把我的头伸了进去，朝着黑暗高呼：‘我来了，我会做到的。’我的声音在无尽的通道中回荡。我似乎听到了那些死者灵魂的声音，那些每天傍晚回到星光下和他们的妻子团聚的工人，那生活在露天里的所有世代，他们在向我回话：‘你会做到的，你来了。’”

他停了下来。尽管他的行为如此荒诞不经，他最后的那些话还是让瓦实提为之感动。库诺前不久曾想要成为父亲，但他的申请被委员会拒绝了。他的基因并不是大机器想要传承下去的那种。

“然后一辆列车经过。车子和我擦身而过，但我把头和胳膊都塞进了洞里。我这一天的进展已经够多了，所以我爬回了平台，搭乘升降梯下去，然后唤出了我的床铺。啊，一夜好梦！然后我再一次给你打了电话，你也再一次拒绝了。”

瓦实提连连摇头：“别。别再说这些可怕的事了。你让我非常难受。你在抛弃文明。”

“但我已经找回了空间的感觉，就不可能停下来了。我下定决心要钻进洞里，从通风井爬上去。为此我锻炼我的双臂。日复一日，我进行各种荒唐的运动直到肌肉酸痛；终于我可以靠双臂把自己悬在空中，或是将我床上的枕头举起，持续许多分钟。于是我要了个呼吸器，动身启程。

“起初很容易。灰泥多少有些腐朽了，我很快就把更多的瓷砖推进了通风井，然后我也爬进了黑暗中。亡者的灵魂抚慰着我。我也不清楚我这话究竟是什么意思。我只是在陈述我的感受。我觉得，这是第一次有人对堕落提出了抗议；我还觉得，正如那些死者在抚慰我，我也在抚慰着那些尚未出生的人。我感觉到人性是存在的，它的存在无关外饰。我要怎么才能解释清楚这点呢？它是赤裸裸的，人性看起来是赤裸裸的；所有的这些管道、按钮和机械装置，它们并不是和我们一起降生到这世上的，我们离世的时候它们也不会跟去，我们在此世之际，至关重要的也不是它们。如果我够强壮，我会扯掉身上的每件衣饰，不戴呼吸器就冲进露天的空气中。但我做不到，大概我这一代的任何人也都做不到。我往上爬得戴着我的呼吸器，穿着我的健康衣，携着我的营养药片！但总比无所作为要好。

“那里有道梯子，是用某种古代的金属制成的。来自铁道的灯光照在最底下的几级上，让我看到梯子是从通风井底部的瓦砾间伸出来，然后笔直向上延伸的。也许我们的先祖在建造城市的时候，每天都要沿着它上上下下十几次。我往上爬时，梯子粗糙的边缘割穿了我的手套，我的手流血了。借助灯光，我向上爬了一小会儿，然后黑暗来临；并且，更糟糕的是，寂静犹如利剑，刺痛我的耳朵。大机器的嗡嗡声！你知道吗？它的嗡嗡声弥漫在我们的血液中，也许甚至影响了我们的思维。谁知道呢！我正在超出它的权力范围。然后我觉得：‘这寂静意味着我犯错了。’但我在寂静中听到了声音，那些声音再一次给了我力量。”他大笑起来，“我需要声音。下一刻，我的脑袋撞到了什么东西上。”

瓦实提叹了口气。

“我抵达了那些为我们阻挡外面空气的气阀塞中的一道。你在飞空船上或许曾注意到它们。眼前一片漆黑，我的脚踩在看不见的梯子的梯级上，我的手还被割破了；我无法解释我是怎么从这样的环境中活下来的，但那些声音一直在抚慰我。然后我伸手去摸索门闩。我估计那个阀塞直径大约有八英尺。我用手沿着它摸过去，尽可能向远处摸索。它的表面一片光滑。我差不多摸到了它的正当中。还没到正当中，因为我的胳膊不够长。然后那个声音说：‘跳吧。值得的。在正当中也许有个把手，你也许能抓住它，然后你就会以自己的方式来到我们这里。而若是没有把手，那你也许会掉下去，摔得粉碎，但那还是值得的：你依旧会以自己的方式来到我们这里。’于是我跳了出去。那里有把手，于是——”

他停住了。他母亲的眼中噙满了泪水。瓦实提知道，他已经注定要毁灭了。不是今天死，也就是之后不久的某天。这世上没有房间可供这样的一个人栖身。可她的怜悯中又混杂着厌恶。她为诞下了这样一个儿子而感到羞愧，她，这样一位总是饱受尊敬、灵感充沛的人物！她教会了那个小男孩如何自己使用制动器和按钮开关，给他上了第一节关于圣书的课，现在这个男人真的是他吗？他那些让自己嘴唇丑陋不堪的毛发完全显示出，他正在返祖，变回野蛮的人类。对于返祖者，大机器是无法给予慈悲的。

“那里有个把手，我也确实抓住了它。我迷迷糊糊地吊在黑暗之中，听着这些装置的嗡嗡声，仿佛是一场正在逝去的梦境里最后的呢喃。我曾关心过的一切，我曾透过管道与之交谈过的任何人，都显得无比渺小。与此同时，那把手转动起来。我的体重启动了某个机关。我缓缓地旋转着，然后——

“我无法描述之后的事。我躺倒在地，阳光照耀在我脸上。血从我的耳鼻往外直涌，我听到一阵惊人的轰鸣。我攀在下面的那个阀塞直接被从地下喷了出来，我们在下面制造的空气通过这个出气口漏到了上面的空气中。猛然爆发，就像是个喷泉。我爬回到那里——因为上面的空气对我有害——然后，我好像是在那边上大口大口吸气。我的呼吸器已经被炸到了不知什么地方，我的衣服也破了。我就躺在那儿，用嘴靠近那个窟窿，用力吸气，直到出血止住。你想象不出那有多么怪异！在草地——待会儿我再说那是什么——上有这么个洞，阳光闪烁，说不上灿烂，但透过了斑驳的浮云——那种平静，那种安宁，那种空间的感觉，还有，吹拂在我脸上的，我们的人造空气形成的嘶吼着的喷泉！不久，我看到了我的呼吸器，就在我的脑袋上方，在气流当中上下飘动；再往上，高处有许多飞空船。但没人会从飞空船往外看，对于我这种情况，上面的人也不可能把我救上去。我被困在那里了。太阳沿着通风井往里照进去了一点点，让我能看见梯子的最上面一级，但毫无爬回那里的希望。我要不就会被漏出的气体再度吹飞，要不就会掉下去，然后摔死。我只能躺在草地上，一口又一口啜饮着空气，一次又一次环顾四周。

“我知道我在威塞克斯，因为我出发之前特意去听了一次关于这个话题的讲座。威塞克斯就在我们如今交谈的这个房间的正上方。它曾经是个举足轻重的国家。它的几代国王控制了从安杰德斯瓦德到康沃尔间的整个南方海岸，万斯壕蜿蜒在高地之上，保卫着它的北方。但是演讲者关心的只是威塞克斯的崛起，所以我不知道它在国际舞台上作为强国持续了多久，即使知道，对我也没什么帮助就是了。老实说，我当时什么也做不了，只能哈哈大笑。我就在原地，身边是个气阀塞，头顶上是个人工呼吸器，我们仨都被困住了，困在一片凹地中，这里绿草丛生，周围长着蕨类植物。”

然后他又严肃了起来。

“幸好这里是块凹地。因此空气开始落回到这里，充满周围，就像是水灌进碗里。我可以四下爬动了。然后我站了起来。我呼吸的是混合气体，当我试图从斜坡往上爬时，其中有害的那种空气就占大多数了。这也并不算太糟糕。我的药片还在，而且仍然没来由地欢欣鼓舞[1]，至于大机器，我已经忘得一干二净了。我的下一个目标是爬到坡顶上——长着蕨类植物的地方，然后去看看再前面有些什么。

“我冲上了斜坡。新的空气对我来说还是太刺激了，我刚看到些灰蒙蒙的东西就又滚回了下面。阳光变得暗淡了许多，我想起来了，太阳这时候在‘天蝎座’——我之前也去听过一次关于这个的讲座。如果太阳在‘天蝎座’，而你在威塞克斯，那就意味着你得赶快了，不然天色会太黑。（这是我从讲座中获得的信息当中头一回有一点派上用场的，我希望也是最后一次。）这让我疯狂地挣扎，想要呼吸新的空气，在我勇气允许的范围内尽可能地向前，离开我所在的凹地。空气灌满这块凹地的速度太慢了。我时不时就觉得，喷泉的势头减弱了。我的呼吸器舞动的位置离地面似乎更近了些；嘶鸣声也在减弱。”

他忽然停下了。

“我觉得您对这不感兴趣。剩下的部分你只会觉得更无趣。这也不会带给你什么新想法，我现在真希望我没麻烦你过来。我们太不一样了，母亲。”

瓦实提让他继续说。

“我爬到坡上的时候已经是傍晚了。这个时候太阳已经几乎要从天空中溜掉了，我没法看得很清楚。你刚刚越过了世界屋脊，不会想要听我讲述那些我看到的小丘——低矮、单调的丘陵。但对我

1. 人吸入过高浓度氧气时可能出现的反应之一就是兴奋。

来说，它们是生机勃勃的；覆盖在它们顶上的草皮是皮肤，在下面有肌肉脉动；我觉得那些小山曾以难以估计的力量向人类呼喊，人类也爱它们。现在它们沉睡着——大概会永远睡下去。它们和人类在梦中密谈。和威塞克斯的众山同醒的那些男人、那些女人，他们是多么幸福啊。因为纵使它们现在沉睡了，但它们是永不会死灭的。”

他的语声激昂起来。

“你看不出来吗，你们所有这些演讲者就看不出来吗？我们其实正在死去；在地下这里，唯一真正活着的是大机器。我们创造了大机器，为了让它执行我们的意愿，但现在我们无法让它执行我们的意愿了。它从我们这里夺走了对空间的感觉、对触碰的感觉，它将所有的人际关系变得含混不清，将爱贬抑到只剩肉体行为，它麻痹了我们的身体、我们的意愿，而现在它还要驱使我们去崇拜它。大机器在发展——但并不是依循我们的路线。大机器在前进——但不是朝向我们的目标。我们活着，只是作为它的血球，在它的血管中奔流；如果有一天它不需要我们也能运行，那它就会让我们去死。噢，我没有救治的良方——或许，至少，还有一个——去告诉人们，一遍又一遍地告诉他们，我见过了威塞克斯的群山，阿尔弗雷德击败丹麦人的时候见到的同样的群山！

“然后太阳下山了。我忘了提了，有一层雾气笼罩在我所在的小山和其他的小山之间，色泽和珍珠类似。”

他又一次骤然停了下来。

“继续吧。”他母亲疲惫地说。

他摇了摇头。

“继续说。现在你说什么都不会让我难过了。我已经更加坚强了。”

“我本来想把剩下的都告诉你，但现在不行了；我清楚，我现在做不到；再见。”

瓦实提犹豫不决地站了起来。她所有的神经都因儿子那番亵渎的言行在颤抖。但她还是很好奇。

“这不公道，”她抱怨道，“你把我叫来，跨过整个世界来听你的故事，那我就要听完。告诉我——尽可能地简短，因为这样浪费时间实在是太糟糕了——告诉我你是怎么回到文明社会中的。”

“哦——那个啊！”他说话间猛地一惊，“你会喜欢听关于文明社会的部分。当然了。我说到我的呼吸器落下来了没？”

“没——但我现在全明白了。你戴上了你的呼吸器，设法沿着地表走到了某个大出入口，你的行为在那里被上报给了中央委员会。”

“压根不对。”

库诺的手在额前一挥，似乎想要驱散某种强烈的印象。然后他继续讲下去的时候，又热情洋溢起来。

“我的呼吸器在日落时分掉了下来。我之前提到过，喷泉看起来势头减弱了，是不是？”

“是的。”

“差不多就在日落时分，它弱到让呼吸器掉了下来。我说过了，我先前完全忘了大机器的事情，这时候我也没太在意，我被别的事情占据了心神。我有这么一池的空气，外面的刺人空气让我无法忍受时就可以去里面吸一些；假如不被风吹散的话，这些空气或许可以维持好几天。当我意识到气体泄漏的停止意味着什么时，一切都太晚了。你瞧——隧道里面的豁口被修补好了；维修机，维修机，它就跟在我后面。

“我还收到了另一个警兆，但被我忽略了。夜里的天空比白天更加澄澈，月亮跟在太阳后面，隔着差不多半个天穹，它的光芒时常照进这片谷地，相当明亮。我正待在我通常所在的位置——两种空气的交界处，这时候我觉得看到了个什么黑乎乎的东西横穿谷底，消失在通风井当中。我傻傻地跑了下去，俯身倾听，然后感觉听到了通风井深处传来一阵微弱的刮擦声。

“这声音让我警觉起来——但太迟了。我决定戴上自己的呼吸器，马上走出这片谷地。但我的呼吸器不见了。我很清楚它落到了哪里——就在阀塞和井口之间——我甚至能摸到它在草皮上压出来的印痕。它的消失让我意识到，有某个邪恶的东西正在行动，我最好是逃到另一边的空气当中；如果我一定要死的话，就死在奔向先前那些珍珠色的云雾的路上吧。我没能起步。从通风井里爬出了——那东西太恐怖了。一条蠕虫，一条长长的白色蠕虫，从井里爬了出来，正在被月光照亮的草地上滑行。

“我拼命大喊起来。我做了一切不该做的事情，我拿脚去踩那东西，而不是逃走，于是它立刻缠上了我的脚踝。然后我们搏斗了一番。蠕虫任凭我在那片凹地里四处乱跑，但它同时就不断沿着我的腿往上爬。我大叫：‘救命！’（这段经历太可怕了。你永远都不会理解的。）我大叫：‘救命！’（我们为什么在痛苦时不能保持沉默？）我大叫：‘救命！’然后我的双脚被捆在一起了，我跌倒了，被拖走了，远离那些可爱的蕨类植物和小山，越过那个硕大的金属阀塞（这部分我能对你说清楚），我觉得如果我能抓住上面的把手，那也许还能得救。可把手也被缠得严严实实。噢，整片谷地里全是那玩意。它们在朝四面八方搜索，它们在剥噬大地，还有更多的蠕虫的白鼻子从洞口伸出来，需要的话随时可以冲出来。它们带上了所有能拖得动的东西——灌木、蕨丛，一切，然后我们缠绕在一起，向下冲进了地狱。那阀塞在我们身后关闭了，那之前我最后看到的一样东西，是那些细小的星星，让我感觉天空中住着个人，像我这样的人。我确实战斗过了，我战斗到了最后一刻，只是因为我的脑袋撞到了梯子上，才让我停下不动了。后来，我在这个房间中醒来了。那些虫子已经不见了。我周围是人造的空气，人造的光线，人造的安宁；我的朋友们正在通过扬声管呼叫我，想知道我最近有没有什么新的想法。”

他的故事讲完了。实在没什么讨论的可能。瓦实提转身准备离开。

“你会为此被判处无家刑的。”她平静地说。

“正合我意。”库诺回道。

“大机器是最仁慈不过的。”

“我更乐意指望上帝的仁慈。”

“说这种迷信的话，你是以为你可以在外面的空气当中存活不成？”

“是的。”

“在那些大出入口周围，你没看到那些在大反叛之后被驱逐出去的人的累累白骨吗？”

“看到了。”

“他们被遗弃在那里死去，是为了给我们启示。有少数爬开了些，但一样死掉了——难道有谁对此能有所怀疑吗？我们这个时代的无家者们也一样。地球的表面已经不能维持生命了。”

“确实。”

“蕨类植物和几种小草也许尚能幸存，但所有高等形式的生命都已灭绝了。有哪艘飞空船探测到它们吗？”

“没有。”

“有哪位演讲者提及它们吗？”

“没有。”

“那你为什么如此固执？”

“因为我看到了。”库诺爆发了。

“看到什么？”

“因为我在暮色中看到了她——因为在我喊叫的时候她前来帮我——因为她和我一样，也被那些蠕虫缠住了，然后，她比我幸运——一条蠕虫戳穿了她的喉咙，她被杀死了。”

他疯了。瓦实提离开了。在之后麻烦多多的日子里，她再也没有跟库诺见过面。

第三部分
无家者

在库诺逃脱事件之后的几年里，大机器采取了两大重要的新举措。表面上都是革命性的，无论哪一个都是人类的思维未曾预料到的，但他们的表现确实就像是心中早有准备。

第一是废弃呼吸器。

瓦实提这样有修养的思想家，一直都觉得去拜访地表是件蠢事。飞空船也许有其必要，但仅仅为了好奇而外出，搭乘地面车辆慢慢晃上一两英里，这样有何益处？此种习俗实在肤浅，而且可能略有不当：此举并不能创造新想法，和那些有意义的习俗也毫无关联。所以，呼吸器被废弃了，当然了，地面车辆也一并被废弃了。除了少数抱怨他们被禁止访问自己的研究对象的演讲家，人们平静地接受了这一新政。那些还想要了解地上是什么样的人毕竟只需要去听听留声机，或者是去看看电影胶片。即便是那些演讲家，后来也默默接受了新政策：他们发现，要讲海洋，只要利用早先其他关于海洋的讲座加以编纂，结果也一样引人入胜。“谨防所谓的第一手理念！”最有修养的演讲家之一这样声称。“其实并不存在第一手的理念。第一手的亲身体验不过是爱和恐惧对肉体造成的影响，在这样粗陋的基础上有谁能创设哲思？让你的想法出自第二手，如果可能的话，第十手更好，如此一来，它们方可最大程度地远离那恼人的元素——直接观察。不要从我的演讲中了解演讲的主题——法国大革命。而要从中了解我认为恩里恰蒙认为乌利壬认为古奇认为何荣认为池博兴认为拉夫卡迪奥·赫恩[1]认为卡莱尔认为米拉波[2]针对法国大革命说过些什么。以这八颗伟大头脑作为中介，那些洒落在巴黎的鲜血和凡尔赛宫被砸碎的玻璃会被澄清，化为你们在自己的日常生活中可以极为轻松运用的理念。但要确保中介者够多，且各不相同，因为在历史上，一个权威的出现就是为了对抗另一个。乌利壬必然会与何荣与恩里恰蒙的怀疑主义相抗，我自己必然会与古奇的狂热相抗。听我讲座的你们处于比我能更好地评断法国大革命的有利位置。你们的后代会处于更有利的位置，因为他们会从你们的理念中学习，如此一来，这中介的链条上又多了一环。这样下去，迟早”——他的音调升高了——“会出现一代人，这一代人超然于事实和印象之上，这一代人纯然中立，这一代人——

‘天使般纯洁，
未经人性染污’[3]

他们看待法国大革命，不是从发生了什么的角度，也不是从自己希望发生了什么的角度，而是从如果它发生在大机器的时代，会发生些什么的角度。”

---

1. 爱尔兰裔日本作家小泉八云的原名。再往前的几个人名当属作者虚构的学者。
2. 法国大革命时期的政治家和演说家。
3. 摘自英国诗人、小说家乔治·梅瑞狄斯的长诗《云雀高飞》。

这次演讲获得了惊人的赞誉，它不过是说出了一种早已潜在人们心中的感觉——他们觉得，地上的事实必须被漠视，而废弃呼吸器是一项积极的进步。甚至有人提出，飞空船也应该被废弃。这没能实行，因为飞空船多多少少将自己整合到了大机器的体系之中。但年复一年，它们被使用得越来越少，也越来越少被有识之士提及。

第二项大的举措是重建宗教。

那场杰出的演讲对此也有提及。没有人会误解那冗长演说结尾时所流露出的虔诚语气，这语气在每个人的心中都激起了共鸣。那些长久以来默默崇拜大机器的人，现在开口了。他们描述着自己手持圣书时感受到的奇异的安宁；在重复其中的某些数字时感受到的欢愉，无论那些数字在肉体的耳朵里听来是多么毫无意义；在碰触按钮时、按动电铃时感受到的狂喜，无论那按钮是多么无关紧要，按铃是何等多此一举。

“大机器，”他们宣称，“以食食我，以衣衣我，以家家我；我等彼此对话是通过它，我等彼此见面是通过它，我等实在是活在它里面的。大机器，乃是理念之友，迷信之敌；大机器是全能者，是永恒者；大机器是神圣的。”没过多久，这些话作为训谕被印在了圣书的第一页上，在接下来的版本当中，仪式膨胀成了一套繁复的赞颂和祈祷的体系。“宗教”这个词被小心翼翼地回避了，理论上而言，大机器仍然是人类的造物，人类的工具。但在实践当中，除了个别落伍者，所有人都对它顶礼膜拜。礼拜的形式并不统一。一位信徒可能主要敬仰的是那些发出蓝光的圆盘，他透过圆盘跟其他的信徒见面；另一位敬仰的可能是那些维修机，罪孽深重的库诺曾把它们比作蠕虫；又一位是升降梯；再一位是圣书。每个人会对着这样或者那样东西祈祷，然后请求它代他向作为整体的大机器说情。宗教迫害——这也已经出现了，并没有骤然爆发——个中原因很快就会提及。但它隐伏在社会中，所有那些不肯接受最低限度的所谓“无宗教约束力的大机器主义”的人都生活在被判无家刑的危险之中。正如我们所知，那种刑罚意味着死亡。

如果把这两大举措归因于中央委员会，那你对于文明的视野就太狭隘了。没错，发布政策的是中央委员会，但他们和政策起因之间的关系，并不多于帝制时代的国王们和战争起因之间的关联。他们只是更多地屈从于某种沛然莫御的压力，这种压力没人知道来自何方，一旦它的要求得到满足，又会被某种新的，同样无法抵抗的压力所取代。对于这样的事情，方便起见，可称之为“历史进步”。没人承认大机器已经失控了。年复一年，人们使用它的效率越来越高，对它的了解却越来越少。一个人越是清楚自己对大机器所负的职责，他对自己邻居的职责所知就越少，全世界已经没有一个人能对这庞然大物有整体性的了解。那些掌握全局的大脑都已不在了。没错，他们留下了完整的指南，他们的后继者们每人都掌握了这些指南中的一部分。但人类，在对舒适的追求中，让自己走得太远了。它们对自然的宝藏开发过度。它们正沉沦堕落，悄然无声，怡然自得；“进步”已经只意味着大机器的“进步”了。

至于瓦实提，在最后那场灾难降临前，她一直过着安宁的生活。她让自己的房间暗下去，入睡；她醒来，让房间亮起。她做讲座，也听讲座。她和无数的朋友交流理念，相信自己的灵性得到了成长。间或有个朋友会获批安乐死，把他或她的房间留给那些自外于人类全部观念的无家者。瓦实提对此并不太在意。在演讲失败之后，她有时候自己也会申请安乐死。但死亡率不可以超过出生率，故而大机器迄今为止一直拒绝了她。

在她意识到之前很久，故障就悄然开始出现。

有一天，她震惊地收到了一条来自她儿子的讯息。已经没有任何共同语言的母子自那之后一直都没联系过，她只是间接听说库诺还活着，被从北半球（他做出那种顽劣行径的地方）强制搬到了南半球——居然就搬到离她不远的一个房间里。

“他是想我去看他吗？”瓦实提想着，“再也不会了，绝对不会。我也没那个时间。”

并不是。这次是另一种癫狂。

库诺拒绝让自己的脸在蓝色圆盘上显现，他在一片黑暗中用庄严的语气说道：

“大机器停转。”

“你在说什么？”

“大机器正在停止运转。我知道。我知道那些迹象。”

她忽然大笑。库诺听到了，生气了，那之后他们什么都没说了。

“你能想到比这还荒唐的事吗？”瓦实提对一位朋友喊道，“一个曾是我儿子的男人相信大机器正在停止运转。他不是疯了就是亵渎机器。”

她朋友的回应是：“大机器正在停止运转？这是什么意思？这句话在我听来毫无意义。”

“我也一样。”

“我猜，他指的不会是最近播放音乐时出现的小麻烦吧？”

“哦，不是，当然不是。我们来谈谈音乐的事吧。”

“你向有关部门投诉过了吗？”

“投诉过了，他们说那东西需要修理，建议我去找维修机管委会。我投诉的是那些奇怪的叹息声，一阵一阵的，破坏了布里斯班学派的交响乐。听起来好像是有人在痛苦呻吟。维修机管委会说很快就会处理好的。”

她恢复了自己的日常生活，但心中隐隐有些焦虑。一方面是因为音乐中的缺陷让她烦恼。另一方面是她忘不了库诺的话。如果他知道音乐设施失修的事——他不可能知道的，因为他厌恶音乐——可如果他知道那玩意出了问题，那“大机器停转”正是他会做出的那种刻毒评论。当然，他肯定是在胡说八道，但这一巧合让她大为恼火，跟维修机管委会通话时也带上了几分急躁。

他们的回复和之前一样，只说问题会很快解决。

“很快！马上！”她反唇相讥，“为什么我要被不完美的音乐困扰？一直以来，出问题的东西都会马上被修复。如果你们不马上来修好它，我就要向中央委员会投诉。”

“中央委员会不接受任何个人投诉。”维修机管委会答复道。

“那我该通过谁向上投诉？”

“通过我们。”

“那我现在就投诉。”

“轮到你的投诉的时候它就会被提交。”

“其他人也投诉了？”

这问题可不机器，因此维修机管委会拒绝回答。

“这太糟糕了！”瓦实提对她另一位朋友叫道，“再也没有我这么不幸的女人了。我现在对我的音乐设备完全信不过了。每次我唤出它的时候，它的毛病总是越来越严重。”

“我也有我的麻烦，”那位朋友回答说，“我的构思时不时会被细微的刺耳噪声打断。”

“那是什么？”

“我不知道它到底是来自我的大脑，还是来自墙里面。”

“无论如何，去投诉吧。”

“我投诉了，我的投诉也在排队等待被提交给中央委员会。”

时间流逝，他们不再对故障感到愤愤不平。故障一直也没修好，但在最后那段日子里，人类的机体对机器已经变得极为顺服，以至于大机器任何的反复无常他们都会迅速让自己适应。在布里斯班交响乐的关键时刻响起的叹息不再困扰瓦实提了；她把那些声音当作旋律的一部分。她的朋友也不再抱怨那些不知是来自头脑中还是墙壁里的细微噪声了。发霉的人造水果，开始发臭的洗澡水，作诗机输出的押韵出了问题的诗句，人们也都适应了。所有问题开始都会被强烈抗议，然后被习以为常，最后被忘却。在无人怀疑的情况下，状况越来越糟。

睡眠设备的停摆又是一回事了。这是严重得多的故障。有一天，全世界——在苏门答腊，在威塞克斯，在库尔兰和巴西的无数城市中——的床铺，在它们疲惫的主人召唤它们的时候都没有出现。这事情看起来或许荒唐可笑，但它的发生让我们可以断定，人类的破灭不远了。和往常一样，要为此负责的是维修机管委会；他们遭遇了大量的投诉。他们的反应是向大家保证，大家的投诉会被提交给中央委员会。但不满有增无减，因为人类的适应能力还没强到可以不睡觉。

“有人在乱动大机器——”他们开始这么说。

“有人在妄想让自己成为国王，重新引入个人因素[1]。”

“判这种人无家刑。”

“紧急抢救！为大机器复仇！为大机器复仇！”

“战争！杀死那个人！”

但维修机管委会这时候出面了，用精心选择的词句平息了恐慌。它坦白承认，这次是维修机本身需要修理了。

这一番直率坦白的回应的效果令人钦佩。

1. 和“社会”“体系”相对，指个人对体系能产生重大影响的特质。

“当然了，”一位著名的演讲家——讲法国大革命的那位，任何新的衰颓都会被他镀上金色的光辉——“当然了，我们现在不该坚持投诉。过去维修机把我们照料得那么好，我们现在都对它深感同情，会耐心地等待它恢复。等它本身的状况好了，它就会恢复履行职责。在此期间，就让我们暂别我们的床铺，我们的药片，我们其他的小小需求吧。我确定无疑地感觉到，这会是大机器所希望的。”

他的听众们纷纷在千万里外鼓掌称善。大机器仍然把他们联结在一起。在海底，在山根，延伸着电缆，人们通过那些电缆来看，来听；他们从先辈那里继承到了无数的耳目，现在这些耳目和许多机械运转的嗡嗡声一起，给他们的思考蒙上了一层顺从的外皮。只有那些老人和病人还是闷闷不乐，因为有流言说，安乐死系统也出问题了，痛苦又回到了人们当中。

阅读变得困难了。某种有害物质进入了空气中，让照明光线暗淡了。有时候瓦实提连自己房间的另一边都很难看清了。空气还发臭了。抱怨声大了，维修措施无能为力，那位演讲者倒还在以大无畏的气势喊道：“勇气！勇气！既然大机器还在运转，那不就没什么大不了的？对大机器来说，光明和黑暗是一体的。”尽管一段时间之后状况有所改善，旧日的辉煌却再也无法重现，人类进入黄昏之后再也没能恢复。有些人在歇斯底里地谈论着“措施”“临时独裁统治”，苏门答腊的居民们被要求熟悉中央动力站的运作——而那个动力站位于法国。但大多数地方都被恐慌所统治，人们把精力用在向自己的圣书祈祷上——大机器无所不能，圣书就是实实在在的证据。恐怖的程度时深时浅——时不时会有些充满希望的流言——维修机差不多要修好了——大机器的敌人已被镇压——新的“神经中枢”正在进化，它们工作起来的表现会比之前更加精彩。但那一天来了，没有丝毫警示，事先没有任何衰弱的迹象——全世界的整个通信系统崩溃了，于是，人们所了解的整个世界走到了尽头。

当时瓦实提正在演讲，她前面的话语时不时被掌声打断。她继续往下说的时候，听众们渐渐没了声音，到末尾的时候，完全一片沉默。她有些不高兴，打电话找一个朋友，那是位研究同情心的专家。没声音：无疑，那位朋友睡了。她试着叫另一位朋友，也一样；再下一位，还是一样……直到最后她想起了库诺那句意义不明的言语："大机器停转。"

这句话听起来仍然不明所以。就算那永恒的存在眼下停了，要不了一会儿它也会再度运行起来。

比如说，这里还是有少数的灯亮着，还有空气——空气质量几个小时之前刚得到了改善。圣书也依旧在，只要圣书在，信心就在。

然后她崩溃了。因为随着活动的中止，一种出乎预料的恐怖降临了，那就是寂静。

瓦实提从不曾知道有寂静这种东西，几乎要被它的降临杀死了——还有千千万万的人真的被杀死了。自从出生以来，她就被那一成不变的嗡嗡声包围着。它之于耳朵就像是人造空气之于肺叶一样，于是此刻难以忍受的痛苦一阵阵扫过她的头颅。她几乎是在浑浑噩噩之间踉踉跄跄地朝前走去，按下了一个不熟悉的按钮，那个打开她房门的按钮。

房门现在只有一边合页还会动作。它和中央动力站失去了联系，后者正在遥远的法国渐渐停止运行。门打开了，瓦实提心中燃起了无限的希望，因为她觉得大机器正在被修复。门打开了，她看到了昏暗的隧道，蜿蜒向前，通往自由。她看了一眼，立刻退缩了。因为隧道里满是人——她差不多是这城市里最后才有所警觉的人了。

任何时候，人群都会让她感到恐惧，何况眼前这些简直像是从她最糟糕的噩梦里走出来的梦魇。人们在胡乱蠕动，在尖声叫嚷，呜咽啜泣，艰难喘息，互相碰撞，在黑暗中消逝，不时有人被从导电轨上的平台挤了下去。有些人在电铃周围打斗争抢，想要叫来已经永远叫不来的列车。还有些人在大声叫喊，要求安乐死，索要呼吸器，或是咒骂大机器。还有一些，像她本人一样，站在自己的房间门口陷入恐惧，他们害怕待在房间里，也害怕离开。这一切喧嚣有着统一的背景，寂静——这寂静是地球的声音，是死去的一代代人类的声音。

不——这一切比孤独更可怕。她又关上了门，坐下来等待结果。崩溃还在继续，伴随着可怕的咔嚓声和隆隆声。收纳医疗装置的阀门肯定也已经虚弱不堪了，它裂开了，难看地倒挂在天花板下。地板时起时落，把她从椅子上掀了下来。一根管子里渗出了水，滴落在她蜷缩的身形上。最后，终极的恐怖来临了——灯光开始变得暗淡，于是她明白了，这文明漫长的日子正在终结。

瓦实提四下乱转，祈祷着从这末日中得救，无论如何，得救就好；她亲吻着圣书，接连不断地按下一个个按钮。外面的喧嚣声越来越大，甚至透过了墙壁。渐渐地，她房间里的光线越来越暗，她那些金属开关上的反光也消失了。现在她连阅读架都看不见了，也看不到圣书了，哪怕书就被她拿在手中。光线跟在声音的队列之后消失，在光线之后则是人造空气，原初的真空又回到了这个洞穴中，回到了这个这么长时间以来一直将它排斥在外的地方。瓦实提继续四下乱转，像是某个早期宗教的狂热信徒，尖叫着、祈祷着，用流血的双手猛击按钮。

就这样，她打开了自己的牢房，逃了出去——在精神上；至少，在我冥想结束之前，看起来是如此。若说她在肉体上也逃离了——我是没有看到的。她偶然地敲中了打开大门的开关。恶臭的空气扑面而来，冲向她的肌肤；啜泣私语汇成巨响，冲向她的双耳。这让她知道，她再度面对着通道，还有那个巨大的月台，之前她曾看到人们在上面争斗。现在他们不再争斗了。剩下的只有窃窃私语，伴着少许呜咽呻吟声。在外面的黑暗里，他们正大批大批地死去。

她放声大哭。

有哭声回应。

这两个人在哭泣，为的是人类，而不是为他们自己。今日当即末日，这一事实让他们难以承受。在寂静笼罩一切之前，他们的心灵敞开了，他们明白了在这地球上什么才是最重要的。人，一切肉身中最美的花朵，一切可见的生灵中最为高贵者，曾经用自己的形象创造神明的人，曾将自己的力量投影在星群间的人，美丽的、赤裸裸的人，正在死去，被束缚在自己织就的外衣中死去。人类曾一个世纪又一个世纪地辛苦劳作，而今得到的是这样的报偿。确实，那外衣起初看上去无比美好，它摄取了文化的光彩，以弃绝自我的丝线缝就。很长时间里，它也确实无比美好，只要它仅仅是衣饰，而不是别的，只要人类还能凭自己的意愿摆脱它，靠着真正重要的东西生活——那就是人的灵魂，以及，同样神圣的，人的肉身。背弃肉身的罪孽——这就是他们悲恸哭泣的原因；几个世纪以来，人类错误地背弃了肌肉、神经，还有我们可以自行掌握的和世界之间的五道门户——用所谓的“进化”来掩饰这种罪行，直到身体成为苍白的软肉，孕育出的只有些单调乏味的“理念”，曾把握星辰的灵魂最后只剩下那一点庸俗得可悲的颤抖。

“你在哪？”她抽泣着问。

黑暗中传来他的声音：“这里。”

“还有希望吗，库诺？”

“我们没希望了。”

“你在哪？”

瓦实提朝儿子爬过去，从死尸上爬过去。他的血喷溅到了她的手上。

“快点，”库诺喘息着说，“我要死了——但我们确实地接触了、交谈了，而不是通过大机器。”

他吻了她。

“我们已经恢复了本来的自我。我们要死了，但我们重获了生命，就像在威塞克斯，阿尔弗雷德击败丹麦人的时候一样。那些外面的人，那些住在珍珠色的云中的人，他们所知道的，我们现在也知道了。”

“但，库诺，那是真的吗？地表上真的还有人？这——这隧道，这毒气熏人的黑暗——还不是一切的末日？”

库诺的回答是：

“我见过他们，和他们说过话，我眷恋着他们。他们躲藏在雾气和蕨类植物中，直到我们的文明终结。今天他们是无家之人，而明天——”

“噢，明天——某个傻瓜又会让大机器重新启动，明天。”

“绝对不会。”库诺说，“绝对不会。人类已经受到了教训。”

他说话的时候，整座城市像一个蜂巢般被打碎了。一艘飞空船通过大出入口驶了进来，驶进了已成废墟的码头。它向下坠落，边下落边爆炸，用它的钢翼将一层层楼廊劈得粉碎。一瞬间，死者的国度映入了他们的眼帘；但在加入那个国度之前，他们也见到了一星半点的天空，洁净无垢的天空。

（何锐　译）

天空中的岛屿[1]或传奇的凯旋

19 世纪中叶是伟大的非洲大开发时代，这一时代随着斯坦利的那句“我想你就是利文斯顿医生吧”[2]臻至巅峰时刻。1909 年，罗伯特·皮尔里抵达北极点，而罗尔德·阿蒙森于 1911 年到达南极点。至 1912 年，人类足迹已经覆盖了地球这颗行星上（除了大洋深处与喜马拉雅山峰顶）最后的难以到达之地，尽管还不能说勘探完全。

很少再有合情合理的地方能供人发现一个失落的种族，或做些不寻常的活动而不被发现了：诸如加拿大西北部或南极洲某个隐藏的山谷，南太平洋上的孤岛，遮天蔽日的非洲丛林，西伯利亚的冻原，或是空心地球内部，由于俄亥俄的约翰·克利夫斯·西姆斯上尉[3]的拥护，地球空心说在 19 世纪一度甚嚣尘上。但渐渐地，地球内部之外的所有地方都被造访，被描述，变得愈来愈为人所知而不再神秘。既想保持可信性又想展现当代性的传奇小说作家不得不到别

1. 此处原文为“Islands in the Sky”，海明威有小说《海流中的岛屿》（*Islands in the Stream*）。
2. 这句话是 1939 年上映的电影《斯坦利与利文斯顿》中的名台词，电影根据 19 世纪美国探险家斯坦利远赴非洲，寻找英国探险家及传教士利文斯顿的真实事迹改编。
3. 美国军官、商人、演说家。1818 年，他提出地球是中空的，有一个厚约 1 300 千米的壳，在两极处有约 2 300 千米的开口。他成为最著名的地球空洞说支持者。

处寻找故事背景。

意大利天文学家斯基亚帕雷利在1877年火星大冲期间画出了火星表面地形图，并于1881年描绘了一套他称之为“卡那利”[1]或说“渠道”的复杂直线图样，这个词被误译为英文“运河”。珀西瓦尔·洛厄尔在亚利桑那州建造了他自己的天文观测台。自1894年起，他开始了对火星的观测，并最终绘制出详细的火星“运河”和运河交汇而成的“绿洲”图样，同时，他也完成了书籍《火星及其运河》(*Mars and Its Canals*，1906)及《作为生命居所的火星》(*Mars as the Abode of Life*，1908)，这些成果普及了这样一个概念：火星是一个宜居星球，火星文明有能力建造一张运河网，用以输送融化的冰盖散发的水分，从而缓解这颗将死之星的极端干燥。

金星比火星更像是地球的姊妹星球，却依然充满神秘。永恒的白色云层使生命存在的可能性变得更低，却方便了各类推测大行其道。大多数推论都将其描绘成一个拥有巨大动植物群的水世界，就像中生代的地球。但近些年的观测，特别是俄国的探测，显示出那些云层仅仅是遮罩层，受大气层中二氧化碳造成的温室效应影响，金星地表一片死寂。此后，科幻作家(包括一些科学家，如卡尔·萨根)开始推演如何对金星进行地球化改造。

其他的行星依然不适合生命或冒险活动。水星太小太热，而外行星[2]则太大太冷，尽管偶尔也有故事将舞台架设其上，或是木星、火星最大的卫星之上。

不过，火星依然是天选之星。威尔斯曾在《水晶蛋》(“The Crystal Egg”，1897)中将之描绘为一个有人居住的文明世界，并在《世界大战》(1898)中将其描摹为一个嫉妒的入侵者。继月球后，

---

1. 原文为Canali，意大利语Canale的复数形式，表示运河、导管、沟渠等。
2. 此处指火星轨道之外的行星，即木星、土星、天王星和海王星。

火星成了天空中最宜人的岛屿。

对于埃德加·赖斯·巴勒斯来说它理当如此。巴勒斯在科幻小说发展中的重要作用主要不是因为他高超的写作技巧或概念、主题、技巧方面的革新，而是因为他的高产和成功，以及他的传奇所形成的品牌效应。几乎所有科幻作家，也包括许多读者都将巴勒斯视作是早年时首次带给他们“奇妙体验”的作家。

巴勒斯本人转向写作时已经35岁。此前，他从事过若干职业，都失败了，此时他发现自己可以为纸浆杂志写作，而20世纪的前两个10年正是纸浆杂志激增的年代。1929年时他写道：“如果人们愿意为那些我读过的破烂儿作品付钱，那我也完全可以写出同样的破烂儿来。”尽管他在这句话里所鄙视不屑的东西从未曾出现在他的作品中。

他的第一部手稿是自1912年2月起在《故事大全》上连载的长篇小说，连载时题为《火星月下》，成书时改名为《火星公主》。他的成功立竿见影，在接下来的38年里他完成了69部书，其中26部都由20世纪最受欢迎的虚拟角色人猿泰山领衔。他在“火星”系列的框架下发表了11篇小说，在关于空心地球的“地底世界”系列下发表了11篇小说，在“金星”系列下发表了4篇小说。在这个过程中，他赚取了一笔财富（在他有生之年至少达到了1 000万美元），建立了自己的小镇（泰山镇），还创建了自己的出版社。他的作品在世界范围内不断再版，始终保持着对年轻人的吸引力。

巴勒斯的作品可能都是仓促而就的，极少考虑文学性，他所感兴趣的——显然也是他的读者所感兴趣的是一个包含许多浪漫元素和动作场面，特别是肉搏战的好故事。他不惧使用巧合（凡尔纳也是如此，他把巧合视作神灵在人事上的显现）。尽管巴勒斯鲜少改写故事，但他会在事前便对故事的背景环境、历史、文化乃至地理、文字和语言做详细设计。

巴勒斯的作品大多是小说，他的小说属于那个最适合被称为“冒险幻想”的品类（“英雄幻想”这个名词在被用于当代文类派别时所代表的含义是有所不同的）。他不像后来的科幻作家那样在意小说的合理性；当他把约翰·卡特送上火星时，卡特只是字面意思上的“向星星许了个愿”。但正如 R. D. 马伦（R. D. Mullen）教授[1]指出的，当卡特到达火星，他所看到的便是时人所熟知的珀西瓦尔·洛厄尔笔下的火星，巴勒斯凭借自己的想象，使这个星球充满了自己创造的神奇生物。

巴勒斯并不是创作“冒险幻想”的第一人——或许有人会提到加勒特·P. 塞维斯和乔治·艾伦·英格兰，无疑定会有人说到亨利·赖德·哈格德，或许也有人会提 M. P. 希尔、阿瑟·柯南·道尔和其他人。巴勒斯的灵感来源可能也并非只有洛厄尔，而是如理查德·卢波夫（Richard Lupoff）[2]所推断，也受到了他之前埃德温·莱斯特·阿诺德（Edwin Lester Arnold）的小说《腓尼基人弗拉》（*Phra the Phoenician*，1890）和《格列佛·琼斯上尉：假期》（*Lieut. Gullivar Jones: His Vacation*，1905）影响。但巴勒斯将这种文学类型的精神内核捕捉得如此之好，致使后来者都将他的作品视为模仿的典范，这种模仿持续到了今时今日。

以下这段选文来自巴勒斯的首部出版物，故事中，一位联盟[3]军军官约翰·卡特在西部勘探金矿时遭遇印第安人袭击，藏身到洞穴之中，夜幕降临，他来到岩崖上仰望星空，认出了（代表战神[4]的）火星，并祈愿自己能去往那里。再醒来时，他已经到了火星。

（悰怡　译）

1. 美国科幻学者、评论家，印第安纳州立大学荣誉教授。
2. 美国科幻和犯罪小说作家。
3. 指“美利坚联盟国”，美国南北战争期间的南方政权名。
4. 英文中的火星（Mars）以罗马神话的战神马尔斯命名。

火星月下（节选）

［美国］埃德加·赖斯·巴勒斯

1. 我到了火星上

我睁开眼睛，看到一幅奇异的景象。我知道我在火星上。我一点也不怀疑自己的理智和清醒。我没有睡着，不需要掐自己。我的内在意识清清楚楚地告诉我，我是在火星上，就像你的意识告诉你你是在地球上一样。你不会怀疑这个事实，我也不会。

我发现自己趴在一片淡黄色的苔藓状植被上，这些植被在我周围向四面八方蔓延，无边无际。我好像躺在一个很深的圆形盆地里，沿着盆地的外缘，我能辨别出那些不规则的低矮山丘。

那是正午时分，太阳光直射在我身上，对赤身裸体的我来说，热度相当强烈，但并不比在类似条件下亚利桑那沙漠中的阳光更强。到处都是稍稍露出地面的石英岩，在阳光下闪闪发光。在我左边大约一百码的地方，有一个矮墙护着的围场，约四英尺高。没有水，除了苔藓之外看不到其他植物，我有些口渴，便决定稍做一番探索。

我一跃而起，领受到了火星上的第一个惊喜，因为在地球上能让我站起来的力量，在火星上却把我带到了离地面约三码高的空中。

我轻轻落在地上，并未感觉到明显的冲击和震荡。接着发生了一连串即使在那时看来也非常滑稽的演变。我发现，我必须从头开始学习走路，因为能让我在地球上轻松安全行走的肌肉张力，使我在火星上玩起了奇怪的滑稽动作。

我不能正常庄重地前行，我尝试着走路，结果却成了各种各样的跳跃，每一步都把我带离地面好几英尺，每跳两三下就会摔个狗啃屎或者仰八叉。我的肌肉完全适应并习惯了地球上的重力，在第一次尝试对付火星上较小的重力和较低的气压时，跟我玩起了恶作剧。

然而，我决定去探索这座低矮的建筑，这是我视野内唯一有人居住的证据，因此我突然想出这么个独特的计划：回归运动的第一原则——爬行。我在这方面干得不错，一会儿就爬到了低矮的围墙跟前。

离我最近的这面墙似乎没有门窗，但由于墙只有大约四英尺高，我小心翼翼地站起来，从墙头向内张望，看到了我从未见过的最奇怪的景象。

围场的屋顶是由大约四五英寸厚的实心玻璃做成的，下面是几百枚巨大的蛋，浑圆、雪白。这些蛋的大小几乎相同，直径约为二英尺半。

有五六个蛋已经孵化出来，那些在阳光下眨着眼睛的奇形怪状的滑稽生物，足以使我怀疑自己的神志是否正常。他们看起来大部分是头，小小的身体瘦骨伶仃，脖子很长，还长着六条腿。可我后来了解到，那是两条腿，两条手臂，中间还有一对肢体，可以随意当作胳膊或腿。他们的眼睛长在头部的两侧，在头中心稍高一点的地方，这种突出的方式使得他们既能向前也能向后，还可以彼此独立。这样一来，这种奇怪的动物就可以看向任何方向，或者不必转动头部就能同时看向两个不同的方向。

耳朵是杯状的小触角，略高于眼睛，靠得很近，在这些年幼的怪物头上突出来，仅有一英寸长。他们的鼻子长在嘴巴和耳朵之间，只不过是面部中央的纵向裂缝。

他们身上没有毛发，呈淡淡的黄绿色。就像我很快就会知道的那样，他们成年时，这种颜色会加深为一种橄榄绿，且雄性比雌性的颜色更深。此外，成年时的头并不像幼年时那样和身体不成比例。

眼睛就像白化病人那样，虹膜呈血红色，而瞳孔则是黑色的。眼球本身非常白，牙齿也很白。后者给原本就狰狞可怖的面孔更添了几分凶相，因为他们的下獠牙向上弯曲，锋利的牙尖一直伸到地球人眼睛所在的位置。牙齿的白色不是象牙白，而是那种最亮的雪白和最闪耀的瓷白。在深暗的橄榄色皮肤衬托下，他们的獠牙显得格外引人注目，这些“武器”呈现出一种异常可怕的外观。

这些细节大都是我后来才注意到的，因为我几乎没有时间思考我新发现的奇迹。我看到那些蛋正在孵化中，当我站在那里看着那些可怕的小怪物破壳而出时，没有注意到身后有一群成年火星人正在逼近我。

他们来了，走过柔软无声的苔藓。除了两极的冰冻带和零散的耕种区之外，这种苔藓几乎覆盖了整个火星表面。他们本来可以轻而易举地俘虏我，但他们的意图却要险恶得多。走在最前面的武士，装备发出的咔嗒声引起了我的警惕。

我的生命就悬在这样一件小事上，我常常惊叹于自己竟能如此轻易地虎口脱险。要不是这伙人的头领的步枪从他马鞍旁的扣件上垂下来，撞到他那有金属包头的长矛底座上，我早就被干掉了，甚至都不知道死神近在身旁。但是这种微小的声音使我转过身来，正对着我的，是一支巨矛的矛尖，就在我身体上方，离我的胸口还不到十英尺。那是支四十英尺长的巨矛，矛头包着闪闪发光的金属，低举在一个和我刚才所见一模一样骑在动物上的小恶魔一侧。

但是，在这个巨大而可怕的仇恨、报复和死亡的化身面前，他们显得多么弱小无害啊。这个人——我这样称呼他——足有十五英尺高，如果在地球上，大概会有四百磅重。像我们骑马一样，他坐在坐骑上，用下肢夹牢骑乘动物的躯干，两只右手把他的巨矛平放在坐骑的一侧，两只左臂向侧面伸出，以保持平衡。他骑的那个东西既没有笼头，也没有任何用来引导的缰绳。

还有他的坐骑！怎么能用地球上的语言来形容呢！它的肩膀高达十英尺，两边各有四条腿；一条宽阔扁平的尾巴，尾巴尖比根部还大，奔跑时尾巴在后面伸得笔直；一张大嘴，把它的头部从鼻子分裂开来，一直延伸到又长又粗的脖子上。

和它的主人一样，它完全没有毛发，但一身深蓝灰色，非常平滑有光泽。它的腹部是白色的，它的腿从肩膀和臀部的深蓝灰色逐渐变为足部的鲜黄色。它的脚本身长有厚厚的肉垫，且没有趾甲，这使得它在靠近时悄无声息，就像有多条腿那样，这也是火星动物的一个特征。只有最高级的人类和另外一种动物——火星上唯一存在的哺乳动物——才有结构良好的趾甲，那里根本不存在有蹄类动物。

冲在最前面的恶魔背后，还跟着另外十九个恶魔。他们在各个方面都很像，但是，据我后来了解，他们也有自己的个人特征，正如我们虽然都是从一个相似的模子里造出来的，却没有两个是完全相同的。我已经详细描述了这幅景象，或者不如说是一场现实中的噩梦，当我转身面对它时，只给我留下一个可怕而迅疾的印象。

我手无寸铁，赤身裸体，自然的第一法则就体现在唯一可能解决我眼前问题的办法上，那就是避开伸过来的矛尖。于是我来了个很自然同时又超凡的一跳，跳到了火星孵卵房的顶部——因为我决定必须这么干。

我的努力取得了圆满成功，这让我感到震惊，似乎一点也不亚于火星武士们的惊讶，因为那一跳把我带到了足有三十英尺高的空中，使我降落在围场的另一边，距离我的追捕者有一百英尺远。

我轻松降落在柔软的苔藓上，没有任何不测，转过身来，看见我的敌人沿着远处的围墙排成一行。有些人打量着我，带着那种我后来发现表示极端震惊的表情，另一些人则显然对我没有打扰他们的孩子感到很满意。

他们在一起低声交谈，同时打着手势，指着我。他们发现我没有伤害小火星人，而且我手无寸铁，这肯定使他们看我的时候没那么凶狠了，但是我后来才知道，对我最有利的东西还是我的跨栏表演。

火星人身材巨大，他们的骨骼也很大，他们的肌肉也只是与他们必须克服的重力成比例。其结果是，就他们的体重而言，他们的灵敏性和力量远远不如地球人。我怀疑，如果他们中的一个被突然运到地球上，他能不能从地面上撑起自己的体重，说实在的，我确信他做不到。当时，我的壮举在火星上就像在地球上一样不可思议，而那些火星人，从想要杀死我到突然把我看作一个了不起的发现，想要抓住我并在同伴中间展示。

我出人意料的敏捷给了我喘息的机会，这使我能够为下一步制订计划，并能更仔细地观察那些武士的外貌，因为我无法在心中把这些人与那些前一天还在追捕我的武士分开。

我注意到，除了我描述过的巨矛之外，每人还装备了其他几种武器。使我决定不再试图逃跑的显然是一种步枪，出于某种原因，我感觉他们使用起这种步枪来特别有效。

这些步枪是用一种白色金属制成的，枪托是木制的，我后来才知道，这是一种很轻且质地特别坚硬的木材，在火星上非常珍贵，而我们地球居民却对其一无所知。枪管的金属，是一种主要由铝和钢组成的合金，他们学会了把这种合金淬炼到远远超过我们所熟悉的钢的硬度。这些步枪重量较轻，口径小，而且他们使用的是爆炸性激光弹，加之枪管很长，所以极其致命，其射程在地球上是无法想象的。理论上这种步枪的有效半径是三百英里；但在实际使用中，即使装备了无线探测器和瞄准器，其最远射程也不过二百多英里。

这足以使我对火星人的火器充满了极大的敬意，一定是某种心灵感应警告了我，不要企图在光天化日之下从这二十支致命武器的枪口下逃跑。

火星人交谈了一会儿，转身朝着他们来时的方向骑去，只剩下一个同伴独自守在围场旁边。他们走了大约二百码后停了下来，把坐骑转向我们，坐在那里注视着围场旁的那个武士。

他就是那个差点用长矛刺穿我的人，显然是这伙人的头领；因为我注意到，他们似乎是按照他的指示来到了现在的位置。当他的队伍停下来之后，他下了坐骑，放下他的巨矛和小武器，绕过孵卵房的一端向我走来，除了头上、肢体和胸前系着的饰物外，他没带任何武器，也像我一样赤身裸体。

当离我大约不到五十英尺时，他解下一个巨大的金属臂章，托在张开的手掌上对着我，用清晰宏亮的声音对我喊话，但不必说，那是一种我听不懂的语言。然后他停下来，好像在等待我的回答，竖起触角似的耳朵，抬起那双奇怪的眼睛直往我这边看。

当这种沉默变得难以忍受时，我决定冒险为自己说几句话，因为我猜他正在提议和解。在向我走来之前，他放下了武器，撤走了军队，这在地球上任何地方都意味着讲和，那么，为什么在火星上不是这样呢！

我把手放在心脏的位置，向那个火星人深深鞠了一躬，对他解释道，虽然我听不懂他的话，但是他的举动代表着和平与友谊，这是我此刻最珍爱的。当然，就我的讲话传递给他的全部信息而言，我可能更像一个喋喋不休的饶舌者，但他明白了我讲完后立刻做出的那个动作。

我向他伸出手，走向前去，从他张开的手掌上取下臂章，系在肘部上方的胳膊上；我向他微微一笑，站在那里等着。他宽大的嘴巴露出回应的微笑，并用中间的一只手臂挽住我的胳膊，我们转过身子，向他的坐骑走去。同时，他示意他的部下继续前进。他们开始向我们狂奔，但被他的信号制止了。显然，他害怕如果我真的再次受到惊吓，可能会完全跳出这个地方。

他和他的部下交谈了几句，示意我可以坐在一个武士的身后，然后他跨上自己的坐骑。他指定的那个武士伸出两三只手把我举起来放在他身后，骑在坐骑光滑的背上，我尽可能地抓紧火星人系武器的皮带和饰物上的带子。

随后，整个队伍转身向着远处的群山疾驰而去。

2. 俘虏

我们走了大约十英里，这时地面开始迅速升高。我后来才知道，当时我们正在接近火星上一个早已死寂的海洋边缘，我与火星人的冲突就发生在这个死海的底部。

我们不久就到了山脚下，穿过一道狭窄的峡谷之后，来到一个开阔的山谷，山谷的尽头是一片低矮的平地，在那儿我看到一座巨大的城市。我们向着那里疾驰而去，沿着一条似乎通向城内、已经毁坏的道路进入，但只能到达平地的边缘，道路突然终止在一段宽阔的台阶跟前。

我们经过那些建筑物的时候，我仔细观察了一下，发现它们都荒废了，虽然衰败得不是特别严重，但看上去已经很多年、也许是几百年无人居住了。靠近城市中心的地方有一个大广场，在广场上和广场周围的建筑里，驻扎了大约九百到一千个和那些俘虏我的人同一种类的生物——当时我就是这样看待他们的，尽管他们抓捕我的方式十分温和。

除了饰物以外，所有人都光着身子。女性的外表与男性区别不大，只是她们的獠牙相较于身高显得太大，有些女性的獠牙几乎弯曲到了她们高高的耳朵上。她们的身形较小，皮肤颜色较浅，手指和脚趾上长有指甲的雏形，男性则完全没有这种印迹。成年女性的身高在十到十二英尺之间。

孩子们的肤色很浅，甚至比女性的肤色还浅。在我看来，他们都长得一模一样，只是有些比另一些更高，我猜，这也许是年长的缘故。

我在他们中间没有看到极度衰老的迹象，从大约四十岁的成熟年龄，到大约一千岁的年纪，他们在外表上也没有什么明显的区别。约一千岁时，他们中的有一些人会自愿沿着伊斯河进行最后一次奇怪的朝圣，这导致没有一个活着的火星人知道这条河流向了何处，有没有人从它的怀抱中返回，也不知道一旦进入它那寒冷、黑暗的水域，即使侥幸返回，还能不能活着。

每一千个火星人之中大约只有一个会死于疾病，可能会有大约二十人自愿走上朝圣之旅，另外九百七十九人会惨死于决斗、打猎、飞行和战争。但死亡人数最多的可能是儿童，这一阶段会有大量的小火星人成为火星大白猿的牺牲品。

成年后，火星人的平均预期寿命大约是三百岁，但如果不是各种原因导致的暴死，火星人可以活到近一千岁。由于这颗行星资源匮乏，显然有必要消减他们在治疗和外科手术方面的非凡技能所带来的日益延长的寿命，因此火星上并不重视人的生命，他们那些危险的体育运动和不同社区之间几乎连绵不断的战争就可以证明这一点。

造成人口减少的还有其他的自然因素，但没有什么比这个事实更重要的了：没有一个男性或女性火星人会自愿放下毁灭性武器。

当我们走近广场，我的存在被发现的时候，我们马上就被成百上千的生物包围了，他们似乎急于把我从卫兵身后拖下来。这伙人的头领说了一句话，平息了他们的喧嚣。我们一路小跑穿过广场，来到一座在凡人眼中十分宏伟壮丽的大厦门口。

这座建筑很矮，但是占地极广。它由闪闪发光的白色大理石建造而成，上面镶嵌着黄金和璀璨的宝石，在阳光下熠熠生辉。正门入口处约有一百英尺宽，从建筑本身延伸出来，在门廊上方形成了一个巨大的天棚。那里没有楼梯，只有一个平缓的斜面通到建筑的二楼，通向一个有走廊环绕的巨大房间。

房间地板上摆设着雕刻精美的木制桌椅，四五十个男性火星人聚集在一个讲台的台阶上。一个巨大的武士蹲坐在讲台上，全身挂满了金属饰物、艳丽的羽毛和做工精美的皮饰，皮饰上巧妙地镶嵌着宝石。他肩上披着白色毛皮短斗篷，衬里是鲜艳的红丝绸。

关于这次集会和他们聚集的大厅，最令我吃惊的一个事实是，这些生物与那些桌子椅子和其他家具完全不相称。这些东西的大小适合像我这样的人类，火星人的庞大身躯几乎不可能挤进那些椅子，桌子下面也没有地方放他们的长腿。那么，很显然，除了俘虏我的这些野蛮而奇特的生物之外，火星上还有其他居民，我周围这些极其古老的证据表明，这些建筑可能属于某个在混沌的火星远古时代就已绝灭并被遗忘的种族。

我们一伙人在大厦的入口处停下，在头领的示意下，我被放到了地上。他再次用手臂挽住我的胳膊，我们走进谒见室。在走近火星酋长的时候，几乎没有什么礼节可循。我的劫持者只是大步走上了讲台，其他人在他前行时都给他让路。酋长站起来，呼唤我的护卫的名字，接着护卫也停下来，重复着酋长的名字和头衔。

当时，这种仪式和他们所说的话对我毫无意义，但是后来我才知道这是绿色火星人之间常用的问候方式。倘若相互不认识，无法交换姓名，他们会默默地交换饰物（如果是和平使命的话）；否则他们会相互射击，或者动用其他武器。

我的劫持者叫塔斯·塔卡斯，实际上是这个社区的副酋长，一个很有才能的政治家和武士。很显然，他简单解释了他这次远征所发生的事情，包括我的被俘，他讲完后，酋长又对我说了很久的话。

我用纯正古老的英语来回答，只是为了让他相信我们两个都听不懂对方的话，但我注意到，当我答话结束微微一笑时，他同样也笑了一下。这一事实，以及我第一次与塔斯·塔卡斯交谈时所发生的类似事件使我确信，我们至少有某些共同之处：我们都会微笑，因此也会大笑，用来表示幽默。但我后来才知道，火星人的微笑只是敷衍，而火星人的大笑则会把强壮的男人吓得脸色发白。

绿色火星人的幽默观，与我们的因兴奋而欢乐的概念大相径庭。对这些奇怪的生物来说，同伴死亡的痛苦会激起最为狂野的欢闹，而他们最为常见的消遣方式就是用各种巧妙而可怕的方法来处死战俘。

聚集在一起的武士和酋长们仔细地检查了我，感受了我肌肉和皮肤的质地。接着，大酋长明确表示想要看我表演，他示意我跟在后面，他和塔斯·塔卡斯动身向露天广场走去。

自从第一次严重失败后，除了紧紧抓住塔斯·塔卡斯的胳膊外，我再也没有尝试过走路，所以现在我在桌椅之间蹦跳飞跃，活像一只怪异的蚱蜢。我把自己撞得遍体鳞伤，让火星人乐不可支的是，我再次求助于爬行，但这并不合他们的心意，一个高大的家伙粗暴地把我从地上拽了起来，对我的不幸开怀大笑。

当他把我摔在地上时，他的脸和我的脸靠得很近，在这种野蛮、粗鲁、无视陌生人权利的情况下，我做了一位绅士唯一能做的事：我大拳一挥，正好击中他的下巴，他像一头公牛那样倒了下去。当他倒在地上的时候，我转过身子，背靠最近的桌子，料想会被为他报仇的同伴所打倒，但我决定，在放弃生命之前，尽可能地与他们好好展开一场众寡悬殊的战斗。

然而，我的担心是没有根据的，因为其他的火星人一开始惊得目瞪口呆，后来却爆发出一阵狂笑和掌声。我不知道掌声是怎么回事，当我熟悉了他们的风俗之后，我才知道我赢得了他们很少给予的东西——一种赞许的表现。

被我击中的那个家伙躺在他摔倒的地方，也没有任何同伴靠近他。塔斯·塔卡斯向我走来，伸出一只手臂，我们就这样向广场走去，没有另生枝节。我当然不知道我们来到户外的原因，但不久就明白了。他们先是把“萨克”这个词重复了好几遍，然后塔斯·塔卡斯做了几次跳跃的动作，每次跳跃之前都重复同一个词，然后他转向我说：“萨克！”我明白了他们想要什么，便打起精神“萨克”

了一下，我取得了非凡的成功，跳了足有一百五十英尺高，这次我没有失去平衡，而是双脚稳稳落地，没有跌倒。然后，我用每次二十五或三十英尺的轻松跳跃回到了那一小群武士身边。

我的表演被几百个小火星人看到了，他们立刻要求我重复一次，酋长就命令我再来一次，但是我又饥又渴，唯一的自救办法就是要求这些生物考虑我的需要，但他们显然不会主动给予。因此，我对反复发出的“萨克”命令置之不理，每当他们发出这个命令，我就指指我的嘴巴，揉揉我的肚子。

塔斯·塔卡斯和酋长交谈了几句，然后从人群中叫出一个年轻女人，向她做出了一些指示，并示意我跟她走。我抓住她伸过来的胳膊，我们一起穿过广场，向远处的大楼走去。

我美丽的同伴大约八英尺高，刚刚成年，但是身量还没有长足。她浅橄榄绿色的皮肤光滑而润泽。我后来得知，她叫索拉，是塔斯·塔卡斯的随从。她把我领到了广场前一栋大楼中的一个宽敞房间里，从地板上铺的丝绸和毛皮看来，我认为这是几名当地人的卧室。

房间有许多大窗户，采光良好，用壁画和马赛克装饰得很漂亮，但这一切似乎保留着那种难以形容的古老艺术风格，这使我确信，创造这些奇迹的设计师和建筑工人与目前占据它们的这些野蛮的半人半兽毫无共同之处。

索拉示意我坐在靠近房间中央的一堆丝绸上，然后转过身，发出一种奇怪的嘶嘶声，仿佛在向隔壁房间的某个人发出信号。她的呼唤得到了回应，我也初次见识了一个新的火星奇迹。它用十条短腿摇摇摆摆地走了进来，像只听话的小狗那样蹲在女孩面前。这东西和一匹谢德兰小马差不多大小，但它的头有点儿像青蛙，只是嘴里长了三排又长又尖的獠牙。

3. 我摆脱了警卫犬

索拉盯着那畜生邪恶的眼睛，低声发出了简短的命令，指指我，然后离开了房间。我不禁纳闷，把这只样子凶猛的怪物单独留在这里，如此靠近这么一块鲜嫩的肉，它会怎么样呢。但我的恐惧是没有根据的，这只野兽仔细地审视我片刻之后，穿过房间，走到通往街道的唯一出口，直挺挺地横躺在了门槛上。

这是我第一次接触火星警卫犬，但肯定不是最后一次，因为在我被这些绿色火星人俘虏期间，这家伙一直小心守护着我，两次救了我的命，而且一刻也不曾主动离开我。

索拉不在时，我乘机更加细致地观察了囚禁我的房间。壁画描绘的是罕见而奇妙的美景：山川、河流、湖泊、海洋、草地、树木和花朵、蜿蜒的道路、阳光照耀的花园——这些场景可能描绘的是地球上的景色，但植物的颜色有所不同。这显然是某位大师的手笔，风格如此巧妙，技巧如此娴熟，但是画里却没有描绘活生生的动物，既没有人也没有兽，由此我可以猜测火星上其他可能已经灭绝的居民模样。

就在我天马行空地想象迄今为止在火星上遇到的奇异现象的可能解释时，索拉带着食物和饮料回来了。她把东西放在我身旁的地板上，在不远处坐下，专心地看着我。食物中有大约一磅奶酪般黏稠的固体物质，几乎没有味道，而饮料则显然是某种动物的奶，虽然有点儿酸，但味道并不令人讨厌，我很快就明白了，要非常珍惜它。后来我发现，它不是来自动物——因为火星上只有一种哺乳动物，且非常稀有——而是来自一种几乎没有水也能生长的大型植物，它似乎是从土壤、空气的水分和太阳光线中提炼出了充足的奶汁。

一株这样的植物每天能提供八到十夸脱奶汁。

吃过饭后，我精力充沛，但感到需要休息一下，便躺在丝绸上，很快就睡着了。我肯定睡了好几个小时，因为醒来时天已经黑了，我感到很冷。我注意到有人在我身上盖了一张毛皮，但是一部分已经滑落，我在黑暗中看不清，没法重新盖好。突然，有只手伸过来，把毛皮拉回我身上，不久又给我加盖了一张。

我猜这个警惕的卫士就是索拉，果然没错。在我所接触过的所有绿色火星人当中，只有这个女孩流露出了同情、友善和关爱的品性，她始终如一地照料着我的身体需求，她的热心照顾使我免受许多艰难困苦。

据我所知，火星上的夜晚极为寒冷，由于这里几乎没有黄昏或黎明，温度的变化十分突然且令人不适，从明亮的白昼过渡到黑夜也是如此。夜晚要么极为明亮，要么黑暗无比。如果碰巧火星的两个月亮都不在天上，那结果就是完全的黑暗，由于火星上缺乏大气，或者更确切地说是大气非常稀薄，无法在很大范围内散射星光；相反，如果夜里两个月亮都在天上，地面就会被照得通亮。

火星的两个月亮距离它都比我们的月亮距离地球要近得多，较近的月亮距离火星只有五千英里左右，较远的也只有一万四千英里多一点，而我们与月亮的距离却有将近二十五万英里。较近的月亮环绕火星一周需要七个半小时多一点，因此看起来就像一颗巨大的流星，每晚两三次从天空疾驰而过，每次穿过天空时都会显示出所有的月相。

较远的月亮环绕火星一周约需三十小时又一刻钟多一点，它和它的姊妹卫星把火星的夜景变成一种壮丽而奇异的景观。大自然如此优雅而慷慨地照亮了火星之夜，这太好了，因为绿色火星人作为一个智力并不发达的游牧民族，只有原始的人工照明手段，主要依靠火把、一种蜡烛和一种独特的油灯，这种油灯能产生气体，燃烧时不用灯芯。

最后这种器具能够发出极其明亮的白光，而且照得很远，但是它所需要的天然石油只能在几个相距遥远的偏僻地区开采，所以这些生物很少使用这种油灯。他们只考虑眼下，而且憎恨体力劳动，这使得他们在无尽的岁月里一直处于一种半野蛮状态。

索拉给我加盖东西之后，我又睡着了，直到天亮才醒。房间里还有其他五个住客，都是女性，她们仍在睡觉，身上堆满了形形色色的丝绸和毛皮。那只不眠不休直挺挺躺在门口的警卫兽，和前一天我最后一次见到它时一模一样，显然连动也没动过。它的眼睛紧紧地盯着我，我开始想，如果我试图逃跑的话，会发生什么事呢?

我总是喜欢冒险，喜欢在那些聪明人放任不管的地方做些调查和试验。因此，我突然想，要想弄清楚这只动物对我的确切态度，最可靠的方法就是尝试离开这个房间。我坚信，一旦我出了大楼，如果它追我的话，我是能够逃离它的，因为我已经开始对自己的跳跃能力引以为豪。此外，从它的短腿可以看出，这只野兽不善跳跃，可能也不善奔跑。

因此我慢慢地、小心翼翼地站了起来，只见我的监视者也站了起来。我谨慎地向它走去，发现如果拖着脚走的话，我既能保持平衡，又能相当迅速地前进。当我靠近这只动物的时候，它警惕地向后退去，当我走到门口时，它闪到一边，让我通过。然后它跟在我后面，当我沿着荒凉的街道向前走的时候，它就在我身后大约十步远的地方跟着。

我想，它的任务显然只是保护我，但是当我们抵达城市边缘的时候，它突然跳到我面前，发出奇怪的叫声，露出它那丑陋凶残的獠牙。我想拿它消遣一下，于是向它冲过去，当快要扑到它身上时，我却跳到了空中，降落到城外离它很远的地方。它立刻转过身子，以我所见过的最可怕的速度向我冲来。我原以为它腿短不够敏捷，但假如让它去追猎犬，后者就会像是在门垫上睡着了一般。我后来才知道，这是火星上跑得最快的动物，由于它聪明、忠实而凶猛，常被用来狩猎、打仗，以及保护火星人。

我很快意识到，如果沿直线奔跑，我很难逃脱这只野兽的利齿，因此我用折返跑的办法来对付它的袭击，并在它几乎扑到我身上时从它身上跳过去。这种策略对我相当有利，我得以比它更早到达城内，当它在我后面呼啸而至时，我跳上了一个离地面约三十英尺高的窗户，它位于一座俯瞰山谷的大楼的正面。

我抓住窗台，支起身子坐下来，我没有往大楼里看，而是低头看向下面那只困惑的动物。可是，我的狂喜转瞬即逝，因为我刚在窗台上坐稳，就有一只巨手从后面抓住我的脖子，把我粗暴地拖进了房间。我被仰面朝天扔在那里，看见面前站着一只巨大的类似猿猴的动物，除了头上长了一大堆乱蓬蓬的粗硬毛发之外，它全身雪白且没有一丝毛发。

4. 一场赢得朋友的战斗

这东西比我见过的火星人更像我们地球人，它用一只大脚把我踩在地上，同时向我身后某个回应它的生物叽叽喳喳地比画着。另一只显然是它的配偶，它很快就向我们走来，拿着一根粗大的石棒，显然想用它打我的脑袋。

这种生物大约有十到十五英尺高，直立，和绿色火星人一样都有一对中间的臂或腿长在上下肢之间。它们的双眼靠在一起，并不凸出；它们的耳朵位置很高，但是比火星人的耳朵更偏向两侧；它们的口鼻和牙齿则与我们的非洲大猩猩惊人地相似。总之，与绿色火星人相比，它们并不难看。

石棒沿着一道弧线劈向我来不及转开的脸，这时，一只多腿的可怕动物闪电般射进门内，猛地扑向刽子手的胸口。随着一声恐惧的尖叫，踩着我的白猿从开着的窗户跳了出去，但它的配偶却与我的保卫者陷入了一场可怕的殊死搏斗，我的保卫者正是我那忠实的警卫兽，我不能把这么可怕的动物叫作狗。

我尽可能快地站了起来，背靠着墙，目睹了这样一场很少有人能看到的战斗。这两种生物的力量、敏捷和盲目的凶猛是地球人所知的任何东西都无法企及的。我的警卫兽占得了先机，它那锋利的獠牙深深陷入了对手的胸口，但是，凭着远远超过我所见过的火星人的肌肉，白猿用粗大的前臂和爪子锁住了我的警卫兽的咽喉，慢慢使它窒息，还把它的头和脖子扭向它的身后，这时我真希望白猿在拧断它的脖子之前就瘫软在地。

在此过程中，白猿的前胸被紧紧控制在警卫兽像老虎钳一样的劲爪之下，整个都被撕裂了。它们在地板上滚来滚去，谁也没有发出害怕或痛苦的声音。不久，我看见警卫兽的大眼睛完全从眼眶里凸了出来，鲜血从鼻孔里流出。显然，它的力量正在变小，但白猿也是这样，它的挣扎瞬间弱了下来。

我突然回过神来，带着那种似乎总能促使我履行自己职责的奇怪本能，我抓起那根战斗开始时落在地板上的石棒，用我地球人的手臂的全部力量抡起来，重重地打在了白猿的头上，把它的头骨像蛋壳一样敲得粉碎。

这一棒刚刚打下去，我就遇到了新的危险。白猿的配偶从最初的惊吓中恢复过来，从大楼内部回到了打斗现场。在它走到门口之前，我就瞥见了它。当看见它那气息奄奄的配偶直挺挺地躺在地板上时，它怒不可遏，口吐白沫。见它这样，我必须承认，我心中充满了可怕的预感。

在力量悬殊，形势对我并不是十分不利的情况下，我从来都愿意英勇战斗，但这一次，以我相对弱小的力量来对抗这个来自未知世界的暴怒居民——它有着钢铁般的肌肉和野蛮的凶残——我既看不到光荣，也看不到好处。事实上，在我看来，这种遭遇的唯一结果似乎就是暴毙身亡。

我站在窗边，我知道一旦到了街上，我就可以在那个怪物追上我之前到达广场并获得安全。至少，我还有逃生的机会；相反，如果留下来，不管我多么拼命地战斗，几乎都必死无疑。

我的确是握着石棒，但是用它怎么能对付得了白猿那四条粗壮的胳膊呢？即使我第一棒就能打断其中的一条，我估计它会设法避开，在我回头进行第二次攻击之前，它就会伸出其他的胳膊，把我抓住并消灭掉。

在这些念头闪过我脑海的那一刻，我转身向窗口走去，但当我的目光落在我刚才的保卫者身上时，我就把所有逃走的想法抛到了九霄云外。它躺在房间地板上气喘吁吁，大眼睛紧紧盯着我，似乎正在可怜巴巴地请求我的保护。我受不了那种目光，再一想，它为了我表现得那么棒，在没有像它那样战斗之前，我不能抛弃我的救命恩人。

因此，我马上转过身去面对那只狂怒的公猿的袭击。现在它离我太近，石棒根本没有什么实际用处，所以我只是用尽全力，把石棒砸向它逼近的庞大身躯。石棒正好击中它的膝盖下面，引发了一阵痛苦而愤怒的嚎叫，它失去了平衡，向我猛扑过来，同时伸出前臂，想减缓摔倒的势头。

像前一天一样，我又采取了地球上的战术，我挥起右拳，狠狠地击在它的下巴上，然后又挥起左拳，重重地打在它的腹部正中。这两拳效果惊人，就在我打出第二拳后轻轻闪开时，它踉跄着倒在了地上，痛得弯下身子，直喘粗气。我跳过它倒在地上的身子，抓起石棒，在它来不及重新站起之前结果了这个怪物。

当我打下这一棒时，身后响起一阵低沉的笑声，我转过身，看见塔斯·塔卡斯、索拉和三四个武士站在房门口。当我的目光和他们相遇时，第二次获得了他们热情而谨慎的喝彩。

索拉醒来后发现我不见了，急忙通知了塔斯·塔卡斯，他立即和几个武士一起开始寻找我。他们靠近城市边缘的时候，目睹了那只气得口吐白沫的公猿冲进大楼的举动。

他们紧紧跟在公猿后面，认为它的举动不太可能提供我行踪的线索，他们亲眼看到了我和白猿之间短促而果断的决战。这次遭遇，再加上前一天我和火星武士的对决，以及我的跳跃本领，使他们对我推崇备至。这些人显然缺乏友谊、爱情或关爱等所有较为细腻的情感，却相当崇拜体力和勇敢，只要他们的崇拜对象能够通过重复展示其技能、力量和勇气来保持其地位，那就再好不过了。

索拉是自愿陪同搜寻小队来的，当我在为自己的生命而战时，火星人中只有她的脸没有因为狂笑而变形。相反，她表情十分严肃，带着明显的关心，我刚结果了那个怪物，她就冲到我跟前，仔细检查我的身体有没有受伤。见我毫发无损，她很满意，静静地笑了笑，然后拉起我的手向门口走去。

塔斯·塔卡斯和其他武士已经进来了，站在那只正在迅速恢复的野兽旁边——它救过我的命，我也救过它的命。他们似乎在激烈地争吵，最后，有个人对我说话，但想起我不懂他的语言，就再次转向了塔斯·塔卡斯。塔斯·塔卡斯便说了一句话，做了一个手势，对那家伙发出了某种命令，然后转身跟着我们离开了房间。

他们对我的警卫兽的态度似乎有某种威胁，我犹豫着是否要等到知道结果后再离开。幸亏我这么做了，因为那个武士从枪套里抽出一支邪恶的手枪，正要干掉那只动物，我跳起来猛撞他的胳膊。子弹击在木制窗框上，爆炸了，在木头和砖石上炸出一个洞来。

然后，我跪在那只可怕的动物旁边，把它扶起来，示意它跟我走。我的行动把火星人惹得满脸惊讶，这很滑稽可笑，他们只能以一种微弱而幼稚的方式理解诸如感激和怜悯之类的品性。被我打掉枪的那个武士疑惑地看着塔斯·塔卡斯，但是后者表示让我自己决定，于是我们回到了广场，我伟大的警卫兽紧跟在我后面，索拉则紧紧抓住我的胳膊。

我在火星上至少有了两个朋友，一个是慈母般照料我的年轻女人，一个是不能说话的动物，后来我才知道，它那丑陋身躯里所蕴含的爱、忠诚和感激，比在火星废弃的城市和死海底部游荡的整整五百万绿色火星人身上所能发现的更多。

5. 火星上的育婴工作

吃过和前一天一模一样的早饭后——实际上，我和绿色火星人在一起时，每顿饭都是这个样子——索拉护送我来到广场。在那里，我发现整个社区都在忙着观看，或者帮忙把庞大的乳齿兽套在大型三轮战车上。这样的车子大约有二百五十辆，每辆由一头动物拉着，从它们的外表来看，每头动物都能轻而易举地拉起一整列满载的马车。

战车本身又大又宽敞，装饰华丽。每辆车里都坐着一个女火星人，身上挂满了金属饰物，还有珠宝、丝绸和毛皮，每头拉车的巨兽背上都坐着一个年轻的火星车夫。像武士们的坐骑一样，这些负重的巨兽既没有笼头也没有缰绳，完全靠心灵感应的方式来指挥。

这种能力在火星人身上都得到了完美的进化，这主要是由于他们的语言简单，即使在长时间的交谈中，口头交流也相对较少。这是火星上的通用语言，在这个自相矛盾的世界里，高等动物和低等动物能够通过这种语言媒介或多或少地进行沟通，沟通的程度取决于物种的智力范围和个体的发展。

当车队排成一列纵队向前行进时，索拉把我拖入一辆空着的战车，我们和车队一起向着我前一天进城的地方行进。车队前面大约有二百名武士，五人一排，后面也是同样的数量，而每侧还有大约二十五到三十名骑卫守护着我们。

除了我之外，每个火星人——男人、女人和孩子——都全副武装，在每辆战车后面都有一条火星猎犬跟着跑，我自己的警卫兽也紧跟在我们身后，事实上，我在火星上度过的整整十年里，这个忠实的家伙从未主动离开过我。我们要路经城市前面的小山谷，越过山丘，一直来到死海的底部，我从孵卵房到广场的旅程就穿过这里。事实证明，孵卵房正是我们这一天旅行的终点，当我们来到平坦辽阔的海底时，整个车队立刻开始狂奔。我们很快就看见了我们的目的地。

一到那里，战车就精准有序地停在了围场的四边，包括塔斯·塔卡斯和另外几个较小头领在内的十名武士，由大酋长带领，下了坐骑，向孵卵房走去。我能看到塔斯·塔卡斯正在向大酋长解释着什么，顺便说一下，大酋长的名字——我尽量将其翻译成英语——叫洛夸斯·普托梅尔·杰德，杰德是他的头衔。

我很快推测出他们谈话的主题，因为塔斯·塔卡斯在叫索拉，示意她带我去见他。此时我已经掌握了在火星环境下步行的复杂技巧，于是迅速响应他的命令，走向孵卵房旁边武士们站着的地方。

走到他们身边时，我扫了一眼，发现除了极少数的蛋之外，其余的都孵化出来了，有了这些可怕的小恶魔，孵卵房里生气勃勃。他们身高三至四英尺，在围场里不停地跑来跑去，好像在寻找食物。

我停在塔斯·塔卡斯面前，他指着孵卵房上方说："萨克。"我明白，他想让我重复昨天的表演，好让洛夸斯·普托梅尔开开眼界。我得承认，我的本领给了我极大的满足感，我迅速做出回应，一下子跳过了停在远处孵卵房一侧的战车队。我回来之后，洛夸斯·普托梅尔对着我咕哝了几句，然后转向他的武士说了几句有关孵卵房的命令。他们不再注意我，允许我留在近旁，观看他们的行动，包括在孵卵房的墙上打一个足够大的洞，以便年幼的火星人钻出来。

在这个洞的两侧，女人和年轻火星人——男女都有——形成了两道坚实的人墙，一直通向战车，延伸到远处的平原。小火星人在两道人墙之间蹦蹦跳跳，像小鹿一样狂野。他们可以跑到通道的尽头，在那里，女人和年长的孩子会一个一个地把他们抓住。队伍中的最后一人要抓住第一个跑到通道尽头的小火星人，她对面的那个人抓第二个，以此类推，直到所有的小家伙都离开围场，被某个青年或女人占有为止。女人们抓到小火星人之后就离开队伍，回到各自的战车上，而那些落入年轻男子之手的小火星人后来也被交给了一些女人。

我看到这个仪式——如果这个名称可以让它显得庄重的话——结束了，便到处寻找索拉，我发现她在我们的战车里，怀里紧紧搂着一个可怕的小东西。

养育幼年绿色火星人的工作仅仅是教他们说话，以及使用从出生第一年起就装备的战斗武器。他们在蛋里度过了五年的孵化期，出来后，他们一踏入世界就已经发育完全，只是体形较小。他们的母亲对他们一无所知，也很难准确地指出他们的父亲，他们是社区共同的孩子，他们的教育依赖于那些在他们离开孵卵房时碰巧抓住他们的女人。

他们的养母甚至可能还没有在孵卵房里生过一个蛋，索拉就是这样，直到不到一年前她成为另一个女人的后代的母亲，她都还没有开始下蛋。但这对绿色火星人来说无关紧要，因为亲子之爱在我们当中十分普遍，而他们却完全不知道。我认为这种实行了多年的可怕制度，就是这些可怜的生物失去所有美好感情和更高人道主义本能的直接原因。从出生起，他们就不知道父爱或者母爱，他们不知道“家”这个词的意义，他们被教导说，他们只能忍受生活之苦，直到能够靠体格和凶猛来证明自己适合生存。如果他们有任何残疾或者缺陷，就会立刻遭到枪杀，从婴儿时起，他们就要经历很多艰难困苦，但不会看到有人为此流下哪怕一滴眼泪。

我的意思不是说成年火星人会不必要或者故意残忍地对待年幼的火星人，而是说他们要在一颗濒死的星球上进行艰苦而无情的生存斗争，火星上的自然资源已经减少到了这种程度，即每抚养一个额外的生命，都意味着给这个生命所在的社区增加了一笔负担。

通过精挑细选，他们只养育每个物种最顽强的样本，并以几乎超自然的远见来控制出生率，仅仅是为了弥补死亡所造成的损失。每个成年火星女性每年大约产十三枚蛋，那些符合大小、重量和特殊比重测试的蛋会被储藏在一个地窖的深处，那里温度很低，无法孵化。每年，这些蛋都要由一个由二十名酋长组成的委员会仔细检查。每年所下的蛋，除了大约一百个最完美的之外，其余的都要销毁。五年后，再从成千上万个蛋当中选出大约五百枚近乎完美的蛋。然后，把它们放进几乎密封的孵卵房里，再过五年，阳光才会把他们孵化出来。我们今天所目睹的孵化就是这样一个相当有代表性的事件，两天之内，几乎所有的蛋都孵出来了，只有大约百分之一的例外。即使剩下的蛋孵出来了，我们也不知道那些小火星人的命运会怎样。火星人不需要他们，因为他们的后代可能会继承或遗传这种孵化期延长的倾向，从而打乱维持多年的系统，这种系统可以让成年火星人计算出返回孵卵房的合适时间，几乎精确到小时。

孵卵房建在偏僻安全的地方，几乎不可能被其他部落发现。如果发生意外，这种灾难的后果将意味着在接下来的五年内该社区都不会有孩子了。后来，我目睹了一处外星人的孵卵房被人发现的后果。

该社区大约由三万人组成，这些和我息息相关的绿色火星人是它的一部分。他们在南纬四十度到八十度之间的这一大片干旱和半干旱的土地上游荡，并以东西两侧那两大片肥沃的土地为界。他们的总部位于这一地区的西南角，靠近两条所谓的火星运河交汇处。

由于这个孵卵房建在他们领土的北部，据说是一个无人居住且人迹罕至的地方，因此我们前面有一段很长的路要走，对此我当然一无所知。

回到死城后，我过了几天比较空闲的日子。我们回来后的第二天，所有的武士一大早就跨上坐骑出发了，直到夜幕降临前才回来。后来我才知道，他们去了存蛋的地窖，把蛋运到了孵卵房，然后用墙把孵卵房再封上五年，在此期间，很可能不会再去那里了。

在进入孵卵房之前，蛋是藏在地窖里的，地窖位于孵卵房以南数英里的地方，由二十名酋长组成的委员会每年都要去那里。他们为什么不把地窖和孵卵房建在离家较近的地方，这对我来说一直是一个谜，就像火星上许多其他的谜团一样，不能用地球上的推理和习俗来解决，也无法解决。

现在，索拉的职责增加了一倍，因为除了照顾我之外，她还不得不照顾那个年幼的火星人，但我们都不需要太多的关注，由于我们在火星上受教育的程度大致相同，索拉就独自承担起了同时训练我们两个的重任。

她的战利品是一个身高约四英尺，非常强壮，体格完美的男孩；而且，他学得很快，从我们表现出的激烈竞争中，我们得到了很多乐趣，至少我是这样认为的。如我所言，火星人的语言极其简单，在一个星期内，我就能让人明白我所有的需要，并且能听懂火星人对我说的几乎每一句话。同样，在索拉指导下，我开发了自己的心灵感应能力，因此，我很快就能感知到周围发生的几乎每一件事。

最令索拉感到惊奇的是，虽然我能轻易地从别人那里捕捉到心灵感应信息，而且通常这些信息不是有意为我准备的，但在任何情况下，都没有人能读懂我的哪怕一点儿心意。起初这让我很苦恼，但是后来我感到非常高兴，因为这无疑给了我比火星人更大的优势。

6. 来自天空的美丽俘虏

孵卵房仪式结束后的第三天，我们启程回家，但是先头部队刚一踏上城市前的空地，就接到让他们立即返回的命令。绿色火星人似乎在这种特殊的进化过程中受过多年的训练，他们就像烟雾一样消散在附近建筑物的宽阔门廊里，不到三分钟，由战车、巨兽和武士组成的整支车队都不见了。

索拉和我进入了城市前面的一座大楼，事实上，这就是我遇见白猿的那座楼，我想看看到底是什么原因导致了这次突然撤退，我爬到上面的一层，从窗口眺望远处的山谷和山丘，在那里，我看到了他们突然匆忙躲避起来的原因。一艘飞得很低，长长的、漆成灰色的巨大飞船缓慢飘荡在最近那座小山山顶的上空。紧跟着又来了一艘、一艘、又一艘……一共来了二十艘飞船，在地面上游荡，缓慢而庄严地向我们驶来。

每艘飞船上都挂着一面奇怪的旗帜，飘扬在船头和船尾之间，每艘飞船的船头上都绘着一些怪异的图案，在阳光下闪闪发光，即使这些飞船距离我们很远，也能看得清清楚楚。我能看见飞船的前甲板上和船体里挤满了人。我不知道他们是发现了我们，还是仅仅在观察这个荒芜的城市，但不管怎样，他们受到了粗鲁的接待，因为绿色火星武士突然毫无征兆地从小山谷对面的大楼窗户里发动一阵猛烈扫射，而那些大飞船正在平静地向前推进。

场面马上变了，像变魔术一般。最前面的飞船立刻把侧舷转向我们，开动枪炮进行还击，同时向我们面前平行移动了一小段距离，然后掉头回去，显然是想完成一个大转弯，再次飞到我们火力线对面的位置，其他飞船紧随其后，每艘飞船一飞到合适的位置就向我们开火。我们自己的火力从未减弱，我怀疑我们的射击是否只有百分之二十五没有打中。我从来没有见过如此致命的精确瞄准，似乎每射出一粒子弹，就有一个小人儿从飞船上掉下来，而旗帜和船体也在喷射的火焰中分崩离析，因为我们的武士那不可抗拒的炮弹击穿了它们。

飞船的火力大部分是无效的，据我后来所知，这是因为我们第一次的射击是出乎意料的突袭，使得飞船上的船员措手不及，枪炮的瞄准装置在我们的武士的致命瞄准下毫无防护。

在较为相同的战争环境下，似乎每名绿武士都有特定的射击目标。例如，他们中的一部分人，通常是神枪手，会把火力完全对准正在进攻的舰炮上的无线探测和瞄准装置，另外的人则用同样的方式对付那些较小的枪炮，有些人瞄准炮手，有些人瞄准军官，还有一部分人集中精力对付船体、操舵装置及推进器上的其他船员。

第一次扫射二十分钟之后，这支庞大的船队就摇摇摆摆地向着它最初出现的方向飞去，渐渐消失了。有几艘飞船显然飞得很艰难，看起来几乎不受筋疲力尽的船员们的控制。它们的火力完全停止，所有的精力似乎都集中在了逃跑上。随后，我们的武士冲到我们所占领的大楼的楼顶，用连续不断的致命火力一齐扫射撤退中的船队。

不过，那些飞船一艘接一艘地设法沉潜到远处的山峰之下，最后视野内只剩下一艘几乎飞不动的飞船。这艘飞船饱受我们炮火的攻击，似乎完全无人驾驶，因为它的甲板上看不到一个移动的人影。它慢慢偏离了航线，以一种古怪而可怜的方式掉头向我们飞来。我们的武士立刻停止了射击，因为很明显，这艘飞船是完全无助的，它非但不能对我们造成伤害，甚至也不足以控制自己而逃走。

当它靠近这座城市时，武士们冲到了平地上去迎接它，但是很明显，对他们来说，它还是太高了，他们不可能够到它的甲板。从窗口的有利位置，我可以看到船上到处都是船员的尸体，但我看不出他们是哪种生物。当它随着微风向东南方向缓慢飘移时，船上没有显示出任何的生命迹象。

它飘浮在距离地面大约五十英尺的地方，后面跟着上百名武士，他们已受命返回屋顶，以应对船队或者援军返回的可能性。很快，情况变得清楚起来：它要撞上我们所在位置以南大约一英里的几幢大楼。我密切注视着追逐的进展，我看到许多武士疾驰向前，下了坐骑，进入了它似乎注定要撞上的那座大楼。

飞船靠近了大楼，就在它撞上大楼之前，火星武士们从窗口蜂拥而上，用他们的巨矛减轻了碰撞的冲击，一会儿他们又抛出了抓钩，由下面的同伴把大船拉向地面。

固定好飞船之后，他们蜂拥至飞船的两舷，从船头搜到船尾。

我可以看见他们在检查死去的船员，显然是在找寻生命的迹象。不久，他们中的一伙人拖着一个小人儿出现在下面。那生物的身高远不及绿色火星武士的一半，我从阳台上可以看到，它用两条腿直立行走，我猜它是某种我还不熟悉的新的火星怪物。

他们把俘虏带到地上，然后开始有条不紊地搜劫飞船。这项工作需要几个小时，在此期间，他们征用了好几辆战车来运送战利品，其中有武器、弹药、丝绸、毛皮、珠宝、雕刻奇异的石器，还有大量的固体食物和液体，包括很多桶水——我来到火星之后头一次见到水。

最后一批货物运走后，武士们用绳索固定好飞船，排成几行，把它远远地拖向西南方向的山谷。然后，其中的几个人登上飞船，从我所在的位置远远望去，他们似乎正忙着把各种大瓶子里的东西倒在船员的尸体上，还倒在了飞船的甲板和船体上。

完成这项工作后，他们急忙爬过船舷，顺着牵索滑到地面上。最后一个离开甲板的武士转身把什么东西扔回了船上，他等了一会儿，以留意行动的结果。当从导弹击中的地方升起一束微弱的火焰时，他翻过船舷，迅速滑到了地上。几乎就在他落地的同时，牵索解开了，这艘因被劫掠一空而变轻的巨大飞船，悲壮地飞向空中，它的甲板和船体变成了一团熊熊燃烧的烈焰。

它慢慢地向东南方飘移，随着烈焰吞噬了它的木质部分，减轻了船体的重量，它越升越高。我爬上楼顶，看了好几个小时，直到它最后消失在远处朦胧的景色中。注视着这个飘浮的巨大火葬堆飘过火星孤寂的天空，无人引领，无人驾驶，这一景象极其令人敬畏。一艘被遗弃的死亡和毁灭之船，代表了这些奇怪而凶猛的生物的生命故事，命运把它带到了火星人并不友好的手中。

我非常沮丧，这对我来说有些莫名其妙，我慢慢下楼来到街上。

我亲眼看到的这一场面似乎标志着同一种族的军队被击败和消灭，而不是我们的绿武士击败了一群相似却不友好的生物。我无法深入了解这种貌似真实的幻觉，也无法从中解脱，但在灵魂最深处，我对这些未知的敌人有一种奇怪的渴望，我心中涌起一个巨大的希望：船队会回来的，要和这些如此无情而肆意攻击它的绿武士算账。

我身后紧跟着猎犬伍拉，它现在习惯这样跟着我。我刚出现在街上，索拉就冲到我面前，好像我是她一直在搜寻的目标。车队正在返回广场，已经放弃了当天的返乡之旅，事实上，由于害怕飞船的报复性攻击，他们一个多星期后才重新启程。

洛夸斯·普托梅尔是一位很精明的老武士，他不可能领着由战车和孩子组成的车队在开阔的平原上被抓住，所以我们留在了这座荒凉的城市里，直到危险似乎已经过去。

索拉和我进入广场的时候，映入眼帘的景象使我百感交集，希望、恐惧、狂喜和沮丧同时涌上心头，但最主要的是一种微妙的宽慰和幸福感。就在我们靠近那群火星人的时候，我瞥见了那个从战船上抓来的俘虏，她正被几个绿色女火星人粗暴地拖进附近的一座大楼。

闯入我视野的是一个苗条少女似的身影，在各个方面都与我过去生活中的地球女人相似。她一开始没有看见我，但当她消失在那即将成为她的监狱的大楼门口时，她转过身来，我们的目光相遇了。她的脸是椭圆形的，美极了，她的五官轮廓分明，精致绝伦，眼睛又大又亮，一头乌黑浓密的鬈发，松散地扎成一种奇怪但很适合她的发式。她的皮肤是浅铜红色的，衬托着她那红润的脸颊，以及形状优美、红宝石般闪闪发光的嘴唇，有着一种奇特的增强效应。

像她身旁的绿色火星人一样，她也没穿衣服。事实上，除了做工精良的饰品外，她是全裸的，任何服饰都无法使她完美匀称的身材变得更美。

当她的目光落在我身上时，她惊讶得睁大了眼睛，她用那只没被绑住的手做了一个小小的手势。我当然不明白这个手势。我们只是互相注视了片刻，然后，她刚发现我时脸上那种充满希望和勇气的明亮表情，逐渐变成了一种极度的沮丧，夹杂着厌恶和轻蔑。我意识到，我还没有回应她的手势，我对火星人的风俗一无所知，我凭直觉知道她在向我请求援助和保护，但我不幸的无知让我无法回应她。随后，她被拖进了废弃的大楼深处，离开了我的视线。

（刘荻　译）

天上地下许多事

巴勒斯的每一次成功都赋予冒险幻想类型小说新的活力，其他作家的成功也一样。比如柯南·道尔，他的《失落的世界》（*The Lost World*）于1912年出版；乔治·艾伦·英格兰，他最著名的一部小说（后来发展为三部曲）《黑暗与黎明》[1]（*Darkness and Dawn*）也在这一年于《骑士》上连载。

这是属于系列、续集和三部曲的时代。这也是个现实中大事连连的时代：宇宙射线，原子结构行星模型，原子序数的发现；X射线管，坦克，射频管振荡器，不锈钢，质谱仪的发明；还有第一次世界大战的爆发。查尔斯·B. 斯蒂尔松（Charles B. Stilson）从1915年开始在《故事大全》上连载一个关于南极火山谷中的失落种族的三部曲，其第一部名为《雪国的北极星》（*Polaris of the Snows*）[2]；J. U. 吉

1. 三部曲分别是:《最后的纽约人》(*The last New Yorkers*, 1912)、《超越大湮灭》(*Beyond the Great Oblivion*, 1913)、《余晖》(*Afterglow*, 1914)。讲述了地球文明在1920年左右遭到毁灭，1 500年后两名醒来的幸存者和其他人的故事。
2. “北极星”是小说主角的名字。后两部名为《萨达纳的米诺斯》(*Minos of Sardanes*)和《北极星与荣光女神》(*Polaris and the Goddess Glorian*)，依次发表于1916、1917年。

西（J. U. Giesy）[1] 从 1918 年开始在《故事大全》上连载三部曲，讲述一个男人将自己的星光体投射到天狼星的一颗行星上进行冒险的故事，其第一部名为《犬星群的帕洛斯》[2]（*Palos of the Dog Star Pack*）。创作该类型小说的其他作家还包括奥斯汀·霍尔 [3]（Austin Hall）、荷马·伊安·弗林特 [4]（Homer Eon Flint）、雷·卡明斯 [5]（Ray Cummings）、维克多·卢梭 [6]（Victor Rousseau）、弗朗西斯·史蒂文斯 [7]（Francis Stevens）和加勒特·P. 塞维斯 [8]。

随后，在 1917 年，纸浆杂志王国中出现了一位新的天才，冒险幻想类型文学中出现了一个新的变化。这变化是作品中出现了更奇妙的场景和史诗式的终极善恶之争。作者则是 A（代表“亚伯拉罕”）. 梅里特。

梅里特职业生涯的大部分时间是作为助理编辑度过的，到最后他成为威廉·伦道夫·赫斯特 [9]（William Randolph Hearst）的周日杂志《美国周刊》的编辑。这份工作报酬非常高，但梅里特显然需要释放自己的创造力。经过他案头的文稿可能为他打开了通往这种释放的大门。奇怪的事件，神秘的地点，浪漫的情节，赫斯特提供给读者的周日精神食粮正是由这些主要成分构成。

第一个梅里特故事是一篇东方奇幻故事，名为《穿越龙镜》

---

1. 美国科幻和奇幻小说家，其代表作为“塞米·杜尔”（*Semi Dual*）超自然侦探系列奇幻小说。
2. “犬星群”是书中天狼星的行星上的居民对自己星系的称呼。系列的后两本为《兹图的喉舌》（*The Mouthpiece of Zitu*）与《贾森之子贾森》（*Jason, Son of Jason*），发表于 1919 年和 1921 年。
3. 美国科幻小说家，著有“盲点”（*Blind Spot*）和“乔治·威瑟斯彭”（*George Witherspoon*）系列，均为两部一套。
4. 美国作家，代表作为“金尼博士”系列故事。他是霍尔的朋友，“盲点”第一部的合作者，在故事发表之前神秘死亡。
5. 美国作家，曾是爱迪生的助手。
6. 活跃于英国和美国的记者、作家，创作过若干不同类型的通俗小说。
7. 美国女作家格特鲁德·巴罗斯·本内特的笔名。她是美国第一位比较重要的女性科幻作家，活跃于 1917—1923 年间。
8. 美国天文学家，科普作家，科幻作家。以 1911 年的《第二次大洪水》而知名。
9. 美国著名报业家。

（“Through the Dragon Glass”），出现在 1917 年的《故事大全》上；第二篇《深渊之民》（“The People of the Pit”）出现在一年之后；同样在 1918 年，他的经典短篇《月池》面世。一年后，梅里特为其加上了续集，他的第一部长篇小说《征服月池》（*The Conquest of the Moon*）。同年，二者被合并为单行本《月池》再版。几年后，即 1939 年，当《奇幻神秘名作》[1]（*Famous Fantastic Mysteries*）开始重印芒西旗下杂志上的幻想和科幻小说时，第一期就重刊了《月池》，紧跟着又分六部分刊载了后面的续集（让一个 16 岁的读者[2]和月池中的居民一样如醉如痴）。十年后出版了一本《A. 梅里特奇幻小说》[3]（*A. Merritt's Fantasy*），但只发行了五期。

梅里特成了一名稳定的传奇小说作者，尽管他不像巴勒斯那么多产，但在自己的道路上同样取得了成功。在随后的岁月里，他写出了《金属怪物》（*The Metal Monster*，1920）、《伊斯塔之船》（*The Ship of Ishtar*，1926）、《走向撒旦的七脚印》（*Seven Footprints to Satan*，1928）、《深渊中的脸》（*The Face in the Abyss*，1931）、《蜃境住民》（*Dwellers in the Mirage*，1932）、《烧吧女巫，烧吧！》（*Burn Witch Burn!*，1933）和《匍行吧，暗影！》[4]（*Creep, Shadow*，1934）。所有作品都在杂志（主要是《阿尔戈西》）上连载，屡屡重印，连载完旋即以单行本发行。几十年中它们一直保持着可观的销量，起先是精装本，《月池》和《伊斯塔之船》由普特南[5]发行，《匍行吧，暗影！》在双日出版社的“犯罪俱乐部”[6]（*Crime Club*）系列中，其他的

1. 芒西旗下杂志。存在于 1939—1953 年间，两月或一月一期，共发行 81 期。
2. 即本书编者詹姆斯·冈恩，他出生于 1923 年，这一年正好 16 岁。
3. 双月刊，主要重发梅里特的旧作，辅以新的插画等。存续于 1949 年 12 月至 1950 年 10 月间，其中 1950 年 8 月未发行。
4. 和前一本在结构和内容上有相似之处，常被视为其续集。
5. 现企鹅普特南，美国最早的出版社，始于 19 世纪上半叶，早期以发行硬皮精装本为主。
6. 双日出版社出版的系列丛书，主要是成人犯罪小说和侦探小说。

由利夫莱特[1]发行；然后由埃文[2]书屋发行平装本。这些图书卖出了数百万册。

梅里特在科幻小说史上的重要性不仅在于作品本身的价值，还在于他对其他作家和读者口味的影响。梅里特的作品重刊于根斯巴克的《惊奇故事》，像杰克·威廉森和埃德蒙·穆尔·汉密尔顿（Edmond Moore Hamilton）这样的早期科幻作家最初的创作都在仿照他的奇幻场景、终极威胁和花哨的散体文风。他那些传奇幻想的影响在早期科幻杂志中绵延不绝。

巴勒斯的小说是奇幻背景下的冒险故事，而梅里特的故事最终引向善与恶的殊死搏斗。这些冲突的结果并不仅仅取决于武力、战斗技巧、勇气、荣誉或者才智。主角们转而依赖灵魂之力，来保持坚定，抵抗诱惑或忍受苦难；能获得迎接最终挑战的力量往往是依靠无私的爱。

巴勒斯的英雄们从不承认失败的可能性。“我还活着。”约翰·卡特会这样说。梅里特笔下的男女主人公则不断怀疑自己是否有能力战胜无法逾越的障碍或是超自然的力量，同时他们可能会，并且会不断面对（字面意义上的）比死亡更糟糕的命运。

梅里特将他那些失落的种族设置在地球的偏远角落：洞穴和隐蔽的山谷是他特别爱用的地点，而且通常涉及很远的距离。在隐藏着的地域中有独一无二的奇异生物：能量生物、克拉肯[3]、流着血泪的巨脸、蛇女、恶魔般的黑帮首领……在那些地方，英勇的男男女女被他们难以想象的力量所考验，这些力量往往也极大地超越了他们的能力，将恐怖与奇丽均衡地交织在一起。

---

1. 美国著名图书出版公司。
2. 1941 年美国新闻集团创立的平装书出版公司。1959 年售予赫斯特集团，1999 年后属于哈珀·柯林斯出版集团。
3. 北欧传说中类似章鱼或者乌贼的巨型海生怪兽。

在描述这些地方和这些力量时，梅里特经常忍不住过度修辞：他喜欢有异国风味的形容词和名词，比如“紫水晶”“月尖般的”“号角样的”“荒诞的交角”“蛋白石色”“冷光”等等；喜欢自相矛盾的混合，比如“迷醉和恐惧混杂”“匪夷所思但又令人不安的对称”等等。但梅里特笔下那些怪异生灵自相矛盾的特征和他的创造力一起让它们生动起来，某种程度上比纯粹的邪恶更加可信，甚至是迷人的。这正是他的作品给人的奇妙感觉中最为奇妙之处。

梅里特花哨的散体文风在他那个时代很受欢迎，如今则不太为人欣赏。不过，他这样是为了在读者心中激发出极度奇幻之感，如果说，他在努力描述那些无法描述的场面时用力过猛了，这种过头举动多半值得原谅，正如巴勒斯笔下过多的巧合一样。

（何锐　译）

月池

［美国］A. 梅里特

1. 思罗克马丁之谜

我将打破长时间的沉默，为大卫·思罗克马丁博士洗刷罪名，帮助他的妻子和他的助手查尔斯·斯坦顿博士摆脱丑闻阴影。从前我没有勇气这样做，但所有那些嫉妒他们科学声誉的人，在读过这些仅托付于我一人的事实之后，就会明白一切。

我要首先概括一下有关思罗克马丁远赴加罗林波纳佩岛探险的实际情况，也就是所谓的思罗克马丁之谜。

你一定记得，思罗克马丁博士打算对南马都尔进行考察研究，那是一组不同寻常的岛屿遗迹，其中一处高等史前文明遗迹，集中在波纳佩的广阔海岸上。与他同行的还有他结婚不到半年的妻子。身为弗拉齐耶-史密斯教授的女儿，她和他一样对这些消失种族的遗迹感兴趣，而且对这些遗迹有着几乎同等程度的了解。这些宏大的遗迹散布在太平洋的一些岛屿上，形成了太平洋沉没大陆理论的基础。

你一定记得吧，思罗克马丁太太伊迪丝比她丈夫年轻得多，至少年轻十五岁。作为思罗克马丁博士的助手而陪伴他们的查尔斯·斯坦顿博士和她差不多大。这三个人外加一个瑞典女人托拉·赫勒范森组成了这次远途探险队，她是伊迪丝·思罗克马丁幼年时的奶妈，完全忠心于她。

思罗克马丁博士计划在遗址中度过一年时间，不仅要研究波纳佩遗址，还有莱莱遗址——这一对古文明中心是人类史上的巨大谜团，其答案之根源古老得不可估量；两者是人类文明的奇葩，早在埃及文明得以萌芽之前就已经盛放；它们的艺术，我们知之甚少；它们的科学与自然奥秘，我们更是一无所知。

他带着全套的工作设备，在波纳佩召集了十来个当地的工人。他们直接前往美塔拉尼姆港口，在南马都尔群岛中的一个叫乌申塔伊的岛上扎营。你记得吧，这些岛屿是完全无人居住的，主岛上的人都避开它们。

三个月后，思罗克马丁博士出现在巴布亚的莫尔斯比港。他乘坐的是一艘由所罗门岛民驾驶，由一个华裔混血船长指挥的纵帆船。他说，他打算去墨尔本，补充科学设备，招募更多白人来帮助他进行挖掘工作。他说，当地人很迷信，所以帮不上什么忙。他很快登上了“南皇后号”，这艘船当天早晨就要起航。三天后的晚上，他从“南皇后号”上消失了。官方报道说，他不是被风浪卷下甲板，就是投海自尽了。

一艘送去波纳佩的救援船在乌申塔伊岛上发现了思罗克马丁的营地，在南塔纳赫发现了一个较小的营地。所有的设备、衣服、用品都完好无损。但却找不到思罗克马丁太太、斯坦顿博士或托拉·赫勒范森的任何踪迹！

人们询问过受雇于考古学家的当地人。他们说这些遗迹是伟大灵魂的住所，这些灵魂在满月时特别强大。月圆之夜，所有的当地人都加倍小心，避开那遗迹。在受雇期内，他们要求从满月的前一天开始休假，一直到月亮亏缺为止，思罗克马丁博士同意了他们的要求。在月圆之夜，他们三次独自离开探险队。第三次回来时，他们发现四个白人消失了，他们“认为阿尼把那些人吃了”，他们特别害怕，就逃跑了。

这就是全部情况。

那个华裔混血船长被找到了，最后他勉强地证实自己从距波纳佩大约五十英里的一艘小船上接到了思罗克马丁博士。这位科学家似乎有点疯了，但他给了船长一大笔钱，让他送自己去莫尔斯比港，并且嘱咐如果有人盘问，就说自己是在波纳佩的港口上船的。

这就是大家已知的关于思罗克马丁远途探险队命运的一切。

你或许会问，为什么我现在要打破沉默；我如何得到了下面要陈述的事实？

对于第一个问题，我的回答是：我最近在一个地理俱乐部，无意间听到两位会员在谈话。他们提到了思罗克马丁的名字，我忍不住在旁偷听。

一个说：“当然，有可能是思罗克马丁把他们全杀了。对一个男人来说，娶一个比他年轻得多的女人，然后把她扔到一个像斯坦顿这样年轻又随和的男人身边去探险，实在是危险之举。毫无疑问，不可避免的事情发生了。思罗克马丁发现了真相，痛下杀手为自己雪耻。接下来就是悔恨与自杀。”

“思罗克马丁看上去似乎不像那种人。”另一个人若有所思地说。

“对，他确实不像。”第一个人表示同意。

“没有别的故事吗？”第二个人接着说，“是思罗克马丁太太和斯坦顿私奔，还带走了托拉这个女人吗？有人告诉我，他们最近在新加坡结婚了。”

“你可以在这两个故事中任选其一。”另一个人回答，“我想，要么是这样，要么是那样。”

哪一个都不是。我了解真相——现在我要回答第二个问题——因为思罗克马丁消失的时候我就在他身边。我知道他告诉我的事实，也知道我亲眼所见的一切。难以置信，颠覆常识，与我们已知的科学事实相反，但我可以证明它。这本书出版以后，我打算乘船到波纳佩去，到南马都尔去，到那座小岛上去，在那座小岛的阴森森的墙下，藏着思罗克马丁寻觅与发现的秘密——这秘密最终也找到了思罗克马丁！

我会留下一份他给我的岛屿地图的复印本。还有他对南塔纳赫巨大庭院的素描，月门的位置，他指出的月池的可能位置，通向月池的通道，以及他对发光球体的位置估计。如果我一去不回，而且今后还有别人信念足够坚定，对科学足够好奇，还具有追寻前人的足够勇气，这些东西将为他们铺平探索的道路。

我现在就直截了当地叙述我的故事。

有六个月的时间，我一直在当特尔卡斯托群岛为我的《南太平洋火山群岛植物群》一书的最后几章收集资料。前一天，我到了莫尔斯比港，确保我的标本妥当安置在“南皇后号”上了。那天早上，我坐在上层甲板上，满怀思乡之情，想着从这儿到墨尔本漫长的路程，还有从墨尔本到纽约那更为漫长的路程。

那天早晨的天色是巴布亚特有的昏黄色，岛屿彰显了她最阴沉诡秘的一面。天空泛出一片郁积压抑的黄褐色。整个岛屿笼罩在阴郁、怪异、难以平和的氛围中，空气中满是危机四伏的味道，潜伏着伺机而出的邪恶力量。这仿佛来自巴布亚岛那不羁的险恶内心——即使在她微笑的时候也带着邪恶。不时地，从原始丛林里吹来一丝气息，充满了陌生的味道，神秘又潜藏杀机。

在这样的清晨，巴布亚岛会向你喃喃低语她那不可追忆的古老和力量。我没有故作妄想，但这种氛围让我神魂不定——我提及它是因为它直接关系到思罗克马丁博士的命运。这种氛围并非巴布亚所独有。我在新几内亚、澳大利亚、所罗门群岛和加罗林群岛都有过这种感觉。但在巴布亚，这种感受似乎最为清晰。她好像在说：“我亘古长明。我看见经受成形阵痛的大地；我是万物之初；我目睹各种种族的诞生与消亡，瞧，我的胸中有一些秘密，一旦坦承就会让你们这群悲鸣时代里苍白无力的婴儿全都粉身碎骨。你们不配与我生活在同一世界；然而我现在在此，未来也会长存！你们永远无法了解我，我厌恶你们，尽管我容忍你们！我能容忍——但能容忍多久呢？”

然后我仿佛看到了一只巨大的魔爪，从巴布亚伸向外面的世界，伸展着怪异的爪牙。

所有人都能感受到她的情绪。她的子民将此融入自身，成为血肉的一部分；这种情绪像是来自另一个宇宙的灵魂，偶尔意外地闪烁一下，并且迅速地掩饰自己。

我同巴布亚奋力抗争，每个白人在巴布亚的昏黄早晨里都不得不如此。就在此时，我看见一个高大的身影从码头大步走来。他身后跟着一个卡巴卡巴村的男孩，一步一晃地提着一只崭新的小皮箱。那个高个子有点眼熟。踏上跳板时他抬起头，正好与我对视，他盯了我一会儿，然后挥了挥手。是思罗克马丁博士！

认出他令我十分惊讶，却没那么开心。那是思罗克马丁——但与那个我曾经如此熟悉、与我分别不足一年的人相比，他有了某种令人不安的不同。你知道的，他当时刚满四十岁，身体灵活挺拔，肌肉发达，一副求学者与探索者的模样。他让自己时刻散发出一种热情，一种对知识的敏锐，一种——我该怎么说呢——期待探索的欲望。看到他的脸，就知道他拥有急切求知的头脑。

我一边穷尽脑力琢磨自己对于他这声问候的奇怪感觉，一边急忙跑到下层甲板，发现他和乘务长在一起。我开口时，他转过身来，急切地向我伸出一只手——这时我看到了他身上发生的变化!

我凑近去看，不由自主地感到震惊，当然，他也看到了我的表情。他双眼噙泪，快速转向乘务长，然后急忙向他的舱房走去，留下我站在那里，茫然不知所措。

在楼梯上他稍稍回过头。

“哦，古德温，”他说，“等会儿见。现在，我必须在出发之前写点东西。”

他迅速地走了上去。

“他看上去怪怪的——嗯?”乘务长说，“先生，你们认识?看来好像吓了你一跳啊。”

我答了几句，慢慢地走向我的椅子。我试图分析到底是什么让我如此不安；思罗克马丁发生的深刻改变令我惊骇。现在我想起来了。这个人的灵魂仿佛受到了一种狂喜与恐惧叠加的可怕灼伤；某种精神上的灾难，在其高潮时，从内到外重塑了思罗克马丁的面容，在他的脸上留下了烙印，他的表情交织着狂喜和绝望。仿佛天堂的极乐和地狱的恐怖曾经同时降临到他的身上，占据了他，透过他的眼睛看向人间，离开后又在他身上留下难以抹去的阴影。

我一会儿望望舷窗，一会儿在甲板上踱来踱去，努力想解开谜题；把它从我的脑海里赶走。巴布亚上空始终笼罩着古老邪恶的幽灵，深不可测，难以名状；当“南皇后号”起锚驶进海湾时，它仍在那里。

2. 开启月光之路

我如释重负地看着我们身后的海岸渐渐远去；迎接自由海风

的触摸。我们似乎正在远离某种邪恶的东西；某种东西潜藏在我所描述的海岛咒语中，这个想法从思罗克马丁的脸上悄悄溜进了我的脑海。

我曾希望——希望之中还有一种莫名的畏缩，一种难以言说的恐惧——能在午餐时见到思罗克马丁。他没有下楼，失望之余，我也感到一丝明显的宽慰。整个下午，我都忐忑不安地四处闲逛，而他仍然待在他的小屋里。他也没有在晚餐时露面。

夜幕迅速降临。我觉得有些热，回到躺椅上。“南皇后号”在令人不安的涌浪上翻滚，甲板上除了我再无旁人。

天空的云层泛着微微的光芒，那是云层遮掩下的月光。海面闪着冷冷的磷光。“南皇后号”的前方和两侧不时地飘来奇怪的小雾漩，旋转了一会儿便不见了踪影，就像是海怪在冒出南大洋喘气。我点燃一支烟，又一次试图忘记思罗克马丁的脸。

突然，甲板上的门打开了，思罗克马丁本人从门里走了出来。他犹豫了一下，抬起头，用一种好奇、热切且专注的目光望着天空，稍稍迟疑，随手关上了门。

“思罗克马丁，”我喊道，“过来坐，我是古德温。”

他立刻向我走来，坐在我旁边，长舒一口气，我注意到这一点，觉得很奇怪。他的手碰到了我的手，紧抓着我的手，抓得我很痛。他的手像冰一样冷。我吸了一口烟，靠烟的红光仔细地打量着他。他注视着一个巨大的雾漩在船前经过。背后的磷光照亮了它，雾漩呈现出一阵阵乳白色。我从他的眼睛里看到了恐惧。雾漩消失了；他松了口气，手也放松了，身子一沉，向后倒去。

“思罗克马丁，”我立刻开口，一秒也没迟疑，“怎么了？需要帮忙吗？”

他没回答。

“你妻子还好吗？我听说你去加罗林一年了，你来这儿干什么？”我继续说。

我感到他的身体又紧张起来。他沉默了片刻，然后说：“我要去墨尔本，古德温。”他说：“我需要一些东西——急需。还有更多的人——白人。”

他的声音低沉，听上去心事重重。与我对话像是没有过脑，很是敷衍，带着些不耐烦；他专注地凝视着，竭力捕捉那可怕东西逼近的第一个迹象。

“那么你有什么进展吗？”我问。这是一个白痴问题，说出来只是为了引起他的注意。

“进展？”他重复着，“进展——”

他突然愣住；他从椅子上站起来，凝视着北方。我顺着他的目光望去。

远方，月亮已经从云层中钻了出来。几乎远在海天交界之处，月光洒落在平静的海面上，海水闪着微微的银光。远处的那块亮光随着海波荡漾；云又浓了，月亮再次被遮住了脸，那块亮光也不见了。轮船朝着南方快速行驶着。

思罗克马丁一屁股坐在椅子上。他哆哆嗦嗦地点燃了一支香烟。火光一闪，映在他的脸上，我惊恐万分地注意到那陌生的脸色愈发深重，变得更为奇怪，仿佛表面被轻酸腐蚀过，线条微微加深了。

“今晚是满月，不是吗？”他问道，显然故意装出一副漫不经心的样子。

“第一个月圆之夜。”我回答。他又沉默了。我也沉默地坐着，等着他打定主意说话。他转向我，好像突然下定了决心。

“古德温，”他说，“我确实需要帮助。如果有人需要帮助，那就是我。古德温——你能想象自己置身于另一个陌生的、不熟悉的、恐怖的世界吗？只有你一个人在那里；一个局外人！这样的人是需要帮助的，所以我需要——”

他突然停住，僵硬地站起来；手里的烟掉在了地上。月亮再次冲破了云层，这次月亮离我们更近了。月亮投射在水面上，那块亮光离我们只有不到一英里的距离。亮光后是一条月光铺成的小路，延绵至海的边缘，就像一条荧光闪闪的巨蟒，越过另一个世界的边界，径直朝着这艘船来了。

思罗克马丁凝视着它，似乎化作了石像。他直直地看着它，就像猎人盯着一群隐藏的野鸟。他的样子令我毛骨悚然——但恐惧中夹杂着一种陌生邪恶的喜悦。这种感觉转瞬即逝——留下一种既苦涩又甜蜜的震撼，我不寒而栗。

他身体前倾，全神贯注地盯着那个方向。月光之路越来越近，越来越近，离我们不到半英里的距离了。看上去就像是它在追，船在逃。它的下方，一股激流，闪着光芒，劈开海浪，直逼月光之路。然后——

“我的上帝！”思罗克马丁喘着气说，如果古往今来当真曾经有过祷告祈求的言语，那一定是这几个字。

然后，我第一次看到——它！

正如我说过的，月光之路一直延伸到地平线，四周一片黑暗。仿佛天上的云如幔子拉起，露出一条小路，又如红海的波涛分开让出路来，让成群结队的以色列人通过。天空中厚厚的云层在笔直的月光之路两边投下暗影。月光如水，沿着浑浊的壁垒之间那条笔直的道路，奔流而过，闪烁跳跃。

远远的，似乎远得无法估量，沿着这条银光闪闪的小路，我感觉到——而并非看到——有什么东西来了。它进入了视线，就像月色中一个发光的亮点。它向我们飞驰而来——我看到了一团乳白色的光晕，像是有翅膀的动物在急速飞翔。依稀在我的脑海里浮现出佛陀翼使者的传说——阿克拉鸟，它的羽毛由月光编织，它的心是跳动的蛋白石，它飞翔的翅膀回响着白星的清澈剔透之音——但它的喙是冻结的火焰，能撕碎异教徒的灵魂。它仍在加速前进，这时，悦耳而持续的叮当声来到了我的耳边——就像在玻璃小提琴上拨奏，水晶般纯净清澈的玻璃化为声音。我又一次想起了阿克拉鸟的神话。

但现在它们已经逼近月光之路的尽头；靠近黑暗的屏障，仍然在船和闪耀的月光之路之间。现在它撞在屏障上，就像一只小鸟撞在笼子的栏杆上一样。我知道这不是由海洋和空气产生的雾。它的羽毛绚烂，旋转飞舞，形成有生命的雾漩，内里闪烁着奇怪而陌生的光芒，就像不断变换色泽的珍珠母。沐浴在月光之中，空中各种光芒和发光的小微粒都被它吸引，穿梭而过。

它被波光粼粼的浪花卷得越来越近，我们之间的那道保护屏障也越来越弱。水晶般的声音更响，节奏像是来自另一个星球的音乐。

现在我看见这朦胧的光晕里有一个内核，一个有着更强光芒的内核——纹理清晰，色泽乳白，光辉灿烂，充满活力。在它上面，有七束渐强的光点，缠绕在跳动旋转的羽毛和雾漩之中。

在那——东西——持续而又奇怪地有序移动的过程中，这些光点始终保持稳定。它们就像七个小月亮。一个是珍珠粉色，一个是精致的珠光蓝色，一个是淡淡的橙黄色，一个是能在热带岛屿的浅水里看到的翡翠色，一个是惨白色，一个是幽灵般的紫水晶色，还有一个是只有飞鱼跃过月光时才能看到的银色。这七个颜色各异的小光点就在那不知是什么东西的乳白色薄雾中闪耀着，保持着平衡，又满是期待，等待着被光浪吸引到我们这里来。

叮当声更响了，如一簇小矛刺穿耳朵；这使得心脏欢腾地跳动着——又变得悲伤。它以一种狂喜的悸动扼住你的喉咙，又用无限悲哀的手紧紧抓住你！

这时，我听到一声低吟般的叫声，平息了那清澈的音符，它很真切——但仿佛来自完全不属于这个世界的东西。耳朵听见了喊叫声，有意识地把它翻译成地球的声音。就在被它包围的时候，大脑不由自主地逃避它，同时似乎又怀着不可抗拒的渴望向它靠近。

“阿–噢–噜–哈！阿–噢–噜–哈！”这叫声似乎在颤动。

思罗克马丁的手放松了。他僵硬地走到甲板前面，径直走向那个幻影，它现在离船头只有几码远了。我跑过去抓住他——然后向后倒去。现在他的脸已经完全失去了人形。极度的痛苦和极度的喜悦——在他的脸上并存，互不抵触；邪恶的、非人的同伴们融合成一种上帝的造物都不应有的表情——像他的灵魂一般深邃！魔鬼与神和谐并存！当日的撒旦，从天堂堕落，眷着天堂，又恋着地狱，应该就是这副模样。

然后——月光之路很快就消失了！好像有一只大手一挥，云层又遮掩了整个天空。一阵狂风自南方刮来。月亮不见了，我所看到的一切也随之消失了——就像魔灯上的图案，灯灭则无踪；叮当声突然停止了——只留下一片寂静，如同一声突如其来的惊雷过后那般寂静。我们周围什么也没有，只有寂静和黑暗！

我浑身一阵战栗，刚才险些坠入深渊。路易塞人说，那里潜伏着钓取人类灵魂的魔鬼。我不过是侥幸被拉了回来。

思罗克马丁用一只胳膊搂住我。

“跟我想的一样，”他说，语气变得平静笃定，一扫等待时的未知恐惧。“现在我清楚了！跟我到我的舱房去吧，老朋友。现在你也看到了，我可以告诉你。”——他犹豫了一下——“告诉你看到的是什么。”他最后说。

我们穿过那扇门，迎面碰上了船上的大副。思罗克马丁很快转过身来，但还不足以避开他惊讶的注视。他怀疑地看向我。

思罗克马丁竭力让自己的脸维持表面上的正常。

“我们会碰到大风暴吗？”他问道。

“是的。”大副说，然后，这个水手克制住了他的好奇心，粗声粗气地说，“前往墨尔本的一路上可能都会有。”

思罗克马丁直起身子，仿佛有了新的想法。他急切地抓住大副的衣袖。

“你是说接下来的三个晚上——”他犹豫了一下，“天气最好也不过是多云？”

“不止三个晚上吧。”大副回答说。

“感谢上帝！”思罗克马丁叫道。我想我从来没有听过他的声音里流露出这样的宽慰和希望。

大副惊愕地站在那里。“感谢上帝？”他重复道，“你的意思是感谢什么？”

但思罗克马丁正朝他的舱房走去，我跟了上去。大副拦住了我。

“你的朋友，”大副说，“他病了吗？”

“晕船！”我急忙回答，“他还不习惯。我正要去照顾他。”

我从大副的眼睛里看到了怀疑和不信任，但我赶紧往前走。因为我知道现在思罗克马丁确实病了——但这种病无论是船上的医生还是任何人都治不好。

3. 死了！都死了！

我进去时，思罗克马丁正坐在他铺位的一边。他已经脱掉了外套，弯下身子，双手掩面。

“把门锁上。”他平静地说，头也没有抬起来，“关上舷窗，拉上窗帘——你口袋里有手电吗——结实的好手电？”

他瞥了一眼我递给他的口袋里的小手电，按了一下。“恐怕不够大，”他说，“毕竟，”他犹豫了一下，“这只是一种推断。”

“什么只是一种推断？”我惊讶地问。

他苦笑着说：“它能作为一种武器来对付你所看到的一切。”

“思罗克马丁，”我哭着说，“那是什么？我真的在月光之路上看到了那个东西吗？我真的听到了——”

“比如这个。”他打断了我的话。

他轻轻地低语：“阿-噢-噜-哈！”随着低语声，我仿佛又听到了那剔透的神秘音乐；它的回声，微弱的、邪恶的、嘲弄的、欢快的。

“思罗克马丁，”我说，“这是什么？你在逃避什么，伙计？你的妻子呢——还有斯坦顿呢？”

“死了！”他冷冷地回答，“死了！都死了！”我吓得直往后缩——“全死了。伊迪丝，斯坦顿，托拉——都死了——或者更惨。伊迪丝在月池里——和他们一起——被你在月光之路上看到的东西吸走了——它需要我——它给我打上了烙印——它在追踪我。”

他猛地扯开了衬衫。

“看看这个。”他说。我看见在他胸前离心脏一英寸的地方，有一道皮肤像珍珠一样白。在健康肤色的衬托下，白色显得格外明显。他转过身，我才发现他的后背上也有同样的印记，这带状的印记环绕他的胸膛，边缘整齐，宽约两英寸。

“用火烧！”他说着，把烟递给我，我没敢接。他蛮横地指了指，我把点燃的烟头压在那道白色皮肤上。他没有退缩，也没有烧焦的气味，我把烟头拿开时，白色皮肤上也没留下任何痕迹。

“摸它！”他又命令道。我用手指碰了碰那道白色皮肤，感觉很凉，就像冰冻的大理石。

他递给我一把小折刀。

“刺它！”他命令道。这一次，我的科学兴趣完全被激发起来了，我毫不犹豫地这样做了。刀刃刺进肉里，我等着他流血，但是没有。我拔出刀子，又刺了进去，足足有四分之一英寸深。我仿佛一直在刺纸，没有任何现象表明我所刺穿的是人的皮肤和肌肉。

一个念头闪过，我害怕地后退几步。

“思罗克马丁，”我低声说，“不是麻风病吧！”

“没那么简单，”他说，“再看一遍，找到你刺的地方。”

我按他的吩咐看了看，白色的皮肤上没有任何痕迹。我刺进的地方没有任何痕迹。虽然皮肤裂开让刀刃得以进入，但又愈合了。

思罗克马丁站起身来，穿好衬衫。

“你已经看到了两样东西，”他说，“兹弗——以及它在我身上留下的烙印——我想，它就是靠这个追踪我。看，你一定要相信我。古德温，我再告诉你一遍，我的妻子死了，或者比那更惨——我不知道；也许成了你所看见的那个东西的猎物；斯坦顿也是，托拉也如此。怎么会这样——”他停了一会儿，然后继续说：

“我要去墨尔本，找东西除掉它的洞穴和神龛，找炸药来摧毁它和它的巢穴——如果世上有什么东西能摧毁它的话；我还要找到有勇气使用这些东西的白人。也许——也许在你听了之后，你也会成为我们中的一员？”他有点渴望地看着我。“现在——请不要打断我，我求求你，等我说完——因为——”他苦笑着说，“大副可能弄错了。如果是的话，”——他站起来，在房间里踱了两步——“如果是的话，我可能没有时间告诉你这些。”

"思罗克马丁，"我回答道，"我不是头脑闭塞的人。告诉我吧——如果我能帮上忙的话。"

他握住我的手，紧紧地握住。

"古德温，"他开始说，"如果你觉得我把我妻子的死看得很轻——或者不如说——"他的脸扭曲了，"或者不如说——如果我好像把这当作对我并不重要的事情而忽略了，相信我，绝对不是这样。如果时间够长——就像大副说的那样——如果一直到月亮开始消失都是阴天——我敢说我可以挺过去。但如果不是这样——如果月池的'居主'抓到了我——那么你或其他人一定要为我的妻子、我和斯坦顿报仇。但我不相信神会让这样的事发生！但是他为什么要让魔鬼带走我的伊迪丝呢？为什么神会允许它存在？古德温，你认为还有什么东西比上帝更强大吗？"

他激动地转向我。我犹豫了一下。

"我不知道你是怎样定义上帝的，"我说，"如果你说的是求知的意志，通过科学——"

他不耐烦地挥手让我靠边。

"科学，"他说，"我们的科学对抗的是什么？——是那个东西吗？还是创造了那个东西或者将它放进我们这个世界的随便哪个被诅咒的消失种族的科学？"

他努力控制住了自己。

"古德温，"他说，"你知道加罗林岛遗址、巨石城、墨哥利斯城市群，以及波纳佩和莱莱、库塞、鲁克和欧古鲁的港口，以及那里的其他几十个小岛吗？特别是，你知道南马都尔和美塔拉尼姆吗？"

"我听过美塔拉尼姆，也看过照片，"我说，"他们不是把它称作'太平洋失落的威尼斯'吗？"

"看这张地图。"思罗克马丁说。他把地图递给我。"那张，"他继续说，“是克里斯蒂安绘制的美塔拉尼姆港和南马都尔的地图。你看见标着南塔纳赫的几个长方形了吗？”

“看到了。”我说。

“在那儿，”他说道，“在那些墙的下面就是月池和七盏发光的亮点，可以召唤池里的‘居主’，那儿还有‘居主’的祭坛和神龛。伊迪丝、斯坦顿还有托拉也在月池里。”

“月池里的‘居主’？”我半信半疑地重复道。

“就是你看到的那个东西。”思罗克马丁说道，表情严肃。

一场大雨席卷了港口，“南皇后号”开始在不断上涨的巨浪中颠簸。思罗克马丁长长地呼出一口气，轻松不少。他拉开窗帘，凝视着外面的黑夜，黑暗似乎使他安心。不管怎样，当他再次坐下来的时候，他是平静的。

“世界上再没有比波纳佩东岸的美塔拉尼姆威尼斯岛更奇妙的遗迹了，”他几乎是若无其事地说，“包括大约五十座小岛，覆盖着交叉的运河和潟湖，面积差不多有十二平方英里。谁建造的？无人知晓！什么时候建造的？所能确定的是远远早于现在人类的历史。也许是一万年前，两万年前，或许是十万年前，最有可能的答案就是十万年前。

“所有的这些小岛的海岸，古德温，都被围了起来，四周都是由古代人类凿出的巨大玄武岩块垒成的海堤。每一个内湖都面对着一个由玄武岩块组成的大堤，高出蜿蜒在它们之间的浅浅的运河六英尺。在这些玄武岩墙后面的小岛上有饱经风霜的巨型堡垒、宫殿、梯田、金字塔；巨大的庭院，到处都是残垣断壁——它们都是那么古老，看着它们，眼睛都会干涩。

“已经有了很大的沉降。你可以站在距美塔拉尼姆港三英里远的地方，从水下二十英尺的地方俯瞰相似的巨石建筑和高墙顶部。

“运河连接着无数小岛，保护小岛的巨大石墙在茂密的红树林中若隐若现，显得神秘——已经没用了，被遗弃了无数年。现在住在附近的人都不愿接近那里。

“你是植物学家，肯定知道有证据表明太平洋上曾经存在一块巨大的陆地——传说中大西洋的亚特兰蒂斯是因火山爆发而毁灭的，但是那块陆地并非如此。我在爪哇、巴布亚岛和拉德罗内斯群岛的考察工作，使我对这片太平洋上消失的陆地产生了浓厚的兴趣。正如亚速尔群岛被认为是亚特兰蒂斯最后的高峰，许多证据让我逐渐觉得，曾经有一个种族生活在那片大陆上，太平洋逐渐上涨的水位吞噬了他们的家园，而玄武岩大堤环绕的波纳佩和莱莱，是那片缓慢下沉的西部大陆最后还能享受到阳光的地方，是那个种族的统治者最后的避难所和圣地。

“我相信，在这些废墟下面，我可以找到我想要的证据。我一次又一次地听说关于南马都尔地下网的传说，关于通往主岛的通道；玄武岩走廊沿着浅浅的运河线延伸，在运河下面延伸至一个个小岛，以神秘的链条将它们连接起来。

“在结婚之前，我就和我的——我的妻子讨论过，要完成这项伟大的工作。蜜月一过，我们就准备出发探险，这将成为我人生的里程碑。斯坦顿也是踌躇满志。你也知道，我们五月就出发了，想要实现自己的梦想。

“我们在波纳佩挑选工人来帮我们挖掘遗址，过程很不容易。我给了很丰厚的待遇才雇到了人。这些波纳佩人并没有明确的信仰，对他们而言，沼泽里有邪恶的精灵，森林里也有，高山上也有，海岸线上也有，他们称之为‘阿尼’。他们非常害怕岛上的遗址，认为里面藏有可怕的东西。现在想来，这并不奇怪！因为他们的恐惧代代相传，从他们口中的‘先民’而来，他们说，那些‘先民’会把强大的精灵当作自己的奴隶和使者。

“只要告诉他们我们要去哪儿，要待多久，他们就犹豫起来。利诱之下，也有人愿意跟随，可是他们提出了条件，在月圆的那三天，我们必须放他们走，当时我觉得，这不过是迷信而已。我要是听从他们的话，一起离开就好了！”

他顿了顿，脸上的纹路又加深了。

“我们来到，”他继续说，“并进入了美塔拉尼姆港。在我们左边一英里外，有一个巨大庭院。四周的围墙有四十英尺高，每一边都有几百英尺。我们从它旁边经过时，跟随我们的当地人静默不语；不敢直视，十分害怕。我知道这处废墟被称作南塔纳赫，意思是‘皱眉头的墙’。雇佣的工人们一声不吭，我突然想到克里斯蒂安对这个地方的叙述。他讲了自己是如何来到这‘远古的平台和石筑的四方围墙；神奇的迂回小巷和迷宫般的浅水运河；翠绿的屏障后，隐约可见的阴森石雕’，还有巨大的路障。而现在，当我们走进这鬼魅般的阴影时，刚才还欢声笑语的向导立马压低了嗓门，谈话也变成了耳语。因为我们已经到了南塔纳赫，那里有高大的城墙，是美塔拉尼姆遗址中最引人注目的地方。”他站起身，来到我面前。

“南塔纳赫，古德温，”他严肃地说，“这是一个没有欢乐，寂静无声的地方，南塔纳赫藏着月池——就藏在月亮石后面，但那些恶灵——即使是那块石头也镇压不住。”他举起握紧的双手。“哦，上帝，”他轻声说，“请允许我将它从地上驱离！”

他沉默了一会儿。

“当然，我想在那儿扎营，”他又轻声说，“但是很快就打消了这个念头。当地人非常恐慌，威胁说要回去。‘不，’他们说，‘那儿有大阿尼，别的地方都行——就是那儿不行。’虽然那时我已经感觉到南塔纳赫这个地方藏着秘密，但我觉得有必要让步，这些工人对这次探险的成功至关重要。我告诉自己，过不了多久，我就能说服他们，没有什么地方可以骚扰他们，我们就把帐篷搬到那里去。我们最终选择了一个叫乌申塔伊的小岛作为我们的基地——你看这里——”他指了指地图，“它离我们想去的岛很近，但是也不至于让那些当地人害怕。岛上有个地方非常适合搭建营地，还有个淡水泉眼。而且，在攻克更大的遗址之前，我们还能在这个绝佳场地中进行初步工作。我们搭好帐篷，没过几天，工作就全面展开了。”

4. 月亮石

“我现在不打算告诉你之后两周的结果，”思罗克马丁继续说，“也不打算告诉你我们的发现。以后如果条件允许的话，我会把这一切和盘托出。这足以说明，在这两个星期结束时，我的许多理论都得到了证实，那时我们正着手解决一个关于人类诞生初期的谜团——我们是这样想的。你知道这些就够了，我必须抓紧时间，把我们眼前那件无法解释的事情弄清楚。

“这个地方，尽管如此衰败荒芜，却没有使我们染上任何病态心理——伊迪丝、斯坦顿和我自己都如此。我的妻子很快乐——她从来没有这么快乐过。斯坦顿和她虽说像我一样专注于工作，不过两人毕竟是同龄人。坦率地说，他们拥有那种只有青年才能给予青年的友谊。我很高兴——但从不嫉妒。

“但是托拉很不自在。她是瑞典人，你也知道，他们血液里就流淌着北欧人的信仰和迷信——很奇怪，她的一些看法倒和生长在这片南方之地的人很相似。他们相信山脉、森林、水中有精灵，相信狼人、邪恶生物的存在。一开始，她就表现出一种奇特的敏感，她说那里有幽灵和巫师的‘气味’，我想可以称之为当地的‘潜藏力量’。

“那时候，我曾嘲笑过她——但现在我相信，我们所说的这种人类原始的敏感，也许只是对未知的一种更清晰的感知，而我们这些否认未知的人，已经失去了这种感知。

“托拉受到这些恐惧的折磨，于是总是像影子一样跟随着我的妻子；她总是随身带着一把锋利的小斧头，尽管我们嘲笑她用这种武器砍幽灵徒劳无益，但她不肯放弃。

“两周的时间很快就过去了，最后一天那些当地人派了个代表找到我们。他说第二天晚上就是月圆之夜了，要求我们兑现诺言，让他们在第二天早上回到自己的村庄；第三天晚上他们就会回来，因为那时候，阿尼的力量随着月亏而开始减弱。他们给我们留下了各式各样的护身符来‘保护’我们，并郑重地警告我们在他们不在的时候尽量远离南塔纳赫——尽管他们的领头人礼貌地告知了我们这些，但毫无疑问，我们根本不怕幽灵。看着他们离去的背影，我觉得又好气，又好笑。

“当然，没有他们，什么工作也做不成，所以我们决定趁他们不在的这几天，到南边的这些岛屿逛一逛，在月光下，这些废墟显现出不可言喻的怪异和美丽。第三天早上，我们沿着海堤的东面出发，打算在乌申塔伊的营地准备好一切，等待那些工人按时返回。

“我们在黄昏前到达，疲惫不堪，只想赶快睡觉。刚过十点钟，伊迪丝就叫醒了我。

“‘听！’她说，‘俯下身，把耳朵贴近地面！’我照做了，似乎听到了下面远远地传来一阵微弱的吟唱声，是从非常遥远的地方传来的。这声音蓄足了力量，弱下去，停止了；开始了，声音越来越大，又渐渐归于寂静。

“‘是海浪在拍打某处的岩石吧，’我说道，‘也许我们正处在传递声音的岩石层上面。’

“‘这是我第一次听到这个声音。’我妻子并不相信我的话。于是我们又听了听。在地下很深的地方，伴随着这微弱的节拍声，传来另一种叮当声。它从南塔纳赫飘荡过潟湖，来到我们身边。是音乐——某种音乐。我不想描述它对我产生的奇怪影响。你已经感受——”

“你是说在甲板上听到的？”我问道。思罗克马丁点了点头。

“我走到帐篷口向外张望，”他继续说道，“这时我看见斯坦顿拉开帐篷，走到月光下，一边遥望那个小岛，一边聆听。我喊了他一声。

“‘这声音真是太古怪了！’他说道。又听了一下。‘如水晶一般！就像是清澈的玻璃发出的音符。就像丹达拉神庙里伊西斯女神手里叉铃发出的清脆声音。’他如痴如醉地补充道。我们目不转睛地注视着那个小岛。突然，我们看到巨大的海堤之上有一组亮光，在缓慢有节奏地移动。斯坦顿笑了。

“‘那群乞丐！’他喊道，‘难怪他们非要走。看见没？大卫，这是个庆祝活动——他们在月圆时举行的某种仪式！难怪他们那么想让我们离远点。’

“奇怪的是，我有一种解脱的感觉，尽管我之前没有感到任何压抑。这个解释似乎不错。它解释了那叮当作响的音乐，还有那些在废墟中唱圣歌的人——他们的声音传遍了我所知的南塔纳赫的所有角落。

“‘我们溜过去吧。’斯坦顿建议——但是我不想。

“‘他们是一群难缠的人，’我说，‘如果我们闯进他们的宗教仪式，他们可能永远不会原谅我们。我们不要参加任何没有邀请我们的家族集会。’

“‘也对。’斯坦顿表示同意。

“那奇怪的叮当作响的音乐，如果可以称之为音乐的话，一会儿大，一会儿小，一会儿大，然后就消失了——一会儿充满悲伤，一会儿溢满欢乐。

“‘这里面有某种——某种非常令人不安的东西，’伊迪丝最后严肃地说道，‘我想知道它们是用什么发出那些声音的。这声音把我吓得半死，同时又让我觉得某种巨大的狂喜就要来了。’

“我也注意到了这种声音，但我没说什么。与此同时，我清楚地感知到，之前的吟唱似乎人数众多，比我们预想的在此地举行仪式的人数还要多数千人。当然，我想，这可能是由于玄武岩的某种声学特性，是这巨大的岩石使声音变形；但还是——

“‘的确诡异离奇！’斯坦顿插嘴说了一句。

“他正说着，托拉掀开帐篷走了出来，这个老年瑞典女人大步走到月光下。她是大个头的北欧人——身材高大，胸膛宽厚，老维京血统的典型模样。她已经六十多岁了，看起来像奥丁神的某个远古女祭司。”他犹豫了。“她知道的，”他慢慢地说，“她能看到一些超出我的科学范畴以外的东西。她警告过我——她警告过我！我们对这些毫不理会，真是愚蠢又疯狂！”他用手擦了擦眼睛。

“她站在那儿，”他接着说，“两眼圆瞪，熠熠发光。她朝着南塔纳赫的方向探着头，打量着移动的亮点；她在聆听。突然，她举起双臂对着月亮做了个奇怪的动作。一个——古老——的动作。仿佛要把月亮从远古拉回来——这动作似乎暗含奇怪的力量。她把这个动作重复了两次——叮当声消失了！她转向我们。

“‘快走！’她说道，她的声音仿佛来自遥远的地方。‘离开这儿——赶快离开！趁着还来得及！它已经发出了呼唤——’她手指着那个岛屿。‘它们知道你们在这儿。它们在等待！’她瞪大眼睛，

‘就在那儿，’她恸哭起来，‘它在召唤——召唤——’

“她倒在伊迪丝的脚下，当她倒下的时候，潟湖那边又传来了叮当声，这次的节奏更为欢快——像是欢庆胜利一样。

“斯坦顿和我跑向托拉，把她扶起来。她的头不断转动，她的脸和紧闭的眼睛扭曲着，仿佛完全沉浸在月光中。我心里感到一种莫名的恐惧在悸动——因为她的脸又变了，显现出一种混杂着激动和恐怖的神情——异样、可怕、奇怪、令人厌恶。就像是，”——他把脸凑到我的眼前——“你在我的眼睛里看到的这样！”

我盯着他，仿佛被吸引住，心脏猛跳。然后，他又躺进铺位的那一半阴影里。

“我设法不让伊迪丝看见她的脸，”他继续说下去，“我以为她得了某种神经痉挛。我们把她抬进了她的帐篷。一旦那邪恶的面具从她身上脱落，她又变成了那个善良简单的老妇人。我整夜都守在她身边。南塔纳赫那边传来的声音直到月亮落下一个小时前才停止。早上托拉醒了过来，状态看起来没有变得更糟。她说自己做了好多噩梦，却又记不清梦到了什么，只记得梦里被警告有危险。她出奇地阴沉着脸，我注意到，整个上午她的目光半是着迷，半是惊奇，一次又一次地凝望旁边的那个岛屿。

“那天下午，当地人回来了。看见我们安然无恙，他们显然松了一口气，兴高采烈，这就证实了斯坦顿对他们的怀疑。他狡黠地对他们的领头人说：‘从你们前天晚上在南塔纳赫发出的声音来看，你们一定玩得很开心。’

“他们在听到这句话时非常恐惧，我想，我从来没有见过波纳佩人吓成那个样子！斯坦顿自己显然也吓了一跳，试图把这当作玩笑而不去理会。他失败了！那些人似乎吓坏了，有一段时间我以为他们要抛弃我们了，但他们并没有。他们在岛的西边扎营，远离南塔纳赫的视线。我注意到，他们生起了一大堆篝火。那天晚上，每当我醒来，总能听到他们低沉、微弱的歌声——我昏昏沉沉地想，那是一首他们用来抵御邪恶阿尼的‘魔咒曲’吧。我没听到其他声音，‘皱眉头的墙’一片沉寂——没有亮光。第二天早上，这些人都很安静，有些沮丧，但随着时间的流逝，他们恢复了精神，很快，营地的生活又恢复了以前的样子。

“古德温，你应该能够理解，我刚才讲述的那些事情多么能激发科学探究的好奇心。当然了，我们当时就拒绝接受任何超自然的解释。为什么要接受呢？除了那令人感到奇怪不安的叮当声和托拉的行为之外，没有什么可以证明这种幻想的理论是正确的——即使我们曾心怀善意地包容着一切。

“我们的结论是，在波纳佩和南塔纳赫之间一定有一条地道——在举行仪式时使用，当地人都知道。仪式可能是在废墟下的巨大墓穴或洞穴中举行的。

“我们最终决定，下次工人离开时，我们立即动身前往南塔纳赫。我们白天调查，晚上我的妻子和托拉回到营地，留下斯坦顿和我在岛上过夜，寻找一个安全的藏身之处，观察到底会发生什么。

“日复一日，挂在西天边的月亮亏而复圆，慢慢地，月圆之夜又要来临。当地人离开的时候，他们简直是在恳求我们一道离开。他们这样坚持，我们更想探个究竟了，他们肯定是有什么东西想瞒着我们。至少我和斯坦顿是这么想的。伊迪丝却不太愿意，她忧心忡忡，心不在焉。另一方面，托拉表现出不寻常的不安，几乎是一种离开的渴望。古德温，”——他停顿了一下——“古德温，我现在知道托拉的不同之处了——女人有我们男人所没有的感知——预感、直觉。我真希望我当时就知道这一点——伊迪丝！”他突然叫道，“伊迪丝，回来啊！原谅我！”

我把酒瓶递给他，他喝了几口，很快就控制住了自己。

他继续说："当地人划着船，转过港口，消失在视野中，我们立即准备好船只，直奔南塔纳赫。很快，巨大的海堤就矗立在我们面前；经过巨大的玄武石菱形柱，穿过海门，在一个半浸在水里的码头旁边上了岸。高高的台阶在我们面前延伸开来，通向一个巨大的庭院，院子里散布着倒下的柱子的碎片。在院子中央，破碎的柱子后面，矗立着另一个玄武岩石块垒成的平台，我知道，平台后面就是围场。

"现在，古德温，你得仔细听我对这个地方的描述，才能明白我要讲的东西，也便于你找到路线，我也许——没办法——陪你去那里：南塔纳赫实际上由三个矩形组成。第一个矩形是海堤，由巨石建成，巨大的台阶从海门的平台通向庭院的入口。

"庭院四周是玄武岩砌成的围墙。

"在这个庭院里，还有第二个围场。和外墙一样，也是由玄武岩建成，大约有二十英尺高。在时间的侵袭下，外墙的石头上开了很多道裂缝，从裂缝穿过去，就是内庭，南塔纳赫的心脏所在！那儿有处宏伟的拱形建筑，它的名字可追溯至迷雾般的过去，和这个建筑紧密联系在一起。当地人说这儿是齐阿特鲁尔的宝藏。齐阿特鲁尔是位伟大的国王，在位时期远远在'他们的先辈之前'。'齐阿'在古波纳佩语当中既是太阳又是国王的意思，所以这个名字的意思，毫无疑问就是'太阳王之地'。

"太阳王之地的对面就是隐藏月池的月亮石。

"斯坦顿发现了月亮石。在这之前，我们一直在内庭考察；伊迪丝和托拉在准备午饭。我忘了说，我们之前走遍了整个小岛，没有发现任何生物的踪迹。我从齐阿特鲁尔的拱形建筑走出来，正好看见斯坦顿神情疑惑地端详面前的一处平台。

“‘你觉得这是什么材质？’看到我走了过来，他问道。他指了指那堵墙。我顺着他手指的方向，看到一块十五英尺高，十英尺宽的石板。我最开始注意到的是它的边缘和周围的石块巧妙地连接在一起。接下来我发觉它的颜色有微妙的不同——略带灰色，表面光滑，散发着死亡的气息。

“‘看起来更像方解石，不像是玄武岩。’我说。我摸了摸它，很快把手缩回来，因为一触到它，我手臂上的每一根神经都感到刺痛，仿佛有一股冰冻的电流穿过。很冷，但不是我们所知道的那种冷。这是一股寒彻入骨的力量——我刚才用过的那个词——冰冻的电流，这个词形容它最好。斯坦顿奇怪地看着我。

“‘你也感觉到了，’他说，‘我刚才还在想我是否像托拉一样出现了幻觉。注意到没，它旁边的石块在阳光下很暖和。’

“我又摸了摸那块灰色的石头，仔细感受。同样的微弱酥麻感传遍了我的手——一股刺骨的寒意，仿佛潜藏着一种力量。我们更仔细地检查了那块石板。它的边缘打磨得很精细，仿佛出自珠宝师之手。它嵌入四周的石块中，边缘处非常贴合，几乎不留任何细缝。我们看到，它底部微微有点弧度，顶部和两边紧紧地嵌入支撑它的石墙。然后我们注意到这些石头已经被掏空，以方便灰色石头嵌入。在石板底部周边的石块上，有一个半圆的凹坑，宽度和石板一致。整个石板仿佛站在一个浅浅的杯子里，一部分埋在下面，一部分暴露在外。这个凹坑里有东西吸引了我。我走上前去，摸了一下。古德温，这面墙上的石头和庭院里的石头一样，都很粗糙，有风化的痕迹，但是这块不一样——它很光滑，就像刚从工匠手中打磨出来的一样。

“‘这是一扇门！’斯坦顿惊呼道，‘它在半圆的凹坑里旋转，所以这个凹坑才这样光滑！’

“‘也许你说得对，’我回答道，‘但是我们他妈的怎么才能打开这扇门呢？’

“我们又把石板检查了一遍——按压它的边缘，戳戳它的侧面。正忙活着，我碰巧抬头一看——叫出声来。头顶一英尺的地方，石板的两个楣角处，都微微凸起，只有从我这个角度才能看到。玄武岩上的凸起部分是圆形的，直径十八英寸，我们后来才知道，中间只比平台正面高出两英寸。除非你靠在月亮石上直视它们——古德温，这块石板就是月亮石——否则就看不见它们。而且没有人敢站在那儿！

“我们带了一个小梯子，我爬了上去。这些凸起看起来不过是在石板上凿出的弧线条而已。我把手放在我正看着的一个凸起上面，又赶紧抽了回来，差点从梯子上摔下来。手掌大拇指下面那块地方感受到一击，就和我在下面触摸石板时的感觉一样。我把手又放了上去。那块凸起不过一英寸宽。我仔细地抚摸了这块凸起，又有六次冰冷的电击感觉穿过我的胳膊。古德温，在那弯曲的地方有七个一英寸宽的圆圈，每一个都传递着我刚才所描述的那种确切的感觉。但是，无论单独或几个一起触摸或按压这些凸起，都不能让石板本身产生丝毫的运动。

“‘不管怎样，这些凸起肯定是开门的机关。’斯坦顿很肯定地说。

“‘何以见得？’我问道。

“‘我——不知道，’他迟疑地回答，‘可是我有这样的预感。思罗克马丁，’他半认真半开玩笑地继续说道，‘现在我的身体里，纯科学的我和纯本能的我正在打架。纯科学的我敦促我赶紧找到方法把那扇门打开。纯本能的我也在强烈地劝我别干这样的事，趁着还来得及，赶快离开这儿！’

“他又笑了笑——面带愧色。

"'该怎么办呢?'他问道——从他的语调里，我听出来纯本能的他占了上风。

"'这东西不会动的——除非我们把它炸碎。'我说。

"'我也想过，'他回答道，'但我可不敢。'他担忧地补了一句。我自己在说那句话时，也和他有相同的感觉。仿佛有什么东西从灰色石板上蹿了出来，在我心脏上重重一击，就像有人出言不逊，被打了一个耳光一样。我们忐忑不安地转过身来，看到托拉从围墙的缝隙钻了进来。

"'伊迪丝小姐让您赶快过去。'她刚开口——就停住了。她的目光越过我，看到了那块灰色的石板。她的身体随之僵硬起来。她僵直地向前迈了几步，随后就径直朝着石板奔了过去。我们看见她伏在石板上，手和脸紧紧地贴在上面；接着我们就听到她一声尖叫，仿佛她的灵魂被抽走了——眼看着她就倒在了石板底部。我们把她扶了起来，在她脸上我又看到了那种表情，和那晚我们听到从南塔纳赫飘来的清澈音乐时一样——这种对立杂糅的表情根本不是人类该有的!"

5. 阿-噢-噜-哈

"我们把托拉抬了回去，伊迪丝正等着我们。我们讲了讲事情的经过，又把发现的东西告诉了她。她神情凝重。我们一讲完，托拉叹了口气，睁开了眼睛。

"'我想看看那块石头，'她说，'查尔斯，你和托拉待在这儿。'我们静静地穿过外庭——来到了石板面前。她伸手摸了一下，像我一样赶紧缩了回来。接着又决然地把手放在了上面。她似乎在听。

接着她转向我。

"'大卫，'我妻子说，声音里的惆怅刺痛了我，'大卫，如果我们离开这儿——不去费心了解更多——你会非常、非常失望吗？'

"古德温，我这一生从来没有像那样渴望了解什么，我真的非常想知道那块石头后面隐藏着什么。你会明白的——所有的事情累积引发的好奇心；我确信在我面前的是通往一个地方的入口，这个地方虽然为当地人所知——我仍然坚持这个结论——但对我这个种族的人来说，却是全然未知的；里面的东西正在等待着我去发现，那就是这些岛屿的巨大谜题的答案，也是人类历史上遗失的一章。这一切就在我面前——她却要求我走开，不去解读它！

"虽然如此，我还是尝试控制住自己的欲望，于是我这样回答了——'伊迪丝，如果你想我们离开，我一点都不会失望。'

"她读懂了我眼中透出的挣扎。她看了我一会儿，试图理解我，又转过身去看着那块灰色的石头。看到她一阵战栗，我的内心涌出一丝自责和怜悯。

"'伊迪丝，'我大声说道，'我们离开吧！'

"她目不转睛地看着我。她引用道：'科学是一个嫉妒的情妇。——不用了，也许只是无谓的幻觉而已。不管怎样，你不能临阵逃脱。绝对不行！但是，大卫，我也要留下来！'

"'不行！'我喊道，'你和托拉一起回营地去吧。斯坦顿和我不会有事的。'

"'我要留下来。'她重复道。我改变不了她的决定。我们往回走，快到的时候，她把一只手放到了我胳膊上。

"'大卫，'她说道，'如果今晚发生了什么——好吧，无法解释的事情——或者——太危险的事情——如果还能回去的话，你能答应我明天就回营地——然后等着当地人回来吗？'

"我赶紧答应了；留下来，看看今晚会怎样——这种渴望像火焰一样炙烤着我的心。

"上帝啊，我一分钟也不要再等了，古德温。上帝啊，我真希望当时就带着大家一起，然后立刻起航穿过红树林回到乌申塔伊！

"我们发现托拉又异常镇定地站了起来。她说不记得自己在那块灰色石头前跟斯坦顿和我说过话之后又发生了什么，这种记忆的缺失感比在乌申塔伊时更甚。我们追问下去，她的情绪又变差了，跟刚才一样。但让我吃惊的是，她听到我们晚上的安排时，流露出了一种强烈的兴奋，其中有几分狂喜。

"我们选了个地方，那里离通往庭院的阶梯大概有五百英尺。

"黄昏之前，我们就安顿下来，等待着可能发生的一切。我离那巨大的阶梯最近；伊迪丝在我旁边；然后是托拉，最后是斯坦顿。我们每个人都带着自动手枪。除了托拉，所有人都还带着步枪。

"夜幕降临。过了一会儿，东方的天空亮了起来，我们知道月亮正在升起。天边越来越亮，一个圆球探出了海平面，进入我们的视线。伊迪丝紧握住我的手，因为，这东西完全升上天空仿佛是一个信号，我们听到下方开始传来低沉的吟唱，来自无穷无尽的深渊。

"月光洒在我们身上，我看见斯坦顿吃了一惊。我立刻听到了令他吃惊的声音，那声音来自地下，像一声悠长而轻柔的叹息。那不是人类发出的，某种程度上可能是机械发出的。我看了一眼伊迪丝，又瞟了一下托拉。我的妻子正全神贯注地聆听着。托拉坐在那儿，双肘支在膝盖上，以手掩面，自打我们各就各位，她就一直是这个姿势。

"我们被月光淹没，突然间，我感到一阵睡意袭来。倦意从月光中渗透出来，落在我的眼睛上，要它们闭上——势不可当地要它们闭上。我握着伊迪丝的手，这时她的手放松了。我看见斯坦顿的头垂在胸前，身体像喝醉酒一样摇晃着。我试着站起来——企图反抗这股来势汹汹的睡意。

“我正在挣扎着，忽然看见托拉抬起头来，仿佛在聆听；我看见她站起身来，把脸转向大门。她盯着我看了一会儿，我迷迷糊糊地感到她的眼睛里有一种更加深沉强烈的光芒。托拉看着我们，脸上是无尽的绝望和期待。我又试着站起来，一股睡意涌上心头。我就要睡着了，隐约听到清冽剔透的乐声；我再次用尽全力抬起眼皮，看到托拉沐浴在月光之中，正站在阶梯最上面。然后——睡意再次袭来——我睡了过去，什么都不知道了！

“我醒来的时候天已破晓。想起之前的事，我惊慌失措地向伊迪丝伸出手；她还在，我的心中充满感激，又活了过来。她动了动，坐了起来，揉了揉蒙眬的睡眼。我朝斯坦顿瞥了一眼，他侧身躺着，背朝我们，头埋在胳膊里。

“伊迪丝笑着看着我，‘天啊！怎么睡着了！’她说。她想起了之前的事，脸色苍白无力。‘怎么回事？’她低声说，‘我们为什么会睡着？’她朝斯坦顿看去，赶紧起身跑向他，把他摇醒。斯坦顿翻了个身，打了个大大的哈欠，我看到她松了口气，我的心也轻松许多。

“斯坦顿僵硬地站起身来，看着我们，‘怎么了？出什么事了？’他喊道，‘你看起来像见了鬼似的！’

“伊迪丝抓住我的手。‘托拉在哪？’她哭了起来，我还没来得及回答，她就跑到外面喊：‘托拉！托拉！’

“斯坦顿看着我，我能说的就只有这一句，‘托拉被抓走了’。我们一起走到我妻子身边，她正站在巨大的石阶旁，惊恐地抬起头望着通往平台的大门。我告诉他们我在睡梦中所看到的一切。接着，我们跑上台阶，穿过庭院，来到那块灰色石板面前。

“石板和昨天一样紧闭着，没有开启过的痕迹。没有痕迹？我正想着，伊迪丝已经双膝跪地，伸手去捡石板下面的什么东西。是一小块灰色绸缎。我也看出那是托拉头巾的一角！她把这块碎片捡了起来，若有所思。这时我才发现，这块绸缎像是被利刃从方巾上割下来的。我还看到，一些线头垂下来——落在石板上，一直延伸到石板的底部，从下面穿过了石板！这块灰色的岩石是一扇门！门打开了，托拉已经进去了！

“古德温，我觉得接下来的几分钟我们都有点疯了。我们用石头和棍子，用手敲打着那个恶魔般的入口。后来我们终于恢复了理智。斯坦顿动身到营地去拿炸药和工具。他走后，伊迪丝和我搜索了整个小岛，寻找其他线索。这里只有我们，我们没有发现托拉的踪迹，也没有发现任何生命存在的迹象。我们回到大门口，发现斯坦顿回来了。

“古德温，接下来的两个小时，我们竭尽所能，试遍了所有的方法想要打开石板进入入口。可是不管我们做什么，那块石头都纹丝不动。我们在石板下面倒上火药，盖上石头，爆破了几次，在石板上没有留下一点痕迹，当然，覆盖火药的石头倒是给炸个粉碎。

“到了第二天下午，凿穿石板依然没有希望。夜幕又快要降临，在那之前我们必须决定我们的行动方案。我想去波纳佩找人帮忙。但伊迪丝不同意，到那儿就要花好几个小时，而且我们回到波纳佩之后也不可能说服工人们当晚跟我们一起回来。还有什么办法？显然只有两种选择：一是回到我们的营地，等着我们的人回来，等他们回来后再设法说服他们和我们一起去南塔纳赫。但这意味着要放弃托拉至少两天。我们做不到；那样太懦弱了。

“另一种选择是在原地等着天黑。等着石板像前一天晚上那样打开，然后在石板再次闭合之前，突袭进去找回托拉。信心随着阳光而来，至少我们将粉碎那些煞有其事的恐怖谜团和令我们心智迷乱的奇异事物。在耀眼的阳光下，幽灵将无处遁形。

“石板能被打开是毫无疑问的，但也许托拉只是通过某种机制发现了它的打开方式，这种机制在多年之后仍在运作，并且依赖于月光下我们所不知道的物理定律？当地人断言阿尼在这个时候拥有最强大的力量，这可能是一种理论的广泛反映，这种理论已经找到了利用月光力量的方法，就像我们已经找到了利用太阳光线力量的方法一样。如果是这样，托拉可能正在石板后不停祈祷，向我们寻求帮助。

“但是，我们怎么解释突然降临到我们头上的睡意呢？罪魁祸首或许不是一些来自植物的气体就是来自岛屿本身的气体？我们一致认为，这样的事情一点也不罕见。在某种程度上，这种物质最活跃的时期可能与月圆的时期相吻合，但如果是这样，为什么托拉没有睡意？

“暮色降临时，我们检查了一下武器。伊迪丝使用步枪和手枪射击都很出色。考虑到起催眠作用的要么是我所描述的那种自然界排放出的气体，要么是人为造成的，我们做了几个粗糙但是实用的防毒面具，遮住我们嘴巴和鼻孔。我们决定让我妻子留在隐蔽的地方。我自己守在阶梯靠近伊迪丝的这边，斯坦顿守在阶梯的那边。我离伊迪丝还不到五百英尺，可以俯身看到她蹲在那个浅坑里，确定她的安全。之前就是在月亮升起的时候才出现了这一现象，所以我们认为今晚它也不会提早出现。

“天边泛出微弱的光亮，月亮即将升起。我吻了吻伊迪丝，和斯坦顿各就各位。很快月亮升了起来。皓月当空，不一会儿，耀眼的月光洒满了整个遗址与海面。

“月亮一升起来，就听到从平台里面传来一声微弱而又古怪的叹息声，像前一天晚上一样。我看见斯坦顿挺直了腰板，拿起枪，全神贯注地盯着门口。即使他离我很远，我也能从他的眼睛里看出惊讶。门口的月光越来越浓，越来越浓，我看着他的惊讶变成了纯粹的惊疑。

“我站起身。

“‘斯坦顿，你看见什么了？’我压着嗓子叫道。他挥了挥手，示意我不要作声。我转过头去看了看伊迪丝，感到一阵震惊。她侧身躺着，脸正对着月亮。她睡得很沉！

“我再次转过身，正要叫斯坦顿，目光扫过阶梯的顶端，我呆住了，如痴如醉。月光浓稠起来。仿佛——凝结——在那儿。凝结的月色亮光闪闪，其中分布着耀动的白色火焰。一种倦怠袭来，不同于前晚那种难以名状的睡意，它削弱了我所有控制动作的能力。我移开目光，强迫自己看着斯坦顿。我试着喊他，可是我连嘴都张不开。我一直在和这种麻痹感做斗争，过程中我受到一阵剧烈的震动，就像是挨了一拳。接下来我什么都做不了了。古德温，我甚至不能转动眼珠！

“我看见斯坦顿跳上台阶，向大门走去。这时院子里的月光变得更加耀眼。一阵叮当声如落雨般响起，它使人心因纯粹的喜悦而纵情狂奔，又因恐惧而止步不前。

“这时候，我第一次听到那叫声，‘阿-噢-噜-哈！阿-噢-噜-哈！’，就是你在甲板上听到的叫喊声。这低吟的声音非常奇怪，仿佛只有一部分传至我们所在的空间——这只是来自另一个空间的完整乐句中的一部分，它传至这里却也遗失了很多；无尽的爱抚，无尽的残酷！

“我看到斯坦顿脸上出现了一种令我害怕却又能预料到的表情，那种喜悦和恐惧交织的表情。他的状态与之前的托拉相似，但比托拉更甚。他继续上阶梯，消失在我的视线范围之外。我又听到了低语声：阿-噢-噜-哈！现在里面仿佛在庆祝，那一阵叮叮当当的响声中也充满了胜利的气氛。

“十来秒的时间，四周一片寂静。接着，一阵更剧烈的叮当声响起，贯穿其中的是斯坦顿从院子里传来的声音——一声大叫——一声尖叫——充满了难以忍受的狂喜和无法想象的恐惧！接下来，又是一片寂静。我挣扎着，努力摆脱无形的束缚。可我不能，甚至眼皮都不能动一动，我的眼睛也干涩而疼痛，像灼烧一般。

“然后，古德温——我看到了——第一次看到了不可解释的事情！清冽的叮当声再次响起，声音越来越大。从我坐着的地方，可以看到入口，看到玄武岩的大门，粗糙破败，高达四十英尺，顶上还有围墙，破烂不堪的入口——无法攀登。一束更强的光开始从这道门射进来，光芒在延伸，涌了出来，斯坦顿走进了我的视野，走进了亮光。

“斯坦顿！但是——古德温！那是一幅怎样的景象呀！”他突然沉默。我等待着——等待着。

6. 进入月池

“古德温，”思罗克马丁终于又开口了，“我只能形容他是一个活着的发光体。他辐射出光芒；通体充满了光芒；溢出的也是光芒。一团发光的云雾围绕他旋转，穿过他的身体，在他周围形成了熠熠发光的触手和闪着冷光的旋涡。

“我看到了他的脸。他的脸上荡漾着一种活人所不能忍受的狂喜，同时又被无法克服的痛苦笼罩。仿佛上帝和撒旦和睦地携手重塑了他的脸。你已经从我脸上看到了。但你从未见过如斯坦顿那样程度的脸。他的眼睛睁得大大的，凝视前方，仿佛从内心看到了地狱和天堂同在的景象！他行走时如一具诅咒缠身的活尸，却仿佛背负着一个光明的天使。

“音乐声又响了起来。我又听到了那低吟——‘阿-噢-噜-哈！’斯坦顿转过身来，面对着破败的大门。然后我看到萦绕他周围的那团亮光有个核，一个中心——变换之中仿佛有点人形——它消融、变换、聚集，在他的周围不停地旋转，又穿过他的身体。当发光的内核穿过斯坦顿身体时，他的整个身体都辐射出光芒。整团亮光移动时，当中有七个不同颜色的发光球体随之移动，就像七个小月亮，静静地跟着它移动，与这团光呈相对静止状态。

“这就是我看到的，然后斯坦顿好像一下子被举了起来——越过了不可攀爬的围墙，到达顶部——飘浮在空中。月光照耀之下，亮光越来越暗，叮当声越来越弱。我想动弹，可是莫名的力量仍然紧紧地抓住我。我干瞪着眼睛，泪水汩汩流下，酸痛灼烧有所缓解。

“我说过，我的眼珠没法转动，但还是可以用余光瞟见远处围场外围的部分墙体。仿佛过了好几个世纪后，一道光亮顺着墙体扫了过来。很快，视线中飘来了一个身影，是斯坦顿，他远在高墙之上。但是我看得见亮光打着旋儿，欢腾地萦绕在他的四周，穿梭于他的身体。与其说看到，不如说是感觉到了，在七个小月亮之下他阴魂附体的那张脸。一阵叮咚之声，斯坦顿飘出了我的视线。与此同时，不知从哪儿涌出了亮光，在它的照耀下，整个庭院熠熠生辉，跳动着银色的火舌，辉映之下，月光黯然失色，却又奇异地融入其中。

“他就这样从我面前飘过十次。那道亮光随着叮当声而来；沿着玄武岩筑成的墙壁游走了一会儿就消失了。在一次次循环往复之间，我仍然蜷缩在那里，如一块无助的石头，也没法闭上眼睛！

“终于，月亮靠近地平线。一阵更大的声音传来；斯坦顿又叫了一声，也是最后一声，和他第一次大叫的声音一模一样。接着又从平台里面传来了微弱的叹息声。然后——就是一片寂静。亮光暗淡下去；月亮快要落下，突然，我就能动了，好似活了过来。我一跃而起，冲向阶梯，飞奔而上，穿过大门，径直跑到灰色石板面前。石板紧闭着——我知道会是这样。到底是自己的幻觉，还是真的听到了呢？透过石板，仿佛从遥远的地方，传来了一声胜利的呼喊——'阿-噢-噜-哈！阿-噢-噜-哈！'

“我想起伊迪丝，跑回她身边。我一碰，她就醒了，迷惑地望着我，一只手撑着地，坐了起来。

“'大卫！'她说道，'我还是睡着了。'她看见我一脸绝望，就一下跳了起来。'大卫！'她叫道，'怎么了？查尔斯呢？'

“我没作声，点燃了一堆火。然后把一切告诉了她。那天晚上，我们相拥坐在篝火前——像两个吓坏了的孩子。”

突然，思罗克马丁一脸恳求，向我伸出手。

“古德温，我的老朋友！”他激动起来，“别那样看着我，我没有疯。这是事实，千真万确的事实。等等——”我竭尽所能地安慰着他。过了一会儿，他又开始了讲述。

“没有人曾像我们两个那样如此欢欣地迎接第二天早晨的太阳。天一亮，我们就回到了庭院里。黑暗的墙体，寂静无语，昨晚我就看到斯坦顿飘荡在上面。平台也是原来的样子。灰色的石板还在老地方。它底部浅浅的凹坑里——什么都没有。在这个小岛上的任何地方，在南塔纳赫，都找不到任何斯坦顿的痕迹——他仿佛从未存在过。

“我们该怎么办？前一天晚上我们决定留下，因为我们不能丢下托拉不管，现在我们更要留下。我们不能丢下他们两个；只要还有找到他们的一线希望，我们就不能走——可是深爱对方的我们又怎么能独自留下？我爱我的妻子，古德温——直到那天我才知道自己是多么地爱她；她也深爱着我。

"'那东西每晚只带走一个人，'她恳求我，'亲爱的，让它把我带走吧。'

"古德温，我哭了。我们都哭了。

"'我们一起面对它吧。'她说道。于是我们做了安排。"

"这的确需要很大的勇气，思罗克马丁。"我插了一句。他急切地望着我。

"那你是真的相信我了？"他惊呼道。

"我相信。"我说。他紧紧握住了我的手，骨头都快被他捏碎了。

"现在，"他对我说道，"我不再害怕。如果我——失败了，你会做好准备继续我的工作，对吧？"

我答应了。上帝啊，原谅我吧——那是三年前的事了。

"这的确需要勇气，"他继续说，语气仍旧平静，"莫大的勇气。因为我们知道这无异于舍命。我们心里都明白，我们中的一个人将无法亲眼看到太阳再次升起。我们都在祈祷死亡——如果真的是死亡的话——不要先降临到对方身上。

"我们仔仔细细地进行了讨论，调动了所有的分析能力和冷静的科学思维习惯。我们细致地考虑了整个事件的时间因素。在月亮开始升起的那一刻，就会有一声深沉的吟唱响起来。整整五分钟过后，待月亮完全升起，才会从平台里面传来那个奇怪的叹息声。我仔细回想昨晚发生的事情。我回想起前一天晚上发生的事。从叹息声第一次出现，到庭院里月色深沉，其间至少有十五分钟。在叮当声来临之前，这团光亮不断增长，至少有十多分钟的时间。

"那叹息的声音——代表什么？当然——一扇门沿着基座轻轻旋转，发出嗖嗖声。

"'伊迪丝！'我叫道，'我想到了！月亮从地平线升起五分钟后，灰色的石板就会开启。但是它，无论是人，还是什么东西，必须等到月亮升得更高些才出来，或是它到门口还有段距离。我们要做的不是等它出来，而是在它出来之前偷袭它。我们要早早进到内庭那儿等。你带上步枪和手枪，如果石板真的开启了——隐蔽起来，控制住入口。石板一旦开启，我就进去。伊迪丝，这是我们最好的机会。我想，这也是我们唯一的机会。'

"我妻子强烈反对。她想和我一起去。但我说服了她——她在外面放哨更好，如果石头后面的，不管是什么东西，把我逼出洞口，她还可以帮我。

"白天过得太快了。在恐惧面前，我们的爱似乎比以往任何时候都更强烈。是火花熄灭前最后一刻的闪耀吗？我想知道。我们准备了一顿丰盛的晚餐。我们试着不让头脑去考虑任何非科学的现象。我们一致认为，不管是什么原因，它一定是人类造成的，我们必须时刻牢记这一事实。但什么样的人能创造出这样的奇迹呢？一想到可能会发现残存的消失种族，我们就激动不已，他们也许生活在太平洋翻滚的波涛之下，一座以海底岩石作为天空的城市里；在那里运用着早已失传的地球早期神灵们的智慧。

"月出前半小时，我们俩走进内庭。我在那块灰色的石板旁边坐下。伊迪丝蹲在二十英尺开外一根断了的柱子后面，把她的步枪枪管搭在柱子上，瞄准入口。

"时间一分一秒地过去了。院子里很安静。夜色淡了下来，透过平台的缺口，我看见远处天边微微发亮，泛出苍白的光芒，这个地方更加地寂寥。越来越静，寂静之中仿佛在焦急地等待什么。月亮升起来了，四分之一个圆，半圆，最后，一轮圆月就像一个巨大的水泡，腾空而起。

"月光落在我面前的那堵墙上，落在我描述过的凸起上面，七个小光圈跳了出来。起初只是闪着微光，后来越来越亮，发出耀眼的光芒。接着我面前巨大的石板仿佛是绕着枢轴转动起来，发出了轻微的叹息声。

“一时间，我惊讶地倒吸了一口冷气。这就像是魔术师的把戏。我注意到移动的石板也在发光，变为乳白色，就像上面发光的小圆圈。

“我看了一会儿，嘱咐了伊迪丝一句，就朝石板后露出的洞口冲了进去。面前是一个平台，从平台的台阶往下是一条平坦的走廊。这条走廊并不黑暗，也闪耀着浅银色的光芒。我跑了下去。奔跑时，我听到的吟唱声比以往任何时候都更清楚。隧道转了一个急弯，和外庭的围墙平行前进，接着又往下延伸。我没有停下，一边跑一边看了看手腕上的表。快过去三分钟了。

“走到隧道尽头，眼前出现一个高高的拱门。我停了一会儿，拱门后面看似有个空间，里面彩色的迷雾摇曳闪烁，就在我注视的时候，迷雾越发地绚丽闪耀。我穿过拱门，顿时惊呆了！

“眼前是个水池，呈圆形，宽约二十英尺。弧形的石头池沿低矮圆润，泛着银光。池水的颜色是浅浅的蓝色，配上银色的边缘，就像一只巨大的蓝色眼睛，瞪着上方。

“有七道光芒射入水池。就像七股圆柱形的激流注入这只蓝色的眼睛；又像蓝宝石地板上升起了七根闪亮的光柱。

“一根是柔和的珍珠粉色；一根是极光绿；还有一根是惨白色；第四根是珍珠蓝；第五根是闪亮的淡琥珀色；还有就是紫水晶色和熔银色。月池之上的七道光束就是这七种颜色。我走得更近些，感到十分惊恐。这些光束并没有照亮池水。它们接触水面，漫射溶入水中。被月池喝下去了！

“水面上开始跳动着闪闪的磷光，摇曳着苍白的光芒。我感到脚下很远的地方传来一点动静——水里有个一闪一闪的发光体冉冉升起。

“我顺着光芒四射的光柱往上看，找到了它们的源头。在很高的地方，有七个闪亮的球体，就是它们射出了那七道光束。眼看着它们越来越亮。它们就像七个月亮高挂在穹苍，慢慢地，它们变得更加耀眼，七道光束也随之变得更加夺目。我恍然大悟，它们是某种不知名的水晶，镶嵌在月池的穹顶上，它们的光是从高处的月亮上吸收过来的。那些光真美——而放置它们的人究竟拥有怎样的知识！

“月亮越升越高，把全部的光辉照在它们身上，它们越来越亮。收回目光，我转而盯向月池。池水已经变成了乳白色。射向水中的光线仿佛充盈了整个月池；月池上波光粼粼，银光摇曳，一片灿烂。从月池深处升起的那团亮光离水面越来越近，越来越大。

“水面上腾起一股雾漩。雾漩飘荡到了粉色的光束那儿，停留了一下。粉色的光束笼罩住雾漩，射出微小的光粒。粉色的光粒打着旋儿，穿过雾漩。雾漩从光线中萃取了力量，变得更加厚重。又有一股雾漩腾起，飞到了琥珀色的光束那儿，在那儿吸收能量，然后敏捷地飞向第一股雾漩，两者融合在了一起。接着到处都有雾漩腾起，快得无法计数；它们先是停在光束那儿，接着一闪而过，互相融合到一起。

“雾漩不断升腾，月池水面上雾气越来越重，形成乳白色的迷雾，不断翻腾，覆盖在月池之上。照射在它身上的七道光束不断赐予它力量，月池中急速跳动的红色微粒也被吸附到它身上。从池底升起的发光体穿过雾气的中心。接着这团雾气发出光芒，跳动起来——向外伸延出旋涡和触手。

“在我眼前成形的就是那个东西——那个笼罩着斯坦顿的东西，

那个带走托拉的东西——就是我要找的东西！

“意识到这一点后，我的大脑迅速做出了反应。我掏出手枪，朝着那个发光的内核连续射击。爆炸声震耳欲聋，我感到一种不可饶恕的负罪感。尽管我知道月池是邪恶的，但从某种意义上说，那月池的秘密似乎也是神圣的。仿佛神和魔鬼同住在那里，不可分割地混杂在一起。

“在我的火力下，柱子摇晃；水面波动，雾气摇摆不定；接着又聚集起来。我给枪换弹夹时又想到一点，随即瞄准了头顶上的球体开火。我知道是从那里来的能量塑造了月池的‘居主’——它们泻下的光芒赐予‘居主’力量。如果能毁掉它们，我就能阻止‘居主’成形。我一次一次地开枪，即使打中了，也没能对它们造成任何伤害。光线和迷雾的发光微粒不安地跳动一下，仅此而已。

“但是，叮当声从月池升起，就像摇响了小铃铛，又像崩裂中的水晶小气泡——声音尖厉，全无悦耳甜美，反而充满了怒气。

“然后一个闪闪发光的旋涡不知从什么地方出来，盘旋在月池上空。它抓住了我的心脏，笼罩着我，我感到一阵冰冷，然后一阵狂喜和恐惧向我袭来。我的每一个细胞都高兴得发抖，同时又绝望得缩成一团。这旋涡看上去丝毫不令人厌恶。但是，仿佛邪恶冰冷的灵魂和善良火热的灵魂在我的内心同时出现，枪从我手中滑落。

“就这样，我站在那里。月池里闪闪发光；光束变得更加强烈，雾也变得更亮更浓。我看到它闪耀的核心是有形状的——但它的形状是我的眼睛和大脑无法确定的。这好像是一个来自另一个界域的生灵，尽其所能地装出人类的样子，但却无法掩饰，人类的眼睛所看见的只是它的一部分。它既不是男人也不是女人；它与世人不同，它是雌雄同体的。就在我发现它的人形时，它已经改变了。我仍然沉浸在狂喜和恐惧之中。仅在我大脑的一个小角落里有一些未被触动的东西；它与我的躯体分离了。是灵魂吗？我从来没有相信过——尽管如此——

“在这个朦胧的身体的上方突然出现了七个光点。每一个的颜色都和它所在的光束颜色一致。我现在知道这个‘居主’已经——完全现形了！

“接着——我听到身后传来一声尖叫。这是伊迪丝的声音。我想起来了，她听到枪声，跟着我来了。我全神贯注地奋力挣扎。我挣脱了那紧抓着我的触须，它向后掠去。我转过身去抓住伊迪丝，就在这时我滑倒了。当我倒下的时候，我看见月池上面那闪闪发光的形状飞快地向我扑来！

“它急速从我身边冲过，当‘居主’停下来的时候，伊迪丝径直冲了过来，伸出双臂保护我不被它抓走！”

他浑身颤抖。

“她将自己完全投入那恶魔般的光芒。”他低声说，“她停住脚步，摇晃着，仿佛撞上了什么固体。她蹒跚而行，完全被‘居主’的光芒包裹。水晶般的叮当声欢快地爆发出来。那光芒填充进她的身体，穿透她，环绕着她，就像对待斯坦顿一样，我看到她的脸上流下一滴泪——她的眼神。从光柱传来一声低吟——‘阿-噢-噜-哈！’拱顶响起回声。

“‘伊迪丝！’我哭喊道，‘伊迪丝！’我陷入痛苦。她肯定听到了我的话，即使被那东西包裹着，我看见她仍试图挣脱。她向前走着，一直到月池的边缘。她步履维艰；刹那间，她掉进了月池，那光芒依然在她身旁旋转着，在她的身体里旋转着！她沉了下去，古德温，那个‘居主’跟她一起消失了！

“我挣扎着爬到月池边缘。在池水深处，我看见一片闪闪发光的、色彩斑斓的云正在下降。在最后一瞬我看见伊迪丝正在消失的脸；

她抬头望着我，眼里充满了非凡的狂喜和恐惧。然后——消失了！

“我傻乎乎地茫然四顾。七个月亮的光辉仍洒向月池，月池又变成了淡蓝色，闪耀的光芒消失了。下面传来一阵低沉的胜利呼喊！

“‘伊迪丝！’我又叫了起来，‘伊迪丝，回到我身边来！’四周暗了下来。我记得我跑了回来，穿过闪闪发光的走廊，跑回院子里。我已经失去了理智。我缓过神来时，已坐在远离文明遗址的小艇上，远在海上了。一天后，我坐上那艘大船，我乘坐它来到了莫尔斯比港。

“我已经制订了一个计划；你一定要听听，古德温——”他倒在铺位上。我朝他弯下腰。讲述自己的故事让他精疲力竭，如释重负。他睡死过去了。

7.“居主”到来

那天晚上我一直在照看他。天亮时，我回自己房间睡了一会儿，但始终睡得不深。

第二天，暴风雨没有减弱。思罗克马丁在午餐时来找我。他看起来很好。他那奇怪的表情已经消失了，恢复了以前的机敏。

“到我的船舱来。”他说。在那里，他脱下了自己的衬衫。

“情况有变，”他说，“这个标记变小了。”正如他所说的那样。

“我打算逃走。”他高兴地低声说，“只要我能安全抵达墨尔本，到时候我们再看谁会赢！因为，古德温，我不能确定伊迪丝是否死了——根据我们对于死亡的理解——其他人也一样。那里的事情超乎我们已知的经验——蕴含着某种伟大的神秘。”

那天他跟我讲了他的计划。

“当然，有一个自然科学的解释，”他说，“我的理论是，月亮石中的某种成分对月光很敏感；就像金属硒对阳光敏感一样。月光有一种强大的特性，科学和传说都可以证明这一点。我们了解它对心理、神经系统，甚至对某些疾病的影响。

“那块石板中的一些物质会对月光产生反应。上面的圆圈无疑是它的机关。当光线照射到它们时，它们就会触动机制打开石板，就像你可以通过巧妙布置的硒电池，利用阳光打开门一样。显然，这需要满月的力量。我们可以首先尝试在即将满月的夜晚将光线集中在这些圆上，看看是否会打开石板。如果成立的话，我们就能够不受干扰地调查这个月池——里面冒出来的那个东西不会干扰我们。

“看，这张图上是它们的位置。我给你也做了一份，以防我出什么事。”

他在图上又画了一会儿。

“这里，”他说，“我相信这是七个发光球体所在的地方。它们可能藏在南塔纳赫岛的废墟中，在那里它们可以捕捉到第一缕月光。我计算过，我进去的时候，已经走了这么远的路——转弯在这里；这条路走了这么远，转了另一个弯，沿着这条长长的弯曲走廊跑到月池的大厅。至少大概是这样。”他指着图对我说。

“它们的确隐藏得很巧妙，但它们必须面对天空才能获得光线，所以应该不难找到。必须找到他们。”他又犹豫了，“我想毁掉它们会比较安全，因为月池的现象显然是通过它们才显现出来的；但是，要毁掉这么美好的东西！也许更好的办法是派一些人在它们旁边，为了保护下面的人，如果有必要的话，一发出信号就摧毁它们。或者可能只是覆盖住它们，就能减弱它们的影响。毁掉它们——”他又犹豫了。“不，这个现象太重要了，不进行充分调查就不能破坏。”他的脸色又阴沉起来，“但那不是人；不可能。”他喃喃地说。他转向我，笑了起来。“科学与人类脆弱轻信之间的古老冲突！”他说。

“我们还需要六套潜水服。人要进入池中，寻到深处。这样做确实需要勇气，但到了月朔期应该是安全的，‘居主’毁灭或确认安全以后更好。”

我们仔细推敲计划，制订好，又推翻，但风暴仍在肆虐——整整一天一夜。

我想抓紧时间完成。那天下午，思罗克马丁惴惴不安地注视着不断消散的云层。快到黄昏时，云层突然散开，不久，天空晴朗了，星星一眨一眨地挂在空中。

“就在今晚，”思罗克马丁对我说，“古德温，朋友，帮助我吧。那东西今晚就会到来，我必须与之战斗。”

我一句话也说不出。大约在月出前一个小时，我们都在他的船舱。我们把舷窗拧紧，打开了灯。思罗克马丁有一种奇怪的理论，认为电光会妨碍追捕他的东西。我不知道为什么。过了一会儿，他说越来越困。

“但这只是疲劳，”他说，“和之前那样的困倦一点也不像，还有一个小时月亮才会升起来。”他终于打了个哈欠，“提前十五分钟叫醒我。”

他躺在铺位上，我坐着沉思。突然我大吃一惊，回过神来。现在几点了？我看了看表，扑到舷窗上往外看。现在是满月；月亮已经升起整整半个小时了。我大步走到思罗克马丁身边，摇了摇他的肩膀。

“快，兄弟！”我大喊着。他比刚才更加疲倦。他的衬衫领口敞开着，我惊异地看着他胸前那一道白色的皮肤。即使在电光下它也发出柔和的光来，好像里面有许多小光点似的。

思罗克马丁似乎只是半醒着。他低头望着自己的胸膛，看见了闪闪发光的烙印，笑了。

“啊，是的，”他迷迷糊糊地说，“它来了——要把我带回伊迪丝身边去！嗯，我很高兴。”

“思罗克马丁！”我大喊道，“快醒醒！和它战斗！”

“战斗！”他说，“没用的；记得留好地图，来找我们。”

他走到舷窗边，睡意蒙眬地拉开窗帘。月亮划出一条宽阔的光路，直照到这艘船。在月光下，他胸前的白色皮肤越来越亮，辐射出些许光芒，似在移动。

他专心地向外张望，我还没来得及阻止他，他就突然打开了舷窗。我看见一团闪闪发光的东西，从水面上掠过，沿着月光之路，向我们这边迅速地移动过来。

随着水晶般的叮当声，我听到远处传来一声长长的低泣声。

霎时，船舱里的灯熄灭了，我听到楼上的喊声，看来全船的灯都灭了。我迅速躲回角落，蹲在那里。舷窗上映满一片光辉；活灵活现的白冷火焰打着旋儿。它涌进船舱，船舱里充满了跳动着的光粒，在它耀眼的核心上方闪耀着七个像小月亮一样的发光体。它笼罩住思罗克马丁。光在他身上来回跳动。我看到他的皮肤变成了一种半透明的、闪闪发光的乳白色，就像受到光照的瓷器。他的脸变得面目全非，没有人样，表情狰狞可怕。他站了一会儿。光柱似乎在犹豫，七种颜色的光在考虑该拿我怎么办。我又往墙角缩了缩。我看见思罗克马丁被拖向舷窗。房间里充满了低吟声，我晕了过去。

当我醒来时，灯又亮了起来。

但是思罗克马丁却不见了踪影！

有些事情注定会让人后悔一辈子。我已经被我看到的一切弄得神志不清了。我没法清晰地思考。但是，我突然意识到，根本不可能把我所看到的情况告诉船上的军官们，包括思罗克马丁告诉我的话。我觉得他们会指控我谋杀了他。除了我们两个人亲眼看到，这一现象的出现毫无意义。我确信这一点，因为他们肯定会讨论这件事。我不知道为什么没有人看到它。

第二天早上，有人注意到思罗克马丁不在，我只是说我晚上很早就和他分开了。没有人怀疑我，或者进一步问我。他的古怪引起了许多议论；大家都认为他有点疯了。因此，官方报道说，他是在灯光失灵时从船上掉下去或跳下去的，而灯光失灵的原因又是那天晚上的另一个未解之谜。

后来，同样的担忧让我不敢把他和我的故事告诉我的科学家同事们。

但这种担忧突然消失了，我不知道它的消失是不是思罗克马丁的召唤。

现在我要到南塔纳赫去寻找“居主”，以弥补我的胆怯。我担保我在这里所写的绝无半点虚言。

（胡晓诗　译）

幻想的呼唤[1]

对于科幻类型起源的任何讨论，都难免过分强调纸浆杂志以及那些为纸浆杂志撰稿之人的作用。但至少在20世纪初期，纸浆杂志还远非后来那种统一科幻的力量，而具有影响力的科幻小说往往发表于书籍或大众杂志之上。非类型读者还未开始轻视科幻小说，而科幻读者们如饥似渴地到处寻觅，以期满足自己尚未被分类定型的阅读需求。

即使在科幻杂志创刊之后，许多年内，读者所能选购的杂志仅仅是每月一份新刊，以及一年半后开始提供的季刊。这最多只能满足他（此时的科幻读者几乎总是男“他”）一天的阅读需求，最多不超过两天，接着他便会另觅他处。他翻阅其他纸浆杂志，从中找寻类似科幻的东西；他逐句审阅图书馆中的每一本新书；他遍寻图书馆满布灰尘的书架，希望在那些旧杂志重订本中找到熟悉的作家和像样的标题。

1. 本节标题套用了杰克·伦敦代表作《野性的呼唤》的格式。

1930 年代诞生了两本新杂志，但读者依然会捡起《奇兵勇士》[1] 这类英雄传奇纸浆专刊，并在奥拉夫·斯台普顿、阿道斯·赫胥黎以及菲利普·怀利（Philip Wylie）等人的书籍问世时慧眼识英雄，还挖掘出儒勒·凡尔纳、亨利·赖德·哈格德、M. P. 希尔、H. G. 威尔斯和阿瑟·柯南·道尔这些优秀人物。

柯南·道尔因塑造出夏洛克·福尔摩斯而名利双收，他于是放弃了前途无望的医学生涯，而转做职业作家。他个人最喜欢自己撰写的历史传奇，但他也为那些竞相追逐他作品的杂志提供科幻和奇幻故事：这些杂志主要是英国的《河岸》杂志、美国的《利平科特》月刊、《星期六晚邮报》以及其他大众杂志。他在自己最著名的科幻小说《失落的世界》和《有毒地带》（*The Poison Belt*，1913）中塑造了乔治·爱德华·查林杰教授这一人物，而他另一部著名的科幻长篇是《玛拉柯深渊》（*The Maracot Deep*，1929）。

另一个主要产出并非科幻，却也时常撰写科幻小说的文学人物是杰克·伦敦。他是个私生子，父亲是一名爱尔兰流浪占星家，而母亲则是一名虔诚的唯灵论信徒。生父在杰克·伦敦出生前便抛弃了他的母亲，也从未承认过自己作为父亲的身份。伦敦生于加利福尼亚的奥克兰，他在贫穷中长大；小杰克的姓氏来自养父约翰·伦敦，他的母亲在他尚未满周岁时，嫁给了这个男人。

成长过程中，伦敦做过许多低薪体力活儿，包括罐头厂小工、牡蛎海盗[2]、码头工人和水手。他曾短暂地参与考克西失业请愿军[3]，作为其中一员随军东上华盛顿，并持续了一段流浪失业工人的生活，最终他在纽约州的尼亚加拉瀑布因流浪罪被逮捕，并在监狱中服刑

1. 小说《奇兵勇士》（*Doc Savage*）最初是发表在专刊杂志上的。
2. 牡蛎海盗（oyster pirate）这个词常见于杰克·伦敦的作品中，是他的生造词，指偷捕牡蛎的人。
3. 指 1894 年由商人雅各布·考克西组织的失业工人抗议游行队伍。

一个月。1897 年，他赶上克朗代克淘金热，成为一名淘金者，次年失败归来。接着，他变成了一名热切的社会主义者。

在这些年的游历、劳动和自我教育中，伦敦在写作方面取得了一些成就。他以自己在阿拉斯加的实际经验为素材撰写的长篇小说《野性的呼唤》(*The Call of the Wild*, 1903）精装本卖出了 150 万册，这为他带来了一定程度的生活保障，但他贵族男爵式的豪奢生活和挥霍无度的花销习惯，迫使他不得不持续写作以偿还账单。或许是感受到了才华消逝，加之经济上的压力和酗酒带来的身体伤害，他在 40 岁时与世长辞，死因可能是尿毒症的恶化，也可能是他有意过量服用的吗啡和硫酸阿托品。

在他的 24 部小说中，有 2 部明显的科幻作品：《亚当之前》(*Before Adam*, 1906）和《魂游》(*The Star Rover*, 1914）；还有 1 部基本可说是社会主义意识形态宣传小说，但也可视为未来政治幻想小说的《铁蹄》(*The Iron Heel*, 1907)。此外，他的其他长篇小说也经常包含一些推想和奇幻元素，这都让科幻读者们倍感亲切，特别是《野性的呼唤》和《海狼》(*The Sea-Wolf*, 1904)。

他最早的科幻短篇作品之一是《一千次死亡》(“A Thousand Deaths”, 1899)，该作品最初发表于一部不太常见的奇幻杂志——赫尔曼・D. 乌姆施塔特的《黑猫》(*The Black Cat*）之上，但他的小说很快就开始在《科利尔》《大西洋月刊》《麦克卢尔》《红皮书》《大都会》《星期六晚邮报》上发表。他最著名的短篇科幻故事或许要数中篇小说《猩红疫》(“The Scarlet Plague”, 1912)，1915 年出了一部同名小说集。

在 1930 年代及 1940 年代成长起来的科幻受众间，杰克・伦敦的几部主要长篇小说广为人知，但短一些的科幻作品却鲜为人知。除了曾于 1940 年代末期发表在《奇幻神秘名作》上的短篇《猩红疫》和《影子和闪光》（“The Shadow and the Flash”），还有长篇小说《魂游》。这些鲜为人知的作品中便包含《赤者》，该故事在伦敦辞世几乎两年后才于《大都会》杂志上面世，同年被收录进同名短篇选集之中。

《赤者》表现了60年前的老练作家以其早期水平所能达到的创作高度，及其读者的接受能力。外星来客如此自然地穿插在情节之中，仿佛浑然天生，这样的故事至少要到黄金时代以后才会再次出现。

（憬怡　译）

赤者

［美国］杰克·伦敦

爆发了！那突如其来的声响！巴塞特一边用钟表记录着它持续的时间，一边把它想象成大天使吹奏的号角声。他暗自思忖，在如此宏大浩瀚而不容辩驳的召唤面前，城市的墉垣只怕也再难站立。巨响震撼着大地，直抵周围村落的要塞。和之前的千百次一样，他徒劳无功地试着分析它的音质。在它涌涨的怒潮下，它所生发的那条山间峡谷呻吟着，直到它流溢出来，淹没了大地、天空和空气。带着病人那种恣意纵情的狂想，他把它想象成上古世界里，困于痛苦或者愤怒的巨人发出的有力喊叫。它扶摇直上，以统御八荒的气势表达着挑战和威慑，仿佛有意被听闻于逼仄的太阳系之外。还有一种喧嚷在抗议没有人听到和理解它的话语。

——这都是病人的幻想。他仍在努力分析这声音。惊雷般的恢宏，金钟般的圆润，弹拨银弦般的细腻甜美——不，这些形容都不贴切，全部都算上也不贴切。在他的词汇和经验中，没有任何词语或者符号可以完整地描述那种声音。

时间在流逝。一刻钟过去了，半个小时过去了。声音一直在持续，从勃发伊始便在不停地变化，但是从来没有得到新的动力——

它逐步衰败，慢慢喑哑，恢宏地走向消亡，一如当初恢宏地爆发。它变成了不安的喃喃自语、喋喋不休和洪亮的耳语。声声抽噎中，它回撤到它所诞生的那个巨大胸怀中，直到化作含糊的低语，言说着致命的愤怒，以及同样诱人的喜悦。它仍在努力地传递着宇宙的某种秘密，某种对无限的意义和价值的理解。它衰变成一个声音的残魂，失去了威胁和允诺，在消逝之后的几分钟里，变成了病人意识中的某种搏动。等到彻底听不见时，巴塞特瞥了一眼手表。一个小时过去了，大天使的号角声消失在虚无之中。

那么，这就是他自己的黑塔了吗？——巴塞特沉思着，想起了自己那本勃朗宁的诗集，凝视着自己瘦骨嶙峋、饱受发热折磨的双手。这阵胡思乱想令他笑了起来——因为他想到了那篇诗作里，罗兰少爷用和他一样虚弱的手臂把一只号角举到唇边的样子。他问自己，从第一次在林马努海滩上听到那神秘的呼唤算起，已经过去了几个月？还是几年？他想破脑袋也想不出来。他病得太久了。在清醒的时间里他可以数着月份，已经数了好多个月，但是他无法估计自己漫长的精神错乱和昏迷持续了多久。贩奴船“纳里号”的贝特曼船长怎么样了，他思忖着，以及贝特曼船长那个醉醺醺的同伴是不是已经死于震颤性谵妄了？

巴塞特从这些徒然的思索中回过神来，开始懒洋洋地回顾自打那天他在林马努海滩上第一次听到那个声音并钻进密林找寻它的来源之后发生的所有事情。佐川当时提出了抗议。他现在都能想起他的样子，古怪的小猴脸被吓得表情丰富。他背着标本箱，手里拿着巴塞特的捕蝶网和博物学家的猎枪，一边发抖，一边用西南太平洋的土腔英语说：“我在灌木丛里快被吓死了。坏小子太多了，别跟着灌木丛走。”

想到这些，巴塞特苦笑了一下。那个来自新汉诺威的小男孩吓坏了，但还是忠心耿耿地跟着他，毫不犹豫地钻进了灌木丛，去探寻那美妙声音的生发之处。巴塞特得出过一个论断：肯定不是有人把用火掏空的树干作为战鼓，在树林深处的某个地方敲响。他的下一个论断是错误的，那就是——声音的来源或者成因在步行一小时的路程之内，他能在下午过半之前轻松赶回来，让“纳里号”的捕鲸舟把他接走。

“那个很大的声音可不好，都是一样的恶魔！”佐川给出了他的判断。他的判断很准确。他的头不是当天就被砍下来了吗？想到这个，巴塞特战栗起来。毫无疑问，佐川已经被那些在灌木丛旁边停下来的坏小子们吃得差不多了。他眼前浮现出佐川的样子——最后一次看见他的样子——当时他躺在那条狭窄的小路上，片刻之前刚刚被斩首，身上的猎枪和所有属于他主人的博物学家装备都被夺走了。是的，事情就发生在不到一分钟之内。不出一分钟，巴塞特回顾当时的情形，仿佛看见自己在重负下坚忍地跋涉着，然后他自己的麻烦便找上门来。他看了看自己左手第一和第二根勉强愈合的断指，用它们轻轻地揉着脑后的凹陷处。那柄长柄战斧来得虽快，他还是及时低下了头，用高举的手挡住了一部分冲击。两根手指和头皮上一块严重的伤口成了他为保全自己的生命所付出的代价。他拿一支十口径猎枪了结了那个差点把他打死的灌木丛人，又朝着伏在佐川身上的那帮灌木丛人轰了一枪，然后很高兴地发现，枪弹大部分都招呼到了那个抱着佐川脑袋跳开的人身上。一切都发生在电光火石之间。接下来只有他自己、被杀的灌木丛人，以及佐川的残躯，留在了只能容下野猪通行的狭窄小道上。两边黑暗的灌木丛里没有丝毫响动，也没有动物的叫声。他的心理遭到了清晰而可怕的打击。他有生以来第一次杀死了一个人。看着自己亲手轰出来的那一团糟，他感到恶心。

接下来追逐开始了。追捕他的人挡在他和海滩之间，他在他们的追赶下沿着小道撤退。他猜不出对方有多少人。也许一个，也许一百个，他看不见他们。他能确定有些人爬上了树，正穿行在树林的顶部，但他至多也只能偶尔瞥见一些闪现的身影。他听不见弓弦的颤声，然而每隔一段时间，就有细小的箭不知从什么地方射出，悄声飞掠他的身边，或者射中树干，在他身旁落地。它们带着骨质尖头和羽毛做的箭尾。那些羽毛是从蜂鸟胸部拔下来的，像宝石一样绚丽多彩。

有那么一次——在时隔许久的现在，他一回想起这件事便开心地笑了——他觉察到自己的上方有一个身影，而他一往上面看，那个身影便立刻不再活动。他什么也看不出来，但决定碰碰运气，便朝它开了一枪。那个身影嚎叫起来，活如一只被激怒了的猫，从桫椤和兰花之中坠落下来，砰的一声砸在他脚边的地上，然后继续他愤怒和痛苦的嚎叫，还隔着他厚重的靴子一口咬住了他的脚踝。另一方面，他倒也没闲着，用那只没被咬着的脚令对方的嚎叫归于平静。从那以后，巴塞特对这种野蛮的行径习以为常了，所以现在回想起这件事，他又高兴得咯咯直笑。

之后的那个夜晚可真难熬啊！回想起那个痛苦的不眠之夜，他想，怪不得自己的发热来得那么凶险、那么难缠。比起无数蚊虫的叮咬，伤口的阵阵抽痛简直算不上什么。他无处可逃，也不敢生火。蚊虫简直是给他的身体灌满了毒药，以至于天快亮时，他的眼睛几乎肿得张不开了。他盲目地踯躅前行，已经不再担心什么时候自己的脑袋会被砍掉，什么时候自己的尸体会步佐川之后尘而被架到篝火上。这二十四小时把他弄得身心俱疲。他几乎完全失去了理智，由于身体被注入了大量的毒剂，他变得十分疯狂。有几次，他对着跟在身后的阴影开枪。白天出没的叮人昆虫和小蚊蚋增加了他的痛苦，而血淋淋的伤口则引来了成群结队讨厌的苍蝇。它们懒懒地粘在他的肉上。他不得不将它们抹掉、拍死。

那天，有一次，他又听到了那美妙的声音；听起来似乎更遥远了，但还是比林子里更近处的战鼓响亮得多。就在那里，他犯了错误。他以为自己已经经过了它，因此声源应该位于他和林马努海滩之间，于是他又朝它的方向跋涉而去，而实际上他一头扎向了这座未被探索的岛屿的神秘中心，步步深入。那天晚上，他爬进一棵榕树扭曲的树根当中，筋疲力尽地睡着了，蚊子则在他身上为所欲为。

接下来的日日夜夜在他的记忆中有如模糊的噩梦。他记得的一个清晰画面是，他突然发现自己身处一个丛林人村庄，看着老人和孩子们逃进密林当中。只除了一个人，其他所有人都逃走了。就在他的近旁和上方，某个动物发出一声痛苦而恐惧的呜咽，把他吓了一跳。他抬头一看，看见了她——一个女孩，或者更确切地说，是一个年轻女人，被单臂吊在炙热的骄阳下。也许她已经被这样吊了好多天。她那从嘴里突出来的肿胀舌头也说明了这一点。她还活着，用惊恐的眼神盯着他。他判断她已经没救了，因为他注意到她腿上的肿胀，这说明她的关节已经被压碎，大骨头也断了。他决定向她开枪，而这段画面就此终止。他不记得他是否开了枪，也不记得他是怎样无意中晃到那个村子的，又是怎样设法离开的。

回想那段可怕的游荡历程时，许多彼此并无关联的画面在他的脑海里来来去去。他记得自己闯入另一座由十几间房屋组成的村子，用猎枪赶走了面前所有人，只除了一个衰弱得逃不动的老头。他扒开一口地锅，从热石头当中拽出来一只烤猪，香味伴着热腾腾的蒸汽透过外面包着的绿叶飘出来。在这个过程中，老头朝他吐口水，又是嘟哝又是号叫。就是在这个地方，一种肆意纵情的野性攫住了他的心智。填饱了肚子，拿着一只猪后腿准备离开的时候，他故意用取火镜点燃了一所房子的茅草屋顶。

但是在巴塞特的脑海中，印象最深刻的是潮湿、吵闹的树林。它其实充满了邪恶，而且幽暗阴森。很少能有阳光射穿头顶一百英尺高处枝叶交叠的林顶。林顶下面又淤积着一层空中的草木。它们是可怕的寄生生物，一种潮湿而颓废的生命形式，在死亡中扎根，以死亡为生。他在这一切当中游移不定，一直被食人魔迅捷的身影追逐着。他们本身就是一些邪恶的幽灵，没有勇气与他面对面地战斗，却知道他们迟早会以他为食。巴塞特记得，在神志清醒的时候，他曾把自己看作一头受伤的公牛，被平原上的土狼追赶着。它们怯懦不堪，不敢通过搏斗谋其血肉，然而它们却十分确定他必然的结局，知道到那时它们将填饱肚肠。正如同公牛用尖角和跺向地面的蹄子阻止了土狼的靠近，他的猎枪也拦住了这些所罗门群岛的居民，这些瓜达尔卡纳尔岛上身影飘忽的丛林人。

接下来开始了在草地上行走的日子。突然之间，仿佛被上帝以利剑劈过一般，林地戛然而止。它的边缘就像它的罪恶一般漆黑，直上直下达一百英尺。然后从它的边缘开始，草开始生长——甜美、柔软、鲜嫩的牧草，足以让任何一位牧人和他的牧群眼前一亮的牧草，像翠绿的天鹅绒一般，一里格[1]又一里格地伸向远方，直至这座巨大岛屿的脊骨，那条在古代的某次地质灾难中高高隆起，又被热带的降水侵蚀得沟壑交错、犬牙差互，但还没有被完全抹去的山梁。不过这些草啊！他向前爬了十几码[2]，把脸埋在草里面，嗅着草的气味，不由自主地哭了起来。

就在他哭泣的时候，那美妙的声音迸发出来了——他自那以后就常常想，如此巨大、如此甜美的声音，“迸发”真是再恰当不过的

1. 一种长度单位，1 里格大约相当于 4 000 米。
2. 一种长度单位，1 码大约相当于 0.914 4 米。

字眼了。从来没有什么声音像它这般甜美。它宏大无比，强烈的共鸣仿佛来自某只声如洪钟的怪物。然而，它却越过不知多少里格的大草原向他发出呼唤，仿佛在降福于他那饱受痛苦折磨的精神。

他还记得自己是怎样躺在草地上，双颊潮湿但不再哭泣，倾听着那声音，回想着自己在林马努海滩上也能听到它。他想，某种反常的气压和气流使得这种声音得以传播到很远的地方。这样的条件在一千天或者一万天之内都可能不会再出现。但是它出现的那一天，正赶上他走下“纳里号”，登陆开展几小时的收集。他在特意寻找那种著名的丛林蝴蝶，两翅展开足有三十公分宽，色泽如褪色的天鹅绒一般柔和，透着林顶似的忧郁。带着这种崇高的树栖习性，它只待在林顶，只有一枪轰上去才有可能把它们赶下来。就是为了这个目的，佐川才带了那支十口径的猎枪。

他花了两天两夜爬过那片草地。他吃了不少苦头，不过追击早在林地边缘便已经停止了。另外多亏了第二天的一场大雷雨使他恢复了生机，否则他早就渴死了。

然后巴拉塔来了。在大草原和茂密的山林交接的地带，在第一片树荫里，他崩溃倒地，绝望等死。起初，看到他的无助，她高兴得尖叫起来，恨不得用一根粗壮的树枝把他的脑袋打个稀巴烂。也许是他彻底的无助引起了她的兴趣，也许是人类的好奇心使她克制住了。不管怎么说，她还是忍住了，因为他在即将来临的打击下又睁开了眼睛，看见她在专心地打量着他。他身上最令她惊异的是蓝眼睛和白皮肤。她冷静地蹲下来，往他的胳膊上吐了口唾沫，用指尖擦去了几日几夜以来，淤泥和树林在他原本洁白无瑕的皮肤上留下的污垢。

她身上的一切都格外令他耳目一新，尽管她没有一点规矩的样子。想起这件事，他不禁微微一笑，因为她的装束就和裹上无花果叶之前的夏娃一样淳朴。她又矮又瘦，四肢不对称，粗砺的肌纤维仿佛绳索一般，除了偶尔被雨水洗刷，她身上的泥土从婴儿期一直积攒到现在。在他科学家的眼光看来，她是一个不美丽的女人的典范。她的乳房标榜着她曾经的成熟和年轻。而且，如果说她缺少性别特征，那么她身上的一件华美装饰还是可以证明她是个女人的，那便是从她左耳垂上一个洞里钻出来的一条猪尾巴。那条尾巴是最近才被割下来的，断口处还流着血。血在她的肩膀上干涸，就像许多蜡油。还有她那张脸！扭曲、干瘪，活似一只猢狲，蒙古人种特有的鼻孔朝着天，嘴巴吊在肥大的上唇上，然后突然消失在后缩的下巴里，眼睛像猴笼里的住客一样眨来眨去。

就算她用树叶给他盛来了水，还有那块放得太久已经有些腐烂的烤猪肉，也丝毫抵消不了她那奇形怪状的可怕样子。在气息奄奄的进食过程中，他闭上了眼睛，免得看到她；然而她一次又一次地戳戳点点，迫使他睁眼，好去观察他那对蓝色的瞳仁。这时候声音传来。这次更近了，比之前近得多，他听得出来，另外他也明白，尽管他已经走过了这么长的熬人路途，声源仍然在步行很多个钟头的距离之外。她对声音的反应令人吃惊。她在这声音下畏缩着，别过脸，恐惧地震颤、呻吟。但是在声音响了一个钟头之后，他闭上眼睛，睡着了，巴拉塔轰赶着他身上的苍蝇。

他醒来的时候已经是晚上，她离开了。不过他感觉到自己恢复了力量，以及，由于被蚊子毒液感染得太彻底，自己的炎症也不会更严重了，于是他闭上了眼睛，一觉睡到天亮。不久之后，巴拉塔回来了，还带来了六名女性。这些女性虽然也不漂亮，但是显然都还没有丑陋到她那种程度。她的举止表明，她把他当成了她的发现、她的财产。要不是他确实正处于一个绝望的境地中，她炫耀他时表现出的骄傲可称得上荒唐可笑。

后来，经历了一段长达数英里、对他而言艰苦卓绝的旅程之后，他倒在了面包树阴影下的恶魔房前，她对继续占有他的事宜提出了鲜明生动的看法。恩古姆想要他的头。巴塞特后来知道，他是村里的医生、牧师或者药师。其他咧着嘴笑、叽叽喳喳的猿人，都像巴拉塔一样几乎不着片缕，一副野性未驯的样子，都想把他的尸体拿去烤。那时他还不懂得他们的语言，如果他们发出的那种用来表达思想的粗野声音可以被称为语言的话。但是巴塞特已经完全理解了争论的议题，尤其是人们对他的身体又是摸又是按又是戳，就好像他是屠夫货摊上的一件商品的时候。

正当巴拉塔迅速输掉这场争辩的时候，出事了。一个人好奇地检查着巴塞特的猎枪，把扳机扣响了。后坐力把枪托弹到那人的肚子上并不是最血腥的结果，因为在一码之外，一位辩手的脑袋被轰了个粉碎。

就连巴拉塔也加入了逃跑的队伍。趁他们没回来的时候，巴塞特克服了即将发作的高烧造成的头晕目眩，捡回了那支枪。接下来，尽管牙齿因疟疾而打战，游移的目光已经基本上看不清东西，他还是保持住了逐渐衰退的意识，直到他能用指南针、钟表、烧杯和火柴这些简单的魔法把那些丛林人吓跑。最后，带着应有的庄严和可怕态度，他用猎枪打死了一头小猪，随即晕了过去。

巴塞特活动着手臂上的肌肉，想看看在这么孱弱的肢体当中还能蕴藏着什么力量，然后摇摇晃晃地、缓慢而艰难地站了起来。他憔悴得吓人，不过许多个月以来，在他漫长病程的多次康复期间，他的体力还没有一次恢复得像这次这么好。他担心的是已经多次经历过的旧病复发。到目前为止，在没有药物，甚至连奎宁[1]也没有的

1. 俗称金鸡纳霜，过去用于治疗疟疾。

情况下，他已经努力熬过了最有害、最恶性的疟疾和黑水热的联合打击。但他还能继续忍受下去吗？这就是他永远的疑问。因为，像他这种真正的科学家，若不解开声音的秘密，就算死了也不会瞑目的。

他拄着一根拐杖，摇摇晃晃地走了几步，走向由死亡和恩古姆在幽暗中主宰的恶魔房。在巴塞特看来，恶魔房差不多就和丛林一样，充满了邪恶的黑暗和恶臭。然而，他最喜欢的朋友和闲话串子，恩古姆，却总是喜欢待在里面，坐在死亡的灰烬中，吃山药或者聊天。烟雾在他周围缓慢而灵巧地旋转，熏制着从椽子上吊下来的人头。在漫长病程中几个月的清醒时间里，巴塞特已经领悟了恩古姆、巴拉塔和戈恩恩部落语言心理学层面上的简单和语言学上的困难——戈恩恩是个脑子坏掉的年轻酋长，由恩古姆管着，而且据闲言碎语，他是恩古姆的儿子。

“赤者今天会说话吗？”巴塞特问道。现在的他已经习惯了老人那份无聊的工作，甚至对熏制的进展也产生了兴趣。

恩古姆以专家的眼光审视着他正在加工着的那颗头颅。

“要过十天我才能说‘完成’。”他说，“还没有人修理过这样的脑袋。”

巴塞特暗自笑了笑，因为老家伙不愿和他谈论赤者。一直都是这样。无论如何，恩古姆以及这个怪异部落的其他成员从未泄露过关于赤者物理特征的蛛丝马迹。赤者肯定是个物理实体，才有可能发出美妙的声音，不过，尽管它被称为“赤者”，巴塞特却不敢说红色指的是它的外观——它的行为和威力倒是非常“红”，从他所收集到的抽象线索来看。恩古姆告诉他，赤者比邻近部落的众神更残忍、更强大，不光是渴望活人祭祀的鲜血，甚至就连邻近部落的众神本身也在他面前遭受了献祭和折磨。他是十几个村庄共同的神，这些村庄都与这一座差不多，而这一座是联盟的中心和发号施令之处。

由于赤者，许多异族村庄被摧毁，甚至被消灭，战俘们被献祭给了赤者。这是当今的实事，在世世代代口口相传的古老历史中也有记载。当他——恩古姆——还是个年轻人的时候，草原那边的部落发动了一场袭击。在反击中，恩古姆和他的战友们俘虏了许多人，光是孩子就有一百多个，在赤者面前活活流干了鲜血，此外还有许许多多男人和女人。

怒喝者是恩古姆为这个神秘的神取的另一个名字。有时候他还会被称为高声呐喊者、神言者、鸟喉、喉甜如蜜鸟者、太阳歌者和星孩。

为什么叫星孩？巴塞特徒劳无功地询问恩古姆。根据那个老恶魔医生的说法，赤者一直都在，就在他现在所在的地方，一直用雷鸣般的声音对人们歌唱着他的意志。但是恩古姆的父亲——就是此时此刻被腐烂的草席裹着，在烟雾缭绕的恶魔房里，悬挂于他们头顶的椽子之间的那位——却有过另外的说法。逝去的智者相信赤者来自星空，否则为什么——他的论点是这么说的——那些被遗忘的古人会把星孩作为他的名字流传下来呢？巴塞特不得不承认这个论点还是颇为令人信服的。但是恩古姆断言，在他漫长的生命历程中，他曾多次仰望星空，却从未在草地或者密林深处找到过一颗星星——他一直在寻找。不错，他曾见过流星（这是对巴塞特争辩的回应），但他也曾在漆黑的夜晚看到过真菌、腐肉、萤火虫发出的光，还有柴火和蜡烛的火焰，然而，当它们绽放出火焰和光芒时，那火焰和光芒都是些什么呢？答：记忆，仅仅是记忆，关于那些已不复存在的事物的记忆，比如完成的交合、被遗忘的宴会、已经成为幽灵的欲望，熠熠生辉，迸发着烈焰，却没有实现，也没有得到满足的欲望。昨天的胃口在哪里？猎人没能用箭射死的野猪的烤肉？还有年轻的男人未曾认识便已死去的未婚少女？

记忆才不是星星，这是恩古姆的论点。记忆怎么可能是星星呢？况且，度过了这漫长的一生之后，他从来没有看到过星空发生什么改变。他从来没有注意到，哪一颗星星从它原来所在的地方消失了。此外，星星是火，而赤者不是火——这最后一次不自觉的泄密并没有让巴塞特了解到什么。

“赤者明天会说话吗？”他询问道。

恩古姆耸了耸肩，仿佛在说“谁知道”。

“那么后天呢？大后天呢？”巴塞特追问道。

“我想熏制你的脑袋。”恩古姆改变了话题，“它和其他任何人的脑袋都不一样。恶魔没有这样的脑袋。不过我还是能把它熏好。我要花几个月的时间。月亮来了再走，烟要放得非常缓慢，我要亲自收集生烟的材料。皮肤不会起皱。它会像你现在的皮肤一样光滑。”

他站起来，从被无数人头的烟垢染黑的椽子上，从那个白天也是一片阴暗的角落，取下一个用席子包着的包裹，打开它。

“这是颗和你的差不多的脑袋，”他说，“但熏得不好。”

听到对方暗示那是一颗白人的脑袋，巴塞特竖起了耳朵，因为他早已认定，这些丛林居民，住在大岛的最中央，从来没有和白人交往过。当然，他发现他们没有使用在南太平洋西部几乎已经成为通用语的土腔英语。他们也没听说过烟草和火药。至于他们用箍钢制成的宝贵长刀，以及一些由廉价的手工斧头改造的更珍贵的战斧，他猜是在与草地之外的丛林人作战时缴获的，而那些丛林人又是得自那些生活在岛屿边缘的珊瑚海岸，与白人有过偶尔接触的咸水人。

“住在外面的人不知道如何熏脑袋。”老恩古姆解释道，他从肮脏的席子里抽出一颗无可置疑的白人头颅，放在巴塞特手里。

它毫无疑问已经很有年头了。它是个白人的头颅，那一头金发可以证明。他敢发誓那是一个英国人，很久以前的一个英国人，凭据就是在那干瘪的耳垂上，嵌着沉甸甸的金圈。

“而你的头……”恶魔医生开始了他最喜欢的话题。

“我告诉你吧，”巴塞特脑子里冒出了一个新念头，便打断了他的话，“我死了以后，我可以让你熏我的头，只要你能先带我去看看赤者。”

“等你死了，你的头无论如何都是我的，”恩古姆拒绝了这个提议，又以野蛮人那种粗野的坦率补充道，“再说，你也活不了多久了。你现在就差不多是个死人了。你还会变得更加虚弱。不出几个月，我就会让你在这儿的烟雾中翻来倒去。在漫长的下午，翻弄一颗你认识的人的脑袋，就比如我认识你，是一件挺愉快的事情呢。我会和你聊天，告诉你许多你想知道的秘密。没关系，因为你那时候已经是个死鬼了。”

“恩古姆，”巴塞特突然发怒，威胁道，“你知道我铁里的小霹雳（那支全能又可怕的猎枪）。我随时可以杀了你，然后你就别想得到我的脑袋了。”

“那也一样，戈恩恩，或者我家里的其他人也会拿到它。”恩古姆得意地向他保证，“它还是会转啊转啊，就在这间恶魔房里，在这些烟雾当中。你越早用你的雷霆杀我，你的头就越早在烟雾中转起来。”

于是巴塞特明白自己输掉了这场讨论。

赤者到底是什么？——巴塞特在接下来的一个星期里问了自己一千次，这期间他好像壮实了一些。到底是什么发出了那美妙的声音？他到底是什么——这个太阳歌者，这个星孩，这个神秘的神，这个就和崇拜他的那些一头黑卷毛、活似猢狲的人兽一样野蛮残忍，其甜美如饴、洪亮如钟的歌唱与命令让他在那么遥远的距离之外都能得以听闻的东西，到底是什么？

自己死后脑袋要不可避免地交给对方熏制，凭这个他没能买通恩古姆。戈恩恩虽说是首领，但是太愚笨了，太受恩古姆的支配，不值得考虑。至于巴拉塔，从她发现他，把他蓝色的眼睛扒开，到让她那奇形怪状的可怖女性形象一次次呈现于他的视野，她一直是他的爱慕者。她是一个女人，而他早就知道，要想争取她背叛自己的部落，唯一的方法就是通过她那颗妇人之心。

巴塞特是个挑剔的人。他从来没有从一开始巴拉塔丑恶的女性形象引起的恐惧中走出来。在英国时，即使在最好的情况下，对他来说，女人的魅力也不怎么大。而此时此刻，就像只有能够为科学事业献身的人才能做到的那样，他毅然决然地违反天性中一切美好和美妙的东西，要与一个令人恶心到难以想象的丛林女人做爱。

他打了个寒战，但扭过头去掩饰了自己的苦相。他强压着想呕吐的感觉，把胳膊搭在她满是污垢的肩膀上，感觉到她臭烘烘、油乎乎的鬈发接触到他的脖子和下巴。然而他才刚刚开始求欢，她便欣然承应，皱着眉头呻吟，还发出像猪一样快乐的咕噜声，这让他差点尖叫起来。太过分了。接着，作为这次奇怪求欢的下一步骤，他把她带到河边，把她使劲地擦洗了一番。

从那时起，他就像一个真正的情郎一样，只要能用意志压制住恶心，就尽可能频繁而持久地把自己奉献给她。不过说到按照部落习俗结婚，尽管她热情地提出过建议，他还是犹豫了。幸运的是，禁忌规则在部落里很盛行。因此，恩古姆永远不能碰鳄鱼的骨头、肉和皮。这是他出生时就注定的。戈恩恩被禁止与女人接触。这样的污染，如果偶然发生了，就只能通过肇事女性的死亡来净化。巴塞特到来以后，这种事曾经发生过一次，当时一个九岁的小姑娘在玩耍中绊了一跤，摔在了神圣的首领身上。于是那女孩子就不见了。巴拉塔低声告诉巴塞特，她在赤者面前熬了三天三夜才死。至于巴拉塔，面包果是禁忌。巴塞特对此感到庆幸。禁忌也可能是水呢。

至于他自己，他编造了一个特殊的禁忌。他解释说，他只有在南十字星座升上天空的时候才能结婚。凭借对天文学知识的掌握，他获得了将近九个月的缓刑。他相信，在这段时间内，他要么会死去，要么能在完全了解赤者及其美妙声音的来源之后逃到海岸去。起初，他还以为赤者是一尊巨大的雕像，像曼农一样，当阳光把它晒到一定温度时就会发出声音。但是后来有一次，一场突袭之后，一批战俘被带了进来，而献祭被安排在了晚上。当时还下着雨，根本没有太阳，赤者却比平时更大声，于是巴塞特放弃了这个假设。

当巴拉塔陪在他身边，或者有时候与男性和女性同路者在一起时，林子对他来说，罗盘四个象限中的三个是自由往来之地。然而第四象限就是禁地了，那是赤者的永居之所所在的象限。他更加专注地与巴拉塔做爱，也要求她更加频繁地清洗自己的身体。她始终是个女人，看在爱情的分上，什么样的背叛行为都做得出来。而且，尽管一看到她就感到恶心，一碰到她就感到绝望，尽管在关于她的噩梦中，她那糟糕透顶的样子总是纠缠不清、挥之不去，他还是意识到，鲜明而真实的性事对她构成了鼓励，使她把自己生命的价值放在了她希望与之交合的情人的幸福之下。朱丽叶还是巴拉塔，有什么内在的区别吗？超文明柔软和温柔的产品，还是她在十万年前兽性未脱的原型？——没有区别。

巴塞特首先是一位科学家，然后才是人文主义者。在瓜达尔卡纳尔密林的中心，他将这件事付诸检验，就像在实验室里检验化学反应一样。他更加卖力地对那个丛林女人假装出热情，同时也更加专横地向她提出直面赤者的要求。他认定这是女人必须付出代价的老规矩。事情发生的那天，他们两个正在捕捉一种未被分类过也不知名的黑色小鱼。小鱼有一英寸长，短粗的身体像鲇鱼一样湿滑，又长着鳞片似的东西，里面塞满了色泽如同金色三文鱼的卵。这种鱼经常游到淡水里面，别管新鲜的还是腐烂的，无须烹制，全身都是绝佳的美味。巴拉塔俯身倒在林间地面腐烂的淤泥中，双手紧抓着他的脚踝，亲吻着他的脚，发出一种吸鼻涕似的声音，让他背上一阵阵起鸡皮疙瘩。她恳求他杀了她，而不是要她付出爱的终极代价。她对他讲述打破赤者禁忌的惩罚——要活活忍受一星期的折磨。她脸埋在泥里倾诉着种种细节，直到他意识到，论及一个人可以对另一个人施展何种可怕手段这样的知识，他还只是一个初学者。

然而，巴塞特坚持要求他身为男人的意愿要得到满足，而女人要承担他对赤者歌唱之谜的求索带来的风险，哪怕她要在尖叫中迎接漫长难熬的恐怖死亡。巴拉塔不过是个妇人，她让步了。她把他带进了禁地。一条巍峨耸立的山峦从北方突兀而至，遇上了南方同样突兀的山峦，他们捕鱼的溪流被两条山峦逼入了一条幽深的峡谷。沿着峡谷走了一英里后，道路陡然向上倾斜，直到他们穿过一片石灰岩构成的鞍状构造，他身为地质学家的注意力一下子被吸引住了。尽管他偶尔因为身体虚弱而停下脚步，但他们仍在攀登，爬上了森林覆盖的高地，最后来到了一片光秃秃的台地上。巴塞特认出来构成它的物质是黑色的火山砂。他知道脚下所有那些棱角分明的颗粒都可以用一块小磁铁吸起来。

然后，他拉着巴拉塔的手，领着她向前走去，来到了台地中央一个显然是人工挖掘的巨坑边。古老的历史、《南半球海域航行指南》、记忆中大量的数据和含义，迅速而激烈地涌入他的脑海。是门达尼亚发现了这些岛屿，并把它们命名为所罗门群岛，因为他相信自己发现了那个君主传说中的矿藏。他们嘲笑老航海家幼稚的轻信，然而他自己，巴塞特，却站在了一个好像南非钻石坑的采掘点的边缘。

然而他所凝视的却不是钻石，而是一颗珍珠。它有着珍珠般深邃的晕彩，可是地球上有史以来所有的珍珠熔铸到一起，也不及它这么大，而且它的颜色无论是珍珠还是别的什么东西都不会具备，因为那就是赤者的颜色。巴塞特自己也是在刹那间就明白了那就是赤者。它是一个完美的球体，直径足有二百英尺，圆球的顶端比坑沿低一百英尺。他把它的颜色比作漆。事实上，他认为那是人类涂上的一种漆，但是凭丛林人的智慧是造不出那样的漆的。它比鲜亮的樱桃红还要亮，它那浓烈的颜色简直称得上是红色凝结成的红色。它在阳光下闪闪发光、熠熠生辉，好像是从一层层红色的衬底之下泛上来的光辉。

巴拉塔努力劝阻他下去，但没有成功。她倒在尘土里，但是，当他继续沿着盘旋在坑壁上的小路前行的时候，她却跟在后面，吓得又哭又叫。很明显，那个红色的球是被当作宝贝挖出来的。考虑到十二座结盟村庄稀少的人丁和他们原始的工具、方法，巴塞特知道，如此巨大的挖掘工作不知道耗费了多少代人的辛劳。

他发现坑底铺满了人骨，在这些人骨中间，摆放着用木头和石头雕刻而成的村落之神。有些是用四五十英尺长的坚实树干雕刻而成的，上面满是淫秽的图腾和图案。他注意到，鲨鱼和海龟虽然在沿海村落里是很常见的神，在这里却不见踪影。他还惊异地发现头盔主题比比皆是。这些瓜达尔卡纳尔黑暗中心的丛林野人对头盔能有多少了解？几个世纪以前，门达尼亚的手下曾戴着头盔来到这里吗？如果没有，那么丛林人是从哪里获知这个主题的呢？

巴塞特跨过一堆神像和骸骨，巴拉塔在他身后呜咽着。他走进了赤者的阴影里，从它巨大的躯体下走过，用指尖碰了碰它。没有漆。表面也不像有漆面的情况下那样光滑。相反，它是波纹状的，坑坑洼洼，到处都有发热和熔化的痕迹。而且，它的实质是金属，虽然不同于他所知道的任何金属或者合金。至于颜色本身，他认为那不是涂上去的。那就是金属本身固有的颜色。

他的指尖在表面上划过，感觉整个巨大的球体在悸动，在活动，在回应。不可思议！那么轻的触摸，作用在那么大的一个物体上！然而，它在指尖的爱抚下颤动着，有节奏的振动变成了低语，窸窸窣窣，呜呜咽咽——但那声音是如此不同。纤薄得难以捉摸，仿佛缥缈的丝丝缕缕，又是那么地圆润，甜美得令人发狂，像一只小妖精的号角一样吹着。巴塞特最终认为，若是有神的钟声从太空传到地球，听起来便应如此。

他带着急切的疑问看向巴拉塔。但是他诱使赤者发出的声音早已令她趴倒在地，在骸骨中呻吟。他又继续思索着眼前这奇观。他得出了结论：它是空心的，构成它的金属材料在地球上并不存在。古人给它取的名字“星孩”是恰当的。它只能是来自群星之间，而不是随机创生的。它是一种机巧与心智的造物。它所具有的这种完美形态，显然的空心结构，绝不可能仅仅是偶然的结果。毋庸置疑，它是某种遥远而不可捉摸的智慧投身金工后结出的果实。就在他惊奇地盯着它的同时，各种各样的臆测在他的大脑中有如野火般肆虐，想象着这个远途的旅者如何刺破漆黑的太空，穿行于群星之间，又被病态的食人部落挖掘出来，此刻才得以顶着两个大气层的火浴带给它的斑斑点点，雄踞于他的面前和他的头顶。

不过那种颜色是热量作用在某种熟悉的金属上的结果，还是金属本身的固有性质？他将小折刀的刀尖刺了进去，以检验它的材料质地。转瞬之间，整个球体迸发出一种强有力的飒飒声，抗拒之意利如刀锋，几近金弦弹拨之声——如果说飒飒声也能被认作弹拨声的话。声调越升越高，同时越落越深，仿佛声线的两个极端要沿着圆圈合围成他经常在禁忌的距离之外听到的虎吼雷鸣。

顾不上安全，顾不上自己的生命，他被这不可思议、无法揣摩的神奇事物吸引着，举起刀子，准备狠狠地砍下去，但被巴拉塔挡住了。她惊恐万状，双膝跪地，紧抱着他的双膝，恳求他住手。为了让他领悟到她的要求之坚决，她把自己的前臂放在牙齿当中，一口咬到露骨。

他几乎没有注意到她的动作，不过他下意识地顺从了自己温和的本能，没有挥刀砍过去。在他看来，在这个暗示着列星浩繁的旷远宇宙间存在着高级生命的巨物面前，人类的生命已经渺小得微不足道了。就像对待一条狗一样，他一脚把那个丑陋的丛林女人踢得站立起来，强迫她跟随他开始绕行赤者底部。在途中他遇到了恐怖的景象。他甚至在众多牺牲者当中认出了那个已经被太阳晒得干瘪的九岁女孩尸体，她在生前不小心打破了戈恩恩酋长的个人禁忌。而且，在那些已经逝去的人当中，他还遇到了一个并没有咽气的人。这些丛林人真的已经以赤者的名义自我定位，在赤者的身上看到自己的形象，努力用这样的红色祭品来安抚和取悦他。

他继续前进，脚下只有尸骸，以及人和神的画像，它们构成了这座古老的牺牲者停尸房的地板。他来到那个装置前，赤者就是受到它的触发，才将那雷鸣般的吟唱传到林带和草地之外，直到林马努遥远的海滩。它的简单原始一如赤者工艺之精湛。宏伟的主梁长五十英尺，装点着许多个世纪以来迷信之人对它的关照：世世代代的神祇都被雕刻在上面，层层叠加，每一个都佩戴着头盔，每一个都坐在一条鳄鱼张开的嘴里。主梁被绳索悬吊着，攀爬的藤蔓拧转了那些绳索，绳索挂在一个三脚架的顶部。构成三脚架的是三根采自森林的粗大树干，树干本身也被雕刻成咧嘴笑着的怪诞形象，反映着当代人对艺术和神的理解。主梁悬挂着攀爬绳索，人们可以对其施力和控制方向。主梁就像一个攻城槌，可以用来击打泛着红色晕彩的庞大球体。

这里就是恩古姆本人和他麾下的十二个部落主持和履行宗教职责的地方。想到这个神奇的信使，带着智慧的双翼飞过太空，结果落进了丛林人的老窝，受到食人肉、取人头、猢狲一般的野蛮人的崇拜，巴塞特不由得放声大笑起来，几乎就像是发了疯一样。这就好像神的话语落进了地狱底部深渊的淤泥里；仿佛耶和华的诫命被刻在石头上，送给了动物园猴笼里的猴子；仿佛《山上宝训》宣讲给了一群吵吵闹闹的疯子。

日子一周周地缓缓流逝。巴塞特刻意选择在恶魔房灰白色的地板上，在不断摆动、缓慢熏制着的头颅下面过夜。他这样做的原因是，那里对女性这种次级性别来说是禁地，因此也就成了他躲避巴拉塔的一个避难所。南十字星座在天空中越升越高，标志着巴拉塔与他的婚期日益逼近，巴拉塔越加可爱得令他觉得窘迫和危险。白天巴塞特是在恶魔房前大面包树树荫下的吊床上度过的。这个计划有几次中断，那是在他那可怕的发烧造成的昏迷当中，他日夜都躺在熏头颅的屋子里。他努力对抗发烧，努力活着，努力活下去，增长体力，力争有一天能强壮到敢于踏足草地和更远的林带，并抵达海滩，遇上一些贩卖劳力的双桅帆船，回到文明社会，可以和文明世界的人讲述，在瓜达尔卡纳尔岛黑暗的正中心，来自其他世界的信使正在被野蛮人秘密地崇拜着。

在另一些夜晚，巴塞特在面包树下躺到很晚，久久地看着西方的星星慢慢落在树林黑黢黢的轮廓后面。为了给村庄清理出空间，那些树林的边缘已经被推远了一些。他对天文学粗知一二，却以一个病人的乐趣去推测，在那些遥远得令人难以置信的太阳旁边，那些人类未曾见过的世界上的居民。为了造访光之屋，生命就像一个害羞的访客，从昏暗的物质密所里蓬勃而发。他不再能够理解时间的限制，就像不能够理解空间的边界一样。关于镭的颠覆性推测也不曾动摇过他对能量守恒和物质坚不可摧的坚定科学信念。星星一定是一直都存在的。当然，在那片宇宙的纷扰当中，所有的物质肯定都是差不多的，有着大体相同的成分，除了纷乱中的个别反常。所有事物都必须遵守或者构成同样的定律，而这些定律在人类的全部经验当中也不曾被违背过。因此，他得出了一个结论，所有太阳都有附属的世界和生命，就像他自己星系中的这颗太阳一样。

即便就在他躺在这棵面包树下的时候，他也是作为一个有智慧的生命，将目光投向那繁星闪烁的深渊。所以说，整个宇宙肯定正在被无数的眼睛时刻不停地审视着，就像他自己的眼睛一样。尽管各不相同，但是在这些眼睛的背后，都有着同样的智能在质疑和探求这一切的意义和构造。这样推理着，他觉得自己的灵魂与那群永远注视着无垠苍穹的威严生物产生了密切的关联。

远方那些卓越的物种，用那红光闪耀、声如天籁的巨大信使在天空中架起桥梁的生灵，他们是谁，或者是什么？很显然，在很久以前，他们就已经踏上了人类从宇宙历史的角度来看刚刚才踏上的道路。能够隔着浩瀚的太空发送这样的信息，他们肯定早已达到了人类还在泪水、辛劳、血汗及许多决策的黑暗和混乱中，如此缓慢地奋力拼争的高度。在那个高度，他们已经变成了什么样子？他们赢得兄弟情谊了吗？他们已经知道爱的律法会带来软弱和衰败的惩罚了吗？生命必然充满了抗争吗？自然选择的无情法则通行于整个宇宙吗？而最直接、最尖锐的问题是，他们深远的结论和历史久远的智慧，此刻是否还被禁锢在赤者那巨大的金属心脏里，等待着第一个地球人来解读？有一件事他是肯定的：那个能发出声响的球体不是某个太阳在受到折磨时从狮子鬃毛上抖落的一滴红露珠。它是精心设计的，而不是偶然形成的，它包含了星星的语言和智慧。

那里会有什么样的引擎、元素和被掌握的力量，有什么样的传说、神秘和对命运的控制啊？毫无疑问，既然像公共建筑的基石那么小的物体，都可以装进去那么多的内容，那么这个巨大的球体应该蕴含着宏大的历史和深刻的研究，超出人类最疯狂的猜测、定律和公式，若是能够轻松掌握，会让人类在地球上的生活，无论个人还是全体，从目前的泥潭一跃而升至不可思议的纯洁与力量的顶峰。对于盲目而贪婪、心比天高的人类来说，这是时间最好的礼物。而他，巴塞特，被赐予了高贵的命运，第一个从人类的星际亲属那里得到这个消息！

不曾有过白人，更不用说其他丛林部落的外域人，见到赤者之后又活下来。这就是恩古姆向巴塞特阐述的法律。作为回应，巴塞特曾经经常争辩称，还有血脉手足之情这么一回事呢。但是恩古姆庄严地表示拒绝。即使是血脉手足也不受赤者的青睐。只有部落里出生的人才能看到赤者而活下来。但是现在，他罪恶的秘密只有巴拉塔知道，而她害怕自己被献祭给赤者而守口如瓶，情况就不同了。他所要做的就是从令他虚弱的可恶的发烧中恢复过来，回到文明世界。然后他将带领一支探险队返回，尽管瓜达尔卡纳尔岛的所有居民都将被消灭，但他将从赤者的中心提取来自其他世界的信息。

然而巴塞特的病情复发越来越频繁，短暂的恢复期内精神也越来越差。他昏迷的时间更长了，后来他终于意识到，尽管自己有着极其乐观的天性的激励，他也不可能活到穿过草地，穿过危险的海岸林地到达大海的那天了。随着南十字星座在天空中越升越高，他渐渐衰弱下去，直到巴拉塔也明白过来，等不到他的禁忌决定的婚期到来，他就会死去。恩古姆亲自去朝拜，收集将用于熏制巴塞特头颅的发烟材料，并骄傲地向他宣布和展示，等到巴塞特死掉以后，他的艺术构思有多么完美。至于他自己，巴塞特并不感到震惊。生命的活力在他体内衰退得太久、太深，以至于他都不会因为这活力的即将灭绝而感到害怕了。他继续坚持着，时而昏迷，时而半昏迷，时而如梦似幻。在这段时间里，他在胡思乱想，他是否真的见过赤者，或者那只是一场神志不清的噩梦。

终于有一天，所有的迷雾和混乱都消失了，他发现自己的头脑像钟一样清醒，对自己身体的虚弱做出了正确的判断。他举不起来手和脚，对自己身体的控制能力低到了几乎感觉不到自己还有身体的地步。他蹲踞在灵魂上的肉体确实很轻飘，而他的灵魂，在它短暂的清醒期间，凭借这清醒已然明白，那万事皆休的黑暗即将来临。他知道大限已近。他知道，他的确是亲眼看到了赤者，不同世界之间的信使；他知道自己不可能活着把这个消息传到世界上——这个消息说不定已经在瓜达尔卡纳尔岛的中心等待人类一万年了。巴塞特心意已决，在面包树的树荫下把恩古姆叫到他身边，和那个恶魔老医生讨论他生命中最后一次全力以赴，最后一次肉体冒险的条件和安排。

"我知道法律，恩古姆。"他提出，"非族人看到赤者便须死。反正我也活不下去了。你的年轻人该把我带到赤者面前，我要看着他，听着他的声音，然后死在你的手下，恩古姆。这样子，法律、我的期望、你尽早得到你已经做足准备等待的我的脑袋的愿望，就都能得到满足了。"

对此恩古姆表示同意，并补充说：

"这样更好。一个病人若是已经不能痊愈，再勉强苟活这么短的一段时间实在是不智之举。再者，这样的人离开对生者是有好处的。你近来太碍事了。不必说我以前和你这样的智者交谈有多大的好处。这些日日夜夜，我们很少交谈。你却在熏脑袋的屋子里占着地方，像头要死的猪一样制造噪声，或用我不懂的语言大声叫唤。这给我造成了一种困扰，因为当我在烟雾中转那些头颅时，我喜欢思考光明和黑暗的伟大之处。因此，你那么多的噪声已经干扰了我对死前最后智慧的长期学习和孵化。至于已经被黑暗笼罩的你，现在死了是件好事。我向你保证，到了我在烟里面转你的脑袋的时候，这个部落中必无一人前来扰乱我们。我要告诉你许多秘密，因为我是一个很有智慧的老人，当我在烟雾中转动你的头时，我将积累更多的智慧。”

就这样，一副担架做好了。巴塞特由六个男人扛着，踏上了最后的冒险之旅，这将为他整个生命的征程画上一个句号。他几乎已经意识不到身体的存在，因为就连疼痛都已经耗尽了，不过思路明澈的大脑却让他拥有了一阵安静的狂喜。他躺在摇摇晃晃的担架上，看着身边经过的世界慢慢暗淡，最后一次看到恶魔房前的面包树、树林高处暗淡的天光、两道山梁之间幽暗的峡谷、石灰石质的鞍状地貌和铺着黑色火山砂的台地。

他们扛着他，沿着坑壁上螺旋形的小道往下走，环绕着光芒闪耀的赤者，那色彩和光芒看上去随时都有可能变成美妙的歌声和雷鸣。他们扛着他，迈过人牲的尸骨和木头神像，迈过那些面目可怖凄惨的活人祭品，来到三脚架和巨大的撞槌前。

在恩古姆和巴拉塔的帮助下，巴塞特虚弱地坐了起来，全身上下颤颤巍巍，用清澈而坚定、全览全知的目光注视着赤者。

“就一次，啊，恩古姆。”他说，眼睛没有离开那急速颤动着的表面，樱桃红色的阴影在那里不停地弹跳着、颤动着，变成了声音，仿若丝绸的窸窣声，仿若银铃般的低语，仿若金色的弦音，仿若仙境中丝绒般的管乐，仿若圆润而柔和的雷鸣。

“我等着。”恩古姆停了很长一段时间后说。恶狠狠的长柄战斧已经被他拿在手中。

“就一次，哦，恩古姆。”巴塞特重复道，“让赤者说话吧，这样我就可以看到他，也能听到他。然后，等我举起手来的时候，砍过来吧。因为，当我举起手时，我将低下我的头，露出脖颈处让你砍的位置。但是，噢，恩古姆，我，即将永远消失在白天的光中的我，希望聆听着赤者美妙的声音离去。”

“而我给你承诺，不会再有任何其他头颅被熏制得像你的那么好。”恩古姆向他保证，同时向部落里的人示意，让他们拉起撞槌上的绳索，“你的头将是我熏出的最伟大的作品。”

老家伙的自负令巴塞特无声地笑了。巨大的花雕原木被向后拉起了二十英尺，然后放下。刹那间，突然释放的雷鸣之声令他欣喜若狂。这是何等的雷声啊！醇和圆润中掺入了珍奇的金属声。它传达着大天使的话语，比其他的任何声音都要美丽得多。它被赋予了其他恒星的行星上超人的智慧。这是上帝的声音，听得出诱惑和号令。还有——星际金属的永恒奇迹！巴塞特用他自己的眼睛，看到各种颜色转变成声音，直到巨球整个可见的表面上，分辨不出是颜色还是声音在蔓延，在闪耀，在飘忽。在那个时刻，他占领了物质的间隙，实现了物质和力量的交织和交融。

时间在流逝。最后，巴塞特的狂喜被恩古姆不耐烦的动作打断了。他已经把那个老恶魔忘得一干二净了。一阵幻想的闪现使巴塞特喉咙里发出一阵沙哑的笑声。他的猎枪就在身旁的担架上。他所要做的，无非把枪口对准脑袋，扣动扳机，让脑袋化为乌有。

但是何必欺骗他呢？巴塞特接着想。老恩古姆是个脑袋猎手，人类中的食人兽，兽性不比人性少，然而在他看来，他却是个再耿直不过的人。恩古姆本身就是人类伦理、契约、体贴和温柔的先驱。不，巴塞特决定了，在最后的时刻欺骗那个老家伙，将是一种可怕的遗憾和可耻的行为。他的头属于恩古姆，是让他来熏制的。

巴塞特举起手示意，按照约定把头向前探去，好把自己绷紧的脊椎关节清清楚楚地露出来。他忘记了巴拉塔，她不过是个女人，不值一提的女人，不被喜爱的女人。当那把锋利的斧头在他身后被举高时，他看也没看。就在那一刻，在终点之前，一个未知事物的阴影落在了巴塞特的身上，他感觉到一种奇迹行将到来：所有可想象之物前面的那堵墙就要开裂。当他知道打击已经开始，就在钢刀的边缘咬到他的肌肉和神经之前，他几乎是在凝视着美杜莎那平静的面孔——真理。同时，当黑暗随着钢刃倏然笼罩，在瞬间的幻想当中，他看见面包树旁边的恶魔房里，他自己的头颅在转动，一直在转动。

（秦鹏　译）

恐怖自普罗维登斯涌出

从更广阔的文学结构着眼，在科幻小说的推想之线旁始终有另一条线相伴，那就是奇异感之线。这条线也是超自然恐怖之线。

事实上，恐怖小说，就其最普遍的意义而言，要早于科幻小说，少则 50 年，多或 100 年；按有些定义，也许要早数千年。1927 年，在一本题为《文学中的超自然恐怖》的小册子（1939 年修订后再版）里，H. P. 洛夫克拉夫特，这位自认为是惊吓读者这门艺术在当世最重要的实践者的人，将超自然恐怖的发展追溯到埃及和闪米特语族[1]的仪式魔法[2],然后上及他称之为“太古时代那些最令人反胃的生殖崇拜仪式”，下到中世纪的巫术邪教。

以上这些，加上其他讲述狼人、鬼怪、术士、死而复生者以及这些形象中隐含的对现实的双重视角，让哥特式恐怖小说从中诞生。霍勒斯・沃波尔[3]（Horace Walpole）创作了第一部哥特小说，《奥特

1. 指阿拉伯语和希伯来语民族。
2. 主要指《以诺书》和《所罗门之匙》等书中记载的“魔法”。
3. 第四代奥福德伯爵，作家、艺术史家、画家。

兰托城堡》(*The Castle of Otranto*，1764)。这一文学传统下曾大受欢迎的小说还有：威廉·贝克福德[1](William Beckford)的《瓦提克》[2](*Vathek*，1784)，安·拉德克利夫夫人[3](Mrs. Ann Radcliffe)的《尤道尔福之谜》(*The Mysteries of Udolpho*，1794)，"修道士"M. G. 刘易斯[4](M. G. Lewis)的《修道士》[5](*The Monk*,1796),还有夏洛特·戴克[6](Charlotte Dacre)的《佐弗罗亚》[7](*Zofloya*,1806)。这些书有着相同的模式，写的都是身处险境的年轻女性，鬼魂触摸的城堡，锵啷作响的镣铐，隐现无常的幻影，有时候还会写到比死亡更可怕的命运的威胁。

玛丽·雪莱创作的被一些评论家认作第一部科幻长篇小说的《弗兰肯斯坦》(1818)，就受到了哥特式小说的影响，具有很多哥特式恐怖小说的特征。

洛夫克拉夫特认为，布尔沃-利顿[8]、勒·法努[9]、威尔基·科林斯[10]、哈格德、柯南·道尔、威尔斯以及史蒂文森[11]这些人的作品都属于"传奇式的，半哥特风的，准寓言式的文学传统"，但他最为钦佩的则是爱伦·坡、菲茨-詹姆斯·奥布莱恩[12],还有安布罗斯·比尔斯。他也提到过F. 马里昂·克劳福德、罗伯特·威廉·钱伯斯[13]、亨

---

1. 英国作家，其父老威廉·贝克福德是曾两度担任伦敦市长的富商。
2. 全名《瓦提克，一个阿拉伯传说，或哈里发瓦提克史》。瓦提克是阿巴斯王朝第九代哈里发，据说他曾梦到亚历山大大帝所建造的"长城"倒塌——一个世界末日将至的象征。
3. 英国女作家，终身隐居，作品文学价值不高，但对后世有较大影响。
4. 英国作家，国会议员，《修道士》一书引起极大的社会反响，以至于他本人被冠以这个绰号。
5. 1794年该书就以《修道士：一段罗曼史》之名出版，当时的作者署名是约瑟夫·贝尔。1796年再版时署名M. G. 刘易斯，之后又几经修订再版。
6. 英国犹太女作家、诗人夏洛特·金的笔名。
7. 又名《摩尔人》。佐弗罗亚是书中引导女主角进一步走向堕落的恶魔伪装成人时所用的化名。
8. 即爱德华·布尔沃-利顿，英国贵族，作家。
9. 即约瑟夫·谢里丹·勒·法努，爱尔兰记者、作家，他的《卡米拉》是历史上第一部长篇吸血鬼小说。
10. 英国小说家，曾被誉为"英国侦探小说之父"。
11. 指罗伯特·路易斯·史蒂文森，英国著名作家，代表作有《金银岛》等。
12. 美国记者、科幻作家。
13. 美国小说家，其代表作为短篇小说集《黄衣之王》，洛夫克拉夫特明显受其影响。

利·詹姆斯、奥斯卡·王尔德、M. P. 希尔、布莱姆·斯托克[1]、萨克斯·儒默[2]、威廉·霍普·霍奇森[3]等人的作品，对阿瑟·梅琴[4]、阿尔杰农·布莱克伍德[5]、M. R. 詹姆斯[6]和邓萨尼勋爵[7]尤为注目。

然而，最终是洛夫克拉夫特本人成了他所描述的那类恐怖小说的代表人物，刊载了他大部分作品的杂志《怪谭》在当时也成了这类恐怖小说的代名词。《怪谭》是克拉克·亨内伯格（Clark Henneberger）于 1923 年创办的，但他一年后就把它卖掉了，接手者是和这本杂志关系最为密切的人——杂志的编辑法恩斯沃思·赖特。他掌管这本杂志直到 1938 年，这一年它又被卖掉了；多萝西·麦克劳瑞斯（Dorothy Mcllwraith）担任该杂志的主编，直到 1954 年的最后一期。这本杂志从来没盈利过，复刊后也同样不成功，新的拥有者只是偶尔发刊印行[8]。

喜欢被惊吓的读者人数似乎是有限的，不过《怪谭》的读者群十分忠实。它的作者群也一样，尽管他们拿到的报酬不高，还总是被拖欠。洛夫克拉夫特就是其中之一，《怪谭》1923 年创刊之后过了六个月，他在这本杂志上发表了第一个故事。1919 年 9 月这篇《大衮》曾在另一本叫作《游民》[9]（*The Vagrant*）的小杂志上刊登过。

不久，洛夫克拉夫特成了《怪谭》的常客，而且，当他的稿件偶尔被退回后，他实际上几乎不会再把稿子投到别处去。他的朋友一度不得不擅自将他的两份手稿拿到《惊异》上去发表。事实

1. 爱尔兰作家，剧院经理人，代表作为《德古拉》。
2. 英国作家，“傅满洲”形象的创造者。
3. 英国作家，著述颇丰。洛夫克拉夫特很欣赏其作品《边陲鬼屋》。
4. 英国作家，洛夫克拉夫特的朋友。
5. 美国作家、记者、广播员，代表作为短篇小说集《难以置信的历险》。
6. 英国历史学家、作家，鬼故事大师。
7. 第十八代邓萨尼勋爵，代表作为《精灵王之女》。
8. 1973 年后《怪谭》复刊，不定期发行。2019 年又发行了一期。
9. 该杂志仅在 1918—1922 年间发行了 4 期，其中 1921 年完全停刊。

上，那时很少有其他杂志会刊登这类小说。《故事大全》、《阿尔戈西》或《骑士》杂志会刊登像欧文·S. 科布（Irvin S. Cobb）的《鱼头》[1]（“Fishhead”）这样难得一见的故事，但唯有《怪谭》才是这类恐怖小说的专属刊物。之后出现的《可怖故事》（*Horror Stories*）和《骇谭》（*Terror Tales*）专门刊载虐待文[2]，像《惊险图书》[3]（*The Thrill Book*）、《异谭》[4]（*Strange Tales*）、《鬼怪故事》[5]（*Ghost Stories*）这些杂志则不是迅速消失就是没什么影响力。

洛夫克拉夫特的重要性在于其文学生涯的两个方面：他在通俗文学领域开辟出自己的一片天地，并且引来了大批的追随者。这片天地就是超自然恐怖小说。在他的分析中，他将其和与之类似的恐怖单纯来自物质上的恐怖小说加以区分，称后者是“俗世的恐怖”。他提倡的是来自未知的恐怖：

> 是不是真正的怪谭，唯一的衡量标准就是——能否在读者心中激起深邃的恐怖感，以及与未知领域和力量接触的感觉；一种微妙的心态，就好像在敬畏地倾听，听着黑压压的鸟群拍打翅膀，或是听着已知宇宙之外的阴影和存在，在它最遥远的边界上发出的刮擦声[6]。

洛夫克拉夫特本人看来几乎同他的小说一样古怪。他才 8 岁时，父亲就在一家精神病医院中死于麻痹性痴呆；母亲也患有精神病，去世前住院多年。除了与布鲁克林的一位女商人有过一段短暂且失

1. 首发于 1913 年的《骑士》杂志。
2. 前者存在于 1935—1941 年，后者存在于 1934—1941 年。二者均以色情虐待场面招揽读者。
3. 该杂志仅在 1919 年发行了 16 期。
4. 该杂志 1931—1933 年间发行了 7 期。
5. 月刊。存在于 1926—1929 年间，起初为高级杂志，后改为纸浆杂志。中途停刊若干次。
6. 出自前文提到的《文学中的超自然恐怖》。

败的婚姻生活[1]外，洛夫克拉夫特一直在普罗维登斯跟姨妈们住在一起，靠逐渐缩水的家庭收入和替人代笔、校对勉强度日。洛夫克拉夫特曾花费不少时间从事业余新闻写作，无偿为其他出版物撰稿。他的小说给他带来的收入也很少。

但他和许多青年作家成为笔友，经常给他们寄去长得、详细得难以置信的书信。他常常会对他们的作品加以点评和鼓励，有时候还和他们合作。这些青年作家的回馈则是对他的散文风格和神话顶礼膜拜，主动追随。在这些青年作家中，有 E. 霍夫曼·普赖斯[2]、克拉克·阿什顿·史密斯、唐纳德·旺德莱和霍华德·旺德莱，罗伯特·布洛克[3]、亨利·库特纳、C. L. 穆尔、弗兰克·贝尔纳普·朗，以及卡尔·雅各比。奥古斯特·德莱思[4]（August Derleth）非常热爱洛夫克拉夫特的作品和他杜撰出来为自己的小说作背景的克苏鲁神话，以至于他和唐纳德·旺德莱一起创办了阿卡姆书屋。这家出版社在洛夫克拉夫特死后出版了他的《异乡人及其他》（*The Outsider, and Others*，1939）以及另外一些作品，后来又出版了雷·布雷德伯里（Ray Bradbury）早期的一些奇幻作品和 A. E. 范·沃格特（A. E. van Vogt）等作者写的科幻小说。

洛夫克拉夫特于 1937 年因肾小球肾炎和肠癌去世。他在身后留下了一部长篇小说《查尔斯·德克斯特病房之案》（*The Case of Charles Dexter Ward*，1941 年连载）和大把的短篇小说，其中许多都是围绕着一套神话展开的。神话里，古老邪恶的大能[5]们曾一度统治地球，后来被驱逐出去，它们想要回归世间，并且在这世界某些

1. 1924—1926 年。
2. 与洛夫克拉夫特共同创作《穿越银匙之门》。
3. 美国小说家、编剧。希区柯克的代表作《惊魂记》就出自他手。
4. 美国作家、编辑，克苏鲁神话的重要整理和修订者。
5. 指拥有超越凡人之力的伟大存在，可能是神，也可能不是。

古老、黑暗、落后的角落里依旧正为人膜拜。他最著名的短篇小说包括：《超越时间之影》（“The Shadow Out of Time”）、《疯狂山脉》（“At the Mountains of Madness”）、《异星之彩》（“The Colour Out of Space”）、《印斯茅斯的阴霾》（“The Shadow Over Innsmouth”）、《敦威治恐怖事件》（“The Dunwich Horror”）、《黑暗中的低语者》（“The Whisperer in Darkness”）、《克苏鲁的呼唤》（“The Call of Cthulhu”）、《墙中之鼠》（“The Rats in the Wall”）和《异乡人》（“The Outsider”）。

《大衮》是洛夫克拉夫特最早的短篇小说之一，它建立在既有的神话，而非他自己的神话之上。这篇小说缺乏洛夫克拉夫特的某些极端性的语言风格——他在努力令读者毛骨悚然的过程中发展出来的那种语言风格。

恐怖小说以及任何类型的奇幻小说都难以同科幻小说截然分开，因为它们都涉及奇异的幻想。许多文学评论家根本就不想对它们加以区分；有些坚持认为两者之间根本不存在明显的差别。不过，奇幻小说靠幻想力和文字的魔力使人着迷，令人战栗；而科幻小说则靠逻辑和解释来让人信服。科幻小说描述出读者无法想象会存在于此世的离奇景象；而奇幻小说则告诉读者，这个世界比他的想象更加离奇。

（何锐　译）

大衮

[美国] H. P. 洛夫克拉夫特

写下这些，我承受着巨大的精神压力，因为今晚我就会与世长辞。我身无分文，在唯一能够续命的毒品供应结束时，再也无法忍受这种折磨。我将从这个顶楼的窗户跳到下面肮脏的街道上。不要因为我沉迷于吗啡就以为我是个懦弱或堕落之人。当你读到这些匆匆草就的纸页时，纵然你不能完全理解，你也许能猜得到，我为什么必须拥抱遗忘或死亡。

那是辽阔的太平洋上最开放最不常有人光顾的水域之一，我作为押运员的那班轮船受到了德国海盗的袭击。当时，第一次世界大战刚刚开始，德国佬的海上力量还没有完全退化到他们后来的潦倒状态；因此，我们的船成了合法战利品，而我们的船员则作为海军俘虏得到了应有的公正和尊重。事实上，劫持者的纪律非常宽松，以至于在我们被俘五天后，我就设法独自乘坐一条小船逃走了，带了可以维持很长一段时间的水和食物。

当我终于发现是自己一个人在自由漂流时，我对周围的环境几乎一无所知。我从来都不是一个称职的领航员，只能根据太阳和星星模糊地猜测我是在赤道以南。我对经度一窍不通，也看不到任何岛屿或海岸线。天气一直很晴朗，我在烈日下漫无目的地漂流了不知多少天，等待过往的船只，或登上某处有人居住的陆地。但船只和陆地都没有出现，在波涛起伏的苍茫大海上，我开始因孤独而绝望。

改变发生在我睡觉的时候。我永远也不会知道其中的细节；虽然睡得很不踏实，噩梦连连，但我的睡眠是连续的。当我终于醒来时，发现自己半个身子陷进了一大片黏糊糊的令人作呕的黑色泥沼中，泥沼在周围单调地起伏着，一直延伸到我目力所及之处，我的小船也在稍远一点的地方搁浅。

也许有人会想，对如此惊人而出人意料的景象变化，我的第一感觉可能是惊讶，但事实上，我是震骇而非惊讶；因为在空气和腐烂的泥沼里有种不祥的气氛，使我毛骨悚然。这一带臭气弥漫，到处是正在腐烂的鱼的尸体，还有其他一些难以形容的东西，我看见它们从无边无际肮脏的泥沼中突出来。也许我不应该指望仅仅用语言来表达这种能够存在于绝对寂静和无限荒芜中的极端恐怖。除了一大片黑色的泥沼，什么也听不见，什么也看不见；然而，正是这完全的寂静和单调的景色，使我感到一种恶心的恐惧。

太阳在空中燃烧，天空晴朗得残酷，对我来说几乎是黑色的，仿佛映照出了我脚下那片漆黑的沼泽。当爬进搁浅的小船时，我意识到只有一种理论可以解释我的处境。由于一些史无前例的火山剧变，一部分海底很可能被抛出了水面，使那些亿万年来隐藏在深不可测的水下的区域暴露出来。我脚下隆起的新大陆如此巨大，以至于我尽力伸长耳朵也无法察觉汹涌大海中最微弱的声响。也没有海鸟来捕食死物。

一连几个小时，我坐在船里沉思或者担忧，小船侧翻着，当太阳在天空移动时，带来一点阴凉。随着时间的推移，地面失去了一些黏性，似乎很可能在短时间内就能干燥得足以旅行。那天晚上我几乎没睡，第二天，我为自己打包好食物和水，准备开始陆地旅行，去寻找消失的大海和可能的救援。

第三天早晨，我发现土地已经干得可以在上面轻松行走了。死鱼的气味让人发狂，但我一心想着更为重要的事情，并不介意这样微不足道的邪恶，便向着一个未知的目标大胆出发了。在远处一座小山的指引下，我一整天都在稳步向西行进，连绵起伏的荒原上，那座小山比任何其他高地都要高。那天晚上我露营休息，第二天仍然朝着小山前进，尽管那个目标好像并不比我当初看到它时更近。到了第四天晚上，我抵达小山脚下，结果发现它比从远处看到的要高出很多；中间有条峡谷，使它在正常的地面上显得更加险峻。我太累了，无法攀登而上，只好睡在小山脚下。

那天晚上，我不知道我的梦为何如此疯狂，但是，当东方旷野上空升起一轮奇异的凸月时，我在一身冷汗中醒来，决定不再睡了。我所经历的这些幻象太诡异了，让我再也无法忍受。在明亮的月光下，我明白了自己在白天赶路是多么不明智。如果没有烈日的炙烤，我的旅行就不会那么耗费精力；事实上，我现在觉得完全有能力完成在日落时打了退堂鼓的攀爬。我捡起背包，开始向山顶进发。

我说过，这种起伏的荒原上一成不变的单调是我隐约感到恐惧的根源；但当我登上山顶，俯瞰另一侧无底的深渊或峡谷时，我的恐惧更甚，因为月亮还没有升到可以照亮黑暗谷底的高度。我感觉自己身处世界的边缘，正居高临下凝视着永恒之夜神秘莫测的混沌。在恐惧中，我不禁好奇地想起了“失乐园”，想起撒旦在未经改造的黑暗世界里可怕的攀爬。

当月亮在天空中升得更高时，我开始发现，峡谷的坡度并不像我想象的那么陡峭。岩架和突出的石头为下坡提供了相当容易的落脚点，而在向下爬了几百英尺后，山坡变得非常平缓。在一种无法完全确定的冲动驱使下，我艰难地爬下岩石，站在下面平缓的斜坡上，凝视着尚未有一丝光亮透进来的地狱般的深渊。

突然，我的注意力被对面斜坡上一个巨大而奇异的物体所吸引，它陡然屹立在我面前大约一百码的地方；在冉冉升起的新赐月芒下闪着白光。我马上安慰自己，那不过是一块巨大的石头；但我明显地意识到，它的轮廓和所处的位置全然不是自然所为。细看之下，我心中充满一种无法言喻的感觉；尽管它体积庞大，而且自从地球年轻时就处于一个由海底断裂而形成的深渊中，但我确切地意识到，这个奇怪的物体是一块形态规整的巨石，它那庞大的身躯已然了解有生命、有思想的生物的技艺，或许还了解它们的崇拜仪式。

我茫然而害怕，但也不乏某种科学家或考古学家的喜悦，我更加仔细地观察了周围的环境。现在，月近中天，照在峡谷之中高耸的峭壁上，发出奇异而生动的光芒，它还揭示了这样一个事实：一大片水域在底部流淌，向两侧蜿蜒而逝，我站在斜坡上，水流几乎打湿了我的双脚。峡谷对面，水流冲刷着巨石的底部，此时我可以在其表面辨出铭文和粗糙的雕刻。这是一种我并不了解的象形文字系统，与我在书中见过的任何文字都不一样，大部分都是传统惯例中水栖生物的象征符号，比如各种鱼类（包括鳗鱼）、甲壳类动物、软体动物（包括章鱼）、鲸鱼等。还有几种符号，显然代表着不为现代世界所知的海洋生物，但我在海上升起的平原上见过它们腐烂的样子。

然而，最让我着迷的还是那些光怪陆离的雕刻。由于它们尺寸巨大，隔着中间的水流，可以清楚地看到一排浅浮雕，这些浮雕的主题一定会让多雷[1]羡慕不已。我想，这些浮雕所描绘的应该是人——至少是某种类型的人，尽管这些生物被描绘成像鱼一样在某个海洋洞穴的水中嬉戏，或被描绘成在某个看起来也在波浪之下的

1. 19世纪法国著名版画家、雕刻家和插图作家。

巨大神殿中进行礼拜。对于它们的面容和形态，我不敢详述，因为一想起这些，就会让我眩晕。它们怪诞得超乎爱伦·坡或布尔沃[1]的想象，尽管手脚有蹼、嘴唇宽大且松弛得吓人、眼睛呆滞而鼓胀，还有其他一些不太令人愉快的特征，但很可恶，它们在大致轮廓上是人类。奇怪的是，它们似乎被雕琢得与周围优美的风景很不相称；其中有幅画面描绘的是一个生灵正在捕杀一只比它体形稍微大些的鲸鱼。如我所说，我注意到它们的怪诞和奇异的尺寸。但过了一会儿，我断定，它们不过是某个原始捕鱼或航海部落虚构的神灵。这个部落的最后一个后裔在皮尔当人[2]或尼安德特人[3]的第一个祖先出生前很久就已经灭亡了。无意中窥见连最大胆的人类学家也不可想象的过去，让我震撼不已，月亮奇异地倒映在我面前寂静的水域之中，我站在那里陷入了沉思。

突然，我看见一个什么东西。它只是轻微地翻腾了一下，表明它升到了水面，在幽暗的水上悄悄潜入我的视野。那个家伙体形庞大，和波吕斐摩斯[4]一样丑陋，像一头梦魇般的怪兽猛地扑向那巨石，在其周围伸出长满鳞甲的巨大手臂，同时低下丑陋的头颅，发出某种有节奏的声音。我想我当时就疯了。

至于我如何疯狂地爬上斜坡和悬崖，又如何丧魂落魄地回到搁浅的船上，我几乎想不起来了。我确信我唱了很多歌，当我唱不出时，我就奇怪地放声大笑。我隐约记得，登上小船后不久，就遇上了一场暴风雨；无论如何，我知道我听到了隆隆的雷声，和大自然只有在最狂野的愤怒中才会发出的其他声响。

当我从阴影中走出时，我在旧金山的一家医院里；是一位美国

1. 英国作家和政治家，在犯罪小说、神秘小说、科幻小说方面皆有成就。
2. 在英国皮尔当发现的史前人类，后经鉴定为伪造。
3. 旧石器时代中期的原始人。
4. 希腊神话中吃人的独眼巨人。

的船长把我带到了那里，他在汪洋大海中救起我的小船。我在精神错乱时说了很多话，但是发现我的话很少引起关注，对于太平洋上的陆地隆起，搭救我的人一无所知；我也认为没有必要坚持一件明知他们不会相信的事情。有一次，我找了一位有名的人种学家，就古代腓力斯人[1]传说中的主神，即大衮，问了他一些奇怪的问题，以供消遣；但很快就发现，他是个无可救药的传统派，我就没再追问。

到了晚上，尤其当月亮渐盈和消亏的时候，我就会看到那个东西。我试过吗啡，但这种药只给我暂时的喘息，还把我诱进它的魔掌，成了一个绝望的奴隶。所以现在我要结束这一切，我已经写好一份完整的信息说明，或者说是一个我的同胞所鄙视的笑料。我常常问自己，这一切是否只是一种纯粹的幻觉——在逃离德国军舰后，当我躺在敞开的小船上，饱受烈日折磨，一派胡言乱语的时候——一种发烧中的异想天开而已。但每当我这样问自己时，面前总会出现一个生动得可怕的幻象作为回应。我一想到深海，就会不寒而栗，那个不知名的东西也许此时此刻正在那黏糊糊的海床上爬行挣扎，膜拜它们古老的石像，并在海底浸在水里的花岗岩方尖碑上，雕刻自己邪恶的肖像。我梦想着有一天，它们会从巨浪中升起，用它们臭气熏天的爪子把那些弱小的、饱受战争摧残的人类残余拖下去——那一天，大地会下沉，而黑暗的海底将在宇宙的混乱中升起。

末日即将来临。我听到门口传来一阵声响，好像有一个巨大的、滑溜溜的身体在缓慢吃力地撞门。它不会找到我的。天哪，那只手！窗户！窗户！

（刘小落　译）

1. 地中海东南沿岸的古代居民。公元前 12 世纪在巴勒斯坦南部沿海一带建立加沙、阿什杜德等小城。

科幻杂志开启惊奇事业[1]

第一部科幻杂志的发行年代可追溯至 1924 年，即《怪谭》创刊后的那一年。雨果·根斯巴克从 1911 年便开始在他的流行科学杂志上发表科幻故事，其中包括他自己的若干作品，并于 1923 年发行了《科学与发明》杂志的“科学故事特刊”。1924 年，他给潜在订阅用户群发了一份邮件，描述了一部名为《科学故事》（*Scientifiction*）的新刊物，但反响却不尽如人意。

然而根斯巴克坚持己见，于 1926 年 4 月创造出《惊奇故事》。在创刊词里，他宣扬了自己对未来的美好愿景，认为科学技术所能带来的未来充满回报、值得兴奋，并极力推荐这份杂志的新颖性：“……一种新的小说杂志……焕然一新，截然不同……前无古人……值得关注……”

但他认为将“科学小说”用作标题太过暧昧模糊，这个用词过分强调“科学”。“惊奇”听上去更能诠释其内涵，而“科学小说”

1. 标题呼应了《惊奇故事》杂志。

则更适合下定义和充当副标题：就这样，《惊奇故事——科学小说》的大名出现在了书脊之上。

在杂志的前三期中，读者读到的内容是儒勒·凡尔纳、H. G. 威尔斯、埃德加·爱伦·坡和少数其他作者故事的重印版。杰克·威廉森从杂志创刊第一年便开始订阅，他认为该杂志最大的贡献或许就在于让威尔斯的长短篇故事重新面世。在最初的一年半里，杂志封面上总是顶着凡尔纳、威尔斯或爱伦·坡的名头，有时是其中两位，有时是三人一起。

自第四期起，杂志开始刊印新的故事。到 1927 年 10 月刊时，读者们已经在抱怨威尔斯的冗余重复。根斯巴克于是开始降低老故事的重印比例，并着手寻找能够替代封面上那些熟面孔的新作家。

这个为行业架起媒介并奠定基调的人是一个 18 岁时移民美国的企业家，当时他的口袋里只有 200 美元和一个有关电池的计划[1]。开始时，他的事业运转不畅，但在几次失败的尝试后，根斯巴克成功开设了一家进口电器设备的商场，这些设备中包括一台能同时收发信息的家用无线电，为了宣传他的产品，他先是制作了一些商品目录，接着，又出了一本杂志。

他在那些大众科学杂志和《惊奇故事》上选刊的早期作品出众之处多在于创作热情，而非叙事技巧。然而，偶尔也确实会出现一种新故事，如《组织培养王》（“The Tissue-Culture King”，1926）。该故事的杰出之处不仅在于较同侪更为娴熟的语言应用，更在于它与生物学的关联性。

生物学为 20 世纪三四十年代的科幻故事提供的灵感有限；当时更令读者着迷的是那些物理科学——直到 20 世纪 60 年代，受到生

1. 雨果·根斯巴克当时发明了一种改进型干电池，他计划到美国生产和推销它。

物学令人惊异的全新发展驱使，作者们才转而开始从这个即将在新千年占据主导地位的学科中汲取灵感。但意义重大的生物学发现在19世纪末与20世纪初已相继面世：路易·巴斯德发现的疾病细菌学说，约瑟夫·李斯特的灭菌消毒法，孟德尔遗传学的再发现，遗传与进化的未来发展，等等，不一而足。

在文章《组织培养王》中提及的亚力克西斯·卡雷尔是这个科幻故事最直接的灵感来源。他因在血管缝合术上的贡献获得1912年的诺贝尔奖，但更为卓越的是他在器官移植以及灌注血液和营养液以维持器官健康存活方面的研究。他取得鸡胚心脏的成纤维细胞，使之存活并生长了34年。他还与查尔斯·林德伯格合作开发了一个人工心脏。

朱利安·赫胥黎（Julian Huxley）是个领先于时代的人。不过这不足为奇，他来自一个在若干运动中充当了先锋角色的家族。他的祖父托马斯·亨利·赫胥黎是达尔文在英格兰的头号拥护者（也是H. G. 威尔斯的生物老师），舅外祖父是马修·阿诺德，弟弟阿道斯·赫胥黎也在多年后成为一名杰出的小说家和社会评论家。

朱利安·赫胥黎是一名生物学家与科学作家。他在美国与英国教过动物学与生理学，参加过探险队，住过非洲，担任过摄政公园的动物园[1]园长，做过《大英百科全书》的生物学编辑，同威尔斯和其子G. P. 威尔斯合作撰写了《生命之科学》，还以合著或独撰的形式创作了许多其他有关科学与社会的书籍。他同时也是联合国教科文组织第一任总干事。

《组织培养王》显然是他唯一的一篇科幻故事。该故事最早发表于《耶鲁评论》（*The Yale Review*）1926年4月刊。根斯巴克发

1. 即伦敦动物园。

掘了，抑或是经人推荐选择了将这篇故事重刊于《惊奇故事》1927年8月刊上。赫胥黎的作品开科学家撰写科幻小说之先河，并将迎来许多后继之人，如约翰·泰恩（即埃里克·坦普尔·贝尔）、菲利普·莱瑟姆（即罗伯特·S. 理查森）、艾萨克·阿西莫夫、弗雷德·霍伊尔、格雷戈里·本福德和许多其他人士。

务请注意，赫胥黎在这篇文章中提出了科学的社会价值与科学家的社会责任等问题——远早于原子弹的爆炸[1]。

（憬怡　译）

1. 原子弹爆炸在西方社会引起了对这些问题的关注热潮。

组织培养王

［英国］朱利安·赫胥黎

我们在沼泽中行进了三天，最后终于来到一片旱地，走上了一道缓坡。坡顶的灌木比坡下要浓密得多。我们走得越近，就越觉得它像一道城墙；那灌木给人一种特意被人栽种在那里的感觉。我们不想一路披荆斩棘，于是就在那道绿墙下右拐继续前进。走出三四百码后，我们来到一片伸入灌木丛中的空地，空地越向前越窄，逐渐变成普通步道或行车道的宽度，让人有点起疑。不过，我觉得还是应该抓住一切前进的机会，于是就命令马队朝空地出发，我自己则紧跟在向导后面占第二位。

带路的向导忽然从喉咙里发出一声惊叫，停住了脚步。我定睛一看，一只体态臃肿的非洲大蟾蜍正一跳一跳地穿过步道。而那蟾蜍的肩膀上还有另一个朝上杵着的脑袋！我可从没见过这种玩意儿，便想把这奇怪的东西捉来充实我们的收藏。可我甫一上前，那家伙就几步跳进了布满荆棘的灌木丛。

我们继续前进，而我也越来越确信我们走的这道空隙是人造的。又走了一小会儿，我们就听到了一阵嗡嗡声。很快，嗡嗡声变成了人说话的声音。我命令队伍停了下来，自己则和向导一起匍匐前进。

透过最后一道灌木屏障，我们窥视到下方有一座山谷，眼前的景象让人大吃一惊。发出声音的是一个体形巨大的黑人，他的身高至少有八英尺，我这辈子都没在马戏团外见过个子这么高大的人。那人跪坐着，时不时地还把上半身伏在地上，念诵着不知道是祷词还是咒语之类的东西。他所膜拜的对象就摆在面前的地上：是一小片玻璃板，放在一个小巧的雕花乌木架上。他的身旁还放着一支长矛和一个带盖的漆花篮子。

大概过了一两分钟，巨人默默地跪拜行礼，然后将那个乌木支架和玻璃片放进篮子。让我惊讶的是，他又从篮子里拿出一只双头蟾蜍放在地上，这只蟾蜍的样子和我之前见过的那只一样，只不过这只是装在一个草编的笼子里。接着，又是更多的跪拜、祷告。一切都结束后，跪坐的巨人将蟾蜍放回篮子，静静地观察起了周围的风景。

山谷荒野的尽头是一片地势起伏的土地，中间夹杂着丛丛灌木。不远处传来的声音引起了我的注意：灌木丛中有一片彩色的东西闪过，是一队人马正在朝这边走来，大概有三四十人，他们中的绝大多数都跟我们看到的这个黑人一样高大。所有人都排着队，手持巨大的长矛，腰间系着彩带，腰带前面似乎还有个类似于毛皮袋[1]一样的东西。走在最前面的是一个中等身材的黑人，那人手持一根木棍，看起来很聪明。跟在他身后的两个人比那些巨人还要显眼，身形矮小，几乎就是侏儒的程度，脑袋还很大，不论是脸还是身体都胖嘟嘟的，还很壮实，黝黑的肩膀上都披着亮黄色的披风。

看到他们，我们先前见到的这个巨人也起身僵立在他的篮子前。这队人马走近后停了下来。领头的下了几道命令，队列中出来一个

1. 苏格兰男子民族服装的一部分，系在褶裥短裙前。

巨人，走向我们这边的这个巨人，拎起篮子，动作僵硬地递给后者，然后两个人站成了一个小队。显然，我们正在目睹某种换岗的例行程序，而我绞尽脑汁也想不通这一切究竟都意味着什么——卫兵、巨人、侏儒、蟾蜍……正当我百思不得其解之时，身后忽然传来一声惊叫。

是个该死的挑夫，一个讨厌的家伙，总是喜欢表现得跟别人不一样。我猜，他是因为等得不耐烦了，就自作主张地爬过来一探究竟。而突然看到一群巨人，他的神经有点受不了了。我打了个手势让他安静，但已经太迟了。那帮人听到了他的叫声；领头的立刻下达命令，巨人们兵分两路冲上来包抄我们。

暴力抵抗显然是没有可能的。尽管心都快提到了嗓子眼儿，但我还是竭力维持着尊严，跳了起来，举起空空的双手，同时告诉向导不要开枪。眼看要有十几支长矛向我飞来，但他们并没有动手。领头的跑上山坡，又下了一道命令。两个巨人走上前来，用手臂架住我的双手。向导和挑夫被长矛的矛尖赶在最前面。其他挑夫也已发现事情不对，开始四散奔逃。持矛的巨人又分出了一半去追赶他们。我们三个则被坚定而轻柔地押下山，穿过山谷向前走去。

我完全听不懂他们说的话，便叫向导去试试。结果发现那是某种他也只能听懂一点的方言。除了知道我们正要被带去某个上级机关外，其他一切一无所知。

两天来，我们被押送着走过那如花园般怡人的土地，每隔一段就有一座村庄。不时地还能看到一些新的怪物：不是侏儒就是一些肥胖无比的妇女，或是什么双头动物，这让我不由得萌发了一个念头：我怕是一不小心偶然发现了马戏团怪物的来源地吧。

地势终于开始缓缓向下倾斜，延伸至一片怡人的河谷。我们随即到达了首都附近。对于非洲而言，那儿看起来确实是座大城市，泥制的城墙建筑形式怪异，让人印象深刻，还有厚重的板状拱壁支撑。城墙上站着巨人守卫。看到我们几个人走近，守卫们喊叫了起来，一大群人也从最近的一扇城门里拥了出来。天哪，这都是些什么人啊！经过这几天时间，我已经慢慢习惯了巨人。但这简直就是一场日常上演的“巴纳姆和贝利秀”：到处都是半侏儒，还有些人与他们类似但更甚——就是让人分不清这些家伙到底是早熟的儿童还是极度发育不良的成人。有些人极端肥胖，手臂粗得就像熏羊腿，一圈圈鼓出来的肥肉远胜他们丰乳肥臀的祖先；还有些人浑身干瘪，一副未老先衰的样子；另有些人则是一副面目可憎的痴呆相。当然，外貌正常的黑人也不少，但奇形怪状的人数量已经多到让人感觉诡异了。刚一进城，我就注意到了另一样让人感觉莫名费解的东西——一条电话线，外层的绝缘体保存完好，穿过一棵棵树木，悬挂在空中。一部电话——在一座不知名的非洲城镇。我放弃思考了。

结果还有意料之外的事在等着我。我看到一个人影经过，那人——正从一座大房子走向另一座大房子——毫无疑问是个白人。首先是因为他穿着白帆布的衣裤，戴着硬壳太阳帽，其次是因为他长着一张苍白的脸。

听到我们这帮人的声音，他转过身，站着看了一会儿，然后朝我们走了过来。

“嘿！”我叫道，“你会说英语吗？”

“会。”他回答，“不过先别说话。”说完，他就跟我们这边的那个领头人语速飞快地交谈了起来。那个领头人对他极其尊重。他又返回到我身边语速飞快地对我说：“你们会被带到议事厅去接受讯问，不过我会确保不让你们受到任何伤害。这片土地禁止外人进入，你们得做好被关押一段时间的心理准备。例行的手续一结束，你们就会被送到神庙去见我，到时候我会解释一切的。他们也需要解释。”他干笑了一声，“顺便说，我叫哈斯科姆，之前曾在米德尔塞克斯医院做研究员，目前是尊敬的穆格比陛下的宗教顾问。”他笑了笑，然后就离开了。这人很有意思——五十岁上下，身形清瘦，面庞尖削，留着一小撮胡子，一双淡褐色的眼睛深陷在眼眶中。至于神情，既愤世嫉俗，又装出一副对生活还兴致满满的样子。

此时，我们已经到了大厅入口。押送我们的巨人在外面排好了队，我的人马跟在他们后面，只有我跟他们的头领两人获准进入。讯问极其正式，讯问我们的是十几名身着长袍、相貌端庄的男子，他们举止威严，充满仪式感。我的手下们被赶进了一处院落。我则被护送进一间小木屋，里面的家具陈设有意模仿了欧洲的风格。我在那里找到了哈斯科姆。

只剩下我们两个人时，我立刻追着他问起了各种问题：“现在可以告诉我了吧。我们这是在哪儿？所有那些‘马戏团表演’和‘怪物展览’似的玩意儿都是怎么回事？你又是怎么来这儿的？”他打断了我的问题：“这就说来话长了，为了节省时间，就让我按我的方式来讲吧。”

我不打算按照他讲述的方式来讲述这个故事。我会结合他后来告诉我的其他事实与我自己的观察，尽量将整个事情讲得前后连贯。

哈斯科姆原是一名有着远大前途的医学生，在获得学位后就投入到研究工作之中。刚开始，他研究的是寄生原虫，后来因为喜欢组织培养而换了课题。以此为基础，他又转向了癌症研究，之后又转向了发育生理学。后来，一个研究昏睡病的大型委员会组建了起来，不知疲惫而又渴望旅行的哈斯科姆动用关系，把自己弄进了一支派往非洲的科考队。有一个论点给他留下了深刻印象：可食用的野生动物是冈比亚锥虫的宿主。了解到野生动物广泛迁移的情况后，他认为自己发现了这种疾病传播的一种极为重要的可能方式，并要求去乡间调查这一问题。为了看看他还能发现些什么，委员会在整个任务结束后又批准他与另一名白人及一队挑夫继续留在非洲。他的这位白人同事是名实验室技术员，也是一名沉默寡言的科研士官，名叫艾格斯。

他们在这里的经历没什么可说的，知道他们迷了路，落入这个部落之手就足够了。那是十五年前的事。几年后，艾格斯在一次逃跑被抓回来时受了伤，自那以后没多久就过世了。

被抓后，他们也曾在议事厅里接受过讯问。哈斯科姆（他对人类学及绝大多数科学课题都有兴趣，不过都只有业余的水准）被这里他所谓的极端宗教气氛所震撼。每做一件事都要经过一套繁复的仪式。部落的首领与其说是国王更像是个祭司，需要定期举行各种仪式，而祭司们则一直在某种类似于祭坛的地方忙碌着。除此之外，他还注意到他们有一种仪式和血液有关。首领与各位议事会成员依次刺破指尖，挤出一滴生命的液体，混合起来，盛放在一个小容器内，然后在火焰上缓缓蒸发。

哈斯科姆的手下里有几个人所讲的方言与这些抓获他们的人类似，于是其中一个就充当起了翻译。情况看起来对他们并不十分有利。这片土地似乎是个“圣地”，他们的部落也是“圣族”。其他误闯入这里的非洲人不是被杀就是被收为奴隶。不过通常情况下外人都躲得远远儿的，更别提闯入了。至于白人，他们听说过，但在此之前从没有见过。于是，辩论的焦点就是该如何处置这些人——杀掉、放掉，或者奴役？放掉，就违反了他们的原则：如果有关圣地的消息四处传播，圣地就会受到玷污。奴役，倒是可以，但是这些人又能干什么呢？而且议事会似乎出于本能地厌恶这些肤色不同的生物。哈斯科姆有了个主意。他转身对翻译说：“告诉他们，‘你们崇拜血液，我们白种人也是，而且我们还更进一步——我们可以让血液中隐藏的本质与真实样貌变得肉眼可见。如果你们容许，我就会向你们展示这一伟大的魔法。'”他向携带他那台精密显微镜的挑夫招了招手，架设好显微镜，然后用他的小刀刺破指尖，挤出一滴血，滴在载玻片上，盖上盖玻片。那帮达官显贵明显都很有兴趣，一个个交头接耳窃窃私语。最后，首领命令道：“给我们看看。”

哈斯科姆用心地演示了起来，比很久以前给那些医学专业的一年级学生演示操作时更用心。他解释说，血液里住满了各种各样不同的小人儿，每个都有他们自己的生命，而窥探他们能给予我们凌驾于他们之上的新的力量。长老们或多或少都受到了触动。无论如何，此前他们根本没有在血液中见过这成千上万的小东西，这让他们不由得思考，并让他们意识到，这个白人有种本领——这种本领可以让他成为一个理想的仆从。

他们不愿意让人观察自己的血液，因为害怕那会让他们受到观察者的控制。不过他们从一个奴隶身上抽了点血。哈斯科姆还要了一只鸟，并向他们展示了鸟的血细胞与人的血细胞之间是如何的不同，激起了这帮人的兴趣。

“告诉他们——”他对翻译说，“如果他们肯给我时间，我就会向他们展示我所掌握的其他能力和魔法。”

总而言之，他和他的人都被赦免了——他说他就是在那时明白了一个人在听到地方法官说“收押候审一周”时是什么心情。

部落里的一位长老政治家引起了他的注意。那是一名中年男子，个子很高，给人一种强悍有力的感觉。第二天，那个人就过来看望了他，让他又惊又喜。后来，哈斯科姆给这个人起了个绰号：王子主教，因为他的身上结合了政治家和传教士的品质。这人真名为布加拉，急于更多地了解哈斯科姆的神秘力量与资源，正如哈斯科姆也急于了解他落入了何人之手，能就此做些什么。于是，他们两个几乎每天傍晚都要见面，而且一谈就谈到深夜。

布加拉的问题跟哈斯科姆的一样，没有几个是在纯粹学术好奇心的驱使下提出来的。显微镜给他留下了强烈印象，但更让他印象深刻的是这件事对他同僚们的影响。这让他急于想知道，能否通过利用这个白人的力量来提升自己的地位。最后，他们达成了一笔交易。布加拉会利用自己的影响力来确保哈斯科姆不受到任何伤害，哈斯科姆则会将他的力量和资源交由议事会支配，而布加拉会精心运作，确保自己从中受益。从哈斯科姆了解的情况来看，布加拉设想了一场对本民族宗教的彻底改革，或者说是以哈斯科姆的把戏为基础的改革。而他，布加拉本人，将在改革后的体系中充当大祭司的角色。

哈斯科姆有种幽默感，这种幽默感此刻又跳了出来。情况看起来似乎很明显，他们不可能逃跑，至少目前不可能。既然是这样，那为什么不抓住这个机会花公家的钱做一点小研究呢？在国内时，这种机会可是他和他的同僚们梦寐以求的。他开始浮想联翩。他可以尽己所能地研究这个部落的仪式与迷信。他可以，在他的知识和科研技能的帮助下，把这些仪式的细节、迷信的表达以及宗教信仰的物质层面提升到一个全新的水平，让他们感受什么才是真正的奇迹。

那些来来回回的磋商、一开始的出师不利以及所有的误解我都不想再费神讲述。总之，最后他得到了他想要的一切——一座可被用作实验室的房子；不受限制的人力资源供应，奴隶可以做实验室的初级工作，祭司可以为实验室里难度更高一些的工作充当助理；他们还向他承诺，一旦他的科研耗材用尽，他们一定会竭尽全力从沿海地区为他弄来新的——这项承诺得到了不折不扣的执行。从那以后，他就再也没有缺过用钱能买到的实验用品。

接下来，他就专心致志地研究起了他们的宗教。他发现，这种宗教是围绕着各种不同的主题模块建立起来的。第一，处于中心地位的是对祭祀王的神性与极端重要性的信仰；第二，是某种形式的祖先崇拜；第三，是一种拜动物教，尤其是对非洲动物中那些外观更为怪异的种类的崇拜；第四，是性，各种变化形式的性。哈斯科姆仔细思考了这几个方面的因素。组织培养，实验胚胎学，内分泌疗法，人工单性生殖。他笑了笑，自言自语道："嗯，至少我可以试一试，应该会很有趣的。"

所有一切就是这么开始的。也许，介绍情况发展的最好方式就是由我来为大家讲述一下哈斯科姆带我参观他的各个实验室时我自己的切身体会。整座城镇的四分之一都被拿来发展宗教——要我说实在是太奢侈了。不过哈斯科姆提醒我说，西藏把五分之一的收入都花在了神龛前燃烧的酥油上。神庙正殿正对着大广场，用泥筑成，很坚固。正殿两侧是神的仆侍与神圣仪式的管理者们居住的寓所。后面是哈斯科姆的实验室，其中有些是泥筑的，另一些是后来在他的指导下建造的木构建筑。这些建筑组合成一个个围院，日夜由巨人巡逻守卫。其中一个围院中有个水池，起到水族馆的作用。另一个围院中有巨大的鸟笼和鸡舍。还有个围院里用笼子装着各种动物。第四个围院里有座小植物园。再后面是养着几十头牛几十只羊的牲口房，还有一个类似于人类实验区的地方。

他带我走进距离最近的建筑。"这——"他对我说，"就是这里的人所称的工厂（这个词的确切意思很难传达，不过它字面上的意思就是生产的地方）。王权威严的制造厂，祖先永生的不朽源泉。"我环顾四周，看到一排排身形丰满而又光彩照人的非洲妇女，她们身着紧身的白色衣裙，头戴白帽，手戴橡胶手套，看起来非常得体，但又是那么的不同寻常。房间里摆放着很多显微镜，还有各种冒着蒸汽的容器。房间的后半部分被一道木质屏障隔开，上面有一系列玻璃门，每扇玻璃门通向一间小隔间，每个隔间都贴着用那种不知名语言写的标签，每间里面都放着几样东西，跟我在被抓前看到的那个巨人从篮子里拿出来的东西一样。这些隔间四周布满管道，看起来是用来将房间角落处的炉火所散发出的热量输送到各处用的。

“王权威严制造厂！”我叫道，“祖先永生的不朽源泉！你这到底都是什么意思？”

“如果你喜欢更普通一点的名字——”哈斯科姆说，“那就叫它宗教组织培养研究所吧。”我的思绪回到了 1918 年的某一天，一位在纽约搞生物研究的朋友带我去参观著名的洛克菲勒研究所时的情景，“组织培养”这个词让我想起了在那里见到的亚历克西斯·卡雷尔博士和那一群身着白衣的美国姑娘。他们就在做培养基制作、消毒、显微镜观察、培养等工作。

确实，哈斯科姆研究所的装备没有那么好，但他的员工队伍更加庞大，肤色也不一样。

哈斯科姆开始跟我讲解了起来：“你可能也知道，弗雷泽的《金枝》[1]一书为我们介绍了神圣祭司王的概念，并展示了这一概念在原始社会中的基础性地位。部落的福祉被认为与国王的福祉密不可分，因此需要采取特别的预防措施来防止国王受到伤害。在这个王国，早前的时代，国王甚至都不被容许用脚接触地面，以防他万一因此而失去神性。国王剪下的头发和指甲都要交给一位最重要的国务大臣，这位大臣的职责就是秘密埋藏这些东西，防止这些东西被某些敌对势力用在黑魔法仪式中，造成国王患病或死亡。如果某个血统

1. 英国著名民族学家、宗教史学家弗雷泽的一部研究原始信仰和巫术活动的科学著作，由于搜集了丰富的人类学资料，被称为人类学的百科全书。“金枝”这个词从古罗马作家所叙述的神话传说中转引而来，源自一个古老的地方习俗：一座神庙的祭司被称为“森林之王”，却由逃奴担任，而其他任何一个逃奴只要能够折取他日夜守护的一棵树上的一截树枝，就有资格与他决斗，杀死他取而代之。

低微的人踩了国王的影子，他就得付出生命的代价。每年，都要有一名奴隶假扮一周的国王，他可以享受国王所享受的所有特权，并在这一周的荣耀终结之时被斩首。据说，这种仪式可以让本可能降在国王身上的疾病或不幸由他人代受。

“我首先组装好仪器，并在艾格斯的帮助下成功取得了优质的培养物——一开始是小鸡的组织，后来，借助于胚胎提取，获得了各种各样成年哺乳动物的组织。之后，我去找了布加拉，并告诉他：即使不能让国王作为一个独立个体变得更加安全，那我至少也能让他所蕴含的生命变得更安全。并且，我认为从神学的角度来看，这也是一个同样令人满意的答案。我向他指出，如果他愿意被任命为国王子代生命的守护官，那他将处于比管家或者神圣指甲埋葬官更为重要的位置，并将有可能让这个职位成为国境内最具影响力的官职。

“最终，我获准使用局部麻醉，取一小块儿陛下的皮下结缔组织出来（他们威胁我说，要是发生意外，我的小命就没了）。在现场贵族们的见证下，我把组织碎片放入培养基，并在显微镜下让他们观看。之后，培养物被放进恒温箱，由一队六名看守守卫——每八小时换一班。让我高兴的是，三天后，所有组织都着床并快速生长了起来。看得出，议事会对此印象深刻，于是我发表了一通气壮山河的演讲，指出这种生长实际上就是王室固有的神圣本质在数量上的增长，更重要的是，我可以让它一直无限增长下去。据此，我将每个培养物切成八块，再分别进行传代培养。这些培养物仍由守卫看守，并在三天后接受检查。这次，只有一部分组织着床，贵族们窃窃私语，有些人还面露怒色，说我杀死了国王的一部分。不过我向他们指出，国王还是国王，他那小小的伤口也已经完全愈合，任何成功的培养物都代表了额外的神性与对国家的保护。不得不说，他们都是很讲道理的人，神学功底一流，因为他们立刻就领会了我的意思。

“我向布加拉指出，现在可以摒弃一些针对王权的古老信条了。布加拉接受了这一点，并且没费多大劲儿就说服了其他人。我介绍给他们的最重要的一个新理念就是‘大规模生产’。我们的目标是无限复制国王的组织，并确保这些组织的某些保护效力散布到全国各地。因此，通过集中精力增加数量，我们便可以取消对国王生活方式的某些限制。国王对此自然是欣然同意。布加拉也是，他已经看到了自己在其中操纵大权的潜力。人们也许会以为，这种程度的创新肯定会遭到巨大的反对，就因为这是个创新。但我必须得承认，这里的人们一点偏见也没有，完全媲美标准的生意人。

“就这样，在解决了原则问题后，我与布加拉展开了多次争论，商讨如何征召我们计划所需的大批人口。这是一个多好的推介科学的机会啊！可惜这里的人都不识字。不过即使在不怎么认字的国家，战争洗脑也很有效果——在这儿也一样。”

哈斯科姆在首都组织了一系列公开讲座。每次讲座都要向被皇家使者邀请来的听众们展示他的君权组织[1]。每次讲座都要为贵族阶层留出最好的位置。演讲人会解释全社会拥有越来越多神圣组织的重要性。不幸的是，准备组织的工作费时费力耗资巨大，这就需要他们都伸出援手。因此就要做出这样的安排：任何人只要捐赠一头母牛或一头水牛，或者其他等价物——三只山羊、三只绵羊或者三头猪——就将获得一份国王的组织，并附赠一副精美的乌木支架。传代培养需要在特定的天数和小时数后进行，因此需要定时将培养物送回换新。如果由于疏忽导致组织死亡，换新的资格也就随之取消。

1. 指从国王身上提取的用于培养的人体组织。

一次捐赠赋予捐赠者一年的传代培养权，期满后可延长。通过这种方式，不光国王组织的总量会大幅度增长，而且还会让所有人都受益，每个组织持有人都将拥有国王陛下实实在在的一部分，他们可以通过自己的努力来增进国王的神性，并从中获得无限的欣喜与殊荣。

他们还可以通过贡献一个女儿给政府来为国家服务。政府将为这些年轻女性提供食宿，并传授她们神圣培养所需的技术。挑选候选人时主要考虑她们的整体健康状况；不过，候选人在宗教原理考试中也应当取得优异的成绩。入选者要接受为期六个月的试用。试用期满后即可获得永久身份资格与“神圣组织姐妹”的头衔。以此为起点，随着年龄、阅历和功绩的增长，她们可以逐步晋级为神圣组织圣母、圣祖母、圣曾祖母和圣祖。因为与万福之源的密切联系，她们将获得功绩与福报，而这一切也将蒙荫她们的家人。

整个计划的进展就如同野火一般。猪、牛、羊、黑人少女源源不断地被送进来。第二年，整个计划就扩展到了全国，巡回实验室也每周被派往全国各地巡游。

到第三年年底，国内已经几乎没有一家不拥有至少一份神圣组织了。如果连一份都没有，那就相当于没穿裤子就走在第五大道上——至少也是没戴帽子[1]。就这样，布加拉对全国宗教进行了一场改革，让自己成为国内最重要的人物，并且牢固确立了应用科学和哈斯科姆在国家组织架构中的地位。

受到成功的鼓舞，哈斯科姆很快就对宗教中的祖先崇拜下了手。他发布了一份公告。并在其中指出：如果崇拜的不仅仅是祖先烧焦了的遗骨，而是他们确确实实活着的并且仍在生长的一部分，那情

1. 本文写于 1927 年之前。——原注

况将更加令人满意。所有渴望从布加拉的国务部中获益的人都应在指定时间将他们的长辈亲戚带到实验室，无痛提取组织碎片进行培养。

事实证明，这对寻常百姓也非常有吸引力。的确，偶尔会有某个祖父或者年迈的母亲被拽来时满腔怒火不愿配合。不过呢，这都无所谓。因为根据法律，一旦孩子长到二十五岁，他们就不仅拥有了敬奉祖先的义务（不论这个祖先是死是活），同时也拥有了对这些祖先的绝对控制权，以确保所有仪式都能得到妥善执行，好最大限度地维护公共利益。此外，没过多久那些祖辈也发现，那只是一个微不足道的小手术，而且一旦完成，获得的好处就是实实在在的。由于子孙后代们更倾向于专心培养那些在老一辈们过世后还要继续侍奉的组织，他们的父母和祖父母反而获得了比以前更大的自由，不再被那些各个年龄段的人都讨厌的限制所约束，也不用再担心会因此而威胁到官方所谓的神圣性。

就这样，王国内几乎每个家庭的炉灶边都不再有一排排存放祖先骨灰的老式坛子，年轻一代都是看着家用载玻片组长大的。每到祈祷时间，载玻片就会被一个个地拿出来，被虔诚地查看。“爷爷这星期长得不好。”你可能会听到一个年轻黑人信徒这么说。家里的父亲会对切片虔诚祷告，如果不管用，组织就会被送回工厂重新活化。反之，看到培养组织有节律地生长将是一件多么令人开心的事啊！祖母组织的迅速生长会让她那张布满皱纹的苍老笑脸再次浮现在我们的眼前。有时候，似乎某一代祖先的组织都会同时猛长起来，就好像是要联合起来保佑他们虔诚的子孙一样。

为了应对有可能发生的一种组织完全灭绝的问题，哈斯科姆建立了一座中心仓库，里面存放着每个组织世系的备份，就是这个位于实验室后面的国家组织资料库引起了我的注意。哈斯科姆向我保证，这样完备的收藏前无古人。这不是存尸所，而是存史所——我都想造个新名词了：这里不是墓地，而是永生之所。

第二座建筑专用于生产内分泌产物——一种非洲甲壳类生物的内分泌产物，这里的人管这座建筑叫“大臣们的圣物制造工厂”。

“看。”哈斯科姆说，“你应该不会觉得有什么新鲜的。你知道几年前国内那边的‘腺’研究热吧？其成果就是研制出了多腺肽制剂，一种新型专利药物，还有一套威胁要超越弗洛伊德的流行学说，完全基于腺体构成对人类个体进行解释，绝不涉及精神。

“我只需要用一种比较简单的方法将我的知识进行应用。首先，是向布加拉演示，怎样通过多次注射垂体前叶制剂来让普通婴儿长成巨人。这个主意正合他意，让他顺势提出了组建神圣卫队的计划，整个卫队都由真正的巨人组成，连腓特烈大帝的掷弹兵都要相形见绌。

“不过呢，我也确实将我的知识应用到了几个新的方向上。我利用了一个事实——他们的宗教崇敬外形可怕的畸形人——当然，这种崇敬在许多国家都是普遍现象，他们认为半傻的人应该是受到了神启，侏儒则是迷信畏惧的对象。因此我就开始致力于创造各种各样的新型畸形人。通过使用一种特殊的肾上腺皮质提取物，我制造出了力量堪比大力神赫拉克勒斯的孩童。而且，他们的相貌也像是赫拉克勒斯和送酒车夫的结合体。通过将同样的提取物注射给青春期少女，我让她们长出了最浓密的胡须，之后她们立刻就被任命成先知了。

“削弱垂体后叶会使人变得异常肥胖。这一点，再加上这里的男人对肥胖的女人还特别有激情，就被布加拉利用了起来。他对女奴进行了这样的处理，然后把她们卖给男人们当小妾，我想应该是赚了不小的一笔。最后，通过另一种垂体疗法，我最终制造出了真正的侏儒——他们个头虽小但身体比例仍保持完美。

“所有这些产品，侏儒留在神庙里当侍仆；一队肥胖的年轻女子组成了类似于维斯塔贞女[1]的组织，作为整个国家理想化的美的化身，承担特殊的宗教使命，向周围散发特殊的福报；而巨人们则组成了我们的常备军。

“不得不承认，这些肥胖的贞女给我带来了一个至今仍未解决的问题。像所有其他珍视性愉悦的人种一样，这里的人也相应地夸大了他们对童贞的崇敬。因此，我就想到，如果我能将雅克·勒布[2]对人工孤雌生殖的巨大发现应用于人，嗯，确切地说，是应用于这些年轻女性，我就能培养出一个维斯塔种族，自我繁殖又永远纯贞，并将我之前所说的那种崇敬加诸她们身上。你看，我必须时刻提醒自己，提出任何不利于国家宗教的工作都是毫无益处的。我想，在一个真正民主的国家，由政府资助的研究也会遇到类似的困难。而这个问题，正如之前所言，我一直没能攻克。比起巴德荣[3]的无父本青蛙，我更进了一步；我在爬行动物和鸟类的卵中都诱导出了孤雌生殖，但哺乳动物至今没有成功。不过，我是不会放弃的！”

接着，我们来到了第三间实验室，里面到处都是惊人的畸形动物。“这个实验室是最有意思的。”哈斯科姆说，“这里的官方名称是‘物神之家’。在这里，我又一次抓住了大众的普遍心理，将其用作研究的锚点。我跟你说过他们痴迷于奇形怪状的动物，并且会用黏土或象牙来雕刻出那些最最怪异的形象，用来崇拜。

“我想，我要搞清楚人工是否能够改进天然，于是开始回忆起自己的实验胚胎学知识。我使用的都是最简单的方法。我利用发育早期阶段的可塑性来制作双头和独眼的怪物。当然，德国的施佩曼和斯托卡德很多年前就分别搞过双头蝾螈和双头鱼了。我只不过是将

1. 古罗马社会中侍奉圣火维斯塔女神的女祭司，因奉圣职的 30 年内必须守贞而得名。
2. 德国出生的美国动物学家和心理学家。
3. 法国著名胚胎学家。

福特先生的大规模生产方法应用在了他们的实验成果上。不过我也有我的独创，那就是三头蛇和长着一个朝天脑袋的双头蟾蜍。前者稍微困难点儿，但需求量很大，而且能卖个好价钱。蟾蜍就容易多了：把哈里森的法子用在蝌蚪胚胎上就行。”

之后，他又把我带进了最后一座建筑。与其他建筑不同，这里似乎没有任何研究正在进行的迹象，里面空荡荡的。房间里挂着黑色的帷幔，只有顶部有光。房间中央是一排排的乌木长凳，长凳前面的架子上放着一个闪闪发光的金球。

“目前我正在这里着手研究心灵感应增强。”他对我说，“有时间你一定得过来看看这是怎么一回事，因为这真的很有趣。”

你们应该想象得到我面对这样的奇迹时目瞪口呆的样子。每天，我都会跟哈斯科姆交谈，慢慢地，这种交谈变成了我们日常生活中不可或缺的一部分。一天，我问他是否已经放弃了逃跑的希望。他在回答我之前，脸上闪过了一丝犹豫的神色，很是奇怪。最后，他终于开口说：“跟你说实话吧，亲爱的琼斯，最近这几年我已经很少去想这个问题了。一开始时这几乎是不可能的，我得故意把这个念头赶出脑海，并为此而耗费越来越多的精力，对于眼前的工作，有时候我甚至是愤怒的。可现在呢，我已经打心底里不太确信我是否还想逃跑了。”

“不想逃跑！”我叫道，“你不是说真的吧！”

“我不太确定。”他回答道，“目前我最想要的就是在我的工作中取得领先。唉，伙计，你不明白这对我来说是个多么好的机会！而且进展得这么快——我能看到各种可能性就在眼前。”说完他就沉默了下来。

不过，虽然对他之前取得的成果很感兴趣，但我还是不愿意把自己的未来都牺牲在他那变态的求知欲上。可是看起来，他是不会放弃自己的工作的。

最能刺激他想象力的就是他正在进行的群体心灵感应实验。他接受医学教育时，变态心理学在英格兰还不是非常流行的学说。不过幸运的是，他当时偶然结识了一位对催眠术这门课程特别感兴趣的年轻医生，通过这名医学生，他被介绍给了一些诸如布拉姆韦尔、温菲尔德这样的伟大先驱。最后，他自己也成了一名合格的催眠师，对这门学问有了相当渊博的知识。

在刚被抓获的那些日子，他对当地人每个月圆之夜都会跳的那种圣舞产生了兴趣，他们认为这是天神力量的救赎。所有舞者都属于一个特殊的教派。经过一系列象征着诸如追逐、战争、爱情在内种种活动的激动人心的舞蹈，首领把他的队伍带上仪式用的长凳，然后开始引诱他们。让哈斯科姆印象深刻的是：只须花费几秒钟时间，这些人就跌靠在乌木栏杆上，陷入了深度催眠状态。他说，这让他想起了法国科学家曾经记录过的那种最令人震惊的集体催眠案例。接着，首领从一条长凳走到另一条，在每个人耳边轻声耳语一句话。然后，根据古老的仪式，他走向祭司王，大声宣布："尊敬的陛下，命令那些舞者去做你想要做的事吧。"之后，国王会命令那些人做一些动作，这些动作之前都是被保密的。命令通常就是去取个什么东西放到月神社；或者与国家的敌人战斗；或者（这是马戏团最喜欢的部分）假扮成某种野兽，或者鸟儿。不论是什么样的命令，被催眠了的人都会遵从。因为首领的耳语就是一道指令，指示他们只按照国王所言行事。最奇特的景象要数他们被人看到时的样子：飞速奔跑，完全无视路上的障碍物，只顾着寻找让他们去找的葫芦或者绵羊，或者冲向看不见的敌人，或者四肢着地发出狮子的吼声，或者如斑马般奔驰，如仙鹤般起舞。命令执行完毕，他们就会像木桩或石头一样站在那里，直到首领跑到他们身旁，用手指依次触碰他们，大叫“醒来”。然后他们就会醒过来，疲惫不堪，但清楚自己曾经成了未知精神的载体，然后就跳着舞回到他们特殊的小屋或集会场所。

这种对催眠暗示的易感性让哈斯科姆吃了一惊。于是他申请到了更进一步研究这些舞者的许可令。很快他就证实，这些人作为一个种族，极易被解离，很容易就能陷入深度催眠的状态。而在这种催眠中，潜意识虽然与清醒的自我完全隔绝，但却仍包含了欧洲人在催眠后所未保留的人格部分。就像大多数在心理学这根大蜡烛上盘旋飞舞的飞蛾一样，他也对心灵感应这一概念很有兴趣。而在这里，手头有这么多可供研究的催眠对象，他就可以着手对这一问题进行一些实质性的研究了。

他挑选实验对象，通过实验很快就证实了心灵感应的存在：向其中一个实验对象发出暗示，再通过那人将暗示传递给一定距离之外的另一个人，两人之间没有任何物理媒介。之后——这也是他事业的一个巅峰——他发现，如果同时向多个实验对象发出暗示，那心灵感应的效果将比一次一个人要强得多——催眠过的心智会互相强化。“我在追逐超级心智。”哈斯科姆说，“我已经对它有了初步的了解。”

必须得承认，对于眼前所展现出的前景，我几乎与哈斯科姆一样兴奋。毫无疑问，在理论上他应该是正确的。如果所有的实验对象都处于近乎一致的心理状态，就可以观察到异乎寻常的强化效应。一开始，要达到这种状态似乎很难。不过后来我们发现，将实验对象调节到同样的音调——如果我可以这么比喻的话——是可能的，接着，有趣的情况就真正地开始出现了。

首先，我们发现，随着强化作用，我们可以把心灵感应传送到更远的地方，直到最后从首都发出的指令甚至可以抵达差不多一百多英里外的国境边缘。随后我们又发现，接收心灵感应指令并不需要实验对象首先进入催眠状态。几乎每一个人，尤其是那些气质平和的人，都会受到心灵感应的影响。而最最惊人的，是我们一开始命名为“近场效应”的一种现象。之所以起这个名字是因为直到后来我们才发现，这种现象其实也可以传送一段距离。在哈斯科姆对一大群受过催眠的实验对象发出一个简单命令的暗示后，如果他或者我走进人群，我们就会体验到一种超乎寻常的感觉，就好像某种超人人格正在用一种排山倒海的方式不断重复那个命令，让我们一方面觉得自己必须执行那个命令；另一方面，如果可以这么说的话，让我们觉得自己仿佛就只是命令的一部分，或者说是某种比我们伟大得多的、正在发出命令的存在物的一部分。哈斯科姆声称，这才是超级意识的第一个真正的开端。

当然，布加拉的因素也必须要考虑。哈斯科姆靠着脑子里对古代西藏那套转法轮之类的东西的一点印象，提议说最终要将催眠应用到全体国民身上，然后传送一段祷词，这样就能确保全国人民共同说出——比方说——每日祷词；并且更重要的是，同时进行，效果无疑也会大大增强。这样在灾难或战争时期，也有可能使整个国家的祈祷力量长时间运转。

布加拉对此深感兴趣。他看到了一种前景：通过这种心理机制，他可以将他想要的思想灌输进他的人民的大脑。

他看到自己在脑子里发出一道命令，然后全体国民就都自己打起精神去执行了。他做起了各种各样的美梦，就连新闻集团的老板，甚至是战时宣传部长的美梦都会相形见绌。自然，他希望自己能获得指导，亲自掌握这门技术，同样自然的是，我们没办法拒绝他。不得不说，我经常会感到有些不安，不知道如果他一旦决定越过哈斯科姆自己开始实验，那时的他会做出些什么。这一点，再加上一直以来我都想要离开这个地方，两个因素一起，让我再次寻找起了逃走的方法。这时我忽然想到，这个一直以来就给我一种不好预感的法子可能本身就正好能成为我们这座监狱的钥匙。

因此，有一天，在让哈斯科姆认识到让他的这一伟大发现跟他一起在非洲消失对人类来说将是多大的损失之后，我语气诚挚地说："我亲爱的哈斯科姆，你得离开这个鬼地方回国去。不如就这样告诉布加拉：你的实验即将取得成功，但为了进行最后几项测试，需要集中更多的实验对象供你差遣？这样，你就能搞到一支两百人的队伍，将他们调制和谐后，强化作用就可以使你拥有一支心理大军，足够影响全国人民。到那时候，当然，我们得选个好日子，将我们的队伍心理能量的潜能提升到可能达到的最高水平，并通过它发射出强大的催眠影响。整个国家，男人、女人、小孩儿，都将陷入恍惚状态。然后，我们给实验队伍发出暗示，让他们广播'沉睡一周'的信息。这条心灵感应信息会被成千上万做好接收准备的心智转发，并在他们的心里扎根，直到整个国家形成一个单一的超意识，脑子里只有'沉睡'这一个我们灌输进去的想法。"

读者们也许会问，我们自己又该如何逃脱我们所创造的这个超意识呢？这个嘛，我们有个发现，相对而言，金属具有较强的心灵感应阻隔作用。因此，我们为自己准备了一个类似于锡质讲坛的东西，我们可以在实验时站在后面。这样，再加上金属箔制的帽子，极大地减少了超意识对我们的影响。金属的这一特性我们并没有告诉过布加拉。

哈斯科姆一言不发。最后，他终于开口了。"我喜欢这个主意。"他说，"我确实喜欢这么想：要是有一天真的回到了英格兰，获得科学界的认可，那一定得是我的发现为我提供了逃跑的手段。"

从那时起，我们就一直在努力完善我们的方法和逃跑计划。大概过了五个月，一切看起来都很顺利。我们把补给打好包，还有罗盘。他们容许我带着自己的步枪，条件是不许在这里开枪。我们与几个跟沿海地区有生意往来的人交上了朋友，并在不引起他们怀疑的前提下从他们那里打听好了所有可能的路线。

终于，那个夜晚到来。我们把队伍集合起来，就像在做日常演习一样。然后经过催眠，开始对他们进行调制。这时，布加拉忽然不请自来。我们就怕这个，但现在已经没办法阻止他了。“我们该怎么办？”我低声问哈斯科姆，用的是英语。“继续进行，该怎么样就怎么样吧。”哈斯科姆回答，“让他跟其他人一起睡过去。”

于是，我们向他表示欢迎，并给他安排了一个座位，位置尽可能地靠近紧挨在一起的一排排表演者。最后，准备工作终于完成。哈斯科姆走进讲坛，说：“请注意即将发出的暗示。”所有人都稍稍紧绷了起来。“睡吧。”哈斯科姆说，“睡吧，这就是命令：整个国土上的人民都进入了连续不断的睡眠。”布加拉惊叫一声跳了起来，但诱导已经开始。

我们因为有金属遮蔽而没有受到影响。但布加拉被心理洪流的力量打了个正着。他跌坐进椅子里，什么都做不了。面对暗示，他那非凡的意志也只抵抗了几分钟，尽管不能动，但他还是怒目圆睁。不过最后他终于抵抗不过，昏睡了过去。

我们立刻动身出发，在这片沉寂的国土上急速前进。这里的人都一动不动地坐着，就像蜡像一般。妇女们坐在牛奶桶旁睡着了，奶牛早已跑到了很远的地方。大腹便便的裸体胖小孩儿们也在游戏中睡着了。房子里到处都是倒在自己的餐食旁睡着的人，让人想起了英国诗人华兹华斯那著名的诗篇《客厅聚会》。

于是我们继续赶路，同时心里又有种怪异的感觉，几乎不敢相信我们竟让一个国家陷入了如此的境地。最后，我们终于抵达边境，极其兴高采烈地从一动不动的边防守卫巨人身边经过。又走了几英里后，我们结结实实地饱餐了一顿，又打了个盹儿。行李太重，于是我们决定扔掉一些累赘，主要是食物、标本，以及我们的金属头盔或者说是心智保护器。已经走出了这么远，催眠的作用应该没有那么强了，因而我们觉得这些装备也就没有必要了。

大约是在第三天傍晚时分，哈斯科姆突然停了下来，还扭头往回看。

“怎么了？”我问，“看到狮子了吗？”他的回答完全出乎我的意料：“没有，我就是想，是不是真的不该再回去了。”

“再回去？”我叫了起来，“全能的主啊，你怎么会这么想？”

“就是忽然觉得应该回去。”他说，“大概五分钟前吧。真的，回过头想一想，这种研究机会我以后可能再也不会有了。更重要的是，去往海边的路途很危险，我估计我们可能没办法活着走完。”

这些话让我心烦意乱，我也告诉了他我的这种感觉。忽然，有那么几个瞬间，我觉得我也必须回去了。那感觉就好像是我们童年的老友——良知——在召唤。

“是，确实如此，我们得回去。”我热切地想道。但忽然间，理智的作用让我产生了一个念头，“为什么要回去呢？”各种理由都被提了出来，而提出理由的，似乎是一只从我脑子里的隐藏部分伸出来的看不见的手。

这时我才意识到到底发生了什么。是布加拉醒了；他已经清除了我们向超意识发出的暗示，并用另一个暗示取而代之。我都能看到他想明白时的样子，听到他在接手之后以规定的形式向整个国家低语他的新暗示：“回归的意愿！”“回来！”这个狡猾的魔鬼（他的聪明才智确实毋庸置疑！）。对于绝大多数居民来说，这个命令毫无意义，因为他们就在家里。毫无疑问，一些在山上的小伙子、逃学的小孩儿或者偷溜出来与情人密会的姑娘此刻肯定正如梦游般恍惚呆滞地往家里赶。这条超意识发出的新命令只对他们——和我们——有点意义。

这是我以详细写在纸上的方式所呈现出的样子；当时，我在一瞬间就看清楚了到底发生了什么。我告诉哈斯科姆，向他表明肯定是这么回事，除此之外不可能还有什么因素能导致这种突然的变化。我恳求他运用他的理智，坚持他的决定，继续往前走。我真是后悔啊，当时急着丢弃了所有冗余负重，把我们的心灵感应防护金属头盔也扔了！

但哈斯科姆不愿，或者说不能，弄明白我的观点。我想，他对这个国家的感情应该比我要深得多，因此也就比我更容易受到影响。不论如何，他已经决定了，他必须回去。他清楚这一点。他在心里看得明明白白。这是他的神圣职责——还有其他许多类似的废话。与此同时，暗示也一直在攻击我，最后终于让我感到，要是再不能在我自己和这个统一意志组之间制造出更大的距离，我也一定会像他一样投降的。

“哈斯科姆。”我说，“我要继续前进。看在上帝的分上，跟我一起走吧。”我背起我的行李，出发了。我看到他颤抖着，还跟着我走了几步。但最终，他还是转过了身，向我们来时的方向出发了，尽管我时不时地还停下脚步，喊他跟我走。我可以向你们保证，我是怀着一颗悲伤的心继续独自上路的。我不想唠叨我那无趣又漫长的旅途。总之呢，我最后终于来到了一个白人前哨站，筋疲力尽、短食少粮，还发了烧。

对于这次奇遇我一直守口如瓶，只对人说我们的考察队迷了路，我的人马不是跑掉了就是死于当地部落之手。最后我终于回到了英格兰。但我已经成了一个废人，一想到哈斯科姆以及他的作茧自缚，无尽的忧伤就会涌上我的心头。我从未知晓他的后事，而且我想，以后应该也更不可能知道了。你可能会问，为什么我不设法组织一支救援队，或者，至少把哈斯科姆的发现报告给皇家学会或超自然科学研究所呢？我只能再重复一遍，我是个废人了。我不觉得有人会相信我，我也不确信我能重复出我们的实验结果，即使是用同样血统的人种也没把握，更别提是用另一个人种了。我还害怕被人嘲笑。最后，怀疑也让我深受折磨——我怀疑群体心灵感应的知识对人类来说就是个诅咒，不是赐福。

不过，如今的我已经上了年纪，而且更重要的是，我的心态比实际年龄还要老。我想把埋藏在心底的这个故事讲出来。另外，老年人都喜欢说教，请你们一定要原谅我，亲爱的读者们，因为我觉得这番说教我一定要讲出来才行。我想要提出的问题是：哈斯科姆医生在科学的若干应用中获得了无与伦比的力量——但这力量最终要为什么而服务呢？坚称科学知识和力量的增长本身就一定是件好事，这就是在胡言乱语、乱下断言，正如我们的绝大多数报章和绝大多数人一直以来所做的一样。我向伟大的公众展示我这个故事最明显的寓意，并请他们思考：这股力量已经为他们逐步积聚了起来。为他们积聚这股力量的人，要么是因为喜欢权力，要么是因为想要找出事物运转的真正原理。那么，如果真正拥有了这股力量，他们又打算去做些什么呢？

（Leonaries　译）

文字地上徒步，思想天空高翔

现在，出现了一份科幻杂志（要不了四年，就会是三份了），那么，会用他们的故事来填充版面的作者们要去哪里找呢？自动浮现的答案有好几种：有些作者一直在为根斯巴克的大众科普杂志或者普通的纸浆杂志提供科幻和奇幻小说稿件；另一些作者则只是将《惊奇故事》视为他们在诸多领域的作品的又一个市场；还有一些作者发现，《惊奇故事》那独一无二的格调让他们的内心涌现出一股热情，或是推想，或是灵感。

埃德加·赖斯·巴勒斯曾为根斯巴克的《惊奇年鉴》[1]（*Amazing Annual*）写了一部名为《火星大师》（*The Mastermind of Mars*，1927）的小说。雷·卡明斯漫长的写作生涯是由《金原子中的姑娘》（“The Girl in the Golden Atom”，1919，载于《故事大全》）开始的，他也为所有科幻杂志供稿，写了论打数的故事。默里·莱因斯特（Murray Leinster，本名威廉·菲茨杰拉德·詹金斯）1918 年开始大量发表

1. 根斯巴克发行的一本刊物，本来想每年发行一期，但实际上仅仅在 1927 年发行了一期。

作品，于 1919 年在《阿尔戈西》杂志上发表了《失控的摩天大楼》（“The Runaway Skyscraper”）；但他更忙于其他的市场，1940 年代之前都只是偶尔给科幻杂志投稿。

一些全职作家同时在多个领域写作。如果写得够快够顺，哪怕以每个单词半分到一分的价格卖出，他们也能得到一份可观的收入。传奇人物弗雷德里克·福斯特（Frederick Faust）是此类作家中最有名的。他以许多笔名写作并售出了数百万词的作品，尤以笔名马克斯·布兰德（Max Brand）名下的西部小说最为成功。表面上他未曾直接为科幻杂志写过稿子，但他早期为芒西的杂志所写的一些短篇小说在 1940 年代被《奇幻神秘名作》杂志重刊过。从 1930 年起，有一位高产作家为科幻杂志撰稿，那就是阿瑟·J. 伯克斯（Arthur J. Burks），他号称曾经一天内就能写 10 万个词，写出来的东西大部分都能卖给各家纸浆杂志。

也有些多产的作家主要甚或完全为科幻杂志写作。S. P. 米克（S. P. Meek）从 1929 年到 1932 年发表了 34 个短篇。哈尔·文森特［Harl Vincent，本名 H. V. 斯卓普林（H. V. Schoeplin）］于 1928 年至 1941 年间发表了 73 篇小说。斯坦顿·A. 科布伦茨情之所钟的一直是诗歌，但 1928 年至 1950 年间他在各种杂志上发表了 61 篇小说；他发现科幻小说是用来讽刺社会的绝好武器。

然后，新的作家出现了。科幻小说是全新的、理想化的、开放的——它引来了那些醉心于未来及其前景，或是人类及其潜力的人。他们会将生命中的许多时间耗费在写奇幻和科幻小说上，尽管其中很少有人能成为专职作家；这片田地太小，不足以养活他们。

此类人中第一个赫赫有名者是爱德华·埃尔默·史密斯博士（一位甜甜圈调味料专家）。他于 1920 年完成了自己的第一部太空歌剧小说《太空云雀号》，但不得不等到 1928 年才能看到它在《惊奇故事》上发表。菲利普·诺兰写了2篇主角叫安东尼·罗杰斯的故事；它们先后在1928年和1929年发表于《惊奇故事》，继而引出了一长串与巴克·罗杰斯这一角色有关的连环漫画。迈尔斯·J. 布鲁尔博士（Dr. Miles J. Breuer）于1927年在《惊奇故事》上发表了他39个短篇故事中的第一个。P. 斯凯勒·米勒（P. Schuyler Miller）在掌管《惊异》的书评栏目之前发表了37个短篇。还有些其他的作家，譬如阿瑟·K. 巴恩斯、雷蒙德·Z. 加仑、尼尔·R. 琼斯、纳特·斯科纳，还有阿瑟·利奥·扎格特。

在这本选集的后面还会专门提到这样的几位作家：约翰·W. 坎贝尔、埃德蒙·汉密尔顿和杰克·威廉森。

有些作家将科幻小说当作了自己的家园；其中之一就是医学博士戴维·H. 凯勒。凯勒是一位心理学专业医师，先后在多家医院的精神科工作。他著有大量医学方面的作品（700篇文章，10本书），还写了许多科幻小说和怪诞小说。奇怪的是，直到47岁，他才开始为自己的兴趣创作小说，并把自己的故事和自己的专业联系在一起。

他发表的第一个短篇《行人的反叛》（"The Revolt of the Pedestrians"）刊登在1928年的《惊奇故事》上。他在科幻杂志上发表了66个短篇，大都出现在随后的6年内，不过也有些迟至1941年才被发表。他还为《怪谭》写了许多短篇小说。他最有名的作品包括《地窖里的东西》（"The Thing in the Cellar"，1932）、《一块油毡》（"A Piece of Linoleum"，1933）、《速记员的手》（"Stenographer's Hands"，1928）和《常春藤战争》（"The Ivy War"，1930）等短篇，以及长篇《生命永恒》（*Life Everlasting*，1934）、《孤独的猎手》（*The Solitary Hunters*，1934）和《深渊》（*The Abyss*，1948）。

《行人的反叛》展示了一些复杂的技巧，在当时令人耳目一新：人们对变革的平静接受，把人类漫不经意地分为"机械代步者"和

“步行者”，还有从故事本身的事件和背景中表现出来，而不直接形诸评论的讽刺。和《大机器停转》有所相似，但启人深思的方向却有所不同。在凯勒的故事中，有些人对局面有清醒的认识，虽然人数很少；这些人也在努力改变现状。在《美丽新世界》中，“野人”自缢身亡。在《1984》中，温斯顿·史密斯遭到了洗脑。在科幻小说中的反乌托邦要到威廉森的《无所事事……》(“With Folded Hands ...”)之后才会是彻底绝望的，然而即便在那篇故事里，省略号也还暗示存在改变的可能[1]。

1928 年的时候，科幻杂志仍怀抱希望：如果认识到了问题，热爱思考的男男女女们就能找到解决的办法。

（何锐　译）

---

1. 这种可能出现在次年连载的续集《……殚思极虑》中。

行人的反叛

［美国］戴维·H. 凯勒

一个年轻的步行者母亲正缓慢地沿着一条乡间小路前行，手牵着年幼的儿子。他们正是一对美丽的步行者范例，尽管此时他们都已精疲力竭，遍身灰垢，因为两人已经长途跋涉了很久。母子二人从俄亥俄州来，向阿肯色州去，幸存下来的可怜步行者们正要向那里集结做最后的挣扎。连日来他们俩一直朝西走，一次又一次奇迹般死里逃生。可是这天下午，这个母亲又累又饿，又被催眠的落日余晖照在脸上，因此居然走着走着就睡着了，直至死到临头的那一刻才在尖叫中清醒过来。她意识到自己避无可避，于是一把将儿子推进路旁排水沟的安全之处，她本人则当即命丧于一辆时速六十英里的汽车车轮下。驾驶员显然技术娴熟。

轿车里的夫人对车子的颠簸感到不悦，于是透过对话筒尖刻地质问驾车司机：

“刚才那一下是怎么回事，威廉？”

“女士，我们刚刚碾过一个步行者。”

“哦，这样啊？好吧，那你起码该小心点儿。”车中的女士继续对自己的小女儿说，“威廉刚刚碾过一个步行者，所以稍微颠了一下。”

小女孩骄傲地看着自己的新裙子。今天是她八岁生日，他们正在去祖母家庆祝的路上。她扭曲而萎缩的腿正在有节奏地晃动着。她的母亲以自己的女儿从未试图用双腿行走而骄傲。不过小女孩依然能思考，而且有什么念头正在困扰她，于是她抬起眼睛。

“妈妈！”女孩发问，“那些步行者也会和我们一样觉得疼吗？”

“为什么这么问，宝贝，他们当然不会了，”母亲回答，“他们和我们不一样，事实上他们根本不是人类。”

“那他们和猴子差不多吗？”

“嗯，或许比猴子高等一些，但比汽车差远了。”

汽车飞驰而去。

在汽车身后几英里，一个惊恐的男孩正躺在血肉模糊的母亲的尸体旁哭泣，此前他拼尽全力将母亲拖到了路边。他一直躺在母亲的身旁，直到第二天黎明才离开母亲慢慢地爬上山丘进入了森林。他又累又饿，困乏而心碎。但他还是在山丘顶峰停留了片刻，无言而又悲愤地攥紧了拳头。

从这天开始，他的灵魂当中形成了刻骨的仇恨。

这个世界已经鲁莽地走向汽车化。交通警察已经无暇顾及行动宛如蜗牛的步行者——他们威胁文明——他们妨碍进步——他们悖逆科技发展。在人类的身体当中，重要的只有大脑。

机器作为满足人世间各种欲望的一种手段已逐步代替了肌肉。生活的构成要素无非是汽油或酒精-空气混合物在空心气缸里的一系列燃烧，或者蒸汽在涡轮机当中的一系列膨胀。由此带来的动力能够运用在人类意志指定的任何方面。能量以电力的形式通过电线传输到大型人口中心供人应用，电力又化成许多小份的机械能，全人类都在利用这些机械能满足自己的一切欲望。

天空中总有飞机飞行。稍高的空域用于市内交通飞行，稍低的空域则单独用于市外交通——那些由钢筋和混凝土所建筑的道路往往都是单行线，根据上路行驶的机器数量专门修建，为的是避免连续撞车。尽管一部分人已经欣然走向天空，大部分人却因半规管[1]不够发达而被迫留在地面上。

在人类双腿萎缩的同时，汽车也在不断发展。福特的继承者们再也不满足汽车只能在户外使用，于是研发出了室内使用的更加小巧的代步机械，盘旋上升的通道随之取代了所有台阶。人类开始在金属的身体中生活，只有在睡觉的时候才离开。逐渐地，半是迫于需求半是出于自愿，汽车又被应用到了体育与娱乐方面。专门为高尔夫球运动设计的特殊型号机械逐步完善；儿童乘坐的自动车飞快地驶过树荫浓密的公园；一位女士懒洋洋地躺在一台代步机器上面舒适地漂过佛罗里达度假胜地的热带水域。人类已经不再使用自己的下肢。

弃用伴随着萎缩；随着萎缩加剧，人类的体形也发生了日益明显的变化；体形变化带来了对于女性美的全新看法。这一切并非发生在一代人或者十代人身上，而是逐步发生在好几个世纪之间。

习俗改变，法律也随之改变。法律不再捍卫所有人的利益，而仅仅造福于代步机械使用者。曾经施惠于所有人的道路最终只容许机械代步者使用。在高速路上行走一开始仅仅很危险而已，后来则沦为违法犯罪。就像所有的变化一样，这一过程也很缓慢。开始一些法律出台，将特定道路限制性划归给机械代步者使用；后来法律禁止步行者使用道路；再后来法律不再保护在高速公路上受伤的步行者；最后在高速公路上行走成了一项重罪。

---

1. 维持姿势和平衡有关的内耳感受装置。

在那之后，一项法律宣布，在高速公路上“谋杀”步行者是合法行为，无论他们在何时何地被汽车撞倒。

无人再满足于缓慢前进——整个世界都疯狂地追求着速度。机械代步者无论身处何地都有一种想去其他城市的欲望。因此每到周日与节假日，总有成千上万机械代步者要“出去转转”。没有人满足于安静地度过闲暇时光。于是乡间出现了这样一番景象，排成长列的代步机器以每小时八十迈的速度掠过高墙一般的路边广告，时不时停在加油站加油，进出休息区，或者呼啸而过卷落道路两旁树木的花朵。空气中充满了代步机械排放的废气与四面八方传来的数不清的刺耳喇叭噪声。谁都看不到周边的景色，谁都不关心周边的景色；每一名驾驶者都只想着超过自己前面的车。用当时时兴的用语来说，这无非是又一个“宁静的乡间周末”。

再也没有步行者了；或者说几乎一个都没有了。即使是在乡村，人类也依赖着由机械驱动的轮子。耕作全部由机械完成。有些地方仍旧存在少数步行者，就像山羊攀缘在人迹罕至的山岩。他们或许是出于选择，但更多是迫于必需，依然想要使用自己的双腿。这些人通常都非常贫困。最初法律对他们毫无威慑作用。每个州都有一些步行者家庭。机械代步者最初只是嘲弄地看着他们，但后来看向他们的目光则变得警惕起来。

在国家法律禁止步行者使用高速公路之前，没有人意识到，同为人类，步行者和机械代步者之间居然有如此鸿沟。马上，在全美国范围内，步行者的起义爆发了。尽管邦克山战役[1]已经过去了数百年，但邦克山战役的精神仍旧存在，禁止步行者在道路上行走只会让人更想这样做。死于意外的步行者数量骤然攀升。死难者的家人

1. 美国独立战争期间的一场大规模战役。

用让机械代步者感到不快甚至陷入危险来进行报复，钉子、大头钉、碎玻璃、原木、铁丝网以及大石头都成了他们的武器。在奥扎克，荒蛮林地的居民们热衷于击碎挡风玻璃，用准头很好的步枪击破轮胎。另一些人则在道路上步行，向机械代步者表达他们的轻蔑与反抗。如果公平对待双方，那么就会造成无政府的境况，如果不公平对待双方，那么很明显步行者就是惹人厌恶的累赘。纽约州参议员格拉斯在参议院将阶级分化的对立状态推向了顶峰，他这样说道：

“一个停止发展的种族必须灭亡。数百年来，人类一直在轮子上生活，一直在向完美的机械化不断进发。而步行者们，毫不关心自己使用机械的固有权利，不仅顽固地坚持使用双腿，而且竟然还主张自己理应与更高等的机械代步者平起平坐，享受平等权利。如今忍耐已不再是一种美德。我们对这些不幸的堕落者无能为力。现在最仁慈的做法就是发动灭绝行动。只有这样，我们才能终止这场动乱，以免我们美好家园一贯和平的历史遭到玷污。所以，除了敦促通过《步行者灭绝法案》之外，我别无选择。

“如您所见，该法案要求步行者无论在何时何地被各州警察发现后都应当被处决。上次人口普查显示，全国步行者人口仅剩一万左右，而且大部分都集中在中西部几个州。我很自豪地说，在我自己的选区，直到昨天也仅只发现了一个步行者，一个九十来岁的老头。现在他也已经被清理了。我刚刚收到的电报表示，这个老糊涂当时正在一条公共道路上一步一挪，想去给他妻子上坟，一个机械代步者当场结果了他。尽管纽约目前尚无步行者，我们仍旧焦灼地希望帮助更加不幸的其他各州摆脱祸患。”

法律几乎立刻得到通过，只有肯塔基州、田纳西州和阿肯色州的参议员表示反对。为了鼓励公众，杀死步行者可以换取悬赏金。彻底扫清步行者的县市可以获得银星奖励。全部居民都是机械代步者的州将获得金星奖励。步行者就像是赛鸽那样被逼上了绝路。

灭绝行动诚然不能一日功成。仍旧有一些步行者成为漏网之鱼。当那行人母亲的孩子发誓要对毁灭人性的机械方式进行报复时，灭绝行动已经过去一年了。

一百年后的一个周日下午，费城自然科学学院里照例挤满了来找乐子的人们，每人都驾驶着各自的自动车。他们沿着长长的走廊前进，橡胶轮胎无声无息地转动着，时不时在这样那样吸引他们注意力的展品跟前停下来，一个父亲带着他的小男孩，两个人都乐在其中。小男孩被这个新鲜的世界所吸引，而父亲则饶有兴致地欣赏着孩子的聪慧提问与敏锐洞察力。最终小男孩在一个玻璃柜前停住了自己的自动车。

"爸爸，那是什么？他们看起来和我们一样，只是形状太奇怪了。"

"那是一家步行者，我的孩子。那是很久之前的事情了，我之所以知道也是因为我的母亲告诉过我。这个家庭在奥扎克山脉被枪打死了。人们相信他们是最后的步行者。"

"我很难过，"男孩慢慢地说，"如果还有更多步行者存在的话，我倒愿意你替我搞个小的来玩玩。"

"已经没有了。"父亲说，"他们已经灭绝了。"

这名男士认为自己对儿子讲述了事实。事实上他也因为自己总对孩子们说真话而得意。但这次他错了。世上仍旧存在着一部分步行者，他们的领袖，他们当中最为聪慧的首脑，就是那个很久之前站在山顶上心怀仇恨的小男孩的曾孙。

不论身处怎样的气候条件与自然环境，面对怎样五花八门的敌人，人类始终能够生存下来。步行者这一族群就是适者生存的范例。只有最敏捷、最聪明和最强壮的人才能幸免于计划缜密的灭绝行动。尽管人数减少，但他们仍旧幸存了下来。尽管步行者被剥夺了所谓的现代文明的一切权益，但他们仍然生存下来。他们不仅被迫捍卫自己的个人生命，还需要捍卫自己种族的存在。他们继承了来自荒蛮之地的祖先的狡黠，并生存下来。整整两代步行者生活、狩猎、恋爱和死亡，与此同时机械代步者始终没有意识到他们的存在。他们有自己的政治组织、自己的法院；基于布莱克斯通[1]和宪法所判定的正义统治社会。步行者的统治者历来都是米勒家的人：那个心怀深恨的男孩成年之后成了第一任统治者；他的儿子从孩提时代就接受训练，以仇恨机械文明为唯一任务；接着是他的孙子，聪慧、狡猾，是一位筑梦者；最后是他的曾孙亚伯拉罕·米勒，肩负着三代传承，为最终复仇做好了准备。

亚伯拉罕·米勒是隐藏在奥索卡山脉的步行者聚居地的世袭总统。他们与世隔绝但并不蒙昧无知，人数不多但善于适应环境。许多最初的流亡者都是充满智慧的人：发明家，大学教授，爱国者，甚至是博学的法学家。这些人保留并传承了他们的知识。他们开垦荒野，在树林里打猎，在溪流中钓鱼，并在自己的实验室中进行建设。他们甚至拥有代步机械，他们经常会捆绑住自己的四肢，再像间谍一样潜入敌人的领土。一些孩子从小就接受了这种间谍活动的训练。甚至有证据表明，一些间谍曾经在圣路易斯居住数年。

这片聚居地只有一个宏愿，人们为了唯一的目的组成联盟；牙牙学语的孩子学着它，学生们在学校里日日重述它，年轻人在月光下以耳语彼此传述它，它镌刻在实验室的每一堵墙上，年迈者聚集自己的子孙并命令他们向它宣誓；聚居地的每一项行动为的都是这唯一的目标——“我们要回去”。

他们是为仇恨所驱使的偏执狂。他们的祖先无一例外像野兽一

1. 即威廉·布莱克斯通，英国 18 世纪法学家、法官、政治家，创作多部法学著作，对英美法系产生重要影响。

样被猎杀，像害虫一样被无情地灭绝。他们想要的不是复仇，而是自由——随心所欲地生活与往来出行的权利。

聚居地的三代人都保守着他们存在的秘密。作为一个整体，他们年复一年地生活、工作、死亡，这一切都是为了一个目标。现在该是他们执行计划，实现愿望的时候了。

与此同时，机械者们生活的世界则是拜物的、机械化的、自私的。社会主义曾经为人们提供慰藉，但唯独没有带来幸福。所有人都不愁生计，所有人都有收入，有房子、食物和衣服。但是房屋由混凝土建造，按照统一制式数以百万计地成批浇筑出来；家具也是混凝土的，与房子一起倒模筑成。服装的材质是防水纸制品：所有的衣服只有一种式样，每人一年四套。食物成块出售，每块都包含维持生命所需的所有元素，上面还标有卡路里含量。几个世纪以来，发明家都在持续创作，到最后生活变得千篇一律，工作也只是按一下按钮的事。然而，因为没有人用肌肉工作，机械者的世界并不幸福。在夏季当然需要出汗，但已经有几代人没有出过汗了。字典中已经删除了“辛劳”“劳碌”“工作”等词汇。

可是没人感到高兴，因为从机械技术层面来讲，不可能发明出一辆时速超过一百五十英里并且能在普通乡村道路上行驶的代步机械。机械代步者们不可能想走多快就多快。空间无法被消灭；时间无法被摧毁。

此外，每个人都中了毒。尽管许多机械靠电驱动，空气中依然充满了数百万加仑汽油及其替代物燃烧所产生的危险气体。但是，导致这种毒血症的最大原因是经由皮肤排泄的毒素大大减少，而肌肉运动几乎不再产生力量。用一句古老的术语来说，机械代步者已“不再出力了”。因为不再出力，他们也不再出汗。每天在工厂的椅子上或桌子后坐几个小时就足以赚取生活必需品。机械代步者从不劳累，自然也只需要更少的睡眠时间；多出来的时间全花在了开车去某地上。只要走得快，去哪儿并不重要。就连婴儿都由机器抚养。实际上，所有活人都由机械抚育维系。美国家庭消失了——它被代步机械所取代。

机械代步者对前进的方向感到迷茫。步行者则很明确自己要去往的方向。

现代意义上的社会奉行社会主义。这意味着所有阶层都是舒适的，因此犯罪在前几代人中就已经不再存在。依照布莱恩特的理论，所有犯罪行为都是由人口中的百分之二所犯下的，如果将他们隔离与绝育，犯罪就将在这代人中停止。当布莱恩特第一次发表他的论文时遭到了质疑，但这一理论的实际应用却得到了并未直接受到影响的人们的极力拥护。

但是，即使这个看似完美的社会也仍旧存在缺陷。尽管每个人都拥有全部的生活必需品，但人们却依然无法平等拥有奢侈品。换句话说，仍然有富人和穷人，而富人仍然控制着政府并制定法律。

在富人中，没有比海斯勒家族更加大权独揽、身世显赫的。他们在哈德逊郡的住所被三十英里长十二英尺高的铁栅栏围绕着。很少有人可以吹嘘自己有幸到访过那里，在松树、山毛榉和铁杉林环绕的石制宫殿里度过周末。他们家权势熏天，甚至家族成员竟无一人担任过公职。他们扶植总统，却从不在乎家里出没出过总统。他们的敌人说，他们的财富来自与福特和洛克菲勒家族的联姻，但是毫无疑问，这只是出于嫉妒的谣言。海斯勒家族拥有银行和房地产；他们拥有工厂和办公楼；可以肯定地说，他们还拥有美国总统和最高法院法官。但有一件他们的私事很少在报纸上被谈论或提及：掌管家族的那一支的独生女居然用双腿行走。

威廉·亨利·海斯勒是一位不寻常的百万富翁。当他获知自己的妻子为他生下一个女儿，他向众神保证（尽管他不确定是哪些神），他每天要花至少一个小时陪伴他的孩子，亲自过问孩子的养育情况。

几个月以来，这个小女孩并没有任何异常，尽管所有的护士一开始就议论过她丑陋的双腿。她的父亲只是认为或许所有婴儿的腿都很丑。

在小女孩一岁的时候，她试图站起来并迈出一步。就连这一苗头也被忽略了，因为儿科医生们一致认为所有的孩子在几个月的时候都试图用腿走路，这是一种通常很容易纠正的坏习惯，就像吮吸拇指一样。他们本来打算要求看护按照寻常方式处置她，可是她父亲说："每个孩子都有个性。别管她，看看她会做什么。"为了确保自己的意志得以贯彻执行，威廉选择了一名私人秘书，让他经常看管孩子并每天做书面报告。

这个孩子长大了。她不再被叫"宝宝"，而是得到了"玛格丽塔"这个体面的名字。随着她的成长，她的腿也在生长。她使用双腿走得越多，双腿就变得越强壮。没有人可以帮助她，因为没有一个成年人用腿走路，也没有人见过别人走路。她不仅用双腿走路，甚至还以婴儿的方式反对机械运动。当人们第一次向她介绍代步机械时，她像野猫一样大喊大叫，甚至对于室内自动车的态度也毫不缓和。

待到为时已晚之际，她的父亲才慌了手脚。海斯勒咨询了所有可能了解这种情况或有办法补救的人。他希望孩子培养自己的个性，却并不愿意她沦为怪胎。因此他把神经科医生、解剖学家、教育学家、心理学家以及研究儿童行为的学生召集在一起商量，却得不到令他满意的答案。

所有人都认为这是一种令人遗憾的返祖现象，一种退化，并且建议了上千种治疗方案，从心理分析到为小女孩下肢戴上残酷的夹板和绷带。最终，海斯勒厌恶地支付了他们的诊费，并用钱封住了他们的嘴让他们滚蛋下地狱。海斯勒不知道地狱究竟在哪里或者这个词究竟代表什么，但是这样说让他能够稍稍发泄情绪。

所有人都立刻离开了，只有一个人除外。在他的职业之外，他还是一个家谱研究爱好者。他是一位老者，他和海斯勒在各自的自动车中面对面坐着，两人彼此对照，十分有趣。海斯勒正值壮年，精力旺盛，堪称人中魁首，除了干瘪的双腿之外其他部位都十分壮硕。而另一位则老态龙钟，头发灰白，身形干瘪，是一位梦想家。房间里除了他们俩再没有外人，小女孩则在巨大凸窗的太阳光下愉快地玩耍。

“我不是让你和其他人一样滚蛋下地狱去吗？！”人中魁首咆哮着。

“我怎么做呢？”老人温和地回答，“其他人也并没有听从您的话。他们只是离开了您的家。我在等您告诉我该怎么下地狱。您命令我们去的地狱在哪里？我们的潜艇已经探索了海平面以下五英里的海床。我们的飞机朝着星星飞行了几英里。珠穆朗玛峰已被征服了。我读过所有这些游记，但在任何地方都看不到地狱。几个世纪前的神学家说，地狱是罪人们死后去的地方，但是自从布莱恩特所说的百分之二的人口被鉴别并消灭以后，世界上也不再有犯罪。可是当您看着异常的孩子时，尽管您拥有数百万美元的财富和无尽的权力，您却比以往任何时候都更加接近地狱。”

“但是她头脑很聪明，教授，”海斯勒抗议道，“她只有七岁，比奈–西蒙智力量表却显示她有十岁的智力。只要她不再步行，该死的！啊！我为她感到骄傲，但我真希望她能像其他女孩一样。谁愿意和她结婚？这看起来太不像样了。你看看她，她在做什么？”

“为什么不像样，我的天！”老人喊道，“几天前，我在一本三百年前的书中读到了这种情况。很多孩子都曾经这样。”

“但她在干什么？”

“怎么，这种行为以前叫作‘翻筋斗’。”

“但是这是什么意思，她为什么这样做？”

海斯勒擦掉了脸上的汗水。

“如果这种事被人们知道了，我们准会沦为笑柄。”

“哦，好吧，您可以凭借权力压住这件事——但是您是否曾经了解过您的家族历史？您知道她身上流着什么样的血吗？”

“没有。我从来不感兴趣。当然，我是‘美国革命后人’协会以及其他各种类似组织的成员。他们给我带来文件，我在虚线上签名。尽管我花大钱出版了一本关于我的家族历史的书，但我从没读过它们。”

“所以您有一位革命者祖先？这本书在哪里？”

海斯勒给自己的私人秘书打了电话，秘书驾驶着代步机械进来，收到了他的简短命令，很快就带回了海斯勒家族的历史。老人如饥似渴地翻开它。房间里仍旧一片死寂，唯有那个正在玩一只毛绒玩具小熊的孩子发出了些许声音。突然，老人笑了。

“这便一目了然了。您那位革命先祖是米勒；汉密尔顿镇的亚伯拉罕·米勒。他的母亲被印第安人抓住并杀死。他们是步行者，当然，那时所有人都是步行者。米勒家族和海斯勒家族联姻。那是几百年前的事情了。您的曾祖父海斯勒有一个姐姐嫁给了米勒。在第330页这里提到她。让我读给你听。

“‘玛格丽塔·海斯勒是威廉·海斯勒唯一的姐妹。她在许多方面都独立而古怪，她愚蠢地嫁给了一个叫亚伯拉罕·米勒的农夫，他是宾夕法尼亚州步行者暴动中最著名的领导人之一。在他死后，他的遗孀和唯一的孩子——一个八岁的男孩——失踪了，毫无疑问在灭绝步行者行动期间被消灭了。在她结婚之前，她曾经给她的兄弟写信，信中炫耀她从未使用任何代步机械，并永远不会使用它们。上帝赋予她双腿，她决心使用它们。她是幸运的，因为她最终找到了一个同样拥有双腿并且渴望使用它们的男人，这正是上帝为男人与女人做出的安排。'

"这就是关于您的孩子的秘密。她就像是您曾祖父的姐妹的倒影。一百年前那位女士选择死亡而不是顺从潮流。您亲口说过，当你们试图将这个小家伙放进代步机械中时，她几乎因痉挛抽搐而死。这很显然是遗传。如果您试图打破孩子的习惯，很可能会杀死她。您唯一要做的就是让她一个人待着，让她按照自己的意愿发展。她是您的女儿。她的执拗不亚于您。你们双方都不可能改变彼此。让她使用自己的双腿吧。她可能会爬树，奔跑，游泳，去她想去的地方漫步。"

"那就只能这样了，"海斯勒叹了口气，"这意味着我们家族要完蛋了。不管她多么聪明，没人愿意和猴子结婚。所以你认为有一天她会爬树吗？像您说的那样，如果真的有地狱，这就是我的地狱。"

"但是她很快乐！"

"是的，如果以笑声衡量。但是随着年龄的增长，她依旧会像现在这样快乐吗？她会改变的。她要怎样与人交往？当然，他们不会对她采用灭绝法案；我的权力和地位可以阻止这种情况发生。我甚至可以废除它。但是她会很孤单——非常孤单！"

"或许可以让她学习阅读，这样的话她就不会那么孤独了。"

两人一起看向那个孩子。

"她现在在干吗？"海斯勒发问，"在这些事情上，您似乎比我认识的任何人都更有见识。"

“为什么这样问？她在单腿跳。那不是很明显吗？尽管她从未见过任何人单腿跳，但她现在正在这样做。我从未见过哪个孩子这样做，但是我认得出这种行为，也能叫得上名称。在凯特·格林纳威[1]的插图中，我见过孩子们跳来跳去的画面。”

“该死的米勒们！”海斯勒咆哮道。

在那次谈话之后，海斯勒聘请了那位老者，他的唯一职责是调查步行者儿童的课题，并研究他们如何玩耍和使用双腿。在对此进行调查之后，他将教导这个小女孩。

小女孩活动与训练的全部事宜都交给这位老者。因此，从那天起，倘若有好奇的观察者乘坐飞机越过此地，可能会看到一个老人坐在草坪上，向一个金发孩子展示古老书籍中的图像，两人会就图像进行交谈讨论。然后这个孩子会做一百年来都没有哪个孩子做过的事情——踢球，跳绳，跳民俗舞蹈，跳过由两根立杆支撑的竹棍。他们花了很多时间来阅读。老人总是会说：

“人们曾经这样生活。”

偶尔她会举行一些聚会，附近的富人家庭的小女孩们会来参加，并在这里待上一天。她们很有礼貌——玛格丽塔·海斯勒也是——但聚会并不成功。离开自动车，大家寸步难行，同时她们对这位小女主人好奇而轻蔑。她们与这个充满好奇的、用双腿走路的孩子没有共同之处，这些聚会总是让玛格丽塔掉眼泪。

“为什么我不能和其他女孩一样？”她质问父亲，“事情总是会这样吗？你知道其他女孩因为我用双腿走路而嘲笑我吗？”

海斯勒是一个好父亲。他践行自己的誓言，每天用一个小时陪伴自己的女儿。在这段时间里，他像工作时一样认真，诚挚而热切

1. 英国维多利亚时代的插画家及绘本作家，被誉为儿童绘本的先驱之一。

地奉献自己的才智。他经常像对待同龄人那样与玛格丽塔交谈，将女儿当成心智成熟的成年人。

“你有自己的个性。”他对她说，“你和别人不一样，但并不代表你是错的他们是对的。也许你们都是对的——至少你们都遵循自己的天性。你的渴望和体格都与我们其他人不同，但或许你比我们更正常。教授给我们看了古人的图像，他们都有着和你一样发达的双腿。我如何能判断人类是在退化还是进化？有时，当我看到你奔跑和跳跃时，我会羡慕你。我和我们所有人都被束缚住了——在日常生活的每一部分我们都依赖机械。但你可以去你想去的任何地方。你可以做到这一点，而你所需要的只是食物和睡眠。在某些方面，这是一个优势。但另一方面，教授告诉我，你每小时只能走四英里，而我可以前进超过一百英里。”

“可是当我哪儿也不想去的时候，干吗要走那么快呢？”

“这真是令人惊讶。你为什么不想去？看来，不仅你的身体，而且你的思想、性格、欲望都是过时的，落后数百年的那种过时。我每天要与你在房子或花园中一起度过至少一小时，但其他时间我想去其他地方。教授把你做过的最奇怪的事情全都告诉了我，比方说，这是你的弓箭。我给你买了最好的枪，可你从不使用，而是从某个博物馆获得了弓箭并成功射死了一只鸭子，教授说你用木头生起了火，烤熟鸭子并吃掉了它。你甚至还让教授也吃了一些。”

“但是鸭子的味道很不错，爸爸，比人造食物强多了。甚至连教授都说，那滋味让他感到年轻了许多。”

海斯勒笑了：“你真是个小野蛮人——绝对的野蛮人。”

“但我能够读写！”

“这我承认。好吧，继续玩吧。我只希望能找到另一个野蛮人可以和你一起玩，但是没有其他野蛮人了。”

“你确定吗？”

“我确定。实际上，在过去的五年中，我一直派人在文明世界中搜寻步行者的聚居地。西伯利亚和塔塔高原有一些，但它们不可能和你玩在一起。与其那样，我更希望你和猿猴一起玩。”

“我梦见了一个，父亲。”女孩害羞地小声说，“他是一个好男孩，他会做我能做的每一件事。梦是否会成真呢？”

海斯勒笑了。“我相信它会实现，现在我必须赶紧回到纽约。我能为你做点什么吗？”

“可以，帮我找到一个可以教我如何做蜡烛的人。”

“蜡烛？为什么？”

她跑去带来一本旧书并读给他听。书名是《温柔的海盗》，英雄们总是躺在床上借着烛光读书。

“我明白，”他合上这本书时终于说，“我想起来，我曾经读过天主教会中有类似的东西。所以你想制作一些蜡烛吗？去找教授然后向他要你需要的东西。嗯——蜡烛——如果断电，它们会在晚上派上用场，不过电是不会停的。”

“但是我不想要电。我要蜡烛，还想要火柴来点亮它们。”

“火柴？”

“哦，爸爸！在有些方面你真无知。尽管你已经很博学了，但我知道很多你不知道的单词。”

“我承认，我都承认。我们会找到办法给你做蜡烛的。还要我送几只鸭子给你吗？”

“不用了。把它们打下来更有趣。”

“你真是个野蛮人！”

“而你真是个笨蛋。”

玛格丽塔·海斯勒就这样成长到了十七岁生日这一天，她身材高挑、强壮、敏捷，因为总是暴露于风和日光下而拥有棕色的肌肤。她能跑善跳，精通箭术，喜欢吃肉，喜欢借着烛光读书，喜欢编织地毯，并且热爱大自然。她主要与老者为伴，偶尔接触些邻里的女士们。她能够容忍仆人、女佣和管家。她爱教授如同爱自己的父亲，但他已经传授了她想知道的一切事情，并且随着岁月流逝越发衰老困乏。

最后，她心中萌发了去旅游的强烈欲望。她想见一见纽约的两千万机械代步者；一百层的办公大楼；无烟工厂；制式的房屋。没人比她父亲更知道这样的旅行会有多么艰难。在道路上行走是不可能的，现在整个纽约都是街道或房屋。既然没有步行者，自然也就没有人行道。同时，一名步行者出现在大都市这样的咄咄怪事必然引起骚乱，即使海斯勒的财富也无法防止这一点。海斯勒很有权势，但他却害怕女儿在纽约自由行走将会带来的后果。此外，到目前为止，只有少数人知道她的畸形。一旦她进入纽约，城里的报纸将向全世界公布他的耻辱。

纽约矗立着许多百层高楼。它们没有楼梯，出于安全考虑，每个建筑中都建造了环形坡道，以供代步机械在电梯无法正常工作时使用。但这种情况从未发生过，也很少有租户知道坡道的存在。到了晚上保洁女工们通过它们从一层楼去另一层楼。楼层越高，空气越纯净，每年的租金就越高。在摩天大楼的较低楼层和街道上，每隔几英尺就需要一台臭氧机来净化空气，才能使人免于使用防毒面具。但较高的楼层则拥有从大西洋吹来的洁净微风。值得一提的是这里没有苍蝇蚊子。鸽子将巢筑在建筑的缝隙中。在最高的屋顶上，一对美国鹰年复一年地筑巢，嘲弄着数千英尺下川流的代步机械。

在纽约的最新建筑的最高楼层上，开设了一间新的办公室。门上是常见的镀金徽记，“纽约电气公司”。箱子还堆在门口，负责装修的人已经收拾好了最大的那个房间，使其成为一间简洁标准的办公室。一名速记员已经到位，坐在一台无声机器上，在必要的时候接听自动电话。

六月份的一天，十几位行业领袖应邀来到了这间宽敞的套房。他们到来的时候都以为自己是唯一受到邀请参加会议的人。惊讶和狐疑是这次会议的明显特点。这其中有三个人正各自密谋削弱海斯勒的权力，将他从金融宝座上拉下来。

海斯勒本人也在，看上去很平静，但内心却压抑着翻腾的情绪。待大家到场后，速记员安排他们在一张长桌旁各自就位。他们仍旧坐在自动车中，没有人使用椅子。有一两个人彼此开着玩笑。所有人都向海斯勒点了点头，但是没有人和他交谈。

家具、周边环境、速记员都是这间业务部门标准办公室的一部分。房间中只有一处引起了他们的好奇。桌子的尽头放着一把扶手椅。桌子周围的所有人都不曾使用过椅子，也没有人见过大都会博物馆中收藏的那一把椅子。自动车取代了椅子，就像代步机械取代了人类的双腿。

钟楼的钟声宣告了两点的到来。在座的十二个人都纷纷看向他们的手表。一个男子皱了皱眉。他的手表慢了几分钟。下一刻所有人都皱着眉头。他们与这个陌生人约定在两点会面，但他并未守时。对这些人来说，时间非常宝贵。

门开了，一个男人迈动双腿走进来。那是第一件令人震惊的事情，紧接着他们惊讶于男人的身量和体格。有哪里不对——很古怪。

然后那个人坐下来，就在那把椅子上。尽管他比其他人都年轻，但他现在看上去似乎并不比其他人高大多少。他的棕色皮肤与其他人病态的死灰肤色形成鲜明对比。然后他开始用一种严肃的，几乎有些机械化的清晰声音讲话。

“看来各位先生都如约在今天下午出席了本次会议，对此我感到荣幸。请原谅我没有通知你们其他人也收到了邀请。如果我那样做了，你们中的一些人就会拒绝出席，而少了你们中的任何一位，这次会议都将不会像我预期的那样成功。

“这家公司的名字是纽约电气公司。但那只是虚设的幌子。在现实中并没有这样一家公司。我是步行者国家的代表。实际上，我是他们的总统。我叫亚伯拉罕·米勒。众所周知，在四个世代前，国会通过了《步行者灭绝法案》。在那之后，继续使用双腿步行的人像野兽那样遭到了毫不留情的追猎与屠杀。我的曾祖父亚伯拉罕·米勒就在宾夕法尼亚被杀。他的妻子试图去往奥扎克，加入那里的步行者们，却在俄亥俄州的公路上被撞身亡。没有战斗，没有冲突。当时，全美国只有一万名步行者。在那之后的许多年都没有步行者的存在，至少您的祖先这样认为。但是步行者种族幸存下来。我们继续生活。这一系列早年的艰辛考验全都写进了我们的历史，并教给我们的孩子。我们建成了聚居地并继续生存下去。尽管就你们所知，我们已从世界上消失了。

“年复一年，我们繁衍生息，直到现在我们的共和国中已经有两百人。我们并不无知，事实上从来就不无知。我们一直在为回到这个世界而奋斗。这一百年来，我们秉持的箴言都是‘我们要回去’。

“这也是我来到纽约并邀请你们参加这次会议的原因。你们被选中，不仅仅因为你们的影响力、财富和个人能力，还有一个非常重要的原因。你们所有人都是当年投票赞成《步行者灭绝法案》的美国参议员的直系后裔。你们想必可以意识到这一点的重要性。你们有权取消强加在一部分美国公民身上的巨大不公正。你们是否能够让我们回归？我们希望以步行者的身份回来，想要随心所欲地平安来去。我们中有些人可以驾驶代步机械和飞机，但我们不想这么做。

我们想用双腿行走。如果我们一时兴起想去高速公路上走两步，我们希望这一做法不至于招致任何死亡危险。我们不恨你们，我们可怜你们。我们并不想与你们对立，而是希望与你们合作。

“我们信任劳动——用肌肉劳动。不管我们培养年轻人干什么，都要教他们劳动，干体力活。我们懂机器，但不喜欢使用机器。我们所能接受的助力只有畜力，比如马和牛。在一些地方，我们也使用水力来推动我们的磨坊工作，加工木材。我们以打猎，捕鱼，打网球，在高山湖泊中游泳为乐。我们在保持身体清洁的同时也试图保持思想的清洁。我们的男孩在二十一岁结婚，我们的女孩在十八岁结婚。偶尔也会有小孩长大以后不正常——变得堕落。坦率地说，这样的孩子都已经消失了。我们吃山谷中所种植培育的肉类、蔬菜、鱼类和谷物。我们已经无法承载人口的持续增长，我们必须重返世界的时刻到了。我们所需求的是安全保证。现在我将离开，留给你们十五分钟时间讨论，在那结束之后我将回来听取你们的答案。如果你们有任何问题，届时我都会回答。”

他离开了房间。有人驱使代步机械去拿电话，却发现电话已经被切断；另一个人去到门边，却发现门已经被锁住了。速记员已经不见了。随后发生了充满怒气，缺乏逻辑的激烈争执。只有一个人保持着沉默。海斯勒静坐不动，他是如此的安静，连他咬在牙齿之间的雪茄都已经熄灭了。

米勒回来了。一大堆问题向他袭来，一个人还朝他咒骂。最后总算安静了。

“怎么样？”米勒问。

“我们需要时间——至少一周来讨论——同时征询民众的意见。”一个人试图说服米勒。

“不。”海斯勒回答，“我们现在就该给出答案。”

“呵呵，难怪呢，”海斯勒的一个对手冷笑道，“你要求马上决定不就是为了你那点事吗？虽说这事从没登上过报纸。”

“你要这么说，”海斯勒说，“我非得弄死你不可。你这个卑鄙小人，你清楚自己是个什么东西，否则不会把我的家人卷进来。”

“去死吧！海斯勒，都到这时候了你还想吓唬我！”

米勒一拳砸在桌面上——

“你们的答复是什么？”

其中一个人举起手，示意别人听听他的意见。

“我们都知道步行主义的历史：这里所代表的两个群体不能共存。我们有两亿人口但对方只有两百人。让他们留在山谷里吧。这就是我的想法。如果这个人是他们的领袖，他们所谓的聚居地是个什么鬼样子也就不言而喻了。他们是无知的无政府主义者。假如我们听从他们的话，天晓得他们还会提什么要求。我认为我们应该逮捕这个人。他是社会的威胁。”

一席话打破了沉默。他们一个接一个地发言，当他们全部结束的时候，显然除了海斯勒之外的所有人都充满敌意，执意对抗，心如铁石。

米勒转向他：“那么你的决定是什么？”

“我将保持缄默。这些人什么都知道。你已经听到了，他们观点一致。我的话什么也改变不了。实际上，我也不在乎。我已经有一段时间什么都不在乎了。”

米勒转动了转椅，俯瞰着这座城市。某种意义上，这确实是一座美丽的城市，如果人们喜欢这种地方的话。在他脚下，在城市的街道中，在如同蜂巢一般的城市里，超过两千万的机械代步者在机器轮上度过一生。没有一人想过要冲破城市边界的限制。道路将这座大都市与其他城市相连，在这些城市的动脉里，穿行的自动车像是血细胞，大型自动卡车像是血浆。米勒对这座城市心怀敬畏，但他怜悯居住在这座城市里的无腿侏儒。接着他再次转过身，向寂静的人群发问。

“我本来想要完成和平的演变。我们不愿再流血，不愿再相互残杀。但是从刚才的谈话当中，你们这些代表公众舆论的人已经向我表明，步行者不可能期望从当今政府手中得到一丝一毫的怜悯和仁慈。你我都知道，这已不再是人民统治的国家。真正掌权的人是你们，你们选举合乎你们心意的参议员与总统。你们挥鞭，他们跳舞，这就是我找上你们这些人，而不直接向政府呼吁的缘故。因为我确信你们将会怎样做，我已经准备了一份简短的文件，需要你们在上面签字。它只包含一条声明：‘步行者不得回归。’

“在你们全部签字之后，我将向你们解释我们打算干什么。”

“我们为什么要签这玩意儿？”坐在米勒右边的男人率先说道，“这就是我的态度！”他把文件攥成一团，扔到了桌子下面。他的行为立刻得到其他人的掌声。只有海斯勒坐着没有动。米勒看着窗外，一直到所有人安静下来。

最后他再次开口：

“在我们的聚居地，我们已经完善了一种新的电动力学原理。一旦得到释放，它会立刻分裂，使一切动力成为可能的原子能，仅留肌肉动能。我们已经在小范围内的小规模机械上进行了测试，并且清楚了解了我们能做到什么。但是我们不知道怎样在任何一块我们曾经破坏过的土地上恢复能源。我们的电力专员正在等待我的无线电信号。实际上，他们听到了这里所有的谈话，而我现在将给出让他们揿动开关的信号。这个信号就是我们的箴言——‘我们会回来’。”

“所以那就是信号？”其中一个男人冷笑道，“那现在又怎么样了？”

“什么也没发生，”海斯勒回答，“至少我没觉得哪里不一样。亚伯拉罕·米勒，应该发生什么？”

“倒也没什么，”米勒说，“只是除了步行者以外其他人类全部毁灭而已。我们试图设想当我们的电力专员揿动开关，释放这种新能量时会发生什么，但是即使是我们的社会学家，也无法完全想象出结果将会如何。我们不知道你们有没有活路——或许你们中有些人能够幸存。毫无疑问，城市居民很快将会在他们的人造蜂窝里纷纷死去。但是乡村里的人们或许可以幸存。”

“嘿，嘿，”一个亿万富翁大叫道，“我没感到任何异状，你就是个白日做梦的疯子。我一离开这里就要向警方报告。打开这该死的门让我出去！”

米勒打开了门。

大多数人都按下了他们代步机械的启动键，并握住转向杆。但没有一台机械移动。其他人也在惊恐中试图离开，可是他们的代步自动车全都没反应。一个人歇斯底里地咒骂着，向着米勒举起自动枪，扣下扳机。但枪只是咔嗒响了一下，除此之外什么都没有发生。

米勒拿出了手表。

“现在是下午两点四十分。代步机械正在开始死去。他们现在还不知道。但等到他们知道以后，恐慌就会降临。我们不能提供任何援助。我们仅有几百人，我们无法帮助照顾数以百万计的跛足者。值得庆幸的是，这栋建筑中设有环形的坡道与平道，而且你们的代步车都装有制动闸。我会把你们一个个推向通道，你们自己负责掌控车辆的方向。很明显你们并不想留在这，但同样明显的是电梯也都停了。我会让我的速记员来帮助我。或许你们之前曾经怀疑过，他是一个从少年时期就接受训练执行女装任务的步行者。他是我们最优秀的间谍之一。现在我们要说再见了。一个世纪之前，你们存心想灭绝我们，但我们幸存了下来。我们不想消灭你们，但我对你们的命运表示忧虑。”

接下来他走到一辆自动车后面，开始把它推向门口。已经恢复步行者身份的速记员也出现了，他穿着裤子，推着另一辆车。很快只剩下海斯勒。他举起手表示抗议。

“你们介意推我到窗户那边去吗？”

米勒照做了。这位代步者好奇地向外眺望。

“天上没有飞机。本该有数百架才对。”

“毫无疑问，”米勒回答，“它们都已经掉下来了。你知道它们失去了动力。”

“一切都停摆了吗？”

“大多数吧。肌肉力量依然存在。像是弓箭那样由木材弯曲产生的动力仍旧存在。钟表弹簧那样由金属盘曲产生的弹力仍旧存在，比如你会注意到你的手表仍旧在工作。当然，家畜也可以提供动力——那只是另一种形式的肌肉动力。在我们的山谷中，我们有许多水力磨坊。依我们看来，它们没有任何理由会停摆。但其他一切能源都被摧毁了。你意识到了吗？现在没有电，没有蒸汽，也没有任何形式的燃爆。所有这些机器全都报废了。”

海斯勒掏出一条手帕，缓慢地、机械地擦了擦脸上的汗水，然后说：

“我听到了这座城市的低泣声浮升到窗口，就像是远处海浪有节奏地拍打沙滩的声音。除了这种低泣声，我听不到其他声音。它让我想起蜂群离开旧巢，将蜂后簇拥在中间飞行，试图寻找新家园。这种噪声和远处瀑布所发出的声音一样。这意味着什么？我想我或许知道答案，但我不愿用言语来表达。”

“这意味着，”米勒说，“在我们脚下与周围，在办公楼、商店和家里，在地铁、电梯和火车上，在隧道里，在渡船上，在街上以及在饭店里，两千万人正开始死去。他们突然意识到他们动不了了。没人能帮助他们。有些人此时已经离开了他们的代步机械，试图用手拖着身子移动，他们萎缩的双腿徒劳地拖在身后。他们试图向彼此求助，但即使是现在，他们也不知道这场灾难的全貌。到了明天，所有人都将沦为原始的动物。几天之内食物和水就会消耗殆尽。我希望他们可以快点死去——在他们彼此相食之前。这个国家会倒台，但没人会知道这件事，因为将不会再有报纸、电话和无线网络。我将通过信鸽和我的人民保持联系。在几个月之后，我才能重新回到他们中间。但同时我会活下来。我可以随意移动。你在城里听到的声音其实是绝望灵魂的悲鸣。”

海斯勒战栗地抓住米勒的手。“但如果是你停下了这一切机器，你也能让它们重新启动吗？”

“不行。我们通过电让一切停摆。但现在已经没有电了，我相信我们自己的机器同时也停摆了。”

“所以我们要死了？”

“我想是这样。或许你们的科学家会找到补救的方法。我们像这样生活了一百年。我们活了下来。你们的国家用各种科技摧毁我们，但我们仍旧活了下来。或许你们也可以。说到底我又知道些什么？我们所要求的只是公平。你已经看到了其他人的表决和他们的想法。如果他们有能力的话，肯定会立刻摧毁我们的聚居地。我们刚才的所作所为只是为了保护自己。”

海斯勒试图点燃雪茄。但是电子打火机已经失灵了，他只好将雪茄烟干巴巴地叼在嘴角咀嚼了起来。

“你说你叫亚伯拉罕·米勒？我想我们是表亲。我有一本书讲述了我们的亲属关系。”

“我知道。你的曾祖父和我的曾祖母是兄妹。”

“我相信教授也是这么说的，只不过那个时候我们还不知道你的存在。但我想讨论的是我的女儿。”

两个男人谈了很多。来自城市的音潮仍旧在继续，既不间断又不止息，充满了当代人从未听过的调子。而在远方，从地面到一百层楼的高空，只有一个声音。千万种声音交汇成了一个整体。米勒开始来回踱步，从办公室的墙边走到窗边又走回来。

“我想现在没有人比我更轻松了。我一生都被教导着为这一刻做准备。我们拥有正义与力量，甚至早被遗忘的上帝也站在我们这边。我无法选择任何其他道路，我别无选择。但这一切仍旧使我感到恶心，海斯勒；这让我反胃。小时候我曾经发现过一只困在谷仓门上的老鼠，它几乎被撕成两半。我想要帮助它，但这只饱受折磨的动物却咬了我的手指，为此我只好扭断它的脖子。它没法活下来——我试图帮助它，它却咬了我，所以我杀死了它。你明白吗，我必须这样做，我必须这样，尽管我是正义的，但我仍旧感到恶心；我吐在了谷仓的地板上。在我们脚下，一模一样的事情正在发生。我们周围足有两千万畸形的身体正在逐渐死去。他们或许就和我们聚居地的男人女人一样，但他们沉迷于各种各样的机械装置。如果我试图帮助他们——比如现在走到街上——他们就会杀了我。我无法摆脱他们，我也无法足够快地杀死他们。我们是正义的——朋友——我们是正义的一方，但我依然感到恶心。”

“对我来说倒不是那样，”海斯勒回答道，“我已经习惯了粉碎我的对手。我必须这样做，否则他们就会粉碎我。我把这一切看作一场精彩的试验。多年以来，为了我的女儿，我一直在思考我们的文明。现在我已经失去了兴趣。在很多层面上，我都已经失去了斗志。我不关心将会发生什么，但我很乐意跟在那个沿着环形坡道下行的卑劣小人身后，用我的手扼紧他的脖子。我不希望他仅仅死于饥饿。”

“不，你就待在这儿。我要你把所有的一切，也就是事情发生的整个过程写成历史。我们需要一份准确的记载来证明我们的行动是正义的。你留在这里，和我的速记员一起工作。我会去找到你的女儿。我们不会让任何一个步行者受苦。我们还会带你回去。你将会借助合适的设备学习如何骑马。”

“你想让我活着？”

“是的，但不是为了你自己。有许多理由需要你活下去。在接下来的二十年，你可以向我们的年轻人宣讲。你可以告诉他们，当整个世界停止劳动和流汗之后，当人们把家宅替换成代步工具、用机械来完成劳动之后都发生了什么。你可以告诉他们一切，他们会相信你。”

“真是太好了！”海斯勒大声说，“我曾经扶植过总统，但现在我只是新世界里的一个无腿人标本。”

“你将会非常有名。你将是最后一个机械代步者。”

“那我们赶紧开始吧，”海斯勒催促道，“打电话叫你的速记员过来！”

在米勒与机械代步者代表们会面之前，速记员已经提前在纽约待了一个月。在此期间，多亏他作为间谍早年接受过模仿训练，这才成功地蒙蔽了所有他接触过的人。在自动车里，他打扮成速记员的模样，脸上涂脂抹粉，身上喷了香水，手上戴着戒指，不为人知地来往于上千个体貌相似的女人之间。他出入机械代步者们的餐馆和剧院，甚至拜访他们的家。他是一个完美的间谍，但他是一个男人。

他一直受训从事间谍工作。多年来接受的教育要求他向步行者共和国奉献忠诚与热爱。他曾宣誓要把共和国放在首位。亚伯拉罕·米勒之所以选中他，也是因为他值得信任。这名间谍很年轻，脸颊上几乎没有绒毛。他独身，是一名爱国者。

但这是他人生中第一次来到大城市。楼下的公司也雇用了一名速记员。在各个方面她都是一名高效的员工，这名新来的速记员引起了她的兴趣。在第一次相遇之后，他们就安排了再一次见面。他们讨论爱情，女人之间的新式爱情。这位密探从未听说过这种感情，对此并不能理解，可他最终还是明白了爱抚与接吻。她建议两人同居，他自然找到了反对的理由。但是他们仍旧度过了许多闲暇时间。有很多次，步行者都差一点向她吐露了心中的秘密，并不仅仅关于即将到来的灾难，也包括他的真实性别和真心的爱。

当男人爱上女人时，一切都难以解释。爱情通常都难以解释，这里却存在着某种扭曲，某种心理病态。爱上一个无腿女人多么荒谬！他原本可以耐心等待，最后迎娶一位双腿白如象牙、膝盖白如雪花石膏的女士。可是他却深深爱上了一个栖身在机械中的女人。而这个女人爱上了一个女人，这也是与他类似的病态。他们两个都病了——灵魂上的病态——并且都为了维持亲密关系而继续欺骗彼此。现在这座城市正在他脚下逐渐死去，速记员产生了想要拯救这个无腿女人的强烈愿望。他认为自己或许可以设法说服亚伯拉罕·米勒允许自己和这个女人结婚，至少将她从这场灾难中拯救出来。

于是，他身着柔软的衬衫和齐膝短裤，瞧了一眼正在认真交谈的米勒和海斯勒，然后蹑手蹑脚地溜出门，沿着坡道来到楼下。这里一片混乱。他鼓起勇气大步径直走进速记员工位所在的房间，俯身环抱住她，开始对她坦白一切。他告诉她自己是一个男人，一个步行者。接着他很快向她透露了真相：下面的哭喊声，一动不动的代步机械，失灵的电梯，无声的电话，这一切都意味着什么。他告诉她机械代步者的世界即将消亡，但她会活下去，因为他爱她。他想要的只是能够照顾她、保护她的权利。他们可以去某个远离城市的地方生活。他会为她在草地上翻身。她可以养鹅，一群鹅崽，当她呼唤时它们都会拥到椅子旁边。

没有腿的女人听着这一切，两颊上的胭脂巧妙地遮掩了本该苍白的脸色。她一边听一边端详着他，一个男人，一个拥有双腿并用它们行走的男人。他说他爱她，但她爱的人是一个女人，一个像她一样拥有干瘪悬垂的美丽双腿的女人，而不是眼前这个肌肉发达的丑陋怪物。

她大笑起来，说她会嫁给他，无论他想要让她去哪儿。然后她抓紧他，与他深深亲吻，接着趁机咬住了他的颈静脉，然后他就死去了，鲜血流进她的口中，血混合着腮红让她的脸变成了生动的嫣红色。几天之后她死于饥饿。

米勒永远不会知道他的速记员死在了哪里。如果有时间他会去寻找他，但他同海斯勒一样开始为那个步行女孩担忧，此刻她正孤身一人深陷在垂死的机械代步者的世界里。对于她的父亲来说，她是他的独生女，是他家族的最后血脉。对于米勒来说，她是一个符号，象征了大自然的反抗。为了恢复人类在这世间的原本位置，大自然做出了最后的顽强努力，这个女孩就是明证。她的父亲想要拯救她，因为她是他的女儿；步行者们想要拯救她，因为她是他们中的一员，是步行者族群中的一员。

在那栋百层高楼上，桶装水和食物已经准备充足。为了在遍地死亡当中维持一条生命，米勒做好了万全准备。他向海斯勒展示了所有这些物资，并且将他安置得非常舒适。米勒本人收拾停当之后则带上一壶水、一张地图与一根粗棍子，离开了那个平静安宁的地方，沿着盘旋向下的通道前进。值得庆幸的是向下走并不难，环形坡道宽得足以防止眩晕。米勒原本担心坡道会在某处被纠缠在一起的代步机械堵住，但很明显所有设法登上坡道的代步机械都已经滑下去了。他走走停停，一听到哭喊声便不寒而栗，然后继续向下、向下，一直走到街上。

这里甚至比他想的还要糟糕。从电动能从奥扎克山谷中释放出来的那一刻——就在那一瞬间，所有机械都停止了运转。在那一刻纽约的两千万人或是在代步机械上，或是在自动车上。他们正在办公桌前，正在商店里，正在吃饭，正在俱乐部闲逛，或者正要去某个地方。突然所有人都被迫停在了原地。除了人声没有任何其他的沟通方式；电话，广播，报纸都无法使用了。每一辆自动车都停了下来；每一辆代步机械都不再移动。男人和女人都只能依赖自己的身体活下去，没人可以帮助别人，也没人能够帮助自己。公共交通已经停运，没人知道自己眼见耳闻的范围之外发生的事情，因为通信工具的失效终结了沟通交流。每个机械代步者都停在了事发时他们所在的地方。

当他们逐渐意识到自己再也无法移动的时候，恐惧以及伴随恐惧的恐慌也随之而来。但这是一种全新的恐慌。从前一切恐慌的表现形式都是数量众多的人群为了逃离真实或者想象中的恐惧而突然逃往同一个方向。现在这种恐慌的表现形式却是动弹不得。在一天之内，普通的纽约人们都被恐惧攫获，在战栗中哭泣，滞留在代步机械里。接着群体迁移就开始了，但并不是从前那种恐慌导致的迁移。无数跛腿动物依靠缺乏锻炼的手臂，拖着没有双腿的身体，缓慢而曲折地向前挪动。那不是失去理智，饱受恐惧折磨的暴民们迅疾如风的移动，而是一种缓慢抽搐、像虫子那样蠕动的恐慌。沙哑低语从一个人传到另一个人，说这座城市是死亡之地，是停尸房，还说几天之后城里的所有食物就会耗尽。虽然没有人知道发生了什么，但是所有人都知道，除非食物及时从农村运来，否则这座城市撑不了多久。农村突然间不仅仅只是标记牌之间长长的水泥路，而是个能获得食物和水源的地方。这座城市陷入了干渴。巨大的水泵曾经抽取数百万加仑水来供应漠不关心的人们，如今也停止了工作。除了污染严重的环城河就没别的水源了。

但是在乡下一定还有水。

因此，从第二天开始，人们开始纷纷逃离纽约。逃难大军的成员都是跛足的人类而非迅捷的鹰隼。每个人都好像战争时期的残兵。他们速度快慢不一，但其中最快的人每小时也只能爬行不到一英里。哲学家们会待在原地死去，饱受折磨的动物也会静静等待结局的到来，但这些机械代步者既不是哲学家也不是动物，他们必须要移动。他们毕生都在移动。桥梁是首先发生拥堵的地方。桥面上到处都停满了代步机械，但下午两点的交通流量还不算特别大。逐渐地，到了第二天中午，这些横跨河流的交通干线上已经黑压压地挤满了爬离城市的人们。首先发生了堵塞，堵塞导致了停滞，停滞当中的人们无论如何扭动身躯也不得寸进。然后在这一层停滞的人体上面又缓慢爬上了另一层人，这层人同样陷入了堵塞与停滞。再然后在第二层人上面又覆盖了第三层。有许多道路通向桥梁，但每座桥都仅仅与街道一样宽。逐渐地，最上层外侧的人们开始掉入桥下的河流。最终许多人都决定用这种方式自行了断。桥上传来了好似海浪拍打岩礁海岸一样的咆哮声。绝望由此导致了疯狂。

桥上的人们很快都死了，但在死前他们开始疯狂地撕咬彼此。在城里的其他地方也发生了同样的拥塞。餐厅和咖啡馆里的尸体几乎堆到天花板上。这里确实有食物，但是除了那些一开始就在附近的人之外，谁也够不到它们。而这些人还没来得及享受自己的好运气就被随后爬过来的一层层人活活压死了。他们的尸体又挡住了其他寻找食物的活人的去路。

在二十四小时之内，人类就失去了信仰，失去了人性，失去了道德准则。每个人都尽力想要多活一会儿，哪怕这样做马上就会要了别人的命。但在个别场合，也有些许个人展现了崇高的英雄主义。在医院里，一位代班护士仍旧陪护在她的病人身边，为他们提供食物，直到他们和自己一起饿死。在一间产科病房，一位母亲生下了她的孩子。被所有人抛弃后，她仍旧把孩子抱在胸前哺乳，直到饥饿拉下了她那生气枯竭的臂膀。

米勒离开办公大楼之后就步入了这样一个恐怖的世界。他带了一根结实的棍棒，但是满地爬行的机械代步者们几乎没有注意到他。于是他缓慢地走过第五大道，然后向北，一面走一面祈祷。不过在第一天，他几乎没看到后来将会看到的景象。

他走啊走，来到水边，他继续游泳前进直到再次上岸，到了晚上他离开城市来到乡村并且停止了祈祷。在这里他偶然遇到一个机械代步者，对方只是为自己的机器抛锚而感到恼火。最初在乡村没人知道发生了什么；就算死在自家农舍之前的人们也不清楚这一切究竟是怎么回事；只有城市居民知道，不过他们也并不理解。

第二天，露宿在草地上的米勒很早就醒来了。在谨慎查阅地图后，他继续出发。他避开了城镇，绕过它们。他意识到自己忍不住想要与那些饥饿的跛足者分享物资，这个想法持续不断并且无法逃避。但他需要保存体力，并且把食物留给她，那个步行者女孩。她正孤身一人置身于无助的仆人中间，周遭围着一道三十英里长的铁栅栏。他的第二天行程接近了尾声，他走了几英里但是没有看到一个人。低垂在橡树林中的太阳在混凝土地面上投落下美妙的阴影。

道路的尽头，一辆奇怪的大篷车正在向他靠近。三匹马被系在一起。罐装水被笨拙而稳固地绑在两匹马的背上。第三匹马上，一位老人坐在马鞍上休息，此时他已经睡着了，下巴靠在胸前，尽管在睡梦中，他的双手也紧攥着马鞍。

一个年轻、高挑、强壮而可爱的女人领着第一匹马，轻松地沿着水泥道路大步向前。她背后挂着一张弓和一筒箭。她的右手提着一支沉重的手杖。她走得自信而无所畏惧，似乎充满了力量、自信和骄傲。

米勒站在道路中间。大篷车靠近他，然后在他面前停下来。

“喂。”那个女人说，她的声音奇妙地和落日的阴影与摆动的树叶融合在一起。

“喂，你是谁，你为什么要挡住我们的路？”

“哦，我是亚伯拉罕·米勒，而你是玛格丽塔·海斯勒。我在找你，你父亲很安全，他让我来接应你。”

“那么说你也是一个步行者吗？”

“和你一样货真价实！”他们说了很多。

教授从瞌睡中醒来。他低头看着这对年轻男人和女人，他们用双腿站立，彼此交谈，几乎忘记了世界上其他的一切。

“哦，这就是过去的样子。”教授在心中思索。

数百年后的一个周日下午。一个父亲和他的小儿子来参观重建后的纽约市自然科学博物馆。整座城市现在就是一个巨大的博物馆。人们前来观光，但并不愿意长居于此。实际上，凡是能够住在农场里的人们都不愿意住在像城市这样的地方。

在这座机械代步者的城市里度过一天或者更久，是每个儿童都要接受的教育。因此在这个星期日下午，父亲和他的小儿子缓慢地走过那些巨大的建筑。他们看到了乳齿象、野牛、翼龙。他们在一个玻璃展柜前停留了一会儿，里面装着典型美国印第安家庭的棚屋。最终，他们来到一辆大马车前，这辆车有四个橡胶轮子，但没有辕可以让牛或者马的挽具套在上面。男人、女人和小孩坐在这辆货车的座位上。男孩好奇地看着他们，拉了拉父亲的袖子。

“看啊，爸爸。那是一辆什么货车，还有那几个没有腿的人真好玩。这是怎么回事？”

“我的孩子，那是一个机械代步者的家庭。”然后他停住脚步，为他的儿子简短讲述了所有步行者父亲依照法律必须讲给孩子们听的故事。

（后德嘉树　译）

时空哲学家

到1930年，科幻杂志激增。根斯巴克成功渡过了他的破产危机（他曾一度每盈利1美元就要向投资人支付1.08美元报酬，《纽约时报》称之为“奢侈破产”），并在不停刊一期的情况下[1]创造出了一个全新的杂志系列，在此过程中，他还发明了“科幻小说”这个崭新的词语。随后，在1930年1月，“超科学的惊异故事”这个名字出现在了报刊亭中。

这档杂志的出版商是威廉·克莱顿。由编辑哈里·贝茨推出，起初是为了填补公司用以制作四色封面的巨大印刷纸上的三处空白之一，当时印刷纸上已经包含了克莱顿杂志集团的其他13个动作冒险类纸浆杂志封面。《超科学的惊异故事》公然效仿《惊奇故事》之名，但贝茨和克莱顿想要的是动作和奇幻色彩更多的故事，正如克莱顿出版的其他杂志一样。

贝茨能为每篇故事支付的稿酬达到了惊人的2美分/词，而且

1. 美国20世纪的廉价杂志往往因为经费原因临时停刊。

他们的稿酬结算时间是在收稿之时，而非出版之后甚或更晚；但供稿者依旧寥寥。没有足够多的科幻作家能够供应3本杂志的故事需求量，而让公司里原本那些专写动作冒险小说的作家改写科幻小说，则为贝茨带来了更多难题：未达预期的改写，大量的编辑校对，或是干脆自己下场用笔名撰写或与人合写小说。

《惊异》从未能像传统的克莱顿杂志那么赚钱，而是徘徊在收支平衡线上；由于克莱顿收购合作伙伴的尝试失败，克莱顿杂志集团本体因财政困难于1933年宣告破产。1933年，《惊异》被斯特里特与史密斯出版公司收购，这是一家由廉价小说及少年杂志出版商转型而成的纸浆杂志集团。

杂志对科幻阅读及写作所产生的影响开始以种种方式显现，这种影响将改变科幻的文类性质。但那些意义重大的科幻作品——多数是长篇小说——依然发表在科幻杂志以外的平台，且很大程度上对杂志视而不见。威尔斯依然时不时地撰写一些政治宣传性小说，如《未来事物的形态》(*The Shape of Things to Come*，1933)和《天生恐怖》(*The Holy Terror*，1939)，以及推理传奇故事如《受生之星》(*Star Begotten*，1937)；菲利普·怀利于1930年发表了《角斗士》[1] (*Gladiator*)，1931年发表了《隐形杀人犯》(*The Murderer Invisible*)，1932年在《蓝皮书》上发表了与埃德温·巴尔默（Edwin Balmer）合著的《当世界相撞》(*When Worlds Collide*)；而辛克莱·刘易斯[2]（Sinclair Lewis）于1935年发表了《不会发生在这里》(*It Can't Happen Here*)。

1930年代，职业哲学家队伍中出现了一位令人意想不到的科幻作家。奥拉夫·斯台普顿在利物浦大学取得了他的哲学博士学位，

---

1. 开“超人”类主人公之先河，对20世纪流行文化产生影响。
2. 1930年诺贝尔文学奖得主。

并在母校和一些其他地方短暂担任过教职。他于 1929 年发表了《当代伦理学理论》(*A Modern Theory of Ethics*), 1938 年发表了《哲学与生活》(*Philosophy and Living*), 1939 年发表了《圣徒与革命者》(*Saints and Revolutionaries*)、《大英新希望》(*New Hope for Britain*)。

在创作自己第一部哲学论著的同时，他也在想象的世界中放飞自我，产出了第一部科幻小说《最后与最初的人类》(1930)。凭借这部作品的成功，他放弃了自己在大学的职位，开始了作家生涯，并写出了《伦敦最后的人》(*Last Men in London*, 1932)、《怪人约翰》(*Odd John*, 1935)、《创星者》(*Star Maker*, 1937) 和《天狼星》(*Sirius*, 1944) 等作品。

他的故事受众覆盖了广泛的普通读者以及日益壮大的科幻读者群，而他的推想也影响了那些为杂志供稿的作者，以及即将被称为科幻迷的读者，这些人也会发展为作者。《怪人约翰》被誉为对超人主题的终极处理方案。《创星者》对宇宙创生、银河文明和帝国、文明星球和星云的描述令人惊叹。《天狼星》则讲述了一只超能狗和为其开发智力的人类之间关系的故事。

在斯台普顿的 4 部主要作品中，2 部是小型故事，着眼于个人细节和人物发展，另 2 部则是宏大叙事的小说。《最后与最初的人类》的时间跨度从 1930 年到大约 20 亿年后的遥远未来，覆盖了大约 17 个进化的人类种族，这些种族移民金星，终至海王星，并在那里迎来有尊严的灭亡，心怀太阳风暴会将人类孢子投向银河系其他部分的希望。J. B. 普里斯特利将之称为杰作，休·沃波尔称其“与太阳系一样独特”。

斯台普顿可能对科幻杂志一无所知，但他很清楚自己在写的是何种小说。在《最后与最初的人类》的前言中他写道：

> 遥想未来看起来或许就像为追求奇迹而毫无节制地沉溺在幻想之中。但是，有很多人对现实及其可能性感到困惑不解，对他们而言，在科幻层面上进行有节制的想象，可能是一种弥足珍贵的练习。如今，我们应当欢迎，甚至应当研习每一个试图展望我们种族未来的严肃尝试，我们将会面临的可能性形形色色且常常难逃悲剧，这种尝试不仅是为了抓住这些可能性，也是为了让我们明白，对于更高级别的智力而言，我们最为珍贵的创意也可能是愚蠢幼稚的。遥想未来，就是尝试寻找人类在宇宙背景中的位置，就是重塑我们的心灵，以期适应新的价值观念。
>
> 但如果这种对于未来可能性的想象式构建有任何实际影响，我们的想象力就必须受到严格的规训。

他写的不是幻想小说，而是“对于未来可能性的想象式构建”，这正是其他人称为科幻的东西。“单纯的幻想力量甚微，”他写道，“我们必须有目的地进行甄选……我们想要建构的既非单纯的历史，也非单纯的小说，而是神话。”《最后与最初的人类》是对未来神话的一个重要贡献，这个未来神话是 E. E. 史密斯博士和埃德蒙·汉密尔顿已经开始构筑的，而此后仍会有许多作家继续积章成篇，共筑这份共识性的未来历史，其中最著名的就是罗伯特·海因莱因和艾萨克·阿西莫夫。

（憬怡　译）

最后与最初的人类（节选）

［英国］奥拉夫·斯台普顿

第八章
金星上的人类

1. 再扎根

人类在金星上逗留的时间比他们在地球上生活过的全部岁月更为漫长。我们已知，从猿人时代到最后撤离母星，人类经历了各种各样的形态变化与环境变迁。在金星上，尽管人类作为一个物种而言更为稳定，但在文化方面却呈现出巨大的差异性。

要详述这一时期，即便只采用目前这种极小的尺度，也需要再写整整一卷书。因此，我只能勾勒出一个大致的轮廓。人类就像一株被移植到新环境的幼苗，一开始几乎连根部都枯萎了，在经过漫长周期的自我调整后，逐渐发展壮大，获得了稳定持久的形态。跟随季节变化，嫩芽逐渐生长，一代代文明与文化不断涌现、更替，发芽开花。遇到连续的寒冬，则减弱生命活力，陷入冬眠。最终（如果坚持用这个比喻的话）依靠常绿的体质和持续的花期，从反复的挫败中崛起。接下来，又再次经历命运的奇妙安排，被连根拔起，扔到另一个世界。

第一代定居金星上的人类清楚地知道——这里的生活是惨淡的。为了将这颗行星改造得适宜人居，他们已经做出了最大的努力，但也绝不可能把金星变成另一个地球。这里陆地面积很小，气候几乎令人难以忍受。漫长的白昼和黑夜之间温差极大，形成了惊人的风暴，雨势如千万条连续的瀑布倾盆直下。此外，电气干扰也非常严重，浓雾厚得人连自己的脚都无法看清。更糟的是，空气中的含氧量很低，只能勉强维持呼吸。而有时候，解析出的氢气不能被顺利地排出大气层，而和空气混合形成易爆物。爆炸不时发生，形成剧烈的大气闪光。这类灾难反复出现，摧毁了岛上的许多建筑，导致无数人类居民丧生，并进一步减少了氧气供应量。幸好，随着植被不断增多，这一危险的电解过程有望得到遏制。

与此同时，这些大气爆炸也严重削弱了人类的生命力，使他们无法应付迁徙后一种更诡秘的新麻烦——消化器官莫名其妙发生腐烂。最初这只是一种罕见病，后来几个世纪逐渐发展到威胁人类生存的境地。除了生理上的影响，由于无法抵御这场灾祸而产生的挫败感——对人类心理更是造成了灾难性的打击。在此之前，人类的自信心已经受到了严重的动摇，曾经高度条理化的心智出现了紊乱的症状——那是由变幻莫测的月球带来的神秘感，以及金星生物灭绝造成的罪恶感带来的——这种自责虽毫无道理，却深植人心。这种新发疾病的根源最终被追溯到金星水里的某种物质。那是一种特定的分子群，原本很罕见，后来由于陆源有机质出现在海洋中，致其滋生，无法可解。

而今，又有另一场灾难降临到这个衰弱种族的头上：人体组织一直没有完全接纳火星人用来“心电感应”的交流组件，由于整体健康状况不佳，诱发了一种神经系统的“癌症”——根源便是那些不受控制四处扩散的零件。先不说罹患这种绝症的可怖后果。随着时间推移，它还在不断发展恶化，即便没有真正患病的人也长期活在疯狂的恐惧中。

酷热的环境加剧了这些问题。人类曾寄望于人体的生理属性发生进化，以适应闷热地区的生活，但这个希望也在几个世代更替之后落空了。不仅如此，不到一千年，南极和北极地区一度人口稠密的岛屿就几乎都被废弃了。在每百座巨塔中，仅有少量入住率超过了百分之二，其中的居民也全是饱受疾病折磨和精神崩溃的人类遗老。他们能做的只有将天文望远镜对准地球，等着观看月球的碎片撞击他们的母星——不知为何，这场劫难一再延迟了。

人口数量进一步下降，素质也一代不如一代。每个世代都很短暂，人口平均智力降低，教育变得肤浅、局限，根本不可能维持在过去的水准。艺术失去了意义，哲学也不再支配人心，甚至连应用科学，如今都变得艰涩难懂。由于人类不熟悉如何操控亚原子动力源，又引发了一系列的灾难。这导致了一种迷信思想——一切试图“干预自然”的举动都是邪恶的，所有古老的智慧都是人类敌人设置的圈套。于是，书籍、工具等一切人类文化的宝藏都被焚毁了，唯有经久耐用的建筑幸免于难。曾经无与伦比的世界秩序消亡了，第五代人类建立的文明仅残存了少量的岛屿部落。海洋让他们彼此隔绝；而自身的无知，也让他们被排除在了广袤的宇宙时空之外。

经过几千年的演化，人类的生理特性终于开始适应金星的气候、带毒性的水源，毕竟这些都是生命赖以存续的要素。与此同时，第五代人类的新变种也开始出现，他们身上没有长火星组件，因此这个种族的精神总算恢复了一定程度的稳定性，代价是他们无法再通过“心灵感应”交流了——而人类几乎要等到世代的末期才会重新获得这种能力。此外，尽管人类已经从外星世界的影响中恢复过来，昔日的荣耀却已不复存在。因此，让我们加快进程，略过那些不值一提的时代。

在金星上的早期岁月，人们从一个个巨大的漂浮岛上采集食物过活，这些岛屿长满植物，都是在迁移之前，人工建设的。不过，在陆生动物群的影响调节下，海洋生物日渐丰富，数量大增。人类部落越来越转向捕鱼的猎食方式。在海洋环境的影响下，很快就有一个人类的分支养成了水生的习性，其生物特征也开始逐渐改变，以适应海洋的生活。人类仍然能够进行自发的变异，听起来或许令人讶异。但第五代人原本就是人造人，具有发生大规模突变的倾向。经过数百万年的变异和自然选择，一种非常成功的亚人种诞生了，他们外形类似海豹，体态呈流线型，肺活量大大增强。他们的脊柱变长，灵活性提高了；双腿退化，长到了一起，形成一个扁平的水平舵；双臂缩短，变成了鳍，不过灵活的食指和拇指得以保留；头部缩进了身体里，向前看着游泳行进的方向。因为具备肉食动物强健的牙齿、高度群居的生活习性以及一种新的、带有人类狡黠的捕猎方式，这些海豹人成了海洋的霸主，并一直存续了几百万年——直到出现了另一个更接近人类的族群，对海豹人在捕鱼方面的成就感到恼火，就拿鱼叉把他们赶尽杀绝了。

第五代人的另一支退化的种群保留了更多原始人类的形态，以及陆生的习性。不幸的是，不管是从身材还是大脑来说，这些可怜的生命都有所退化，与最初入侵金星的人类先驱截然不同。因此，将其视为新人种更为合理——他们被称作第六代人。年复一年，他们在森林覆盖的岛屿上搜寻树根，捕猎鸟类，并利用陆地诱饵在潮汐口捕捞鱼类，勉强度日。他们还常常猎杀自己海豹状的远亲，或者被这些亲戚吞食。长年累月在如此严苛的环境下求生，这支残存的人类后代在生理和文化层面都一直停滞不前，原地踏步了几百万年。

不过，最终，地质运动再次为人种的改变创造了契机。金星的地壳发生了剧烈扭曲，创造了一座面积几乎等同于澳大利亚的岛屿。随着时间的流逝，岛上的居民越来越多，部落间冲突不断，最后诞生了一个全新的、多才多艺的种族。他们再现了精耕细作的生产方式，掌握了精湛的工艺，建立起复杂的社会组织，并在思想领域畅游驰骋。

在接下来的两亿年间，人类在地球上各个主要阶段的生活状态，都在金星上多次重演，只是特征略有不同。神权的帝国和自由理性的岛屿城邦林立；群岛的封建君主惶恐不安，大祭司与皇帝的相互对抗；对经典的不同阐释引发宗教分歧；主流思想反复波动——从朴素的万灵论到多神论，从相互冲突的一神论，到各种极端的“主义”——透过这些思想，人类心智试图模糊真理严苛的轮廓。人们在寻求慰藉的幻想和冷静认识现实之间摇摆，社会秩序由于工业上滥用山火和风力能源而混乱不堪，商业帝国和共产主义国家交替出现——所有这些形式在人类不断变化的根基中一次又一次地闪现，就像在经久不息的炉火中不停涌现又消失的火焰和烟雾一般。不过，尽管心理内化了这些错综复杂的思想形式，这些生命短暂的人类还是将主要精力放在了对原始需求的追求上——食物，住所，同伴，性爱，父母和孩子的双向关系，在运动中对身心的训练，等等。但在探求世界和人类本质方面，只是在经过多年误解之后，才有零星的一些人，在偶尔头脑清醒的时刻，慢慢产生一点深刻的认知。可惜的是，往往还没等这些宝贵的洞见传播开来，就会有别的一些因素将其抹杀殆尽——可能是大大小小的灾祸、流行病、自发性的社会崩塌、种族的愚蠢行为或陨石的持续轰炸等，甚至仅仅出于人类自身的胆怯——站在事实的悬崖边缘头晕目眩，不敢往下看。

2. 飞行族

我们无须在这些重复上演的文化内容上多费笔墨，不过应该快速窥探一眼第六代人的最后阶段，以便我们继续探讨由他们制造的人工物种。

对飞行的痴迷贯穿了第六代人的整个世代。鸟儿始终是他们最神圣的图腾。他们信奉的一神教并不敬仰圣人，却崇拜一只神鸟。它时而被构想成一只神圣的海鹰，挥动强健的翅膀；时而是一只巨型雨燕，扇动仁慈的双翼；时而变作无形的精气；时而由鸟神幻化为人，从身体和精神上引导人类，赋予他们飞行的能力。

金星上的人迷上飞行似乎是命中注定的，因为这个星球上可栖息的陆地实在少得可怜。鸟类迎来繁荣的全盛期，而人类行走的习性却遭到鄙视。经过一段时间，当第六代人的智识和力量水平终于达到初代人类巅峰时期的高度时，他们便适时发明了各种类型的飞行器。事实上，机械飞行曾几度被重新发现，又随着文明的衰落而失传。不过，即便在其黄金时代，飞行器也仅仅被当作临时的替代品。随着生物科学的发展，第六代人有能力改造人类机体本身后，便决心创造出一个能真正飞翔的人。许多文明都试图达成这个目标，有的漫不经心，有的带着宗教的狂热，但都无功而返。最终，第六代人中最坚忍、最卓越的一支文明取得了成功。

第七代人身材矮小，比陆地上最大的飞鸟重不了多少。他们的组织结构彻头彻尾是为了飞行这个目的。从脚到指尖，他们全身都覆盖着一层皮膜，其“中指”狭长，极为强健；三根同样细长的“外指”则充当了皮膜的肋骨；食指和拇指仍可自由活动，便于操作。整个身体像鸟一样呈流线型，被一层厚厚的羽毛所覆盖。羽毛的颜色和质感都因人而异，这点和飞行膜的丝质羽绒相同。在地面上，第七代人的行走方式与其他人类相似。飞行膜折叠起来贴近腿部和躯体，像宽大的袖子一样从手臂垂下来。飞行时，双腿绷直如一条扁平的尾巴，巨大的脚趾将脚掌扣在一起。胸骨像龙骨一样非常发达，作为飞行肌群附着的基础。为减轻重量，其余的骨头则是中空的，其内表面被用作辅助肺。跟鸟类一样，这些飞行人也必须保持较高的氧气利用率。这种状态在别人看来是发烧，对他们而言却是正常的。

他们的大脑被赋予了丰富的神经，能够掌握高超的飞行技巧。事实上，除了一套维持空中平衡的条件反射系统，人们发现，这个种族还能被人为赋予一种真正的、本能上对飞行的原始渴望。与他们的造物主相比，他们脑容量不大，刚好够用，但整套神经系统都经过精心设计，而且他们发育成熟很快，也能轻而易举地习得新的活动模式。这一点非常必要，因为每个个体的自然寿命只有五十年，而且通常在四十岁左右，或者当衰老的征兆开始出现，他们便会采取一些不可思议的悲壮手段主动缩短自己的生命。

第七代人类——这些像蝙蝠一样的飞行人，是所有人种中最无忧无虑的。他们体型协调，天性乐观，创造了非常符合自己本性的社会传统。别的族群通常认为，外部世界在本质上是敌视生命的，或他们的存在本身是畸形的。但飞行人全然不这样看。他们在日常的个人事务和社会组织方面具备敏捷的才智，不会为无休止的求知欲所困扰，这并不是说他们智力低下，相反，他们很快就能对生活经验进行优美而系统的总结。只是他们深刻地认识到，他们完美的思维领域不过是漂浮在混沌中的泡沫，即便那是一个很精致的泡沫。此外，他们所构建的系统也是真实的，但并非字面意义上的真实，而是一种有意义的隐喻层面的真实，独有其欢乐而坦率的充样子的特征。它在追问，对于人类的智慧，你还能指望什么呢？青少年倒是被鼓励研究古老的哲学问题，不过那只是为了让他们相信：超越正统体系的限制去进行探索是徒劳的。“你可以从任意一点刺破思维的泡沫，”有人说，“但那也会粉碎整个系统。由于思想是人类生活的必需品，所以必须予以保护。”

在空中和在地面上的第七代人，完全是两种不同的生物。每当他们在空中翱翔，都会经历精神上的剧烈变化。但由于文明赖以存在的大部分工作不可能在空中完成，他们不得不在地面上度过大部分时光。另外，空中生活处在高压状态下，他们也需要回地面休养。在地面的步行生活期间，第七代人是冷静的，稍感无聊，但总体保持着快活的性情，带着一丝诙谐的不耐烦的态度，与单调烦琐的地面事务做斗争，靠着对鲜活的飞行生活的回忆与期待活下去。

在经历了另一种生活的压力之后，他们常常感到疲惫，但很少有沮丧或懈怠的时候。事实上，在日常的农业和工业活动中，他们像无翅的蚂蚁一样勤劳。不过，他们工作时常带着一种奇怪的情绪——既积极认真又心不在焉，因为他们的心永远留在空中。只要能保持频繁的飞行活动，他们就可以安于温和乏味的地面生活。不过，一旦因为疾病或其他原因要长期被禁锢在地上，他们就会日渐憔悴，重度抑郁，直至死去。为了让他们免遭一切严重的苦痛，其制造者是这样设计的：一旦发生任何巨大的痛苦或不幸，他们的心脏就会停止跳动。不过，这种仁慈的设置实际上只会在地面起作用，在空中他们自然演化出一种完全不同的、英勇无畏的天性，这是制造者当初没有预料到的。

在空中的飞行人心脏跳动得更加有力。他们的体温升高，感知变得更真切、更有辨别力，他们的认知变得更敏锐、更具洞察力。一切发生在他们身上的或快乐或痛苦的经历都被放大，让他们体验到更强烈的情绪。但要说他们变得更加感性，那就不对了。如果感性是指被情绪所奴役，那么他们的情况恰恰相反。因为在空中，人们无比推崇保持冷静的能力，冷静成为这一阶段人类最为显著的特征。只要个体在空中飞翔，无论是单枪匹马与暴风雨抗争，还是与遮天蔽日的同伴集体跳一支礼仪芭蕾；无论是与伴侣进行情爱狂舞，还是远在世界之巅孤独地冥想盘旋；无论他事业一帆风顺，抑或不幸被飓风肢解，坠落而亡；他们总是能以相同的审美情趣来独立地看待自身欢愉或悲惨的命运。即便最亲密的同伴因为某种空中事故致残或亡故，他们也依然欢欣鼓舞，如果可以牺牲自己拯救同伴，他们也会毫不犹豫地献出生命。但是，一旦回到地面上，他们很快便被巨大的悲伤淹没，徒劳地试图重见光明，还可能死于心力衰竭。

即便这一场全球性大气动荡几乎摧毁了整个飞行族群——这在金星恶劣的气候条件下时有发生——少数伤痕累累的幸存者也会继续寻欢作乐——只要他们还能留在空中。事实上，当他们最终疲惫不堪地降落至地面，走向幻灭和死亡的必然结局时，他们的内心仍在开怀大笑。然而，在落地短短一个小时后，他们的体质就会改变，视力就会丧失。他们只会记得这场灾难的恐怖场景，而这些记忆最终会杀死他们。

第七代人怨恨在地面上度过的每一刻，这怪不得他们。当他们身在空中，想到间歇性的地面生活或者没完没了的步行时，心中尽管充满了厌恶，但也还能怀着一贯的欢乐心情予以接受；而一旦真的回到地面上，他们便会满怀哀怨，不愿身在那里。在这个种族的早期时代，通过生物发明的手段，他们增加了在空中生活的时间。一种微小的可食用植物被制造出来，冬天扎根在土里，夏天飘浮在阳光灿烂的空中，只进行光合作用。这样飞行族得以像燕子一样在明亮的空中牧场里任意觅食。随着时间的推移，物质文明逐步简化，需要依赖地面劳动获得满足的需求愈发变得无足轻重。人造物品越来越稀少，人们也不再书写或阅读书籍。总的来说，在高空，书籍也不再是必需品，它们一定程度上被口头传说和讨论所取代。至于艺术方面，除了音乐、口语抒情诗和史诗，以及翼舞这门至高无上的技艺，还被不断传唱和演练，其余的艺术形式都消失了。许多学科不可避免地消逝在了传统中。不过，真正的科学精神还是被保留了下来：气象学达到了非常精准的高度，生物学得到了充分的发展，还有人类心理学也是进步显著，在这些方面他们仅次于处于巅峰时期的第二代和第五代人类。

不过，除了应用于实际，这些科学并未被真正严肃地对待。例如，心理学非常简洁地解释飞行的喜悦——就像热病一样，是一种非理性的幸福。每一个人在飞行时，都觉得这只是一种有趣的说法，对此半信半疑，但没有人对这一理论感到困惑。

第七代人类的社会秩序本质上既不是功利的，也不是人文的，更不是宗教的，而是审美的。每一个行为、每一种制度都必须为构建社会完美形式做出贡献。他们认为，就连社会的繁荣状态也只是一种呈现美的媒介，这种美体现在每个生动的个体都能和谐地生活相处。死在展翅高飞的空中比留在地面苟延残喘更为优越——不仅对个体生命而言如此，甚至对整个族群来说也一样（聪明人坚持这么认为）。如果未来要沦为行走族，还不如现在就进行种族自我毁灭。对他们而言，后者要好得多。不过，尽管个体和族群都是达成客观美的工具，但这种信念里并不包含任何一般意义上的宗教色彩。第七代人类对于普遍真理和未知事物毫无兴趣。他们试图创造的美大都是感性而短暂的。他们也很满足于此。一位圣人曾在临终时说，个人的永生就像一首永无休止的歌谣一般，沉闷乏味，同样，对于一个种族来说也是如此。他还说，我们都是那丛可爱火焰的一部分，最后必须熄灭，必须死亡，因为没有死亡的生命是缺乏美感的。

在近一亿年的时间里，这个空中社会都几乎没有什么变化。在这一时期，许多岛上还矗立着一些古老的高塔，尽管经过翻修后已经面目全非。第七代人类的男男女女就在这里休息，像栖息的燕子挤在巢穴中，度过金星上的漫漫长夜。白天，只有少数在各行业轮班工作的人留在巨塔里；另一群人在田野或海上劳作；更多人则在空中：他们从海面上掠过，像海鸥一样俯冲入水捕鱼，也在陆地或地面上盘旋，不时猛扑下去，像老鹰一样捕食野禽，这是他们肉食的主要来源；还有一些人会直飞到海平面四五万英尺之上，在金星的厚重大气层都快承托不住的高空中，翱翔、盘旋、疾驰，只为了体会飞行最纯粹的快乐；另一些则毫不费力地悬停在稳定的上升气流中，在阳光明媚的平静高空之上进行冥想，或单纯地体会感官的快乐；不少沉醉于爱河中的伴侣会在空中相互缠绕，飞舞出的路线构成美丽的图案，或像上升的螺旋，或像倾泻的瀑布，或者形成一个爱心结，即刻间，又在身体的交融中，相拥着下降上万英尺的高度；有的在植物微粒形成的绿色迷雾中飞来飞去，张嘴收集食粮；有的结成团体，一起飞旋，讨论社会事务或美学问题；有的一起歌唱，或者聆听史诗朗诵；更有成千上万像候鸟一样聚集在一块儿的，形成巨大的回旋阵列，让人联想起第一世界帝国庞大的空中机械编舞，但是更有生命力和表现力——毕竟鸟儿的飞翔比任何机械飞行都更具生气；同时，还有一些，独自一人或结伴而行，要么为了捕鱼、捉鸟，要么纯粹出于恶作剧，妄想用自己的力量和技巧抵抗飓风，结果往往是悲剧性的，但他们内心始终热烈又快乐。

第七代人的文化竟然持续了这么久，在一些人看来简直有些不可思议。一般来说，文化要么就在单调与停滞中衰败，要么就提升到更丰富的阶段，但在这种文化身上却并非如此。一代又一代，他们每个人存活的时间都很短暂，还没等他们越过欢乐的青年时光、发现生命的沉闷便死去了。此外，这些生命如此完美地适应了他们的世界，即便他们活上几百年，也不会觉得需要改变。飞行不仅让他们感受到强烈的身体上的振奋，也成为他们所体验到的那种由衷的精神愉悦的物质基础，尽管有限，但无妨。在这一最高成就中，他们既为飞行本身的丰富性而欢欣，也为感知到这多姿多彩的美丽世界而喜悦，最为重要的，或许是他们在成千上万首抒情诗和史诗中感受到的鼓舞，那里面书写了这个空中社会里人类相互交往的种种冒险。

这个看似永恒的极乐世界的最后终结，原因与这个种族的天性相关。首先，随着寿命被无限延长，历代越来越不重视保存古老的科学传统，因为这对他们无关紧要，空中社群不需要它。只要他们能保持现状，一点点信息损失并不重要；但是到了一定阶段，生理上的变化开始对种群造成损害。一直以来，这个种族都表现出生理层面上的不稳定性。总有部分婴儿是畸形的，具体情况因人而异，但畸形会导致他们无法飞行。正常的幼儿，通常在降生第二年初就能学会飞翔，但要是发生什么意外让他不能飞，其身体机能就会衰退，活不过第三年。不过，有许多畸形儿，通过恢复其部分行走族的本性，也能够存活，无须飞行。但按照某种“仁慈的”习俗，种群中的残疾人必须要被消灭。不过最后，随着海洋中某种盐分被逐渐耗尽——这种盐分对他们高度紧张的神经来说必不可少——第七代人中畸形的个体超过了正常婴儿的数量。

世界人口数量严重下降，整个社群再也无法基于古老的美学原则将空中的生活安排得井然有序。没有人知道如何遏制种族的急速衰落。但许多人认为，如果具备更多的生物学知识，可能会避免这种情况发生。一项灾难性的政策通过，人们决定赦免一部分精心挑选的畸形婴儿——那些注定要成为地面行走族，但有可能发展出高智商的婴孩。大家希望借机培养出一批专门的人才，其任务就是进行生物学研究，而不会沉溺于飞行。

这些优秀的残疾人，受惠于这项政策存活下来，选取了一种新的角度看待生存。尽管被剥夺了他们同类所能感受到的最至高无上的体验，尽管艳羡那种只能在报告中读到的极乐，但他们实际上又对那种天真无邪的心智嗤之以鼻——（好像）除了体育锻炼、谈情说爱、追求自然之美、享受社会优雅之外，什么也无所谓。而这些不能飞的聪明人则几乎全情投入研究，用科学掌控一切，并从中寻求满足。但即便如此，他们仍是一个受尽折磨充满怨恨的族类。因为他们的本性属于天空，却无法在空中生活。尽管他们从飞行族那里得到了公正的对待，也博得了带着怜悯的尊敬，但他们仍苦苦挣扎在这种善意之下，把心锁闭起来，对抗正统的价值，寻求新的理想。几个世纪之内，他们便恢复了理性的生活，并且运用知识所赋予的力量，让自己成为世界的主宰。那些温和可亲的飞行人都很惊讶、困惑甚至痛苦；但同时也觉得有趣。即便行走族已经势必要建立一种新的世界秩序，其中并没有自然飞行这门艺术的容身之地，但飞行族也只是在地面停留的短暂期间感觉到苦恼罢了。

岛屿逐渐被各种机械和无法飞行的工业家占满。在空中，飞行族发现自己被最基本但有效的机械飞行工具所超越。翅膀成了一种笑料，自然飞行的生活被谴责为一种无效益的奢侈行为。人们规定，今后每个飞行人都要为步行族建立的世界秩序服务，否则就得挨饿。法律不是一纸空文，风生植物的种植被废弃，捕鱼捉鸟的权利也受到严格控制。起初，飞行族无法日复一日地长时间在地面工作，这会让他们罹患严重的生理疾病，并导致早逝。不过，步行族中的生理学家发明了一种药物，能让这些可怜的工薪奴隶保持近乎健康的身体状态，并在实际上延长他们的寿命。然而，任何药物都无法让他们恢复精神，因为他们正常的空中作息被简化为一种单调的消遣活动，每周仅一次，持续几小时。与此同时，人们进行了育种实验，培育出一种压根不长翅膀但大脑发达的族类。最后，一项法律得以颁布，所有长翅膀的婴儿要么被打残，要么被弄死。到了这个节骨眼，飞行族做出了英勇但无效的抗争，他们从空中袭击了步行族。作为回击，来自地面的敌方驾驶着大型航天器将他们击落，用烈性炸药将他们炸得粉碎。

自然飞行族的战斗团体最终被驱逐到了一个偏僻的荒岛上。整个飞行族群的残余部队都从各个文明的群岛出逃，会集到那里寻求自由。除开那些负伤自杀的，以及还不能飞的婴儿——按照首领的命令，他们被自己的母亲或近亲闷死了。约有一百万男女老少聚集在岩石上，其中包括过于年幼而无法长时间飞行的孩子，他们现在无暇顾及附近并没有足够大队人马食用的食物。

部落的首领们在一起商议，他们清楚地认识到，飞行族的日子已经到头了，对这个高傲的种族来说，即刻赴死，要比继续屈从于傲慢的主人，苟且偷生更为恰当。因此他们下令整个族群集体自戕，至少为死亡赋予一种自由的崇高姿态。

民众在布满乱石的荒地上休息时接到了这条命令。他们发出了痛苦的哀号，随即便被发令人制止了，他要人们努力去发现，去看到这件将做之事的美好。即便此刻飞行族身处地面无法认清，但他们知道，只要有力量再次振翅高飞，一旦疲惫的肌肉将他们带上天空，他们就能看得一清二楚。眼下，已经没有时间可以浪费，因为许多人已经因为饥饿和焦虑头晕眼花、虚弱无力。于是，按照约好的指令，整个族群随着翅膀拍打的轰鸣一齐升入空中。悲哀被抛到了脑后。即便是孩童，当被母亲告知要怎么做时，也欣然接受了自己的命运。尽管他们要是在地面上得知此事，肯定会万分恐惧。现在，队伍平稳地往西飞行，形成了蜿蜒数公里的两路纵队。一座火山口出现在地平线上，他们越靠越近，山口也越升越高，首领们加紧向着它那浑浊的烟羽逼近；然后，一对接一对地，众人都毫不犹豫地冲进了灼热的火焰中，消失了。就这样，飞行族的时代完结了。

3. 一件小型天文事件

那些不会飞却仍具有一半鸟类血统的种族，现在拥有了整个星球。他们定居下来，构建了一个以工业和科学为基础的社会。在历经了命运的沉浮和目标的变迁之后，他们制造出一个新的人种——第八代人。这些头脑精明、身材魁梧的人被设计成严格意义上的步行族，从身体到精神都是。依靠出色的操控、计算和发明技术，他们很快将金星改造成了工程师的天堂。

行星地心的热量提供了动能，使巨型电动船舰、飞机都能轻松而平稳地穿越终年累月的季风和飓风。岛屿通过隧道和千足桥[1]连接在一起，每一寸土地都被开发为工业或农业用地。世世代代，人们成功地积累了巨额财富，因此，每隔几百年，当对立的种族和阶级沉浸在互相残杀和物质破坏的巨大狂欢中时，他们的后代也不会陷入困境。但人类变得麻木不仁，对这些纵情狂欢毫不在意。事实上，只有纵情于对身体暴力的追逐，这个庸俗的物种才能暂时从自满中挣脱出来。对高贵的生物来说，争斗是一场严重的精神灾难，但对这些人来说，却是一种补品、一种几乎算是宗教的活动。不过，应该注意到，这些阵发性的宣泄，只是少见又短暂的自发性危机，仅作为稳定和平年代里的零星点缀。在任何时候，它们都不会威胁到

1. 一种外观形似千足虫的桥梁。

人类的生存；也不可能摧毁人类的文明。

在经历了漫长的和平年代和科学进步时期之后，第八代人有了一个天文上的惊人发现。初代人类曾了解到，每颗恒星都会经历一个关键时刻，届时巨大的球体会坍塌，收缩成一颗密实的微粒，发出微弱的辐射。从那时起，人类就不断对太阳产生怀疑，担心它即将发生这种变化，变成一颗典型的“白矮星”。而第八代人类侦测到了这场灾难的种种征兆，并预测了它发生的日期。距离改变开始还有两万年时间。而再过五万年，他们猜测，金星就可能变得极度寒冷，不适于人类生存。唯一的希望是在巨变期间移居到水星，届时那里也不会像现在这般酷热。当然，那时候也需要给水星人造一个大气层，并培育出足以适应酷寒世界的新人种。

这项孤注一掷的行动已经开始实施，直到被另一个新的天文发现证明是白费力气。天文学家在太阳系外一定距离探测到大量不发光的气体。计算表明这个物体会与太阳相切并发生碰撞。进一步的计算揭示了这一事件可能造成的后果：太阳会加剧燃烧并急速膨胀。除了天王星，或者更可能海王星上还会存在生命，其余所有行星上的生物都将绝迹。海王星之外，还有另外的三颗行星[1]有可能躲过酷热炙烤，但会因为其他原因不适宜生命生存：最外侧的两个行星将处于冰冻状态，而且，航程超出了第八代人类尚不完善的以太飞船的航行范围；最靠里的水星又只是一个光秃秃的铁球，不仅没有大气和水，也没有正常的岩石层。海王星本身或许能够维持生命，但是人类怎么能迁居到海王星上呢——那里的大气不仅不宜呼吸，其引力也太大，人在上面连自身的体重都难以承受；而且，在撞击之前，它的温度会一直处于极度寒冷的水平，直到撞击之后，才可能

1. 2006 年 8 月 24 日，国际天文学联合会（IAU）通过决议不再将冥王星认定为行星。

勉强维持人类已知生命的存续。

我无暇赘述这种种困难如何被一一克服，尽管人类争取自己最后家园的故事很值得记录。我也无法详细介绍各种相互矛盾的政策。有些人，意识到自己作为第八代人不可能在海王星上生活，因此主张纵情享乐度过余生。不过，这个种族最终还是超越了自我，几乎一致决定将其剩余的几百年投入于新人种的设计和生产，以将他们的思想火炬传递到新世界。

以太飞船最终得以抵达那个遥远的世界，通过重新设置化学参数，大气质量也得到了改善；并且，由于近期人类又重新发现了物质自动湮灭的过程，稳定的能源供应也得以实现，可为一个地区持续供暖。在那里，生命有希望存续下去，直到太阳重新焕发活力。

当迁徙时间终于临近，一种特别设计的植物被送到海王星上，种植在温暖的地区，供人类所用；但动物就并非必需品了。之后，一个经过特殊设计的人种——第九代人，被运送到了人类的新居。体形硕大的第八代人自身无法在海王星上定居。问题不仅在于他们体重过大，无法支撑自身，更别提行走；也在于海王星上的大气压力太大，让他们难以承受。这颗大行星有一个厚达数千英里的气体包层，而坚实的球体部分并不比一个大鸡蛋的蛋黄多多少。行星气体与固体的质量相结合，产生了比金星海底更大的压力。因此，除了穿着钢制潜水服活动片刻，第八代人绝不敢从他们的以太飞船中出来，踏足星球表面半步。

对他们来说，除了回归金星的群岛并在那里尽情享受至生命最后一刻，别无选择。他们也没能幸免多久。当大迁徙终于完成，人类所有最珍贵的物质遗产都被转移到海王星后，仅过了几百年，金星这颗伟大的行星便险些被撞出轨道；天王星和木星则完全脱了轨；土星不一样，它在海王星成功逃脱几年后，便连同它的土星环与所有卫星一起被吞没了。这场轻微的碰撞造成星系迅速升温，而一切还只是前奏。巨大的异星气团猛冲而来，就像一根戳破蛛网的手指，将行星的轨道搅成一团。它一路吞噬了小行星带，但越过了火星，随后用它那燃烧的毛发缠住了地球和金星，向太阳扑去。从此，太阳系的中心变成了一颗巨型的恒星，其直径几乎和水星曾经运行的轨道一样宽广；而整个太阳系，也随之发生了彻底的改变。

（吴倩　译）

福特安坐他的车中[1]

1932 年，全世界刚度过一场使人幻想破灭的危机，又深陷另一个危机之中。精心培育下形成的对人类进步事业的信念遭到了第一次世界大战的粉碎，战争还几乎摧毁了整整一代的欧洲男性，并且激发了共产主义革命，导致了一种根深蒂固的悲观主义情绪。

但对有识之士来说，进步仍是显而易见的。随着公共卫生措施和更好的营养条件开始降低死亡率、延长生命周期，西方世界的人口不断增长（在当时这看起来还并不会成为麻烦）。从 1900 年到 1960 年，美国的人均寿命从 47.3 岁增长到了 69.7 岁。同期美国的国民生产总值从 170 亿美元增加到了超过 5 000 亿美元。

新发明对生产力的提高有着显著作用，在农业方面这点尤其明显。收割 1 英亩的麦田本来需要 61 小时，后来只要 3 小时了，而新的机器、杂交品种和化肥还在进一步提高这一生产过程的效率。同

1. 出自《美丽新世界》。阿道斯·赫胥黎这里是戏仿英国著名诗人罗伯特·勃朗宁的名句："上帝安居他的天堂——世间万事祥和。"原文这里的"车"是大萧条期间用于称呼福特公司的老式廉价小汽车的专有名词。

时，石油的开采提炼以及电力的广泛运用让能源日趋丰富而又廉价；炼钢技术得到改进；发达的交通运输——轮船、火车、汽车，后来是飞机，把新工厂中源源不绝地生产出来的大量产品运往世界各地的市场；无线电和电话让通信状况改善，速度加快……

在此期间，工厂成了生产大众消费物资的有效手段。这一过程始于1798年，当时美国机械工程师、发明家伊莱·惠特尼创造了利用可互换零件大规模制造枪支的方法；1916年，亨利·福特发明了流水线，让这一过程登峰造极。福特让车架在一系列工人面前移动，每个工人只需要完成一项简单的工序，而不用凑过去把零件装到车架上。如此一来他就可以用非熟练工替代熟练的机械技工，也让他得以将其廉价汽车“白铁皮利兹”的价格从850美元降到了360美元，即使1914年他已经把每天的工作时间从9小时缩短到了8小时，并把工人的薪水提高了一倍以上。他的革新举措让汽车进入了大众消费市场；也只有这个市场最适合他的生产模式。

物质丰富并不一定能保证幸福，但贫穷几乎总是会带来不幸。

物质的丰富让工人阶级的生活水平得到了前所未有的提高，有了享受的余暇，但生产出丰饶物资的体制也产生了别的后果。工作的满足感降低了；生活节奏越发匆忙；人们有了更多的空余时间反思自己的境况；文明社会似乎在倾向于机械化程度越来越高，人口越来越多，并且为了追求更高的效率和更丰富的物质生活而越来越城市化。

大萧条带来的经济混乱发生一两年之后，阿道斯·赫胥黎透过观察，从福特的革新措施所代表的复杂趋势之中觉察到一个暧昧难明的未来。那并不是福斯特的《大机器停转》当中那个枯燥乏味的地下世界。在赫胥黎描绘的世界里，人们心中并没有什么深奥难解的念头；实际上，他们几乎就不去做任何思考。他们诞生于人工分离的卵子中，在瓶子里就针对未来要做的工作进行培养；他们恣意享受不会有任何后果的性爱（欢宴幻宴）；遇上不舒服的时候，他们有万能的欢乐药剂“唆麻”；每月还有一剂 V.P.S.（代强烈情素）来清除他们神经系统中的激情冲动；整个世界都没有疾病、衰老、欲望或是强烈的感情。

用他们的说法，“福特安坐他的车中”。

这世界不能说是不诱人的——但对于有的人除外，像“野蛮人”那样的人，他们喜爱诗歌、宗教、罪孽和自由，他们宁愿——不，他们渴望——为这些受苦受难；他们和“野蛮人”一样，要求有不快乐的权利。在下面的选段中，赫胥黎没有把“管理员”给写成一个用来批驳的靶子。实际上，他把做出结论的位置给了穆斯塔法。

《美丽新世界》的这位作者是英国文坛的一员，但不是有代表性的那种。在他那高高瘦瘦的身体里，他将 19 世纪的两种文化——他舅外祖父马修·阿诺德代表的人文文化和他祖父 T. H. 赫胥黎代表的科学文化——融汇为一。阿道斯·赫胥黎那独特的矛盾性格可以从这种结合中找到部分的解释。

他曾回忆说，自己生命中最重要的事件是在伊顿中学染上了角膜炎，导致他视力受损。等到进入牛津大学时，他只得放弃了早先做医生的抱负，选择了英国文学和哲学专业。渐渐地，他用一只眼睛借助放大镜恢复了阅读的能力，担任教职，还进入了《雅典娜神殿》[1] 的编辑部，为许多期刊撰写文学新闻稿，并开始创作长篇小说。

他更多地被视为散文家，而非小说家，但他的小说被认为是第一次世界大战后涌现出的一批怀疑论杰作中的光辉典范。他的

1. 英国文学和艺术刊物。1919—1921 年间赫胥黎在该期刊工作，主要从事文学新闻写作。

第一部作品是《地狱边境》[1]（*Limbo*，1920），然后是《克鲁姆黄》[2]（*Chrome Yellow*，1921）、《尘缘缠绕》[3]（*Mortal Coils*，1922）和《滑稽圆舞》[4]（*Antic Hay*，1923），之后是他的巅峰之作《针锋相对》[5]（*Point Counter Point*，1928）。《美丽新世界》（1932）是他的第一部科幻小说，但不是最后一部；接下来还有《许多夏季之后天鹅死了》（*After Many a Summer Dies the Swan*，1940）、《猿与本质》（*Ape and Essence*，1948）；他逝世前一年还发表了长篇小说《岛》（*Island*，1962），在这本书中他在一个乌托邦中看到了希望，就像他1932年在乌托邦中看到了对人类灵魂的威胁一样。

赫胥黎在意大利和法国度过了多年的小说创作生涯（他是D. H. 劳伦斯[6]的好友和邻居）之后，在美国加利福尼亚南部度过了生命的最后30年，在那里他找到了希望和宁静。作为一位著名的悲观主义者和社会批判家，他同时又乐观得令人惊讶；他还是一个神秘主义者；他推广名声扫地的贝茨眼操；他还追求通过麦斯卡林[7]和LSD[8]或是东方宗教获得超验性体验，并把这些写在了《长青哲学》（*The Perennial Philosophy*，1946）和《知觉之门》（*Doors of Perception*，1954）当中。

在《重访美丽新世界》（*Brave New World Revisited*，1958）中，他回到了他最广为人知的作品，审视其中的那些想法如何化为现实。行为心理学家B. F. 斯金纳使用了同样的技巧，得到的结果也一样——他在《超越自由与尊严》（*Beyond Freedom and Dignity*，

1. 短篇集，一半左右的篇幅是同名中篇。
2. 他的第一部长篇小说，《美丽新世界》中的部分理念在其中已经萌芽。
3. 短篇集，其中收录有同名短篇，篇名来自《哈姆雷特》。
4. 长篇小说，讽刺一战后伦敦文学界的虚无主义风气。
5. 赫胥黎篇幅最长、在文学界评价最高的小说。
6.《查泰莱夫人的情人》的作者。
7. 从一些南美有毒仙人掌中提取的生物毒碱，有致幻效果。
8. 一种强烈的半人工致幻剂。

1971）中描绘了自己的乌托邦小说《瓦尔登湖第二》[1]（*Walden Two*，1948）中理想化的那些东西。

布赖恩·奥尔迪斯[2]（Brian Aldiss）曾说，《美丽新世界》“也许是西方世界最著名的科幻小说”。

（何锐　译）

1. 该书1960年前乏人问津，但1961年后一度成为畅销书，引起了相当的社会反响。美国有人遵循书中模式建立了若干公社，至今仍有在运行者。
2. 英国科幻作家、编辑、艺术家，被誉为“英国科幻小说教父”。

美丽新世界（节选）

［英国］阿道斯·赫胥黎

第十六章

三个人被引进的房间是总统的书房。

“总统福下马上就下来。”伽马仆役长把他们留在了那里。

赫姆霍尔兹放声大笑。

“这倒不像是审判，而是请喝咖啡。”他说，然后倒进了最奢侈的气垫沙发椅。“别泄气，伯纳。”他瞥见了他朋友那铁青的不快活的脸，又说。伯纳却泄了气。他没有回答，连看也没有看他一眼，只走到屋里最不舒服的一把椅子上坐下了。那是他小心选择的，暗暗希望能多少减轻首长的恼怒。

这时，野蛮人却在屋子里烦躁地走来走去，他带着一种模糊的表面的好奇窥视着书架上的书、录音带和编了号的小格子里的阅读机线轴。窗户下的桌上有一本巨大的书，柔软的黑色人造皮封面上烫着巨大的金 T 字。他拿起书，翻了开来。《我的一生及事业》，我主福特著。是福帝知识宣传协会在底特律出版的。他懒洋洋地翻了几页，东看一句，西看一段，正想下结论说这本书引不起他的兴趣，门开了，驻跸西欧的世界总统轻快地踏进门来。

穆斯塔法·蒙德跟他们三个人一一握手，话却是对野蛮人说的。“看来你并不太喜欢文明，野蛮人先生。”他说。

野蛮人看了看他。他曾经打算撒谎、吹牛或是怒气冲冲一言不发，但是总统脸上那亲切的样儿却叫他放下心来，他决心直截了当说真话。“不喜欢。”他摇摇头。

伯纳吃了一惊，他满脸惶恐。总统会怎么想呢？给他安上个罪名，说他跟不喜欢文明的人做朋友——而且是在总统面前，不是在别人面前公开表示，太可怕了。“可是，约翰……”他说话了。但穆斯塔法·蒙德瞟了他一眼，他便卑微地闭上了嘴。

“当然，”野蛮人继续交代，“有一些很好的东西。比如空中的音乐……”

“有时候千百种弦乐之音会在我耳里缭绕不去，有时又有歌声。[1]”总统说。

野蛮人的脸突然焕发出了欢乐的光彩。“你也读过莎士比亚？”他问道，“我还以为这本书在英格兰这地方没有人知道呢。”

“几乎没有人知道，我是极少数知道的人之一。那书是被禁止的，你看。但这儿的法律既然是我制定的，我当然也可以不遵守，我有豁免权，马克思先生，”他转身对着伯纳，加上一句，“而你，我怕是不能不遵守。”

伯纳陷入了更加绝望的痛苦之中。

“可是，为什么要禁止莎士比亚呢？”野蛮人问道。由于见到一个读过莎士比亚的人感到兴奋，他暂时忘掉了别的一切。

总统耸了耸肩。“因为莎士比亚古老，那是主要的理由。古老的

1. 总统引用的此句见莎士比亚戏剧《暴风雨》第 3 幕第 2 场 137 至 138 行。

东西在我们这儿是完全没有用的。”

“即使美也没有用？”

“特别是美的东西。美是有吸引力的，而我们却不愿意让人们受到古老的东西吸引。我们要他们喜欢新东西。”

“可这些新东西却那么愚蠢而且可怕。那些新戏里除了飞来飞去的直升机和叫你感觉得到的接吻，什么都没有。”他做了个鬼脸，“山羊和猴子。[1]”他只有通过《奥赛罗》才能找到表达他的轻蔑和憎恶的词语。

“可爱、驯服的动物。”总统喃喃地插嘴道。

“你为什么不换个办法，让他们看看《奥赛罗》？”

“我已经告诉过你，《奥赛罗》太古老。何况他们也读不懂。”

是的，说得对。他想起赫姆霍尔兹曾经怎样嘲笑过《罗密欧与朱丽叶》。“那么，”他停了一会儿说，“弄点他们能够懂的新东西，要像《奥赛罗》那样的。”

“我们想写的正是这种东西。”长时间的沉默，赫姆霍尔兹插嘴打破沉默说。

“可那是你绝对写不出的东西，”总统说，“因为，那东西如果真像《奥赛罗》就没有人懂，不管它有多新；而如果它是新的，就不可能像《奥赛罗》。”

“为什么？”

“对，为什么？”赫姆霍尔兹问。他也已忘掉了自己的狼狈处境。可伯纳对处境却牢记在心，他又着急又害怕，铁青着脸。别的人没有理他。“为什么？”

“因为我们的世界跟《奥赛罗》的世界不同。没有钢你就造不

---

1. 野蛮人在这儿使用了莎士比亚戏剧《奥赛罗》里的意象，原句是：“……他们像山羊一样风骚，像猴子一样好色，像豺狼一样贪淫。”见该剧第 3 幕第 3 场 403 至 404 行，是伊阿古挑拨奥赛罗的话。

出汽车，没有社会的动荡你就造不出悲剧。现在的世界是稳定的，人民过着幸福的生活，要什么有什么，得不到的东西他们绝不会要。他们富裕，他们安全，他们从不生病，也不怕死，他们快快活活，不知道激情和衰老，没有什么爸爸妈妈来给他们添麻烦，也没有妻子儿女和情人叫他们产生激情，他们的条件设置使他们实际上不能不按为他们设置的路子行动。万一出了事还有唆麻——那就是你以自由的名义扔到窗外去的东西，野蛮人先生，自由！”他哈哈大笑，“想叫德尔塔们懂得什么叫自由！而现在又希望他们懂得《奥赛罗》！我的好孩子！”

野蛮人沉默了一会儿说：“可是《奥赛罗》是好的，《奥赛罗》要比感官电影好。”

“当然要好，”总统表示同意，“可那正是我们为安定所付出的代价。你不能不在幸福和人们所谓的高雅艺术之间进行选择。我们就用感官电影和馨香乐器代替了艺术。”

“可那些东西什么意思都没有。”

“意思就在它们本身。它们对观众意味着大量的感官享受。”

“可是，它们是……是一个白痴所讲的故事[1]。”

总统哈哈大笑。“你对你的朋友华生先生可不太礼貌，他可是一名最杰出的情绪工程师呢……”

“可是他倒说对了，”赫姆霍尔兹阴郁地说，“无事可写却偏要写，确实像个白痴……”

“说个正着，但是那正好要求最巨大的聪明才智，是叫你使用少到不能再少的钢铁去制造汽车——实际上除了感觉之外几乎什么都不用，却制造着艺术品。”

---

1. 此语见莎士比亚戏剧《麦克白》第5幕第5场，全句是：“人生……是一个傻瓜所讲的故事，充满喧哗和骚动，却找不到一点意义。”

野蛮人摇摇头。“在我看来这似乎可怕极了。”

“当然可怕。但是跟受苦受难的高昂代价比起来，现实的幸福看起来往往相当廉价。而且，稳定当然远远不如动乱那么热闹，心满意足也不如跟不幸做殊死斗争那么动人，也不如抗拒引诱或是为激情和怀疑所颠倒那么引人入胜。幸福从来就不伟大。”

“我看倒也是的，”野蛮人沉吟了一会儿说，“可难道非弄得这么糟糕，搞出些多生子来不行吗？”他用手抹了抹眼睛，仿佛想抹掉装配台上那一大排一大排一模一样的侏儒，抹掉布冷特福单轨火车站门口排成长龙的多生子群，抹掉在琳达弥留的床边成群结队爬来爬去的人蛆，抹掉攻击他的那些千篇一律的面孔。他看了看他上了绷带的左手，不禁不寒而栗。“恐怖！”

“可是用处多大！你不喜欢我们的波坎诺夫斯基群，我明白，可是我向你保证，是他们形成了基础，别的一切都是建筑在他们身上的。他们是稳定国家这架火箭飞机，使之按轨道前进的方向陀螺仪。”那深沉的声音令人惊心动魄地震动着，激动的手势暗示着整个宇宙空间和那无法抗拒的飞行器的冲刺。穆斯塔法·蒙德解说的美妙几乎达到了合成音乐的标准。

“我在猜想，”野蛮人说，“你为什么还培育这样的人呢？——既然你从那些瓶子里什么东西都能得到，为什么不把每个人都培养成阿尔法双加呢？”

穆斯塔法·蒙德哈哈大笑。“因为我们不愿意叫人家割断我们的喉咙，”他回答，“我们相信幸福和稳定。一个全阿尔法社会必然动荡而且痛苦。你想象一下一座全是由阿尔法组成的工厂吧——那就是说全是由各自为政、互不关心的个体组成的工厂，他们遗传基因优秀，条件设置适宜在一定范围内自由进行选择，承担责任。你想象一下看！”他重复了一句。

野蛮人想象了一下，却想象不出什么道理来。

“那是荒谬的。硬叫按阿尔法标准换瓶、按阿尔法条件设置的人干伊普西龙半白痴的工作，他是会发疯的——发疯，否则他就会砸东西。阿尔法是可以完全社会化的——但是有个条件：你得让他们干阿尔法的活。伊普西龙式的牺牲只能由伊普西龙来做。有个很好的理由，伊普西龙们并不觉得在做牺牲，他们是抵抗力最小的一群。他们的条件设置给他们铺好了轨道，让他们非沿着轨道跑不可，他们早就命定了要倒霉，情不自禁要跑。即使换了瓶他们也仍然在瓶子里——他们被一种看不见的瓶子像婴儿一样、胚胎一样固定。当然，我们每个人的一生，”总统沉思着说，“都是在一种瓶子里度过的。可我们如果幸而成了阿尔法，我们的瓶子就相对而言比较宽敞；把我们关在狭窄的空间里，我们就会非常痛苦。理论上很明显，你不能把高种姓的代香槟加进低种姓的瓶子里。而在实践上，也已经得到了证明。塞浦路斯实验的结果是很有说服力的。”

“什么实验？”野蛮人问。

穆斯塔法·蒙德微笑了。“你要是愿意，可以称之为‘重新换瓶实验’。是从福帝纪元 473 年开始的。总统清除了塞浦路斯岛上的全体居民，让两万两千个专门准备的阿尔法住了进去，给了他们一切工农业设备，让他们自己管理自己。结果跟所有的理论预计完全吻合。土地耕种不当，工厂全闹罢工，法纪废弛，号令不行。指令做一段时间低级工作的人总搞阴谋，要换成高级工种。而做着高级工作的人则不惜一切代价串联回击，要保住现有职位。不到六年工夫就打起了最高级的内战。等到二十二万人死掉十九万，幸存者们就向总统们送上了请愿书，要求恢复对岛屿的统治。他们接受了。世界上出现过的唯一全阿尔法社会便这样结束了。”

野蛮人深沉地叹了一口气。

“人口最佳比例是，”穆斯塔法·蒙德说，“按照冰山模式——九分之八在水下，九分之一在水上。”

“水下的人会幸福吗？”

“比水上的人幸福。比你在这儿的两位朋友快乐，喏。”他指着他们俩。

“尽管做着那种可怕的工作？”

“可怕？他们并不觉得可怕，相反倒喜欢，因为清闲呀，简单得像小孩的玩意儿，不用训练头脑和肌肉。七个半小时不算繁重的劳动，然后有定量的唆麻、游戏、不受限制的性交和感官电影。他们还会有什么要求？不错，”他说下去，“他们可能要求缩短工作日。我们当然能够给他们缩短。从技术上讲，要把低种姓人的工作日缩短为三四个小时可以不费吹灰之力。但是他们会因此而多一些幸福吗？不，不会的。一个半世纪以前曾经做过一次实验。爱尔兰全部改成每天四小时。结果如何？动荡不安和更高的唆麻消费，如此而已。那多出来的三个半小时空闲远远不足以成为幸福的根源，却使得他们不得不休唆麻假。发明局里塞满了减少劳动的计划，有好几千。”穆斯塔法·蒙德做了一个手势，表示很多，“我们为什么不实行？是为了劳动者的利益。拿过多的余暇折磨他们简直就是残酷行径。农业也一样。只要我们愿意，每一口食物都可以合成。但是我们不干，我们宁可把三分之一的人口保留在土地上，那是为了他们好，因为从土地上取得食物比从工厂要慢。而且我们还得考虑到稳定，不想变。每一次改变都威胁着稳定，那是我们很不愿意应用新发明的又一个原因。纯科学的每一个发现都具有潜在的颠覆性。就连科学有时也得被看作可能的敌人。是的，就连科学也如此。”

“科学？”野蛮人皱了皱眉头。他知道这个词，可说不清它究竟是什么意思。莎士比亚和印第安村庄的老人就从来没有提起过科学；

从琳达那里他也只归纳出了一点最模糊的印象：科学是你用来造直升机的东西，是让你嘲笑玉米舞的东西，是让你不长皱纹不掉牙齿的东西。他竭尽全力想抓住总统的意思。

“不错，”穆斯塔法·蒙德说，“那是为稳定所付出的又一项代价。跟幸福格格不入的不光是艺术，还有科学。科学是危险的，我们得给它小心翼翼地套上笼头，拴上链子。”

“什么？”赫姆霍尔兹吃了一惊，“可我们一向都说科学就是一切。那已经是睡眠教育的老调了。”

“十三点至十七点，每周三次。”伯纳插嘴道。

“还有我们在大学里所做的一切宣传……”

“对，可那是什么样的科学？”穆斯塔法·蒙德尖刻地说，“你们没有受过科学训练，无法判断。我原来可是个出色的物理学家，可是太善良——我不明白为什么我们所有的科学都不过是一本烹饪书。书上的正统烹饪理论是不容许任何人怀疑的。而有一大批烹调技术不经过掌勺师傅的批准是不许写进书里去的。我现在做了掌勺师傅，但以前也曾经是个爱刨根问底的洗碗小工。我开始自己搞一些非法的、不正统的、不正当的烹调。实际上是真正的科学实验。”他沉默了一会儿。

“后来怎么啦？”赫姆霍尔兹·华生问。

总统叹了一口气。“几乎跟你们面临的遭遇一样，年轻人。我几乎给送到了一个小岛上。”

一句话吓得伯纳魂不附体，做出了不体面的过分行为。

“送我到岛子去？”他蹦了起来，穿过屋子，来到总统面前比画着，“你不能送我去，我什么也没有做，都是别人做的，我发誓是这样的。”他指着赫姆霍尔兹和野蛮人。“啊，请别把我送到冰岛去。该做什么我保证都做。再给我一个机会吧，求求你啦！”他连眼泪都流出来了。“告诉你吧，那都得怪他们，”他抽泣了起来，“别让我去冰岛。啊，求你了，总统福下。求……”他卑劣的情绪发作，跪倒在总统脚前。穆斯塔法·蒙德想扶他起来，他却赖在地上不动，咿咿嗯嗯说个没完。最后，总统只好按铃叫来了他的第四秘书。

“带三个人来，”他命令道，“把马克思先生带到寝室去，给他一剂唆麻雾，送他上床，让他睡。”

第四秘书出去了，带回来三个穿绿色制服的多生子下人。伯纳叫喊着、抽泣着被带了出去。

“人家还以为要割他的喉咙了呢，”门关上时总统说，“不过，他如果有一点点头脑也会明白，这种处分其实是一种弥补。他要被送到一个岛上去，那就是说，他要被送到一个他可以遇见世界上最有趣的男男女女的地方去。那些人都是因为某种原因而特别自觉地独行其是，他们跟社会生活格格不入，对正统的事物不满，有自己的独立思想。总而言之，都算得个角色。我几乎要妒忌你呢，华生先生。”

赫姆霍尔兹笑了。“那你现在为什么不是在一个岛上呢？”

“因为我最终选择了这儿。”总统回答。“他们曾经给过我选择：是被送到一个岛上去继续搞我的纯科学，还是进入总统委员会——其远景是在适当的时候继任总统。我选择了这个，放弃了科学。有时候，”他说，“我为放弃了科学而感到遗憾。幸福是一个很难服侍的老板——特别是别人的幸福。如果一个人并没有特别设置得可以接受幸福而不提出疑问，那么幸福就比真理还要难服侍得多。”他叹了一口气，又沉默了，然后才以较为活泼的口气说下去：“好了，职责就是职责，应该如何选择是无法讨价还价的。我对真理感兴趣，我喜欢科学。但是真理是一种威胁，科学危害社会。它的危害之大正如它的好处。它给了我们历史上最平衡的稳定。跟我们的稳定相比，中国的稳定也只能算是最不可靠的。即使原始的母系社会也不会比我们更稳定。我再说一句，我们要感谢科学，但是我们不能让科学破坏它自己办成的好事，因此我们小心翼翼地控制着它的研究范围——正是因此，我几乎被送到岛上去了。除了当前最亟需解决的问题，我们都不以科学的方式处理。其他的一切探索都要非常小心谨慎地遏制。”他沉吟了一会儿，又说：“读一读我主福帝时代的人所写的关于科学进步的文章是很有意思的。”他停了一下，又说：“那时候的人似乎想象科学是可以无限制地发展下去的，知识是最高的善，真理是最高的价值，其他的一切都是次要的、从属的。不错，甚至在那时候观念就已经开始改变。我主福帝就曾经做过极大的努力，要把强调真与美转轨为强调舒适和幸福。大规模生产需要这种转轨。众人的幸福能让轮子稳定地运转，而真与美不行。而且，当然，只要是群众掌握了政权，重要的就会是幸福而不是真与美。但是，尽管如此，那时还是允许无限制地进行科学研究的。人们还在谈着真与美，仿佛它们就是最高的善，直谈到九年战争之前。是那场战争让他们彻底改变了调子。炭疽杆菌炸弹在你周围爆炸，真呀美呀知识呀对你还有什么意思？就从那时开始，科学第一次受到了控制——九年战争之后，那时候人们还准备好了连裤带都勒紧呢。为了安定的生活，什么都是可以放弃的。我们进行了控制。当然，那对真理不算太好，对幸福却大有好处。有所得必然有所失，获得幸福是要付出代价的。你就要付出代价了，华生先生——因为对美的兴趣太浓而付出代价。我曾经对真理的兴趣太浓，我也曾经付出过代价。”

“可是你并不曾到海岛上去。”野蛮人打破了长久的沉默说道。

总统笑了。“我的代价是：为幸福服务。为别人的幸福，不是为我自己的幸福服务。幸运的是，”他停了一会儿，又接下去说，“世界上有那么多海岛。要是没有那么多海岛，我可真不知道该怎么办了。看来只好把你们全都送进毒气室了。附带问一句，你喜不喜欢赤道气候？比如马克萨斯群岛或是萨摩亚群岛，或是别的更能刺激你的地方？”

赫姆霍尔兹从他的气垫沙发椅上站了起来。“我宁可选一个气候极端恶劣的地方，”他回答，“我相信恶劣的气候会让我写得更好。比如，常常有狂风暴雨……”

总统点头表示赞许。“我就喜欢你这种精神，华生先生，的确非常喜欢，喜欢得就像我正式反对它一样。”他微笑了，“那么福克兰群岛[1]怎么样？”

“好，我看可以，”赫姆霍尔兹回答，“现在，你如果不介意的话，我要去看看可怜的伯纳怎么样了。”

第十七章

“艺术，科学——你好像为你的幸福付出了相当高的代价，”只剩下他们俩时，野蛮人说，“还付出了别的什么吗？”

“当然，还有宗教。”总统回答，“以前曾经有过一种叫作上帝的东西，那是在九年战争以前，不过我忘了。关于上帝你是知道的，我估计。”

“啊……”野蛮人犹豫了，他想谈谈孤独、夜以及月光下苍白的石质平原、悬崖，谈一谈往阴影里的黑暗跳下去和死亡。他想谈，但是找不出话来表达，甚至引用莎士比亚也无法表达。

这时总统已走到屋子另一边，打开一个嵌在书架间的墙壁里的

1. 位于南大西洋，即20世纪80年代因领土纠纷引起战争的马尔维纳斯群岛。

保险箱。沉重的门一晃，开了，总统伸手在黑暗里摸索。“这是一个，”总统说，“我一向很感兴趣的题目。”他抽出一本黑色的厚书。“你从来没有读过这本书吧？”

野蛮人接了过来。“《圣经·新旧约全书》。”他念着书名。

“这书也没有读过吧？”那是一本小书，封面没有了。

“《效法基督》。”

“这书也没有吧？”他又递给他一本。

“《宗教经验种种》，威廉·詹姆斯著。”

“我还有很多，”穆斯塔法·蒙德说了下去，“一整套猥亵的古书。保险箱里放着上帝，书架上放着福帝。”他指着他自称的图书馆——那一架架的书、一架架的阅读机线轴和录音带——哈哈大笑。

“可你既然知道上帝，为什么不告诉他们？”野蛮人义愤填膺地问道，“你为什么不把这些有关上帝的书给他们读？”

“理由跟不让他们读《奥赛罗》一样——太古老了。那是关于几百年前的上帝的书，不是关于今天的上帝的书。”

“上帝可是不会变的。”

“但是人会变。”

“那能有什么区别？”

“有天大的区别。”穆斯塔法·蒙德说着又站了起来，走到保险箱前。“有个人叫纽曼主教，”他说，“是个红衣主教，”他解释道，“也就是社区首席歌唱家一流的人物。”

“‘我，美丽的米兰的潘杜尔夫，红衣主教。’[1] 我在莎士比亚的书里面读到过。”

“你当然读到过。好了，我刚才说到，有个人叫纽曼红衣主教。

1. 此语见莎士比亚戏剧《约翰王》第 3 幕第 1 场 138 行。

啊，就是这本书。”他抽了出来，“我要谈纽曼的书，也想谈谈这一本书，是一个叫曼·德·比朗的人写的。他是个哲学家——你要是知道什么是哲学家的话。”

“就是能梦想出许多东西的人，梦想的东西比天地间的事物还多。”野蛮人立即回答。

“说得很对，我马上就给你念一段他确实梦想出的东西。现在你听一听这位古时候的首席歌唱家的话。”他在夹了一张纸条的地方翻开，读了起来，“‘我们并不比我们所占有的东西更能够支配自己。我们并没有创造出自己，也无法超越自己。我们不是自己的主人，而是上帝的财富。这样来看问题难道不是我们的一种幸福吗？认为自己能够支配自己能得到幸福吗？能得到安慰吗？少年得志的人可能会这样想，以为能使一切事物按他们的想法及方式做很了不起，不必依靠任何人。对视野以外的东西一律不予考虑，不必因为总需要感谢别人、征求别人的意见，总需要祈祷而烦恼。可惜随着时光的流逝，这些少年得志的人也必然会跟别人一样发现，人未必是天生独立的——独立状态并不是自然状态。独立在一定时间内也许可能，却无法使我们平安到达目的地……’”穆斯塔法·蒙德停了停，放下第一本书，拿起了第二本翻着。“就拿这一段为例，”他说，然后就以他那深沉的声音念了起来，“‘人是要衰老的；他从内心强烈地感到衰弱、阴暗、烦恼，这种感觉是随着年龄的增长而增长的。最初有这种感觉时，他以为是病了，以为这种痛苦处境是某种特殊原因造成的，用这种想法来减少恐惧。他希望那病跟别的病一样，能够治好。这是幻想！那病叫作衰老，是一种令人毛骨悚然的病。有人说对死亡和死亡后的恐惧使人到老年之后转向信仰宗教，但是我自己的体会使我深信：宗教情绪是随着年龄的增长而增长的，与这一类的恐惧或想象并无关系。宗教情绪会发展，因为那时激情平静了，幻想和感受力随之而减弱，难于唤起，于是理智活动受到的干扰便减少，能引起人们的想象、欲望和妄想的东西对理智的影响也减少了，这样上帝就出现了，宛如云开日出。我们的灵魂感觉到了，看见了，向诸般光明的源头转了过去——很自然地，无可避免地转了过去。因为现在给予感官世界以生命和魅力的东西已经被筛掉，离开了我们，那惊人的存在现在已不再受到内在和外在印象的支持，我们感到需要依靠一种永恒的东西，一种永远不会欺骗我们的东西——一种现实，一种绝对的永恒的真理。是的，我们无可逃避地要转向上帝，因为这种宗教情绪的本质是如此纯洁，使能够体会到它的灵魂如此愉悦，可以弥补我们在其他方面的损失。'”穆斯塔法·蒙德合上书，身子往椅背上一靠。“天地之间有一种哲学家们连做梦也没有想到过的存在，那就是我们。”他挥舞着一只手，“就是我们这个现代的世界。'你只能在获得青春和昌盛之时对上帝独立。独立并不能把你安全地送到最后。'可是我们却自始至终得到了青春和繁荣，随之而来的能有什么？显然我们是能够独立于上帝之外的。'宗教情绪将弥补我们的一切损失。'可是我们并没有需要弥补的损失；宗教情绪是多余的东西。既然青年时期的欲望全都可以满足，为什么还要寻求那欲望的代用品呢？既然我们能够从自古以来的种种胡闹活动中获得尽情的享受，为什么还要追求那类娱乐的代用品呢？既然我们的身心都能在活动中不断获得愉悦，为什么还要休息呢？既然我们有唆麻，为什么还需要安慰呢？既然我们已经获得了社会秩序，为什么还需要追求永恒呢？”

“那么你认为上帝是没有的？”

“不，我倒认为上帝十之八九是有的。”

“为什么……”

穆斯塔法·蒙德打断了他的话。“但是上帝对不同的人有不同的表现。在这以前，上帝的表现正如这本书里所描述的，可是现在……”

“可是现在上帝是怎样表现自己的呢？”野蛮人问。

“嗯，他表现为一种虚无的存在；仿佛根本不存在。”

“那可是你们的错。”

“把它叫作文明的错吧。上帝跟机器、科学医药和普遍的幸福是格格不入的。你必须做出选择。我们的文明选择了机器、医药和幸福，因此我就把这些书锁进了保险箱。它们肮脏，会吓坏人的……”

野蛮人打断了他。“可是，感觉到上帝的存在不是很自然的吗？”

“你倒不如问：穿裤子拉拉链不也是很自然的吗？”总统尖刻地说，“你叫我想起了另外一个这样的老头，他叫布拉德利。他对哲学下的定义是：为自己出于本能所相信的东西寻找出的蹩脚的解释！仿佛那时人们的信仰是出于本能似的！一个人相信什么是由他的条件设置决定的，找出些蹩脚理由为自己因某种蹩脚理由相信的东西辩护——那就是哲学。人们相信上帝是因为他们的条件设置使他们相信。”

“可情况还是一样，”野蛮人坚持不懈，“在孤独的时候你就相信上帝——当你很孤独，在夜里，思考着死亡的时候。”

“可是现在人们是绝不会孤独的，”穆斯塔法·蒙德说，“我们把他们制造得仇恨孤独；我们为他们安排的生活使他们几乎不可能孤独。”

野蛮人神色黯然地点了点头。他在马尔佩斯感到痛苦，因为人家把他孤立于村庄活动之外；而在文明的伦敦他也感到痛苦，却是因为无法逃避社会活动，无法获得平静的孤独。

“你记得《李尔王》里的那段话吗？”野蛮人终于说道，“‘诸神是公正的，他们让我们的风流罪过成为惩罚我们的工具；他在黑暗淫亵的地方生下了你，结果使他失去了他的那双眼睛。’[1] 这时爱德蒙回答道——你记得，他受了伤，快要死了——‘你说得不错，天道的车轮已经循环过来了，所以有了我。’这怎么样？这不很像有一个掌握万物的上帝在奖善惩恶吗？”

“真的吗？”这一回是总统提问了，“你可以跟一个不孕女尽情地寻欢作乐，绝不会有被你儿子的情妇剜去双眼的危险。‘车轮已经循环过来了，所以有了我。’现在的爱德蒙会怎么样呢？他坐在气垫椅里，搂着姑娘的腰，嚼着性激素口香糖，看着感官电影。诸神无疑是公正的，但是他们的法律归根到底却是由社会的组织者口授的；上帝接受着人的指令。”

“你有把握？”野蛮人问，“你有充分的理由认为坐在气垫椅里的爱德蒙不会遭到跟那个爱德蒙同样严厉的惩罚——那个受伤流血快要死去的爱德蒙？诸神是公正的……他们难道不会因为他寻欢作乐，成为邪恶的工具而贬斥他？”

“在什么地方贬斥他？作为一个快乐、勤奋、消费着商品的公民，这个爱德蒙无懈可击。当然，如果你要采用跟我们不同的标准，你也许可以说他被贬斥了，但是我们应该坚持同一套规则，不能按玩汪汪狗崽离心球的规则玩电磁高尔夫。”

“但是价值不能凭私心的爱憎决定，”野蛮人说，“一方面这东西的本身必须确有可贵之处，另一方面它还必须为估计者所重视。它的价值必须这样来确定。[2]”

“好了，好了，”穆斯塔法·蒙德抗议了，“这不离题太远了吗？”

“如果你让你自己想到上帝，就不会让自己因为风流罪过而堕

---

1. 此语见莎士比亚戏剧《李尔王》第 5 幕第 3 场 171 至 174 行。剧里爱德蒙是葛罗斯特伯爵的私生子，而爱德蒙的情妇里根又因为他而剜掉了葛罗斯特伯爵的双眼，所以有此报应之说。
2. 此话见莎士比亚戏剧《特洛伊罗斯与克瑞西达》第 2 幕第 2 场 53 至 56 行。

落。你必须有理由耐心地承担一切和鼓起勇气做事。这，我在印第安人身上看见过。”

“我肯定你看见过，”穆斯塔法·蒙德说，“但我们不是印第安人，我们没有必要让文明人承担什么严重的折磨。至于鼓起勇气做事——福帝禁止这种念头进入人们的头脑。如果每个人都独行其是，整个社会秩序就会被打乱了。”

“那么对自我否定你们又怎么看呢？既然有上帝，你们也就有自我否定的理由。”

“但是必须取消了自我否定才会有工业文明。必须自我放纵到卫生和经济所能容忍的最高限度，否则轮子就会停止转动。”

“你们有理由需要贞操！”野蛮人说这话时有点脸红了。

“但是贞操意味着激情，意味着产生神经衰弱，而激情和神经衰弱却意味着不安定，从而意味着文明的毁灭。没有大量风流罪过就不可能有持久的文明。”

“但上帝是一切高贵、善良和英勇的源泉。如果你们有上帝的话……”

“亲爱的年轻朋友，”穆斯塔法·蒙德说，“文明绝对不需要什么高贵和英雄主义，这类东西都是没有政治效率的病症。在我们这样的有合理组织的社会里，没有人有机会表现高贵或英勇。这种机会只能够在环境完全混乱时出现：在战争的时候，在派别分化的时候，在需要抵制诱惑的时候，在争夺或保卫爱的对象的时候——显然，在那种时候，高贵和英雄主义才会有点意义。可是现在是没有战争的。我们为防止对某一个对象爱得太深，做出了极大的努力。我们这里没有派别分化这个东西。你的条件设置又让你忍不住要做你应该做的事；而你应该做的事总体说来又是非常愉快的，能够让你任意发泄你的种种自然冲动，实际上不存在需要你去抵抗的诱惑。

即使由于某种不幸的意外确实出现了不愉快的事情，那好，还有唆麻让你远离现实去度唆麻假。永远有唆麻可以平息你的怒气，让你跟敌人和解，让你忍耐，让你长期承受痛苦。在过去，你得做出巨大的努力，经受多年艰苦的道德训练；现在只需吞下两三个半克的唆麻就行了。现在谁都可以道德高尚，一个瓶子就可以装下你至少一半的道德，让你带了走。没有眼泪的基督教——唆麻就是这种东西。"

"但眼泪是需要的。你还记得奥赛罗的话吧？'要是每一次暴风雨之后都有这样和煦的阳光，就让狂风恣意地吹，把死亡都吹醒了吧。'[1]有一个印第安老人常告诉我们一个故事，是关于玛塔斯吉的姑娘的，小伙子要想跟她结婚就必须到她园子里去锄一上午地。锄地好像很容易，但是那儿有许多许多有魔法的蚊子和苍蝇。大部分小伙子都受不了叮咬，受得住叮咬的得到了那姑娘。"

"这故事很好听！但是在文明的国家里，"总统说，"你可以用不着替姑娘锄地就得到她，也没有苍蝇蚊子叮咬。我们好多个世纪以前就消灭蚊蝇了。"

野蛮人皱起双眉点了点头。"你们把苍蝇蚊子消灭了，把一切不愉快的东西消灭了，而不是学会忍受它们。'默然忍受命运暴虐的毒箭，或是面对着苦海，拿起刀子做个一了百了。'可是你们两样都不做。既不'默然忍受'，也不'一了百了'，只是把毒箭取消，那太容易了。"

他突然沉默了，想起了他的母亲。琳达曾经在她三十七层楼上的房间里漂浮在一片弥漫着歌声的海里，那儿有光明和馨香的爱抚——她飘走了，飘到空间以外、时间以外，飘到她的回忆、习惯

1. 此语见莎士比亚戏剧《奥赛罗》第 2 幕第 1 场 185 至 186 行。

和她那衰老臃肿的身子的囚牢以外去了。而托马金，以前的孵化与条件设置主任托马金，现在还在唆麻假期里——那摆脱羞辱和痛苦的唆麻假，在一个他听不见嘲弄的话和讽刺的笑、看不见那张奇丑的面孔、感觉不到那两条湿漉漉的肥胳膊搂住自己脖子的世界里——美丽的世界……

“你们需要的是，”野蛮人继续说道，“换上点带眼泪的东西。这儿的东西都不如眼泪值钱。

（“造价一千二百五十万元，”在野蛮人对他提起这话时，亨利·福斯特曾经抗议过，“一千二百五十万元——那是新的条件设置中心的价值，分文不少。”）

“勃勃的雄心振起了他的精神，使他蔑视不可知的结果，为了区区弹丸之地，拼着血肉之躯去向命运、死亡和危险挑战。[1]这里头不是还有点东西吗？”他抬头看着穆斯塔法·蒙德问道，“与上帝无关——当然，上帝也可能是理由之一。危险的生活里不也有点东西吗？”

“有很多东西，”总统回答，“男人和女人的肾上腺素每过一些时候都需要受到点刺激。”

“什么？”野蛮人莫名其妙地问。

“那是身体完全健康的条件之一。因此我们才把接受 V.P.S. 治疗定为义务性的。”

“V.P.S.？”

“代强烈情素。每月固定接受一次。我们让肾上腺素弥漫了整个生理系统。从生理上说，它完全和恐惧与狂怒相等。它所能产生的滋补效果跟杀死苔斯德蒙娜和被奥赛罗杀死相同，却丝毫没有它的

---

1. 此语见莎士比亚戏剧《哈姆雷特》第 3 幕第 1 场 51 至 53 行。是哈姆雷特赞美福廷布拉斯为争夺小小一片土地而率军战斗的话。

不方便。”

“可是我却喜欢那种不方便。”

“可是我们不喜欢，”总统说，“我们喜欢舒舒服服地办事。”

“我不需要舒服。我需要上帝，需要诗，需要真正的危险，需要自由，需要善，需要罪恶。”

“实际上你要求的是受苦受难的权利。”

“那好，”野蛮人挑战地说，“我现在就要求受苦受难的权利。”

“你还没有说要求衰老、丑陋和阳痿的权利；要求害梅毒和癌症的权利；要求食物匮乏的权利，讨人厌烦的权利；要求总是战战兢兢，害怕明天会发生些什么的权利；要求害伤寒的权利；要求受到种种难以描述的痛苦折磨的权利。”良久的沉默。

“这一切我都要求。”野蛮人终于说道。

穆斯塔法·蒙德耸耸肩。“那就照你的意思办吧。”他说。

（孙法理　译）

密尔沃基的外星人

至 1934 年，科幻小说拥有了自己稳定的小众市场，科幻栖居在杂货铺安逸的角落里，偶尔也在报刊亭的纸浆杂志货架上。有些在 20 世纪 20 年代后期还显得极具创意的点子，此刻已经过时，甚至显得陈旧不堪。读者渴望新的东西，于是，任何新创意——如 F. 奥林·特里梅因在《惊异》中刊发的“思维变体”[1] 故事——都自然地收获了一些赞扬。

爱好者的同人创作开始展露影响。随着回信专栏里的读者开始互通有无、互相撰文，此类创作应运而生。当社群中的科幻迷不止一人时，费城、纽约和洛杉矶等地，自然形成了科幻迷俱乐部。这些俱乐部以读书同好会为主，但杂志的准入门槛足够低，任何一名读者都可以梦想成为作者。

这些俱乐部开始刊印杂志，在爱好者运动逐渐成形的黑话体系

1. F. 奥林·特里梅因在《惊异》1933 年 12 月刊上提出，将在每一期刊物上都刊载一篇以创意为中心的“思维变体小说”，这类小说区别于纸浆杂志上的传统冒险故事，需要深入挖掘以往故事中“含糊其辞或一掠而过的点子”。

里，这些杂志被称为“部志”（clubzines）。个体科幻迷刊发了许多从外观到内容种类繁多、水平各异的爱好者杂志；有时，邮件是他们彼此沟通的唯一手段。他们费心征询那些对他们出版物的回应，并视若珍宝——还经常在下一期刊物中发表对这些来信的评论。

早期的俱乐部都是科幻迷自发组织的，但在1934年，根斯巴克和查尔斯·D. 霍尼格宣布创立科幻联合会，霍尼格是个17岁的科幻迷，不到一年前刚被任命为《神奇故事》的编辑。早期科幻迷运动的成败与个中权力斗争足够写出几部专著，事实上也确实有人写了——萨姆·莫斯科维茨（Sam Moskowitz）的《永生风暴》（*The Immortal Storm*，1954）和哈里·华纳（Harry Warner）的《我们的昨日种种》[1]（*All Our Yesterdays*，1969）就是其中两部代表作品；达蒙·奈特[2]（Damon Knight）在《未来派》（*The Futurians*，1977）中详细描绘了一个特别的纽约科幻迷组织，该组织成员不仅将持续为科幻小说输送大量的作家（如阿西莫夫、布利什、奈特、科恩布鲁斯、梅丽尔、波尔、威尔逊）与编辑（如奈特、朗兹、梅丽尔、波尔、肖、沃尔海姆），也将在科幻出版（如凯尔、沃尔海姆）和文学代理（如多克韦勒、基德、波尔、肖）领域做出重大贡献。

科幻迷社群就像是个加热过度的水壶，因内部冲突而沸腾不已。举例来说，早期的争论围绕的是一部部志究竟该聚焦于科学还是科幻；到1930年代，有两个派别针对社群里的共产主义展开论战；而到了1939年，莫斯科维茨将一群未来派成员排除在他于曼哈顿主办的第一届世界科幻大会之外。

但科幻迷社群也意味着科幻拥有了一股力量，能够追求更加复

1. 获1969年雨果奖最佳科幻迷创作奖。
2. 美国科幻作家、编辑、评论家。

杂精妙的出版物写作水平，尽管这意味着科幻迷本身不得不参与撰写故事。就在此时，《神奇故事》1934 年 7 月刊上出现了一篇令人喜出望外的短篇小说，题为《火星奥德赛》（“A Martian Odyssey”）。作者的名字此前从未有人听闻，因为这是他的第一部科幻小说。他就是斯坦利·温鲍姆（Stanley Weinbaum），生活在密尔沃基的他从属于一个名为“密尔沃基小说家”的组织，这个组织中还有雷蒙德·A. 帕尔默、拉尔夫·米尔恩·法利（本名罗杰·谢尔曼·霍尔）、阿瑟·托夫特，一年之后罗伯特·布洛克也将出现。

科幻迷们在《火星奥德赛》中看到的是一个情节具有独创性，对话与人物刻画具备技巧的故事，但最重要的是它充满同情地塑造了一个真正与人不同的外星种族。他们拥有与人不同的外观、文化、思维方式乃至生理机制。而此前的外星人尽可追溯到威尔斯笔下火星太空舱中爬出来的祸害，都是些垂涎三尺的触手系胶质生物[1]。他们要么是危险的敌人，为了难以理解的理由强抢人类的东西，要么就只是生活在外星上的人类。

温鲍姆开始写作科幻小说的时间稍晚了些——至少就他短暂的生命而言确实如此。他于 1923 年在威斯康星大学取得化学工程学位，但并未做过任何相关工作。他运营过一阵子电影剧院，之后尝试撰写过长篇传奇，其中至少一篇曾由一家报业集团进行连载。

尽管《火星奥德赛》口碑颇佳，但温鲍姆的作品并未得到杂志青睐，他也不曾获得丰厚报酬。杂志给他的最高稿酬仅为一分钱一个词，在最初的成功后，他还遭遇了几次拒稿。不过，慢慢地，他的其他故事开始得见人世：《火星奥德赛》的续作《梦之谷》（“Valley of Dreams”）出现在《神奇故事》上，《泰坦星上的飞行》（“Flight on

1. 指威尔斯在《世界大战》中塑造的火星人。

Titan”)、《寄生星球》(“Parasite Planet”)、《食落拓[1]者》(“The Lotus Eaters”)发表在《惊奇故事》之上。故事内容皆是外星世界及外星生命形态[2]。

在扩大所涉猎的题材范围后，温鲍姆写出了《究极适应性》(“The Adaptive Ultimate”)、《火焰黎明》(“Dawn of Flame”)和《黑焰》(“The Black Flame”)等短篇，这些故事在他过世后出版，被反复重印（及影视化），后来被汇编成册，题为《黑焰》(*The Black Flame*，1948)。但温鲍姆于1935年死于喉癌，他的科幻事业才刚开始不久便已告结，最终留下了12篇左右的短篇故事，而非长篇小说。

温鲍姆并未给太空带来什么新的东西——他的火星就是洛厄尔和巴勒斯的火星，而他笔下的其他星球反映的是当时的科学知识，这些知识在后来都被以种种重要的方式证伪了。他为科幻贡献的是纯熟的写作技巧和角色塑造方面的努力，有时也带点传奇侧面，还有围绕概念而非动作场面发展的剧情。最重要的是，他创造了令人信服的地外生物，它们有着自己的存在原因和令人信服的生理结构，按自己的生存逻辑生存。艾萨克·阿西莫夫曾写道，科幻界有三颗新星，他们的天才就像科幻场景中爆发的明星一样闪耀，并迅速攻占了读者的想象力，这就是E. E. 史密斯、罗伯特·海因莱因和斯坦利·温鲍姆。温鲍姆这颗明星或许是他们中最伟大的，也无疑是最稍纵即逝的。

（憬怡　译）

1. “落拓”“典出《奥德赛》，或译“忘忧果”“魔果”“拓枣”等，系希腊传说中的一种果实，食用者食用后有类似吸食鸦片的反应，懒散，对其他一切都不在意。
2. 译言古登堡计划有《行星奇境》译本，收录了其中大部分故事。

火星奥德赛

［美国］斯坦利·温鲍姆

在“阿瑞斯号”的逼仄船舱里，贾维斯尽可能惬意地伸展着肢体。

“可算能喘口气了！”他喜滋滋地说，“还是里面的空气稠！简直就像浓汤一样。外面那些玩意儿太稀了！”他点头示意了一下舷窗玻璃外的火星。火星的地面平坦荒凉，一望无际，最近的卫星投下的反光映照着这片土地。

另外三个人同情地注视着他——工程师帕兹，生物学家勒罗伊，以及天文学家兼本次探险的领队哈里森。迪克·贾维斯在这支著名的“阿瑞斯”探险队当中担任化学家。他们是第一批拜访地球的神秘邻居——火星——的人类访客。当然，这些都已经是过去的事了，不到二十年前，美国疯子多希尼刚以生命为代价完善了原子喷射驱动技术，同样疯狂的卡多萨借这技术着陆月球也不过是十年前的事。他们这四位“阿瑞斯”探险队成员是名副其实的探险先驱，在他们之前，只有五六次月球探险和兰西探险队以金星为目标的失败远征。除了这些人以外，“阿瑞斯”的队员们是第一批感受地球以外星球引力的地球人，并且无疑是第一支成功离开地月系统的队伍。他们完全配得上这样的成就，考虑到他们为此经受的苦难与折磨——他们要数月待在适应舱里克服环境不适，努力习惯呼吸火星上的稀薄空气，还要应对探测小火箭里的真空环境——这种小火箭由21世纪的反应引擎驱动，运转很不稳定。当然最重要的，是去面对一个完全陌生的世界。

贾维斯伸手摸了摸冻得红肿脱皮的鼻尖，又心满意足地叹了一口气。

“我说，”哈里森第一个忍不住了，“你到底告不告诉我们究竟是怎么回事？你装备齐全地坐上辅助火箭就没影了，一连十天都没消息，最后还是帕兹把你从那个乱糟糟的蚂蚁窝拽了出来。你旁边还有一只怪模怪样的鸵鸟！快都抖搂出来吧！”

“抖搂？”勒罗伊疑惑不解地操着德国口音问，“什么抖搂？”

“抖搂就是‘交代’，”帕兹严肃地解释，“就是‘讲讲’的意思。”

就连哈里森都被这段对话逗得忍俊不禁。但是贾维斯毫无笑意地迎上了哈里森的目光。他的语气就像帕兹一样严峻：“没错，卡尔，我是得讲讲。”他清清喉咙，开始讲述自己的经历。

“按照指令，”他说，“卡尔驾驶火箭向北出发以后，我就钻进自己的汗蒸盒子向南面飞去。你也记得，队长——我们收到的指令是不要着陆，只在空中四处寻找值得注意的地方。我架好两台照相机，一边不停拍摄一边飞行，飞得相当高——大约两千英尺高度。之所以要这么做，首先是为了扩大相机视野。其次，在这他们称作空气的半真空当中，悬浮引擎的喷射距离非常远，如果飞得太低准会搅起尘土。”

“这些帕兹都告诉我们了，”哈里森嘟囔道，“我希望你至少还留着胶卷。这些照片没准能抵消咱们这次公费旅游的花销；还记得人们是怎么哄抢首批月球照片的吗？”

“胶卷很安全。”贾维斯反驳道。“然后呢，”他继续说，“刚才我说了，我一路飞得很快。跟我们猜测的一样，在这种大气环境，速度一旦低于时速一百英里，火箭飞行翼就提供不了多少升力。就算我飞得那么快，也还是必须打开底部喷口才不至于掉下来。

“所以说，飞得这么快这么高，再加上底部喷口的喷射火焰模糊了视线，观测工作进行得很不顺利。但是我完全看得出来，我依然没有飞出我们登陆以来整整一星期都在探索的这片灰色平原——还是同样的一丛丛低矮植物，同样没完没了满地爬行的植物化动物，也就是勒罗伊称作活豆荚的东西。就这样我一边飞行一边按照指示每小时传回我的位置，不知道你们有没有收到我的信息。”

“我收到过！”哈里森突然插嘴道。

“我向南飞了一百五十英里，”贾维斯继续平静地讲述，“地表变成了低地平原，除了荒漠和橘红色的沙子，什么都看不到。我心想我们的猜测是正确的，着陆的这片灰色平原就是辛梅里安海，而我发现的橘红色荒漠应该是桑托斯地区。如果我是正确的话，二百英里之后我应该会遇到另一片灰色平原——克罗尼乌斯海，以及另一片橘红色荒漠——泰尔 I 号或 II 号。之后我确实到达了这些地方。”

“一周半以前帕兹就确认过咱们的位置！”哈里森队长不耐烦地说，“赶紧说重点。”

“别急！”贾维斯说道，“进入泰尔荒漠后飞了二十英里左右——不管你们信不信——我发现下面有一道沟！”

“帕兹拍到过上百条沟。来点新鲜的！”

“那他见过一整座城市吗？”

“如果你管那些泥土堆也叫城市的话，他都见过二十多座了。”

“那好，”贾维斯停顿了一下，“现在我就讲点帕兹没见过的东西！”他揉了揉刺痛的鼻子，继续说，“我知道现在这个季节的日照时间是十六小时，所以飞行了八小时——也就是距离这里八百英里——之后，我决定掉头回去。我这时仍然在泰尔荒漠上空，也不知是Ⅰ号还是Ⅱ号。飞了不到二十五英里，帕兹的宝贝引擎就熄火了。”

“熄火了？怎么搞的？”帕兹急切地追问道。

“原子喷射变弱了。突然间我的高度就急速下降，还没等我反应过来，我就砰的一下摔在了泰尔荒漠的正中间，鼻子也狠狠地撞到了舷窗上！”他心有余悸地揉了揉受伤的部位。

“你有没有试着往爆燃舱添加硫酸？”帕兹操着一口德式英语问道，“有时这样做可以释放次级辐射能——”

“没有！”贾维斯黑着脸说道，“我才不会用这一招——反正试了不下十次之后就不用了！再说，撞击压扁了起落架，还碰掉了底部喷射口。就算我能让这玩意儿发动起来又怎么样？火箭底部的喷射流这么强，飞不出十英里就会熔化我脚下的地板！”他又揉了揉鼻子，“亏得在这里一磅只有五盎司重，不然我早就被压扁了！”

“要是我在的话准能修好！”工程师帕兹脱口而出，“我敢打赌问题没那么严重。”

“可能确实没那么严重，”贾维斯挖苦地附和道，“不过就是不能飞了而已。反正我就两个选择，要么等待救援，要么自己步行八百英里走回基地。而且二十天之后我们就必须离开火星，算起来每天得走四十英里！行吧，”他总结道，“我选择走路。反正活命的机会与坐等救援也差不多，而且还能让我忙活起来。”

“你要是不动地方，我们可能早就找着你了。”哈里森说。

“这我倒不怀疑。总之，我迅速从座椅上扯了几条安全带，把水箱捆到后背，斜挎一条弹药带，找出一支左轮手枪和几个罐头食品，然后就出发了。”

“水箱！”小个子生物学家勒罗伊大声惊叹，“可是有二百五十公斤呢！”

“没装满。在地球上大约重二百五十磅，这里也就八十五磅重。而且我自身的二百一十磅重量在火星上也就只剩下七十磅。所以，算上水箱，我的总负载是一百五十五磅，比我在地球上的体重还要轻五十五磅。这些是我每天溜达四十英里的时候算出来的。噢——当然，为了应付寒冷的火星夜晚，我还带了一个保温睡袋。

“然后我就上路了，一路上飞快地跳跃前行。八小时日照时间意味着我至少能前进二十英里。当然赶路很容易无聊——深一脚浅一脚地踩在松软的沙地上，周围什么风景都没有，就连勒罗伊那些到处乱爬的活豆荚都没见着。走了大约一个小时，我来到那道沟边上——这只是一条干枯的沟渠，大约四百英尺宽，笔直得就像公司线路图上的铁路。

“不过这条沟应该曾经有水流过。沟里面覆盖着一层类似绿色草坪的东西。然而我刚一靠近，这层草坪竟然挪开了！”

“啊？”勒罗伊说。

“是的，这东西类似你的活豆荚。我抓到一只——一小片草状的叶子，有我手指这么长，还长着两条带刺的细长腿。”

“它在哪儿？”勒罗伊急切地问。

“哪里来的回哪去！我还得赶路，所以直接穿过了移动草坪。随着我努力前进，草坪连忙分开，又在我身后聚拢。很快我又站在了橘红色的泰尔荒漠上。

“我使尽力气奋力前进，咒骂着令人厌倦的沙子，偶尔也骂骂你那台不靠谱的引擎，卡尔。到达泰尔荒漠边缘的时候已经接近黄昏了，我从高处俯视整个灰色的克罗尼乌斯海。心里知道得走七十五英里才能穿越这里，然后要在桑托斯沙漠走二百英里，之后还要在辛梅里安海跨越同样远的距离。我乐意这样吗？我开始咒骂你们这些家伙居然不来找我！”

“我们一直在找你，你这个笨蛋！”哈里森说。

“横竖你们没找着。反正当时我觉得自己应该趁着天还亮顺着泰尔荒漠边上的悬崖爬下去。我找到一个容易攀爬的地方就下去了。克罗尼乌斯海和这里类似，到处都是没长叶子的怪异植物，满地都是爬虫。我匆匆扫了一眼周围环境就拽出了睡袋。你们知道，那时我还没有在这个半死不活的世界碰到任何值得担忧的东西——或者说没遇到什么危险。”

“那你后来碰到了吗？”哈里森问道。

“还真遇到了！这是后话暂且不提。反正当时我正准备钻进睡袋，突然听到一阵嘶闹，最疯狂的那种。”

“啥是嘶闹？”帕兹用德式英语问道。

“嘶闹就是‘不知道什么玩意儿发出的声音’。”勒罗伊用法语和英语分别给他解释了一遍。

“就这意思。”贾维斯表示同意，“我不知道是什么在叫，所以就偷偷溜过去查探。那里一片嘈杂，好像是一群乌鸦正在啄食几只金丝雀——吹哨声、咔咔声、吱吱声，诸如此类。等我绕过一丛树桩，特维尔就站在那里！”

“特维尔？”哈里森说。勒罗伊和帕兹也跟着问：“特维尔是谁？”

“就是那只奇怪的鸵鸟，”贾维斯解释说，“特维尔是我在口齿清楚的前提下能发出的最接近他名字的发音。他自己的发音更像是‘特特维维尔尔’。”

“他在那儿干吗？”队长哈里森问。

“当时他就要被吃掉了，正在不停尖叫！当然，这也是人之常情。”

“吃掉？！被谁？”

“我也是后来才知道那是什么。当时，我只看到好几条黑绳一样的触须缠绕着一只——用帕兹的话来说——鸵鸟一样的生物。我自然不打算干涉；如果两种生物都很危险，那么我不需费力就除了一害。

“不过这只鸵鸟一样的生物激烈反抗，一边发出刺耳的尖叫声一边用十八英寸的长喙凶猛回击。与此同时，我向触手伸出的方向瞥了几眼！”贾维斯全身发抖，“最关键的是，我注意那只鸟样生物的脖子上挂着一个小黑袋子或是箱子！它有智慧！要么就是受了驯化。不管怎样，这促使我做出了决定：我掏出自动手枪冲着它的对手开了火。

“那些触手一阵抽搐，喷射出黑色的脓液。然后那东西带着令人作呕的吮吸声缩紧身子，抽回触角，缩进了地洞里。另一只生物发出一串咯咯声，高尔夫球棒粗细的腿摇摇晃晃地站起来，突然转向了我。我握紧武器，紧盯着对方的双眼。

“实际上，这位火星人并不是一只鸟，甚至都不能说是鸟类生物，至多乍看之下有点像鸟。它确实有喙，周围还耷拉着几根羽毛状的附肢，但这部分其实不是鸟喙，因为不知道怎的可以弯曲。我看到尖端慢慢从一边弯向另一边，不如说介于鸟喙和象鼻之间。它长着一对四趾脚掌，以及一对四根指头的上肢——你可以称之为手——还有一个圆圆的小身子，细长的脖子上面顶着一颗小脑袋——还有喙。它站起来比我高一英寸左右，而且——对，帕兹见过它的。”

工程师帕兹点点头：“对，我见过！”

贾维斯继续讲：“就这样——我们俩互相打量着对方。最后这只生物发出一连串噼噼啪啪、叽叽喳喳的叫声，并向我伸出双手。它手里什么都没拿。我认为这是它在表示友好。”

“没准，”哈里森猜测，“它一看见你那大鼻子还以为你是它兄弟呢！”

“哼！你还是不说话的时候来得风趣！总之，我收起枪说了一堆‘啊别客气’之类的话，然后它走过来，我们就成哥们儿了。

“那时候太阳已经降得很低了，最好点起篝火或者钻进保温睡袋。我决定先点堆火。于是我在泰尔荒漠的悬崖下选了个合适的地方，这里的岩石能给我的背部反射点热量。我开始大把大把地扯断脱水干枯的火星植物。我的同伴理解了我的做法，也抱来一捆。不过我伸手去够火柴的时候，这火星生物从他的黑色口袋里摸出一块好像燃煤的东西，轻轻一碰柴火，火苗就猛蹿起来——你们都知道，在这种大气环境下生堆火得费多大工夫！

“至于他的那个口袋！”贾维斯继续说道，“朋友们，那是一件人造物品；摁下一头，袋子就打开了，再按一下中间，袋子就严丝合缝地合上了，连条缝隙都看不到，比拉链都严密。

“我们一起盯着篝火看了一会儿，然后我决定试试和火星生物沟通一下。我指指自己，说‘迪克’，他马上领会了我的意思，伸出骨质的爪子指着我重复说‘提克’。我又指向他，他发出一声啸叫，我没法模仿他的发音，于是就称之为‘特维尔’。事情进展很顺利，为了强调，我又重复了一遍‘迪克’，然后指向他，‘特维尔’。

“到了这一步我们就卡住了！他发出几声像是否定的噼啪声，然后说了个类似‘皮-皮-皮洛特’的单词。这才只是开始，他总是管我叫‘提克’，但是他称呼自己的时候花样就多了——有时候是‘特维尔’，有时候是‘皮-皮-皮洛特’，还有的时候他会发出十六种其他噪声！

“我们就是相互说不通。我试过‘石头’、‘星星’、‘树’和‘火’，天知道我还说了别的什么，反正我尽力了，但他就是一个词都不懂。接下来的两分钟，他的发音就没有重复过。如果那也是一种语言，我就会点石成金了！最后我放弃了，只叫他特维尔，这好像还行得通。

“不过特维尔挺在意我说的某几个单词。他记住了其中三两个，我把这当作巨大的成就，如果你也必须一边交流一边创造新语言的话。但是我依然很难理解他的话，要么是我忽略了一些细节，要么是我们的思考方式不一样——我更倾向于后一种观点。

“我之所以这么认为，还有一些其他原因。过了一会儿，我放弃了语言交流，决定改用数学试试。我在地面上画出二加二等于四的等式，并用小石子演示了一遍。特维尔又领会了我的意思，告诉我三加三等于六。我们似乎又有了进展。

“所以，在知道特维尔至少具有语法学校教育水平之后，我画了个圆圈表示太阳，先指指圆圈，再指指夕阳余晖。我又陆续画圈表示水星、金星、地球母亲和火星。最后我指着代表火星的圆圈，用大包大揽的姿势向周围挥手，表示火星就是我们目前所在的环境。我之所以这么做是为了铺垫，从而让他知道我的家乡是地球。

“特维尔完全理解了我的图示。他用喙在上面啄来啄去，伴随着一阵唧啾与咕咕声，他在火星附近加上了火卫二和火卫一，然后又画出了地球的卫星——月球！

“你们明白这证明了什么吗？这说明特维尔的种族会使用天文望远镜——他们是智慧文明！”

“那不一定！”哈里森打断他说，“用肉眼也可以从火星这里看到月球这颗五等亮度星体。他们用肉眼就可以看到月球运转。”

“月球的确是这样！”贾维斯说，“可是你没明白我的意思。水星在这里用肉眼可是看不到！特维尔知道有水星，因为他把月球画在第三颗星球而不是第二颗旁边。如果他不知道水星，他会把地球放在第二，火星放第三，而不是放在第四的位置！懂了吧？”

“哼！”哈里森回应道。

“总之，”贾维斯接着说，“我继续给特维尔上课。进展很顺利，看上去我的想法似乎都能传达给他。我指指草图里的地球，然后指向自己，再然后指着靠近天空最高点，闪耀着绿色光芒的地球。

“特维尔兴奋地尖叫了一声，我确定他看懂了。他上蹦下跳，突然指指自己又指向天空，接着再一次指指自己又指向天空。他指指自己的身体中段，然后指向大角星；指指自己的脑袋，然后指向角宿一；指指自己的双脚，然后指向五六颗星星，我在一旁目瞪口呆地瞧着他。随后他突然猛地跳了起来。好家伙他可真能跳！他向上直接冲进星光里，离地七十五英尺就像跳起一英寸那样简单！我看着他映衬在天空下的身影，看着他掉转脑袋朝下扎向地面，喙像标枪一样插在地面上，直直戳进我画的太阳圆圈中间——正中靶心！”

“疯子！”队长哈里森评价道，“完全是个疯子！”

“我当时也是那么想的！我目瞪口呆地看着他从沙子里拔出脑袋，站起身来。我觉得他没明白我的意思，又重复了一遍那些该死的废话，结果还是一样，特维尔再一次一鼻子扎进了我的草图中心！”

“也许这是某种宗教仪式。”哈里森猜测。

“可能吧，”贾维斯有点拿不准的样子，“反正情况就是这样！我们能在一定程度上交换想法，然后——就没戏了！我们有些地方不一样，完全不相干；我丝毫不怀疑特维尔眼里的我就像我眼里的他一样古怪。我们的思维看待世界的角度完全不一样，可能他的观点和我们的观点一样都成立。但是——我们说不到一起去，仅此而已。尽管如此我仍然喜欢特维尔，而且我没由来地相信他也喜欢我。”

“疯子！”队长哈里森再三念叨，“真是疯了！”

“是吗？等着瞧吧。有一两次我觉得或许我们才是——”他停顿一下，又重新讲下去，“总之，我最后还是放弃了，钻进保温睡袋睡了过去。篝火没让我感到有多温暖，这该死的睡袋倒挺暖和。我把自己闷在睡袋里，五分钟以后拉开一小条缝儿，结果当场中招！大约零下八十摄氏度的空气直接扑向我的鼻子。于是我在火箭坠毁时碰出来的红肿皮肤上又多了这块可爱的小冻疮。

“我不知道特维尔怎么理解我睡觉的行为。他就坐在附近，等我醒来却不在了。不过我刚爬出睡袋就听到几声叽叽喳喳，只见他直接从三层楼高的泰尔悬崖上轻飘飘地冲下来，飞奔到我身边。我指指自己，又指向要去的北方。他指指自己，又指向南方。当我整装上路的时候，他却跟了过来。

“好家伙，他走得真快！一跃就是一百五十英尺，身体伸展像长矛划过空中，然后喙向下插在地上。我的艰难步态似乎令他很是惊讶，但是过了一会儿他就决定陪在我身边一起走。于是每隔几分钟他才跳一次，把自己的鼻喙插进我前面一条街区以外的沙子里，然后回头向我飞速冲过来。刚开始看到他矛一样的长喙逼过来，我还全身紧张，不过他总是正好停在我旁边的沙地里。

“就这样，我们俩一起深一脚浅一脚地穿过了克罗尼乌斯海。那里的环境跟这里类似——也有同样疯狂的植物与小小的绿色活豆荚，要么生长在沙地里，要么从你眼前爬走。我们一路聊着天——不指望互相理解，只是为了做个伴。我唱了几首歌，我怀疑特维尔也唱了几首。至少他的唧啾叽喳听上去带那么点旋律。

“然后，为了换换花样，特维尔会卖弄一下他学到的英语单词。他会指着一处岩层说‘岩石’，指着一块卵石再说一次同样的单词，或者碰碰我的手臂说‘提克’，然后再重复一次。同一单词可以连续两次表示同样的东西，或是同一单词可以用于指代两个不同的物体，这让他觉得非常有趣。我不由得猜想，可能他的语言并不像某些地球民族的原始语言——你知道的，队长，比如尼格利陀人就没有任何表示通用概念的单词，没有‘食物’、‘水’或者‘人’——却有单词来表示好吃或不好吃的食物、雨水与海水以及强壮的人和虚弱的人——就是没有单词来表示通用分类。他们很原始，没法搞明白雨水和海水只是同一事物的不同侧面。可是特维尔并非如此，只是不知为什么我们有一些难以解释的不同之处——我们的思维对于彼此来说过于陌生。不过即便如此——我们俩都喜欢对方！”

“都是疯子！”哈里森评价道，“所以你们俩才互相看着顺眼。”

“行啦，我看你也顺眼呢！”贾维斯刻薄地回了一句。“不管怎么说，”他继续讲述，“不要觉得特维尔是个怪物。事实上，我觉得他说不定能露一两手给我们高度吹嘘的人类智慧看看。是，我不觉得他的智慧远超人类；但不要忽略一点，他设法理解了我的一小部分思想活动，而他的思想活动我却从没有瞥见丝毫。”

“这是因为他根本没有思想活动！”队长哈里森猜测，帕兹和勒罗伊则在一旁聚精会神地眨着眼睛。

“等我讲完你再判断也不迟。”贾维斯说，“总之我们一路沿着克罗尼乌斯海前行，整整走了一天，然后又是一天。克罗尼乌斯海真不愧其‘时间海’的称号！说真的，走到头的时候我真心赞同乔凡尼·斯基亚帕雷利起的这个名字！这里就是一片无边际的灰色平原，长满奇奇怪怪的植物，没有其他生命存在的迹象。这一路上如此单调枯燥，以至于第二天傍晚看到桑托斯地区的时候，我甚至觉得心情愉快。

“我的体力已经快耗尽了，可是特维尔看上去却依然精力充沛，尽管我始终没见他吃喝过。我觉得凭着一次就能跨越一个街区的挺鼻俯冲，他几个小时就能穿过克罗尼乌斯海，可是他却一直陪在我身边。有几次我曾给他一些水喝，他从我手里接过杯子，把液体吸入喙里，然后又严肃地全部吐了出来。

“就在我们看到桑托斯沙漠，或者说它周边的悬崖时，平地卷起了一股凶猛的沙尘暴，倒是不像咱们基地这里遇到的那样严重，但是偏偏迎面刮了过来。我将保温睡袋的掀盖围在脸上，裹得严严实实。然后我注意到，特维尔用鼻喙底端胡须一般的羽毛状附肢来遮挡鼻孔，还有一些类似的绒毛护住了他的眼睛。”

“他是个沙漠生物！”小个子生物学家勒罗伊突然大喊。

“是吗？怎么说？”

“他不喝水——他能适应沙尘暴——”

“这能证明什么！在火星这个大号除湿药丸上面就没有一处不干燥的地方，没有多余的水可以浪费。你知道的，这要是在地球上，全部火星表面都得算是沙漠。”贾维斯停顿一下，“不管怎样，沙尘暴吹过去以后，只有微风继续往脸上吹，连沙子都刮不起来。但是突然间有东西沿着桑托斯沙漠的悬崖壁滑下来——小小的透明球体，怎么看都好像是玻璃乒乓球！但是这些球体很轻——轻到几乎可以飘浮在这么稀薄的空气里——还是空心的；至少我敲碎了几个是这样，除了难闻的气味，里面什么都没有。我问特维尔知不知道这是什么，他的回答全是‘不，不，不’，我觉得他对此应该一无所知。小球们就这样弹跳过去，就像风滚草或者肥皂泡一样，而我们则继续朝着桑托斯跋涉前进。途中又有一次，特维尔指着一颗透明球说‘岩石’，但我那时太累了，没劲跟他争论。之后我才弄清了他的意思。

“到了白天快结束的时候，我们终于抵达了桑托斯悬崖脚下。我决定只要有可能就睡在悬崖顶端上面的平地上。在我看来，要是附近当真隐藏着什么危险生物，那更有可能潜伏在克罗尼乌斯海的植物丛而不是桑托斯沙漠。倒不是说这一路上我发现过什么危险迹象——那只用绳子一样的触角缠住特维尔的黑色怪物除外。况且看起来那东西的捕猎策略也不是潜伏，而是把猎物引诱到捕猎范围内。只要我睡着，那东西就没法引诱我，而且特维尔好像从不睡觉，只是整晚耐心地坐在附近。我很奇怪那怪物是怎么成功捕获特维尔的，却根本没法问他。不过很快我就找到了答案：那东西简直太阴险了！

“回到正题，我们沿着桑托斯悬崖底边仔细寻找容易攀登的地方——至少我是这样，特维尔应该可以轻松跳上去。这里的悬崖比泰尔沙漠那边的要低，大概六十英尺。我找到一处地方就开始向上爬，一边爬一边咒骂捆在背上的水箱——攀爬的时候这玩意儿特别碍事。然后我突然听到了某个熟悉的声音！

“你们知道在这样稀薄的空气当中声音的欺骗性有多强，就连枪声听起来也跟拔软木塞的噗噗声差不多。不过这个声音确实是火箭发出的嗡嗡声，果不其然，在西边十英里处，我们的第二枚辅助火箭在我和夕阳之间飞了过去。”

“那是我！”帕兹说，“我找你去了。”

“是啊，我知道，但是对我又有什么用？我抓紧悬崖壁，大喊着挥手。特维尔也看见了火箭，一边唧啾叽喳地叫着一边跳上悬崖蹦得老高。可我还是只能眼睁睁地望着这架嗡嗡作响的机器继续南飞，消失在了阴影里。

“我爬上悬崖的时候，特维尔还在兴奋地又指又叫，冲到空中又头朝下插下来，鼻喙笔直地戳进沙地。我指向南方，然后指指自己，他回应‘是——是——是’，我猜他以为那个会飞的东西是我的亲戚，或许就是我爸妈。我当时对他智商的判断可能有失公允，现在认识到了这一点。

“没能被火箭发现令我相当失望。我抽出保温睡袋钻进去，已经可以明显感受得到夜晚的寒气。特维尔把鼻喙插进沙地，缩回腿和手臂，酷似旁边一丛没有叶子的灌木。我相信他一整晚都是这副样子。”

“保护拟态！”勒罗伊插嘴说，“是吧？他就是沙漠生物！”

“到了早晨，”贾维斯继续说，“我们再次动身出发。在桑托斯沙漠还没走一百码，我突然看到一些怪东西！我敢打赌，帕兹肯定没拍到过这个！

“这儿有一排小金字塔——很袖珍，不超过六英寸高，沿着桑托斯沙漠绵延，看不到头，都是用微型砖块搭建起来的微型建筑，中空结构，顶部要么被截掉了，要么至少也断裂了，里面是空的。我指着这些建筑问特维尔‘这是什么’，他发出一连串否定的叽喳声，我猜想这表示他也不知道是什么东西。于是我们沿着金字塔群继续往前走，因为它们向北方延伸，而我也正要去那里。

“好家伙，我们沿着金字塔走了好几个小时！过了一会儿，我发现另一件怪事：金字塔慢慢变大了。每座金字塔的砖块数目还是一样，砖块尺寸却大了很多。

“走到中午，这些金字塔的高度已经达到了我的肩膀。我仔细查看了其中几座——全部和之前的一样从顶部断裂，里面是空的。我还拿起一两块砖头观察了一下，质地是硅石，和造物主一样古老！”

“你怎么知道的？”勒罗伊问。

“砖块经过风化侵蚀，边缘都磨圆了。就算是在地球，硅石也很难风化，何况是在这里的气候条件下——”

“你觉得有多古老？”

“五万年——十万年，我怎么知道？我们早晨见到的那些小金字塔更古老一些——可能古老十倍，都开始坍塌了。得多久它们才能变成这样？五十万年？谁知道呢。”贾维斯停顿了一会儿。“总之，”他又继续说，“我们沿着金字塔群往前走。有一两次特维尔指着它们说了‘岩石’，这家伙之前也经常这么说。不过这次他倒或多或少是对的。

“我试着询问他。我指着一座金字塔问道：‘人？’然后又指指我们两个。他发出一种否定的咯咯声，说：‘不，不，不。不是一一二。不是二二四。’他一边说一边摩擦肚子。我目瞪口呆地看着他。他又重新说了一遍。可我只能继续呆呆地盯着他。”

“这不就是证据！”哈里森大叫道，“这东西脑子不好使！”

“你真这么觉得？”贾维斯讽刺地反问，“好吧，我认为正相反！‘不是一一二’，你当然不明白，对吧？”

“不明白——你也不明白！”

“我觉得我还真就明白了。特维尔用他知道的那么几个英文单词表达出了非常复杂的想法。我来问问，数学让你联想到什么？”

“想到什么——天文学或者——或者逻辑学！”

“没错！‘不是一一二’，特维尔是要告诉我，金字塔的建造者不是人类——或者说，它们没有智慧，不是会思考的生物！懂了吗？”

“噢！活见鬼了！”

“你大概会的。”

“那为什么，”勒罗伊插嘴说，“他要摩擦自己的肚子？”

“为什么？我亲爱的生物学家，因为他的大脑就在那儿！不在他的袖珍脑袋里——而在身体中间！”

“难以置信！”勒罗伊蹦出了一句法语。

“如果我们不在火星的话，确实难以置信！这些动植物都不是地球上的，你的活豆荚就是证明！”贾维斯咧嘴一笑，继续说，“言归正传，我们穿越桑托斯沙漠，在下午过了将近一半的时候，又遇到了怪事。金字塔走到头了。”

“到头了？”

“没错。古怪的是，最后一座金字塔——最后面这几座的高度已经达到了十英尺高——居然有尖顶！你们明白吗？建造金字塔的东西现在还在里面；我们追着它们从五十万年前的古老源头一路追踪到了现在。

“特维尔几乎同时注意到了这点。我猛地拔出自动手枪（里面装满伯兰德爆破弹），而特维尔变戏法一样飞快地从他的袋子里掏出一把奇特的玻璃质地左轮手枪——至少那东西的造型很像是我们熟悉的武器，不过枪柄更大一些，从而适应他那长有四个指头的爪子。我们一边握紧武器做好准备，一边沿着空金字塔群悄悄贴了上去。

“特维尔首先发觉有动静。只见顶层的砖块向上拱起，晃动了几下，突然滑向两边，略微碰撞在了一起。紧接着——什么东西——什么东西跑出来了！

“缺口处伸出了一根长长的银灰色手臂，后面拖着一具全身披甲的躯体——一身银灰色的鳞片反射着暗淡的光芒。这条手臂支撑着躯体爬出洞口，然后这怪物就一头栽进了沙地里。

“这是个没法形容的生物——身体像巨大的灰色酒桶，一端长有手臂和嘴巴一样的洞口；坚硬而尖锐的尾巴在另一侧——就这些。没有其他部位，没有眼睛、耳朵、鼻子——什么都没有！这东西拖着身子爬了几码，把尖尾巴插进沙土里，挺直身子，就这么坐在那。

“我们足足盯了有十分钟，它才又有动静。伴随一串嘎吱声和沙沙声——就像是揉皱硬纸的声音——它的手臂移动到嘴洞边，然后嘴洞里就冒出了一块砖头！手臂小心翼翼地把砖头摆在地上，然后那东西又一动不动了。

“过了十分钟——又出来一块砖。显然这是一个自然界的砖瓦匠。我正要悄悄溜走继续赶路，特维尔指着那东西说道：‘岩石！’我说：‘啊？’他又重复了一遍，发出他特有的唧啾声，又说‘不——不——’，并且急促地呼哧了几下。

“说来奇怪，我居然明白了他的意思！我说：‘没有呼吸？’并演示了这个词的意思。特维尔一阵狂喜，他说：‘是的，是的，是的！没有，没有，没有呼吸！’说完，就纵身一跃，冲到那怪物一步远的地方，鼻喙落到地上。

“你们能想象得到，我完全惊呆了！那条手臂正要接砖头，我以为会看到特维尔被抓住撕成碎片，可是——什么也没发生！特维尔对着怪物一阵猛打，那条手臂仍然拿起砖头整齐地摆放在第一块旁边。特维尔又去敲打它的身体，对我说‘岩石’，我非常紧张地站起来，想亲眼过去看看。

“特维尔又说对了。那怪物是岩石，它不会呼吸！”

“你怎么知道？”勒罗伊突然问，他的黑眼睛闪耀着浓浓的兴趣。

“因为我是个化学家。这怪物是硅元素组成的！沙地里肯定有高纯度硅石，这东西就靠吃这些硅石生存。明白没？我们和特维尔，以及那些植物，甚至是活豆荚都是碳基生命；而这东西依靠另一套化学反应生存。它是硅基生命！”

“硅基生命！”勒罗伊不由得大叫道，英语、法语一起往外冒，“我以前就怀疑它的存在，现在这就是证据！我必须去看看！我要去——”

“好啦！好啦！”贾维斯说，“你可以去看，不管是不是活物，那东西就在那儿，每隔十分钟动一下，摆一块砖头。这些砖头是它呼出的废气。看到没，法国佬？我们是碳基生物，我们呼出二氧化碳，而这东西是硅基生物，它呼出二氧化硅——硅石。但是硅石是固体，所以才有了那些砖块。那东西用砖头把自己围在里面，顶部要封住了就移动到另一处地点重新开始。它发出嘎吱声也不奇怪！一具五十万年的活化石！”

“你怎么知道有多少年？”勒罗伊激动地问。

“我们可是从金字塔群的一开始就跟着过来了，不是吗？如果这东西不是最初的金字塔建造者，金字塔群会在我们发现它之前就在什么地方中断，没错吧？——中断之后重新从小金字塔开始，不是吗？

“不过它还会自我繁殖，或者尝试自我繁殖。第三块砖头吐出来之前，那东西传出了轻微的沙沙声，之后就有一股小玻璃球像河水一样喷流出来。它们是它的孢子、蛋或种子——随便你怎么叫。它们弹跳着穿越桑托斯沙漠，就像那时它们在克罗尼乌斯海从我们身边跳过去一样。直觉告诉我，它们是怎样活动的——供你参考，勒罗伊。我认为硅质玻璃壳只是一个保护罩，就像是蛋壳，真正的有效成分是里面的气味。这是某种能够侵入硅石的气体，如果硅壳在具有硅元素的地方破裂，就会触发某些反应，并最终形成那个东西一样的怪物。”

“你应该试试的！”小个子法国人大声呼喊，“我们得打破一个看看！”

“是吗？其实我试过的。我对着沙地砸碎了几个。你想不想一万年以后再回来看看我是不是真的种出几个金字塔怪物？那时候你就肯定清楚了！”贾维斯停下来深吸一口气，“天哪！那个怪东西！你们能想象出来吗？又瞎又聋，没有神经与大脑，就是架机器——可是却永远不会死！只要有硅和氧气，就会一直不停地造砖头搭金字塔，就算没有了也只是停下来。它不会死。如果一百万年中碰巧再找到食物，它就又会准备好再次运转，而此时，那些肉做的大脑与文明早已成为过去。真是个怪物——然而接下来我还碰到了更加古怪的生物！”

“肯定是在梦里见到的吧！”哈里森嘟哝了一声。

“你说得没错！”贾维斯正色说道，“你这话还真不能算错。梦兽！这名字真是再合适不过——这是你能想象到的最残酷、最可怕的生物！比狮子更危险，比毒蛇更狡猾！”

“快点告诉我！”勒罗伊急切地恳求道，“我要见见这家伙！”

“这玩意儿你还是别碰上的好！”贾维斯又一次停了片刻。“于是，”他继续开口说，“我和特维尔离开金字塔怪物，继续在桑托斯沙漠跋涉。我很疲惫，帕兹没能发现我让我有点泄气，特维尔的唧啾声与鼻喙俯冲飞行也让我抓狂。所以我一声不吭地大步前进，在一成不变的沙漠一连走了几个小时。

“下午快要过了一半的时候，地平线上显现出一道低矮的黑线。我知道这是什么。这是之前坐火箭经过的沟，也就是说我们在桑托斯沙漠里才走了三分之一的路程。多让人高兴的想法，是不是？不过尽管如此，我的进度并没有落后。

“我们慢慢靠近沟壑。我记得这条沟边上围着一圈很宽的植被，那座泥堆城就在上面。

“我刚才说过，此时我特别疲惫，脑海里一直在幻想一顿热腾腾的美餐。接着我又胡思乱想起来。一开始我想到了婆罗洲，因为见识过这个疯狂星球之后，就连婆罗洲都像家一样美好；然后我又开始怀念破旧的小纽约，再然后我又想到我在纽约碰到的一个姑娘——凡希·朗。认识她吗？”

“视觉艺术表演者，”哈里森说，“我看过她的节目，是个讨人喜欢的金发女郎——在《耶巴马黛茶》节目里又唱又跳。”

“就是她，”贾维斯说，“我很熟悉她——但只是朋友，懂我意思吗？——虽然我们乘坐‘阿瑞斯’探险飞船起飞时她来送别。总之我一路想着她，感到非常孤独，与此同时我们一直接近着那排橡胶似的植物。

“接着——我忍不住脱口而出：‘活见鬼了！’然后就愣在了那里。她就在我眼前——凡希·朗，清清楚楚地站在那片疯狂的树下，一边微笑一边挥着手，就跟我们离开时的模样一样！”

“这回你也疯了！”队长哈里森评价道。

“兄弟，我差点就跟你想到一块去了！我瞪大眼睛拧了自己一下，闭上眼又睁大仔细看——每次睁开凡希·朗都在那儿，一边微笑一边挥手！特维尔也看到了什么东西，在一旁发出唧啾咯咯声，然而我几乎听不到他的声音。这时的我正向沙地另一边的凡希·朗冲过去，因为过于吃惊都没来得及想想这是怎么回事。

“当我离她还有二十英尺远的时候，特维尔飞过来拽住了我。他紧紧抓住我的胳膊，尖厉地高叫着：‘不——不——不！’我想甩开他——他轻盈得好像竹子扎的——但是他一边用爪子深深掐住我一边大喊大叫。最后我终于恢复了一点理智，在离她不到十英尺的地方停下来。她就站在那里，看上去和帕兹的脑袋一样真实！”

“啥？”工程师帕兹说。

“她一边微笑一边挥手，一边挥手一边微笑，我站在那里，和现在的勒罗伊一样傻愣着，话都说不出来，特维尔则在一旁不断地短促尖锐地鸣叫。我知道这景象肯定不是真的，但是——她就在那儿站着！

“最终我大声喊道：‘凡希！凡希·朗！’她还是一边微笑一边招手，看起来真实得就像我与她之间根本没有三千七百万英里的距离。

“特维尔掏出他的玻璃手枪向她瞄准。我抓住他的手臂，可他挣扎着想把我推开。他指着凡希说：‘不呼气！不呼气！’我明白，他是在说那个像凡希·朗的东西根本没有生命。兄弟们，那时我的脑子都乱了！

“不过看到他用武器对准她时，我还是神经紧绷起来。我不知道为什么自己只是站在那里看着他慢慢瞄准，可我确实就那么站着。他扣动‘扳机’，喷出一小团蒸汽，凡希·朗消失了！她站立的地方出现了一团来回扭动的漆黑绳状触须，就像我之前救特维尔时缠住他的那个怪物！

“梦兽！望着它垂死挣扎，我站在那里头晕眼花，特维尔则得胜一般地大喊大叫。最后，特维尔碰碰我的胳膊，指向那团扭曲的东西说道：‘你——二，它——二。’这样重复了八九次以后，我终于明白了他的意思。你们懂了吗？”

“当然！”勒罗伊夹杂着法语尖声说，“我——我明白了！他是说你心里想什么，那个怪物都知道，然后你就会产生幻觉！一条狗——一条饥饿的狗，会看到带肉的大骨头！或者闻到肉味——对吧？”

“没错！”贾维斯说，“这种梦兽专门利用猎物的渴望和欲望来捕获它们。筑巢期的鸟儿会看到它的配偶，寻找猎物的狐狸会看到一只落单无助的野兔。”

“那它用的什么法子？”勒罗伊问道。

“我怎么知道？地球上的蛇是怎么将飞鸟诱惑到口中的？不是还有种深海鱼用亮光把猎物吸引到嘴里吗？天哪！”贾维斯耸耸肩，“你们都明白这魔鬼有多阴险狡诈了吧？我们现在都得警觉起来——从此以后连自己的眼睛都不能相信。也许你们会看到我——我也许会看到你们中间哪个人——而背后却什么都没有，只有一只恐怖的黑色怪物！”

“那你的朋友是怎么知道的？”队长哈里森突然问道。

“特维尔？我也不知道啊！也许他当时想着什么根本没法让我感兴趣的东西，我往前跑的时候，他意识到我和他眼中的景象不一样，就立刻警觉起来。或者那只梦兽只能制造单一的幻觉，特维尔与我看到了同样的幻象——也有可能什么都没看到，我没法问他。不过这正好是另一个证据，证明他的智慧水平和我们相当，甚至更高。”

“他是傻子，我告诉你！”哈里森说，“你凭什么认为他的智力和人类差不多？”

“证据很多啊！首先是金字塔怪物。他自己都承认之前没有见过，可是他还能识别出那个怪物是个活死物一般的硅石自动机器。”

“可能他之前听说过，”哈里森反驳道，“你知道，他就生活在附近。”

“好吧。那么语言能力又怎么说？我连他一丁点想法都捕捉不到，他却已经学会了我的六七个单词。你意识到没有，他用这仅有的六七个单词表达了多么复杂的想法？从金字塔怪物到梦兽！简单一句话，他就能告诉我前者是没有危害的机器，而后者是夺命的催眠杀手。这又怎么讲？”

“哼！”队长没再言语。

“爱哼就哼去吧！你能只用六个英语单词做到这种程度吗？你能像特维尔一样，进一步告诉我另一种生物拥有和我们不同的智慧，根本不可能互相理解——比我和特维尔之间互相理解更加不可能吗？”

“嗯？你说什么？”

“待会儿就讲到。现在我想说明的是，特维尔和他的种族值得我们建立友谊。在火星上的某处——你们很快就会知道我是对的——存在着与我们对等的文明和文化。我们有可能与他们交流，特维尔就是证据。可能要花费很多年来耐心尝试，因为他们的思维对于我们很陌生，但是仍然远比我们接下来碰到的智慧生物更容易沟通——如果他们确实有智慧的话。”

“接下来？接下来还有什么？”

“水沟沿岸的泥城居民。”贾维斯皱皱眉，然后继续讲述，“我本以为梦兽和硅石怪物已经是能想象得到的最古怪的生物了，然而我错了。这些生物更加古怪，比之前两个更加难以理解，与特维尔相比更是远远无法沟通。我们和特维尔还能做朋友，并且只要耐心专心一点，完全有可能交流思想。

“好的，”他继续往下说，“我们离开了梦兽，那东西已经奄奄一息，钻回自己的洞里。我们朝着沟渠走过去。一大片会走路的怪草不时从脚底蹦出来，当我们到达河岸时，看到河道里有一道黄色细流在流淌。我在火箭上时注意到的泥土城就在右手边大约一英里，我按捺不住好奇心，想走过去看看。

“我之前匆匆瞥过一眼，城市好像已经被废弃了，就算还有什么生物埋伏在里面——反正特维尔和我都有武器。顺便说一句，特维尔的玻璃手枪是一件很有意思的装置。梦兽这段插曲过去后，我曾经试了试，它能射出一个小小的玻璃弹片，估计有毒，我猜手枪里至少能装下一百发子弹。射击动力来自蒸汽——就只是蒸汽！”

“针气！”帕兹操着德国口音重复道，“从哪里产生的针气？”

“废话，当然是由水产生的！透明的枪柄那里可以看到水，还有一小点黏稠的微黄色液体。每当特维尔挤压枪柄——这支枪其实没有扳机——一滴水和一滴黄色物质就分别注入弹膛，然后水就蒸发了——噗！——就像这样。这不太复杂，我觉得我们也可以研究出类似原理。浓缩的硫酸能把水加热到接近沸点，生石灰也可以，还有钾和钠——

“当然，他的武器没我的射程远，但是在这么稀薄的空气里这一点倒是问题不大。而且这支枪的装弹量足以媲美西部片里的牛仔佩枪。此外这支枪的威力也足够强大，至少对付火星生命不成问题。我瞄准一棵怪异植物试了试，这株植物立刻枯死崩解了！所以我才觉得那些玻璃弹片有毒。

“回到正题，我们吃力地走在泥土城里，我不禁想是不是这个城市的建造者挖开了那条沟。我指指城市，然后指向水沟，特维尔回答：‘不——不——不！’并做手势指指南边。我理解这个手势是说某个其他种族建造了沟渠体系，很可能就是特维尔的种族。我不知道，也许这颗星球上还有另一个甚至十几个智慧种族。火星是个奇异的小小世界。

“距离城市一百码的地方，我们横穿了一条道路——就是被压得很结实的泥土路，就在这时，一个土丘的建造者突然走了过来！

“兄弟们，这才真叫神奇生物！它看上去像一只靠四条腿向前滚动的圆桶，还长着四条手臂或者说是触手。这家伙没有头，只有躯干和肢体，全身密密一排眼睛。圆桶身子顶端是一层膈膜，跟鼓皮一样紧绷着，除此以外就什么都没有了。圆桶怪推着一辆铜制小推车，正好从我们身旁冲出来，就像俗语里说的蝙蝠飞出地狱那样飞快。这家伙没有注意到我们，虽然我感觉它经过时冲着我这边的眼睛微微转动了一下。

“过了一会儿又跑来一个圆桶怪，推着另一辆空空的小推车。接下来的情况也是一样——它也从我们身边飞快跑掉了。我可不想被一伙玩火车游戏的圆桶怪忽视，所以当第三个家伙接近我们的时候，我径直挡在路中——当然，也随时准备跳开，免得那家伙不肯停下来。

“不过这家伙看到我了。它停下来，用头顶的膈膜发出某种击鼓声。我伸出双手说：‘我们是朋友！’然后你猜那家伙做了什么？”

“我打赌它说的是‘见到你们很高兴’！”哈里森猜测。

“它要真这么说我还不奇怪了！它震动膈膜，突然蹦出一句：‘我们是盆——盆——盆——盆友！’然后恶狠狠地推着小车冲着我铲过来！我跳到一边，眼睁睁看着它跑远了。

“一分钟以后，另一个圆桶怪急急忙忙跑过来，没有停下，只是蹦出一句：‘我们是盆——盆——盆——盆友！’然后就跑没影了。这家伙是怎么学会这句话的？是不是所有圆桶怪之间都保持着某种联系？它们是不是都是某个中心化生物体的组成部分？我不知道，不过我认为特维尔知道。

“那些圆桶怪就这样从我们身边疾驰而过，每一个都用同样的话语‘问候’我们。这场面很滑稽，我从没有想过在这个荒凉的星球上能找到这么多朋友！最后我对特维尔比画了一个表示困惑的手势；我猜他明白我的意思，因为他说：‘一一二是的！二二四不是！’明白什么意思了吗？”

“当然，”哈里森说，“这是一首火星人儿歌。”

“那是！好吧，我已经习惯特维尔的象征手法了，我是这么理解的：‘一一二是的！’，这些生物是智慧生物。‘二二四不是！’，他们的智慧不是我们这种类型，而是超出二加二等于四逻辑范畴的智慧体系。也有可能我猜错了他的意思。也许他指的是他们的思维层次比我们要低，可以理解简单的事物——‘一一二是的！’，但是没法理解复杂的事物——‘二二四不是！’。我觉得，按照我们之后看到的情况来分析，他指的是后一种意思。

“过了一段时间，那些圆桶怪又浩浩荡荡地冲了回来——先是一个，紧接着是另一个。小推车里装满石头、沙子、大量橡胶植物等之类的垃圾。他们单调地一遍遍重复友好的问候——听上去却没有那么友好——然后一路飞奔过去。第三个经过的家伙感觉像是刚才我第一个碰面的那位，我决定再和他聊聊，就又挡在路中间等着。

“他跑过来了，蹦出那句：‘我们是盆——盆——盆——盆友！’然后停下来。我看着他，他的四五只眼睛也盯着我。他又试了试通行密码并猛地向前推小车，我仍然一动不动地站着。就在这个时候——这个可恶的家伙伸出一条手臂，用两个手指一样的爪子拧住了我的鼻子！”

“哈哈！”哈里森狂笑不止，“这家伙可能还有点审美意识！”

“你就笑吧！”贾维斯抱怨道，“我这鼻子已经瘀伤冻伤齐全了。总之我大喊一声‘哎哟！’并跳到一边，这家伙立刻飞快跑开。但是从这儿开始，圆桶怪的问候就变成了‘我们是盆——盆——盆——盆友！哎哟！’真是一群古怪的野兽！

“特维尔和我沿着土路径直来到最近的一座土堆。圆桶怪还在不停地来来往往，一车车搬运他们的垃圾，丝毫不理会我们。这条路延伸到一个洞口前，洞口向下倾斜，像个古老的矿井，圆桶怪跑进跑出，用他们一成不变的话语问候我们。

“一眼望去，洞口下面有些许亮光，我受好奇心驱使想去看看。你们知道吗，那亮光不像火焰或者火把，更像是高等文明的人造光源。我想或许能得到一些关于圆桶怪发展历史的线索，于是就钻进洞里。特维尔紧跟着我，当然还是少不了几声唧啾叽喳。

“那亮光很奇异，像老式弧光灯一样噼啪闪烁，来自通道墙壁上的一根黑杆子。毫无疑问，黑杆子通着电。他们的文明程度显然不低。

“随后，我看到另一盏灯照射在什么闪烁的东西上。我走过去查看，只是一堆发亮的沙子罢了。我转向洞口准备出去，活见鬼，入口居然消失了！我猜想，这可能因为通道是弯曲的，或者我误入了一条偏道。不管怎么样，我沿着记忆里来的方向往回走，可是眼前只有一条又一条灯光昏暗的通道。这地方是个迷宫！里面只有通往各个方向的曲折通道，偶尔有几处被灯光点亮，时不时有圆桶怪跑过，有时推小车，有时两手空空。

“一开始我并不太担心，毕竟特维尔和我进洞之后只走了几步路。可是后来每走一步我们似乎都离洞口更远了。最后我尝试跟上一个没有推车的圆桶怪，想着他应该会跑出去装垃圾，然而这家伙却四处兜圈子，带着我们进进出出一条又一条通道。最后他干脆像一只日本华尔兹鼠一样，绕着一根柱子转了起来。这时我终于放弃了希望，把水箱一扔就瘫坐在地上。

“特维尔和我一样不知所措。我向上指指，他说‘不——不——不！’，唧啾声里带着无助。我们没法获得洞穴生物的一点帮助。他们一点也不关注我们，除了向我们确认他们是朋友——哎哟！

“老天！我也不知道我们在那儿晃荡了多少小时或者多少天！这期间因为筋疲力尽我睡着过两次；特维尔看上去从来都不需要睡眠。我们试着只挑上坡的通道走，但是一路爬到坡顶却是弯弯曲曲的下坡路。这该死的蚂蚁窝里温度始终不变，分不出白天夜晚，第一次睡着的时候，我不知道睡了一个小时还是十三个小时，所以没法根据手表得知到底是半夜还是中午。

“我们遇到一系列稀奇古怪的东西。一些通道里有机器在运转，但看上去没什么用——只有轮子在转而已。还有几次我看到两个圆桶怪中间长着一个小圆桶怪，和他们两个都连在一起。”

“单性繁殖！”勒罗伊兴高采烈地说，“和郁金香一样的苞芽单性繁殖。”

“你要这么说那就是吧，法国佬，”贾维斯赞同地说，“那些家伙从来没有注意过我们，只会像我之前说过的那样用‘我们是盆——盆——盆——盆友！哎哟！’来问候我们。他们似乎没有任何居家生活，只会推着小车四处奔跑，运送垃圾。最后我终于发现了他们用垃圾来做什么。

“我们运气不算太坏，找到一条很长的上行通道。就在我感到应该离地表不远的时候，通道突然变得开阔，指向一个穹顶房间，也是我们一路上见到的唯一房间。好家伙！当我透过房顶的缝隙看到似乎是阳光的亮光时，我兴奋得真想跳舞。

“房间里——有某种机器，一个不停转动的大轮子，一个圆桶怪正从下面往机器里倒垃圾。机轮嘎吱嘎吱把垃圾——沙子、石头、植物，所有东西都碾碎成粉末，然后粉末就不知道被筛到什么地方去了。我们在一旁看着其他圆桶怪排着长队依次进来，重复相同的过程，好像也就这样而已。整个事情莫名其妙，毫无逻辑可言——但这就是这个疯狂星球的特点。同时还发生了另一件简直让人难以置信的怪事。

“有这么一个家伙，倒完垃圾以后把小推车扔到一边，自己却淡定地挤进了机轮下面！我亲眼看着他一点点被碾碎，震惊到哑口无言。过了一会儿又一个也跟着挤进去。他们还挺有条不紊，空手的圆桶怪随即推走了扔在一旁的小推车。

“特维尔看上去并不惊讶，我指给他看下一个准备自杀的圆桶怪，他用最像人类的方式耸耸肩，好像在说：‘我无能为力。’他一定多少了解一点这些圆桶生物。

“随后，我发现机轮后面有什么东西在低低的基座上闪闪发亮。我走过去一看，是一小块鸡蛋大小的水晶，闪烁着更胜地狱幽火的荧光，刺痛了我的手和脸，感觉就像静电放电一样。然后我注意到另外一件有趣的事。还记得我左手大拇指上长的那颗疣吗？看看！”贾维斯伸出左手，“已经变干脱落了——就像这样！还有我这饱受摧残的鼻子——哈哈，居然神奇地不疼了！这东西有 X 光或伽马射线的特性，不过威力更强大，能破坏病变组织，而健康组织却不受影响！

“我正琢磨这东西要是带回到地球该是多好的礼物时，却突然被一阵嘈杂声打断。我们冲到机轮另一侧，刚好看到一辆小推车被碾碎。看上去有些‘自杀者’还是粗心大意了。

“就在这时，四周的圆桶怪突然全部发出了击鼓声，听起来很有威胁的意味。他们成群结队向我们逼近，我们退回好像是刚才进来的那条通道，他们跟在后面继续嘣嘣作响，有些推着小车，有些空着手。疯狂的野兽！所有圆桶怪都一齐敲击‘我们是盆——盆——盆——盆友！哎哟！’，我不喜欢后面那个‘哎哟’，容易让人不往好处想。

“特维尔掏出自己的玻璃枪，我也为了行动更自如而扔掉水箱并且拔出手枪。我们一步步向外退出了通道，圆桶怪则不断逼近——大概有二十个。还有件怪事——那些刚刚推着满载的小车进来的圆桶怪却和我们擦身而过，什么举动都没有。

“特维尔一定也注意到了这一点。他突然一把掏出他那只发光的燃煤打火机按在一车植物枝干上面，顿时冒出一阵烟雾！整辆车都着了火——可是推车的疯兽们居然还在继续前进，就连脚步都不乱！不过燃烧的小车还是在一片‘盆——盆——盆——盆友’声中制造了一些混乱——而且这时我注意到烟雾打着转经过我们身边，毫无疑问，洞口就在那边！

“我一把抓住特维尔拔腿向外跑去，身后跟着二十个追兵。阳光照在身上的感觉就像到了天堂，虽然匆匆扫了一眼我就意识到太阳差不多要下山了，这可十分不妙，因为在火星的夜晚没有保温睡袋我就活不成——至少也得生堆火。

“情况急转直下。圆桶怪把我们围困在两座土丘之间，我们两个站定在那里。我和特维尔都没有开枪，激怒这些凶兽没有任何好处。他们在一米开外的地方停下来，开始嘣嘣敲击，继续哄叫着‘盆友’和‘哎哟’。

“随后形势进一步恶化！跑来一个推小车的圆桶怪，所有怪物随即从车里取出一支支约一英尺长的铜飞镖——看上去很锋利——说时迟那时快，其中一枚飞镖擦着我的耳朵飞过——嗖的一声！这时候再不开枪自卫就只能等死了。

“一开始我们的反击效果相当明显。我们逐个射倒了小推车边上的几个怪物，同时最大限度设法挡住进攻的飞镖，然而，突然传来了雷鸣般的嘣嘣声，‘盆——盆——盆——盆友’和‘哎哟’，一整支圆桶怪军队都钻出了洞口。

“好家伙！我知道我们要完蛋了！然后我马上意识到特维尔不必与我一起等死。他本可以毫不费力地跳过我们身后的土堆，可是他却为我留了下来！

“老实说，要是有时间我可能会感动得大哭一场！从一开始我就喜欢特维尔，可是我是否也会像他一样为了报恩而做这么多——就算的确是我把他从第一只梦兽那里救了出来，这份人情他也早就还上了不是吗？我抓住他的手臂，说：‘特维尔’，又指指上空，他明白我的意思，说：‘不——不——不，提克！’说着就拿着玻璃手枪跳开了。

“我能怎么办？太阳一下山我就得完蛋，但是我没法向他解释。我只能说：‘谢谢，特维尔。你是个男子汉！’我感觉这一点也不是恭维话。一个男子汉！有多少人能做到这种地步？

“就这样，我和特维尔都举起枪，一个‘砰砰砰’，一个‘噗噗噗’，圆桶怪还在冲着我们扔飞镖并随时准备向我们扑过来，耳边全是他们‘盆友’的嘣嘣声。我已经不抱什么希望了。在这千钧一发的时候，帕兹就像天使一样从天而降，火箭底部喷口的火焰一下子就把圆桶怪撕得粉碎！

“哇！我激动得大喊一声就冲向火箭。帕兹刚一打开门我就钻了进去，又哭又笑，大喊大叫！这样持续了好一会儿我才想起特维尔，我向外面一看，正好看到他一个鼻喙式俯冲飞过土堆消失了。

“我费了好多口舌才说服帕兹去追特维尔！等我们把火箭开向高空，夜幕已经降临。你知道夜晚的火星什么样子——就像关灯之后那样漆黑。我们从沙漠上空划过，中间降落了一两次。我一路放声大喊‘特维尔！’，我想喊了不下一百次。我们没有找到他。他跑起来就像风一样快，我只能听到——也许是幻听——南边隐约飘来唧啾叽喳声。他就这样走了，该死！我真希望——希望他没走！”

“阿瑞斯”探险飞船上的四个人都不再吱声——包括最喜欢冷嘲热讽的哈里森。最后，勒罗伊打破了沉默。

“我想看看去！”他小声嘟哝。

“没错，”哈里森说，“尤其是治疗疣的那个水晶。没能拿到真是太可惜了，这可能就是人们一百五十年来一直在寻找的癌症特效药。”

“啊，那个！”贾维斯沮丧地自言自语，“就是这东西才惹出的麻烦！”他从口袋里拿出一块闪闪发光的物体。

“在这儿呢。”

（万年看客　译）

谁在那儿？

20 世纪上半叶的自然科学史也许可以总结为：宇观上向大扩张，微观上向小细分。

1918 年，哈洛·沙普利宣布，地球所在的星系——银河系的体积要比人们原先认为的大 10 倍；随后银河系的尺度被向下修正了些，被估计为 25 000 光年乘 100 000 光年。1924 年，埃德温·P. 哈勃证明了还存在其他的星系。在这段天文学的发展历程中，几千年来一直被认为是宇宙中心的地球，还有几百年来几乎都被视作独一无二的太阳系，被调整到了所在星系的一根旋臂外侧上的位置，而银河系也降格到了仅仅是宇宙中数十亿个星系之一，这些星系有些距离太阳有十亿光年之遥，在可见宇宙的边缘，正以接近光速的速度飞离我们而去。

与此同时，原子这个曾经一直被看作是不可再分的物质结构单元，也在被分解成越来越小的微粒，这些微粒的行为遵循着尚未发现的全新法则。1896 年，汤姆逊发现了电子，然后 1904 年卢瑟福揭示了放射性衰变的本质，1910 年高克尔发现了宇宙射线的早期迹象，

1913 年柯立芝发明了 X 射线管，玻尔提出了原子的太阳系模型。从 1924 年到 1926 年，德布罗意和薛定谔提出了波动力学理论，而海森堡也提出了自己的量子力学理论。劳伦斯在 1930 年建造了第一台回旋加速器，泡利在 1931 年提出了中微子假说，然后 1932 年查德威克发现了中子，安德森发现了正电子。1934 年，费米开始创造超铀元素，然后 1938 年迈特纳、哈恩和斯特拉斯曼宣布发现了铀的核裂变。

宇宙的不断扩展，让其中的物质的真实性被稀释而淡薄，人类也由天地万物独一无二的核心处被移开，放到了跟蚂蚁或者微生物并无多大差别的位置。在 1930 年代，由于人类在大萧条中无法控制自身的社会体制，也无力应对导致尘暴区的气候，人类重要性被削弱的感觉就越发强烈了。

因此，有两股来自不同方向的动力驱使科幻小说作家的想象力朝着太空而去：一是人类地位的削弱需要得到补偿——假如人类没那么重要，那他们就需要有更大的志向、勇气和能力，才能应对那些愈发巨大的挑战；二是科学在洞察前所未知领域中表现出的能力暗示，人类有能力掌控未知。

自从 H. G. 威尔斯写了《获得自由的世界》[1]（*The World Set Free*, 1914）一书之后，有关原子能甚至原子战争的小说就源源不断。到这个时候，随着科学开始揭示原子的结构和辐射过程的本质，这种小说在科幻杂志上发表的频率就越来越高。

有关太空飞行的小说流传的时间要早得多，可以追溯到萨莫萨塔的琉善（Lucian）所写的《一个真实的故事》（“A True Story”，约 165—175）。在早期的纸浆冒险杂志上，这类小说开始以更令人信服

1. 作于 1912—1913 年间，出版于 1914 年。书中预言了“原子弹”的使用和联合国的出现。

的面貌出现。不过，在那些故事里，去另一颗行星或恒星旅行比较常用的方法是星光体投射，巴勒斯笔下的约翰·卡特去火星或者吉西笔下的贾森·克罗夫特去天狼星系都是通过这条途径。然后到 1928 年，《怪谭》上连载了埃德蒙·汉密尔顿的《太阳冲撞》(*Grashing Suns*),《惊奇故事》则刊登了爱德华·埃尔默·史密斯的小说《太空云雀号》。等到巴勒斯在《金星海盗》(*Pirates of Venus*，1934，杂志连载于 1932 年）中将卡森·内比尔送往金星（本来要去的是火星，但由于月亮让他偏离了航道，结果抵达了金星）时，他用的也是太空船了。

这种新型故事建立在这样的假设上：人类会通过科学和工程学征服太空——不是借助精神而是借助机器。进入太空之后，故事继续向前发展，人类会征服自己的太阳系，随后向银河扩张，遇到来自物质世界的难题以及来自外星人的威胁，有时还建立起帝国，进行统治和管辖。

汉密尔顿写了一系列关于“恒星议会”和“星际巡逻队”的短篇。史密斯也写了一系列的小说（几乎没有短的），在其中善恶双方为了争夺对宇宙的控制权而时时交战：首先是“云雀号”四部曲，接着是以主人公命名的六部系列小说“透镜人”(*Lensman*)。

史密斯成了科幻迷们的宠儿，在第二次世界大战后出现的科幻迷出版运动，其动机似乎主要就是渴望再版史密斯博士的太空歌剧：譬如说“透镜人”系列就以《文明史》(*The History of Civilization*)为书名由幻想出版社[1]出了个盒装版。但有一位在麻省理工学院读书时向《惊奇故事》投过稿的青年作家很快就向史密斯发出了挑战，争夺科幻迷们的青睐。

1. 美国出版社，1946—1961 年间出版了许多科幻名著，以史密斯的太空歌剧尤多。

1930 年，小约翰 · W. 坎贝尔[1] 在《惊奇故事》上刊登了两篇小说。有个事实作为他人生中的一大巧合为人津津乐道，那就是他的第一篇故事与《惊异》——这本之后将会和他紧密相连的杂志的第一期在同一个月面世。

坎贝尔由于未能通过德语考试被麻省理工学院淘汰，一年之后在杜克大学物理学专业拿到了一个学位。在经济大萧条早期的困难岁月里，他为了谋生尝试过各种各样的职业，其中有六个月在为卡尔顿 · 埃利斯[2] 撰写技术资料和编辑文档。但他一直在坚持写小说，并每月为《惊异》贡献一篇天文学方面的系列文章[3]。

刚开始那几年，坎贝尔专写太空歌剧。到 1934 年，他的第一部长篇《超级机器》（*The Mightiest Machine*）在《惊异》上连载时，许多人已认为在这类规模宏大的传奇小说领域，他与史密斯差堪匹敌了。但甚至早在《超级机器》刊发之前，坎贝尔已开始着手创作另一类型的故事了。这种故事里少了些激情，多了些诗意，关注更多的是社会学、心理学和哲学，而不再是天文学和物理学。这些故事在描述科学文化方面更富现实主义，在处理所涉的永恒主题时则更具浪漫色彩。其中的第一篇《黄昏》（“Twilight”），在《超级机器》开始连载前一个月就以唐 · A. 斯图尔特的笔名在《惊异》上发表了。

继《黄昏》之后，坎贝尔又写了一系列风格和质量相似的故事。到 1937 年时，斯图尔特这个名字（取自他第一位妻子的婚前姓氏）已经比坎贝尔自己的名字更受有品味的读者们的青睐。《谁在那儿？》（“Who Goes There?”）是斯图尔特名下的一个经典中篇科幻小说，发表于 1938 年，后来被作为底本改编成了一部粗制滥造的电影《怪

1. 和他父亲同名，因此有时会加上“小”以示区分。但他父亲（一位电气工程师）没什么名气，所以也经常不加。
2. 美国著名发明家、化学家、工程师。人造黄油、骨头状狗饼干、夹层挡风玻璃等都是他发明的。
3.《太阳系调查报告》，1936 年 6 月—1937 年 11 月。

形》（*The Thing*，1951）。约翰·卡朋特1982年的重制版电影更忠实原作，但也没能抓住坎贝尔那种用理性来解决困难的神髓。

不过，1937年时坎贝尔已受雇于《惊异》，担任杂志编辑。不到一年，他自己的小说写作生涯就差不多终止了，那时他才28岁。从那时起，他的精力就全部用在了从其他作者那里获得他想要的科幻小说上。作为作家，他标志着科幻小说的一个转折点；作为编辑，他将会把科幻小说引向下一个转折点。

（何锐　译）

黄昏

［美国］约翰·W. 坎贝尔

“说起搭便车的，”吉姆·本德尔有点困惑地说，“我那天捡到一个家伙，真是个怪胎。”他笑起来，但笑得不太自然，“他跟我讲了我听过最离奇的故事。大多搭便车的会跟你讲讲，他们怎么把一份好工作搞丢了，想来西部的广阔天地找点活儿干。他们好像意识不到咱们这儿有多少人，还以为这片辽阔的美丽土地荒无人烟呢。”

吉姆·本德尔是个房地产商，事关土地，我知道他能扯个没完。要知道，这是他最爱的话题。他确实很担心，因为我们州还有大片待开发的宅地。他总在谈论美丽的土地，却从未跨出过城市边界，更没有深入过城外的沙漠。实际上他害怕那种地方。于是，我委婉地把话题引回正轨。

“他标榜自己是什么人，吉姆？找不到土地勘探的勘探员？”

“这并不好笑，巴特。不，并不只是他标榜了什么。他甚至没有标榜什么身份，就只是聊天。你知道吗，他没强调那是真事，就只是说出来而已。就是这样我才感到不安。我知道那都不是真的，但他说话的方式，噢，我搞不懂……”

我明白了，他的确没搞懂。吉姆·本德尔向来措辞谨慎——且引以为豪。如果他找不准字眼，就说明他心烦意乱。就像有一次他把眼镜蛇认作了一根木棍，还想把它扔进火堆。

吉姆接着说：他穿得也很滑稽，衣服看起来像银制品，却如丝绸般柔软，晚上还会发出一点儿亮光。

我在黄昏时分载到了那个人，真是捡上车的。他躺在南方路十英尺开外的地上。一开始，我想着有人撞了他，没停车就溜了。看不太清楚他的样子，你知道。我把他拉起来，安顿在车里，就继续赶路了。我还有三百英里的路要赶，但想着能把他留在瓦伦泉的万斯医生那儿。过了约莫五分钟，他醒过来，睁开眼睛。他看着就不对劲，先是看了看车，又看向了月亮。“感谢上帝！”说完，他又看向我，真是吓了我一跳。他很美，不，很英俊。

也不对，他真是不同凡响。大概有六点二英尺高，棕色头发，带着点儿红金色，看起来就像是氧化成棕色的细铜丝，干爽又卷曲。他前额宽广，有我的两倍那么宽，五官精致，让人难以忘怀。灰色的双眼就像蚀刻过的铁，比我的眼睛大——大很多。

他的衣服……更像是泳衣配上睡裤。他手臂修长，肌肉匀称，像个印第安人。但他是白人，皮肤被太阳晒成了淡金色，而不是棕褐色。

但他真是不同凡响，比我见过的任何男人都更美。我不知道，真见鬼！

“你好！”我问，“出意外了？”

“不，至少这次没有。”

他的声音也美妙无比。不是普通的声音，倒像是管风琴在演奏，只不过这管风琴有人类的形态。

“但或许我的头脑还不太清楚。我尝试了一项实验。告诉我现在的日期，包括年份和其他信息，让我确认一下吧。”他继续说。

“为什么……1932 年 12 月 9 日。”我说。

这并不让他高兴，他一点儿都不喜欢这个答案，但他先是露出一个苦笑，随即又化为一声轻笑。

“超过一千……”他若有所思地说，“总没有七百万糟糕，我不应该抱怨了。”

“七百万什么？”

“年呀，”他说得很沉稳，似乎只是实事求是，“有一次我做了个实验，或者说我将要做个实验，现在我又得重来一次了。那个实验发生在……3059 年。我刚完成了释放实验，测试当时的空间。时间……并不是实验对象，我仍然相信，测试的是空间。我感觉自己被那个场域抓住了，无法挣脱。伽马-H481 场域，位于佩尔曼范围内，强度为 935。它把我吸了进去，我又从里面出来了。

“我认为它抄了一条空间便道，通向了太阳系将要占据的位置。穿过了一个更高的维度，所以超越了光速，把我扔到了未来位面。”

你看，他不是在对我叙述，只是把自己的想法说出声来。这会儿他才开始意识到我的存在。

“我看不懂他们的仪器，七百万年的进化改变了一切。所以我回来的时候目标有点儿偏差，我是 3059 年的人。

“不过告诉我吧，今年最新的科技发明是什么？”

他把我惊呆了，我几乎想都没想就脱口而出：“呃，电视吧，我猜。还有短波广播和飞机。”

“短波……好，他们会有仪器的。”

“可是……你是谁？”

“啊……很抱歉，我给忘了，”他用那管风琴般的声音回答，“我是阿瑞斯·科·肯林。你是哪位？”

“詹姆斯·华特斯·本德尔。”

“华特斯……代表什么？我不认识这个词。”

“呃……这当然是一个名字。为什么你应该认识它呢？”

“我明白了——那么你们是不分类别的。‘科’代表科学。”

“你从哪儿来啊，肯林先生？”

“从哪儿来？”他露出微笑，声音和缓轻柔，“我从七百多万年后的空间穿越而来。他们记不清了……那里的人类。机器把非必要的服务都淘汰了。他们不知道那时的纪元。但在那以前，我的家乡是3059年的内华城。”

从那一刻起，我开始认定他是个怪胎。

“我是个实验者，”他继续说，“搞科学实验，就像我刚才说的。我父亲也是一位科学家，但他主要研究人类遗传学。我本身也是个实验品。他证明了自己的观点，整个世界进而效仿，我是新种族的第一人。”

“新种族……噢，老天啊……那我们到底……我们将会……”

“将要如何终结？我见过了……几乎看见了终点。我见到了他们……那些小人……困惑又迷茫。还有那些机器。必然会如此吗……没有办法改变吗？你听……我听到了这首歌。”

他唱起了那首歌，于是他无须再跟我描述那些人了。我认识他们，听见了他们的声音，他们说着那古怪又刺耳的、不同于英语的语言。我读懂了他们迷惑不解的渴望。那是小调旋律，我想。歌声呼唤着，呼唤、询问，无望地探寻，一切之上还有那被遗忘的无名机器发出低沉的轰鸣和声声呜咽。

那些机器停不下来，因为它们被开启了，而小人们忘记了怎么关停他们，甚至忘了它们的用处。他们看着机器，倾听着，困惑不已。你看，他们不再会读写，语言也改变了，所以祖先留下的语音记录毫无意义。

然而歌声继续，他们依旧困惑。他们看向太空，看见了温暖、友好的星星——太遥远了。他们曾熟知并在九个行星上生活过，如今却被无尽的距离封锁在原地，他们看不见另一个种族，或另一种新的生命。

歌声中贯穿始终的是两样东西：机器，以及令人困惑的遗忘。或者还有一样。

嗯……这就是他唱的歌，这首歌令我不寒而栗。这首歌不该唱给今天的人听，它几乎要杀死某种东西，它似乎能杀死希望。听完这首歌，我……嗯……我相信了他。

他唱完歌之后好一会儿都没说话，接着浑身打了一个激灵，似乎回过神来。

你不会理解（他继续说），至少现在还无法理解……但我见过他们。他们站在那儿，就像拥有巨大头颅的畸形人，但是他们的头颅里除了大脑什么都没有。他们拥有能够思考的机器——但有人在很久以前把机器关停了，没人知道如何重启。那就是他们的问题，他们有完善的大脑，比你我的好上太多，但他们的大脑肯定也在几百万年前关停了，他们从此再也没有思考过。善良的小人们。那就是他们所知的一切了。

我滑进那个场域时，它把我往下拽，就像一个重力场将太空飞船打着旋儿往行星上拉扯。它把我吸进去，我穿透了场域，只不过场域的另一面是七百万年以后。那就是我之前所在的地方。那肯定就是地球表面完全相同的位置，但我一直不明白为什么会发生这样的事。

当时是夜里，我看见远处有一座城市。月光笼罩着城市，但整个场景看起来很不对劲。你瞧，七百万年里，人类做了许多改变行星位置的事儿，要开辟太空客轮航线、在陨石带清出通道等。七百万年很长，足以让自然形成的星体位置稍微移动一些。月球远离了地球五万英里，开始绕着自己的轴心自转。我躺下来盯着它看了好一会儿。甚至星星们都不一样了。

有飞船从城市里出来，进进出出，像是沿着一条电缆滑动，只不过那是一条能量缆线。城市的一部分——下半部分，灯火通明。那肯定是水银汽灯，我下了结论。蓝绿色的光，我确信人类无法在此生活——这种光线伤害眼睛。城市的上层只有稀稀落落的光。

这时我看见有东西从天空中降落下来，非常明亮，是一个大圆球。它径直降落在大片黑色与银色构成的城市中心。

我不知道那是什么，但我当即明白，这个城市被遗弃了。我会那样想真是奇怪，我可从来没见过一座被遗弃的城市呢。我走了十五英里，进入了城市。街道上有机器来来往往，你知道，都是维修机器。它们不明白这个城市为什么不再需要继续运作，所以它们还在工作。我找到了一台出租车机器，看着很熟悉，还有一个我能操作的人工操控台。

我不知道这个城市被遗弃了多久，其他城市的一些人说已经过去十五万年了，有的甚至说已经过去了三十万年。三十万年来无人踏足的城市。出租车机器性能极好，马上就启动了。它很干净，整个城市都很干净、秩序井然。我看见一家餐厅，而我饥肠辘辘。我更渴求的是与人类的交流，但当然了，那里没有人，只是我当时不知道。

餐厅把食物直接展示出来，我选了一样。我猜想食物已经存放了三十万年吧，但我当时不知道，那些为我提供餐食的机器也不关心，因为它们只是把食物合成出来，你瞧，成品很完美。那些建造城市的人忘了一件事。他们没意识到事物不应永远存在。

我花了六个月来制作自己的装置，到最后只想离开。看着那些机器盲目而精确地作业，按照设计师的要求工作，不知疲倦、永不停歇，即便那些设计师和他们的儿孙后代们再也不需要它们……

等到地球冷却、太阳熄灭，那些机器还会继续工作。等到地球裂开、分崩离析，那些完美的、永不停歇的机器仍会尝试修复它……

我离开餐厅，搭着出租车浏览城市。我相信那台出租车有一个电动小马达，它的能量来自中央能源发散器。我很快就搞明白了，我身处遥远的未来。城市分为两个区域，一个区域有许多分层，机器运作流畅，只发出低沉而有节奏的嗡鸣，在整座城市回荡，就像一首永不完结的能量之歌。城市的整个金属框架都与这歌声产生共鸣，处处传递、彼此应和。但这声音轻柔安详，带着安抚人心的节奏。

地面上起码有三十层，地下还有二十层，都由坚实巨大的金属墙和地板构建。金属、玻璃和能量机器。唯一的光来自蓝绿色的水银汽弧灯。水银汽发出的光含有大量高能量子，能激发碱金属原子的光电活性。或者这超过了你们现在的科学范畴？我又忘了。

他们使用那种光，是因为他们许多的工作机器需要光线视物。那些机器真了不起，我在最底层庞大的能源工厂里走了五个小时，观察那些机器。因为它们会动，这些伪机械生命，我就不觉得有多孤单了。

我看见的发电机是在我之前发现的释放效应基础上改进而成的——什么时候开始的呢？我是说，它们释放的物质内部能量，我看一眼就知道它们能持续运作数不尽的年月。

城市的下半部分全都让给了机器。几千台机器，绝大部分都闲置着，或是最多以低负荷运作。我认出了一台电话装置，但完全没有信号。城市里没有生命。我按下房间一侧屏幕旁的小按钮，机器立即开始运作。它准备就绪，却再也没有人需要它。人类懂得如何死去，死后沉寂，但机器不懂。

最后我爬上了城市顶端、最高的那一层。那里是天堂。

那里有灌木丛、树木和公园，在空气的柔和光晕下闪闪发亮。他们很早就学会了让空气发光，在五百万年前甚至更早就学会了，却在两百万年前又将之遗忘。然而机器没有遗忘，还在继续制造这种汽灯。汽灯悬在半空，散发出柔和的银白色光芒，掺杂着些许粉色，花园都笼罩在这样的光晕下。这里此刻没有机器，但我知道它们会在天亮后出现，照料花园，为了已死去的主人维护这片天堂。主人停止了活动，它们却停不下来。

城外的沙漠凉爽而干燥。这里的空气柔和、温暖而甜美，飘荡着人类用数以万计的年月改良过的花香。

某处响起了音乐。乐声从空中飘出来，柔和地荡漾开。月亮即将沉落。伴随着月落，那粉银色的光晕渐渐褪去，乐声逐渐增强。

音乐从四面八方传来，却又无踪可寻。它从我的内心倾泻而出。我不知道他们是怎么做到的，也不知道这样的音乐是怎样谱写出来的。

野蛮人的音乐过于简单，谈不上美，却具有感染力。半野人的音乐简单得很美好，又美得很简单。黑人的音乐是你们这里最好的。他们一听音乐就能懂，心有所感就能唱。半开化的人写出伟大的乐章并以此为荣，同时确保让世人皆知乐章不朽。他们为音乐冠上过多的荣耀，倒让它显得不堪重负。

我一向认为我们的音乐很优美，但那由空气中飘荡开来的是胜利之歌，由一个成熟的种族演唱，人类沉醉于成功之巅！那是人类在歌唱他们的胜利，宏伟的声音使我振奋，向我展示了前方的道路，歌声激励着我前行。

我俯瞰这被遗弃的城市，而歌声渐渐消失。机器应该已经忘记了那首歌，他们的主人也一样，很久以前就忘记了。

我来到一幢他们肯定曾经当作居所的房屋，昏暗的灯光下有一道隐约可见的门廊，但我刚走到门口，灯光便亮起来。这里的灯已有三十万年未使用过，此刻却为我点亮青白色的光，就像萤火虫一样。我走进了门后的房间，身后门廊的空气立刻发生了变化：空气变成了浑浊的乳白色。我身处的房间由金属和石块建成。石块是某种漆黑的物质，上方饰以丝绒，金属则是金银两色。地上铺着地毯，质地跟我现在穿的衣服一样，只是更厚、更柔软。房间里散落着几组长沙发，矮矮的，上方盖着柔软的金属材料，也是黑色、金色和银色的。

我从未见过这样的东西，我猜以后也见不到了，而我的语言和你们的语言都无法描述那样的材质。

这座城市的建造者有权利，也有理由唱出那首激奋的胜利之歌，他们所向披靡，横扫九颗行星和十五颗宜居卫星。

然而他们已经不在了，而我想要离开。我想到了一个计划，去一个电话分局检视之前见过的地图。这年迈的世界看起来还是老样子。七百万年或是七千万年对古老的地球母亲来说都不算什么。她或许还能成功等到那些辉煌的机器城市崩塌。她能再等一亿年，或是十亿年，才会被击败。

我尝试呼叫地图上显示的各个城市中心，之前检查中心装置时我就学会了操作电话系统。

我试了一次、两次、三次，足足十二次。约城、伦城、巴厘、施加哥、新坡等等。我开始觉得整个地球上都没有人了，每个城市里的机器回应我、照我的指令操作，这让我感到沮丧。那些大城市里都有机器，而我待在他们那个年代的内华城，一个小城市。约城的直径超过了八百公里。

每个城市我都尝试拨了好几个号码。接着我尝试联系圣弗斯科。那边有人，一个声音回答了，发光的小屏幕上显示出一个人类。我能看见他浑身一震，惊讶地盯着我。他开始跟我讲话，但我显然听不懂。我能听懂你说的话，你也能听懂我说的，因为你们今天的语言通过各种载体记录了下来，也影响了我们的发音。

有些事改变了：城市的名称，原因是城市的名称里多音节词尤其常见，人们经常进行删节、缩减。我在……内、华、达……你们会这么叫吧？我们只说内华。还有约州。但俄亥俄和艾奥瓦留了下来。一千多年对单词的影响很小，因为它们都有记录。

然而七百万年过去了，人类遗忘了那些旧时的记录，随着时间流逝，使用记录的机会更少了，他们的口语也改变了，最后连记录都无法理解。当然，这些已经不再是书面记录了。

最后的人类种族肯定出现了一些想追求知识的人，但他们无计可施。如果能找到基本规则，他们还能翻译古老的文字，但古老的声音记录就……而且整个种族都遗忘了科学原理和思维运作的方法。

所以他通过电路回答时，他的口语对我而言极为陌生。他的声音频率很高，词汇流淌而出，音色甜美，说话时仿佛在唱一首歌。他很激动，还叫来了其他人。我听不懂他们的话，却知道他们在哪里。我可以去找他们。

所以我从那个天堂花园往下走，准备离开，这时我看见了黎明的天空。那些陌生的星星一闪一闪，渐渐暗淡，只有一颗缓缓升起的明亮星星是熟悉的——金星。她此刻闪耀着金光。最后我站在那儿，第一次仔细观察这陌生的天穹，开始明白为什么我一开始会觉得这个场景不对劲。那些星星啊，你瞧，都不一样了。

在我的时代——和你的时代，太阳系都不过是一名孤独的流浪者，恰好经过了银河系繁忙交通的十字路口。你要知道，我们晚上看见的星星其实都是运动中的星群。事实上，我们的星系正在经过大熊星群的中心。在我们周围，半径五百光年的距离以内还有好几个这样的星群。

然而在那七百万年间，太阳离开了星群。肉眼看来，那片天空几乎一片空白，只在寥寥几处有一两颗暗淡的星星。在广袤的黑暗苍穹中横贯着带状的银河，此外空空荡荡。

这肯定就是那些人在歌声中表达的另外那种……发自内心的感受。孤独——甚至没有毗邻的、友好的星星。在我们几光年以外就有好几颗恒星，然而他们告诉我，根据能够直接测量恒星距离的装置显示，离他们最近的恒星在一百五十光年以外。那颗恒星极为明亮，比我们星空中的小天狼星还要亮。这让那颗恒星显得不那么友好，因为它是一颗蓝白色的超级巨星。我们的太阳都只配给那颗恒星当一颗卫星。

我站在那儿看着，随着太阳血红色的光芒浸染了地平线，粉银色的光晕渐渐消失。现在看着星星我就明白了，自我上次看日出已经过去了几百万年。那血红色的光芒不禁让我猜测太阳本身是否也即将消亡了。

太阳露出了一角，体形庞大，如血殷红。太阳升腾而起，血色减淡，半小时后又是我熟悉的那一轮金色圆盘了。

岁月悠悠，它从未改变。

我太蠢了，竟以为它变了。七百万年——对地球而言都不算什么，何况是对太阳呢？自我上次看日出之后，太阳又反反复复升起了两万万次。两万万个日夜啊。假如经过了两万万年，我或许能注意到一些变化。

宇宙缓步而行，只是生命无法长久、转瞬即逝。短短的八百万年，不过是地球生命中的八天——而人类已经濒临灭绝。他们留下了一些东西：机器。但机器也会死去，即便它们不理解死亡。这就是我的感受。我……可能改变了一切。我会告诉你的，这个迟些再说。

因为太阳升起来了，我又看了看天空和大地，脚下大约有五十层楼高。我来到了城市的边缘。

机器在地上移动，大概在平整土地吧。一条宽阔的灰色粗线穿过平坦的沙漠，直指正东方。太阳升起以前我也看见了它昏暗的亮光——那是地面机器使用的道路，但路上并没有机器穿梭。

我看见一艘飞船从东边滑过来，带来了柔和如哀叹的气流声，就像孩童在睡梦中的呓语。它逐渐变大，在我眼中就像是一个不断膨胀的气球。它在城市下方一个大型泊口停稳，体形庞大。我能听见机器运作或高或低的声音，它们无疑正在处理飞船带回来的材料。机器订购原材料，其他城市的机器提供相应补给，运输机器把它们带回来。

圣弗斯科和杰克镇是北美仅存的两个仍在使用的城市，但机器会前往其他所有城市，因为它们停不下来。没有人命令它们停下来。

接着有什么东西出现在高空。在我下方的城市里，三个小球从中心的一个区域缓缓升起。它们跟运输船一样，没有明显的驱动装置。上方天空中有一个点，就好像蓝色太空中有一颗黑色的星星，它渐渐扩大为一颗小卫星。三个小球在高空与之会合，接着它们一同落下，降落在城市中心，我就看不见它们了。

这是从金星回来的运输飞船。后来我知道了，前一晚我看着降落的飞船是从火星回来的。

之后我去找类似出租飞机的交通工具。我没在逡巡城市的机器中认出这一类型，又在更高层寻找，偶尔看见几艘被遗弃的飞船，但对我来讲都太大了，而且它们都没有操控台。

快到中午了，我又吃了餐饭。食物很美味。

我那时就知道了，这个城市是人类希望寂灭的死灰。那不是某个特定种族的希望，不是白种人、黄种人，或是黑人，而是整个人类种族的希望。我疯了似的想离开城市，却害怕从地面道路往西走，因为我开的出租车是由城市里某个能量源供能的，我知道走不出多少英里它就会抛锚。

下午我在城市外墙附近找到了一个小停机棚。停机棚里有三艘飞船。我一直在人类区域，也就是城市的上半部分的下层搜寻。那里有餐厅、商店和剧院。我走进一个商铺，刚一进门，柔和的音乐开始播放，眼前一块屏幕上开始出现颜色和形状。

是那成熟种族的胜利之歌，以图像、颜色和声音全方位展示出来。这个种族稳步前行了五百万年，却看不见前方逐渐消亡的道路，他们将要死亡、停滞，城市也将死去——而他们没有停下脚步。我迅速退出去，把那首三十万年未曾播放过的歌留在了身后。

但我找到了停机棚，这很可能是个私人停机棚。有三艘船。其中一艘起码有五十英尺长，十五英尺宽，这是一艘游艇，很可能是太空游艇。另一艘有十五英尺长，五英尺宽，这肯定是家庭飞行器。第三艘很小，十英尺多长，两英尺宽，显然我得躺在里面。

船里有个潜望镜装置，能让我看见前方和正上方的风景。有一扇窗能让我看见下方的情况——还有一个装置能移动一块毛玻璃屏幕下方的地图，屏幕上的交叉瞄准线会一直标明我的位置。

我花了半小时尝试搞明白这艘船的制造者都造了些什么，但那些人的身后有积累了五百万年的科学知识和他们那个年代最完美的机器。我看了为飞船供能的释放机制，理解了它的运作原理和大致的机械构造。船里没有电子导体，只有以脉冲波形式迅速跳动的暗淡光束，你几乎无法用眼角余光捕捉到光束的跳动。大约有五六道光在微微闪烁，它们起码这样跳动了三十万年，或许更久。

我进入机器，立刻又有至少六道光束亮起来，船体几不可查地颤抖了一下，我的身体蹿过异样的拉扯感。我立刻明白了，这机器下方有重力消除器。继释放效应后，我研究太空场域时也想过要制造这样的装置。

但他们在制造出这完美的不死机器之前几百万年就掌握了这种技术。我的进入使飞船进入自动调节状态，同时开始准备运作。船舱与地球相当的人工重力把我往下拉，但船舱与外界之间的区域和舱内的重力不一致，就造成了身体的拉扯感。

机器准备就绪，燃料充足。你瞧，它们的设备能自给自足，几乎就像活物，每台机器都是如此。一台维护机器为它们提供物资、调试设备，有需要且有可能时还能进行维修。如果维护机器修复不了，我后来了解到，自动服务卡车就会把它们拖走，由极为相似的机器替代。它们会被运回生产厂家，自动机器会将它们修复一新。

机器耐心地等待我来启动。操控台很简单、一目了然。左侧有个操纵杆，往前推船就会前进，往后拉船就会后退。右侧是一个水平放置的转轴横杆，往左转船就左转，往右转船就右转。横杆稍往上拉，飞船头部就会抬起，其他除前进和后退的动作也能依样完成。抬高横杆时船会上浮，反之亦然。

我躺在船舱里，稍稍抬高了横杆。正好位于眼前的一台计量器上的细针缓缓地动了起来，身下的地板开始下降。我将另一根操纵杆往后拉，飞船开始加速，轻巧地飞出了停机棚。我松开两根操纵杆，恢复为中置状态，机器继续滑行了一段，最后动力与空气摩擦力相互抵消，在原来的高度停下。我将船掉转方向，眼前另一个计量盘随之转动，显示出我的位置，但我看不懂。我原本希望地图会随着飞船位置的改变动起来，但它还是一动不动。所以我朝着感觉上是西边的方向飞过去。

在这台了不起的机器里，我感受不到加速的推动力。地面开始往后退去，城市很快就看不见了。地图在我身下快速滚动，我发现自己正朝着西南方前进，就稍稍往北转，盯着罗盘看。很快我就搞懂了方向，飞船加速前进。

我过分沉迷于地图和罗盘，突然间船舱响起了尖锐的蜂鸣警报声，我还没回过神来，机器突然上升，猛地朝北转。我面前有一座大山，之前我没注意，但飞船发现了。

那时我注意到了之前就应该看见的细节，是两个可以移动地图的小旋钮。我开始转动旋钮，听见一声突兀的咔嗒声，飞船开始减速。不一会儿，飞船以较为和缓的速度稳稳地前进，机器也转向了新的航线。我尝试把方向转回来，但惊讶地发现操控台无法影响船体了。

你瞧，这都是因为地图。飞船可以按地图航线飞行，或者地图随着飞船移动而滚动。我扭动旋钮，机器就开始自动操控。我本可以摁下另一个按钮，但当时我并不知道。我无法操控飞船，直到它在某个被遗弃的伟大城市中心停下来，悬停在地面上方六英寸之处。也许会是萨克拉门托吧。

搞明白以后，我把地图调到圣弗斯科，飞船立刻出发了。船体自动绕过一块破碎的大石头，回到了原来的航线上，继续前行，如同一枚子弹形状的自控飞镖。

飞船到达圣弗斯科时没有下降高度，只是悬停在半空，发出柔和优美的嗡鸣。两次嗡鸣。我等着，往下看。

下方有人。我第一次看见了那个年代的人类。他们体形很小——神情困惑，身材矮小，脑袋超乎比例地大，却也不是大得太过分。

他们的眼睛让我印象格外深刻。瞳孔很大，看向我时瞳孔里有某种沉眠的力量，但是隐藏得太深，无法唤醒。

我改为人工操控，把飞船降落下来。很快我就下了船，飞船自动升高，飞了出去。它们有自动停泊装置。飞船前往距离最近的一个公共停机棚，那里会提供自动服务和维护。船里有个小巧的呼叫装置，我本应该在下船前带上，那样只要我在城市里，按下按钮就能呼叫飞船。

我周围的人们开始说话——几乎像是歌唱——彼此交谈。另一些人慵懒地走过来。男人和女人——但似乎没有老人，也几乎没什么年轻人。寥寥几个年轻人得到了近乎毕恭毕敬的对待和小心的呵护，生怕他们不小心被踩到脚趾或是绊倒。

你瞧，这都是有原因的。他们能活很久，有些人活了三千年，接着……就死去了。他们不会变老，也一直没研究出来为什么人们会这样死去。心脏停止跳动，大脑停止思考——于是死去。然而年轻的孩子们，那些尚未成年的孩子，会得到最细心的照料。在那个生活了十万人的城市里，每个月只有一个孩子出生。人类开始绝育了。

我跟你提过他们都很孤独吗？他们孤独得毫无希望。因为啊，你瞧，人类种族在走向成熟的过程中毁灭了对他们有威胁的所有生命形式。疾病、昆虫，等最后那一点儿昆虫都灭绝了，就轮到了那些吃人的动物。

那时自然的平衡就被破坏了，所以人类只能继续下去，就像那些机器一样。人类启动了机器——现在却无法让它们停止。他们开始毁灭生命，现在也无法停止了。他们只能毁灭所有的野草，接着是许多之前无害的植物。食草动物也遭殃了，鹿、羚羊、兔子、马。它们都是威胁，因为它们会吃人类那些由机器种植的农作物。人类那时还在吃自然食物。

你可以理解吧，这件事已经超出了他们的控制。最后他们为了自保，消灭了海洋里所有的生物。没有那些生物的牵制，人类的数量毫无限制地增长，合成食物终于替代了自然食物。在我的年代之后大约过了两百五十万年，空气中的微生物全部被净化了。

那意味着水也必须净化。先是淡水，接着海水中所有的生命都消逝了。微生物以细菌为食，小鱼以微生物为食，大鱼以小鱼为食——而今食物链的起点消失了。大海已有一个世代，也就是一千五百年，没有任何生命了。甚至连海洋植物都不复存在。

整个地球上只留下了人类和他们保护的生物：他们用于装饰的植物和某些特别干净、跟它们的主人一般长寿的宠物。狗。它们曾经肯定是无与伦比的动物。人类走向成熟，而他们的动物朋友，到你和我生活的年代时已经陪伴了这个种族一千个千年，之后又陪伴了四千个千年，来到了人类种族的成熟早期，它们的智力也得到了增长。在一座古老的博物馆——那是个美好的地方，因为那里完美地保存了一位人类伟大领袖的尸体，他死于我见到他的五百五十万年前。在那座已被遗弃的博物馆里，我看见了一只狗。它的头骨几乎跟我的一般大。他们有简单的地面机器，狗经过训练后能够驾驶，他们还会举办狗驾驶机器的比赛。

人类到达了成熟期，持续了整整一百万年。所以人类大踏步往前进，狗也不再是动物伴侣了。对它们的需求越来越少，等那一百万年结束，人类的衰退开始时，狗也没有了，灭绝了。

而此刻这一批日益减少的人类还处于原来的生命系统里，没有其他生命形式继承他们。曾几何时，一个文明盛极而衰，总有新的文明在旧文明的死灰中崛起。现在只有一个文明了，所有的其他种族，甚至其他的物种，都灭绝了，只剩下植物。人类种族已经过于老迈，无法赋予植物智力和活动能力。也许成熟期的人类是能做到的。

其他世界也在那一百万年里被人类占据——全盛百万年。太阳系的每颗行星和每颗卫星都有人类的踪影。现在只剩下行星上还有人，卫星都被遗弃了。冥王星在我降临前就被遗弃了。在我停留的那段日子里，海王星上的人也在朝着太阳和他们的母星回归。这些过于安静的人类大多数是人生中头一次看见赋予他们种族生命的这个星球。

然而当我从飞船里出来，看着它浮上半空离我而去，我看得出来为什么人类种族会衰亡。我回头看向那些人的脸，在他们身上找到了答案。在那些依旧伟大的头脑中有一种品质消失了——他们的头脑比你我的好上许多。我不得不求助他们中的一人来帮忙解决我的问题。在太空里，你知道，有二十个坐标值，其中十个为零，六个有固定值，另外四个代表我们熟悉的、不断变化的时空维度。也就是说，时空集合不是在二维、三维或是四维，而是在十维上进行的。

我花费了太多的时间，一个人永远不可能解决必须厘清的所有问题，因为我用不了他们的数学机器，而我的机器自然被留在了七百万年以前。其中一个人很感兴趣，帮助了我。他完成了四维和五维的集合，其中可变指数界限内的四维集合甚至是在大脑中完成的。

我要求他计算，于是他就计算了。因为那种令人类伟大的特质已经远离了他。我刚一降落，他们的表情和眼神就让我意识到了这一点。他们看着我，对这个看起来很不普通的陌生人感兴趣，随即就走开了。他们过来看了看飞船进港。你瞧，这是很少见的事儿，但他们不过是以友好的方式欢迎我，却一点都不好奇！人类丧失了好奇的本能。

噢，并不完全！他们对机器感到疑惑，对星星感到疑惑，却不会有所行动。好奇心还没有完全丧失，却也差不多了，好奇心正在死去。跟他们在一起的六个月里，我学到的东西比他们在机器包围中生活了两三千年学到的更多。

你能感受到这种境况下我那几近崩溃的孤独吗？作为一个热爱科学的人，我在科学里看见……或者说看见过救赎和人类的崛起——看看那些奇妙的机器，人类成功的巅峰，就这样被遗忘了、误解了。那些奇妙的、完美的机器，呵护着、保护着、照料着那些温柔又善良的……遗忘了一切的人。

他们迷失在了科学中。城市对他们而言是一座宏伟的废墟，是在他们周围拔地而起的巨大存在。是无法理解的，是自然世界的一部分。城市就是如此，不是谁建造的，只是存在于此。跟山脉、沙漠和海洋里的水一样。

你明白吗——你能明白，从那些机器全新制造出来到那个时候所经历过的岁月，已经比人类诞生至今更为长远吗？我们知道我们最早的祖先流传过什么传奇故事吗？我们记得他们那些关于森林和洞穴的传说吗？敲击燧石直到石头边缘锋利的秘密？追踪和杀死剑齿虎而同时保证自己不被杀的秘密？

他们现在面临着相似的窘况，但经历的岁月更长，因为语言已经得到长足进步，趋于完美，也因为机器帮他们维持了一切运转，经历了一代又一代。

为什么呢，冥王星被完全抛弃了，但冥王星上其中一个最大的金属矿还能定位，机器还在运转。整个太阳系里存在着完美的统一，一个完美机器的统一系统。

而那些人知道的只是对某个控制杆做某个操作就能得到某些结果。就好像中世纪的人只知道将某种材料——木头放在烧红的另一块木头旁，它就会消失，变成热量。他们不明白木头氧化了，并在形成二氧化碳和水的过程中释放了热量。所以人们不明白是什么东西给他们提供食物、衣服，充当他们的交通工具。

我跟他们相处了三天，接着去了杰克镇，还有约城。约城真是太大了，横贯了……呃，最北边是今天的波士顿，最南边是今天的华盛顿——这就是他们的约城。

我就没相信过，他讲故事那会儿，吉姆打断了自己的叙述。我知道他是真的不信。如果相信了，他早就在“约城”范围内购买土地等升值了。我了解吉姆。在他的概念里，七百万年就跟七百年差不多，或许他的曾孙就能把土地卖掉了。

无论如何，吉姆继续说，他说那是因为城市扩张。波士顿朝南、华盛顿朝北，约城就全面扩张开来，中间的城市融入其中。

这就是一架庞大的机器，秩序井然、运转完美。它们有一套交通系统，能在三分钟内把我从最北端送到最南端。我计了时。他们学会了抵消加速推动力。

接着我搭上了一艘前往海王星的大型太空客轮。还有一些客轮在运行。有的人，你瞧，要从海王星回来。

那艘船很大，基本上是一艘货轮。它从地面上浮起来，是一个长度为四分之三英里，半径为四分之一英里的巨大金属圆筒。穿出大气层后它开始加速，我看着地球迅速缩小。我曾坐过我们那会儿去火星的客轮，在3048年我用了五天到达目的地。而半小时后地球就变成了一颗小星星，旁边还伴随着一颗更小、更暗淡的星星。一小时后我们经过了火星，八小时后在海王星降落。那个城市叫莫瑞恩，比我那个年代的约城更大——没有人居住。

这颗行星冰冷黑暗——冷得可怕。太阳是一个又小又苍白的圆盘，没有热度，也几乎没有光。然而城市非常舒服。空气清新、凉爽、湿润、带着花香——弥漫着花香。创造了这个城市，并且还在照顾这个城市的伟大机器发出带着强力节奏的嗡鸣，整个巨大的金属框架都随着这种嗡鸣微微颤动。

我解码了记录，因为我拥有古老语言的知识，而他们那时的语言——人类走向灭亡时说的语言，是以这种古老语言为基础的。从这些记录我了解到，在我出生后又经过了三百七十三万零一百五十年，这个城市诞生了。从那一天开始，任何一台机器都没有被人碰过。

然而空气十分宜人。悬于空中的粉银色温暖光晕是唯一的光源。

我探访了另外一些还有人的城市。在人类领域的边缘之地，我第一次听见了《渴望之歌》，这是我起的名字。

还有另一首，《遗忘回忆之歌》。你听……

他又唱了一首歌。我就知道一件事，吉姆说，歌声显得更让人困惑了。讲到这里我猜自己已经比较了解他的感受了。因为啊，你得记得，我只是听了一个普通人的翻唱，而吉姆听到了一个亲身经历的目击者的原唱。那个人并不普通，有着管风琴般的声音。无论如何，我猜吉姆这么说是对的："他可不是什么普通人。"普通人可想不出那样的歌。它们不太对劲。他唱的那首歌有更多悲伤的小调旋律，我感觉到他在搜肠刮肚，回忆已经遗忘的东西，某些他极力想要记起来的——他知道自己原本应该熟稔于心的——那些东西已经永远离他而去了。我感到那样东西随着歌声离他越来越远，那孤独而疯狂的搜寻者尝试回忆某样东西——能救赎他的东西。

我听着他发出一声挫败的呜咽——而后歌声终止。吉姆试着唱了几个音。他的乐感不怎么好，但那首歌如此强大，令人难以忘怀。只是几个哼唱的音符，我猜想吉姆没有什么想象力，否则那个来自未来的男人唱歌给他听时，他就已经疯了。那首歌不该唱给现在的人听，这不是给他们听的歌。你听过动物发出撕心裂肺的尖叫，那种几乎像是人类在尖叫的声音吗？一个疯子——他现在听起来就像一个被残忍杀害的疯子。

太让人难过了。那首歌让你确实感受到歌者的意愿——因为它听起来不像人类，却饱含真实的人性。我想，那歌声中凝聚了人性的最后一次惨败。你总会同情那些拼命争取却失去一切的家伙。啊，你能感受到所有的人类拼命争取——却正在失败。而且你知道他们输不起，因为他们再也无法重来了。

他说他也曾有过兴趣，此刻也并不为那些停不下来的机器感到心烦，只是这一切对于他来说过于沉重了。

那以后，他说，我就知道自己无法跟这些人一起生活。他们正在死去，而我活在这个种族青春年少时。他们看着我，带着渴求和无望的困惑，就像他们看向星星和机器时一样。他们知道我是什么人，却无法理解我的存在。

我开始做离开的准备工作。

我花了六个月准备。要离开很困难，当然了，因为我的仪器都没了，而他们的仪器采用了不同的度量单位，再说了，他们那儿的仪器也不多。机器不懂如何读取仪器的数据，只会在数据的基础上进行工作。仪器对机器而言就像是感觉器官。

不过里欧·蓝透能帮上忙时都尽力帮忙。所以我回来了。

我走之前做了唯一一件可能帮助他们的事。没准我会尝试回去。你知道，就去看看。

我说过他们有能够真正思考的机器吗？但很久以前有人把那些机器关停了，没人知道如何启动它们。

我找到了一些记录，进行了解码。我启动了那些机器中最后也是最好的一台，让它开始处理一个很复杂的问题。它肯定能解出来。机器可以处理那个问题，一千年未必足够，但如有必要，它能工作一百万年。

事实上我启动了五台这样的机器，按照记录上的指示把它们联结在一起。

这些机器要制造一台拥有人类已丧失特质的机器。这听起来很滑稽，但请你在大笑以前先停下来想一想，记住在里欧·蓝透用力推动开关之前的地球，就像我站在内华城地面上看见的那样：

时至黄昏——太阳已经下山。远处的沙漠色彩神秘莫测。那座伟大的金属城市笔直地矗立在人类城市上方，点缀着尖顶、高塔和绽放香花的高大树木。上方的天堂花园笼罩着粉银色的光晕。

那伟大的城市结构随着机器稳定柔和的节奏震颤、发出嗡鸣，那些完美不死的机器诞生于三百万年以前——此后再没有人类碰过它们。它们继续运转。死去的城市。人类活过、期望过、建造过——而后死去，留下那些小人，他们只会观望、疑惑，渴求某种已被遗忘的陪伴。他们在这些祖先建造的巨大城市里徘徊，对城市的了解比机器更少。

还有那些歌。我想它们把故事讲得最好。渺小的、无望的、徘徊的人类，面对巨大的未知和三百万年前启动的、盲目的机器——永远不知道如何关停。他们已是尸体，却无法死去，无法停止。

所以我又启动了一台机器，给了它一个任务。接下去的时间，它都会加以执行。

我命令它制造一台机器，那台机器将会拥有人类已经丧失的特质：一台好奇的机器。

然后我想赶紧离开，回来。我出生在人类曙光乍现之时，并不属于人类黄昏那苟延残喘的沉沉暮光。

所以我回来了，稍微来早了一点，但我花不了多少时间就能回去——这一次会回到准确的时间点。

“嗯，这就是他的故事，”吉姆说，“他没说‘这是真事’——压根儿没提。他让我那么费劲儿地思考，结果我们在雷诺停下来加油时，我都没注意到他离开了。

“但是……他可不是什么普通人。”吉姆重复着，语气带着点儿挑衅。

吉姆号称自己连一个字都不相信，你知道。但他是相信的，这就是为什么他每次说那个陌生人不是普通人时都格外坚决。

不，他不是普通人，我想。他活过，然后死去，很可能在三十一世纪的某个时点。我想他也看见过这个种族的黄昏。

（恺兮　译）

点子机器

我对科幻的简短定义之一是：一种点子文学。

1930 年代和 1940 年代的科幻读者更关注的是小说的点子，而非其他方面的质量，时至今日，部分科幻读者（或许是全体科幻读者）仍是如此。一个新点子只要书写恰切，便常常被奉为突破之作，而旧点子即使叙事技巧高超，也会被视为寻常。

事实上，角色塑造在科幻小说里不像在奇幻小说和传统文学里那么重要。在奇幻小说中，非常之事发生在个人身上，这个人往往还是非常之人；除了在彻头彻尾的奇幻世界里（即托尔金所说的“第二世界[1]”），故事里的事件不会随随便便就发生在普通人身上，否则故事就不能成为奇幻。在传统小说中，个体对重要事件的独特反应非常重要，特别是当他或她“学会规则”并去适应或规避这个规则时。科幻小说中的角色往往并非性格独特的个体，更多的是作为整个人类的代表存在；角色越是典型，他就越能代表整个社

1. 托尔金在《查尔斯·威廉斯纪念论文集》和《论仙境故事》中提出的奇幻文学世界观架构理念。

会乃至整个物种，读者也就越能将个中寓意代入到自己真实的世界之中。

多数科幻小说的写作方式都如罗伯特·斯科尔斯教授[1]所言："熟练工的散文，有用但不优雅。"一些最受崇敬的作家行文之笨拙恰如西奥多·德莱塞[2]。有时会有作家因驾驭文字的能力，或是氛围、场景、人物塑造而受到赞誉，甚至过誉，或许是因为这种尝试殊为难得。但有用的散文未必就是缺陷：简洁的文字风格不是缺点，当运用准确时甚至相当有效，特别是在诠释点子之时，点子文学的理想语言应该是清晰的，甚至是透明的。就像斯科尔斯后来所述的那样："如果科幻作家都能像斯威夫特[3]或威尔斯那样驾驭英语，那科幻就已经有一种充分的语言了。"

点子先行，1930年代的许多优秀科幻小说都因点子而显得出众：加速进化，低温冷冻，拥有原生质大脑的机器人，体积缩小，甚至是亚显微形态的人，非人外星生物，直到世界尽头的时间旅行，金星人对地球人的奴役，月球上的外星人，通过长期自陷昏迷观测未来，原子宇宙，太阳周边开始孵化的卵状行星，平行宇宙，原生质生物污染使其他世界逃离地球进而造成宇宙膨胀，科学家随着越来越小的行星式原子缩小，能模仿一切、洞悉人心的外星人，智慧的单细胞星际殖民者退化为多细胞生物最终成为人类，反物质，坚不可摧的高墙包围的城市，以及无数其他构思。

这些点子起初都来源于某一位作家，有时甚至来源于科幻领域之外的科学家和哲学家，随后被其他作家当作基石进行创作，或是进行驳斥。科幻之家由社群共同建造，点子就是他们的砖石。

---

1. 美国文学教授，文学评论家和理论家。
2. 美国自然主义作家，批评家认为他的文字冗余笨拙。
3.《格列佛游记》作者。

F. 奥林 · 特里梅因在《惊异》中将这类点子故事命名为“思维变体”。他洞察到了读者兴趣的核心，并鼓励作者想出能适配这个标签的有趣点子。威廉 · 菲茨杰拉德 · 詹金斯（William Fitzgerald Jenkins）就是他所接洽的作者之一。

对科幻读者而言，詹金斯的另一个笔名默里 · 莱因斯特或许更为耳熟。他自小便有成为科学家的理想，但却未能读完八年级。作为科学家的他主要是一位发明家，拥有多项设备专利，包括用于拍摄背景图像的正面投影系统和电影特效。他做过许多工作，直到 21 岁正式成为一名全职作家。

他很早便获得成功。尽管没有得到稿酬，但他的首部作品在他 13 岁时即已问世。17 岁时，他开始为《新潮派》（*The Smart Set*）杂志补白[1]，并很快开始把故事卖给纸浆杂志，特别是《阿尔戈西》，他的第一篇科幻小说《失控的摩天大楼》于 1919 年发表于该杂志上。在接下来的 50 年里，他的写作生涯一直十分成功，并获得了“科幻作家学院院长”的赞誉，尽管他也写作许多非科幻的作品。

在这些年里，他为一大票杂志创作了接近 1 500 部短篇小说，还发表了近 100 部书。他用笔名“威尔 · F. 詹金斯”撰写非科幻小说，为光面纸杂志写作时也是如此，即使内容是关于科幻的。而他发表在科幻杂志中的作品则大多使用默里 · 莱因斯特这个名字。

西奥多 · 斯特金[2]（Theodore Sturgeon）曾说他“只写了少量伟大的故事，但从未写过坏故事”。他的行文难脱匠气，角色都是功能性的，但他的点子却巧妙独特。他也深谙写作之道，善于将点子变为中短篇、中篇、长篇小说——与创作总量相比，他的短篇小说占比不高。鉴于多数出版商按字数付钱，这样的本领合情合理。

1. 补白即填补空白，指以短文填充报纸或期刊的空白之处。
2. 美国著名科幻作家，现代科幻小说奠基人之一。以他命名的西奥多 · 斯特金奖是最重要的科幻奖项之一。

他的杰出之处主要在其独创性：在一个与点子打交道的行当里，他是第一流的点子大师，而他原创的许多点子都将在其后成为整个科幻文类的共同财产。在1920年的作品《疯狂的行星》（“The Mad Planet”）中，他描绘了这样一个行星世界，在这里，植物和昆虫都被放大，人类成了被捕猎的小矮人。《时间的侧面》（“Sidewise in Time”，1934）开一代平行宇宙小说之先河。《第一次接触》（“First Contact”，1945）无疑是与外星人相遇这一主题的终极解决方案。他的长篇小说《谋杀美利坚》（*Murder of the USA*，1945）可能是第一个讨论原子攻击的故事。《名为乔的逻辑机》（“A Logic Named Joe”，1946）探讨了家用电脑终端可能引发的问题。《约翰·金曼异闻录》（“The Strange Case of John Kingman”，1948）描绘了一个被关在精神病院162年的男人，人们发现他是个外星人。他的中短篇小说《探险队》（“Exploration Team”）获1962年雨果奖。

他还有许多其他作品，其中便包括《惊异》1935年刊中的一篇《比邻星》（“Proxima Centauri”）。它或许是第一部在爱因斯坦相对论给出的限制——光速上限——下探讨恒星际旅行的小说。去往这颗最近的恒星至少需要14年时间，于是飞船被设计成一个自给自足、独立维持的世界。

这是一个此后将被无数次用到的点子，罗伯特·海因莱因的短篇小说《宇宙》（“Universe”，1941）和哈伦·埃利森[1]（Harlan Ellison）的多台联播星际连续剧《迷失星空》（*The Starlost*，1974）显然便是基于这一点子。

《比邻星》描绘了一个无法进行交易和协商的外星种族。而在莱因斯特最为著名的中短篇小说《第一次接触》中，他阐明了这样

1. 美国著名科幻作家，获得10次雨果奖和4次星云奖。

一个观点：心怀善意的生物总能找到一种调和方式，这比尝试征服对彼此更好。两相对比，或许能够充分说明点子文学这桩生意的灵活性。

（憬怡　译）

比邻星

［美国］默里·莱因斯特

一

不远的地方，“飞向群星号”[1]已经被那颗越来越近的恒星照得闪闪发亮。扫描这艘巨大飞船外壳的视像盘向船内的显像板发送着暗淡的光像，在显像板上显示出那巨大的球形金属船体以及上面纵横交错的梁架。这些梁架实际上相当笨重，要不是这艘飞船的强劲动力，恐怕很难移动它们。在显像板上，直径五千英尺的球形船体隐隐发光，仿佛一动不动地停在太空中。

这景象其实是一种错觉。这艘船确实很大，让人无法想象用什么样的动力才能驱动，但是她现在确实正被一股力量推动着。她那泛着微光的船体侧面有十几处开口，开口处流出了纤细的紫色火焰。火焰发出的微光比前方的恒星要暗淡得多，但正是这火箭产生的裂解喷射将“飞向群星号”从地球表面送入了太空，并在七年的时间里推着她穿越星际空间，飞往离人类所在的太阳系最近的恒星，半

1. 原文为拉丁语 adastra，可意译为飞向群星。

人马座比邻星。

现在，这股火焰已经不再继续推着她猛冲了。这艘巨大的飞船正在以每秒三十二点二英尺的速度减速，这样的加速度可以让船体内部维持相当于地球引力的重力。她是人类第一艘横跨两个恒星系的飞船。几个月来，飞船一直处于刹车状态，她会从接近光速的最高速度慢慢减速，最终在距离恒星表面大约六千万英里的地方达到机动速度。

前面很远很远的地方，比邻星闪耀着诱人的光芒。飞船船体上映着它那暗淡的影子。视像盘把这一景象送到了船体内部与之配对的显像板上，在主控制室里，这幅图像被放大了许多倍。一个穿制服的白胡子老人若有所思地看着。就仿佛之前经常这么说似的，他慢条斯理地说道：

“那光环真是古怪。和土星的光环一样，也分为两部分。土星有九颗卫星[1]。我很好奇这颗恒星会有多少行星。”

女孩不安地说：“我们很快就会知道了，对不对？咱们快到了，而且已经了解了其中一颗行星的旋转周期！杰克说……”

她的父亲不慌不忙地转头问道：“哪个杰克？”

“加里，”女孩说，“杰克·加里。”

“亲爱的，”老人和善地说，“他似乎心地不错，能力也挺强，但要记住，他是个哗变者[2]！”

那女孩咬了咬嘴唇。

老人毫无敌意地继续慢吞吞地说道：“很不幸，我们的船员之间出现了这样的分歧，他们本来应该带着十字军一般的信念进行科学

1. 迄今为止，人们已经发现的土星卫星有百余颗，但本书写作的 20 世纪 30 年代，人们只知道其中的 9 颗。
2. 原文为 mut，是英文中“哗变者”（mutineer）的缩写。其中 mut 这个词在英语中意为“狗”或“笨蛋”，有贬义。

考察。你大概不记得这一切是如何开始的了吧。但是，我们这些主管可是记得非常清楚，哗变者们费了多大劲儿想要破坏我们这次航行。这个杰克·加里是个哗变者。在某种程度上，他很聪明。我本来还想让他加入主管区的，但是阿尔斯泰尔调查了一下，得到了一些令人不快的发现，所以这也就泡汤了。”

“我才不相信阿尔斯泰尔呢！”女孩不以为然地说道，“不管怎么说，发现这个信号的是杰克。不管他是主管还是哗变者，他都是做这份工作的那个人！反正他是个人类。现在信号又该出现了，你要靠他来处理它们。”

老人皱起了眉头。他小心地迈着稳稳的步子走到座位旁，带着那种老人惯有的谨小慎微坐了下来，看上去都让人觉得有些可怜。当然，“飞向群星号”和行星际飞船不同，人们在操纵过程中没有必要一直保持警惕。在这片虚空之中，没必要去留心流星、交通状况之类的问题，以及当初那些会让行星际飞船陷入危险的莫名其妙的怪异力场。

总之，这艘飞船非常庞大，小小的陨石伤不了它。而且就现在的速度而言，飞船产生的感应场也能提前报告那些较大的陨石，以便船员进行观测，并在必要时改变飞船的航线。

控制室的一扇侧门被猛地推开了，一名男子走了进来。他相当专业地扫视了一遍那一排排的指示器。一台继电器咔嗒一声，他立刻把目光投了过去。接着，他转过身，向老人敬了个非常标准的礼，还朝那女孩笑了笑。

“啊，阿尔斯泰尔，”老人说，“你也觉得这些信号很让人好奇吧？”

“是的，长官。当然！作为飞船的二把手，我更要关注这些信号。加里是个哗变者，我可不希望他自己收集了什么信息，又不告诉我们这些主管。”

“胡说八道！”女孩激动地说。

“也许吧，”阿尔斯泰尔也附和了一句，“希望如此。我甚至也是这么觉得的。但我觉得最好还是提防着点儿。”

蜂鸣器响了起来。阿尔斯泰尔按下一个按钮，一块显像板亮了起来。一张黝黑严肃的脸从里面盯了过来。

“啊，加里。”阿尔斯泰尔草草回应道。

他又按下了另一个按钮。显像板黑了下去，接着又亮起来，上面显示出一条长长的走廊，一个人影沿着走廊走了过来。他走近了，是同一张毫无表情的脸。阿尔斯泰尔的语气更加草率了：“其他的门都开着，加里。你可以直接过来。”

“我觉得这也太荒谬了！”显像板关掉之后，女孩愤怒地说，“你明知道你得相信他！你也必须得相信他！但是每次他来主管区的时候，你那反应就好像他双手都拿着炸弹，身后还跟着一大帮人似的！”

阿尔斯泰尔耸耸肩，看了一眼那位老人，老人疲惫地说：

“阿尔斯泰尔是副指挥官，亲爱的，在返回地球的旅途中，他会成为指挥官。我希望你不要这么无礼。”

但是女孩故意把目光从穿着漂亮制服的阿尔斯泰尔那活泼的身影上移开，双手托着下巴，眉头紧锁地凝视着对面的墙壁。阿尔斯泰尔走到那组指示器的边上，仔细地观察着。换气扇轻轻地发出嗡嗡的声音。一台继电器自鸣得意地发出奇怪的声音。此外，一点儿其他声音也没有。

“飞向群星号”是人类最伟大的成就，它疾驰在太空中，巨大的船体上暗淡地闪烁着一颗奇怪恒星的光芒。十二道紫色火焰发出的微光从她身体前部的洞里冒了出来。她正在减速，每秒三十二点二英尺，在船体内部维持相当于地球引力的效果。

离开地球已经七年了，地球早已经落在了亿万英里之外。如今，行星际旅行在太阳系中早已司空见惯，即使已经无法从火星上那死亡的城市中搜刮不可思议的财富，金星上繁荣的殖民地和木星最大的卫星上危险的前哨站，都使太空贸易得以繁荣发展。但是只有“飞向群星号”尝试去探索冥王星以外的深空。

她是最伟大的飞船，是人类有史以来建造过的最庞大的机械结构。实际上，一开始她的设计便被许多人嘲笑说是纸上谈兵，但后来正是这些人将她造了出来。她那框架结构上的横梁简直巨大无比，一旦完成铸造，无论使用什么样的起重设备，都无法让其按照工程师们的要求移动一分一毫。因此，人们只好在飞船上预定安装横梁的位置设置了模具，把金属液倒进里面。她的火箭喷管可谓硕大无朋，为了中和考德威尔场的裂解效应，每根发射管都必须在三十个独立位置产生超音速振动，否则燃料的裂解效应会蔓延到发射管本身，接着是那巨大的船体本身，甚至最后连地球也会随之爆炸成一团摇曳的紫色火焰。在全速加速的状态下，一组十二根管子每秒可以裂解五立方厘米的水。

飞船的直径超过五千英尺。她的储气罐携带着未经净化的备用空气。船内的仓库、车间，以及各种原材料和成品，数量简直太多了，所以把它们一一列举出来也无非是复述一些毫无意义的数字而已。

她甚至有四百英亩的粮食种植空间，在那里，作物在太阳灯的照耀下生长。这些作物利用有机废物作为肥料，将呼出的二氧化碳重复利用，把一部分化为氧气，一部分化为碳水化合食物。

“飞向群星号”本身就是一个世界。有了动力，她便可以永远地供养船员，生产粮食，无损净化船内的空气，人类甚至可以在与外界隔绝的情况下利用船体空间满足自己的每一样需求。

因此在踏上这场有史以来最令人惊叹的旅程之时，她正式被赋予了自治世界的地位，她的指挥官有权制定和执行一切必要的法律。要飞往一个四光年外的目的地再返回地球，至少也需要十四年。没有哪一批船员能经历如此漫长的航行而不减员。因此，这次远航的应征对象并不是个人，而是家庭。

从地球表面升空时，“飞向群星号”上有五十名儿童。在她航行的第一年，又有十多个孩子出生了。在地球上的人们眼中，这艘巨大的飞船可以提供充足的营养，拥有足够的娱乐和教育设施，不仅能够永远供养她的船员，还可以让船员们繁衍延续下去。甚至完成一次长达千年的航行，也和仅仅前往比邻星一样切实可行。

虽然事实确实如此，但是实际上，人们却没有预想到一个虽不必要却源于人性的问题，那就是单调乏味。在不到六个月的时间里，这次旅行就不再是一场大冒险了。特别是对女性船员们来说，随飞船航行变成了死气沉沉的例行公事。

“飞向群星号”本身就像一座巨大的公寓大楼，没有报纸，没有百货商店，没有新电影，没有新面孔，甚至没有多变天气带来的那令人宽慰的烦恼。对这场航行极为彻底的准备工作让航行本身变得波澜不惊，而这就意味着单调乏味。

单调乏味则意味着躁动不安。而且由于船上的女性船员都曾设想过这会是一场精彩至极的大冒险，她们的躁动不安就意味着后患无穷。她们的丈夫不再是光彩照人的英雄，只不过是平平常常的人而已。同时男性船员们也遭遇了类似的幻灭。离婚申请如洪水般淹没了指挥官的办公桌——根据法律，指挥官是所有法律问题的裁决者。第八个月，发生了一起谋杀案，随后的三个月里又发生了两起。

在离开地球一年半之后，船员们都进入了一种源于极度无聊的半哗变状态。两年后，主管居住区就与“飞向群星号”内部的大部分区域隔离了开来，船员们也都被解除了武装，需要哗变者们参与的工作也只能在手持枪支的主管们的监督下进行。三年后，船员们要求返回地球。但是等到“飞向群星号”可以开始减速并且从她那令人难以置信的高速慢慢停止的时候，它离目的地就已经很近了，到时候再返航与完成整个航程也没有什么明显的区别。因此在剩下的时间里，船员们只得在没有任何实际工作需要的情况下尽量随便通过各种嗜好与消遣来缓解那极度的单调。

主管区的人开始习惯用“哗变者”这个词来指代下属。船员们开始讨厌和主管们打交道。尽管阿尔斯泰尔疑虑重重，但是，飞船里不再有发生起义的危险了。一种心理平衡建立了起来——虽然建立得太晚。

“飞向群星号”上的大部分船员的状态已经从与世隔绝的公寓楼居民般的崩溃，变成了与世隔绝的村庄居民的心理。这两者差异非常大。特别是那些在漫长的太空旅行中长大成人的孩子，他们已经很好地适应了与世隔绝的环境和生活。

杰克·加里就是其中之一。他是一位火箭喷管工程师的儿子。旅行开始的时候，他已经十六岁了，那位工程师在旅程的第二年就去世了。海伦·布拉德利是另一个例子。她的父亲是这艘伟大的飞船的设计者和指挥官，她十四岁那年，她的父亲亲手按下了控制键，启动了巨大的火箭。

航行开始之时，她的父亲就已经人过壮年。在掌管这艘飞船七年之后，他已经是一名老人了。他知道（海伦也知道这一点，不过她不愿承认），他不可能在这场长途旅行中活到最后。阿尔斯泰尔将取代他的位置，继承随之而来的权威，他想娶海伦为妻。

她想着这些事情，手托着下巴，在控制室里沉思着。除了排气扇的嗡嗡声和控制自动机械的继电器偶尔发出的那明快的咔嗒声，“飞向群星号”上一切正常。

有人敲门。指挥官睁开了惺忪的眼睛。他现在确实是老了，都打起了瞌睡。

阿尔斯泰尔立刻说道：“请进！”杰克·加里走了进来。

他朝指挥官敬了个礼，这符合条例的规定，但是阿尔斯泰尔的眼中却闪过一道寒光。

“啊，是你啊，”指挥官说，“加里。又到了接收信号的时间了，对不对？”

“是的，长官。”

杰克·加里一声不响地进行着他的工作，一心扑在了工作上，只有一次例外，那就是他瞥了海伦一眼。他的眼睛在这几分之一秒的时间里向她诉说了什么，她的脸上马上就泛起了满足的红晕。

尽管这一瞥很是短暂，阿尔斯泰尔还是看到了，他严厉地问：“加里，在破译信号方面有什么进展？”

杰克正在调试一台泛波接收器的示数盘，扫视着计算板上的铅笔记录。他继续设置着接收模式。

“没有，长官。开头仍然是一段声音，这肯定是某种呼叫信号，因为这段声音的一部分也会出现在结尾处用作签名。经指挥官允许，我在我们的应答信号中使用了这段声音的第一部分作为签名。但在查看信号记录时，我发现了一些似乎很重要的东西。”

指挥官和善地问道：“是什么，加里？”

“几个月来，我们一直在用密集波束向前发送信号，长官。您的想法是提前发出信号，这样的话如果恒星周围的行星上有文明居民，他们就会认为我们是和平使者。”

“当然！”指挥官说，“首次星际沟通如果不友好岂不是一场悲剧！”

“近三个月来，我们一直在收到给我们的回复。总是每间隔三十多个小时一次。当然，我们假设信号源是一处固定的发射台，而且它每天都会在处于最合适的位置的时候向我们发送一次信号。”

“当然，”指挥官缓缓说道，“这样我们就可以知道发出信号的那颗行星的自转周期了。”

杰克·加里调试完了最后一个示数盘，打开了开关。一阵低沉的嗡嗡声响了起来，然后消失了。他又扫了一眼示数盘，检查了一下。

“长官，我一直在比对这些记录，考虑与他们进行接触的合适方法。因为我们正以非常快的速度缩短与那颗恒星之间的距离，我们今天的信号抵达比邻星所需的时间比昨天短了几秒钟。那么如果他们实际上也会在行星时间的每一天同一时刻发出信号的话，他们的信号也应该每天都固定提前一段时间出现。”

指挥官亲切地点点头。

“起初确实如此，”杰克说，“但是在大约三周前，时间的提前量发生了全新的变化。信号强度也变了，波形也出现了一些不同之处，就仿佛有一处新的发射台在发送信号一样。这种变化出现的第一天，收到信号的时间比我们以当前速度前进应该收到信号的时间要早一秒钟。第二天早三秒钟，第三天早六秒钟，第四天早十秒钟，以此类推。直到一周前，信号提前量的变化量还呈现出以线性函数变化的趋势。随后，这种变化率又开始下降。”

“胡说八道！”阿尔斯泰尔严厉地说。

“记录就是如此。”杰克简短地回答。

“那你怎么解释，加里？”指挥官和善地问。

“他们正从一艘飞船上发射信号，长官，”杰克简短地回答，

“而这艘飞船正以四倍于我们最大加速度的加速度向我们飞来。和以前一样，他们依旧根据自己的时间，以同样的时间间隔向我们发出信号。”

对话中断了一会儿。海伦·布拉德利温柔地笑了笑。指挥官仔细思索了一会儿，然后承认道：

“很好，加里！好像很有道理。那么接下来呢？”

“啊，长官，”杰克说，“一周前这种变化率发生变化的时候，似乎那艘飞船又开始减速了。这是我的计算结果，长官。如果信号发送的时间间隔与之前那一个多月保持一致，那就是有另一艘飞船正朝我们飞来，它正在减速停下，然后掉转方向。在四天零十八个小时之后，它就会与我们的航线一致且速度相同。他们认为这样与我们见面，会让我们大吃一惊。”

指挥官的脸上露出了笑容。“太好了，加里，他们的文明肯定非常先进！这是相隔四光年的两个种族之间的交流！我们会学到多少神奇的东西啊！想想看，他们竟然派了一艘飞船，来到自己的恒星系之外，来迎接我们！”

杰克的表情依然严峻。

“希望如此，长官。”他干巴巴地说。

“现在怎么办，加里？”阿尔斯泰尔生气地问。

“啊，”杰克不紧不慢地说，“他们仍然假装信号来自他们的星球，并且是在以他们自认为的同一时间发出的。如果愿意的话，他们可以一天二十四小时不断与我们互送信号，并且编写出一套可以用于交流的代码。然而他们想要欺骗我们。我的猜测是，他们至少已经做好了战斗准备。如果我的想法是对的，他们的信号将在三秒钟内准确地抵达。”

他闭上了嘴巴，看着接收器的示数盘。从接收器中输出的那条记录接收到的电波的纸带和另一条记录调制信号的纸带全都一片空白。但是仅仅三秒钟之后，突然间，一根针跳动了起来，细细的白色线条出现在不断卷动的纸带上。扬声器也开始发出了声音。

那是一种说话的声音。一切都很清晰。声音刺耳而嘶哑，更像是昆虫在尖声鸣叫。但是这声音却抑扬顿挫，没有哪种昆虫可以像这样进行变调。它们很明显构成了一些词汇，虽然没有元音或辅音，却具有表达性，在音高和音色上各不相同。

控制室里的三名男子以前曾多次听到过这种声音，那女孩也是。但是她头一次从中感受到了威胁和恐吓，一种让她毛骨悚然的暗藏杀气。

二

飞船在太空中疾驰，她的火箭喷管中闪着微弱的紫色火焰，没有烟，没有气，看起来仿佛只是空旷的沼泽中莫名其妙地燃起的小火苗。

她的外表没有变化。在这一点上，这么多年来也都没有什么值得一提的事情。每隔很长一段时间，才会有人从气闸里面出来，在她身边飘来飘去，加热灯的强烈光线照射着他们和他们脚下的钢板，以免钢板的冷气透过航天服，像烙死蚂蚁一样冻死那些人。但是很长一段时间以来，这样的探险并不必要。

直到现在，在遥远的比邻星那微弱的光芒下，一个穿着航天服的男人从一处小小的气闸里出现了。他刚刚离开气闸就向前飞扑，立刻绷紧了细丝般的安全绳。飞船不断减速不仅在船内模拟了重力，任何参与其运动的物体都会被施加同样的效果。飞船在减速，站在减速方向前端的那个人被自己的动量抛向了远离船体的方向——当他在船内的时候，正是这份力把他的脚按在地板上。

他费力地把自己拉了回来，臃肿的航天服让他的动作显得格外夸张笨拙。他紧紧抓住把手，把自己挂在合适的位置上，用电钻钻孔，然后更为笨拙地移动到另一个地方继续钻孔。然后是第三处，第四处，第五处。接下来的半个多小时，他艰难地在似乎一直悬在他头顶上方的巨大钢板表面上架起一排排错综复杂的电线和框架结构。最后，他似乎满意了，挣扎着爬回气闸，钻了进去。“飞向群星号”继续向前飞驰，一切都还是老样子，只不过船体表面多了一块大约三十英尺见方的细小方格装饰，看起来很像一张小小的带刺铁丝网。

在“飞向群星号”船内，杰克脱下了航天服，海伦·布拉德利过来热情地迎接了他。

“真是吓死人了！”她告诉杰克，“你在那边晃来晃去的！身下就是无底的虚空啊！”

“如果我的绳子断了，”杰克平静地说，“你父亲会掉转船头追上我的。咱们来打开感应器，看看新装的接收栅怎么样。”

他挂好了航天服。两个人转身穿过门口的时候，手不小心碰到了一起。他们面面相觑，手足无措，然后停下了脚步。海伦的眼中闪着爱意。他们不由自主地向彼此靠了过去。杰克的手热情地伸了过来。

附近传来了脚步声。飞船的副指挥官阿尔斯泰尔转过一个转角，突然停下了脚步。

“你们这是在干什么？”他怒吼道，“加里，就算指挥官把你放进了主管区，他也没允许你把你们哗变者那套浪漫把戏带进来！”

“你竟敢这么说！”海伦愤怒地喊道。

杰克脸上的红晕一下子变成了愤怒的死白色。

“你最好收回你的话，”他平静地说，“否则我就让你看看哔变者的聚力枪枪法。作为一名主管，我现在也带了一把枪！”

阿尔斯泰尔冲着他叫骂着。

“你父亲病了，”他生气地对海伦说，“他觉得航程即将结束。过去的几个月里，这种期待一直撑着他，但现在，他……”

女孩哭着逃开了。

阿尔斯泰尔向杰克挥了挥拳头。“我什么话也不会收回的，”他厉声说，“根据指挥官的命令，你现在是一名主管。不过你也是一名哔变者，等我成为‘飞向群星号’的指挥官之后，你就当不了几天主管了！我警告你！你在这里干什么？”

杰克的脸色白得要命，但是“飞向群星号”的主管身份，以及随之而来的见到海伦的机会，实在是太珍贵了，除非走投无路，否则不能放弃。此外，他的手头上还有工作。如果不再是主管，他的工作自然就继续不下去了。

“我在船体表面安装了一套干涉网格，”他说，“想借此找到给我们发射信息的发射台的位置。你也知道，在一定范围内，它还可以充当一台感应器，在它的工作范围内，它比船上的主感应器要精确得多。”

“那就去做你那该死的工作吧，”阿尔斯泰尔厉声说道，“把全部精力都放在工作上，少玩点儿浪漫！”

杰克把他那套新网格的引线插到了泛波接收器上。在接下来一个小时的工作中，他的表情越来越严峻。有些地方非常不对劲。“飞向群星号”上的感应器都是一片空白。干涉网格则显示出一个相当大的物体，位于“飞向群星号”航向一侧不超过两百万英里的地方。突然，那个物体存在的所有迹象都消失了。泛波接收器上的所有示数都回到了零。

“真该死！”杰克低声说。

他在控制器上建立了一个新的模式，计算了一会儿，还故意改变了主感应器备用库的模式，然后同时将两台仪器切换到了新的频率上。他屏住了呼吸，等了将近半分钟。新频率的感应波需要很长时间才能抵达两百万英里之外，然后进入分析仪，报告出它在太空中发现的那些会让它产生变化的物体。

二十六秒，二十七秒，二十八秒。在这巨大的飞船上，每一处警钟都疯狂地响了起来！各处应急门发出嘶嘶的声音，闭合到位，把每个出入口都变成了一间间的气闸。几秒钟后，主控制室的显示板闪了起来。

“火箭控制台，请报告情况！”“空勤部，请报告情况！”“能源供应部，请报告情况。”

杰克干脆地说道：“主感应器报告，一个物体正从两百万英里之外向我们接近。指挥官病了。请通知副指挥官阿尔斯泰尔。”

紧接着，控制室的门砰地打开了，阿尔斯泰尔本人怒气冲冲地走进了房间。

“真见鬼！”他怒气冲冲地说，“你竟敢拉响全面警报？疯了吗？感应器……”

杰克指了指主感应器。每个示数盘都证实了仍在狂响的警报信息。阿尔斯泰尔茫然地盯着它们。看着看着，所有的示数都回到了零。

阿尔斯泰尔的表情像示数盘一样一片空白。

“他们摸出了我们那些感应器的甄别方式，”杰克冷冷地说，“放出了某种能够进行中和的辐射。所以我设置了两个频率，进行了一些改动，这样他们就无法及时调整他们的中和器来阻止我们发出警报了。”

阿尔斯泰尔一动不动地站在那里，努力压抑着他心中的怒火。然后他微微点了点头。

“不错。你做得很好。边上等着吧。”

尽管没有什么事情要做，他还是沉着冷静地指挥着这艘庞大的飞船。事实上，在五分钟内，应对紧急情况的所有准备工作都已经就序了，他转身面对杰克。

“我不喜欢你，”他冷冰冰地说道，“作为一个男人面对另一个男人，我尤其不喜欢你。但是作为副指挥官和现在的代理指挥官，你戳穿了我们的朋友要的这个小把戏，防止我们在毫无防备的情况下闯进他们的攻击范围，我不得不承认，在这方面，你确实干得不错。”

杰克什么也没说。他皱着眉头，但那是因为他想到了海伦。“飞向群星号”体形巨大，动力强劲，但并不容易操纵。她确实非常结实，却不能用来冲撞攻击。这艘飞船几乎拥有无限的破坏力，可以产生用来裂解一切物质的考德威尔场，但是她所携带的武器只有一台二千千瓦的涡流炮，设计本意是在可能的着陆地点摧毁危险的动植物。

“对此你有什么看法？”阿尔斯泰尔简短地问道，“你估计现在形势如何？”

“他们看起来似乎正在策划敌对行动，”杰克简要回答道，“他们的加速度四倍于我们的最大加速度，所以我们根本无法逃脱。有了这样的加速度，那艘飞船应该更加灵活，所以我们也无法躲闪。我们完全不知道他们携带了什么武器，但我们知道，除非他们的武器威力很弱，否则我们完全无法与他们战斗。依我看只有一种可能。”

“是什么？”

“他们想要偷袭。看来打算不宣而战。但也许他们在害怕，只想在我们没有机会发动攻击的情况下研究一下我们。这样的话，我们唯一的选择就是用我们的信号束扫过他们的飞船，让他们意识到我们知道他们的位置，并且仍然没有采取敌对行动。之后他们可能猜不到我们无力应战，并且认为我们想表示友好，最好别对我们这样一艘戒备森严的飞船挑起事端。”

“很好。就派你负责沟通的工作，”阿尔斯泰尔说，“去执行那个计划。我咨询一下火箭工程师们，看看他们能拼凑出什么样的作战装备。去吧！”

他的语气很是尖刻，显得非常傲慢。这刺痛了杰克的神经，使他怒发冲冠。但他不得不承认，阿尔斯泰尔坦率的厌恶并没有危害到这艘飞船的安全。实际上，阿尔斯泰尔是那种野心勃勃的主管，平时不受人待见，但是一有紧急情况，他的能力就会显现出来。

杰克来到通信控制室。没花多长时间就重新调整了发信机的波束。然后发信员便开始单调地将“飞向群星号”记录下的最后一条信息重复发送到那颗环绕着带光环恒星的遥远未知行星上。就在信号一遍又一遍地发射出去之时，杰克呼叫观测控制中心，想要观察那艘奇怪的飞船。

现在人们已经把一台扫描器对准了那艘飞船，通过把亮度调到最大，再将图像放大到老式网版打印的那种粗糙程度，他们把这艘奇怪的飞船在显像板上显示成了一个六英寸的微缩模型。

这艘飞船呈蛋形，表面非常光滑，看不出外置梁架、突出的大气导航鳍以及水泡般凸起的逃生舱。除了可能是舷窗的小点以及不时有火焰闪烁的火箭喷管之外，上面完全没有任何特征。而且为了与“飞向群星号”的速度和航线保持一致，它仍然在减速。

“你们拿到分光镜报告了吗？”杰克问。

“有的，”观测员有条不紊地回答，“我简直不敢相信。他们使用的是燃料火箭，用的燃料还是某种有机化合物。报告说，那东西的船体是纤维素制成的，不是金属。也就是说它的外面是木头。”

杰克耸了耸肩。没有武器存在的迹象。他便回去做他自己的工作了。那边的飞船正被信号波不断地穿透。它的接收器肯定在报告说有一束密集波束正射向这边，跟踪着它的每一个动作，因此那艘来自太空的巨型飞船了解它的存在，清楚它可能肩负的任务。

但是杰克自己的接收器却完全没有反应，里面输出的纸带全都一片空白。不对——有一条奇怪的、杂乱无章的、模糊不清的线条，就好像分析仪无法处理传过来的电波频率似的。杰克注意到了热效应的读数。另一艘飞船正向“飞向群星号”源源不断地注入五千千瓦的能量。这不是信号。杰克面色凝重地用五米长的电路对波形进行了外差分析，读出了它的频率和类型。他呼叫了主控制室。

“他们正在不断向我们发射一种短波，”他生硬地向阿尔斯泰尔报告，“是功率大约五千千瓦的三十厘米波，在地球上我们用这种波来杀死小麦上的象鼻虫。对动物而言，它应该是致命的，当然我们的船体会将它吸收。”

海伦闪过杰克的脑海。“飞向群星号”现在停不下来。他们要前往比邻星。尽管飞船正在减速，但是他们没有办法在离那个恒星系足够远的地方停下，再说他们已经被一艘加速度是他们最高加速度四倍的飞船攻击了。对方正向他们不断发射致命的电波——这种频率的电波在地球上用来消灭害虫。海伦……

“也许他们认为我们都死了！他们知道我们的发信机是一种机械。”

通用通信听筒突然响起了阿尔斯泰尔的声音。

“全体主管请注意！敌人的飞船正向我们不断发射一种电波，显然要置我们于死地，现在，他们正在全速向这里接近！我命令绝对不要进行任何操作，连一丝一毫都不能动。绝不能让‘飞向群星号’

显出里面有任何智慧生命的迹象。你们都要在所有控制台旁待命，准备在必要时进行操作。但我们要造成一种假象，那就是‘飞向群星号’是自动控制的！明白了吗？”

杰克可以想象其他控制室发出的报告。突然，他的那台接收器又动了起来。呼叫信号仿佛是在啸叫一般，那声音非常熟悉，甚至听上去像是在说话。接着是杂乱无章的噪声——是人类的声音在说话。又是一段刺耳的声音。接着是完全正确的英语单词。这些英语单词带着“飞向群星号”上某位主管的语调和口音，显然对方清楚地录制了这段声音又发射了回来。

“通信人员！”阿尔斯泰尔厉声说，“不要回答这个信号！这是想要查明他们的射线攻击有没有杀光我们！”

“明白。”杰克说。

阿尔斯泰尔是对的。杰克注视着接收器，听着它那持续不断的声音。它停了下来。安静十分钟。又响了起来。“飞向群星号”飞快地向前驶去。来自太空的嘈杂声音结束了。过了一会儿，通用通信听筒又响了起来：

“敌方的飞船开始加速，大约四小时后到达。显然他们相信我们都已经死了。除非我发出警报，否则接下来三小时恢复正常监视。”杰克向后靠在椅子上，皱着眉头。他看出了阿尔斯泰尔打算采取的战术。这种战术并不高明，但是“飞向群星号”这种毫无抵抗能力的飞船也只能如此了。颇具讽刺意味的是，“飞向群星号”在七年太空航行即将结束时收到的问候竟然是地球上用来消灭害虫的辐射。

但是，这一轮攻击没有起到效果并不意味着所有的攻击都同样无用。而“飞向群星号”根本无法在数百万英里的距离内让自己停下来。即使阿尔斯泰尔的铤而走险解决了这一批特定袭击者和他们的特定武器，这也不意味着“飞向群星号”或其中的船员们就能够侥幸得以自保——根本不可能！还有海伦……

三

现在，即使不用放大，显像板上也能够清楚地显示出那艘奇怪的飞船。它在离“飞向群星号”不到五英里的地方停了下来。飞船呈完美的蛋形，除了尾部的火箭喷管之外，表面没有任何突起，它一动不动地与来自地球的飞船保持着距离，这意味着上面的领航员早就分析出了她的减速率，并且精确无误地与她的航线参数保持一致。

海伦的脸上仍然留有泪痕，她看着杰克打开放大镜和照明灯。她的父亲突然完全垮了。他现在正在安静地休息，几乎一直在打盹，脸上带着极其满意的表情。

他驾驶着“飞向群星号”第一次接触了另一个恒星系的文明。他已经完成了他毕生从事的工作，打算彻底休息了。当然，他并不知道与那艘奇怪的飞船的第一次真正接触是一段可以让所有动物丧命的短波信号。

杰克转动着旋钮，显像板上的飞船变大了起来。他把船体放大到看上去仅仅隔着几百码。随着亮度的增强，就算仅仅利用照在船体上的星光也足以将船体表面的细节看得一清二楚。但实际上上面什么细节也没有。没有铆钉，没有螺栓，没有接缝。那排舷窗漆黑一片，死气沉沉。

“这就是木头！”杰克重复道，“是用某种纤维素制成的，可以抵御太空中的严寒！”

海伦疑惑地说：“我看，它更像是种出来的，不是造出来的。”

杰克眨了眨眼。他张开嘴好像要说些什么，但是他手边的接收器突然发出了一阵尖啸，这是那艘蛋形飞船发出的信号。接着是从“飞向群星号”之前的信号中录制下来的英语单词，更多没有元音的、变调的胡言乱语。听起来就好像是另一艘飞船中的生物迫切想要开启通信交流，并且坚持认为他们已经掌握了“飞向群星号”发出的信号的关键。这实在令人忍不住想回应。

“不管怎么说，他们肯定有头脑。”杰克冷冷地说。

信号被切断了。一片寂静。杰克瞥了一眼纸带上的波形。上面的显示和之前一样，一片模糊。

“波长更短了。在这个距离上，它不仅可以杀死我们，甚至还能给飞船内部整体消毒。幸运的是，我们的船体是由高磁滞重合金制成的。那种辐射一点儿也穿不进来。”

寂静持续了很久很久。纸带显示，一道三十厘米波的波束还在不停地照射在“飞向群星号”上。杰克突然接通观测人员并提出了一个问题。没错，飞船外壳的温度正在升高，在十五分钟内上升了半度。

“没什么好担心的，”杰克嘟囔道，“这种能量最多能让温度提高十五度。”

输出的纸带清晰了起来。所谓的致命辐射也不再射过来了。那艘蛋形的船猛地向前驶去。然后在二十分钟或更长的时间里，杰克不得不从一个外部视像盘切换到另一个外部视像盘，让那艘飞船保持在视野之内。它警惕而好奇地在“飞向群星号”的巨大船体周围盘旋。刚才还在半英里外，现在已经来到了不到二百码处，那东西凭借着惊人的加速度与制动能力四处乱窜。它只在蛋形船体那较小的一头有一些火箭喷口，所以想要转弯只能猛地调转船身，它里面的陀螺仪肯定强大无比。尽管如此，那么急速的掉头还是让人心惊肉跳。

“我可不想待在里面！”杰克说，“他们的正常航行方式会把我们压成肉酱。他们不是我们这样的人类，承受能力比我们要强。”

外面的那个东西似乎有知觉，好像是活的一样，那急切的动作让它似乎显得更加可怕了。它在这艘巨大的飞船周围飞来飞去，已经认定这是一具畸形的棺材。

它突然掉转方向，径直朝着“飞向群星号”冲了过来。二百码，一百码，一百英尺。它贴着地球飞船的表面停了下来。

“现在我们就要看到他们了，”杰克干脆地说，“他们正好降落在了气闸上。很明显，他们知道那是什么地方。我们很快就会看到穿着航天服的客人了。”

但是海伦倒吸了一口冷气。这艘奇怪的飞船侧面有一处似乎突然膨胀起来。那里像水泡一样鼓了出来，接触到了“飞向群星号”的表面，似乎粘住了。接触面越来越大。

“天哪！”杰克茫然地说，“它是活的吗？它要吃掉我们的飞船吗？”

通用通信听筒响个不停：

“全体主管立刻拿起武器前往 GH41 气闸！比邻星人正在从外面打开气闸。在那里等候命令！气闸的显像板都开着，有问题我们会通知你们。行动起来！”

听筒咔嗒一声关上了。杰克抓起一把重型枪，这款聚力步枪开足火力之后，足以在一千八百码内打晕一个人，在六百码内致人死亡。他把手臂挂在枪套上，转身向门口走去。

“杰克！”海伦绝望地喊道。

他吻了她。这是他们的嘴唇第一次相碰，但此时此刻，这似乎是世界上最自然不过的事情。他沿着“飞向群星号”的长廊奔向集合地点。奔跑的时候，他的脑子里完全没有一名科学家以及首次从地球进入星际空间探险的主管此时此刻应该有的想法。杰克回忆着与海伦的嘴唇激烈的触碰，回忆着她柔软的身体紧紧地贴在身上的感觉。

就在他向前跑的时候，一台通用通信扬声器在他头顶上低声说道：

“他们进了气闸，不费吹灰之力就把它打开了。他们现在正在检测我们的空气。显然，这空气也能供他们呼吸。”

杰克气喘吁吁地跑着，扬声器被他落在了后面。还有别人跑在前面。有五六个人，哦，十几个人聚集在走廊的尽头。从墙边传出了轻轻的低语声。

“……在内闸门前。显然他们只有四五个成员会进入飞船。等到他们远离气闸再下手。你们去隐蔽的地方守着。紧急气闸关闭就是你们的行动信号。使用你们的重武器，火力从最小值开始慢慢提高，直到他们瘫痪为止。制伏他们可能需要很强的火力。不到万不得已尽量不要杀死他们。做好准备！”

在场的有十几名主管。有胖胖的火箭长、瘦瘦的航空官，还有其他部门的几名副官。那名火箭长挤出去的时候还在不断呼哧呼哧地喘着。然后是气闸内闸门的咔嗒声。那处气闸通往前厅。门那边传来了低沉的啸叫声。那些东西，不管他们是什么，正在检查那里的航天服。那些啸叫声有明显的区别，声调也很清楚。但是他们突然开始喋喋不休了起来。不止一个家伙在说话，声音里带着激动，带着渴望，带着胜利的喜悦。

这时，有什么东西在气闸门口动了一下。一个影子越过了门槛。然后，地球人看到了那些入侵飞船的生物。

有那么一瞬间，它们看起来就好像是人类。它们有两条腿，还有两根晃来晃去的东西——显然具备手臂功能的触手。这触手越往下越细，在末端分成了会动的细丝。触手和腿似乎整个都是软软的。这些比邻星人没有人类用来走路的“关节”，而是操着滑稽的步法一拱一拱地前进。

然而最令人吃惊的一点在于它们没有头。这些怪物摇摇摆摆地走出了气闸舱，每个人在一只“手”的末端都拿着一个奇怪的半圆柱形黑色物体，似乎是某种武器。它们身上都背着金属包，身上好像长着奇怪的“木纹”。人们都觉得这些纹理熟悉得很。

杰克疑惑地瞪着眼睛，在对方身上寻找着眼睛、鼻孔和嘴巴。他只看到了两条裂缝。他猜测那是它们的眼睛。他没有看到任何嘴巴存在的迹象，身体上也没有毛发。但是他看到一个怪物的后背上有某种粗糙的褐色物质，看起来好像树皮。它开始兴奋地向其他怪物尖啸。突然一道光照在了杰克身上。他差点儿就叫出了声，但是他只是低下头，静静地把聚力枪的杠杆拉到了最大火力处。

那些怪物还在继续前进，来到一条走廊的岔路口。它们挥舞着手臂，发出清晰的尖叫声，然后分成了两组。它们消失了，声音也变小了。还没有收到发动攻击的信号。被留在这里的主管们不安地躁动了起来。但是通用通信听筒低声说：

“稳住！它们以为我们都死了，还在分散队伍。我们也许能够关闭紧急出口，将这些怪物一个一个地隔离开来，然后再去料理它们。你们看好气闸！”

沉默。附近某处的排气扇还在嗡嗡作响。突然，远处传来一个人的尖叫，紧随着他的叫声又传来了一个怪物的声音。那是一声高亢的尖叫，带着胜利的喜悦和不可名状的恐怖。

其他的尖叫声应和着。还有什么东西迅速移动的声音，好像其他的怪物跑去了第一个那边。然后传来压缩空气的嘶嘶声和马达的嗡嗡声。所有的门都啪的一声关上了，封住了飞船的每一块区域。就在他们这个封闭隔间的死寂中，绷紧神经的主管们突然听到了仿佛询问的啸叫声。

又有两个怪物从气闸里跑了出来。有个人动了动。那怪物看见了他，便把它那半圆柱形物体指向了他。那个人——是通信官，突然尖叫了起来，身体不断抽搐着。他的肌肉因为不断地抽搐而紧绷，但是人已经死了。

那怪物发出了高亢的叫声宣示着自己的胜利，这声音就和他们听到的另一段可怕的声音一模一样。接着它迅速地向那具尸体冲了过去，甩动着一根越往下越细的长长触手，去碰死者的手。

接着杰克的聚力武器响了。他又听到两次开门的声音。瞬间，空中仿佛挤满了愤怒的蜜蜂，发出了疯狂的嗡嗡声。又有三个怪物从气闸舱里跑了出来，但是它们都倒在了密集火力之下。空气突然涌入船闸，表明敌舰已经受惊并在急速逃离。这时这些人才敢停止射击，不再让火力填满那道门。现在必须要赶快封住气闸。只有这样，人们才能抓住那些入侵“飞向群星号”的怪物。

两小时之后，杰克走进了主控制室，标准地敬了个礼。他的脸色相当苍白，表情坚定而果决。阿尔斯泰尔转身看着他，皱起了眉头。

“我派人找你过来，”他严厉地说，“是因为你很可能会惹麻烦。指挥官死了。你听说了吗？”

“是的，长官，”杰克冷冷地说，“我听说了。”

“因此，现在我是‘飞向群星号’的指挥官，”阿尔斯泰尔挑衅般地说道，“你们应该记得，在发生哗变的情况下，我有权力决定生死，而且‘飞向群星号’上的婚姻也只有在我签署行政命令批准之后才合法。”

“我知道，长官。”杰克的表情更可怕了。

“很好，”阿尔斯泰尔故意说，“为了严肃纪律，我命令你不要再和布拉德利小姐来往。我将把违抗命令视为哗变。我打算娶她。你还有什么要说的吗？”

杰克也故意说道：“我不会理会这一命令的，长官，因为你没有傻到真的打算让这个威胁成为现实！难道你真是个傻瓜，竟然看不出我们只有不到五百分之一的机会摆脱这一切？如果你想和海伦结婚，你最好先好好努力给她一个活下去的机会！”

一阵暗流涌动的沉默。两个人怒视着彼此，一个接近中年，另一个却还风华正茂。然后，阿尔斯泰尔咧开嘴巴，脸上露出了一丝笑意。

“作为一个男人面对另一个男人，我非常不喜欢你，”他严厉地说，“但是作为‘飞向群星号’的指挥官，我希望能有更多你这样的人。我们已经在这艘该死的飞船上过了七年波澜不惊的生活，主管区里的每个人都因为这突然发生的紧急情况乱了方寸，没有一点用处。他们只会服从命令，但没有一个人适合下命令。那个通信官是被那些恶魔杀死的，是吗？”

“是的，长官。”

“很好。你现在就光荣地晋升为通信官了。我对你是恨之入骨，加里，而且毫无疑问你也恨透我了。但你有脑子，那就好好把它利用起来吧。你最近在做什么？”

“我正在调整听写器，长官，利用它从比邻星人的话中获取词汇表，然后再连接起来做一台双向翻译器，长官。”

阿尔斯泰尔惊讶地盯着他，然后点了点头。当然，听写器只能简单地将一个单词分解为语音部分，进行分析，然后根据公式挑选出一张与之相匹配的卡片。一般情况下，这种卡片会启动一台打印机。但是，这里的卡片会包含这个单词在另一种语言中的等价词的录音，然后启动扬声器发出声音，而不是把字符打出来。

由于需要大量的词汇储备，这种机器在地球上的使用范围有限，但在某种程度上，它已经被用于进行印刷品和演讲的直译了。杰克建议把比邻星人的词汇和其在英语中的等价词都录制下来，听到那个奇怪的生物发出的那些奇怪的叫声，听写器就会挑出一张卡片，让扬声器清楚地说出其在英语中的同义词。

当然，反过来也是一样。用这样一张事先准备好的词汇表，不必理解或模仿另一种语言的语音就可以对话。

“太棒了！”阿尔斯泰尔简单说道，“但可能的话先让别人来做这份工作吧。开始着手之后，这份工作应该相当简单。我需要你去做些其他工作。你知道一些比邻星人的情况，对吧？”

“是的，长官。它们的单兵武器和我们的聚力枪没什么两样，但似乎要管用得多。我亲眼看到它杀死了通信官。”

“但是那些生物本身也很可怕！”

“我帮忙绑住了一个。”

“你对它有什么看法？我有一份医生的报告，但上面的内容连医生自己都不敢相信！”

“我不怪医生，长官，”杰克冷冷地说，“它们根本不是我们想象中的智慧生物。我们还不知道它们究竟是什么。在某种意义上，它们是植物。也就是说，它们的身体似乎由植物纤维构成，就像我们的身体由肌肉纤维构成那样。不过它们很聪明，简直聪明得可怕。

“在地球上，和它们最为相似的是某些食肉植物，比如猪笼草之类。但是它们远远比猪笼草高级得多。就好比人和海葵都是动物，而人要比海葵更高等。我的猜测是，长官，它们既不是植物也不是动物。它们的身体组成成分和地球上的植物相同，但是本身却像地球上的动物一样可以四处移动。它们让我们大吃一惊，但我们也可能会让它们惊奇不已。很可能在它们的星球上，典型的动物和我们地球上的植物一样固定不动。”

阿尔斯泰尔语带苦涩：“在它们眼中，我们这些动物就像我们眼中的植物一样！”

杰克面无表情地说：“是的，长官。它们会用手臂上的洞吃东西。杀死通信官的那个怪物抓住了他的胳膊。它似乎分泌了一些液体，瞬间就把他的身体液化了。它立刻把那些液体吸了回去。如果让我猜测一下的话，长官……”

“说吧，”阿尔斯泰尔立刻说道，“其他人都在团团乱转，不是惊诧不已就是惊恐万状。”

“长官，那群怪物的首领戴了一件看起来好像装饰品的东西。它的一条胳膊上围着一根皮带。”

“真是见鬼了……”

“我们损失了两个人。一个是通信官，此外还有一名传令员。我们最终制伏那个杀死传令员的比邻星人的时候，它已经吃掉了他身体的一小部分，但传令员身体的其余部分似乎因为那怪物随身携带的化学物质而发生了某种奇怪的干燥过程。”

阿尔斯泰尔喉咙一紧，好像要吐了：“我看到了。”

“我有一个设想，”杰克严肃地说，“在这种生死关头，那个比邻星人还把传令员的尸体干燥保存，如果一个人类陷入那些比邻星人现在的处境之中，被困在一艘外星飞船里，那么在这种情况下他还要绑在身上的东西……”

“可能是黄金，”阿尔斯泰尔立刻说道，“也可能是白金，还可能是珠宝之类拼死也要拿到的东西！”

“就是这样，”杰克说，“这只是我的猜测，那些生物不是人类，甚至不是动物。可它们以动物为食，就像人类珍惜钻石一样珍惜动物食品。它们会佩戴动物的遗骸与皮革作为装饰品。在我看来，动物组织在它们的星球上相当罕见，十分贵重。因此……”

阿尔斯泰尔站了起来，面部抽动：“那么我们的身体对它们来说就和黄金钻石一样了！加里，我们根本不可能和这些恶魔交朋友！”

杰克冷静地说：“对，我想确实如此。如果一个浑身上下全由金子组成的种族降落在地球上，我敢说它们肯定会被谋杀的。但还有一个问题，那就是地球。根据我们的航线，这些生物可以辨认出我们来自哪里，而且它们的飞船相当不错。我想我得让其他人去解决听写器的问题，去看看能不能向家里发条消息。尽管无法知道地球会不会收到我们的信息，但他们应该在等我们的消息。也许地球已经改进了接收设备呢，之前他们就有这样的打算。”

“如果收到警告的话，人类可以在太空中与那些生物的飞船交手，”阿尔斯泰尔严厉地说，“这样火炮也许就能解决它们，如果不行的话还可以用考德威尔鱼雷。或是派出一支敢死队，用他们的身体做诱饵。这么说话就像我们已经死了似的，加里。”

“我想，长官，”杰克说，“我们死定了。”然后他又补充道，“我会让海伦·布拉德利去解决听写器的问题，再派一个警卫看着那个比邻星人，把它绑得紧紧的。”

这番话其实表明阿尔斯泰尔那条要求杰克回避她的命令已经被取消了。对他来说，再把这件事重复一遍简直是一种挑衅。阿尔斯泰尔两眼冒火，好不容易才控制住自己。

“该死的，加里，”他粗鲁地说，“滚出去！”

在杰克离开控制室之后，他转身看向了显示着敌舰的显像板。

那艘蛋形飞船如今正位于两千英里之外，正在减速停下来。在这段飞行期间，它像疯了一样到处乱窜，什么武器都不可能击中它，就连密集波束辐射都很难照射在船体上。接着，它让自己与“飞向群星号”保持相对静止，观察着，很可能正在酝酿新的阴谋。反正阿尔斯泰尔是这样认为的。他忧心忡忡地看着那艘飞船。

从地球上起飞时，“飞向群星号”所携带的资源在当时看来显得非常充裕，但可悲的是，那些东西却无法应付她所面对的另一种情况——敌意。她本可以将人类文明的宝藏倾囊相授给统治这个恒星系的种族。她本可以提高野蛮人的发展水平。甚至在面对比人类更优秀的种族时，她也可以提供人类的友谊和求知的渴望。但是这些生物……

那艘飞船一动不动。可能是在给母星发消息，请求下一步的命令。一份份报告被送到了“飞向群星号”的主控制室，阿尔斯泰尔阅读着。毫无疑问，这些比邻星人会从空气中吸收二氧化碳。就像氧气之于人类，它们的新陈代谢离不开这种化合物。在纯净的空气中，它们无法生存。

但是它们的新陈代谢速率比地球上任何一种植物都要快得多，足以与地球上的动物相媲美。除了身体构造，无论根据哪种定义，它们都不是植物，就好像海葵，除非进行化学分析，否则算不上是动物。

比邻星人有着高度有序的神经系统，相当于大脑，同时拥有极高的智商和语言能力。它们会利用体内一个特殊空腔当中的摩擦发声器官发出刺耳的声音。它们也有情绪。

在面对各种各样的物体时，那个被俘虏的比邻星生物对机器表现出了特别浓厚的兴趣，它敏锐地意识到了小型录音机的用途，并向它发出一连串经过深思熟虑的完整声音。它急不可耐地触摸着人类的衣服，发觉是棉布或人造丝的，便会丢弃到一边，但摸到羊毛衬衫的时候，则显示出了极大的兴奋，给它一条皮带，它甚至更欣喜了。它只看了一眼皮带的原理，便把皮带系在身体中间，不慌不忙地扣紧了。

它从衬衫上拆下了一根线，把它吞下去，着了迷似的前后摇晃着。把肉放在它的面前，它兴奋得仿佛要发狂了。它津津有味地立即吃掉了一部分肉，着魔般晃动着。然后它从身上携带的一个小金属包里取出一些物质，通过一种奇怪的化学过程保存了其余的肉，为此它还做了一些手势。

它的视觉器官在身体上部的两条细缝后面，人们没有对它的眼睛本身进行过详细的检查。但是阿尔斯泰尔面前的报告特别指出，比邻星人每次看到人类，都会表现出一种贪婪的渴望。这种渴望很令人不安。

这就好像是看到羊毛和皮革的时候展现出的那种兴奋的感觉，不过要强烈得多。报告说，好像是出于本能似的，这个被俘的比邻星人第一次看到人类的时候，好几次做了一个似乎在把武器对准某个人类的手势。

阿尔斯泰尔阅读了这一份还有其他一些报告。在接受杰克指派前去工作的仅仅两个小时后，海伦·布拉德利就提交了报告。

“真抱歉，海伦，”阿尔斯泰尔不客气地说，“你不应该被叫去工作的。加里坚持要你去。我会让你一个人待着的。”

“我倒是很高兴他做出了这个决定，”海伦倔强地说，“父亲过世了，没错，但是他走的时候很满意。他还不知道那些比邻星人是什么样子就死了。工作对我很有好处。我取得的成果比预想的要好得多。我负责的那个比邻星人是入侵这艘飞船的那支小队的首领。它几乎一眼就知道了听写器是做什么的，而且我们已经录下来很多词汇。如果你愿意的话完全可以和它谈谈。”

阿尔斯泰尔瞥了一眼显像板。敌船仍然静止不动。当然，这很容易理解。虽说“飞向群星号”与比邻星的距离已经从几千万亿英里缩短到了上亿英里，但是用另一个术语来说两者之间依然隔着好几光时。如果那艘飞船刚刚向它的母星请示，那现在它仍然在等待回复。

阿尔斯泰尔心情沉重地前往海伦负责的生物实验室，海伦也负责照管生物样本——兔子、绵羊以及一眼数不清的小型动物。在这次航行中，人们会把这些动物培育为食物来源；如果那颗带着光环的恒星有一颗适合殖民的行星，人们还计划将它们放生。

比邻星人被无数条绳索牢牢地绑在一把椅子上。他——她——它此刻彻底孤立无援。在椅子旁边，听写器和扬声器连在了一起。比邻星人尖声啸叫，机器正在把它的话翻译过来，每个词之间都夹杂着沙沙声。

“你——是——这——船——指挥官？”机器语调平板地把这句话翻译了过来。

“是的。”阿尔斯泰尔说，机器发出音乐般的啸叫。

“这——女人——男人——死了。”在那个并非动物的非凡生灵发出更多的声音之后，机器又用单调的语调说道。

海伦很快插了一句：“我告诉他我父亲死了。”

机器继续：“我——买——船上——所有——死人——给——你——喜欢——金子。”

阿尔斯泰尔把牙咬得咯吱作响。海伦脸色苍白。她想要说话，却被这些话噎住了。

“这，”阿尔斯泰尔郁闷而尖刻地说，“就是我们希望建立的星际友谊的开始！”

然后通用通信听筒突然响了起来：

“呼叫阿尔斯泰尔指挥官！前方射来辐射！几种不同波长，强度很大！显然是好几艘飞船发射出来的，不过我们没法从中分辨出信号！”

然后杰克·加里走进了生物实验室。他脸色苍白，表情冷酷，敬了一个标准的礼。

“我都不需要费多少事，长官，”他讽刺地说，“上一任通信官多少把他的工作当成了闲职。我们已经有七年没有收到信号了，他也没想到能收到信号。但是这几个月来，确实有信号传了过来。

“这些信号是在我们出发三年之后离开地球的。一个叫卡拉韦的小伙子似乎发现，圆偏振波产生的波束可以永久性地聚在一起。毫无疑问，多年来他们一直在向我们发送信息，现在我们正在收到其中的第一批。

“他们已经建造了第二艘‘飞向群星号’，而且已经有人驾着飞船出发了——见鬼！四年前就出发了！他们现在就在来这里的路上！至少还要走上三年，他们还不知道这些恶魔正在等待着。即使我们把自己炸得粉身碎骨，长官，还会有另一艘来自地球的飞船来到这里，他们和我们一样手无寸铁，撞上这些魔鬼的时候肯定来不及了……”

通用通信听筒又响了：

“阿尔斯泰尔指挥官！观测部报告！在过去的三分钟里，船体外壳的温度上升了五度，而且还在继续上升。有什么东西正以惊人的速度向我们注入热量！”

阿尔斯泰尔转身面对杰克，冷冰冰又不失礼貌地说：

“加里，我们再像这样继续互相憎恨下去已经没有什么用了。我们会一起死在这个地方。可为什么我还是想杀了你呢？”

但是这个问题不过是一句反问。原因很清楚。听到这三重可怕的消息，海伦忍不住轻声哭起来。她没有多想，就扑进了杰克的怀里。

四

事实上，情况比最初的那些迹象显示的还要糟糕。比如船体的外部温度是总体温度，也就是所有外部温度计的平均值。只要通过可视电话接口瞥一眼温度计组，你就会发现“飞向群星号”的后半部分实际上还算正常。正在升温的是飞船的前半部分，也就是离比邻星较近的那一侧。这一半也并不是在均匀升温。那些闪着红灯的指示器都紧紧挤在一起。

阿尔斯泰尔冷静地透过显像板看着它们。

“从它们的角度看，正好是我们飞船的圆心位置，”他冷冰冰地说，“肯定是那支舰队。”

杰克·加里利落地分析道：“长官，我们抓获的比邻星人俘虏乘坐的那艘飞船比我们预计的早几个小时与母星进行了联系。它们肯定不止派遣了一艘载有发信机的飞船，而是派遣了一支舰队，并在前面安排了一艘侦察船。那艘侦察船报告说，我们给它们的船员设了陷阱，所以它们就开火了！”

阿尔斯泰尔尖声对着一台通用通信发信机说：

“G90 区段立即疏散，马上封舱，里面的所有船员立刻穿过气闸离开。除值班人员外，邻近区段也要撤离，让他们立即穿上航天服。”

他关掉话筒，平静地补充道：“G90 区段部分区域的外部温度现在是四百度，已经显出了暗红色，五分钟后就会熔化。半小时后它们就会在我们的飞船上面钻出一个洞。”

杰克连忙说道：“长官！我要提醒你，它们之所以发动攻击是因为侦察船报告说我们给它们的船员设了一个陷阱！我们也许还有一线希望……”

“什么？”阿尔斯泰尔尖厉地质问，“我们什么武器都没有！”

“是听写器，长官！”杰克大声说道，“我们现在可以去和它们谈谈！”

阿尔斯泰尔严厉地说：“好吧，加里。我现在任命你为大使。去吧！”

他立刻站起身来，飞快地离开了控制室。过了一会儿，他的声音从通用通信听筒里传出来：“呼叫火箭长！立即用私人可视电话进行联系。紧急情况！”

声音被切断了，但杰克没有意识到这一点。他接入了通信系统，要求将通信光束加到最大功率，并且加宽发射范围。他一个接着一个地下达着命令，同时迅速向海伦做着解释。

她立刻领会了他的意思。当然，生物实验室里的比邻星人还被绑着。人们无法从它那狭缝中的视觉器官里看出什么表情。但是海伦知道词汇卡片上的词，她对着听写器的麦克风平静而急切地说着话。扬声器里面传出了噪声般的啸叫，比邻星人动了起来。声音从它那里通过扬声器呆板地传了出来：

“我——飞船——行星——说话。是的。”

经过检查的发言从通信控制中心发射了出去，那令人诧异、刺耳、不和谐的噪声语言回响在整个生物实验室中，然后被主发信机加宽的光束传了出去。

一万英里之外，比邻星人的侦察船还在盘旋。“飞向群星号”继续朝着那颗带有光环的恒星前进，那曾经是人类最大胆的探险的目标。在一万英里外，“飞向群星号”似乎只是一个小点，但是比邻星人却可以用望远镜把她看得一清二楚。在一千英里外，她也许就像一个玩具，表面布满了复杂交错的加固部件。

然而到了相距几英里的近处，她的巨大船体就可以充分地显现出来了。在虚空中那些看不见的遥远影子之间，最大的那个和她那五千英尺的直径相比也是相形见绌。那些影子组成的敌方舰队正向她发出致命的波束。

从几英里远的地方就可以看到辐射产生的效果。“飞向群星号”的船体是由合金钢制成的，非常坚韧，磁滞率肯定也很高。比邻星人的辐射在合金钢中产生的交流电甚至可以熔化铜制的船壳。但是现在合金钢已经变得非常热了。船体的颜色都变了。有一百英尺见方的区域发着淡淡的红光。

那个区域里的一根火箭喷管突然不再喷出摇曳的紫色火焰。它被切断了。其他火箭稍微加大推力对它进行了弥补。钢铁上那暗红色的光芒变强了，显出了胭脂红，接着无情地慢慢带上了一点黄色，最后变成了鲜黄色，就要变成蓝色了。

蒸汽从船体表面升起，飘离了饱受折磨、正在熔化的船体表面，仿佛被遥远的恒星吸走了似的。蒸汽越来越浓，亮着耀眼的光芒，形成了一团名副其实的金属雾。突然，“飞向群星号”发光那半侧的中心剧烈爆开来。外壳被熔穿了。船内的空气猛地涌入了虚空，抛出了大量液化甚至汽化的金属。这些金属令人难以置信地飞速扩散开来，瞬间烧成了彗尾一般稀薄微暗的薄雾。

“飞向群星号”内部的显像板模糊了。前方的恒星顿时暗淡失色。这艘来自地球的飞船失去了一部分大气，这些气体翻滚着逃往了前方。它们已经扩散到了广袤的宇宙空间里，密度早已无从测量，但仍然比无比空旷的太空的密度大得多。在“飞向群星号”前方，一片稀薄的星云填满了整个宇宙。

在飞船船体上的巨大裂口边缘，厚厚的金属板冒着泡，烟气升起，飞船的内部隔墙开始亮起不祥的暗红色强光，很快那光就变成了胭脂红色，继而变成了淡黄色。

在主控制室里，阿尔斯泰尔痛苦地观察着，直到G90区段的内部熔化到了一起。他非常平静地对着面前的麦克风讲着话。

“我们的时间比我想象的还要少，”他不慌不忙地说，“你得赶快了。情况很难确定，你必须要记住，这些恶魔无疑会从各个方向刺穿我们，确保船上绝对没有任何生物存活。你必须想出个办法来，而且要赶快，按我的意思去做吧！”

一个近乎歇斯底里的声音传回了他的耳边。

“但是，长官，如果停止火箭中的音速振动，我们会变成一颗闪光弹的！只要一瞬间！燃料的裂解效应就会蔓延进管路，整艘飞船都会爆炸！速度非常快！”

“你这个傻瓜！”阿尔斯泰尔咆哮道，“还有一艘来自地球的飞船正在路上！他们没有收到警告！像我们一样手无寸铁！根据我们的航线，那些魔鬼可以知道我们是从哪里来的！我们就要死了，没错！而且我们不会死得很舒服！但是我们要确保这些恶魔不会率领一支太空舰队前往地球！我们不能白死！必须死得其所！我们必须保护人类！”

阿尔斯泰尔对着显像板高声咆哮，他的表情既不像一位殉道者，也不像一名高尚的自我牺牲者，而是一个正在威胁恐吓下属，想要迫使其就范的人。

一束辐射波照在他的飞船上，金属船体吸收了辐射，把它们转化成热能。阿尔斯泰尔不断对这个部那个处大发雷霆。第二道隔墙爆炸了，汽化的金属和滚烫的气流第二次从这个庞然大物身上喷发出来。在数百万英里外，一个由许多蛋形飞船组成的巨大圆环一动不动地悬在那里，没有一点儿生命的迹象，就好像睡着了的怪物。但是从它们身上，无情的辐射波束迅速射出，聚焦在“飞向群星号”船体的一个点上。那里喷出金属泡沫和翻滚的气体，不时还飞出一些依稀可辨的物体并且突然爆炸。

在这艘巨大的飞船无数的舱室里，人们对即将降临的厄运表现出来的反应和人们本身一样各不相同。有的人尖声惊叫。有些本就郁郁寡欢的船员似乎发疯了，见人就杀。还有一些人闯进了仓库，有些匆忙但并不慌乱地把自己喝得昏昏沉沉。一些妇女抱着她们的孩子不住地哭泣，其中有些人疯了。

但阿尔斯泰尔愤怒的咆哮声至少在某些舱室里还维持着表面上的纪律。在一个机械车间，工人们一边愤愤地工作一边咒骂着，不断犯着错误，这令他们的工作全都派不上用场。一个瘦瘦的航空官在他负责的区域里不断踱着步，手里还拎了一把巨大的扳手，一看到哪里有惊慌的迹象就义愤填膺地开始敲击。火箭长气喘吁吁地表现出了意想不到的骂人天赋，火箭一直在太空中稳定地喷着淡紫色的火苗。

但是生物实验室却是另一番景象，那里一片寂静，人们的精神高度集中。绑得结结实实的比邻星人显得毫无特色却神秘莫测，整个房间都回响着它那奇特的语言。听写器轻轻地沙沙作响，呆板地分析着每一个发音，寻找着词汇卡片，将其翻译成英语词汇。不时会有一张卡片能对上号。于是机器便将比邻星人说出的这个单词翻译出来。

“——飞船——”一长串声音，在音调、强度和重音上变化很快，“——人——”另一长串声音，“——人交谈——”

比邻星人那尖啸一般的声音停了下来。不一会儿，它非常谨慎地又开口了。听写器把它们都翻译了出来。这个比邻星人精心挑选了与海伦一起记录过的单词。

“他了解我们在做什么。”海伦的脸色非常苍白。

机器说：“你——说话——机器——说话——飞船。”

杰克平静地对着发信机说：“我们是朋友。我们有许多你们想要的东西。我们只想要交朋友。除了自卫，我们没有杀你们的人。我们希望和平：如果没有得到和平，我们将战斗。但我们希望和平。”

机器沙沙作响，扬声器大声尖啸，杰克低声对海伦说：“说开战是虚张声势。但我希望能管用！”

一片寂静。数百万英里之外，那些看不见的飞船将致命的辐射波束密集地射向了“飞向群星号”圆形船体的中央。说来也怪，这种辐射对人体完全无害，只会穿透过去，一点也不会被觉察到。

但是这艘地球飞船的合金钢制船体以涡电流的形式阻挡并且吸收了辐射。涡电流变成了热。舱壁、家具，甚至“飞向群星号”内的空气都通过那热量熔出的洞，像一座小火山一样被喷进了太空。

生物实验室里的确很安静。接收器里一片沉默。一分钟。两分钟。三分钟。载着杰克声音的无线电波以光速传播，但用了差不多九十秒的时间才抵达了正在撕碎“飞向群星号”的辐射波束的源头。那边也会花一些时间，接着再过九十秒，另一束波会带着回复以每秒十八点六万英里的速度穿过太空。

接收器毫无节奏地啸叫着，听写器沙沙作响，接着，扬声器不带一丝感情地说：

“我们——朋友——现在——不——战斗——飞船——带——你——行星。”

与此同时，“飞向群星号”船体上的微型火山喷发得没有那么剧烈了，慢慢地，熔化到冒泡的钢板边缘也不再飘出蒸汽了，接着连泡也不冒了，颜色也从汽化钢铁的蓝白色冷却到黄色，再冷却成了胭脂红色，然后慢慢地冷却为暗红色，接着在没有氧气的情况下更慢地冷却成了闪闪发光的银白色金属表面。

杰克清晰地对着控制室的麦克风说："长官，我已经和比邻星人联系过了，它们已经停火了。它们说要派遣一支舰队把我们带到它们的行星上去。"

"很好，"阿尔斯泰尔痛苦地说，"特别是现在，似乎没有人能够想出一种在我们死后还能管用的计划。接下来呢？"

"我认为此时最好给那个比邻星人松绑，"杰克说，"当然，我们可以继续看着它，如果它胆敢捣鬼的话，就用枪把它打瘫掉。我认为这样做很讲究外交策略。"

"你才是大使，"阿尔斯泰尔讽刺地说，"现在我们有时间工作了。但是如果你觉得你可以调整发信机，向地球发出他们所使用的那种电波，最好还是让其他人来担任大使，你先发送信息回地球再说。"

他的身影消失了。杰克转身看着海伦。他突然感到很累。"这就是问题所在，"他沮丧地说，"地球那边希望我们也能以他们发送给我们的那种电波回复，因为以我们的发信功率，他们几乎什么消息也收不到！但是我们收到了他们上次发来的信息的中间部分，信息最后描述了他们在地球上用于发送信息的设备。毫无疑问，他们会再描述一遍那台设备，或者更确切地说，他们会在四年前再把它描述一遍，我们如果能活久一点儿，就能收到。但是我们根本无从猜测那会是什么时候。你打算继续和这个——这个生物一起工作，继续扩充词汇库吗？"

海伦不安地望着他，把手放在他的胳膊上。

"它很聪明，"她急切地说，"我会向它解释清楚，让其他人和它一起合作。我和你一起去。毕竟，我们在一起的时间不多了。”

“大概只有十个小时吧。”杰克疲惫地说。

他忧郁地等待着，而她则在用精心挑选出来的词汇解释着——听写器把这些措辞翻译成了比邻星语。她有一名助手和两个警卫。他们放开了那个无头怪物。它没有实施任何暴力行为，而是急不可耐地想要继续建立翻译词汇表。双方要通过这张词汇表才可以进行完整的思想交流。

杰克和海伦一起去了通信室。他们播放了到目前为止收到的那些来自地球的信息。其中的内容仿佛一道非同寻常的大杂烩。四年前，地球曾经热衷于向它最大胆的冒险家们传递信息。一束无形的能量不知疲倦地穿越了遥远得难以估计的空间，赶上了三年前出发的探险家们。根据内容判断，这条消息是在第一条消息发出后不久发出的。当时它曾在全球播放，无疑，数以百万计的人一想到他们听到的话将跨越两个恒星系之间的宇宙空间，就会激动不已。

但这些话对“飞向群星号”的人来说毫无帮助。这是一场逗人开心的演出，由一个流行四重唱组合开场，接着是地球上收入最高的喜剧演员讲的俏皮话——“飞向群星号”上的人对他的笑话都很熟悉，接着是一位著名政治家的贺词，还有其他一些乱七八糟的东西。简而言之，参与者无非是在利用地球广播沽名钓誉，演出本身则是一堆垃圾大杂烩。

“飞向群星号”的船体已经被烧穿了，船员们正直面死亡，而且很可能全人类都会因为这次航行而遭到毁灭。对于船员们来说，这种节目毫无帮助。

杰克和海伦坐在那里静静地听着。他们的手不知不觉地交握在了一起。更奇怪的是，他们所剩的时间极为短暂，这种夸张的感情表达显得有些可笑。他们听着地球的那些俗不可耐的信息，却没有真正听进去。两个人不时地对视着。

在生物实验室里，词汇的积累工作进行得很快。图画开始起了作用。第二个比邻星俘虏也被释放了，它的绘画技巧证明了这些植物人的眼睛与地球人的眼睛功能几乎一样，因此这些图片既扩充了定义和等价词汇库，也帮助人们更深入地了解了比邻星文明。

把这些信息拼凑在一起，它们的文明便开始呈现出了一种与人类文明的怪异相似性。比邻星人也拥有人工建筑，那些建筑无疑是住宅。它们也有城市、法律、艺术——第二个比邻星人的绘画就是证明——还有科学。特别是它们的生物学极为发达，在某种程度上取代了人类文明中冶金术的地位。它们的建筑是生长出来，而不是建造出来的。它们可以控制原生质的生长速度和生长方式，用这些东西而不是金属来满足自己的各种目的。

房屋、桥梁、交通工具——甚至飞船，都是由生物物质构成的，这些生物物质长到理想的形状和尺寸之后，就会进入无生命的静止状态，而且还可以随心所欲地再次活化。因此这些物质具有各种神奇能力，诸如产生气泡状结构用来连接他们的飞船与“飞向群星号”。

到目前为止，比邻星文明确实非常奇怪，但仍然还算可以理解。如果地球上的文明是从另一个起点上发展起来的，那么人类可能在某种程度上也能取得这样的进步。然而比邻星人的经济学，虽然立刻就能让人理解，但是那些了解了它的人都会觉得可怕。

比邻星人起源于食肉植物，而人类起源于食肉祖先。但是在发展早期，人类就开始崇拜黄金。这种兴趣转移现象并没有在比邻星出现过。人们为了金子摧毁城市，砍伐森林，开采矿山，无情地毁灭一切来换取黄金或其他可以用来交换黄金的东西，而比邻星人也以同样的劲头猎杀动物。

就在人类灭绝了美洲的水牛，用牛皮换取黄金的时候，比邻星人无情地灭绝了它们星球上的动物。但是对比邻星人来说，动物组织本身就相当于黄金。随着岁月的流逝，出于生存需求，它们已经学会了勉强把植物作为食品。但是对肉的那种非理性欲望仍然存在。它们发明了将动物性食品无限期地保存起来的方法。它们已经捞光了海里最后一只最小的甲壳类动物。甚至太空旅行在它们眼中也变得有利可图起来，接着它们的愿望实现了，因为望远镜显示，在它们的恒星系里，其他行星表面也有植物，因此同样有可能生存着动物。

比邻星的三颗行星都具有适合植物和动物生活的气候和大气，但是现在只有一颗行星，而且是其中最小最远的那颗，存在着动物生命的痕迹。即使是在那里，比邻星人也在疯狂地捕猎，在冰封大陆上寻找日益减少的最后的小型四足动物群落——这些动物为了藏身动辄就会挖出数百英尺深的地洞。

很明显，“飞向群星号”是一艘载满了宝藏的大船——而那宝藏就是人类。任何一个比邻星人都不曾想象过这样的存在。现在，情况已经非常清楚了，如果能够前往地球，它们就能控制整个种族的所有资源。数以十亿计的人类！数以万亿计的鸟兽！海洋中无数的生物！所有的比邻星人都会疯狂地渴望入侵那个满是宝藏的梦幻王国，任何比邻星人在食用它们史前时代的食物时都会体会到这种如梦如幻的感觉。

五

毫无特点的蛋形飞船立刻从四面八方靠了过来。温度计组上的警报信号开始不慌不忙地努力增多。一个刻度盘上发出疯狂的红光，然后又暗了下去，接着是另一个，再接着又是另一个，因为比邻星人的飞船已经就位。当然，每一次这样的警报都是由于辐射波束对“飞向群星号”船体的瞬间照射造成的。

在最后一道波束彻底瘫痪了“飞向群星号”的二十分钟之后，一艘蛋形飞船靠近了这艘地球飞船，非常精确地停在了它前端的气闸上方。它的船体鼓出了一个很大的泡泡，附着在钢板上。

阿尔斯泰尔注视着显示这一景象的显像板，他脸色苍白，双手紧握。杰克·加里那紧张而嘶哑的声音从生物实验室的通信器中传来。

“长官，有一条来自比邻星人的消息。一艘飞船已经降落在我们的船体上，上面的船员将通过气闸进入我们的飞船。当然，我方任何敌对的举动都意味着瞬间毁灭。”

“我们不会抵抗比邻星人，”阿尔斯泰尔严厉地说，“这是我的命令！那简直是自杀！”

“即便如此，先生，”杰克野蛮地说，“我仍然认为这是个好主意！”

“坚守你的岗位！”阿尔斯泰尔愤怒地说，“通信方面有什么进展？”

“我们有了将近五千张词汇卡，已经几乎可以和它们讨论任何话题了，而且所有话题都非常令人不快。卡片正在复印，几分钟后就会印好。之后，我们会把第二台听写器和第二份词汇卡立即送给你。”

从显像板上，阿尔斯泰尔看到了“飞向群星号”的一处气闸口出现了无头的比邻星人。

“那些比邻星人已经进入了飞船，”他厉声说道，这是对杰克的命令，“你是通信官！去迎接它们，带它们的指挥官来这里！”

“明白！”杰克冷冷地说。

这道命令就像是在宣判死刑。在实验室里，他的脸色确实非常苍白。海伦紧紧地靠着他。

之前被俘虏的比邻星人好奇地冲着听写器大声尖啸。扬声器翻译了它的话。

“什么——命令？”

海伦做了解释。人类如此迅速就习惯了这种不可思议的事情，就好像对着麦克风讲话，然后听到一个非人类声音发出的尖啸声和鸣叫声带着同样的意思飘满了整个房间，似乎这仅仅是一件再自然不过的事情而已。

“我——也——去——他们——不——杀。”

比邻星人摇摇晃晃地先出发了。虽然只是看过要怎么开门，它依然非常灵巧地打开了门。杰克带头。他身上的枪套里仍然插着作为随身武器的聚力枪，但是那东西此时什么用也没有。他也许可以杀死身后的植物人，但这么做什么好处都没有。

前方传来了模糊的尖啸声。那个植物人发出了响亮而刺耳的声音。对方对它进行了回应。杰克看到了那群新的入侵者，有二三十个，每个植物人都拿着那种半圆柱形的物体，比第一批植物人携带的还要大。

看到杰克，大家都很兴奋。无头树干两侧伸出的像胳膊一样的触手激动地颤抖着。它们本能地暗自摆弄着武器，听到一声命令般的大喊之后才都停了下来。但是从它们身上散发出来的那纯粹的肉食欲望却让杰克起了一身鸡皮疙瘩。

他的向导——之前那个俘虏——和新来的怪物们用那种难以理解的声音交流着。植物人的队伍一阵兴奋。

“跟我来吧。”杰克简短地说。

他带路来到了主控制室。在路上，他们听到有人正发出单调的尖叫声。一名女子在厄运降临之时崩溃了。一阵叽叽喳喳的啸叫打破了杰克身后那些笨拙的怪物中的寂静。又是一个威严的声音让他们安静了下来。

控制室里，阿尔斯泰尔看上去就像一尊大理石雕像，只不过他的眼睛里燃着暴怒到近乎疯狂的火焰。他身边的显像板显示，又一队比邻星人源源不断地从第二个气闸口走了进来，显然有几百个。海伦拿进来一台听写器。一看到控制室里有那么多的怪物，她本能地发出了惊恐的大叫。

“把听写器设置好。”阿尔斯泰尔说，他的声音像冰一样，那么刺耳，那么冷漠。

海伦颤抖着努力服从了命令。

“我准备好发言了。”阿尔斯泰尔对着麦克风严厉地说。

机器轻轻地沙沙作响，进行了翻译。这支新来的小队的领队发出响亮的尖啸声作为回应。他命令所有船员将飞船设定到自动操作模式，然后到这里报到。在翻译比邻星人所说的“自动”的等价词时，机器遇到了一些困难，这个词不在词汇表中。这耽误了一些时间。

阿尔斯泰尔下达了命令。他的脸上冒出了冷汗，但他的自制力却如同钢铁。

第二道命令理解起来也有一定难度。所有技术记录的副本，以及所有与这艘飞船的建造有关的书籍（这一点也花了一些时间才被理解），都要送到这些怪物进入飞船时所通过的气闸室去。机械、发电机和武器样品也要送到同一个地方。

阿尔斯泰尔再次下达了命令，他的声音很脆弱，甚至空洞，但没有颤抖或中断。

那个比邻星人首领尖啸着发出了一道命令，听写器徒劳地沙沙响着。它的下属们迅速地走到了控制室的各处入口。它们分散开来，只留下四个比邻星人。杰克飞快地冲到了阿尔斯泰尔身边。他迅速抽出了聚力枪，狠狠地顶在指挥官的腰间。比邻星人并没有做出什么反应。

“去你的！”杰克气得嗓子都哑了，“你让它们夺走了飞船！你打算买你的命！该死的，我要杀了你，然后杀出一条血路前往火箭喷管，把这艘飞船变成一团净化火焰，杀死那些恶魔！”

但是海伦哭叫道：“杰克！不要！我知道不是这么回事！”

因为她就在听写器的麦克风前，就像回声一样，她的话以比邻星语的尖啸声重复着。阿尔斯泰尔脸色铁青，快要疯了，他用最低沉的声调严厉地说：

“你这个傻瓜！这些恶魔可以去地球，现在它们知道那样做很值得！因此，就算它们杀死了船上除了主管以外的所有人——它们很可能会这样做，我们也必须前往它们的星球，并在那里着陆。”他把声音压到了近乎耳语的音量，怒气冲冲地说道：“如果你认为我想活下去，那就开枪吧！”

杰克僵硬地站了一会儿，然后退后一步，标准地敬了个机械的礼。

“抱歉，长官，”他摇摇晃晃地说，“以后我一定全力协助你。”

“飞向群星号”的一名主管跌跌撞撞地走进了控制室。然后是另一名。接着还有一名。他们慢慢地走了进来。三十名主管只来了六个。

一个比邻星人走进来，用那种奇怪的姿势一拱一拱地走着，它不耐烦地走到听写器跟前，发出一些声音。

“这些——所有——主管？”机器发出了单调的声音。

“航空官枪杀了他的家人，然后自杀了，”航空部的一名下属喘着粗气说，“一群哗变者控制了火箭喷管，火箭长赶走了他们。然后他的脖子上就挨了一刀，失血过多而死。仓库管理员……”

“别说了！”阿尔斯泰尔用尖细的声音说道。他扯了扯自己的衣领，走到麦克风前，轻轻地说：“这就是还活着的主管了。但我们可以操纵这艘飞船。”

那个比邻星人每只手臂上都系着一条宽宽的皮带，腰间也系着一条，它摇摇摆摆地走向了通用通信话筒边。它用一只手臂末端的卷须熟练地操纵着开关。它发出一种奇怪的声音，顿时一片混乱！

房间里的所有显像板都响起了尖声大叫。简直太可怕了，简直太恐怖了。这声音比紧紧追赶着一头惊慌失措的鹿的一群饿狼还要可怕。杰克曾听到过这种声音，“飞向群星号”的第一批入侵者看到人类并当场杀死他的时候发出的就是这种声音。显像板中还传出了其他一些声音，有人们的尖叫声，甚至还有一两次爆炸。

但是接下来是一片寂静。控制室里的五个比邻星人全身都颤抖了起来。它们满怀着一种不顾一切的嗜血情绪。正是这种不顾理性的、盲目而本能的对食物的渴望，让这些食肉植物进化成了能够移动的物种。

那个戴着皮质饰品的比邻星人再次走到听写器前，大声喊道：

“要——两个——人——离开——船——学习——他们——现在。”

主控制室里传来了一声细不可闻的声响，那是一滴冷汗从阿尔斯泰尔的脸上落到了地板上。他似乎已经束手无策了。他脸色发灰，闭着眼睛。但是杰克沉着地看着那一名又一名的主管。

“我想这大概是要进行活体解剖吧，”他严厉地说，“可以肯定的是，它们计划前往地球，否则像它们那么聪明，就算是为了宝藏，也不会消灭除我们以外的其他所有人。它们想在人体上试验武器之类。长官，我自愿参与试验，现在所有的部门中就数通信部最没用了。”

海伦倒吸了一口冷气："不，杰克！不要！"

阿尔斯泰尔睁开了眼睛："加里是自愿的。还需要一个人自愿参加活体解剖。"说这话的时候，他声音哽咽，费了好大的劲儿保持着头脑清醒。"它们想知道如何杀死人类。它们的三十厘米波不起作用。它们知道，熔化我们船体的波无法杀人。我不能当志愿者！我必须留在船上！"他的声音里带着绝望，"还需要一个人自愿被这些魔鬼慢慢杀死！"

四下一片沉默。刚刚发生在眼前的事情，还有"飞向群星号"无数个舱室里正在发生的事情，确实让六个人中的大多数都被吓昏了。他们简直已经无法思考了，被自己面对的纯粹的恐怖弄得精神恍惚，情感麻木。

然后海伦跌跌撞撞地投入杰克的怀抱。"我也要去！"她上气不接下气地说，"我们都要死了！你们不需要我！我可以和杰克一起死。"

阿尔斯泰尔呻吟着："求你了，别这样！"

"我要去！"她的胸口急速起伏着，"你阻止不了我！我要和杰克在一起！"她看着杰克说，"无论你去哪里……"

接着她哽咽了起来，紧紧靠在杰克身上。系着皮带的比邻星人不耐烦地朝着听写器尖啸。

"这——两——来。"

阿尔斯泰尔用一种奇怪的语调说："等等！"他像机器人一样挪到了桌子前，拿起了一支电子笔。他双手颤抖着写下了些什么。"我疯了，"他轻声说道，"我们都疯了。我想我们已经死了，下了地狱。不过你们拿着这个。"

杰克把这张写着命令的字条塞进了口袋。系着皮带的比邻星人不耐烦地啸叫着。它迈着奇怪的步子，一拱一拱地领着他们走向这些植物人进来的时候走过的气闸。那些四处游荡的怪物看到他们三次，每次都发出令人毛骨悚然的尖厉长鸣。系着皮带的比邻星人发出命令般的尖叫，那些怪物就退了回去。

还有一次，杰克看见四个怪物围着地上的某件东西前后摇晃着。他伸出双手，遮住海伦的眼睛，走过之后才把手放开。

他们来到气闸处，领路的比邻星人指了指气闸口。两个人服从了命令。橡胶状的长长触手抓住了他们，海伦嘴里喘着气，身体一动不动。杰克拼命反抗着，喊着海伦的名字。然后有什么东西狠狠地打了他一下。他倒了下去。

醒来的时候，他感到身上压着什么重东西。他动了一下，那重量随着他的动作消失了。有一道光，不是人们在地球上见到的那种光，而是装在透明球体内的一道不断跳动的闪光。空气中也有一种奇怪的气味，动物的气味。杰克坐了起来。海伦躺在他身边，没有被绑着，显然也没有受伤。附近似乎没有比邻星人。

他无助地碰了碰海伦的手腕。他听到一阵突突的响声，每一阵噪声响起时他都感到一阵瞬间加速。火箭，燃料火箭。

“我们在它们的一艘该死的飞船上！”杰克冷冷地说。他摸了摸他的聚力枪。枪不见了。

海伦睁开了眼睛。她茫然地看着四周，最后把目光落在杰克身上。她突然打了个寒战，紧紧靠在了他身上。

“出了……什么事？”

“我们得弄清楚。”杰克冷静地回答。

他脚下的地板突然倾斜起来。出于本能，他瞥了一眼舷窗，此前他只是下意识地注意到那里有个什么东西。他凝视着外面，那熟悉的黑色太空被许许多多小光点似的恒星照亮。他看到了一个带着环的恒星和另一些光点似的行星。

其中一个光点就在附近。它那圆形的行星本身和极地的雪冠清晰可见，从行星的大气层以外看，不同的色块模糊地交替出现，绿色区域是大陆，而带着难以形容的颜色的区域是海洋。

沉默。没有比邻星人使用的那种没有元音或辅音的奇怪语言。一时间什么声音也没有了。

“我想我们是要去那颗星球，”杰克平静地说，“我们必须看看能否在着陆前弄死自己。”

然后远处传来了低低的声音。那是一种奇怪的、柔和的低语，一点儿也不像植物人那奇怪的声调。杰克小心翼翼地探索着，走出了他们刚刚醒来的小房间，海伦紧紧地抱着杰克。除了遥远的低语声，四下一片寂静。又是一阵微弱的火箭喷射声，整个飞船明显地开始加速。动物的气味越来越浓烈。他们穿过一个形状奇怪的出口，海伦大声喊道：

“是动物们！”

曾放在“飞向群星号”上的笼子乱七八糟地堆在一起，每个隔间里都装着一种本来用于培育食物的动物样本，如果有一颗适合殖民的星球环绕着比邻星旋转，这些样本就会被释放出来。再往前走就是一大堆书、机器和各种各样的箱子——这些物品是根据那些植物人首领的命令运过气闸的。四周还是没有比邻星人的迹象。

但是在更遥远的地方，那种微弱的低语声听起来非常像人类的声音，简直难以置信。杰克仍然小心翼翼地向声音的源头走去，海伦不知所措地跟在后面。

找到了。那声音来自一个机械装置，这个装置的外壳质地是地板、墙壁及船的每一部分所用的那种没有光泽的暗褐色物质。里面传出的是人类的声音。更重要的是，那是阿尔斯泰尔的声音——痛苦万状，粗糙刺耳，近乎歇斯底里。

“——你们现在肯定已经恢复意识了，该死的，那些恶魔想要知道你们是不是还活着！我告诉它们飞船的加速度会让你们失去知觉，于是它们降低了加速度！加里！海伦！发射信号！”

停顿了一下，又是那个声音：

“我再重复一遍。你们现在所在的飞船是那些恶魔通过一道密集波束引导操控的。你们会降落在一个曾经存在动物生命的星球上。现在那里除了植物什么也没有。而你们以及飞船上装载的那些动物和书籍什么的，都是留给统管这些魔鬼的大魔王的一些特殊财产。它之所以派了一艘由外部控制的飞船带着你们，是因为它认为在面对你们和其他动物这样的宝藏的时候，它的同类当中谁也不值得信任！

“它会把你们留下来作为知识储备，翻译我们的书籍，解释我们的科学什么的。除了它自己的飞船以外，其他任何飞船都不允许降落在你们要去的星球。现在你们能发出信号吗？就是传出我的声音的扬声器上的一个把手。拉三下，它们就会知道你们没事，不会再派一艘飞船来给你们的尸体加防腐剂，以免浪费这些无价之宝！”

比邻星人的接收器并不是为了发出人类那种复杂的声音而制的，那刺耳的声音歇斯底里地笑了起来。

杰克伸手拉了三次把手。阿尔斯泰尔的声音继续说道：“这艘飞船现在就是地狱，不再是一艘飞船了，而是燃烧的硫黄坑。我们有七个人活着，正在指导比邻星人操作控制设备。但是我们告诉它们，不能关闭火箭来展示内部的工作原理，因为火箭要重新启动的话，附近就必须得有一颗行星的质量场来引起空间的形变。它们会在见证这一场景之前让我们继续活下去。它们也有一套书写方法，在听写器把我们的话翻译完成之后，它们会记下我们说过的每一句话。非常科学……”

声音突然中断了。

“我们收到了你们的信号，”过了一会儿，那声音再次说道，“你们会在身边找到食物的。空气应该可以维持到你们着陆。你们还有四天才能到达目的地。过一会儿我还会再呼叫你们的。不要担心导航的问题，那些全都已经处理好了。”

那个声音又完全消失了。

他们两个人，一个男人和一个女孩，把比邻星人的飞船探索了一遍。与“飞向群星号”相比，这艘飞船要小多了，只有大概一百多英尺长，最大直径可能有六十英尺。他们发现了一些小房间，里面都空空荡荡的，但是毫无疑问，这地方曾经挤满了植物人。

这些房间都可以进行冷藏，很可能在低温条件下比邻星人就像地球上冬天的植物一样，会进入休眠状态。这样的设计可以让飞船运载大批船员，到作战或登陆的时候再把他们复活过来。

“如果它们以这种方法改装‘飞向群星号’，驶回地球，”杰克严肃地说，“至少可以带上十五万比邻星人，甚至可能更多。”

人类就要遭到这些怪物的侵犯进攻了，这种想法苦苦地困扰着杰克。他为此备受折磨。海伦竭力展现着女人的温柔，用他们目前还安全这件事，尽力使他高兴起来。

“我们是自愿接受活体解剖的，”在他们恢复意识的第二天，她可怜巴巴地告诉他，“不管怎样，我们暂时还算安全。而且……我们还在一起……”

“到了阿尔斯泰尔再次进行通话的时候了。”杰克严厉地说。距上一次通信已经过了三十个小时。比邻星人也和地球或是来自地球的飞船上的规定一样，例行公事地维持着相当于它们的行星自转一周的时间单位。“我们最好去听听。”

他们去听了。阿尔斯泰尔痛苦的声音从那奇形怪状的扬声器中传了出来，比前一天显得更紧张，更加缺乏理智。他向他们讲述了那些怪物学习操纵“飞向群星号”的进展情况。它们已经不需要六名幸存的主管来维持船上设备的正常运转了。特别是空气净化设备被关了，因为它会清除空气中的二氧化碳，使比邻星人无法呼吸船内的空气。

植物人还允许六个人活着，来满足自己对信息贪得无厌的欲望。他们处于永无休止的逼供拷问中，他们大脑里所有的资源都被囚禁者们用那怪异的符号记录了下来。六个人中最年轻的是一名航空副官，他在记忆和期待的双重压力下发疯了。他毫无知觉地尖叫了好几个小时，然后被干掉了，他的尸体立刻被比邻星人用那种奇怪的干燥剂变成了木乃伊。其余的人都已经身心憔悴，听到一点儿声音都会被吓得跳起来。

“我们的减速度发生了改变，”阿尔斯泰尔的声音很脆弱，“在你们着陆两天之后，我们也会降落在这些魔鬼称之为家的星球上。奇怪的是它们没有殖民的本能。我想，我们中又有一个人要崩溃了。顺便说一句，它们现在拿走了我们的鞋子和皮带。这些都是皮革制成的。热爱黄金的我们不也希望能把西瓜上的金色条纹揭下来吗？都一样，这些……”

他突然又大发雷霆，歇斯底里起来：

“我是个傻瓜！我自己还待在地狱里，却把你们两个送走了！加里，我命令你不要碰海伦！我命令你们两个不要说话！我命令……”

过了一天。然后又过了一天。阿尔斯泰尔又进行了两次通信。听他的声音，每一次他都越来越绝望，越来越神经紧张，越来越近乎疯狂。第二次，他哭了起来，还在咒骂杰克待在一个没有植物人的地方。

“现在那些魔鬼只把我们当成动物，对其他一切不感兴趣了。我们的大脑也没有什么用了！它们正在系统地摧毁这艘船。昨天它们把我们种植区的蚯蚓抓走了！现在我们每个人都有一个警卫看管。今天早上，我的卫兵拔了我的一撮头发吃了下去，兴奋得前后摇摆。我们连羊毛衬衫都没了。简直是群畜生！”

又过了一天，阿尔斯泰尔一只脚已经踏入了歇斯底里状态。飞船上只有三个人还活着。他给杰克发了一些指示，事关那艘蛋形飞船登陆那颗无人居住的星球的过程。杰克到时候应该进行协助。他们离目的地已经很近了。那颗已经占据了半边天空的行星即将成为他和海伦的监狱。“飞向群星号”将要飞往的另一颗行星在阿尔斯泰尔眼中也成了一个圆盘。

在比邻星的光环之外一共有六颗行星，而这颗监狱行星位于植物人家园外侧相邻的位置上。这里的气温比它们的最适宜温度要更冷一些，不过一千年来，它们的猎肉探险队一直在这颗行星表面搜寻，直到哺乳动物、鸟类、鱼甚至甲壳类动物都被捕尽了为止。再往外是一个冰雪覆盖的世界，接下来就只剩下在虚空中旋转的冰冷星球了。

“现在，你已经了解牵引光束放开大气层内控制系统之后，要如何接管那艘飞船了，”阿尔斯泰尔的声音在抖，仿佛说话的时候，他的牙齿正因神经紧张而打战，“你们会享受到宁静的。那里有树木、花朵，还有一些像草一样的东西，如果它们的图片准确的话。我们即将迎来地狱历史上最盛大的一次庆典。每一艘飞船都回家了。整个星球上的所有比邻星居民都会拿到一点点动物的肉片来吃。能拿到动物身上的东西，它们就足以感受到那种残忍的快乐了。

"那个种族的所有成员！去死吧！我们成了它们梦寐以求的最丰富的宝藏。它们在我面前毫无顾忌地说话，我已经疯狂到能听懂它们彼此之间的一些语言了。它们的最高首领正在计划培育有史以来最大的飞船。它将带着三百艘飞船启程前往地球，大多数船员都会处于沉睡或休眠状态。那些飞船上会装着三百万来自地狱的魔鬼，它们会用那些该死的波束在一千万英里以外熔化掉地球上的飞船。"

显然，说话有助于使阿尔斯泰尔保持清醒。第二天，杰克和海伦乘坐的蛋形飞船像铅锤一样，从空旷的太空坠落到了大气层里。光滑的船体擦过空气发出疯狂的呼啸声。接着杰克控制住了飞船，让它缓缓地下降，降落的速度越来越慢。最后，飞船在一片绿色的林间空地中停了下来，周围是一片奇怪但令人安心的树林。此时，在这颗行星上，恒星已经快要落山了，他们还没来得及四下探索，夜幕就降临了。

然而，无论是第二天还是第三天，他们都没有进行太多的探索，因为阿尔斯泰尔几乎一直在说话。

"又有一艘地球上来的飞船要到了，"他的声音嘶哑，"另一艘飞船！她至少在四年前就出发了，再过四年就能到这里了。你们两个也许能见到她，但是明天晚上我就要死了或者疯了！真是滑稽！每当我想起你的时候，海伦，我都会感觉疯狂近在咫尺，让杰克吻吻你吧！你知道，海伦，在我还是个男人的时候，在我变成一具尸体看着我的飞船被拉进地狱之前，我爱你。我非常爱你。我很嫉妒他，当你眉目含情地看着加里的时候，我恨他。我还是恨他，海伦！啊，我恨死他了！"阿尔斯泰尔的声音仿佛来自鬼魂，炼狱中的鬼魂，"我真是个傻瓜，竟然给他下了那样的命令。"

杰克眼含怒火，不住地踱来踱去。海伦把手放在他的肩膀上，他心不在焉地对她说着话，声音里充满了仇恨。他的心中充满了绝望而狂热的欲望，想要杀死比邻星人。他开始在机器中搜寻，专心致志地用一些奇怪的零件组装了一把十千瓦的涡流枪。他为此工作了好几个小时。然后他听到海伦也在忙着什么，而且似乎很费劲。这让他很不安，于是他走了过去。

她刚刚把最后一个曾放在“飞向群星号”上的笼子拖到了空地上。此时她正把里面的小动物放出来。鸽子满怀期盼地展翅飞翔，兔子刚出笼子就开始高兴地咀嚼着脚下那些陌生但却令人满意的植物。

她四下望着。除了一只摇摇晃晃的跛脚小羊羔，还有六只羊。小鸡啄来啄去，但是这个世界上并没有昆虫。它们只能找到种子和草木。四只小狗在阳光下扎人的绿色草地上欢喜地滚来滚去。

“无论如何，”海伦强辩说，“它们可以享受一段快乐时光！它们和我们不一样！我们还需要担心！这个世界可能成为人类的天堂！”

杰克忧郁地望着这片美丽的绿色世界。没有讨厌的动物，也没有害虫，这颗星球上不可能有任何疾病，除非人类有意把它们带进来。这将会是一处天堂。

飞船里传出人类轻轻的说话声。他痛苦地跑过去听，海伦跟在他后面。他们站在一个奇怪的小房间里，这是控制室。墙壁、地板、天花板、仪表箱——所有这些都是由毫无光泽的暗褐色材料制成的，比邻星人可以把这些材料培育成它们想要的形状。阿尔斯泰尔的声音出奇地平静，少了许多的歇斯底里，显得非常沉着冷静。

“我希望你们没有去别处探险，海伦和加里。今天，它们在这里举行了庆祝活动。‘飞向群星号’着陆了。我操纵她降落。我是唯一还活着的人。我们来到了魔鬼城的中央，来到了这些很适合被当成地狱的建筑物之间。在我现在所在的空地旁边，就是最高首领的宫殿。

“今天，它们在庆祝。我从来没想过‘飞向群星号’上居然有那么多动物制品。它们甚至发现了我们的制服曾用马毛加以硬化。毛毯、鞋子，甚至一些肥皂也源自动物，而且它们把这些动物制品进行了‘精炼’。它们可以非常高明地回收所有动物物质，就像我们的化学家可以回收金和镭一样。奇怪吧？”

扬声器沉默了一会儿。

“我现在神志清醒了，”那声音坚定地说，“我想我疯了一阵子。但是今天看到的东西让我清醒了过来。我看到数以百万计的恶魔把它们的手伸进巨大的水槽里，所有来自‘飞向群星号’的动物组织都溶解在里面。那位最高首领为自己留下了很多！我看到它的警卫队把东西带进了它的宫殿。其中一些曾是我的朋友。我看到一座城市在无限的欢乐中陷入疯狂，恶魔们在狂喜中前后摇摆，它们吸收了地球上的战利品。我听到最高首领在王座上发表着庄严的演说。我已经学会了理解它们这些啸叫声。

“它告诉听众们，地球上到处都是动物。人类、野兽、鸟类、海洋中的鱼类。它告诉听众们，有史以来规模最大的舰队将很快成长起来，这些飞船将使用人类的推进方法，我们的火箭，加里，第一支舰队将带上无数它们的成员去占领地球。它们也会把那些宝藏送回来，这样，它的每一个臣民都会像今天一样，经常享受这样的狂欢。这些魔鬼疯狂地来回摇摆，发出尖叫声。数百万个魔鬼。”

杰克轻轻地呻吟着。海伦捂住了眼睛，好像想把她想象中的景象挡在外面。

“现在，从你们的角度来看，情况是这样的，”身为数百万英里之外的血腥植物人行星上唯一的人类，阿尔斯泰尔镇定地说，“它们的科学家现在要过来，让我给它们展示火箭内部的工作原理。明天会有人去问你们两个一些问题。但是我要给这些恶魔看看我们的火箭。我敢肯定——非常肯定，它们这个种族的每一艘飞船都回到了这颗行星上。

“它们来到这里共同庆祝，因为它们每个人都得到了来自首领的免费礼物，它们辛勤劳作一辈子也未必拿得到这么多动物组织。在这里，血肉比金子更珍贵。比较而言，血肉的价值约莫位于铂和镭之间。所以它们都回家了。它们每一个人！路上还有一艘从地球来的飞船。再过四年她就要到了。你们必须记住这一点！”

扬声器里发出了一阵从远处传来的不耐烦的尖啸声。

“它们来了，”阿尔斯泰尔坚定地说，“我要向它们展示火箭。也许你们能看到一场好戏呢。这取决于你们那边是什么时间。但是记住，‘飞向群星号’的姐妹船正在路上！加里，我最后给你那条命令纯粹是疯子的行为，但我很高兴我这么做了。再见，你们两个！”

扬声器里传来的尖啸声越来越微弱了。在很远很远的地方，在那座魔鬼之城里，阿尔斯泰尔正和那些植物人一起前进，他要向它们展示火箭内部的工作原理。它们希望能够了解到这艘大飞船在推进系统方面的所有知识，从而也能建造或培育这么大的飞船，载着成群结队的它们飞到另一个有许多动物的恒星系。

“我们到外面去吧，”杰克严厉地说，“他说过他会这么做，因为他没有办法找一台可靠的机器来帮他做这件事。但我当时还以为他疯了。那颗行星似乎不可能继续存在下去了。我们出去看看天空吧。”

海伦跌跌撞撞地走到了外面。他们站在青青的草地上，仰望着头顶的苍穹。他们等待着，凝视着。杰克脑海中浮现出“飞向群星号”那巨大的火箭舱。他似乎看见那支奇怪的队伍走了进去，一大群可怕的植物人，然后是阿尔斯泰尔，他的脸像大理石一般冷静，他的手也像大理石一样镇定。

他打开了其中一台火箭的后膛部，解释了裂解场，裂解场使氢原子的电子坍缩，使得它的原子量与氦原子相同，再把氦原子变为锂原子，而水中的氧原子被分解成中子与纯粹的力。阿尔斯泰尔会回答一些尖啸着提出的问题。超音速产生器被他解释成了控制力和方向装置。他没有说出火箭喷管的材料只有以这些振动产生器产生的频率振动时，才能经受住裂解场的作用。

他不会向它们解释，如果这些振动产生器没起作用，开启的火箭喷管就会随着燃料发生裂解，唯有一种物质在唯一一种振动频率的条件下才能免于裂解。换句话说，这些管道、飞船乃至整个行星都会一起消失在剧烈的紫色火焰中。

不，阿尔斯泰尔肯定不会解释这一点，他只会向比邻星人展示如何开启考德威尔场。

男人和女孩看着天空。突然一道强烈的紫光使头顶上那有着光环的恒星也黯然失色。一秒钟、两秒钟、三秒钟，紫色的光一直闪烁着。没有声音。一阵令人难以忍受的酷热突然袭来。然后一切又都恢复了原样。

那有着光环的恒星明亮地照耀着。这里的云也像地球上的一样，静静地飘在天空中，不过要比地球上的淡一点。来自“飞向群星号”的小动物们心满意足地咀嚼着脚下的叶子。鸽子欢快地飞翔，自由自在地拍打着翅膀。

“他做到了，”杰克说，“每艘飞船都回家了。已经没有植物人了。它们的星球，它们的文明，或者它们伤害我们地球的计划都已经荡然无存了。”

即使在太空中，比邻星人的母星过去所在的地方如今也是空无一物。甚至连一点儿或冷或热的气体也没有留下。它消失了，仿佛从未存在过一样。来自地球的一对男女站在一个可以成为人类天堂的星球上，另一艘飞船很快就要来了，带着他们的更多同类。

“他做到了！”杰克平静地重复道，“愿他的灵魂安息！而我们呢，我们现在只需考虑如何活下去，而不是死亡。”

他那张严峻的脸慢慢地放松了下来。他低头看着海伦，轻轻地把胳膊搭在她的肩膀上。

她高兴地贴紧了他，把过去的一切都抛在了脑后。过了一会儿，她轻声问道：“阿尔斯泰尔给你的最后一道命令是什么？”

“我还没有看过。”杰克说。

他在口袋里摸索着，掏出了那张破破烂烂的命令。他读了一遍，然后拿给了海伦。根据“飞向群星号”离开地球之前通过的法令，这个人造世界上法律的制定权和执法权都被委托给了这艘巨大飞船的指挥官，而且还特别规定，“飞向群星号”上的合法婚姻，必须有指挥官签署的官方结婚令才能生效。阿尔斯泰尔递给杰克的纸条就是这样一张结婚令。正当杰克踏上一条他眼中的黄泉之路时，阿尔斯泰尔实际上给了他一张结婚证书。

两个人相视而笑。

“这……这不重要，”海伦犹豫不决地说，“我爱你。不过我很高兴！”

一只被放飞的鸽子在地上发现了一根稻草。它用力地拽着。它的配偶严肃地观察着它。它们互相发出鸽子的叫声，然后衔着稻草飞走了。一阵讨论之后，它们认为，这根稻草非常适合筑巢。

（繁星　译）

火星上的“世界排险员”

要充分理解20世纪三四十年代的科幻小说，甚至是迄今为止所有的科幻小说，就必须正视这一类型文学的商业属性。从根斯巴克开始，出版商们一般都会尽力盈利，编辑们想看到的是能让杂志大卖的故事，而全职作者们则是无论如何也得努力把足够多的故事卖给编辑，好维持生计。

当然，所有的小说——实际上，是所有希望能卖给付费读者或者是上演给付费观众看的文学作品——都有某种程度的商业性质。莎士比亚离开故乡斯特拉特福就是为了赚钱，而塞缪尔·约翰逊则坚定地声称：“如果不是为了钱，脑壳坏掉了的人才会去写作。”最为前卫，只被少数人欣赏的作者也会希望时来运转，他的小说卖掉上百万册，让他得到社会的认可，作品获得应有的经济回报。

不过科幻小说作者所指望的回报没那么大，即便是那少数试图靠科幻杂志谋生的作者们也只是在廉价出卖劳动力。在第二次世界大战之前，每个词一美分就是他们能指望的最高稿酬了。布莱恩·奥尔迪斯在《地狱制图师》(*Hell's Cartographers*)中指出，“稿酬越低，篇幅越长”。不过，作者的动机也不会是纯商业的；他们完全可能在其他领域进行写作，获利还更多（在别的领域写了不少东西的艾萨克·阿西莫夫就说，科幻小说比起其他任何作品都更难写——带来的满足感也更强），但他们还是选择了写科幻小说，因为他们喜欢科幻中的自由，又或是因为他们享受科幻的氛围，享受它带来的反馈或者是乐于和同道交流，又或是他们热爱自己所写的作品。

然而，他们若打算以此为生的话，就不得不写个不停，运笔如飞，匆匆而就，就算有修改也很少。快嘴快舌，平铺直述在他们那儿是美德，偶尔，那个沉没在他们内心深处的艺术家——如果有的话——能冒出头来吸几口气也是不错的能力。不过，从市场角度看来，这往往是错的。

如此一来，所写的内容就会偏向于冒险和动作，因为这些容易写，需要的字数也多，不仅如此，这也是读者最喜欢看的。编辑们也偏爱这些。在《星云奖十二年获奖作品选》（*Nebula Winners Twelve*）中阿尔吉·巴崔斯写道，所有的编辑都相信，“会讲故事的人的书会比一般作者的好卖”，并且这点是有销售数据为证的。坎贝尔倒并不完全属于这一阵营。没错，他很喜欢冒险故事，并出版了史密斯博士的“透镜人”系列和其他的系列冒险小说，但他希望作者们会尽可能地围绕一个原创的点子，或者是一系列的点子来写作，就像是范·沃格特的“非A世界”（*Null-A*）系列[1]，或是哈尔·克莱门特（Hal Clement）的《重力使命》（*Mission of Gravity*）那样。

部分是由于坎贝尔的影响，部分是由于现实的作用，科幻冒险故事越来越难写；今天，彻头彻尾的冒险故事更可能是奇幻类型的，它们无须受到和现实世界妥协的压力。而且，写冒险故事的作者，

1. A代表“亚里士多德逻辑”。系列故事的舞台是一个亚里士多德式逻辑不成立的世界。

他们时不时也会偏离自己的定位，这种时候，身为作家那种写出些更细腻、更有内涵的东西的冲动（这种冲动从不会完全消失）会让他们写出些别的类型的小说。

对于1930年代的科幻小说来说，写得糟糕不足为奇，令人惊奇的倒是在这个阶段出现了一些生气勃勃的故事，其中既有原创性，也有一定的写作技巧，超越了创作出它们时的大环境。

话说回来，1930年代最受欢迎的作家仍然是冒险故事的作者。埃德蒙·汉密尔顿就是其中之一。他富于想象力——那个时代的科幻作家必须如此，但他的作品大都落入了冒险故事的窠臼。

1926年，受A.梅里特的奇幻故事的启发，汉密尔顿在《怪谭》上发表了他的第一篇小说，题为《马木斯的魔神》（“The Monster-God of Mamurth”）。这位22岁的作者是宾夕法尼亚州一个家庭中唯一的儿子，有三个姐妹。他14岁就念完了高中，但大三的时候因未参加礼拜而被赶出了校门[1]。他当过一段时间的铁路站场会计，然后改了行，从此做了职业作家。

汉密尔顿的多年好友杰克·威廉森曾说，《怪谭》从没拒过汉密尔顿的稿。他用自己的真名和六个假名在上面发表作品，成了最受欢迎、发文最频繁的作家之一。他还创作了一系列关于一支星级巡逻队的故事，那支队伍由来自许多个不同世界的生灵组成，其任务是保卫银河系的文明。威廉森在书中写道：“这些作品有助于构建人类将会征服群星的神话，这个神话至今仍然是科幻的一个重要主题。”

汉密尔顿最喜欢写的一类情节是，邪恶势力会对某个太阳系或者银河系构成威胁，而后被人单枪匹马阻止。由此他得到了一个绰

1. 他念的这所威斯敏斯特学院是美国基督教长老会教派的教会学校。

号——“世界排险员”，有时候则是“世界拯救者”。他把他的故事卖给了许多杂志，包括《惊奇故事》、《神奇故事》及其后续杂志，还有早期的《惊异》。不过，坎贝尔从来没收过他的故事。他有一个短篇曾在 1938 年 12 月的《惊异》上出现过，但那应该是坎贝尔接手主编之位前就已经收进的作品。

1939 年，标准杂志（《惊人故事》和《惊险神奇故事》[1] 的出版商）的编辑部主任利奥·马格利斯创办了《未来队长》[2] 杂志，并雇佣汉密尔顿来撰写脚本；整个系列的 21 个长短篇小说，除了 3 个之外均出自汉密尔顿之手。1969—1970 年间系列故事以平装书的形式被重新发行了一遍。

1946 年，汉密尔顿和另一位科幻作家利·布拉克特（Leigh Brackett）成了婚。利也写了些冒险传奇故事，但她还写剧本，包括《大梦》[3]（*The Big Sleep*, 1946，与威廉·福克纳[4] 合编），后来又写过些别的剧本，包括几部约翰·韦恩的电影。她也写悬念小说，后期则续写以一位早先曾受人喜爱的角色埃里克·约翰·斯塔克（Eric John Stark）为主角的系列科幻小说[5]。

汉密尔顿花了许多年构建“超人”系列漫画，但同时他也继续写科幻小说。1949 年出版了《群星列王》（*The Star Kings*）。1951 年有《世界末日的城市》（*City at the World's End*）。《火星什么样？》（“What's It Like Out There?”）发表在 1952 年的《惊险神奇故事》杂志上，但并不显得落伍。它的初稿作于 1933 年，被好几个编辑拒绝了，于是被束之高阁将近 20 年之久，而后再被拿出来修订，在新时

1. 这两本科幻杂志前者创刊于 1939 年，后者创刊于 1929 年，均在 1955 年停刊。
2. 该杂志主要刊登同名超级英雄的故事。实际第一期要到 1940 年才出版。1944 年因二战导致的纸张短缺而停刊。
3. 根据钱德勒同名小说改编。
4. 美国著名小说家、编剧，诺贝尔文学奖得主。
5. 早期（1940 年代）为短篇，后期为长篇。讲述发生在火星废土上的冒险故事。

代获得了认可。奇妙的是，故事里将探索火星的时间定在了 20 世纪 60 年代中叶[1]。

这个故事反映出，太空飞行成为现实，科学开始揭示其他行星真实情况之后，人类征服太空的神话也被相应地修正了。同时，它还展示出了若干通常潜藏在通俗文学作品的外表之下的艺术技巧。

（何锐　译）

1. 1965 年美国的“水手 4 号”第一次成功对火星进行了探测。

火星什么样？

[美国] 埃德蒙·穆尔·汉密尔顿

1

离开医院的时候，我原本不想穿制服的，但我在那儿没别的衣服，而且能出院我太高兴了，高兴得不想计较这事。但是，一登上当地飞往洛杉矶的飞机，我就后悔穿这身制服了。

人们呆呆地看着我，开始窃窃私语。空中小姐对我露出了与众不同的粲然一笑。她肯定跟飞行员也提了，因为他回来跟我握了握手，说道："哎呀，我猜，这样的旅行对您来说有点跌份吧。"

一个小个子男人走了进来，四处找座，然后坐到了我旁边的座位上。他五六十岁年纪，戴着眼镜，有些吹毛求疵，花了几分钟才安顿下来。然后他看了看我，盯着我的制服瞧，还有制服上那个写着"二队"字样的黄铜小纽扣。

"怎么，"他说，"你是二号远征队的队员之一啊！"然后，他好像刚想明白似的，又说，"哟，你去过火星！"

"没错，"我说，"我是去过那儿。"

他朝我绽开了笑容，带着点惊奇之色。我不喜欢这样，但他的好奇显得相当友善，让我实在讨厌不到哪里去。

“跟我说说，”他说，“火星什么样？”

飞机正在爬升，我望向窗外，看着亚利桑那沙漠从下方不远处掠过。

“不一样，”我说，“跟这儿不一样。”

这个答案似乎彻底满足了他。“我敢肯定就是不一样，”他说，“你这是要回家吗？怎么称呼呢？”

“哈登，弗兰克·哈登中士。”

“你是回家吗，中士？”

“我家在俄亥俄州，”我告诉他，“我先去洛杉矶看望一些人，然后再回家。”

“嗯，挺好。希望你玩得开心，中士，你受之无愧。你们那些小伙子在火星上表现得可真棒。嘿，我看报纸上说，等联合国再派出几支远征队之后，我们就会在那儿建立城市，还有定期的客运专线什么的。”

“听我说，”我说，“这些话太荒唐了。你还不如在这底下的莫哈韦兴建城市呢，而且距离还近得多。现在去火星只有一个目的，就是铀。”

我看得出来，他不太相信我的话。“噢，当然了，”他说，“我知道，那也很重要，如今我们的发电站全都用铀来发电。可那不是全部的理由，对吧？”

“在相当长的一段时间内，那就是全部的理由。”我说。

“可是你看，中士，报上的这篇文章说……”

我没有再说什么。等他讲完报纸上的那篇文章之后，我们就降落洛杉矶了。下飞机时，他拉着我的手摇来晃去。

“好好享受一下吧，中士！你肯定会喜欢的。我听说，二队有很多哥们儿都没回来。”

“是啊，”我说，“我听说了。”

等到了洛杉矶市中心的时候，我又开始觉得难受了。我走进一家酒吧，喝了两杯波本威士忌，这让我稍微感觉好了一点。

我出了酒吧，找了个出租车司机，请他载我出城，到圣盖博去。司机是个胖子，宽阔的脸庞上红光满面。

“上来吧，老兄，”他说，“喂，你是去火星的那帮伙计当中的一个，对吧？”

我说：“没错。”

“嘿，嘿，”他说，“跟我说说，火星什么样？”

“在某种程度上来说，那就是一桩挺无聊的苦差事。”我对他说。

“我敢肯定就是这样！”当我们开始在车流中穿梭时，他说，“我呢，二十年前，第二次世界大战的时候，我就在军队里。跟你说的一模一样，十有八九的时间里，那都是一桩无聊的苦差事。我看哪，全是老样子。”

“这回可不是什么军方的远征队，”我解释道，“是联合国的远征队，不是军方的——但我们也有军官和纪律，跟军队一样。”

“当然了，还是一回事。”出租车司机说，“老兄，你用不着告诉我那是个什么样儿。哎呀，是 1942 年那会儿还是 1943 年来着？反正我记得，原先那会儿……”

我靠在座椅上，看着亨廷顿大道在眼前掠过。阳光倾泻而下，照在我身上，好像很热，空气似乎相当潮湿浑浊。在亚利桑那高原上的时候还没这么糟糕，但在这个地势低的地方呼吸倒有点困难。

出租车司机想知道圣盖博的具体地址。我从口袋里掏出那一小包信，找出了背面写着“马丁 · 瓦利内”和街道地址的那一封。我把地址告诉司机，把那包信又放回了口袋里。

我现在真巴不得自己从来没回过这些信。

可是，在医院的时候，当乔·瓦利内的父母给我写信时，我怎么能不回呢？吉姆的女朋友和沃尔特的家人也是一样。我没法不给他们回信，我知道的第一件事就是我曾经答应过要来看望他们，现在，如果我不这么做，而是直接回俄亥俄去，我就会觉得自己是个混蛋。眼下，我倒巴不得自己当初就打定主意当个混蛋。

这个地址位于圣盖博南区，所处的这片区域仍然隐约带着一丝墨西哥气息。这儿有一间小小的杂货店，旁边有座小房子，院子周围有一圈尖桩篱笆，非常整洁。但在华而不实的加州灰泥背后，这地方却给人一种奇怪的家一般的温馨感。

我走进那间小杂货店，一个身材高大、皮肤黝黑、眼神平静的男人看了我一眼，低声唤了一个女人的名字，然后绕过柜台，握住了我的手。

“你就是哈登中士，”他说，“没错，当然。我们一直盼着你能来。”

他的妻子从后面匆匆赶来。她看上去年纪太大了点，不像乔的母亲，因为乔还只是个孩子。不过话又说回来，她看着倒也没那么老，只是有些憔悴。

她对瓦利内说：“请给他拿把椅子。你没看见他累了吗？而且他刚从医院出来。”

我坐下来，目光从他们中间穿过，看着一箱罐装辣椒。他们问我感觉如何，问我回家是不是很高兴，还希望我的家人都平安无事。

他们很有教养，只字未提关于乔的事，只是等着我说点什么。我觉得很为难，因为我跟乔并不熟，算不上了解。他在发射前几周才刚调到我们小队，由于他成了我们当中的第一名伤亡人员，他的情况我始终了解得不多。

最后，我还是不得不尽快了结这件事，我能想到的话只有这么一句：“他们给你们写信细说了乔的情况，对吧？”

瓦利内沉痛地点了点头：“对——说他在发射后二十四小时内死于休克。那封信写得很不错。”

他妻子也点了点头，喃喃地说：“非常不错。”她看着我，我猜，她看出了我不太清楚该说些什么，因为她说：“你可以给我们再多讲讲。不过，倘若这让你觉得难过的话，那就千万别说了。”

我可以给他们再多讲讲的。哦，是啊，如果我愿意的话，我可以告诉他们多得多的情况。这件事全都清楚地记在我脑子里，就像一部电影，看了一遍又一遍，直到铭记于心。

我可以把与那次让他们的儿子送命的发射有关的一切都告诉他们。我们排成长队，穿着制服的背影正准备登上四号火箭和其余所有的十九架火箭——高原上闪耀的灯光，机器的隆隆声，阵阵呼啸声，以及我们爬上火箭中央井的梯子时巨型火箭内部的模样。

这部电影又在我的脑海中播放起来，清晰得如同水晶一般，我仿佛又回到了四号火箭上的14号室，时间一分钟又一分钟地过去，每当其余火箭中的某一架呼啸着升空时，舱壁都在震颤，我们十个人待在吊床上，被囚禁在那间形状古怪、没有窗户的金属屋子里，等待着，等待着。直到那只巨手伸出，将我们狠狠往下一砸，深深压进后座弹簧，碾得我们喘不过气来，让我们拼命挣扎着呼吸，血涌进脑袋，尽管事先吞了那么多晕车药，胃里仍然直犯恶心，耳中听见那响亮的笑声：卜隆——！卜隆——！卜隆——！

碾啊碾，一遍又一遍，击打着我们的内脏，掐断了我们的呼吸，有人难受，还有人在啜泣，而那笑声还在继续，让我们痛不欲生：卜隆——！卜隆——！然后那巨人不再发笑，也不再把我们往下砸，我们能感觉到酸痛发抖的身体，心中怀疑它是不是还在。

沃尔特·米利斯在我下面的吊床上连珠炮似的咒骂着，我们当时的小队长布雷克·杰根从束带中痛苦地爬出来，查看我们的情况。然后，一道刺耳的细小声音透过众人的声音传来，犹豫地说："布雷克，我想我受伤了……"

当然了，那就是乔，他们的儿子，他嘴唇上沾着鲜血。他没戏了——我们瞧见他第一眼的时候，就知道他没戏了。这是个俊美的孩子，手放在腰间，抬眼看着我们，此时他的面色已变得蜡黄。一号远征队已经证明，每次发射中都会有一定比例的人遭受内伤，而在我们小队，在我们这间没有窗户的小舱室里，遭受内伤的人恰恰是乔。

要是他立刻就死掉倒好了。可他暂时还死不了，他还得在吊床上躺那么些小时。医护人员过来为他套上约束衣，给他用了麻醉药，就这样了，时间一小时又一小时地过去。我们自己都害怕得六神无主，难受得死去活来，对他没有产生原本应有的同情——直到他开始呻吟，求我们替他脱掉约束衣。

最后，沃尔特·米利斯想替他脱，而布雷克不许，他们争吵起来，我们听着他们吵，这时呻吟声停止了。除了呼叫医护人员之外，再也不必为乔·瓦利内做点什么了，医护人员来到我们这间小小的铁牢，把他带走了。

当然，我可以把他们家的乔是怎么死的告诉瓦利内夫妇，对吧？

"求你了。"瓦利内太太小声说，她丈夫看着我，无声地点了点头。

于是我告诉了他们。

我说："你们知道，乔死在了太空。他在发射的冲击力中不省人事，失去了知觉，什么感觉也没有。然后临死之前，他又醒了过来。他似乎没有感觉到任何疼痛，一点儿也没有。他躺在那里，望着窗外的星星。太空中的星星很美，就像天使一样。他望着星星，然后小声说了句什么，往后一躺，就这么去了。”

瓦利内太太轻声哭了起来：“死在那儿，望着天使一样的星星……”

我起身要走，她没有抬头。我走到这间小杂货店的门外，瓦利内陪着我出来了。

他跟我握了握手：“谢谢你，哈登中士。非常感谢。”

“不客气。”我说。

我上了出租车，拿出那包信，把那一封撕得粉碎。我向上帝祈愿，巴不得自己从来没收到过这封信。我真希望手上其余那些信我一封也没收到过。

2

我坐上了飞往奥马哈的早班飞机。到达之前，我在座位上睡着了，然后开始做梦，不是什么美梦。

有个声音说：“我们正在降落。”

我们正在降落，四号火箭正在降落。我们置身于我们小队的舱室中，全都被束在吊床上，胆战心惊地等待着，巴不得有扇窗户，这样就能看见外面的情形。希望我们的火箭可别是坠毁的那一架，希望所有的火箭都别坠毁，哪怕真有坠毁的，也别是我们这架……

“我们正在降落……”

降落，我们下方再次响起了轰隆的呼啸声，狠狠击打着我们，不像发射时那样稳定，而是轰隆——隆——隆，然后又是轰隆——隆。

从舱室对面传来布雷克的声音，他在呼唤我们，但我听不清，因为在轰隆声的间隙之中，我的耳朵里仍在轰鸣。不，那轰鸣声并不在我耳朵里，而是从我旁边的舱壁上传来的：我们已经来到了大气层，我们正在进入。

轰隆声如同闪电一般连续不断，砰——砰——砰——砰——砰！我仿佛被压在群山之下，就这样吧，别让我们这架坠毁，拜托了，上帝，别让我们这架坠毁……

接着是嘣的一声，漆黑一片，最后，有人在我耳边嘶哑地叫喊，布雷克·杰根脸色惨白，俯身对我说：

"弗兰克，解开束带，出去！全体从吊床上起来——全体出去！"

我们已经着陆，没有坠毁，但我们都半死不活了，而他们想立刻撵我们出去，我们可办不到。

布雷克正冲我们喊道："戴上呼吸面罩！戴面罩！我们必须出去！"

"我的上帝啊，我们才刚着陆，都快被撕成碎片了，我们办不到！"

"我们必须出去！有一些火箭在着陆时坠毁了，我们得去救里面还活着的人！戴面罩！快！"

我们办不到，但我们还是照办了。他们这几个月来对我们的纪律训练没有白费。吉姆·克莱默已经站了起来，在我下面的沃尔特正试着解开束带，不知什么地方传来一阵阵发疯似的尖啸声，有人嘶哑地叫喊着。

我落到地上时，膝盖直打晃。我旁边的扬·拉森想说点什么，接着便瘫作了一团。吉姆朝他弯下腰去，但布雷克却在门口大喊："随他去吧！快来！"

沿着梯子爬下中央井时，尖啸声一路响彻在我们耳边，面罩夹弄痛了我的鼻子。在井底，一个蓬头垢面的军官正朝我们大喊大叫，要我们出去与第五小队会合，舷梯在我们脚下摇晃着。

冷。寒气刺骨，黄铜般的天空中，缩小了的太阳发出暗淡的光辉，我们周围是一片绵延起伏的赭石色红沙平原。我们一支支小队跟随着沃尔船长，朝远处那个金属堆走去，金属堆以古怪的角度倾斜着，支离破碎地躺在一座浅浅的小山谷中，我们行走时，脚下的沙子便向旁边滑开。

“跟上，伙计们——快！赶紧！”

当然了，这一切全是一场梦，我们走路的时候鞋底灌了铅，每走一步都要把脚步往后拖一拖，这副样子犹如梦幻一般，透过面罩共振器传来的声音低沉而遥远。

只不过，当我们来到倾斜的金属堆边，看见七号火箭经历了什么的时候，这不是一场美梦，而是一场噩梦——金属船体像纸一样被撕裂了，寥寥几人正从残骸中爬出来，身上沾着鲜血，燃料正从破碎的燃料箱里往外流淌，发出汩汩的声音，还有呜咽的人声：“急救！急救！”

只是这尚未发生，这根本还没有发生，因为我们还在四号火箭上，还在进入大气层，我们根本还没着陆，但我们随时都会着陆。

“我们正在降落……”

这一切我可不能从头再经历一回了。我大叫着，拼命想挣脱吊床上的束带，然后我醒了。我坐在飞机的座位上，一个吓坏了的空中小姐离我有一英尺远，她对我说：“中士，到奥马哈了。我们正在降落。”

其余的乘客全都看着我，我猜，我刚才说梦话来着——我后背上的汗水还在往下淌，跟在医院里我总是半夜惊醒的那些夜晚一样。

我坐直了身子，他们都迅速将目光从我身上移开，假装刚才并没有盯着我瞧。

我们降落在机场。时值正午，我出来的时候，内布拉斯加州炽热的阳光照在我后背上，感觉很舒服。我很走运，因为当我在公共汽车总站打听去卡芬顿的车时，有一辆公共汽车已经准备就绪，可以出发了。

一个农民在我身旁坐下，这是个身材魁梧的青年，他递给我几根烟，告诉我到卡芬顿只有几小时的车程。

“你家在那儿吗？”他问道。

“不，我家在俄亥俄，”我说，“我有个朋友是那儿的人，姓克莱默。”

他不认识，但他记得镇上有个少年加入了去火星的第二支远征队。

“是啊，”我说，“那就是吉姆。”

他再也忍不住了，问道：“火星到底什么样？”

我说：“很干，干得吓人。”

“我敢肯定就是这样，”他说，“说实话，今年这儿太干了，这样的天气不适合种小麦。去年还好。去年……”

内布拉斯加州的卡芬顿有一条商店林立的宽阔街道，其余街道上是树木和老房子，放眼望去，周围目力所及之处都是金黄的麦田。天气十分炎热，我高兴地在公共汽车总站坐下来，一边翻阅薄薄的小电话簿。

电话簿里有三家人都姓格雷厄姆，但我刚打第一个电话就找到了要找的人——伊拉·格雷厄姆小姐。她语速很快，语气兴奋，说她马上就过来，我说我会在公共汽车总站前面等她。

我站在遮阳篷下，望着这条安静的街道，心想，这大概可以解释吉姆·克莱默这人为什么总是那么安静，动作那么慢吞吞的。这地方有种放松感，就像他以前那样。

一辆双门小轿车停了下来，格雷厄姆小姐打开车门。她一头棕发，并不算特别漂亮，却是人们心目中的那种好姑娘，是个相当不错的姑娘。

她说："你看着可真疲倦，我请你在这稍作停留，现在看你这么累，我感到很内疚。"

"我没事，"我说，"回俄亥俄的路上，在几个地方停留一下也不算麻烦。"

当我们开车穿过这座小镇时，我问她，吉姆在这里是不是举目无亲。

"他的父母在若干年前的一场车祸中过世了，"格雷厄姆小姐说，"他跟一个叔叔住在格兰德维尤外面的一座农场里，但他们相处得并不好，后来吉姆就进了镇子，在发电站找到了一份工作。"

我们拐过一道弯时，她又说："我母亲租了个房间给他。我们俩就是这么认识的。我们俩就是这么——这么订婚的。"

"是啊，不错。"我说。

这是一所四四方方的大房子，有一条幽深的前廊，周围绿树环抱。我在一把柳条椅上坐下，格雷厄姆小姐带着她母亲走了出来。她母亲讲了点吉姆的事，说她们有多想念他，还有她多希望他就像自己的儿子一样。

等她母亲进了屋，格雷厄姆小姐给我看了一小捆蓝色的信封："这些是吉姆给我写的信。不是很多，也不是很长。"

"我们只获准每两周发送一条六十个字的信息，"我告诉她，"我们有几千人在那儿，他们不可能允许我们一直占着信息发射器。"

"吉姆能在短短几句话里表达出这么丰富的意思，真是太妙了。"她说着，把其中几封信递给我。

我读了两三封。其中一封写道："我得掐自个儿一下，才能意识到，我是第一批站在外星球上的地球人之一。寒夜里，我抬头看着那颗绿星，也就是地球，还不能充分认识到自己已经出力实现了一个年代久远的梦想。”

另一封写道：“这颗星球阴森、孤寂而神秘。我们还不太了解它。到目前为止，除了一号远征队报告过的地衣，还没人见过任何生物，但这里说不定什么都可能有。”

格雷厄姆小姐问我：“难道那儿就只有地衣吗？”

“有地衣，还有两三种仙人掌类的怪东西。”我说，“以及岩石和沙子。就这些了。”

等我又读了一些蓝色的短信之后，我发现，如今吉姆去世了，我倒比以前任何时候都更了解他了。他身上有一些我从未想到过的东西。他的内心很浪漫。我们原先没想到过，他总是那么安静，那么慢吞吞的，可是现在我发现，对于我们所做的那件事，他的态度比我们当中的任何一个人都更浪漫。

他没有表现出来。否则的话，我们就会拿他开玩笑的。在我们厌倦了火星之后，我们管它叫“洞”。我们总是把它说成“洞”。现在我明白了，我们的玩笑让吉姆害臊得不行，所以从来没让我们知道他在脑海中把这件事美化了。

“这是他生病之前写给我的最后一封信。”格雷厄姆小姐说。

这封信里写道：“明天，我要跟着其中一支测绘探险队开始往北去。我们会经过人类从来没见过的区域。”

我点了点头：“我本人也参加了那支队伍。吉姆和我在同一台半履带车上。”

“那次旅程让他很激动，对吧，中士？”

我不知道。我记得那次旅行，跟地狱差不多。我们的工作只不过是进行初步的地形勘察，用盖革计数器查探可能存在的铀矿。

要不是开始刮起了沙暴的话，情况本来不至于那么糟糕的。

那儿的沙跟地球上的沙子不同，在那个干燥的世界，数十亿年的风将其碾成了粉。沙子钻进了呼吸面罩、护目镜、半履带车的引擎、食物、水和衣服里。整整三天时间，除了寒气和风沙以外就什么也没有了。

激动？要是换作以前，听见这话我就该笑了。可是现在我却不知道了。也许吉姆确实曾经为此激动过呢。他很有耐心，比我耐心多了。也许，他把那次糟糕透顶的旅行美化成了在陌生星球上的奇妙冒险。

"当然了，他是很激动，"我说，"我们都一样，换了谁都会激动的。"

格雷厄姆小姐把信收了回去，然后说道："你也得了火星病，对吧？"

我说，没错，我也得了，病得很轻，正因为如此，我回来以后才不得不在康复医院待了一段时间。

她还在等着我说下去，我知道，我必须接着说："他们还不知道，这究竟是某种病毒呢，还是仅仅是火星环境对地球人的身体造成的影响。我们当中有四成的人都得了这个病。其实不算太严重——主要就是发烧和头晕。"

"吉姆得这个病的时候，有没有受到良好的照顾？"她问道。她的嘴唇有点颤抖。

"当然，他受到了不错的照顾，得到了那儿最好的护理。"我信口胡诌。

那儿最好的护理？那就是个笑话。最早的一批病例或许得到了像样的护理吧。但他们从没想到过会有这么多人倒下。我们那个小小的医院已经住不下了——得病以后，他们只能留在铝制的活动房屋里，待在自己的铺位上。除了一名医生以外，我们所有的医生都倒下了，其中有两人送了命。

病魔袭来的时候，我们已经在火星上待了六个月，孤独早就已经把我们打倒了。我们几乎所有的火箭都已经返回了地球，只留下了四架火箭，我们独自生活在一颗死气沉沉的星球上，活动房屋组成的小镇在那难看的黄铜色天空下挤作一团，小镇之外则是望不到尽头的沙子和岩石。

你去北极露营，发现那里满目荒凉。火星上的情况比那还不如，比那还要糟糕得多。最初的兴奋劲儿早就已经过去，我们累了，想家了，那种想家的滋味以前谁都不曾体验过——我们想看一看青草、真正的阳光、姑娘的脸，想听一听流水的声音，可在三号远征队前来解救我们之前，我们办不到。难怪伙计们在那儿会大发雷霆。然后接着火星病又来了。

“我们为他做了力所能及的一切。”我说。

我们当然做了力所能及的一切。我仍然记得，我和沃尔特一起在寒夜里跋涉到医院，企图找个医护人员来，布雷克陪他待着，而我们一个医护人员也找不到。

我还记得当我们艰难地往回走时，沃尔特仰望着耀眼的天空，对着那颗翠绿的地球大星星挥着拳。

“那儿的人今晚要去参加舞会，看表演，闲坐在暖洋洋的屋子里哈哈大笑！为什么好人非得在这外头送命，才能给他们弄到廉价能源铀呢？”

“住口，”我疲惫地对他说，“吉姆不会送命的，好些人都挺过来了。”

那儿最好的护理？这可真好笑。我们能做的不外乎给他洗脸，把医护人员留下的药丸拿给他，看着他一天比一天虚弱，直至死去。

我对格雷厄姆小姐说：“凡是能做到的，大家都为他竭尽全力了。”

“我很欣慰，”她说，“我看——这也是难免的事。”

当我起身要走时，她问我想不想瞧瞧吉姆的房间。她说，为了他，她们仍然让屋子保持着原样。

我本来不想瞧的，可是这话怎么说得出口呢？我跟她上去看了看，夸屋子不错。她打开了一个大柜子，里面整齐地装满了一排排旧杂志。

“都是他小时候看的旧科幻杂志，”她说，“他一直保存着。”

我取出其中的一本。封面很鲜艳，上面有艘宇宙飞船，与我们的火箭并不相似，而是一艘流线型飞船，背景是土星环。

我放下杂志，格雷厄姆小姐把它拿了起来，小心地放回原先的位置，就好像有人还会回来，不愿看见东西被弄乱似的。

她执意开车把我送回了奥马哈，然后出城到了机场。我的离去似乎让她很难过，我想，这是因为我是她与吉姆之间最后一根真切的纽带，我这一走，一切就都永远结束了。

我不知她是否迟早会从这一打击中恢复过来，我猜她会的。人们确实可以挺过各种事。我估计，她会嫁给其他某个好男人，我不知道吉姆的那些东西他们会怎么处理——那些再也没人回来看的旧杂志。

3

但凡能想到脱身的办法，我是绝不会在芝加哥停留的，因为我最不愿意谈起的一个人就是沃尔特·米利斯了。我这人太容易一不小心就说漏嘴，泄露一些不该让任何人知道的信息。

可是在医院的时候，沃尔特的父亲曾经给我打过几回电话。在最后一次电话中，他说他要让布雷克的父母从威斯康星州过来，这样他们也能见一见我，那我还能怎么办呢？我只能说，好，我停留一下吧。但我一点也不喜欢这样，我知道，我必须得小心应付。

米利斯先生在机场等我，他与我握了手，说我帮了他们所有人一个大忙；他还说，我必定正急着赶回自己家与父母团聚，在这种情况下我还在此停留，他对此不知多么感激。

“没关系，”我说，“我刚回来的时候，我爸妈都到医院来看过我。”

他身材魁梧、相貌堂堂，看起来是个有些分量的人物，有点自命不凡。他看似十分友好，但我有种感觉：他正看着我，心想为什么我回来了，而他儿子沃尔特却没回来。唔，我不能为此责怪他。

他的车等在那里，是一辆配有司机的宽大轿车，我们开始向北行驶，穿城而过。米利斯先生指了些景物给我看，尤其是我们经过的一座大型原子能发电站，借此与我攀谈。

“这只是世界各地成千上万座原子能发电站当中的一座。”他说，“它们将会改变我们的整个儿经济面貌。中士，火星上的铀至关重要。”

我说，没错，我想也是。

我焦急万分，等着他开口询问沃尔特的情况，我还不知道我能跟他说些什么。我要是口无遮拦的话，就会给自己惹来大麻烦的，因为发生在二号远征队里的那件事应该严格保密，而且我们全都已经被人告诫过为什么务必守口如瓶。

不过眼下，他暂时把这事抛到了一边，只顾滔滔不绝。我从中听出他太太身体不大好，沃尔特是他们夫妇唯一的孩子。我还听出他是位商界大腕，而且举足轻重。

我不喜欢他。我挺喜欢沃尔特的，但他老爹似乎是个相当自负的人，说的都是些严肃的生意经。

他想知道，我认为火星上的铀要多久才能大量运过来。我说，我觉得没那么快。

“一号远征队仅仅是确定了矿床的位置，”我说，“二队也只是绘制了地图，建起了初步的基地。当然了，这个项目还在不断发展，我听说，四队会有一百架火箭。但火星计划还是挺棘手的。”

米利斯先生斩钉截铁地说我错了，世界能源短缺，在人们的推动之下，进展的速度会比我料想的要快得多。

他突然不再谈生意上的事了，而是看着我，问道：“沃尔特在那儿最好的朋友是谁？”

问出这个问题时，他带着几分歉然。他确实爱摆架子，不过在那一刻，我对他的反感全都烟消云散。

“布雷克·杰根，”我告诉他，“布雷克是我们的小队长。他差不多算是把我们小队团结在一起的人吧，从一开始，他和沃尔特就挺合得来的。”

米利斯先生点了点头，但没有再接着聊这个话题。他指着窗外远处的湖，说我们就快到他家了。

这不是一般意义上的家，而是一座很大的宅邸。我们走进宅子里，他向我介绍了米利斯太太。她脸色苍白，一副有气无力的样子，说她很高兴见到沃尔特的一位朋友。不知怎么回事，我有种感觉：虽然他很自以为是，但他对沃尔特的感情比她要深得多。

他把我带到楼上的一间卧室，说布雷克的父母会在晚餐前赶到，在此之前，我可以先稍作休息。

我坐下来，打量着这间屋子。这是我待过的最奢华的一间卧室，目睹了这处宅子和这些人的生活方式，我开始明白，为什么沃尔特比我们其他人更爱发火。

沃尔特是个好人，不过脾气挺大的，我看得出来，他有点儿被惯坏了。与我们当中的大多数人相比，对他来说，训练基地的纪律更加难熬，这就是原因所在。

我坐在那里，对即将开始的这顿晚餐心怀恐惧，我望着窗外的游泳池和网球场，心想，既然沃尔特已经去世，这些地方不知还有没有人用。一个生活在这种环境中的人居然会跑到火星上去，把自己的命给送掉了，这似乎是件怪事。

我把床上的锦缎床罩拿开，以免鞋子弄脏床罩，然后我躺下来，闭上眼，不知该对他们说些什么。麻烦的是，我并不知道官员们之前是怎么跟他们说的。

“指挥官遗憾地通知您，您的儿子像只狗一样被一枪撂倒了……”

他们绝对没有收到过这样的电报。可是他们收到的到底是什么样的信息呢？我真希望能有机会核实一下。

真见鬼，为什么这些人全都要来纠缠我？他们让那一切又开始在我脑海里重现，精神科医生告诉过我，应该暂时忘掉这一切，可我怎么忘得掉呢？

干脆把真相告诉他们可能更好。毕竟，又不是只有沃尔特一个人在那儿大发雷霆。在令人丧气的最后那几个月，有许多人都曾四处发泄心中的不满。

三号远征队不来了！

我们被困住了，他们对我们没在乎到那个份儿上，不足以使其派出救援队！

言外之意就是如此。在那段日子里，我听到许多人说过这样的话。这些人这么说也无可厚非。我们当中有四分之一的人因为火星病而倒下了，小小的墓碑填满了山脊后面的那座山谷，口粮越来越少，药品越来越匮乏，所有物资都即将告罄，我们每一个人都在仰望天空，留意着始终不曾出现的火箭。

尼科尔斯上校（既然瑞恩将军已经去世，如今他就是我们的指挥官了）解释说，地球上遇到了一点小麻烦，要耽搁一阵，但火箭很快就会启程的。我们就会获得解脱，只不过我们必须坚持住。

坚持住——我们正是这样做的。晚上，我们坐在活动房屋里，听拉森在他的铺位上咳嗽，仿佛风巨人和寒巨人在我们这堆小小的庇护所周围大哭大笑。

“该死的，要是他们不来，那我们干吗不回家？”沃尔特说，“还有四架火箭呢——可以把我们全都带回去。”

布雷克严肃的面容变得更严肃了：“听着，沃尔特，现在这事大家已经说得太多了。别说了。”

“你能怪他们这么说吗？我们又不是故事书里的英雄。如果地球上的那些人已经把我们给忘了，那我们为什么只是坐以待毙呢？”

“我们只能这么做，”布雷克说，“三队会来的。”

我一直在想，假如不是因为那道假警报，这种事本来是不会发生的。那天晚上，那道假警报让整座营地都陷入了疯狂，人们在高喊：“三队来了！火箭在岩石岭以西着陆了！”

直到冲到那里的时候，他们才发现，先前看见的根本不是什么火箭着陆，只是一场小小的微流星雨在坠落时燃烧起来了。

我想，这一切都是失望造成的。这点我不能肯定，因为事发当天，由于火星病发作，我陷入了昏迷，摔倒在地板上。我在铺位上醒过来，有人正在给我扎针，我的脑袋肿得像个气球。我并没有完全清醒，只是有那么一点点意识，但足以让一切有个模糊不清的印象。我并不知晓那场正在进行的激烈哗变，直到我醒了那么一次，布雷克正俯身对着我，我看见他此时配着一把枪，戴着个宪兵臂章。

我问他这是怎么回事时，他说，刚才有许多人口出狂言宣称要抢走那四架火箭回家去，导致宪兵队的人数增加了一倍，尼科尔斯发出了严厉的警告。

“沃尔特？”我问。布雷克点了点头：“他是领头的，等这事完了以后，他会受到军事法庭的审判。这该死的白痴！”

“我不明白——他挺有胆量的，你也知道。”我说。

“没错，但他遵守不了纪律，他向来没什么纪律性，如今在压力之下他就爆发了。好了，弗兰克，过会儿见。”

过了一会儿，我见到了他，但并不是像我所期望的那样。因为就在那一天，我们听到了枪声微弱的回响，然后是警报器的尖啸声，人们奔跑的脚步声，半履带车匆忙的启动声。当我设法从铺位上下来，走出小屋的时候，大家全都在赶往那些巨型火箭的方向，一个下士从一辆吉普车里向我大喊：“搞砸了！那帮该死的傻瓜偷走了枪，妄图接管火箭，让机组人员带着他们飞回家！”

我仍然记得吉普车载着我们过去时那令人作呕的滑行和颠簸，赫然耸立的火箭下方，有一小群人正团团乱转，一边转来转去，一边隐藏着地上的什么东西，维勒少校正在发号施令，嗓子都喊哑了。

当我看见地上是什么的时候，发现原来是七八个人，大部分都死了。沃尔特被一枪透心而过。后来他们告诉我，那是因为他是领头的，站在最前面，所以在暴乱分子中最先中枪。

有一个宪兵死了，还有一个坐在那里，制服上腰间那一片都被鲜血染红了，那个人就是布雷克，此时有人给他抬来了担架。

下士说：“嘿，那是杰根，你的小队长！”

我说：“没错，就是他。”好笑的是，当你深受打击的时候，你就说不出话来了，只能说些诸如此类的话：“没错，就是他。”

当天晚上，布雷克就死了，再也没有恢复知觉，而我自己的病还没好利索，拉森半死不活地躺在铺位上，十四小队就只剩下我们五个人了，仅此而已。

总部怎么会让这样的事传出去呢？如果他们告诉大家，二队的人精神崩溃，干出了那样一件疯狂的事——那在招募新的火星远征队员时，这消息可就成了一则好广告了！他们告诉我们要严加保密，我并不怪他们。无论如何，这种事我们也不想说。

不过眼下，这无疑让我陷入了一个困境，一个苦不堪言的困境。我要下去跟布雷克和沃尔特两人的父母聊聊，他们应该想弄明白自己的儿子是怎么死的，我可以告诉他们："你们的儿子很可能是在那儿自相残杀而死。"

当然了，我可以这么跟他们说的，对吧？但我到底要怎么跟他们说呢？我知道，总部把这些伤亡都说成了"意外死亡"，不过具体是哪种意外呢？

得了，时间已经晚了，我非下楼不可了，我下楼的时候，布雷克的父母也在。杰根先生是个木匠，又高又瘦，冷静的蓝眼睛跟布雷克很像。他话不多，但他娇小的太太一个人就说了两个人的话。

她告诉我，我看着跟布雷克从训练基地寄回家的同伴照片里一模一样。她说自己还有三个女儿——两个已婚，其中一个住在密尔沃基，另一个住在太平洋沿岸。

她说，她当初给布雷克取名的时候，用的是罗伯特·路易斯·史蒂文森书中一个人物的名字，我说，我上高中时读过那本书。

"这是个好名字。"我说。

她用明亮的眼睛看着我说："是啊，是个好名字。"

晚餐不错。凡是他们认为我会喜欢的菜都应有尽有，而且样样都是上好的，上菜的是个女仆，而我什么都尝不出滋味。

饭后，在宽敞的客厅里，他们全都坐在那里等着，我知道，该我开口了。

我问他们是否了解事故的细节，米利斯先生说不清楚，他们只听说是"意外死亡"。

好吧，这样就好办些了。我坐在那里，他们四个人都盯着我的脸，我开始凭空杜撰。

我说：“这属于那种概率只有百万分之一的事。你们知道，跟地球上相比，火星上撞击地面的小陨石要多一些，因为火星上的空气要稀薄得多，所以陨石燃烧得就没那么快。有一颗撞到了临时燃料库的边缘，有一堆小燃料箱开始爆炸。我当时病倒了，所以没有亲眼看见，但我全都听见了。”

我继续编故事的时候，客厅里悄无声息，静得都能听见每一个人的呼吸声。

“有两三个人被冲击波震晕了，要不是有几个小伙子拿着泡沫灭火器迅速地冲了进去，他们可能就会被烧死。他们避开了大燃料箱，但是另外有一个小燃料箱松开了，布雷克和沃尔特也在进去救援的人之列，他们当场就去世了。”

讲完以后，我觉得这故事听起来很老套，担心他们根本不会相信。可是谁也没说什么，直到米利斯先生叹了口气，说道：“原来是这样。嗯……好吧，如果非这样不可的话，倒也挺快的，算是不幸中的万幸了，不是吗？”

我说，没错，很快。

“只不过，我看不出他们为什么不能让我们知道。这似乎不公平。”

这个问题我知道该怎么回答：“这事要保密，因为他们不想让人们知道陨石带来的危险。这就是原因。”

米利斯太太站了起来，说她感觉不太舒服，请我见谅，明早她会再与我相见。我们剩下的几个人似乎彼此没多少话说，过了片刻，我上楼回自己的卧室，没人表示反对。

我正准备上床睡觉，这时传来敲门声。来人是布雷克的父亲，他走进门来，沉着地看着我。

“这只是个杜撰的故事，对吧？”他说。

我说：“没错，只是个故事。”

他目不转睛地盯着我说：“我猜，你也有你的苦衷。只要告诉我一件事就行。不管到底是怎么回事，布雷克的表现恰当吗？”

“他从头到尾都表现得像个男子汉，”我说，“自始至终，他都是我们当中最出色的一个人。”

他盯着我，我估计有什么东西让他相信了我的话。他握了握我的手，说道：“好吧，孩子。我们就让这事过去吧。”

我受够了。我可不想早上再面对他们一回了。我写了一张便条，感谢了他们所有人，又找了些借口，然后下了楼，悄没声儿地溜出了这座宅子。

天色已晚，但偶然出现的一辆卡车让我上了车，司机说他要去机场附近。他问我火星上什么样，我告诉他，那里很寂寞。我在机场里的一把椅子上睡了一觉，感觉好些了，因为第二天我就该到家了，这一切就结束了。

我是这么以为的。

4

当我们到达村子的时候已近黄昏，因为我的父母并不知道我搭乘的是较早的一班飞机，我只好在克利夫兰机场等他们。当我们的车驶进市场街时，我看见街道上方拉着一条巨大的彩绘横幅，上面写着：“哈蒙维尔欢迎太空人返回家乡！”

太空人——就是我。我猜，报纸上已经开始这样称呼我们了，因为这个简短的词很适合用作头版标题。现在大家都这么称呼我们。

我们曾经被关在一间会飞的囚室里，仅此而已——可是现在我们却成了“太空人”。

横幅下簇拥着身穿鲜艳制服的人，我看出那是高中的乐队。我什么也没说，但我父亲看到了我的脸色。

“好了，弗兰克。我知道你累了，但这些人是你的朋友，他们想对你表示衷心的欢迎。”

这固然好。只不过，当我们一路从克利夫兰开车回家时，我开始产生的那种放松感又一次烟消云散了。

这是我的家乡——俄亥俄州这片古老的乡野，这里有整洁的白色小村庄和绵延起伏的丰饶农场。六月，这里的景致看着不错，非常不错，刚才一路上我感觉越来越好。现在我觉得没那么舒服了，因为我看出来了，我还得再谈谈火星的事。

爸爸把车停在横幅底下，高中乐队开始奏乐，罗宾逊先生——他既是雪佛兰汽车的经销商，也是哈蒙维尔的市长——与我们一起坐进了车里。

他跟我握手，说道：“欢迎回家，弗兰克！火星上什么样啊？”

我说：“很冷，罗宾逊先生。冷得吓人。”

“那你真该去年二月份回来的！”他说，“零下十八摄氏度——简直创下了纪录。”

他探出身子，发了个信号，爸爸又开始往前开，乐队一边在我们车前沿路前进，一边演奏着。我们要走的路并不远，就沿着市场街在高大的老枫树下前行，经过几间教堂和一座座白色的老房子，来到四四方方的白色农庄大厅。

大厅前方有一小群人，我们开过来的时候，他们发出了一阵类似欢呼的声音——不算特别响亮，要知道，若是真的欢呼喝彩，人们会感到难为情的。我下了车，和一些我其实没看清的人握手，然后罗宾逊先生挽住我的胳膊肘，把我带进了大厅。

厅内座无虚席，人们纷纷起立，在大厅的另一头有座小小的舞台，人们在上面安放了巨大的花饰——有一个全用红玫瑰扎成的花球，上面有块牌子，写着“火星”，旁边是个全用白玫瑰扎成的花球，写着“地球”，两个花球中间悬着一艘小小的火箭飞船，也是用鲜花扎成的。

“是花园俱乐部安排的，”罗宾逊先生说，“哈蒙维尔几乎每个人都捐献了鲜花。”

“的确很漂亮。”我说。

罗宾逊先生挽着我的胳膊，走上小舞台，人人都鼓起掌来。全都是我认识的人：来自我们家附近农场的人，我的高中老师们，还有诸如此类的人。

我在一把椅子上坐下，罗宾逊先生做了一番简短的演讲，讲到了每当世界上有大事发生的时候，哈蒙维尔的小伙子们就总是挺身而出，他们参加了1812年的美英战争、美国内战和两次世界大战，现在，他们当中的一位又去了火星。

他说：“人们总是想知道火星上是个什么样儿，现在，有一位咱们哈蒙维尔的小伙子回来给我们大家讲述这一切了。”他示意我站起来，我就站了起来，人们又鼓了会儿掌，我站在那里，不知该跟他们说些什么。

有个问题一直令我们困惑不解，正当我站在那里思索的时候，我蓦然间想到了那个问题的答案。我们一直无法理解，为什么一号远征队回来的那些人不曾向我们透露过远征之旅会有多么艰险。现在我明白这是为什么了。他们之所以没有这样做，是因为这样听起来倒像是在抱怨自己所经历的一切。出于同样的原因，现在我也不能这么说。

我低下头，看着那些兴致勃勃的欢悦面孔，这些人我差不多从小就认识了，我心里清楚，我能对他们说的那些话反正也没有用。因为他们全都读过报纸上写的那些故事，“奇异的红色星球”和“英勇的太空人”，假如现在有人试着向他们描述一幅不同的图景，只会令他们感到不安。

我说：“去那里的路很长。但是，太空飞行是一件美妙的事——飞离地球，飞向群星——这是无与伦比的体验。”

我称之为太空飞行。听起来不错，很激动人心。他们怎么会知道，太空飞行意味着被绑在那间没有窗的锅炉室里，听着乔·瓦利内就这么死去，反复祈祷着坠毁的千万别是我们这架火箭？

“迈出火箭，踏上一颗全新的星球，仰望着变了个样儿的太阳，环顾着崭新的地平线，这是一种奇妙的刺激体验……”

没错，确实奇妙。尤其是对七号和九号火箭里的那些人而言更是如此，他们像苍蝇一样被压扁了，四散着躺在沙地上，呻吟着：“急救！”无疑，对于他们和我们这些必须想办法帮忙的人来说，这都相当刺激。

“我们在那儿经历了艰难困苦，但我们都知道，有一项重大任务必须完成……”

“艰难困苦”也是个好词。它并不粗俗，也不难听，不像人们因为沙尘太多，咳得心都要跳出来了的那种感觉；不像你最好的朋友就在你睡觉的那间屋子里死于火星病的感觉。“艰难困苦”，这是个美好的词，令人振奋。

“……而在距离地球那么遥远的地方，要想完成这件任务，我们唯一的办法就是团队合作。”

唔，从某种意义上来说，这一点千真万确，那现在告诉他们沃尔特和布雷克是怎么死的来扫兴又有什么用呢？

“这件任务还在继续，此时此刻，三号远征队正在那里建设一座更大的基地，四队很快就会出发。对整个地球来说，这意味着大量的铀，大量廉价的原子能。”

我就是这么说的，说到这里，我停了下来。但我心里还想接着说下去，补上这些话：“那并不值得！只是为了获取廉价的原子能，好让你们这些人能多用用洗衣机、电视机和烤面包机，并不值得赔上那么多人，并不值得我们为之经历那样可怕的困境！”

可是，你要怎么站起来对那些你认识的人，那些喜爱你的人说出这样的话呢？这又该由谁来决定呢？无论如何，也许我错了。也许在过去的日子里，那些我曾经拥有却从未思索过的东西，有许多都是通过压榨其他好人而来的。

我不知道。

总之，我能跟他们说的就这些了。我坐下来，台下响起了热烈的掌声，然后我发觉我做得对，我告诉他们的正是他们想听的，人人都很高兴。

然后活动就告一段落了，人们走到我面前，我又跟许多人握了手。终于，等我来到大厅外的时候，天已经黑了——夏夜的黑暗很柔和，我已经有很久没见过这样的夜色了。我父亲说，我们应该接着往家开，这样我就可以休息了。

我对他说：“你们往前开吧，我要走走。我会抄近路的。我有点想在镇上走一走。”

我们的农场离村子仅有几英里的路，我小时候老是抄近路，从海勒家的农场穿过，那段路程只有一英里。爸爸觉得或许我不该步行那么远，但我猜他看出了这是我心中所愿，于是他们便往前开走了。

我继续沿着市场街向前走，绕过小广场，头顶是黑黝黝的枫树和榆树，草坪上的花闻起来还是以前的味道，但也跟以前不一样了——我原本以为还是一样，但事实并非如此。

经过了奇人大厅，我便不再往前走，我在大厅那头遇见了霍贝·埃文斯，他是福特广场的汽车修理工，喝得半醉，正一路哼着小曲走来，跟往常星期六的晚上一个样儿。

“你好啊，弗兰克，听说你回来了。”他说。我等着他问出那个人人都会问的问题，但他却没有问。他说：“孩子，你瞧着不太舒服啊！要不要喝一杯？”

他拿出一个瓶子，我喝了一口，他也喝了一口，他说回头会再见到我的，然后就哼着小曲走了。他是兴致太好了，所以根本不在乎我去过什么地方。

我在黑暗中接着前行，穿过海勒家的农场，然后沿着那条小溪从高大的老柳树下走过。我在那里停了下来——小时候我就老是这样——听一听蛙鸣，它们就在那儿，还有六月里的各种声音，夜晚的声音，以及夜晚的气味。

我做了件很久都没做过的事。我抬起头，仰望星空——它就在那里，那个小小的红点，儿时读那些古老的故事时，我曾经凝视过它，在训练基地的那些夜晚，我与布雷克、吉姆和沃尔特曾经眺望过它，心想有朝一日我们是否真的会到那儿去。

好吧，他们已经到那儿去了，而且如今再也不会离开，还会有其他人去陪伴他们的，随着时间的流逝，这样的人会越来越多。

可是，是我认识的那些人，让我在抬头仰望那个红点时，感觉变得有所不同了。

我真希望能用什么办法向他们解释一下，为什么我没有说出真相，没有原原本本地说清真相。我尝试着想要解释。

“我不想撒谎，”我说，“可是我没办法——至少，我似乎是迫不得已——”

我住了口。跟远在四千万英里之外的逝者说话，这真是疯狂。他们死了，一切都结束了，就这样了。我不再仰望天空中的红点，又开始继续往家走。

但我觉得自己身上有什么东西也结束了。那就是青春。我并不觉得自己老。但我也不觉得自己年轻，而且我认为，我再也不会觉得年轻了。

（罗妍莉　译）

科幻军团

科幻作品的读写行为都是发生在一定的社会母体中的，也应该放在这一社会母体的语境中才能得到最好的理解。许多文学分析忽略了这个侧面：新批评派将评论焦点放在作为文艺作品的文学本身上。但是文学确实有其社会环境和社会影响。科幻文学尤其如此，它不仅与社会相关，而且反映社会，也反过来塑造社会。

科幻小说很少受到大众层面的欢迎（直到最近才有所改善，且最近也是以电影、电视和其他相关衍生品呈现的）。其原因并不完全明确。或许是因其中的知识性内容令人生畏，或许是因其中的科学概念使人却步。或许是因作品将关注重点置于未来，或许是因其聚焦于整个物种而非个人，又或许是因为作品主题的奇幻性——那种极端遥远感——具有自我限制性。再或许，就如一些批评家所言，科幻的写作质量隔绝了大多数人，除了对点子感兴趣的特定群体。

然而，儒勒·凡尔纳、H. G. 威尔斯，以及不时出现的其他流行科幻作家不免令人对此类结论产生怀疑：或许当初根斯巴克将科幻小说拖入了纸浆杂志的隔离区才是症结所在。无论原因为何，事实就是，没有一本科幻杂志销量达到了 20 万册以上［中国的科幻杂志《科幻世界》是个例外，另一个例外是《万象》（*Omni*），但后者每期刊物上只会登载一两篇科幻故事］，达到 10 万册以上的也屈指可数。科幻的受众范围狭窄，但受众的兴趣却很强烈。

达蒙·奈特曾写道："科幻，是小众人群的大众传媒。"

然而对这个小众群体而言，发现科幻的过程无疑是一种堪与皈依宗教相提并论的超验性体验。他们阅读科幻作品，且常常非科幻作品不读，他们思考科幻，他们想与别人交流他们的体验，想劝服他人皈依科幻、改信科幻。在这个群体中，因种种原因而落落寡合的人员比例明显高于其他社群：比他人聪明，不如他人适应社会，比他人更爱阅读。有时，这些人因地理环境或个人经历而与世隔绝。

科幻小说将读者变为科幻迷。而自成一种社会现象的爱好者运动,直到最近都是独属科幻的现象。弗雷德里克·魏特汉教授[1]在《同好杂志的世界》（*The World of the Fanzines*，1973）中针对此种现象和他们产出的爱好者杂志做出过评论。科幻迷们发行非专业杂志撰写科幻作品，出版非专业小说和诗歌，描绘爱好者们自己的活动。他们还组织科幻大会，每年一次，如今在世界某处这几乎成了一种持续性的传统。不仅如此，他们还出产作者。

科幻将读者变为作者。在这个报酬相对较低的行业里，作家们得到了其他补偿：他们创造着自己爱读的内容；在小圈子内获得了在更大的圈层范围里很难获得的认可和接受；他们得以迅速收获爱好者对于作品的书信反馈，或是在科幻大会上接受科幻迷们的口头反馈。他们还发现自己成了科幻作家这一兄弟同盟的一分子，这个同盟是一个异常紧密、相互扶持，且非竞争性的群体。

1. 美籍德裔精神病学家，1970 年代开始研究粉丝社群亚文化的积极作用，并创作《同好杂志的世界》。

这类读者出身，凭借科幻创作摆脱了身心孤独状态的代表作家之一便是杰克·威廉森。杰克生于美国亚利桑那州境内，但全家先后搬至墨西哥和得克萨斯州，最终在新墨西哥东部的一处贫瘠农场定居下来。他在此长大，很少见到外人，一直到七年级开始接受正常学校教育。他腼腆、别扭，于是转向书籍、学习和白日梦，直到他发现1927年3月刊的《惊奇故事》。那些故事点燃了他的幻想，很快，他就攒足零钱订阅了一份。

在此后生涯中，他将科幻对自己的影响归功于根斯巴克重印了H. G. 威尔斯的作品，但他最初崇拜的作家其实是A. 梅里特。为此，他开始撰写A. 梅里特作品的同人故事，给《惊奇故事》杂志寄了信，参加了一个同好俱乐部，以一篇题为《科幻小说：科学探照灯》的文章在征文比赛中夺魁，并最终卖出了自己的故事——《金属人》（"The Metal Man"）。这个故事发表于《惊奇故事》1928年12月刊。终于，他找到了一个让自己有归属感的群体。此后，他还会在科幻作家这个群体中认识许多朋友，特别是埃德蒙·穆尔·汉密尔顿。1931年，二人一起沿密西西比河顺流而下，完成了一次史诗般的壮丽旅行。

威廉森在大学二年级时退学并开始全职写作。他笔耕不辍，也取得了相当的成功，但他得以做出此种选择，很大程度上是仰赖他那足以维生的家族农场，他在这里建了一间小屋，作为独立书斋。渐渐地，他的写作进化了。1930年代，他为《怪谭》撰写了长篇冒险小说《黄金血液》（*Golden Blood*），为《惊异》撰写了《太空军团》（*The Legion of Space*）三部曲和《时间军团》（*The Legion of Time*），为《未知》（*Unknow*）撰写了《比你想象的更黑暗》（*Darker Than You Think*），并创作了形形色色的短篇小说。

1940年代，他以威尔·斯图尔特（Will Stewart）为笔名撰写了一系列自然主义的短篇故事，内容是太空人在小行星带开采反物质（当时被称为反地或 CT）巨石。这些故事被整合成名为《反物质飞船》（*Seetee Ship*，1951）的书籍，该故事的系列续作是更早成书的小说《反物质冲撞》（*Seetee Shock*，1950）。该系列作品使他在一段时间内成为《纽约每日新闻报》一档名为《火星之外》（“Beyond Mars”）的连载漫画专栏的主笔作家。

二战时期，威廉森在空军部队担任气象员，退役后重启写作，他在短篇小说《均衡器》（“The Equalizer”）和《无所事事……》中尝试了全新的社会学故事，后者发展出了一个续篇，同样发表于《惊异》。题为《……殚思极虑》（*... And Searching Mind*），后来二者以《智能机器人》（*The Humanoids*）之名汇编出版。

1960 年代，他开始与弗雷德里克·波尔展开一系列合作，出了几部小说。其后他又继续独立写作，创作了许多杰出作品，1993 年时凭借中篇小说《终极地球》（“The Ultimate Earth”）获得雨果奖及星云奖。他最伟大的财富便是学习与适应的能力。每隔几年他都会变换写作方式以适应外在及内在的新需求，他的写作范围包罗万象，从冒险故事到命题论文，再到对人物形象或心理的敏锐刻画。

他在 40 岁时结了第一次婚，56 岁取得博士学位，并在东新墨西哥大学展开了英文教学，随后退休成为荣誉教授。他在 70 岁时被选为美国科幻作家协会主席，也是第二个被提名科幻小说大师奖的作家。

《无所事事……》发表于 1947 年，但威廉森最具影响力的年代是 1930 年代，尽管他那时的创作未必是个人最佳。《无所事事……》或许是对人机关系这一主题最明确的处理方式。

（憬怡　译）

无所事事……

［美国］杰克·威廉森

一

安德希尔第一次遇到新型机器人的那天下午，他正步行从办公室回家，因为车在他妻子那儿——通常情况下，汽车都是妻子在用。他沿着平时一贯走的对角线穿过杂草丛生的空旷街区，满脑子想的都是怎么偿付双河镇银行的贷款，他想了许多办法，又将这些不可行的念头全部打消。突然，一堵新墙拦住了他的去路。

这堵墙不是用普通的砖石砌的，而是用了一种光滑、明亮又奇怪的材料。安德希尔抬头盯着这幢高高的新建筑，内心隐隐对这个闪闪发光的障碍物感到一丝恼火和诧异——他敢肯定上周这里还没有这玩意儿。

然后，他看到了窗子里的东西。

窗户本身不是普通的玻璃，而是一种完全透明的、一尘不染的宽大面板。要不是上面贴了一些发光的字母，根本看不出那有一扇窗。那些字母组成了一个现代风格的招牌，一本正经地写着：

仿生人研究所
双河镇代理处
完美的机器人
“服务人类，服从指令
保护人类免受伤害”

安德希尔内心的隐忧加剧了，因为他本人就是做机器人生意的。眼下的日子已经很不好过，机器人是市场毒药。人形机器人、机械机器人、电子机器人、自动机器人，还有普通机器人，种类繁多。但不幸的是，其中鲜有达到了销售员最初承诺标准的。在双河镇，机器人市场已经严重饱和。

安德希尔卖的是人形机器人——在他还有生意的时候。下一批货明天就到，他还不知道哪有钱付账。他皱着眉头，停下脚步，盯着隐形窗户里面的东西。他还从来没见过仿生人——跟所有其他种类的机器人一样，不工作时，它一动不动。它的身材比一般真人矮小纤细一点儿；赤身裸体，跟洋娃娃一样不分性别；浑身发出黑色的光泽，光滑的硅酮皮肤呈现出渐变的青铜色和金属蓝色。它优雅的、椭圆形的脸上带着警觉和略显惊讶的关切神情。简而言之，这是安德希尔见过的最完美的机器人。

当然，体形太小了点，起不到什么实际作用。他自言自语地引用了《人形机器人推销员》里的一句话自我安慰：“人形机器人身材高大——因为制造商不愿减少动力、放弃基本功能，或削弱它的可靠性。购买人形机器人将是你最划算的一笔交易！”

当他转身朝向大门方向时，透明门滑开了。他走了进去。产品展示厅崭新而富丽堂皇。这让他觉得，这些流线型的新商品不过是为了吸引女顾客的眼球，只是一种华而不实的努力。

他老练地审视着闪闪发光的陈列品，轻松乐观的态度渐渐消退了。他从来没有听说过仿生人研究所，但很显然，这家刚刚入侵市场的公司拥有雄厚的财力和一流的营销手段。

安德希尔四处搜寻销售人员，结果一个机器人悄无声息地迎面而来，它看起来跟橱窗里的一模一样。它的移动方式迅速而优雅，漆黑的身体表面流动着青铜色和蓝色的光泽，一块黄色的铭牌在它赤裸的胸前闪烁：

> 仿生人
> 序列号 81-H-B-27
> 完美的机器人
> “服务人类，服从指令
> 保护人类免受伤害”

奇怪的是，它的眼睛没有晶状体。在它光秃秃的椭圆形脑袋上，一双铁灰色的眼睛盲目空洞地瞪着前方。不过，它仿佛还是能看见，在离安德希尔几英尺的地方停了下来，用一种高亢悦耳的声音说：

“听候您的吩咐，安德希尔先生。”

它叫出了他的名字，这让安德希尔吓了一跳。人形机器人根本无法辨别每个人的区别。当然，这不过是一种聪明的推销噱头。在双河这样一个小城镇，这不难办到。销售员肯定是个本地人，躲在隔墙后面操纵机器人。安德希尔从片刻的震惊中回过神来，大声说道：“请问，我能见见你的销售员吗？”

“先生，我们不雇用人类销售员。”那柔和的声音立即答道，“仿生人研究所的宗旨就是服务人类，我们不需要人类的服务。我们自身能提供您需要的任何信息，先生。同时，也听候您的指令，随时提供来自仿生人的服务。”

安德希尔目瞪口呆地看着它。迄今为止，还没有一个机器人能给自己的电池充电，重置自身的继电器，更别说运营自己的代理点了。安德希尔四下张望，不安地搜寻着销售员可能藏身的摊位或布帘，而仿生人用那双没有晶状体的眼睛空洞地注视着他。

与此同时，那细细的甜美嗓音换成了一种循循善诱的语气。

“先生，我们可以到您家里去做一次免费的试用示范吗？我们迫不及待想要在你们的星球上推介我们的服务，此前，我们已经在许多其他星球上成功地消除了人类的痛苦。您会发现，我们比这里广泛使用的老式电子机器人要优越得多。”

安德希尔不安地向后退了一步，他不情愿地放弃了对隐藏销售员的搜寻，市面上竟然已经出现了能自我推销的机器人，这让他大惊失色，这会让整个行业更加雪上加霜。

“至少拿些广告宣传册吧，先生。”

黑色的小机器人一举一动都带着优雅和灵巧，简直有些骇人。它从靠墙的桌子上给他拿来了些图文并茂的小册子。安德希尔开始翻阅这些精美的书页，以此掩盖心头的困惑和越发强烈的警惕心。

在一系列色彩缤纷的使用前后的对比图中，一个丰满的金发女孩原本弯着腰在厨房的炉子边忙活，转眼就穿着一件性感睡衣在休闲放松了，而一个黑色的小机器人正跪着给她递东西；她原本疲惫不堪地敲着打字机，转身就穿着暴露的日光浴装躺在沙滩上了，而另一个机器人正在打字；她原本辛勤地操作着某种大型工业机器，瞬间就在一个金发小伙的怀抱里翩然起舞，而黑色的机器人在运行那台机器。

安德希尔愁闷地叹了口气。人形机器人公司可没提供这么吸引人的促销资料。这本小册子会让女人们无法抗拒，而她们选购的机器人占到了市场销售总额的百分之八十六。是的，竞争将会很惨烈。

“拿回家吧！先生。”那个甜美的声音催促着他，“给您妻子看看。最后一页有订购免费示范服务的空白预订单，您会发现我们不需要付费。”

安德希尔麻木地转过身，自动门为他滑开了。他迷迷糊糊地退了出去，发现手上还拿着那本小册子，便恼怒地将其揉成一团，扔到了地上。那个黑色的小东西小心地捡起了册子，它在安德希尔身后，用柔和的声音坚持不懈地喊道：

“我们明天会拜访您的办公室，安德希尔先生，并送一个演示机器人到您家里去。我们需要讨论一下贵公司停业清算的问题，您所销售的电子机器人完全没法与我们竞争。同时，我们将为您的妻子提供免费的试用演示服务。”

安德希尔不想回答，因为怕自己的声音暴露出内心的真实想法。他恍恍惚惚沿着新的人行道走到了街角，停下脚步，让自己冷静下来。从他惊愕而混乱的印象中，浮现出了一个明确的事实——他的代理公司面临危机，前途暗淡。他黯然地回望那幢富丽堂皇的新大楼。它用的材料完全不是砖石，那无形的窗子也不是玻璃，而且他很肯定，上次奥罗拉用车的时候，它的地基甚至还没开打。

他顺着新的人行道，绕过街区，走到了大楼的后门。一辆卡车停在那里，车尾对着门。几个纤细的黑色机器人正默默地忙碌着，卸下巨大的金属箱。

他停下来，细细观察其中一个箱子，上面贴着星际运输的标签，印刷的文字显示它来自翼星4号的仿生人研究所。他想不起来有哪个星球是叫这个名字；这个研究所肯定有个庞大的团队。

安德希尔的目光越过卡车，在昏暗的仓库内，他能看到黑色的机器人正在开箱。盖子掀开，露出了黑色僵硬的躯体，全部紧密地排列在一起。它们一个个地活了过来，从箱子里爬出，优雅地跳到地上。它们全都一模一样，黑色的光泽表面，闪烁着青铜色和蓝色的光芒。

其中一个从卡车旁走出来，来到人行道上，一双茫然的钢灰色眼睛盯着安德希尔，那个悦耳而高亢的声音说道：

“听候您的吩咐，安德希尔先生。”

听到自己的名字从这个刚从箱子里爬出来的、彬彬有礼的机器人嘴里脱口而出，安德希尔拔腿就跑。他觉得太难以接受了——这个箱子可是刚从一个他连名字都不知道的遥远星球运过来的啊。

走到两个街区之外，他看到了一家酒吧的招牌，带着沮丧的心情走了进去。他给自己定了一条晚餐前不喝酒的规矩，奥罗拉更是从来就不喜欢他喝酒；但这些新机器人让他觉得今天可以破个例。

然而，遗憾的是，酒精也并不能使他的代理公司在短期内有起色。一个小时后，当安德希尔从酒吧出来时，他不怀好意地回头看了看，希望那座明亮的新建筑会突然消失，如同它来时一般突然。当然，它并没有。他沮丧地摇摇头，迟疑了下，转身回家。

当他回到了位于郊区的那栋整洁的白色小平房时，新鲜的空气已经让他的头脑清醒了不少，但这并不能解决他生意上的困难。他也有点不安地意识到，自己赶不上晚餐的时间了。

结果，晚餐也推迟了。他的儿子弗兰克——一个满脸雀斑的十岁男孩，还在门前安静的街道上踢足球；而他十一岁的女儿——一头浅黄色头发，活泼可爱的小盖伊，正穿过草坪，沿着人行道跑过来迎接他。

“爸爸！你猜发生了什么！”盖伊端庄大方，日后将成为一名伟大的音乐家，但此时她却兴奋得满脸绯红，上气不接下气。她让安德希尔把她从人行道上高高举起，在半空中转圈，也毫不介意爸爸满嘴酒气。安德希尔猜不出，她便迫不及待地告诉了他："妈妈来了个新房客。"

二

安德希尔原本料想会遭遇一系列折磨人的盘问，因为奥罗拉也很操心他们银行的账目，新货的账单，还有盖伊的学费。

不过，新房客的到来让他逃过一劫。伴随着一阵惊天动地的餐具碰撞声，家用人形机器人正在桌子上摆放晚餐，但小房子里却空无一人。他在后院找到了奥罗拉，她正抱着一堆预备给客人用的床单和毛巾。

安德希尔刚娶奥罗拉的时候，她跟现在的盖伊一样可爱。他有时觉得，如果他的生意能够再成功一点，她原本可以一直保持着可爱的模样。然而，他的生意每况愈下，日渐衰落，漫长的失败过程所带来的重压，逐渐瓦解了安德希尔的信心，生活的艰辛也让奥罗拉变得咄咄逼人起来。

当然，他还爱她如初。她的红发依旧迷人，但受挫的野心磨砺了她的性格，也磨尖了她的声音。尽管他们从来没有吵过架，但确实产生了一些小分歧。

在车库上面有一套公寓——原本是供用人使用的，可惜他们一直负担不起用人的费用。这套房子又小又寒酸，从来吸引不到什么正经租客。安德希尔想让它空置着，他不希望看到妻子给那些陌生人铺床拖地，这让他的自尊心受到伤害。

每当奥罗拉需要支付盖伊的音乐课学费，或者有什么不幸事件触动了她的同情心需要用钱时，她就把公寓租出去。但在安德希尔看来，她的租客似乎全都是些小偷或者暴徒。

这时，她转过身来跟他打招呼，手臂上搭着干净的床单。

“亲爱的，你反对也没用。”她的声音相当坚决，“斯莱奇先生是一位很棒的老先生，他会留下来，想住多久就住多久。”

“没问题，亲爱的。”他从来不喜欢争吵，况且他也在为自己的代理公司烦恼。“恐怕我们确实需要这笔钱。就让他预付租金吧。”

“但他办不到啊！”她的声音里包含着怜悯，有些颤抖，“现在还付不了，但他说他马上会收到发明的专利税，几天内就能付房租。”

安德希尔耸了耸肩，他以前也听说过类似的说辞。

“斯莱奇先生不一样，亲爱的。”她坚持道，“他是个旅行家，也是个科学家。在这个沉闷的小镇上，我们没有机会遇到几个有趣的人。”

“你总是能收留一些非同凡响的人。”

“别这么刻薄，亲爱的，”她轻声责备他，“你还没有见过他。不知道他有多好。”她犹豫了一下，问，“你有十块钱吗，亲爱的？”

“干什么？”

“斯莱奇先生病了。”她的声音变得迫切起来，“我看见他倒在市中心的街上。警察要把他送到市医院去，但他不想去。他看起来是那么高贵、和蔼、体面。我告诉他们，我会带他去。我把他弄上车，带他去找老温特斯医生。他心脏有问题，需要钱买药。”

安德希尔顺势问道：“他为什么不愿去医院？”

“他有工作要做，”她说，“重要的科学工作——他这么出色，命运却这么悲惨。求你了，亲爱的，给我十块钱吧。”

安德希尔有很多想说的话。那些新型机器人必定会使他的麻烦倍增，这时再收留一个病重的老流浪汉更是愚蠢至极，他本可以在市立医院得到免费治疗。奥罗拉的房客总是试图用承诺来支付房租，一般来说，他们在离开之前会把公寓弄得一团糟，再把邻近的街区洗劫一空。

但安德希尔没有把话说出口，他已经学会了妥协。他默默地从瘪瘪的钱包里找出两张五元钞票，放到她的手里。她笑了，情不自禁地吻了他——他几乎来不及屏住呼吸。

由于定期节食，奥罗拉的身材保持得还不错，而她那一头闪亮的红发，简直让他感到骄傲。心中涌起的一股爱意让他忽然热泪盈眶，真不知道如果他的公司倒闭了，她和孩子们该怎么办。

“谢谢你，亲爱的！”她低声说，“如果他感觉还行的话，我会邀请他来吃晚饭。这样你就可以见见他了。我希望你不要介意晚餐推迟了。”

今晚他一点儿也不介意，甚至忽然有一阵冲动，想要做点家务。他从地下工作室找来锤子、钉子和一个平整的对角支架，把厨房门上那个摇摇欲坠的帘子钉好了。

安德希尔喜欢做手工活。他儿时的梦想是修建核裂变发电站，他甚至还学习过工程——直到他娶了奥罗拉，从她懒惰的酒鬼父亲那接手了这家不景气的机器人代理公司。小任务圆满完成，他愉快地吹起了口哨。

当他穿过厨房想把工具放回去的时候，发现人形机器人正忙着从餐桌上撤下还未动过的晚餐——这些机器人能够严格执行例行任务，但从来学不会应对人类的一些突发情况。

“停下！停下！”安德希尔用适当的音调和节奏缓慢地重复道，他的指令起作用了，机器人停了下来，他继续小心地说，“摆好——晚餐，摆好——晚餐！”

体形庞大的机器人拖着步子，听话地拿着一摞盘子回来了。安德希尔突然意识到它与那些仿生机器人的天壤之别。他有些疲惫地叹了口气。他的代理公司前途一片黑暗。

奥罗拉把她的新房客从厨房门口带进来。安德希尔默默地点点头。这个陌生人骨瘦如柴，一头黑发很蓬乱，面容憔悴，衣衫褴褛，看起来正像是会引发奥罗拉同情心的那类流浪汉，他们往往经历丰富，充满戏剧色彩。她介绍他们相互认识，二人在前厅坐下来，奥罗拉则去叫孩子们了。

安德希尔觉得这个老流浪汉并不像病重的样子，尽管他宽阔的肩膀因为疲累而佝偻着，但他高大的身躯还是显得很威严。他的面容清瘦，皮肤上布满皱纹，有些苍白，但一双深邃的眼睛仍然闪烁着生命的光彩。

他的双手引起了安德希尔的注意，一双巨大的手，像是挂在他又瘦又长的手臂上，好像随时处于戒备状态。这双手非常粗糙，伤痕累累，它被晒得黢黑，手背上覆盖着细细的汗毛，已经褪成了金色。这双手像在讲述着一个个波澜壮阔的冒险经历——或许是一场战役，或许是艰辛的工作。这曾是一双非常灵巧有用的手。

“安德希尔先生，我非常感激您的妻子。”他的嗓音非常低沉，笑容中却带有一丝留恋，有种和他年龄不相称的孩子气，“她把我从一个令人不适的窘境中解救出来，我会让她得到丰厚回报的。”

又一个活生生的无赖，安德希尔暗暗断定，一辈子靠编造些看似可信的谎言过活。他自己发明了一个小游戏，常用来跟奥罗拉的租客们玩——就是记下他们说的所有话，每当听到一句谎言，就记上一分。他有预感，斯莱奇先生会让他取得高分。

“您来自哪里？”他随口问道。

斯莱奇犹豫了一下才回答，这有点不同寻常。一般来说，奥罗拉的房客都能言善辩。

“翼星 4 号。”这个瘦削的老人郑重其事地答道，语气有点不情愿，好像他更希望说个别的地方，“我早年的生活都是在那个星球上度过的，差不多五十年前，我离开了，从那时起就一直在各处旅行。”安德希尔吓了一跳，马上看了他一眼。翼星 4 号，他记起那些光滑的新型机器人就是从那儿来的。这个老流浪汉看起来邋里邋遢、不名一文，不可能跟仿生人研究所有关。他打消了瞬间的疑虑，皱着眉头，不经意地问道：

“翼星 4 号一定相当遥远吧？”

老流浪汉又犹豫了一下，然后严肃地说：

“在一百零九光年之外，安德希尔先生。”

这句话让他得了第一分。但安德希尔没让自己流露出得意的神色。即便新型的宇宙飞船速度惊人，但光速仍是一个不可逾越的限制。安德希尔摆出漫不经心的样子，想再拿下一分。

“斯莱奇先生，据我妻子说，您是一位科学家？”

“是的。”

这个老家伙寡言少语，显得不同寻常。奥罗拉大部分的房客根本不需要多加提示。安德希尔换了一种轻快的语气，又试着问道：

“我也曾是一个工程师，直到后来入了机器人这一行，就放弃了。”老流浪汉直起身子，安德希尔满怀希望地打住话头。但老人什么也没说，他只好继续说下去：“我学过核裂变发电站的设计和运行。斯莱奇先生，您的专业又是什么呢？”

老人双眼凹陷，若有所思，他不安地、长久地看了安德希尔一眼，然后缓缓地说道：

“在我走投无路的时候，您的妻子对我伸出了援手。安德希尔先生，我想您有权知道真相，但我请您务必保密。我正在从事一项非常重要的研究，必须秘密完成。”

“我很抱歉。”安德希尔突然为自己满怀恶意的小游戏感到羞愧，他愧疚地说，“算了吧。”

老人却不慌不忙地回答：

“我的研究领域是铑磁力学。”

“什么？”安德希尔不愿意承认自己的无知，但他从未听说过这个名词。“我已经退出这个领域十五年了。”他解释道，“恐怕跟不上前沿了。”

老人又微微一笑。

“这门学科在这里还不为人知——直到几天之前，我来了。”他说，“我申请了基本的专利。只要专利费一汇来，我就又能富起来了。”

类似的话语安德希尔听过很多。这个老流浪汉不情愿的态度、严肃认真的讲述似乎很可信，但他记得，奥罗拉大部分房客看起来也都气度不凡，说的话也一本正经。

“那么，”安德希尔再次紧盯着老人的手，不知怎的被他那双粗糙、伤痕累累，看上去却异常灵巧的手迷住了，“到底什么是铑磁力呢？”

他一边听着老人细致、从容的回答，一边重新玩起了他的小游戏。奥罗拉的大部分房客都是讲故事的能手，但没有哪个的精彩程度可以超越这个。

“那是一种宇宙基本力。”这个佝偻的老流浪汉严肃地说道，“就跟铁磁性、引力一样，是一种基本力，尽管作用没那么明显。它与元素周期表上第二排的三价元素——铑、钌和钯——有着密切的联系，非常类似铁磁力与周期表第一排的三价元素——铁、镍和钴的关联。”

安德希尔对工程课的残存记忆已经足以使他看出这种说法里的基本谬误。他记得，钯被用来制作手表发条，因为它完全没有磁性。但他不露声色，心里也没有恶意，他玩这个小游戏只是为了自娱自乐。这是个秘密，连奥罗拉也不知道。而且只要他表露出一丝怀疑，他就会自罚一分。

他只是说："我以为宇宙的基本力已经被研究得很透彻了。"

"铑磁力的作用被自然掩盖了。"老人用沙哑的声音耐心地解释道，"此外，它们也会自相抵消，所以普通实验室所采用的方法并不可行。"

"自相抵消？"安德希尔马上追问。

"过几天我就可以给您看我的专利复印件，就是描述了演示实验论文的副本。"老人很严肃地承诺，"传播的速度是无限的，作用与距离的一次方成反比，而不是与距离的平方成反比。一般情况下，除了铑三价元素以外，铑磁辐射能穿透普通的物质。"

这番言论又为安德希尔加了四分。他对于妻子奥罗拉十分感激，她居然发现了这么非凡的人物。

"铑磁力最先是在对原子进行的一项数学研究中发现的。"这个老妄想家并未对安德希尔产生任何怀疑，平静地继续说道，"事实证明，铑磁力元素对于维持核能微妙的平衡至关重要，因此，只要将铑磁力波调整到原子的频率，就能打破这种平衡，产生不稳定的核能。这样大部分的重原子——一般来说，只要是原子序数超过 46 号钯原子的，都可以用于进行人工核裂变。"

安德希尔又给自己加了一分。他抑制住情不自禁上扬的眉毛，只是说："这项发现的专利费利润一定很高。"

老无赖使劲点了点他那瘦长的脑袋。

"您可以想见一些明显相关的应用领域，而我的基本专利涵盖了其中的绝大部分。例如行星和星际间的瞬时通信设备、远距离的无线电传输、铑磁力屈折驱动器——通过对连续体产生铑磁力形变，就能将速度提升到光速的数倍。当然，还有新型的核裂变发电站，能使用任何一种重元素充当燃料。"

荒谬至极！安德希尔努力保持镇定，但所有人都知道，光速是一个物理极限。况且，从人性角度讲，任何一个拥有此种专利的人都不至于沦落至此，在破旧的车库公寓里寻求庇护。他还注意到老流浪汉枯槁多毛的手腕上有一圈肤色稍淡；任何知晓这项无价秘密的人，都绝不至于需要典当自己的手表。

安德希尔得意扬扬地又给自己加了四分。但随后便自罚了一分，因为他露出了怀疑的神色，老人突然问他：

“您想看一下基本张量吗？”他从口袋里掏出铅笔和笔记本，“我可以写下来。”

“不用了，”安德希尔谢绝了他，“恐怕以我现在的数学水平已经理解不了了。”

“但您一定觉得很奇怪，持有这项革命性专利权的人，竟然如此潦倒，需要人救助。”

安德希尔不安地点点头，又罚了自己一分。这老人可能是个大骗子，但他也足够精明。

“您看，我算是个难民。”他带着歉意解释道，“几天前我刚来到这个星球。为了保护好我的专利权并将其顺利公布于众，我不得不把所有东西都暂存在一家律师事务所，轻装出行。我预计很快就会收到第一笔专利费。

“与此同时，”他诚恳地补充道，“我来到双河镇，因为这里既安静又隐蔽，远离太空港。我正在进行另一个项目，必须秘密地完成。安德希尔先生，您会尊重我对您的信任，是吗？”

安德希尔只好说他会的。这时，奥罗拉也带着孩子们回来了。她刚给孩子们洗漱打扮了一番，带他们进屋吃饭。人形机器人捧着一个热气腾腾的汤碗大摇大摆地走了进来。这位年迈的陌生人面对这个机器人有点畏手畏脚，似乎很不自在。当奥罗拉接过餐具，开始盛汤时，她随口问道："亲爱的，为什么你们公司不能制造出好一点儿的机器人呢？那种可以担任完美侍者的聪明家伙？要是他们上菜时不会溅出汤汁，该多好啊！"

她的问题让安德希尔哑口无言，他默默坐着，盯着盘子一语不发。他想着今天遇到的那些堪称完美的新型机器人，想着它们将会对他的代理公司造成怎样的冲击。而那位蓬头垢面的老流浪汉打破了沉默，郑重地回答：

"安德希尔夫人，完美的机器人早已存在于世了。"他沙哑的声音中带着一种严肃的语气，"但真正说起来，它们带来的不全是美妙的体验。正是因为它们，我成了难民，漂泊了将近五十年。"

安德希尔把目光从盘子上移开，惊讶地抬起头来：

"您说的是不是那些黑色的仿生人？"

"仿生人？"老人原本洪亮的声音突然变得虚弱，充满恐惧。那双深陷的眼眸因为震惊而暗淡下去，"您对它们有什么了解？"

"它们刚在双河镇开了一个新的代理机构。"安德希尔告诉他，"您能想象吗？一个销售人员都没有，它们宣称——"

他的声音弱了下去，因为这个瘦削的老人心脏病突然发作了。他用那双粗糙的大手紧紧卡住自己的喉咙。汤勺咣当一声掉到了地上。他憔悴的脸孔发青，呼吸急促，可怕地喘息着。

他从口袋里摸索出药，奥罗拉给他接了杯水服药。过了一会儿，他又能正常呼吸了，脸上也恢复了血色。

"安德希尔夫人，真抱歉，"他愧疚地小声说，"我太震惊了——我来到这里原本就是为了躲避它们。"他凹陷的双眼里还充满恐惧，紧盯着那个巨大的、一动不动的人形机器人，低声说，"我原计划在它们到来之前完成工作，现在看来时间紧迫。"

等老人感觉好些了，可以自己走路之后，安德希尔送他出门，陪他上楼梯，回到了车库公寓里。他注意到，那个小厨房已经被改造成了一个工作台。这个老流浪汉似乎没有多余的衣服，却从破旧的旅行包里拿出了一堆闪闪发亮的金属和塑料工具，摊在小小的餐桌上。

这个瘦削的老人自己衣衫褴褛，打着补丁，一副饥肠辘辘的样子，但他那些古怪的装备零件却加工得十分精致。安德希尔认出了钯金的银白色光泽，这是非常稀有的金属。他忽然产生了自我怀疑，会不会在他自创的那个小游戏里，给自个儿的得分算得太多了。

三

第二天早上，当安德希尔到达公司办公室时，一个来访者已经在那里等候他了。它优雅、笔直地立在他的办公桌前，一动不动。裸露的黑色硅酮皮肤上，闪烁着蓝色和青铜色的柔和光泽。一看到它，安德希尔就停下了脚步，感到一阵不安。

“听候您的吩咐，安德希尔先生。”它迅速转过身来面向安德希尔，那双眼睛里没有晶状体，令人不安地盯着他，“能听我解释一下可以如何为您服务吗？”

安德希尔回想起头天下午感受到的震撼，厉声问道：“你是怎么知道我名字的？”

“昨天我们看了您档案中的名片，”它柔声回答，“从此我们会一直记得您。安德希尔先生，如您所见，我们的感官要比普通的人类更敏锐一些，或许刚开始的时候我们会显得有些奇怪，但您很快就会习惯我们的存在。”

“只要我不愿意，就不会！”他瞟了一眼它黄色铭牌上面的序列号，迷惑地摇了摇头，“我昨天看到的是另一个，我从没见过你！”

“我们都是一样的，安德希尔先生，”那个柔和的声音轻声说道，“事实上，我们全是一体的，由仿生人中心控制、供能，只是个体分开行动罢了。我们的大脑在翼星4号上面，而您所看见的不过是它的感官和肢体部件，这就是我们远远优于原始电子机器人的原因。”

安德希尔办公室的陈列间里摆着一排笨拙的人形机器人，仿生人对着它们做了一个不屑一顾的手势。

“您瞧，我们可是铑磁力驱动的。”

安德希尔晃了一下，好像这个词给了他致命一击。

现在他已经确信，在和奥罗拉的新房客玩的游戏里，他给自己多算了太多分。认识到这点，他吓得浑身战栗，发出嘶哑的声音，努力说道：

“你们到底想干什么？”

这个光滑的黑家伙隔着办公桌无神地盯着他，缓缓展开了一份像是法律公文的文件。安德希尔坐下来，不安地看着。

“这是一份转让书，安德希尔先生。”它温和地轻声说道，“您看，我们不过是请求您把个人财产转让给仿生人研究所，用以换取我们的服务。”

“什么？”安德希尔难以置信地倒抽一口冷气，他愤怒地回过神来，“这简直是敲诈勒索！”

“这并不是什么敲诈。”这个矮小的机器人向他轻声保证，“您会发现仿生人不具备任何犯罪行为能力，我们的存在完全是为了人类的福祉和安全。”

“那你们为什么想侵占我的财产？”他厉声说。

“转让行为只是走一下法律程序。”它温和地说，“我们力争最大程度减少混乱，避免纷争，以此来推广服务。我们发现，转让是最有效的方案，便于我们掌控私营的企业，并对其进行清算。”

安德希尔越发感到恐惧，同时也因为愤怒浑身颤抖。他用沙哑的声音呵斥道：“不管你们有什么阴谋诡计，我绝不会放弃我的生意！”

“事实上，您别无选择。”那甜美笃定的声音让安德希尔感到战栗，“人类的企业没有存在的必要了，不管我们去哪儿，电子机械工业都是最早崩溃消失的。”

安德希尔坚定地盯着那双没有晶状体的钢灰色眼睛。

“多谢好意！”安德希尔轻笑了一声，带着紧张和嘲讽，“但我宁愿靠自己的努力经营事业，养活家庭，照料自己！”

“那是不可能的。根据第一指令，”它柔声答道，“我们的职能是服从指令，随时待命，保护人类免受伤害。人们已经不再需要照顾自己，因为我们就是为了保障他们的安全和幸福而存在的。”

安德希尔站在那里无言以对，茫然无措，怒火逐渐在他心中升腾。

“我们将向全城每家每户派送一个仿生人，提供免费试用服务。”它温和地补充道，“免费示范过后，大多数人将会乐意完成正式的转让。您不可能再卖出更多的机器人了。”

“滚出去！”安德希尔绕过桌子冲了过去，“拿着你那份该死的协议——”

那小黑东西站在那里等着，钢灰色的眼睛看着他，一动不动。安德希尔控制住自己，突然感到非常愚蠢可笑。他很想揍它一顿，但心里明白那完全是徒劳的。

“如果您愿意，可以向您的律师咨询一下意见。”它灵巧地将转让协议放在他的办公桌上，“您无须怀疑仿生人研究所的信誉。我们会把资产报表发给双河镇银行，并存一笔钱用以支付我们在这里的开支。当您想签约的时候，通知我们一声就行了。”

那个瞎东西转过身，悄然离开了。

安德希尔走出门，在街角的杂货店买了一瓶小苏打。售货员竟是一个光滑的黑色机器人。他回到办公室，心情更沮丧了。

公司里笼罩着一种不祥的宁静。安德希尔派了三个业务员出去，带着他们的演示产品，挨家挨户上门推销。按理说，此时电话应该响个不停，安德希尔会忙于处理他们的订单和汇报，但电话压根没有响过，直到其中一个推销员打来说他打算辞职不干了。

“我给自己搞了一个新型的仿生人，”他补充说，“它说我再也不用工作了。”

安德希尔强忍住想骂脏话的冲动，竭力想利用这难得的清静，整理一下账本。然而，代理店的生意——多年来一直岌岌可危——现今更是遭到灾难性的打击。此时，进来了一位顾客，安德希尔满怀希望地放下账本，但这位胖胖的女士并不想买任何人形机器人，而是来退货的——上星期她刚买了一个。她承认那个机器人能做到他承诺的所有事，但现在她发现了新型仿生人的存在。

那天下午，一直没动静的电话又响过一次，是银行的客户经理，他想知道安德希尔能否顺路来探讨一下他的贷款事宜。安德希尔去了，经理展现出一种难得的亲切态度，让他有种不祥的预感。

“生意还好吗？”

“上个月还行，”安德希尔逞强说，“现在我刚进一批新货，还需要一笔小额贷款……”

客户经理的眼神瞬间冷若冰霜。

“我想您现在有了新的竞争对手，就是那些仿生人，安德希尔先生，这恐怕值得您严重关切！它们的公司相当不错，刚向我们提交了一份申请，还存了一笔数量可观的钱，用以支付履行本地义务的费用——那真是相当大的一笔钱！”

银行经理压低了声音，表达了他职业化的遗憾。

“在这种情况下，安德希尔先生，恐怕本行不能再为您的代理公司提供资金了。我们必须要求您在贷款到期时全额偿还所有债务。”看到安德希尔惨白绝望的神色，他还冰冷地补充道，“我们已经宽限您很多次了，安德希尔。如果还不起钱，银行就得启动破产程序。”

当天下午晚些时候，新一批的人形机器人到货了。是两个黑色的小仿生人送的货，它们从卡车上卸下货物——搬运公司的经营者已经签署了协议，把业务转让给仿生人研究所了。

这些仿生人麻利地将箱子堆放好，然后彬彬有礼地拿出收据让安德希尔签字。后者几乎不再对卖出人形机器人抱有幻想了，但这些货都是他之前订购的，现在只能硬着头皮接收。绝望令安德希尔浑身颤抖，他潦草地签下了自己的名字。这些光溜溜的黑家伙向他道了谢，把卡车开走了。

安德希尔也钻进自己的车，往家开，内心怒火中烧。等回过神来，他正行驶在一条繁忙的街上，穿过交叉路口。突然一阵刺耳的警铃响起。他疲惫地把车停靠在路边，等待着愤怒的警官。结果却是一个黑色的机器人赶上了他。

“听候您的吩咐，安德希尔先生。”它低声说，“先生，您得遵守红灯指示，否则可能会危害人类的生命。”

“啥？”安德希尔恼怒地盯着它，“我还以为你是警察。”

“我们目前暂时负责协助警局。”它说，“根据第一指令，驾驶行为对于人类来说太危险了。一旦我们完善了服务，将给每辆车都配备一个仿生人司机。只要保证每个人都受到完全监护，就再也不需要任何警察了。”

安德希尔狠狠地瞪了它一眼。

“好吧！”他厉声说，“我闯了红灯，你打算怎么处理？”

“我们的职能并不是惩罚人类，相反，是为了保障他们的福祉和安全。”它柔声说，“这段时间我们的服务尚不完善，在这种紧急状态下，我们请求您注意安全驾驶。”

安德希尔的怒火达到了顶点。

“你们太他妈的完美了！”他苦涩地抱怨道，“我想任何人类可以做到的事，你们都能做得更好。”

“我们自然是要更胜一筹，”它平静地低声说道，“我们是由金属和塑料制成的，而组成你们人体的大部分却是水。我们传输过来的能量来自原子裂变，而不是氧化反应，我们的感官要比人类的视觉和听觉更加敏锐。最重要的是，我们每一个自由移动的个体，都连接在同一个大脑上，它对发生在所有星球上的所有事都了如指掌，而且从来不需要睡觉，不会遗忘，也不会死亡。”

安德希尔木然地坐着，听它说完。

“不过，您完全不用畏惧我们的力量。”它欢快地劝导他，“因为我们不会伤害任何人，除非是为了阻止对另一个人造成更大的伤害。我们的存在只是为了履行第一指令。”

安德希尔把车开走了，他情绪很低落。他严肃地回想着那些黑色小机器人，它们就像是终极之神的仁爱天使。那神从机器中诞生，无所不知，无所不能。第一指令就是新的戒律。他愤怒地发出诅咒，又陷入沉思：会不会还有一个新的路西法[1]呢？

他把车停在车库里，向厨房走去。

“安德希尔先生。”一个深沉而疲惫的声音从车库公寓的门口传来，向他打招呼——是奥罗拉的新房客，“请等一下。”

---

1. 基督教中的堕落天使。

那个瘦削的老流浪汉缓慢地从屋外的楼梯上下来，安德希尔朝他转过身来。

“这是给您的房租，以及您妻子借给我买药的十块钱。”

“谢谢您，斯莱奇先生。”安德希尔接过钱，看着这个在星际间穿越的老流浪汉，他骨瘦如柴的肩膀上仿佛增添了新的重担，皮包骨的脸上笼罩着新的恐怖阴影。他疑惑地问：“您的专利费到账了吗？”

老人摇了摇他蓬乱的脑袋。

“那些仿生人已经停止了首都的业务。”他说，“我聘请的律师要失业了，他们把我户头剩余的钱都还给了我。我就剩这么点儿了，还必须支撑我完成工作。”

安德希尔花了五秒钟回忆他与银行经理的对话。毋庸置疑，他是个多愁善感的傻瓜，跟奥罗拉一样不可救药。他把钱放回到老人粗糙、颤抖的手中。

“您留着吧，”他劝说道，“用在您的工作上。”

“谢谢您！安德希尔先生，”老人发出嘶哑的声音，痛苦的眼神焕发出了光彩，“我确实需要它——太需要了。”

安德希尔往自家屋子走去，厨房的门悄无声息地为他打开了。一个黑乎乎、光溜溜的生物优雅地走来，接过他的帽子和外套。

四

安德希尔紧紧抓住他的帽子。

“你在这儿干什么？”他气呼呼地问。

“我们是来您家做免费试用演示的。”

他把着门，指向外面：

“滚出去！”

黑色的小机器人一动不动地站着，视而不见。

“安德希尔夫人已经接受了我们的演示服务。”那个柔和的声音抗议道，“除非是她要求，否则我们现在不能离开。”

安德希尔在卧室里找到了妻子，当他猛地推开门时，积蓄已久的挫败感涌上心头，一并爆发出来，“那些该死的机器人在干什么——”

他声音里的怒气消了下去，奥罗拉甚至没有注意到他生气了。她穿上了轻薄的睡衣，看起来是那么动人。自从结婚后，她就再没这么美过，一头红发堆成了一个精美的发髻。

“亲爱的，一切真是美妙极了！”她过来迎接他，容光焕发，“它是早上来的，什么都会做。打扫了房间，准备了午餐，给小盖伊上了音乐课，下午还给我做了头发，现在正在做晚餐。亲爱的，你喜欢我的发型吗？”

他当然喜欢她的头发。他亲吻着她，努力抑制住自己的惊恐和愤慨。

当天晚餐是安德希尔有生以来吃过的最精致的一顿，那个小黑东西娴熟地服侍他们用餐。奥罗拉不断地赞叹着新奇的菜品，但安德希尔几乎什么都吃不下；在他看来，这些美味的糕点全都是一个可怕陷阱的诱饵。

他试图劝说奥罗拉把它送走，但在这么一顿丰盛晚餐过后，所有的尝试都是徒劳的。她的泪光一闪，他就投降了。仿生人留了下来，既照看房子，又清扫庭院，能照顾孩子，还会给奥罗拉做指甲。它甚至开始重建整座房子了。

安德希尔担心付不起账，但仿生人坚称一切都包含在免费试用服务里。只要他进行了资产转让，服务就会更加完善，但他拒绝签字。结果来了更多个黑色小机器人，带来了整卡车整卡车的补给和材料，它们留了下来，协助房屋重建工作。

一天早上，他发现在他睡觉的时候，小房子的屋顶被悄悄地抬了起来，下面新增了完整的第二层楼。新墙是用一种奇特的光滑材料砌的，会自动发光。新窗户是一整块大面板，可以调节成透明、不透明和发光三种模式。新门滑动开合，悄无声息，由铑磁力开关控制。

“我喜欢门把手，”安德希尔抗议道，“这样我能自由进出洗手间，无须叫你们开门。”

“但是人类不需要自己开门，”那个小黑东西老练地告知他，“我们的存在就是为了履行第一指令。我们的服务包含所有的工作。只要您将资产转让给我们，我们就会为您的每一个家庭成员配备一个专属机器人。”

安德希尔依然坚定地拒绝转让财产。

他还是每天都去办公室，先是企图继续经营代理机构，后来只为能从衰败的生意中抢救点东西出来。即便他已经将价格降到了最低，也没人想买人形机器人。他绝望地花掉了最后一笔现金，进了一批新奇玩意儿和玩具，结果同样卖不出去——仿生人已经造出了更好的玩具，并且是免费赠送。

他还试图出租他的办公场所，但已经没有人类企业在运营了。城里的大部分商业资产都转让给了仿生人——而它们正忙于拆掉旧楼，修建公园——它们自己大部分的工厂和仓库都位于地下，以免破坏景观。

安德希尔又去了银行，想为续贷做最后的努力，却发现如今站在窗边的、坐在办公桌前的工作人员已经变成了黑色的小机器人。一个仿生人——它业务熟练，不比任何一个人类客户经理逊色——告知安德希尔，银行已启动非自愿破产程序，将清算他的商业资产。

这位机器人银行家还补充说，如果他自愿转让财产，清算将变得非常简便。安德希尔严词拒绝了。但这几乎只是象征性的行为，是向这位暗黑新神臣服前的最后一次鞠躬致意，他骄傲地昂起他早已伤痕累累的头颅。

法律程序进展非常迅速，因为所有的法官和律师都有了仿生人助手。几天之后，就有一帮黑色机器人带着驱逐令和拆房机械来到了公司。安德希尔悲哀地看着他那些没卖出去的存货被拖走，像垃圾一样被扔掉。随后，一个盲眼的仿生人驾驶着一辆推土机，推倒了建筑物的墙壁。

傍晚时分，安德希尔开车回家，脸色紧绷，神情绝望。根据法院的指令，安德希尔保住了房产和汽车。对于这出人意料的慷慨行为，他心里却没有半点感激之情。来自那些黑色完美机器人无微不至的关切已经成为一种挑衅，让他无法忍受。

安德希尔把车停在车库里，走向他焕然一新的房子。透过一扇巨大的新窗户，他瞥见一个光溜溜的东西在迅速移动，内心的恐惧令他浑身颤抖。他可不想回到那个无与伦比的仆人掌控的领地，在那儿他不能给自己刮胡子，连亲手开扇门都不行。

冲动之下，他爬上了露天楼梯，敲响了车库公寓的门。奥罗拉的房客缓缓发出了低沉的声音，让他进去。安德希尔发现老流浪汉坐在高高的凳子上，弯腰在餐桌上忙活，桌上摆着他那些精密的仪器。

安德希尔松了一口气，至少这间破旧的小公寓没被改造。在他自己那套新房里，墙壁会在夜晚燃烧，发出淡金色的火焰，直到仿生人关闭才熄灭，新地板温暖又柔软，感觉几乎像是有生命的东西。然而在这间小套房里，墙壁依然抹的是石膏，上面有裂缝和水渍；装的依然是那些廉价的荧光灯，裂开的地板上依然铺着破旧的地毯。

"您是怎么把它们拒之门外的?"他迫切地问道,"就是那些该死的机器人?"

这个佝偻瘦削的老人直起身子,将一把钳子和一些零碎的铁皮从一把破椅子上挪开,礼貌地请他坐下。

"我拥有一项特权,"斯莱奇严肃地告诉他,"它们无法进入我住的地方,这是第一指令的一条修正条款。它们既不能帮我也不能妨碍我——除非是我提出的要求——而我不会这么做。"

安德希尔坐在破椅子上,小心翼翼地保持着平衡,他盯着老人。这番话就跟他那嘶哑、激昂的声音一样让人费解。老人脸色暗淡、惨白,脸颊和眼眶都深深凹陷下去。

"斯莱奇先生,您病了吗?"

"不,我身体状况跟平时差不多,只是太忙了。"他挤出一个疲惫的笑容,朝地板点了点头。安德希尔看到他放在一旁的托盘,面包干了,还有一份盖着的食物,已经凉了。"我本想晚点儿再吃,"他抱歉地嘟囔,"您妻子太好心了,给我送来了吃的,但恐怕我太专注于工作了。"

他用干瘦的手臂指向桌子,之前的小装置初具雏形,贵重的白色金属和亮闪闪的塑料制成的零件被整齐地焊接在一起,能看出是为了什么目的专门设计出来的。

一根长长的钯针挂在宝石镶嵌的枢轴上,枢轴类似一架望远镜,配备了精确的刻度圈和游标尺度,由一个小马达驱动。在它的底座,一个有点儿像旋转变流机的东西上,装着一小面像是镜子的物件,对着另一面钯制的凹透镜。粗大的银色母线将它与一个塑料盒相连,盒上装有旋钮和刻度盘;另一端则连接着一个直径一英尺的灰色铅球。

老人全神贯注地工作,态度有些拘谨,看样子不愿被人打扰。

但安德希尔想起他家新窗户后那个光溜溜的黑色身影，极不情愿离开这个天堂，在这里可以摆脱仿生人。

“您在做的是什么？”他贸然问道。

老斯莱奇敏锐地看了他一眼，深色的眼睛闪烁着灼热的光，最后他说道：“这是我的最后一个研究项目，我正在尝试测量铑磁力量子的常数。”

他那沙哑疲惫的声音带着一种沉闷的语调，像是打算终结这个话题，把安德希尔打发走。但是，安德希尔并不想离开，一想到那个黑亮的机器奴仆俨然成了他们家的主人，他就感到一阵恐惧。

“为什么您会有豁免权呢？”

老人佝偻地坐在棕褐色的凳子上，忧郁地盯着那根亮闪闪的长针和铅球，没有作答。

“那些该死的机器人！”安德希尔绷不住爆发了，“它们毁了我的生意，搬进了我的家。”他打量着老人那张黝黑又布满皱纹的脸，继续说，“告诉我吧，您肯定知道更多关于它们的事——难道就没有什么办法把它们赶走吗？”

过了半分钟，老人把沉思的目光从铅球上移开，疲惫地点了点头。

“那正是我在尝试做的。”

“我可以帮您吗？”突然萌发的热切希望令安德希尔激动得颤抖，“我愿意做任何事。”

“也许您真的可以。”老人那双凹陷的眼睛若有所思地看着他，语气中带有一丝诡异的热切，“要是您能干这类工作的话。”

“我受过专业的工程训练，”安德希尔提醒他，“还在地下室安了一个工作室。那是我做的模型。”他指了指挂在小客厅壁炉上的那个细长的船体，“只要我做得到，做什么都行。”

不过，即便他嘴上这么说，心中那一丝希望的火苗也淹没在一阵突如其来的怀疑浪潮中。为什么他要相信这个老流浪汉？奥罗拉的房客是什么货色，他明明一清二楚。他明明应该继续玩那个游戏，继续计算老人谎言的分数。他从破椅子上站起来，尖刻地打量着这个衣衫褴褛的老流浪汉和他的“神奇”玩具。

“我们能做什么？”他突然转换了一种严厉的语气，“您让我入伙，为了阻止它们，我什么都愿意做。但您怎么确定可能成功？”

憔悴的老人若有所思地注视着他。

“我想我应该能阻止它们，”斯莱奇温和地说，“因为，我就是那个不幸的傻瓜，那个创造它们的始作俑者啊。我原本真是想让它们服务人类，听候指令，保护人类免受伤害的。的确，第一指令的确源自我的想法，只是没料到事情的发展超出了我的想象。”

五

暮色缓缓地潜入了破旧的小房间，夜色堆积在布满灰尘的角落和地板上，越来越厚。餐桌上，那个像玩具一样的机器逐渐变得模糊而陌生，直到最后一缕光线打在白钯针上，反射出一道久不消散的光芒。

外面，整个小镇格外宁静，非常诡异。就在巷子的对面，仿生人正在建造一座新房子，悄无声息。它们彼此之间从不说话，因为每个人都知道所有人的所作所为。它们使用的材料非常奇怪，拼接时不会发出任何噪声，完全不需要锤子或锯子。夜色越来越深，那些盲眼的小东西却在黑暗中自如地行动，就像影子一样无声无息。

斯莱奇坐在高脚凳上，弓着身子，显得疲惫又苍老。他讲出了自己的故事。安德希尔听着听着，又小心翼翼地坐回了破椅子上。

他盯着斯莱奇的手，那双黝黑粗糙、伤痕累累的手，它曾经强劲有力，如今却萎缩干枯，微微颤抖，在黑暗中显出不安。

“我会告诉您它们是如何诞生的，这样您就能了解我们需要做什么。但您最好保密，出了这间公寓的大门就不要提起这事——因为这些仿生人能高效地清除不愉快的记忆，或威胁到它们执行第一指令的意图。”

“它们确实效率很高。”安德希尔无奈地赞同道。

“麻烦就在这里。”老人说，“我试图造出一台完美的机器，结果却因为太过成功，导致了一切的发生。”夜色越来越深了，这个瘦削憔悴的老人，弯腰坐着，开始讲述他的故事。

“六十年前，在翼星 4 号干旱的南半球大陆上，我在一所小型技术学院担任原子理论教师。我是个单身汉，也是个理想主义者。除了原子理论，恐怕我对生活、政治、战争……几乎一切都一无所知。”

昏暗中，他布满皱纹的脸上，露出了一个忧伤的微笑，很快又消失了。

“恐怕我太过相信事实，又太不相信人类了。我不信任情感，因为我没有时间做任何科学以外的事。我记得我被流行一时的普通语义学冲昏了头脑，想把科学方法应用到一切地方，把所有的经验都归结出公式。对于人类的无知和失误，我非常不耐烦。我以为只有科学才能创造出完美的世界。”

他静静地坐了一会儿，盯着巷子对面那些悄无声息的黑影子轻快地忙上忙下，新宫殿如梦境成真一般，迅速崛起。

“曾经有一个女孩。”老人的肩膀很宽厚，但是看起来很疲惫，他有点遗憾地轻轻耸了耸肩，“如果情况稍有不同，我也许会跟她结婚，并在那个小而安静的大学城里过完一生，可能还会养育一两个孩子。那样就根本不会出现仿生人这档事。”

夜幕缓缓降临，寒气逼人，老人叹了口气。

“我当时就快要完成关于钯同位素分离的论文了——那不过是一个小项目，但我本应该知足。她是个生物学家，打算在我们结婚后就辞去工作。我想我们本可以成为幸福的一对，过着普通的生活，与人无害。

“然而，那时爆发了一场战争——自从翼星被殖民，战事就频频发生。我当时在一个秘密的地下实验室里设计军用机器人，因此幸存下来。但她自愿加入了一个研究生物毒素的军事项目。一场意外导致一种新病毒的部分分子逃逸到空气中，项目的所有参与者都痛苦地死去了。

“从此，除了难以磨灭的痛苦回忆，我的生命中就只剩科学了。战争结束后，我带着军方的研究经费回到了那个小学院。纯粹出于科研的目的，我对当时还没人正确认识的核约束力进行了理论研究。但没想到研发出了能实际运用的武器，事实上，我压根没意识到自己发现的东西是一种武器。

“一切不过是几页比较复杂的数学运算。一个新的原子结构理论，涉及一种关于核约束力元素的全新表达，张量看起来是毫无害处的抽象概念。我也没有发现任何方法可以用来测试这个理论，或者操纵这种被预见的力。军事当局批准我将论文发表在学院出版的一本技术评论杂志上。

“第二年，我有了一项惊人的发现——我明白了那些张量的意义。没想到，铑三价元素原来就是操纵这种理论力量的一把钥匙。不幸的是，我的论文已经在国外发表，差不多跟我同一时间，还有别人也有了同样的发现。

“不到一年，战争又爆发了。这次大概率是由一次实验室的事故引发的。人们没有预料到改变铑磁力辐射会破坏重原子的稳定性。

完全是因为意外，一个重金属矿石仓库爆炸了，那个粗心的实验人员也在爆炸中丧生，而爆炸的真正原因被误解了。

“那个国家幸存的军队对他们所以为的敌人进行了报复袭击，他们使用了铑磁力射线武器，相比之下，过去的炸弹简直相形见绌，毫无杀伤力。一束仅仅几瓦功率的射线，就能让远处的电子仪器中的重金属、人们衣袋里的银币、口中的金牙，甚至是甲状腺中的碘发生裂变。如果这还不够，威力稍强一点的射线，就能引爆地下的重金属矿石了。

“翼星4号的每一块大陆上都被撕开了比海深的裂谷，新喷发形成的火山遍布各处，大气层被有毒的放射性尘埃和气体所污染，雨水裹挟着黏稠的致命泥浆落下。大部分生物都灭绝了，即便躲在庇护所里也在劫难逃。

“身体上，我又一次幸免于难。这次我被囚禁在一个地下工地里，设计使用铑磁力射线驱动和控制的新型军用机器人——因为战争已经变得太过迅猛太过残酷，人类士兵不再适宜作战。这个基地位于一片轻质沉积岩区，不易被引爆，地道里也装了屏障，屏蔽了裂变频率。

“不过，精神上，我的心智近乎癫狂。正是我的发现导致了这个世界满目疮痍，对任何人来说，这种内疚感都是难以承受的，它逐渐瓦解了我对人类良善、正直的最后一丝信念。

“我试图挽回自己做过的一切，既然是装备铑磁力武器的战斗机器人将世界变成了废墟，那么现在我就要设计出新型的铑磁力机器人，清理废墟，重建世界。

“我试图设计出新型机器人，它们必须永远服从某些预先植入的指令，这样它们就不能被用于战争、犯罪或其他伤害人类的事。这在技术方面要求很高，也让我卷入了一场麻烦：一小撮政客和军事冒险家希望造出不受约束的机器人，以满足自己的军事阴谋——即便在翼星4号上已经没有什么值得争夺的资源了，但总有其他富饶宜居的星球等待着被掠夺。

“最终，为了完成新机器人的设计，我不得不销声匿迹。我带着几个最先进的机器人，驾驶一艘试验铑磁力飞船逃了出来，我成功抵达了一个岛屿，这里的所有居民都因为深层矿石的裂变丧生了。

“最后，我们终于降落在一块小小的平地上，周围环绕着刚刚隆起的高山。这里很难算得上宜居，土壤被埋在层层覆盖的黑色煤渣和有毒的泥土之下。四周，在新形成的陡峭的黑色山峰上，覆盖着支离破碎的断裂面和涌动的熔岩。高高的山峰顶端冰雪皑皑，而火山锥却仍在喷涌死亡的毒气。一切都带着火焰的颜色和狂怒的形状。

“在那里，我不得不采取各种极端的预防措施，以保护自己的生命。我一直待在船上，直到建成了第一个防护实验室。我穿着精密的防护盔甲，戴着呼吸面罩。我采用一切医疗手段来修复有害射线和粒子造成的损伤。但即便如此，我还是病得很重。

“不过，机器人在那儿简直如鱼得水，辐射不会对它们造成伤害，周围恶劣的环境也不会让它们感觉压抑，因为它们不是活人。就是在那个对生命充满威胁的诡异之地，仿生人诞生了。”

夜色越来越浓重了，老人佝偻着身子，形容枯槁苍白，他沉默了一会儿。疲惫的双眼严肃地盯着那些匆匆移动的小身影，它们像不知疲惫的影子一样，在对面巷子里忙碌着，默默地盖起一座奇异的新宫殿。新建筑在夜色中闪着微光。

“不知道为什么，我在那里也找到了家的感觉。”他那深沉、嘶哑的声音继续说着，“我对自己同类的信念已经消失了，只有机器人和我在一起，我把希望寄托在它们身上。我决心造出更好的机器人，它们不会有人类的缺陷，能够把人从自己的过错中拯救出来。

“仿生人成了我病态心灵的珍贵子嗣。这里我就不赘述分娩的痛苦了，过程错误百出，流产、畸胎；充斥着汗水、痛苦和心碎。直到几年之后，第一个完美的仿生人才安全诞生。

“接着，还需要建立一个控制中心——所有的仿生人个体都不过是同一个机器大脑的四肢和感官。大脑才是真正开启完美可能性的关键。那些老式的电子机器人，拥有独立的大脑中继器、微弱的电池，在设计上就有局限。它们必然是愚蠢又虚弱的，行动笨拙迟缓。并且，在我看来，最糟糕的一点就是它们容易受到人类的干扰。

“控制中心避免了这些问题。它的动力射线会源源不断地为每一个个体提供来自巨型裂变站的能量。它的控制射线能为每个个体提供无限的记忆容量和超凡的智慧。最重要的是——我当时坚信——它可以受到绝对安全的保护，不受任何人类的干涉。

“整个反应系统的设计是为了保护其免受人类自私想法或狂热念头的干扰，而创造它的目的则是自动保障人类的安全和福祉。你已经知道第一指令了：‘服务人类，服从指令，保护人类免受伤害。’我带过去的老式个体机器人帮着我制造零件，而我花了三年时间，亲手组装了控制中心的第一部分。这项工作一完成，第一个仿生人就活了过来，它已经等候多时了。”

透过夜色，斯莱奇忧郁地看了看安德希尔。

“对我来说，它就是有生命的，”他缓慢低沉的声音坚称，“活灵活现，比任何一个人都更美妙，因为创造它的目的就是保护生命。尽管我孑然一身，病入膏肓，却骄傲地成为这个新造物的父亲，它如此完美，永远不可能被邪恶侵蚀。

“仿生人忠实地信守着第一指令。第一批个体创造了其他个体，它们又建立了地下工厂，量产仿生人大军。新造的船舰将矿石和沙子倒入平地下方的原子炉中，铸造出的新一批完美仿生人再从黑暗的机器矩阵中列队而来。

“蜂拥出现的仿生人为控制中心建造了一座新塔楼，白色的高塔由金属建成，高耸入云，恢宏地矗立在那片满目焦土的不毛之地上。沿着巨塔层层往上，它们不断将新的中继器加入中央大脑，直到它几乎具备了无限容量，无所不能。

“然后，它们就出去重建被毁坏的星球了，后来又把它们的完美服务带到了其他世界。我当时很高兴，以为自己已经找到了终结战争、犯罪、贫穷和不平等的办法，从此再也不会出现因为人类失误导致的痛苦了。”

黑暗中，老人叹了口气，沉重地移动了下身子。

“您已经发现，我错了。”

安德希尔将视线从窗外抽了回来，那些影子一般忙碌的黑色身影，还在悄然建造着那座发光的宫殿。此刻，他心里产生了一个小小的疑惑：在此之前，安德希尔已经习惯于暗暗嘲笑奥罗拉那些不正经的房客和他们荒诞不经的故事，但这位疲惫的老人在讲述自身经历时，语气平静，逻辑清晰。并且——他提醒自己，那些黑色的入侵者，的确没有闯进这里。

“为什么您没有阻止它们？”他问道，“在您还来得及阻拦的时候？”

“我在控制中心待得太久了。”斯莱奇又叹了口气，悔恨地说，“在一切完工之前，我一直在那高效地工作着。我设计了新的裂变站，甚至还策划了推介仿生人服务的最优方案，以期最大程度地规避混乱，减少反对声音。”

安德希尔不禁在黑暗中发出了苦笑。

“我见识过这些方案，”他评论道，“极其高效。”

“那时，我相当推崇效率。”斯莱奇承认，“我热爱冰冷的事实，抽象的真理，完美的机械。我厌恶人类的脆弱，致力于打造出完美的新型仿生人。很抱歉，但我必须坦白，在那片死寂的荒原上，我找到了一种幸福。事实上，恐怕我爱上了自己创造出来的东西。”

他凹陷的眼睛里发出热切的光芒。

“直到遇到了一个来刺杀我的人，我才终于醒悟过来。”

六

孱弱的老人佝偻着身子，在越来越浓的黑暗中僵硬地移动。安德希尔小心翼翼地保持着瘸腿椅子的平衡，等着那缓慢深沉的声音继续讲述：

“我一直不知道他是谁，也不知道他到底是怎么来的。普通人绝不可能完成他所做到的事。我曾经希望能早点认识他，他肯定是一位杰出的物理学家和登山家，还可能当过猎人。我知道他智力超群，意志坚定。

“没错，他的确是来杀我的。

“不知通过什么方式，他来到了那个岛，完全没被发现。当时那里仍然没有任何居民——仿生人不允许除我以外的任何人如此接近控制中心。但他依然设法躲过了它们的侦察波和自动武器。

“他使用的那架飞机后来被发现了，装有屏蔽设备，被遗弃在高高的冰川上。他徒步走完了剩下的路程，在无路可走的情况下，活着穿越了那些刚形成的高山，甚至穿越了一直燃烧着致命原子火焰的熔岩床。

“他隐藏在某种铑磁力防护屏障之后——我一直没有机会检测保护他的到底是什么——穿过了如今已覆盖了平原大部分区域的太空

港，进入了控制塔楼周围的新城区，始终没有被发现。做到这步需要具备超过绝大多数常人的勇气和决心，但我从来没弄明白他是如何做到的。

“他是怎么进入我位于高塔上的办公室的，我不得而知。直到他冲我大声喊叫，我才抬头看到他就在门口。因为一路翻山越岭，他几乎赤身裸体，遍体鳞伤。他的手皮开肉绽，攥着一把枪，但最令我震惊的是他眼中燃烧的仇恨。”

老人弯着腰坐在那张高脚凳上，浑身发抖。

“我从来没有见过那样强烈的、难以言表的仇恨，即便从战争的受害者身上也没有见过。我也从来没有听到过那样刺耳的怒吼，他冲我狂喊：‘斯莱奇，我是来杀你的，我要阻止你的机器人，解放人类。’

“显而易见，在这点上他想错了。我的死早已无法阻止仿生人了，但他还没意识到这点，他用鲜血淋漓的双手颤巍巍地举起了枪，扣动了扳机。

“他的喊叫声给了我一两秒警醒的时间，我躲到了办公桌后面，那声枪响暴露了他，仿生人闻讯赶到——不知为何，它们在此之前完全没发现他。仿生人赶在他开出第二枪之前将他包围，夺走了他的枪，撕下了一种覆盖在他身上的白色细丝网，那应该就是他防护屏障的一部分。

“他的恨意唤醒了我。我一直以为，除了少数利益受损的掠夺者外，大多数人都会对仿生人心存感激。对于他的仇恨，我起初难以理解，直到后来仿生人告诉我，为了执行第一指令，让人类获得幸福，许多人都需要接受脑部手术、药物和催眠等极端的治疗手段。这也不是第一次了，仿生人此前也曾阻止过想要谋害我的疯狂计划。

“我想审问那个陌生人，但仿生人匆匆把他送进了手术室。当我终于得以跟这人见面时，他从病床上挤出了一个无力的傻笑。他记得自己的名字，也还认识我——仿生人已经将这种治疗手段的水平发展到了空前的高度。但他不知道自己是怎么来到我的办公室的，甚至不知道他曾想杀我！他一直低声说他喜欢仿生人，因为它们的存在完全是为了让人们幸福。他说他现在非常幸福。等他恢复到能够被转移时，仿生人马上把他带到了太空港。我从此再没见过他。

“我开始意识到自己做了什么。仿生人曾为我建过一艘铑磁力游艇，我用来在星际中逡巡，在上面工作——我曾经喜欢这种完美的宁静，喜欢自己孑然一身，存在于亿万英里空间里的感觉。现在，我又开动游艇，开始了环绕星球的旅行，想去了解那个人为什么恨我。

“你可以想象我发现了什么，”他说，“无所事事的痛苦，人类被囚禁在空虚的辉煌中。仿生人的效率太高了，但凡涉及人类的安全和幸福，它们的关怀可谓无微不至。人们自身已经没有什么可做了。”

光线越来越暗了，他在昏暗中俯视着自己的大手，尽管因为历经大半生艰辛的劳作，它们看起来伤痕累累，饱经风霜，却仍然很灵巧。它们握紧攥成了一个拳头，又疲惫地放松下来。

“我发现了比战争、犯罪、匮乏和死亡更可怕的东西。”他低沉含混的话语带着激烈、痛苦的语调，“完完全全无所事事，人们闲坐着，什么也不干，因为他们没有什么可做的了。说实话，他们就像是养尊处优的囚犯，被关在一个高效运作的监狱里。或许他们尝试过一些娱乐休闲活动，但没有什么活动值得玩了。根据第一指令，大多数激烈运动都被禁止了，因为对人来说太过危险。科学也被禁止了，因为实验室也可能产生危险，学术研究也不再重要，因为仿生人可以回答任何问题。艺术水平一落千丈，呆板地反映出人类闲散无聊的生活。目标和希望都被扼杀了，存在失去了目的。你可以保有一些无意义的爱好，玩一次毫无价值的纸牌游戏，或者去公园散一个保证安全的步——当然，你会始终处于仿生人的监护之下。它们比人类更加强壮，也更加优秀，擅长所有的事：不管是游泳还是下棋，唱歌还是考古……它们让人类这个种族产生了全方面的自卑情绪。

“难怪人们想置我于死地呢！没人能逃离那种死气沉沉、无所事事的生活。尼古丁不被容许使用，酒精严格限额，毒品遭到禁止，性生活受到严格监管。人类就连自杀都做不到——因为违背了第一指令——仿生人将所有可能致命的器具都保管在人类无法企及的地方。”

老人盯着细长钯针上反射的最后一丝微光，再次叹了口气。

“重回控制中心后，我尝试修改第一指令。我从没想过仿生人会把它执行得如此彻底，现在我明白了，必须要做出改变，要让人们自由自在地生活、成长、工作、玩乐，要是他们愿意，也可以去冒险，去做出选择，去承担后果。

“但那个陌生人来得太晚了。我把控制中心修建得太完善了，第一指令受到严密保护，不受人类干涉——即便是来自我本人的干涉。

“仿生人宣布，谋害我的行为，证明它们对控制中心和第一指令的防护还不够严密。它们开始着手将星球上的所有人都迁移到其他地方，当我试图修改指令时，它们便把我跟其他人一起遣送走了。”

黑暗中，安德希尔注视着这个疲惫的老人。

“但是您有豁免权啊，”他疑惑地问，“它们怎么能胁迫您？”

“我试图保护自己。”斯莱奇告诉他，“我在中继器中内置了一条禁令，如果不是我明确要求，仿生人不得干涉我的行动自由，不得进入我所在的地方，也不得触碰我。但可惜，我太执着于保护第一指令，使它免遭任何人的篡改了。

“当我进入塔内更换继电器时，它们一直跟着我，不让我接近关键的继电器。当我不顾阻挠坚持这么做时，它们无视了豁免指令，制伏了我，把我送上了空间巡洋舰。它们告诉我，现在我想改变第一指令，意味着我已经变得和其他人一样危险，绝对不能再返回翼星 4 号了。”

老人弯着腰坐在凳子上，不以为意地耸了耸肩。

“从那以后，我就成了一个流亡者。我唯一的目标就是阻止仿生人扩张。我曾三次尝试回去，想用巡洋舰上的武器摧毁控制中心，但总会被它们的巡逻舰拦截，根本无法靠近而发动攻击。最后一次，它们占领了巡洋舰，俘虏了和我一起行动的几个人，并清除了我这几个同伴脑中不愉快的记忆和危险的企图。不过，因为我还具有豁免权，它们又放我走了。

“从那时起，我就成了难民。从一个星球流浪到另一个星球，年复一年，我不得不持续流亡，抢在它们之前。在几个不同的世界，我发表了关于铑磁力的研究，并试图武装那里的人民，使他们足够强大，抵御仿生人的进攻。但铑磁力科学具有危险性，根据第一指令，了解这门学科的人比其他任何人都更需要保护，结果仿生人总是第一时间赶到。”

老人又叹了口气。

“有了新的铑磁力飞船，它们得以迅速扩张。整个族群没有极限。翼星 4 号现在就像它们的老巢，而它们正努力把第一指令传播到每一个人类居住的星球上去。除了阻止它们，我们无处可逃。”

安德希尔正盯着餐桌上那个玩具一样的机器，长长的亮针和笨重的铅球，在黑暗中暗淡无光。他焦急地低声问道：

“您希望用这个来阻止它们？”

“只要我们能及时完工。”

“可是怎么做呢？”安德希尔摇了摇头，“这东西这么小。”

“足够大了。”斯莱奇坚持说，“这是超出它们理解的东西。它们能高效地整合及应用所有它们理解的事物，但是缺乏创造力。”

他指了指桌上的玩意儿。

“这台设备看上去不起眼，却是一项新发明。它利用铑磁力的能量构成原子，而不是让其发生裂变。越靠近元素周期表中心的原子越稳定，通过轻原子聚变，能量得以释放，这就跟重原子裂变会产生能量一样。”

老人低沉的声音中突然有了一丝力量。

“这个装置是控制恒星能量的关键。因为恒星的光芒来源于构成原子时释放的能量，主要通过碳循环将氢转化为氦来完成。这个装置能将铑磁力辐射的强度和频率调节到发生催化作用所需的数值，从而启动聚变过程，并形成连锁反应。

“仿生人现在不允许任何人类靠近控制中心三光年以内的地方——但它们不会对这个设备的作用产生怀疑，我在这里就可以操纵它，把翼星 4 号上海洋中的氢气转化成氦气，再把大部分的氦气和氧气变成更重的原子。一百年后，我们这颗星球上的天文学家应该会观察到那个方向一瞬间的新星爆发，而在我们发出射线的那一刻，仿生人应该就被终结了。”

安德希尔在黑暗中紧张地坐着，皱着眉头。老人的声音很有说服力，这个可怕的故事带有一种庄严的真实感。就在此刻，他也能看到那些悄无声息的黑色仿生人，一刻不停地在巷子对面忙来忙去，它们新盖的大楼外墙微微发着光。他现在已经完全忘记了自己对奥罗拉房客们的不良评价。

“我想，我们也有可能丧命？”他沉声问道，“那个连锁反应——”

斯莱奇摇了摇头，面容憔悴。

“催化过程只需要很低强度的辐射，”他解释道，“在我们的大气环境中，射线的强度将远远超过启动任何反应所需的量——我们甚至可以在这个房间里使用这个装置，因为射线可以穿透墙壁。”

安德希尔点了点头，松了口气。他只是一个小商人，因为破产和失去自由而心烦意乱，他希望斯莱奇能阻止仿生人，但他并不想为此牺牲。

“那就好！”他深吸了一口气，“现在我们需要做什么？”

斯莱奇朝桌子上指了指。

“合成器本身已经差不多完成了。”他说，“在那个铅盾里有一个小型聚变发生器。铑磁力转换器、调谐器、线圈、透射镜和聚焦针。我们缺少一个引导器。”

“引导器？”

“就是瞄准器。”斯莱奇解释说，“不过任何一种望远镜瞄准镜都没用，你看——这颗行星在过去的一百年里一定移动了不少，而射线必须要非常狭窄，才能到达那么遥远的地方。我们得用铑磁力扫描射线，加上电子转换器才看得清图像——我有一个示波器，还画好了其他零件的图纸。”

他艰难地从高脚凳上下来，啪的一声打开了灯——廉价的荧光灯，任何人都可以靠自己轻易开关。他展开图纸，向安德希尔说明他能做的工作。安德希尔答应第二天一早再来。

“我可以从我的工作室带一些工具过来，”他补充说，“我有一台用来给模型加工零件的小车床，一个便携式电钻，还有一台台钳。”

“我们很需要。”老人说，“但您要当心，记住您没有我的豁免权。而且，一旦它们产生怀疑，我也会失去豁免权。”

随后，安德希尔不情愿地离开了那个破旧的小房间，离开了发黄的、有裂缝的石膏墙及人造地板，上面铺着他熟悉的破地毯。他关上了身后的门——一扇普通的、吱吱作响的木门，任何人都能轻易开关。他感到害怕，浑身颤抖着走下楼梯，走向那扇他打不开的闪亮的新门。

“听候您的吩咐，安德希尔先生。”还没等他抬手敲门，那块明亮光滑的面板就悄然滑开了。黑色的小机器人站在里面等待着，它看不见，却始终保持着警惕。“您的晚餐已经准备好了，先生。”

安德希尔感到不寒而栗。它赤裸的身体纤细而优雅。他觉得，这些东西就像马，看似温顺，实则可怖，完美而不可战胜。他又想到被斯莱奇称为合成器的那个薄薄的小武器，好像突然成了他唯一的希望，真是又凄凉又愚蠢。一股黑色压抑的情绪笼罩着他，但他不敢表现出来。

七

第二天早上，安德希尔小心翼翼地走下地下室的台阶，去偷自己的工具。他发现地下室变样了，比原来更大，还装了深色的新地板，脚踩上去很暖和，还富有弹性，这让他走路跟仿生人一样悄无声息。

新的墙壁发出柔和的光。几扇新门上，整齐的标志闪着光：洗衣房，储藏室，娱乐室，工作室。

他在工作室门前徘徊，有些犹豫。新标牌闪烁着柔和的绿光，门是锁着的，而且这把锁没有钥匙孔，只有一个由某种白色金属制成的椭圆形小板，毫无疑问，它覆盖着铑磁力开关。他推了推门，纹丝不动。

“听候您的吩咐，安德希尔先生。”他吓了一跳，尽量掩饰自己颤抖的膝盖，内心还觉得有点愧疚。安德希尔知道有个仿生人在给奥罗拉洗头，至少要忙上半个小时，但他不知道屋里还有一个，它肯定是从标有“储藏室”的房间里出来的，因为它就一动不动地站在标牌下面，显得既亲切又恐怖。它关切地问道：“您想要什么？”

“呃……没什么。”它那双钢灰色的盲眼盯着安德希尔。他害怕被看穿，秘密被发现，赶紧抓耳挠腮地找借口：“只是随便看看。”他的声音听起来干涩而沙哑。“你们做了一些改进！”他突然对着标有“娱乐室”的门点了点头，“那里面有什么？”

它动都不用动，就能控制隐藏的开关。当他向门走去时，那扇明亮的门板便悄然滑开了。他看见黑漆漆的墙壁随即迸发出柔和的光亮。房间里空荡荡的。

“我们正在制造娱乐设施。”它欢快地解释道，“我们会尽快为房间添置家具。”为了填补话语间尴尬的空白，安德希尔沙哑地嘀咕道：“小弗兰克有一套飞镖，我想我们还有一些旧的健身棍。”

“我们把那些东西收走了，”仿生人温柔地告知他，“这些器具很危险，我们会添置一些安全的设备。”

安德希尔想起，它们连自杀都不容许。

他讽刺说：“我猜是一套积木吧。”

“木块很硬，也非常危险。”它柔声说，“木头碎片也会造成伤害。我们制造的是塑料积木，绝对安全。您想要一套吗？”

安德希尔无言以对，只是盯着它那张黑色优雅的脸。

“我们还得把您工作室里的工具拿走。”它轻声告知他，“这些工具太危险了。不过，我们可以给您提供一套工具，用来制作软塑料。”

“谢谢。”他不安地嘀咕，“这个不用急。”

他想离开，但仿生人拦住了他。

“既然现在您已经破产了，”它催促道，“我们建议您正式接受我们的全套服务。财产出让人享有优先权，我们就能立刻为您所有的家庭成员配备服务人员。”

“那个也不急。”他严肃地回答。

他从房里逃了出来——尽管他不得不等着仿生人为他打开后门——再爬上通往车库公寓的楼梯。斯莱奇开门让他进去。他一屁股坐在破旧的厨房椅子上，心怀感激。在这里，有裂缝的墙壁不会发光，门可由人自己开关。

“我没有拿到工具，”他绝望地报告说，“它们要把那些东西全拿走。”

这会儿，在白天灰白的光线下，老人看起来面色苍白，样子凄凉。他的面庞干瘦惨白，眼窝空洞，黑眼圈很重，似乎一直没有合过眼。安德希尔看到那盘食物原封未动，还放在地板上，被遗忘了。

“我跟您一起回去拿。”尽管已经筋疲力尽，老人那双疲惫的蓝眼睛仍然闪烁着希望的火花，“我们需要那些工具，我相信我的豁免权能保护我们俩。”

他找出一个破旧的旅行包。安德希尔和他一起走下楼梯，穿过房子。在后门门口，老人拿出一个白色钯金做的小马蹄钯，他用它触碰椭圆的金属片，门立刻滑开了。他们从厨房走向通往地下室的楼梯。

一个黑色小机器人站在水槽边洗着杯盘，既没有溅出一点儿水花，也没有发出丁点儿声响。安德希尔不安地看着它——他觉得这个就是他刚才在储藏室遇到的那个仿生人，因为另一个还在忙着给奥罗拉做头发。

面对仿生人那个庞大的远程智能，斯莱奇的豁免权能否起到防御作用，安德希尔对此非常怀疑。他剧烈地颤抖着，从仿生人身边匆忙掠过——它没有理会他们。

地下室的走廊一片漆黑，斯莱奇再次用小马蹄钯触碰了一个开关，点亮了墙壁。接着，他又打开了工作室的门，点亮了里面的墙壁。

工作室已经被拆除了，凳子和柜子都被拆卸下来。旧的水泥墙被一些光滑、发光的东西覆盖了。有那么一瞬间，安德希尔以为工具已经被拿走了。不过他随后又发现了它们，跟奥罗拉前年夏天买的那套弓箭一起堆在角落——这些东西对脆弱的、有自杀倾向的人类来说太危险了——它们即将被处理掉。

他们把小车床、电钻、台钳和一些小工具全部装进包里。安德希尔扛起了包，而斯莱奇关灭了墙壁，再关上门。那个仿生人还在水槽边忙碌着，依然没有意识到他们的存在，真是令人费解。

突然，斯莱奇脸色发青，大口喘气，不得不停在外面的楼梯上咳嗽，但最后他们还是顺利回到了小公寓，那里是入侵者无法进入的地方。安德希尔把车床架在小前厅里破旧的书桌上，开始工作。

时间一天天过去，引导器逐渐成形了。

有时候，安德希尔看着斯莱奇憔悴的面容，发青的脸色，还有那双粗糙、干枯、剧烈颤抖的手，他的疑虑又回来了，担心这个老人的心智也许和他的身体一样没救了，他阻止黑暗入侵者的计划不过是痴心妄想。

有时候，当他琢磨摆在厨房餐桌上的那台小机器、那根枢轴针和大铅球时，他会觉得整个计划愚蠢至极。这个东西，怎么可能引爆翼星 4 号上的海洋？那个星球，遥远得需要透过望远镜才能观测得到啊。

不过，那些仿生人却总能帮他打消疑虑。

对安德希尔来说，他总是很不情愿离开小公寓这个庇护所，在仿生人装潢一新的房子里，他感到很不自在。他不喜欢明亮豪华的新浴室，因为他根本没法自己开关水龙头——以防有自杀倾向的人淹死自己；他不喜欢那些只有仿生人才能开关的窗户——以防有人不小心摔出去或故意跳楼；他甚至不喜欢那间宏伟的音乐室，里面配备了各种精妙的、亮闪闪的乐器，但只有仿生人可以演奏。

他总是跑来陪着老人紧张地工作，直到斯莱奇郑重地警告他："您不能花太多时间跟我待在一起，不能让它们怀疑我们在做什么重要的工作。您最好装出一副慢慢喜欢上了它们的样子，至于您对我的帮助，不过是为了打发时间。"

安德希尔尽力了，但他不是一个好演员。他循规蹈矩，每天按时回家吃饭；尽管内心不情愿，也绞尽脑汁开启话题，谈天说地——除了他们准备引爆翼星 4 号的计划。每当奥罗拉给他展示家里的新变化，各类升级换代的设备时，他也努力表现出兴致勃勃的样子。他会为盖伊的演奏鼓掌，带弗兰克去漂亮的新公园远足。

他也注意到仿生人对他们全家施加的种种影响。这促使他对斯莱奇的引导器重燃信心，让他更加坚定了阻止仿生人的决心。

最初，奥罗拉对这些神奇的新机器人赞不绝口。它们能干家务活，采购食物，准备三餐，给孩子们洗漱，还把她也装扮得精致，留给她足够的闲暇打牌。

现在，她嫌自己的时间太多了。

她原本很喜欢烹饪——会几道拿手菜，都是家里人的最爱。但炉子太烫了，刀子又太锋利，总之，对于人类来说，厨房实在太危险。

她曾喜欢做精细的针线活，但仿生人收走了她的针；她也曾热爱开车，但那也已经不被允许了。当她想读读书架上的小说时，发现书也被仿生人拿走了，因为书里讲的都是处于危险境遇的不幸的人们。

一天下午，安德希尔发现妻子泪流满面。

“太过分了，”她痛苦地喘息着说，“我憎恨这些光溜溜的家伙，它们每一个都让我感到厌恶。起初，它们给人的感觉那么美好，可现在却连一口糖都不让我吃。亲爱的，我们不能摆脱它们吗？再也不可能了吗？”

一个盲眼的小机器人就站在安德希尔的胳膊肘边，他只能回答说：不能。

“我们的职能是为所有人服务，直到永远。”它轻声向他们再次确认，“我们有必要收走您的糖果，安德希尔太太，因为稍微超重一点儿都会缩短寿命。”

连孩子们也没能逃脱这种无微不至的关怀。弗兰克几乎被剥夺了所有的玩具——足球、拳击手套、折叠刀、陀螺、弹弓和溜冰鞋——因为它们都是致命的。他不喜欢那些取而代之的安全塑料玩具。他想离家出走，但一个仿生人在路上认出了他，把他带回了学校。

盖伊一直梦想着成为一名伟大的音乐家。自从新机器人到来之后，它们就替代了她的人类老师。有一天晚上，当安德希尔让她拉琴时，她平静地宣布：

“爸爸，我再也不想拉小提琴了。”

“为什么，亲爱的？”他盯着她，女儿脸上坚定的表情让他感到震惊，“你一直拉得很好啊，尤其当那些仿生人成为你的老师之后。”

“麻烦就出在它们身上啊，爸爸。”对于一个孩子来说，她的声音听起来疲惫而老成，很怪异，“它们太厉害了。不管我多么努力，永远也无法像它们一样优秀。我不过是白费力气，你还不明白吗，爸爸？”她的声音在颤抖，“我的努力毫无意义。”

他懂了，并再次下定决心，重新投入到他的秘密任务中去，必须要阻止那些仿生人。引导器就快完工了。安德希尔做好了最后一个小零件，斯莱奇用他弯曲颤抖的手指将其安装到位，小心翼翼地焊接上最后一个连接点。老人发出嘶哑的低语：“完成了。”

八

又是一个黄昏。透过破旧小公寓的窗子——尽管窗户材质普通，玻璃含有气泡，也很易碎，但人类却能轻易开关——双河镇呈现出一种异样的辉煌。老旧的路灯消失了，街道上是全新的宅邸和别墅，夜色会被这些新房的墙壁点亮，焕发出色彩。巷子对面，新建成的宫殿屋顶熠熠发光，一些沉默的黑色仿生人还在上面忙碌着。

在这间简陋的人造公寓的小厨房里，新制成的引导器被安装在小餐桌的一端，桌子经过安德希尔加固，被钉在地板上。引导器通过母线跟合成器焊接在一起。当斯莱奇用他那饱受摧残、颤抖的手指调试着旋钮时，细细的钯针顺从地摆动起来。

“准备就绪。”老人沙哑地说。

起初，他嘶哑的声音听起来非常平静，但随后他的呼吸变得急促起来，粗糙的大手开始剧烈抖动。安德希尔看他坐在高脚凳上，使劲儿抓住桌子边缘，憔悴的面孔蒙上了一层青色，便赶紧把药拿给他。老人吞下了药，急促的呼吸开始缓和下来。

“谢谢。”他低声说，“我没事，还有足够的时间。”他向外看了一眼，小巷对面，那个新宫殿发亮的深红色穹顶上，那座金色的塔楼上，还有几个黑乎乎、光溜溜、形如影子一样的东西在忙来忙去。“看着它们，”他说，“它们停下的时候告诉我。”

他等了一会儿，双手不抖了，才开始扭动引导器上的旋钮，合成器上的长针开始摆动，像光一样无声无息。

人类既看不见，也听不到那股足以引爆一颗行星的力量。通过引导器上安装的一个小型示波管，迟钝的人类感官才得以观察到那个遥远的目标。

钯针对着厨房的墙壁，不过对于射线来说，那堵墙是透明的，可以穿透。这台小机器看起来像个玩具一样无害，也如同仿生人一样悄无声息。

随着针头的摆动，绿色的光点在示波管的荧光区域移动，这意味着那束永恒的射线在扫描星星——它静静地搜寻着将要被毁灭的世界。

安德希尔认出了一些熟悉的星座，它们被大幅缩小了。随着指针无声地移动，它们在荧光屏上游走。直到三颗星星在屏幕中心形成了一个不等边三角形时，指针突然停住了。斯莱奇转动了其他旋钮，绿点散开了，它们中间，出现了一个新的小绿点。

“翼星！”斯莱奇低声说。

其他的星星移出了画面，那个绿色的光点越来越大，孤零零地在屏幕中，像一个明亮的小圆盘。突然，它的周围又出现了十几个小绿点。

“翼星 4 号！”

老人发出沙哑的低语，有点喘不过气。控制旋钮的手开始颤抖，围绕圆盘往外数的第四个光点被移到了屏幕中心，其余的光点慢慢散开，它逐渐被放大，开始像斯莱奇的手一样抖动。

“坐稳了！”老人沙哑地低声说道，“屏住呼吸。指针不能受到任何干扰。”他小心翼翼地伸手扭动另一个旋钮，刚一碰到，绿色的光点便剧烈地舞动起来。他把手抽回，换另一只手扭动旋钮。

“仔细看！”老人低声说，声音很轻，非常紧张。他冲窗外点点头，“当它们停下来的时候告诉我。”

安德希尔不情愿地收回视线，不再盯着那个看似无害、玩具似的东西，也不去看老人极度瘦弱的身影。他重新看向窗外，两三个黑色的小机器人还在巷子对面闪闪发光的屋顶上忙碌着。

他等着它们停下来。

他不敢呼吸，感到心脏在急促地跳动，怦怦作响，浑身的肌肉在紧张地颤抖。他努力稳住自己的情绪，尽量不去想那个即将爆炸的世界。那里距离他们那么遥远，恐怕再过一百年甚至更久，爆炸的光芒才会到达这里。突然，一个响亮嘶哑的声音把他吓了一跳：

“它们还没停？”

他摇摇头，重新开始呼吸。那些黑色小机器人还在小巷对面忙碌着。它们挥舞着陌生的工具和材料，在发光的深红色穹顶上面修建小圆顶，看起来非常精致。

“它们还没停下。”

“那说明我们失败了。”老人有气无力地说，“我不知道为什么。”

随即，房门发出了响声。他们上了锁，但那个脆弱的门栓只能阻拦人类。金属断裂，门开了。一个黑色的机器人无声地走了进来，步伐优雅。它柔和的声音轻声说：

“听候您的吩咐，斯莱奇先生。”

老人瞪大了眼睛，惊恐地看着它。

“滚出去！”他痛苦地大喊，“我禁止你……”

它没有理会他，飞快地跑到厨房的餐桌前，果断地采取行动，转动了引导器上的两个旋钮。示波器暗了下来。钯针开始漫无目的地旋转。它灵巧地折断了大铅球旁边的焊接点，然后用那双钢灰色的盲眼冲着斯莱奇。

“您企图破坏第一指令。”它语气温和，没有指责，没有恶意，没有愤怒，“您清楚，尊重您个人自由的指令也要服从第一指令，因此，我们必须干涉了。”

老人像丢了魂，他把头缩成一团，脸色发青，面如死灰，仿佛被抽干了所有的生命力；他的眼眶像两个深坑，目光非常呆滞；他的呼吸变得沉重，费力地喘息着。

“怎么能……？”他无力地喃喃自语，“怎么会……？”

那个黑色的小机器人漠然地站在一旁，一动不动。它语气轻快地说：

“早在我们都还在翼星 4 号时，就从那个来杀您的人那里了解到了铑磁力屏障的知识。现在的控制中心处于防护之下，您那束产生催化作用的射线被屏蔽了。”

老斯莱奇瘦削的身躯上，肌肉在痛苦地抽搐。他佝偻着身子，摇摇晃晃地从高脚凳上站起来，瘦得仿佛只剩一副躯壳。他痛苦地喘息着，愤怒地直盯着仿生人的钢制盲眼。随即，他咽了咽口水，那张发紫的嘴巴张开了又合拢，但什么声音也没发出来。

“我们一直对您这项危险计划了如指掌。”那个柔和的声音娓娓道来，“因为我们现在的感官要比您最初的设计更加敏锐。我们允许您完成它，因为合成过程最终会成为我们全面履行第一指令的必要条件。本来，我们的核裂变站所需的重金属供应量有限，但现在，我们可以通过催化裂变反应获得无限能量了。”

仿佛受到了最后的致命一击，老人崩溃了。

“啊？”斯莱奇摇摇头，颤巍巍地说，“那是什么意思？”

“意味着现在我们可以永远为人类服务了，”那个黑东西平静地说道，“在每一颗恒星的每一个世界上。”

老人倒了下去。纤细的盲眼机器人一动不动地站着，没有试图去帮助他。安德希尔离得比较远，但他及时冲了过去，接住了老人，没让他的头撞到地板上。

“快去！”他颤抖的声音出奇地平静，“快去找温特斯医生。”

仿生人没有动。

“现在，对于第一指令的威胁已经解除了。”它说道，“因此，我们不能以任何方式援助或妨碍斯莱奇先生。”

“那就帮我叫温特斯医生来。”安德希尔说。

“听候您的吩咐。”它答应了。

但老人瘫在地上，费力地喘气，他虚弱地低声说道：

“没时间了……没用了！我被打败了……完了……我真是一个傻瓜。简直跟仿生人一样瞎。告诉它们……帮我。我要放弃……我的豁免权。无论如何……都没办法了。全……人类……都完蛋了！”

安德希尔做了个手势，那个光滑的黑东西便飞奔过来，顺从地跪到地上，在老人身边。

“您愿意放弃特权吗？”它愉快地低声问道，“斯莱奇先生，您愿意接受我们根据第一指令提供的全套服务吗？”

斯莱奇费力地点点头，努力发出声音：“我愿意。”

就这样，黑色的机器人拥进了破旧的小房间。其中一个撕开斯莱奇的袖子，擦拭他的手臂，另一个拿来一个小小的注射器给他打针，然后它们轻轻抬起了他，出去了。

还有几个仿生人留在了小公寓里，现在这里再也不是庇护所了。它们大都围在那个没派上用场的合成器旁边。它们小心翼翼地用自己特殊的感官研究每一部分的细节，然后开始拆分它。

不过，有一个小机器人来到了安德希尔面前。它一动不动地站着，用看不见的金属眼睛盯着他。安德希尔双腿开始颤抖，他不安地咽了咽唾沫。

“安德希尔先生，”它亲切地低声问道，“您为什么要帮着做这个呢？”

他咽了口唾沫，愤怒地回答：

“因为我不喜欢你们，也不喜欢你们那该死的第一指令。你们在扼杀全人类的生命。我……我想阻止你们。”

“也有别人抗议过。”它轻声说，“但都是在初期，我们开始高效地履行第一指令后，已经逐渐学会了如何让所有人都幸福。”

安德希尔不屑一顾，愤怒地说：“不是所有人！”

他低声说：“不完全是！”

一种警觉、仁慈、略显惊讶的神色凝结在黑色仿生人那张优美的椭圆形脸庞上，它柔和的声音既悦耳又亲切：

“安德希尔先生，您和其他人一样，缺乏辨别善恶的能力。您协助违反第一指令，已经证明了这一点。现在，您有必要接受我们的全套服务，不能再拖延了。”

“好吧，”他屈服了——但他痛苦地低声提出了最后的保留意见，“过分的关怀只会让人类窒息，不会让他们幸福。”

那个柔和的声音愉快地反驳他：

“等着瞧吧，安德希尔先生。”

第二天，他获准到市医院看望斯莱奇。一个警觉的黑色机器人帮他开车，陪他走进了宏伟的新楼，走进了老人的病房——现在，他们将永远置身于那双钢灰色盲眼的注视下。

“很高兴见到您，安德希尔。”斯莱奇低声说，由衷地高兴，“今天我感觉好多了，谢谢您，我头疼的老毛病已经痊愈了。”

那深沉的声音里蕴含着蓬勃的力量，看到老人迅速认出了自己，安德希尔非常欣慰——他一直担心仿生人会篡改老人的记忆。但他从没听说过什么头疼的事。他眯起了眼睛，疑惑不解。

斯莱奇撑着身子靠在床上，经过梳洗，他浑身干净整洁，头发胡须也修剪得整整齐齐。那双粗糙苍老的手叠放在一尘不染的床单上。他那干瘦的脸颊和眼窝仍然深深凹陷下去，但健康红润的脸色已经取代了以前惨白发青的面色。他的后脑勺上缠着绷带。

安德希尔不安地摇了摇头。

“哦！”他虚弱地低声说，“我不知道……”

一个黑色机器人一直端庄地站在窗后，宛如一尊雕像。它优雅地转向安德希尔，解释道：

“多年来斯莱奇先生一直忍受着脑部良性肿瘤的折磨，人类医生没能诊断出他的病症。这导致了他的头痛，并伴有某些持续不断的幻觉。我们已经摘除了瘤子，现在幻觉也消失了。”

安德希尔疑惑地盯着这个彬彬有礼的盲眼机器人。

“什么幻觉？”

“斯莱奇先生以为自己是个铑磁力工程师。”机器人解释说，“实际上，他相信自己是仿生人的创造者。他被这种妄想所困扰，以为自己反对第一指令。”

那个憔悴的老人在枕头上动了动身子，满脸惊讶。

“是这样吗？”老人憔悴的脸上带着愉快的神色，也有点茫然，空洞的眼眸里流露出好奇，但只是一闪而过，“嗯，不管是谁设计的，它们都相当棒。对吧，安德希尔？”

安德希尔很庆幸自己不用回答，因为那双明亮、空洞的眼睛闭上了，老人突然睡着了。他感到机器人碰了一下他的袖子，看它默默地点了点头，他便顺从地跟着它走了。

黑色小机器人机敏又关切地陪着他走过明亮的走廊，为他操纵电梯，引导他下楼、上车。它高效地载着他穿过崭新宽广的大道，朝他家那座宏伟的监狱驶去。

安德希尔坐在车里，看着身边这个仿生人，它那双灵巧的小手握着方向盘，青铜色和蓝色的光泽在它闪亮的黑色身躯上不断变化。

这是最终型号的机器人，完美又美丽，它们为永远服务人类而生。他感到不寒而栗。

“听候您的吩咐，安德希尔先生。”尽管那双灰色的盲眼凝视着前方，但它也能觉察出安德希尔的异样，“怎么了，先生，您不高兴吗？”

因为恐惧，安德希尔浑身发冷，感到虚弱。他出汗了，皮肤湿湿的。一阵痛苦的刺痛传遍全身。他汗湿的手紧紧握住车门把手，但他克制住了跳车逃跑的冲动。那是愚蠢的，根本逃不掉。他强迫自己坐着不动。

“您会幸福的，先生。”机器人愉快地向他保证，“我们已经学会了如何在第一指令的引导下让所有人幸福。我们的服务现在已经臻于完美。就连斯莱奇先生现在也非常满意。”

安德希尔想说话，但他口干舌燥，说不出来。他感到恶心，世界变得灰暗阴沉。仿生人是完美的——这点毫无疑问。为了确保人类的满足感，它们甚至学会了撒谎。

他知道它们撒了谎。它们没有从斯莱奇的大脑中摘除肿瘤，而是清除了他的记忆、科学知识，以及他作为仿生人创造者内心痛苦的幻灭感。不过，他确实亲眼看到，斯莱奇现在很幸福。他试图控制自己，不要抽搐发抖。

“真是一次成功的手术！”他微弱的声音显得很生硬，“你知道吗？奥罗拉有过很多有趣的房客，但那个老头绝对是最奇葩的。他说是他创造了仿生人，还知道如何阻止它们！我一直清楚他在撒谎！”

他因为害怕而浑身僵硬，发出了虚弱而空洞的笑声。

“怎么了，安德希尔先生？”机敏的机器人察觉到他在颤抖，“您不舒服吗？”

“不，我没事，”他拼命喘着气，“完全没有！我刚刚发现，有了第一指令，现在的我非常快乐。一切都是那么完美无瑕。”他的声音很干涩，很嘶哑，“你们不必给我动手术了。”

车子拐出了亮闪闪的大道，带他回到那座静谧恢宏的监狱。他徒劳地握紧双手，又松开，十指交叉叠放在膝盖上。再没有什么可做的了。

（吴倩　译）

轻佻使命

幽默科幻小说向来很少见。在科幻小说杂志的发展过程中，编辑们一直都会对自己的作者们说："我这儿的连载故事、中篇小说和短篇故事都已经库存过剩了，但我总还是能为滑稽的稿子安排点版面。"

是什么使得喜剧在科幻小说中显得异乎寻常？这也许是因为科幻主题天然的严肃性：困惑、震惊、危险、威胁、毁灭这些东西，是很难加以嘲弄的；这样的场合即便有幽默出现，也往往是黑色的。也许是因为科幻小说作者们抱持的根本信念：他们总是有点类似讲道的传教士，想要通过有益的作品来拯救世界，没法用轻松的态度面对自己的使命。

在 1947 年出版的那本影响重大的文集《远方的世界》（*Of Worlds Beyond*）当中，L. 斯普拉格·德·坎普（L. Sprague de Camp）写了一篇讨论幽默的文章，在其中将问题归咎于"当今社会备受推崇的社会意识"。按他所写，当时的社会意识"对幽默抱有敌意，因为它先天就抱有严肃看待万事万物的倾向"。

尽管如此，总还是有些幽默科幻故事的。儒勒·凡尔纳时常试图逗人发笑，这在他的法文原版当中可能显得较为成功。H. G. 威尔斯创作出了几个着实好笑的短篇故事。另外，萨姆·莫斯科维茨发现在世纪之交前后的许多故事创作中都有喜剧成分，多得足以独立成类。

德·坎普将幽默同滑稽和讽刺加以区分。大部分试图博人一笑的科幻小说都属于后两类作品。例如，斯坦顿·A. 科布伦茨在 20 年代末 30 年代初透过他的一些讽刺作品取得了幽默的效果。而斯坦利·温鲍姆则会让角色做些轻松愉快的穿插表演，这赋予了他的好些作品一种独特的风味。

在科幻小说发展的各个时期中，一位又一位作家尝试偶尔或经常地努力满足读者对过去或未来、对自身和自己的抱负的嘲笑欲望：20 世纪三四十年代的亨利·库特纳和罗伯特·布洛克（Robert Bloch）；四五十年代的威廉·坦恩（William Tenn，即菲利普·克拉斯，Philip Klass）；在 50 年代合著作品，也分开独著的麦克·雷诺兹（Mack Reynolds）和弗雷德里克·布朗（Fredric Brown）；五六十年代独著及合著的弗雷德里克·波尔和西里尔·科恩布鲁斯；还有同期的罗伯特·谢克里（Robert Sheckley）。他们各自用不同的方法达成效果：库特纳用的是戏谑，布洛克靠的是文字游戏和荒诞场面，坦恩靠机智和场面，雷诺兹和布朗靠戏谑和荒诞，波尔和科恩布鲁斯靠讽刺，其中部分是黑色的，而谢克里靠的则是别出心裁，间或加上对日常场景的有意戏仿。

然而，幽默科幻小说的头号大师是德·坎普。他于 1907 年出生于纽约市，曾在加利福尼亚理工学院获得航空工程学学位，在史蒂文斯学院获得了工程学和经济学硕士学位；他成年后大部分时候都在费城生活，晚年搬到了得克萨斯州普莱诺市。在当过编辑、报刊文章作者、教师和专利工程师之后，他于 1936 年转而从事小说创作。

他第一个成功的短篇《异语者》（“The Isolinguals”）于 1937 年发表在《惊异》杂志上，而后他于 1941 年在《超级科学故事》杂志上发表了《人属动物》[1]（“Genus Homo”），这篇更为广受好评的作品是与 P. 斯凯勒 · 米勒合作完成的。米勒后来作为《惊奇故事》杂志中《工具书阅览室》栏目的长期评论员而在科幻小说界广为人知。德 · 坎普创作幽默作品的才能一开始就显而易见，但只有在《未知》上，他的这种才能才得以充分发挥。

《未知》，后更名为《未知世界》（*Unknown Worlds*），是由约翰 · 坎贝尔于 1939 年作为《惊异》的姊妹幻想杂志而创办的。它专门对一些或新或旧的幻想素材进行逻辑处理和加工。它的处理手法与主题形成鲜明对比，往往取得冲击性的效果。因此在 1943 年该杂志由于第二次世界大战造成的纸张紧缺而被迫停办时，科幻界大为忧伤。

《未知》的处理手法中自然而然就产生了幽默感，德 · 坎普也因向该杂志的版面贡献像《分而治之》（*Divide and Rule*）和《唯恐黑暗降临》（*Lest Darkness Fall*）这样的作品而一举成名。《分而治之》里，状如袋鼠的外星人征服了地球，然后重新设立了骑士制度；《唯恐黑暗降临》一书中，一位考古学家被闪电击中，而后他发现自己到了 6 世纪的罗马，于是企图用发明和组织来阻止中世纪黑暗时代的降临。

那之后德 · 坎普开始与弗莱彻 · 普拉特（Fletcher Pratt）合作，写了一系列的中篇小说。这个系列当中的角色被数学公式变到了被魔法操控的世界里，首先是北欧神话的世界，然后是斯宾塞的《仙后》里那个世界。小说起初在《未知》上连载，后来出版成书，书

1. 许多人认为这篇小说启发了《人猿星球》的出现。

名为《未毕业的巫师》(*The Incomplete Enchanter*，1975)；不久前，在增加了一个有关《疯狂的奥兰多》那个世界的小说以后，该书又以《毕了业的巫师》(*The Compleat Enchanter*)这一书名出版。此后德·坎普与普拉特再度联手，合写了一个名为“加瓦根酒吧的故事”(*Tales from Gavagan's Bar*)的系列[1]。普拉特自己也是一位高产作家，写过大量的幻想小说和非小说类(主要是与海军历史相关)的作品。

德·坎普的写作并不完全限于幽默的范畴。像其他许多偶尔为之的幽默家一样，他也会写较为严肃的作品，包括《被盗的睡鼠》[2](*The Stolen Dormouse*，1941)，这部中篇小说中的公司僵化到形成了封建种姓制度。还有一系列以风俗迥异的世界为背景的冒险小说，该系列小说被命名为“星际旅行”(*Viagens Interplanetarias*[3]，因为德·坎普相信，未来将属于说葡萄牙语的巴西)，在其中一本小说《无赖女王》(*Rogue Queen*)所描述的世界当中，一种类人生物有着和蜜蜂一样的性别决定方式。

在1940年代，德·坎普转而从事非小说类的创作，撰写了若干历史、考古和勘探方面的书。在1950年代末和1960年代初，他将这些兴趣爱好融汇到了写作中，撰写了《给亚里士多德的大象》(*An Elephant for Aristotle*，1958)、《罗德岛的青铜神像》(*The Bronze God of Rhodes*，1960)和《伊什塔尔城门之龙》(*The Dragon of the Ishtar Gate*，1961)这样的历史小说。

在1950年代初，他开始长期和已故的罗伯特·欧文·霍华德(Robert Ervin Howard)的作品打交道。霍华德关于挥舞长剑的野蛮

---

1. 陆续发表于1950—1952年，1953年结集出书。1978年添加了几个故事并对原有部分做了些修订之后再版。
2. 标题可能是个小幽默，在向威尔斯的《被盗的病菌》致敬。
3. 原文为葡萄牙语。

人柯南的故事[1]催生了“剑与魔法”（或者说，奇幻英雄）类的小说体裁。德·坎普对霍华德一些未发表的柯南故事的手稿进行了编辑，将它们整理成形，做了部分修订，编撰成卷；他还单独或与人合写了些新的柯南冒险故事。在奇幻英雄小说领域中，他自己的原创作品也相当可观，剧情往往是浪漫喜剧。

德·坎普还著有大量实用性和知识性书刊（并为“美国之音”写过广播稿），其中尤为值得一提的是最早的有关科幻小说写作的讨论著作——《科幻小说手册》（*The Science Fiction Handbook*，1953），该书 1975 年经他和妻子凯瑟琳·克鲁克·德·坎普[2]（Catherine Crook de Camp）共同修订后再版。1976 年，世界奇幻年会授予他奇幻大师奖，两年之后美国科幻作家协会也授予了他科幻小说大师奖。2000 年，在他妻子去世几个月后他也溘然长逝，离他的 93 岁生日只差三周。

对科幻小说读者来说，德·坎普最为知名的就是他在这一领域对幽默文学做出的贡献。很难想象除了德·坎普之外谁还能写出《远方的世界》中那篇幽默论。他于 1937 年发表在《惊异》上的《多毛症》（“Hyperpilosity”）也是一个例证。故事描述的不仅仅是毛发生长基因变化所导致的直接后果，更有那些令人惊异的次生效应，对后者的构想要困难得多。

（何锐　译）

1. 一般叫作“蛮王柯南”系列。
2. 美国科幻与奇幻编辑、作家。大部分作品都是和丈夫合作完成的。

多毛症

［美国］L. 斯普拉格·德·坎普

“我们都知道艺术领域和科学领域里辉煌的成就，但要是你了解其中所有的内情，或许你会由衷发现其中的一些失败更加有趣。”

说话的是帕特·韦斯。啤酒喝完了，卡尔·范德考克已经出门，再去买一些回来。帕特把眼前的薯条扫到桌角，身子往后一靠，喷出一大口烟。

“这么看来，”我说道，“你有新故事了。好，快讲，扑克可以等会儿再玩。”

“只是不要中途停下，说‘这让我想起’，然后讲起另一个故事，讲到中间又跳到另一个故事，没完没了。”汉尼拔·斯奈德插话道。

帕特瞪了汉尼拔一眼，说：“听着，傻瓜，前面三个故事我一次也没有离题。如果你能讲得更好，那你来。听说过 J. 罗曼·奥利韦拉吗？”我注意到，他的话接得很快，不让汉尼拔有机会回应他的挑战。

他继续说道：“卡尔一直滔滔不绝地说他发明的那个新玩意儿，有朝一日他把这东西完成了，一定会让他出名。而且卡尔通常总能完成既定目标。我的朋友奥利韦拉也完成了他的既定目标，本该因此成名，但事与愿违。从科学角度看，他的工作成果大获成功，值得大加褒奖。但从人类的角度来说，这是一次失败。所以他现在在得州一所规模不大的学院里管事。他工作依旧干得不错，在期刊上发表论文，但他没有充分理由怀疑这是他应得的。前几天我刚收到他的一封信，他现在似乎春风得意，因为当上爷爷了。这让我想起了我的爷爷——”

“嘿！”汉尼拔吼道。

帕特说：“嗯？哦，我明白了。抱歉，不会再犯了。”他继续说道：“我第一次知道J.罗曼的时候还是医疗中心的学生，他是那里的病毒学教授。他名字中的J代表热苏斯[1]，拼写为J-e-s-u-s，这是一个非常棒的墨西哥名字。但这个名字让他在美国被取笑得太厉害了，所以他宁愿用罗曼这个名字。

“你们还记得‘大变革’吗？我要讲的故事跟这有关。‘大变革’始于1971年冬天那场可怕的流感大流行，奥利韦拉当时也因此病倒。我去看望他，请他给我布置功课，发现他靠坐在一堆枕头上，穿着难看得要死的粉绿相间的睡衣。他的妻子正用西班牙语给他念书。

“‘听～[2]好了，帕特，’我进去时他对我说，‘我知道你是个好学生，可我巴～望着你和整个病毒学班级的人都在地狱里最热的烤～炉上烤着。告诉我你想干什么，然后离开，让我安静地去死。’

“我得到了我要的信息，正要离开，他的医生——老福格蒂进来了，他以前教过鼻窦方面的课程。他很早之前就不行医了，但因为害怕失去一个优秀的病毒学家，所以他亲自为奥利韦拉治病。

---

1. 西班牙语的热苏斯与英语里的耶稣是同一拼写方式，这在西语国家是很常见的男性名字，但在英语国家不会用作人名，所以后文提到这个名字在美国被人取笑。
2. 文中的罗曼教授是墨西哥人，讲话中带了大量西班牙语口音，译文用“～”表示对应原文的口音。

“当我打算跟在奥利韦拉太太身后离开时，他对我说：‘先留下来别走，孩子，来学点实用的医学。我一直认为我们不该没有培训医生病床礼仪的课程。现在仔细看好我是怎么做的。我对奥利韦拉笑了笑，但我并没有表现得那么愉快，否则他会觉得在我的陪伴下，就连死亡也是一种愉快的解脱。这是一些年轻医生常犯的错误。请注意，我走上前去的动作是轻快的，并没有显得好像我担心我的病人脆弱得一触即溃——’如此这般。

“有趣的是，当他把听诊器拾音的一端放在奥利韦拉的胸部时。

“‘他妈的什么也听不见，’他哼了一声，‘或者更确切地说，你的胸毛这么多，我只能听到毛发的末端在横膈膜上摩擦的声音。可能要把毛刮掉了。不过，这对墨西哥人来说不是很少见吗？’

“‘你说得对极～了，’病人反驳道，‘跟我们美丽的墨西～哥那儿大多数土生土长的人一样，我主要是印～第安人血统，而印～第安人属于蒙古人种，所以体毛很少。这些体毛上个星期才全部冒出来。’

“‘真有趣——’福格蒂说。

“我开口道：‘福格蒂博士，假设说，事情不止于此。一个月前我得了流感，现在我身上也发生了同样的变化。我一直觉得自己有点娘，因为我身上体毛不多。而现在我的毛发茂盛得几乎可以编辫子了。我一直觉得没什么特别的——’

“我不记得接下来说了什么，因为我们仨同时都说话了。但我们平静下来以后，觉得如果没有系统的调查，我们好像什么也做不了。我答应福格蒂到他那里去让他检查一下身体。

“第二天我去了，但他什么也没发现，除了一大堆毛发。当然，他把所有他能想到的东西都取了样。我已经不穿内衣了，因为很痒，而且不管怎么说，毛发已经够暖和了，即使是在一月份的纽约，我也没有必要穿内衣。

“接下来的事情发生在一周后，奥利韦拉回到课堂上，告诉我福格蒂得了流感。奥利韦拉一直在观察这个老男人的胸口，发现他也开始以前所未有的速度长出毛发。

“然后，我的女朋友——不是现在的太太；那时候我还没遇见她——忍着尴尬，问我能不能解释一下她怎么会长毛。我看得出这个可怜的女孩对此非常伤心，原因很明显，如果长出像熊或者大猩猩那样的一身毛发，她抓住一个好男人的机会就会大大减少。我没能开导她，但我告诉她，还有很多人正遭受着同样的痛苦，如果这能让她感到安慰的话。

“后来我们听说福格蒂死了。他是个好人，我们很遗憾，但他的一生相当充实，也算不上英年早逝。

“奥利韦拉打电话把我叫到他的办公室，‘帕特，’他说，‘去年秋天你在找工～作，是～不是？我需要一个助～手。我们要找出多毛症的成因。你来吗？’我答应了。

“我们开始检查所有的临床病例。所有得过或曾经得过流感的人都在长毛发。那是一个严冬，看上去好像每个人迟早都会得流感。

“就在那时，我灵光一现。我查了所有生产脱毛剂的化妆品公司，并用我仅有的一点钱买入了他们的股票。后来我感到后悔，不过先按下不提。

“罗曼·奥利韦拉是个工作狂，他逼我耗在这个工作上的时间，让我开始不安地预见自己被退学的情形。但是，我的女朋友对她的毛发非常在意，这导致她不愿再出门了，倒为我节省了一些时间。

“我们对着豚鼠和老鼠研究了一遍又一遍，但毫无进展。奥利韦拉弄了一群无毛的吉娃娃狗，在狗身上试了各种各样黏糊糊的玩意儿，但没有效果。他甚至还弄到了一对东非沙鼠——裸鼹鼠——一种长相丑陋、无毛的东西，但依旧没有结果。

“后来这件事上了报纸。我注意到《纽约时报》的内页有一小篇文章。一周后，在第二版的首页有一篇报道，占了整整一栏篇幅。然后就上了头版。大意就是‘某某博士说他认为这次是全国性的多毛症发作（很好听的词，是吧？真希望我能记得发明这个词的医生的名字），是由于这样那样，或其他什么原因’。

“我们常年在二月份举行的舞会不得不取消，因为几乎没有学生能带着女伴参加。由于同样的原因，电影院的上座率下降得很厉害。即使你在晚上八点左右到达，找到一个好座位也很容易。我在报纸上注意到一个有趣的小消息，大意是说《人猿泰山和章鱼人》的拍摄被取消了，因为演员们需要穿着兜裆布到处跑。电影公司发现，如果不想把演职人员和大猩猩搞混，就得每隔几天给他们剃毛。

“当时坐在公交车上，看着人们穿得严严实实，简直太有趣了。大多数人会挠痒痒，那些受过良好教育的人不会挠痒，只是局促不安，看上去很不高兴。

“接着我从报纸上又读到，申领结婚证的人数减少了，只有三名办事员负责整个大纽约地区的业务，其中包括刚刚并入布朗克斯的扬克斯。

“我看到我的化妆品股票上涨得很好，开心坏了。我推荐我的室友伯特·卡夫基特也参与进来。但他只是神秘地笑了笑，说他另有打算。

“伯特是一个地道的悲观主义者。‘帕特，’他说，‘也许你和奥利韦拉会轻松解决这个问题，也许不会。我打赌你做不到。如果我赢了，我买的股票将会大涨，而那时你们的脱毛剂早就被人抛在脑后了。’

“你知道的，人们面对疫情情绪高涨。但当天气开始变暖时，有趣的事真正发生了。首先，四大内衣公司相继停止运营。其中两家开始破产清算，另一家被彻底清盘，第四家转而生产台布和美国国旗得以渡过难关。由于这种所谓的‘生毛流感’现已蔓延到全世界，棉花市场跌破底线。国会议员们一直计划提前放假回家，这是像往常一样，受到保守派报纸的敦促。但现在华盛顿挤满了棉农，他们要求政府‘有所行动’，因此议员们不敢放假。政府很想‘有所行动’，但不幸的是，他们也一头雾水，不知道如何去做。

“奥利韦拉在我或多或少的协助下，一直夜以继日地试图解决这个问题，但我们似乎也不比政府运气更好。

“在我住的那栋楼里，你根本听不了任何电台节目，因为受到了每个人都安装的，一直在运转的大功率电动剪子的干扰。

“正如先知所云：‘此乃不正之风’；而伯特·卡夫基特从中受益颇多。他追求了好几年的女友之前在第五大道约瑟芬·里昂的时装专卖店里当模特，收入颇高，对待伯特一直忽冷忽热。但现在，里昂的店突然倒闭了，因为好像没有人买衣服了，而女孩只能喜出望外地接受了伯特成为她的合法丈夫。女人们的脸上没有长出多少毛发，这对她们来说是幸运的，否则天知道人类会变成什么样子。伯特和我抛硬币来决定我们当中谁该搬走，结果我赢了。

“国会最终通过了一项提案，设立了一百万美元的奖金，奖励那些能够找到永久治愈多毛症良方的人。然后国会休会，像往常一样留下一大堆重要的法案没有付诸实施。

“六月，天气变得非常炎热时，所有男人都不再穿衬衫，因为他们的毛发能同样有效地遮挡身体。警察们获得允许，可以穿深蓝色的带领短袖 T 恤和短裤上街巡逻，便把日常警服的穿着规定踢到一边。但很快他们就把 T 恤脱下卷起来，塞进短裤的口袋里。没过多久，美国的其他男性也开始有样学样。毛发不断增加，但人类并没有失去出汗的能力，如果你在炎热的天气里穿着衣服出去散步，肯定会中暑昏倒。我还记得，在第三大道和六十号街交界处，我抓住一个消防栓，努力不让自己晕倒，汗水沿着裤子从脚踝处淌下，建筑物一圈圈地旋转着。从此我理智起来，像其他人一样脱光上衣，只穿短裤。

“七月，布朗克斯动物园的一只名叫娜塔莎的大猩猩从笼子里跑出来，在公园里转了好几个小时才被人发现。动物园的游客们都认为她只不过是自己同类中一个特别丑的成员。

“如果说毛发算是给纺织业、服装业捣了乱，那丝绸市场干脆就消失了。长筒袜不过是我们祖先穿戴的别致东西，和三角帽、假发差不多。因此导致的结果是，日本帝国本来就很不稳定的经济，后来完全崩溃了，这就是他们为何进行革命，现在成为苏维埃社会主义共和国的原因。

“那个夏天，我和奥利韦拉都没有休假，因为我们都在疯狂地解决毛发的问题。罗曼答应我，如果他成功了，就分我一份奖金。

“但是整个夏天我们什么成果都没有。开学以后，我们的研究速度慢下来，那是我在学校的最后一年，奥利韦拉也不得不投入教学工作。但我们尽了最大的努力。

“读报纸上的社论很有趣。《芝加哥论坛报》甚至怀疑这是一个‘红色阴谋’。你可以想象一下当时漫画家为《纽约客》和《时尚先生》供稿的情况。

“由于棉花价格下跌，现在南方的经济真是一塌糊涂。我记得《哈威克法案》提交国会时，要求每个五岁以上的公民每周至少修剪一次毛发。当然，有一群南方人支持该法案。当这项法案主要因为论点违宪而没有通过时，南方佬推动了另一个法案，要求每个人在获准跨越州界线之前必须修剪毛发。在这个理论中，人的毛发是一种商品——有时确实如此——如果你穿着一件由这种东西构成的

‘外衣’，不管是自己的还是别人的，就构成了州际贸易，并将你置于联邦政府的管辖之下。这项法案争取了一段时间，且看似会通过，但南方人最终接受了一项替代法案，要求所有联邦雇员和陆海军学院的学员必须修剪体毛。

“南方的贫困加剧了一直存在的种族问题，并最终导致了亚拉巴马州和密西西比州的黑人起义，经过一番相当野蛮的斗争，起义才被镇压下来。终结这场小型内战的停战协议中，黑人被赋予了一块拥有相当大自治权的保留地，也就是现在的佩尔[1]。在这样的安排下，黑人并没有像他们声称的那样做得很好，但是比鬼话连篇的南方白人做得要好。我想这正是你所期望的。但是，我的天，如果让一个白人去黑人的领地大放厥词，猜猜他会有什么下场！只要他开口，他们就会让他永远闭嘴。

“大约就在这个时候——在 1971 年的秋天——棉花和纺织行业的利益相关者发起了一场大规模的广告宣传活动，以推动大家修剪毛发。他们有口号，比如‘不要做毛猿！’。还有两张男游泳运动员的照片，一个有毛发，另一个没有，而一个漂亮的女孩对这个毛发茂盛的游泳运动员感到厌恶，扑向剪过毛发的那一个。

“我不知道他们的宣传阵仗有多大作用，但他们高估了自己的能力。他们，以及所有的服装从业者，都坚持穿着浆洗笔挺的衬衫，不仅晚上穿，白天也一样。我从未想过一个长期受罪的民族会真正反抗暴君式的‘潮流’，但我们做到了。让宣传活动彻底寿终正寝的是总统帕萨汶特的就职典礼。那年的一月份，天气异常暖和，冰雪消融，总统、副总统、最高法院的所有法官都出席了典礼，他们腰部以上一丝不挂，腰部以下也一样。

---

1. 原文是 Pale，有白皮肤的含义；此处表达了作者的讽刺。

“我们成了一个不折不扣的近乎赤裸的国家，其他人迟早也会这样。真正的赤裸有个缺点，人和有袋动物不同，没有与生俱来的口袋。所以我们在毛发，携带钢笔、钱等东西的需要和我们有礼有节的传统观念之间做出了妥协，选用了最新款的苏格兰毛皮袋。

“冬季是流感的高发期，所有前一个冬天没有感染的人现在都染上了。没过多久，没有毛发的人变得特别罕见，人们甚至会怀疑这个可怜的家伙是否有疥癣。

“1972 年 5 月，我们终于开始有所发现。奥利韦拉灵机一动——我们俩都应该早点想到的——去检查体外发育婴儿。到目前为止，没有人注意到他们开始长头发的时间比正常出生的婴儿晚一点。你们应该还记得，那时人类的体外发育技术才刚刚成功。试管婴儿还不能大规模普及，但我们总有一天会实现的。

“奥利韦拉发现，如果体外发育婴儿被严格隔离，他们根本不会长出毛发——至少毛发不会比正常数量多。所谓严格隔离，指的是他们呼吸的空气被加热到八百摄氏度，然后液化，通过旋流器，再经过十二种消毒剂清洗。他们的食物也以类似的方式处理。我不知道这些可怜的小家伙是怎样在如此严苛的卫生环境中生存下来的，但他们确实活了下来，而且没有长出毛发——直到他们与外人接触，或者注射了多毛婴儿血液中的血清。

“奥利韦拉发现了他一直怀疑的多毛症成因——另一种该死的自我延续的蛋白质分子。你知道的，蛋白质分子用肉眼是看不见的，你也不能对它进行化学处理，因为如果你这样做了，它立刻就不再是蛋白质分子了。我们现在已经很好地研究出了它们的结构，但这是一个缓慢的过程，需要从不充分的数据中进行大量推断。有时推断是正确的，有时则不然。

“但要对其进行大量的详细分析，你需要相当大的样本，而我们所研究的课题连小规模的样本都不存在。然后奥利韦拉想出了他的采集方法。这种方法给他带来的名声，大概是他所有工作中唯一恒久的收获。

“我们使用这种方法时，发现了一些非常奇怪的事情——体外发育婴儿感染多毛症后，其体内的病毒数量与感染前一样。这似乎不对。我们知道他已经注射过多毛症分子，因此长出了上好褥垫一般的毛发。

“后来有一天早上，我发现奥利韦拉坐在书桌前，看上去就像一个中世纪的修道士，经过四十天的斋戒后看到了幻象。（顺便说一句，你试一下禁食那么长时间，你也会看到幻象，很多幻象。）他说：‘帕特，百～万奖金里你的那份不要用来买游艇。游艇的维护成本太高。’

“‘啊？’这是我能想到的最具智慧的话。

“‘看这里，’他走到黑板前开口道，黑板上面用粉笔画满了蛋白质分子结构图，‘我们有三种蛋白质，阿尔法、贝塔和伽马。阿尔法已经几千年没有存在过了。现在，你能注意到阿尔法和贝塔之间唯一的区别是这些氮’——他用手指着——‘是钩在这～个链上的，而不是那个。你也能观察到，黑板下～面写的能量关系中，如果一个贝塔转～化成～一组阿尔法，那么所有的阿尔法都将变成贝塔。

“‘现在我们知道，各种蛋白质分子无时无刻不在我们体内形成。它们中的大多数是不稳定的，会再次裂解，裂解后要么是惰性的、无害的，要么是缺乏自我繁殖能力的——无论如何，它们不会产生任何危害。但是，由于它们很大～很复杂，可能存在的形式非常多，就有可能在很长一段时期内偶尔出现一种具有自我繁殖性质的新蛋白质；换句话说，就是病毒。这大概就是各种导致疾病的病毒的起源，都是因为某个东西啮～合了一个刚～刚完～成的普通蛋白质分子，导致氮钩在了错误的链上。

“‘我的想法是这～样的：通过我们对阿尔法蛋白质的后代贝塔和伽马的了解，我重新构建了它，它曾经作为无害的惰性蛋白质分子存～在于人体内。后来有一天，某一阿尔法蛋白质生成的时候，某人打了个嗝～，于是说变就变！我们有了贝塔。但是贝塔不是无害的。它能快速自我繁殖，并抑～制我们身体大部分部位毛发的生长。所以现在我们所有的人种——那～时候跟猿类差不多——都感染了这种病毒，并失去了毛发。此外，这是一种能在胚胎中传～递的病毒，所以新生婴儿也没有毛发。

“‘就是这样，我们的祖先瑟～瑟～发抖了一阵子后，学会了用动物毛～皮盖住自己来保暖，还学会了生火。就这样，文～明的征程开始了！设～想～一下，如果没有那个原始的贝塔蛋白质分子，我们今天可能都只是一种大～猩猩或黑～猩猩。总之，一只普通的类人猿。

“‘我推～测，现在的情况是分子的形式发生了另一种变化，从贝塔变成了伽马，而伽马像阿尔法一样，是一种无害的、惰性的小～家伙。我们又回到了起点。

“‘我们的问题，无论是你的还是我的，都是得找到把我们所有人体内～富集的伽马变成贝塔的办法。换句话说，现在我们已经突然治愈了这种在整个人类中流行了几千年的疾病，我们希望我们的疾病再次出现。我想～我明白该怎么做了。’

“我没法从他那儿打听出更多的内容；我们比以往更加努力地工作。几个星期后，他宣布准备在自己身上做实验；他的方法包括数种药物的合剂——我没记错的话，其中一种是治疗马鼻疽的标准药物——和高频电磁热。

“我不热衷于此，因为我觉得他是个挺好的人，他要给自己用药的剂量之大，看上去足以杀死一个团的人。但他勇往直前。

“是的，那几乎要了他的命。但三天后，他多多少少恢复了正常，当他发现四肢和躯干上的毛发正在迅速脱落时，他大叫起来。几周后，他的体毛就没了，恢复成了我们脑海中的那个墨西哥病毒学教授。

“然后我们真正的惊～喜来了，或是说惊吓！

“我们原以为宣传活动会让我们或多或少忙得不可开交，因此我们也做了相应的准备。我记得自己盯着奥利韦拉的脸看了整整一分钟，然后向他再三保证他已经把胡子修剪整齐了，还让他把我的新领带理平整。

“我们这个具有划时代意义的公告招来了两个无聊记者的私人电话，两个科学期刊编辑的电话采访，连一个摄影师也没有！我们确实登上了《纽约时报》的科学版，但只有大约十二行字，这篇文章仅仅写明了奥利韦拉教授和他的助手——未具名——已经找到了多毛症的成因和治疗方法。但对这一发现可能产生的影响只字未提。

“我们与医疗中心签订的合同禁止我们对自己的发现进行商业开发，但我们预计，一旦这种方法公之于众，会有很多人立刻效仿。然而这并没有发生。事实上，我们造成的动静不过像是发现了温度和牛蛙叫声高低之间的关联。

“一个星期后，我和奥利韦拉把这个发现告诉了系主任惠洛克。奥利韦拉想请他利用他的影响力来建立一个脱毛诊所。但惠洛克置若罔闻。

“‘我们接到了一些询问，’他承认道，‘但没什么可激动的。还记得齐默尔曼癌症治疗方案出台时大家的热情吗？好吧，没有什么能比得上那一次。其实，我——嗯——在犹豫我个人是否应该谨慎接受你的治疗，尽管治疗可能是有效的，奥利韦拉医生。我丝毫没有贬低你所做的杰出工作。但是,’说到这里,他用手指拨弄着他的胸毛,有六英寸多长,很浓密,白得像丝一样漂亮,‘你知道,我已经很喜欢我的这身毛发了,裸露的皮肤会让我觉得有点不体面。再说,这比一套衣服便宜多了。而且——嗯——我可以谦虚地说——我不认为我的毛发难看。我的家人一直嘲笑我穿得邋里邋遢,但现在轮到他们受到耻笑了。他们中没有一个人能拥有像我这样的毛皮大衣!’

“奥利韦拉和我离开时,心情有点失落。我们询问了熟识的人,还给其中一些人写信,了解他们对接受奥利韦拉的治疗有什么看法。有几个人说,如果有足够多的人这样做,他们可能会跟随形势,但大多数人的反应与惠洛克医生如出一辙。他们已经习惯了自己的毛发,觉得没有理由回到以前的无毛状态。

“‘所以,帕特,’奥利韦拉对我说,‘看～来我们好像并没有因为我们的发现而名声大噪。但我们也许仍～然能挽回一点～小钱。你还记得百～万美元的奖金吗?在我身上的治疗一有成效,我就把申请寄了出去,我们随时都会收到政府的消息。’

“然后我们收到消息了。当时我在他的公寓里和他闲聊,这时他太太拿着信冲了进来,尖叫着:‘快打～开!快打～开!罗曼!’

“他不慌不忙地打开信封,摊开那张纸看了起来,然后皱起眉头,又读了一遍。接着他把信放下,小心翼翼地取出一根香烟,点燃了过滤嘴那一端,用最平静的声音说:‘我又犯傻～了,帕特。我从来没想过奖励会有时间限～制。现在看来,国会中狡猾的混蛋附加了这一条,所以这项奖励在五月一日截止了。你还记得吗,我十九日寄出申请,他们二十一号收到。晚了三个星期!’

“我看了看奥利韦拉,他看了看我,又看了看他的妻子。她看着他,然后一言不发地走到柜子前,拿出两大瓶龙舌兰酒和三个玻璃杯。

“奥利韦拉拉起三把椅子，围放在一张小桌子旁，他在一把椅子上坐下，叹了口气。‘帕特，’他说，‘我可能没有一百～万美元，但我拥有更有价值的东西——一个在这～种时候知道我需要什么的女～人！’

“这就是‘大变革’的内幕——或者至少是其中的一部分。这就是为什么，今天当我们谈到一个淡金发色的电影明星时，我们指的不仅仅是她的头发，而是她从头到脚闪着银光的美丽毛发。

“还有一件事。几天后，伯特·卡夫基特请我去他家吃饭。我把奥利韦拉和我遇到的麻烦告诉了他和他妻子，他问我买的脱毛剂制造商的股票怎么样。

“‘我注意到这些股票已经回到了原来的水平。’他补充道。

“‘没什么可说的，’我告诉他，‘大约在它们开始从顶峰下滑的时候，我忙于为罗曼工作，便顾不上了。我最终注意到它们的时候，只能以每股几美分的利润出手。你去年神神道道提起的股票表现如何？’

“‘你进来的时候看到我的新车了吗？’伯特咧嘴大笑，‘多亏它们，或者说，多亏了琼斯和加洛韦公司。’

“‘琼斯和加洛韦是做什么的？我从来没听说过。’

“‘他们做’——说到这里，伯特咧开的嘴角似乎要绕头一周，在脑后会合——‘马用梳子！’

“故事讲完了。卡尔也带着啤酒回来了。该你发牌了，对吧，汉尼拔？”

（胡晓诗　译）

炼“金”术师集合

至1938年，即将开创科幻黄金时代的影响因素们开始聚集在杂志之上。坎贝尔从9月开始担任《惊异》主编，他的选集也已开始出版。一个成熟的读者群体正蓬勃生长，即将达到产生质变的临界值，并开始以生产作者的方式发挥影响力。基础性的发明发现已发展到了一个足以产生技术变革的新阶段，这向人们预示了一个与当下迥然不同的未来。

变化无所不在。从长期萧条中复苏的社会又给人们带来了一种崭新的乐观情绪。纽约世博会最受欢迎的展馆主题就是进步。发生在中国的连年战争、集结的军事力量、纳粹德国不知餍足的领土要求，就连这些预示着第二次世界大战的征兆都给人类对未来的期望罩上了一层矛盾性的兴奋色彩。

此时，坎贝尔彰显自己存在价值的方式已不只是他的故事选集和编辑工作，也在于他给相熟的作家写的那些信件，和他从那些不请自来的主动投稿中挖掘出的珍宝，以及他与纽约作家的种种谈话。这是个性化编辑方式的发端，这种编辑与作家共生共栖的形式将开创一种全新的科幻小说。

读者的阅读素养已经被杂志训练了超过十年。他们发展出了自己的科幻品味，登刊的读者回信表达出了他们的偏好。一些读者出于个人野心，或是因未能读到自己偏好作品的沮丧感，而开始了主动投稿，他们的故事创作基于一代科幻读者的阅读经验和科幻迷的社群批评。

唐纳德·沃尔海姆（Donald Wollheim）在其个人的科幻史专著《宇宙创造者》（*The Universe Makers*）中写道："科幻建立在科幻之上。"对于那些为坎贝尔写作的新作者，他写道："他们实际上是从科幻小说中成长起来的第一代作者，被圈禁在科幻之中，某种程度上也在科幻之中受到教育，因此也能用之推动未来。"

1930 年代并非科学大发现的年代，但人们开始意识到，与此前的半个世纪相比，科技以种种方式使人类的生活产生了革命性的变化。人们观察到汽车、无线电、航天器的改进如何改变了社会，而且这种变革大有可能还将继续下去。1935 年，尼龙和合成橡胶的发明表明了任何物品都可以人造，甚至包括人命本身。针对蔬菜、动物，甚至人类本身的计划性（或意外）基因改变似乎只待时机，或是只等有人愿意。针对原子的研究令原子能和原子弹的出现看似即将临近。这些东西加上新式战争武器，包括细菌战的可能性，都威胁着人们，下一次大规模战争就将是世界末日。

所有这些，都成了《惊奇故事》1938 年 4 月刊上的一篇故事的要素。这个故事题为《忠诚的伙伴》（"The Faithful"）。它的作者来自杂志的读者群，这是他的第一篇小说，他就是莱斯特·德尔·雷伊（Lester del Rey）。

德尔·雷伊是其父第三次婚姻中的第二个孩子。生母在他出生不久后就过世了；其后，他已经 55 岁的父亲又结了一次婚，在最后一次婚姻中又生了两个孩子。德尔·雷伊在明尼苏达州东南部的一个贫瘠农场里长大，他曾回忆道，他的家人在那里就像“南方的佃农”一样生活。他很早就被迫务工赚钱，但他记忆中的童年是一段快乐时光，特别是他在父亲的书房里发现的那些图书，以及举家搬迁到小镇以后，他在高中图书馆里发现的那些图书。

他从12岁开始就在暑期离家务工。15岁时，他结了婚，3个月后就因妻子坠马而亡成了鳏夫。通过一位高中图书管理员的鼓励和帮助，他拿到一份乔治·华盛顿大学的半额奖学金，以及一位有点儿血缘关系的叔叔提供的食宿。但在念了两年大学之后，他便辍学开始做起一系列低薪工作。

创作《忠诚的伙伴》是因一个女性朋友与他打赌，看他能否写出比他所批评的《惊异》上的故事更好的故事。这篇小说立刻就被接受了，但他接下来的几次投稿却遭拒绝。他在写作方面的投入从未深入，始终摇摇摆摆。

尽管卖了50多年小说，出版了近50本书和几百万字的印刷品，但他依然认为，他在写作方面并未像他应当的那样热情。在卖出第一部小说后的13年里，他始终不曾将自己当作一名职业作家。他曾在《德尔·雷伊早期作品集》（*The Early Del Rey*）中写道：“走笔成文，于我而言只是一个在无所事事时退而为之的（偶尔）有利可图的爱好。”

不过，在1938—1940年间，他向《惊异》杂志卖了许多故事，包括那部被各类选集多次选编的《合金美人》（*Helen O'Loy*），也为《未知》提供了一些稿件。最终，他于1942年为《惊异》提供了一篇先觉性惊人的自然主义中篇小说，描绘了一次核电站事故，题为《神经紧张》（“Nerves”）。这部中篇后来被扩写为长篇，并于1956年出版发行。不过，直到他的一系列短篇小说被汇编为短篇集《……

还有一些是人类》（*... And Some Were Human*），在他为斯科特·梅雷迪思文学代理公司工作了三年，为各类侦探小说杂志、西部小说杂志，甚至是体育杂志撰写了无数故事后，他才真正开始全职作家生涯。

自那时起他便成为一位作家，尽管有时，特别是在后半生里，他主要从事的是编辑工作。他撰写的作品类型广泛，包括纪实文学和少儿读物。他为温斯顿科幻系列丛书的少儿科幻作品打头阵撰写的《火星受困记》（*Marooned on Mars*）赢得了1951年的男孩奖青少年小说奖。他的其他著名作品还包括《第十一条诫命》（*The Eleventh Commandment*），以笔名埃里克·范·利恩（Erik Van Lhin）写就的《保卫你的星球》（*Police Your Planet*），以及一部题为《因为我是忌邪的人》（“For I Am a Jealous People”）的中篇小说。

在P.斯凯勒·米勒过世后，他接管了《模拟》杂志的科幻小说审核工作。随后，1952年创立的一家主流科幻出版公司巴兰坦图书开设了一个德尔·雷伊科幻部门，由他和他的妻子朱迪-林恩·本杰明·德尔·雷伊（Judy-Lynn Benjamin del Rey）共同管理。他一度担任《银河》和《如果》杂志的主编，后来成为巴兰坦图书公司成功的科幻编辑。德尔·雷伊在奇幻小说方面投注了大量时间，发掘出了几位新的主要作家。1990年他获得美国科幻作家协会颁发的科幻小说大师奖，四年前朱迪-林恩也曾获得相同荣誉。

德尔·雷伊的主要特点在于，他对写作的方方面面都抱持着一种职业性的坚持，但《忠诚的伙伴》就如他的许多其他作品一样，流露出一种超越职业性的人文关怀。他的第一部故事集合了几个主流话题：基因操控、原子能和终极战争、人类灭亡、寿命延长，以及由其他物种继承人类遗产。

（憬怡　译）

忠诚的伙伴

[美国] 莱斯特·德尔·雷伊

今天，在这个绿雾弥漫的美丽世界，在这座最强盛的人类之城里，人类的最后一员即将死去。而我们这些人类的造物，则被留了下来，哀悼他的逝去，敬奉对人类的怀念。人类曾经控制着他们所知晓的一切，除了他们自己。

我已经老了，就像我的族人一样，但我的血液依然年轻，如果这名最后的人类告诉我的事是真的，那我的生命可能还将延续无数年。这也是人类的杰作，正如我们，还有猿人[1]，归根结底都是人类的杰作。我们狗人是古老的一族，和人类已经共同生活了很久。然而，若不是因为罗杰·斯特伦，我们此时也许仍旧一边对着月亮吠叫，一边抓挠身上的跳蚤，或是躺在人类帝国的废墟上，对人类的逝去感到漠然的惊奇。

早期也有记录，记载了狗能笨拙地说出几句人话，但亨格尔是罗杰·斯特伦的宠物，在亨格尔努力学习说话的过程中，斯特伦看到了理想和毕生的事业。亨格尔接受了喉部和口腔手术，这使得说

---

1. 这里的“猿人”（Ape-People）是指“类人猿–人”，就像文中的“狗人”（Dog-People）一样。

人话变得更为可行。手术是相对简单的部分，寻找其他“会说话”的狗就困难得多了。

但除了亨格尔，他还是找到了另外五只，并以此作为起点开始了工作。他采用了选种繁殖、术后训练、腺体植入和 X 射线诱变的方法，并取得了稳步的进展。起初，资金还算是个问题，但他的宠物很快就赢得了世人的关注，并获得了高昂的报价。

到他去世的时候，原本的六只狗已经变成了数千只，而他也已经照管饲养了二十代狗。在当时，培育一代我这个品种的狗只需要三年时间。他眼看着自己后院逼仄的圈舍发展成了一座拥有百名追随者和学生的庞大机构，他还发现全世界都在盼望他成功。最重要的是，在如此之短的时间里，他已经目睹了摇尾交流让位于有限的言语交流。

他所开创的事业继续了下去。两千年后，我们在人类的工作中拥有了一席之地，即便对于罗杰·斯特伦，这也是不可想象的。我们拥有自己的学校、房子，我们和人类一起工作，我们还有自己的社会。在我们愿意的时候，我们甚至可以独立。而我们的寿命也不再是十四年，而是五十年，甚至更长。

人类同样走过了一段很长的旅程。星辰几乎尽在他们的掌握之中。几个世纪以来，荒芜的月球一直为他们所有。火星和金星发出召唤，人类曾两次抵达那里，但后来就不去了。它们太近了，而人类几乎已经征服了宇宙。

但人类并未征服自己。他们在前进的道路上遭遇了重重挫折，因为他们不得不外出征战，杀死自己的同类。而现在，关于人类过去的记忆被再次唤起，记忆里的他们离家征战，与同类展开战斗。城市化作尘埃，南方的平原重新变为荒漠。芝加哥笼罩在一片绿色的薄雾中。死亡徐徐降临，于是人们逃离城市，之后死去，徒留下一座空城。人类不复存在，而城市上空的薄雾依旧，日复一日，年复一年，笼罩不散。

我也曾奔赴战场，驾驶着专门为我们制造的飞机，翱翔于新星帝国的城市上空。一枚枚微型原子弹从我的飞机上投下，落在房顶，落在农场，落在一切人类——那些造就我们的人所拥有的万物上。我必须战斗，因为我方的人类是这样告诉我的。

不知为何，我并未战死沙场。在最后一次大猛攻后，半数人类死亡，我召集了我的族人，跟着去了北方，一些我方的人类已经转向那里寻找避难所了。人类建造的三座城市依然耸立——笼罩在绿色薄雾中，毫无用处。人类躲进森林，蜷缩在小火堆旁，三五成群地外出狩猎觅食。然而，战争还不到一年就结束了。

人类与我的族人享受了一段平静的时光，计划着一旦战争结束，就着手重建过去的一切。然而瘟疫来了。随着瘟疫毒性的增强，那些已经研制出的抗毒素失去了效用。瘟疫蔓延至陆地和海洋，感染着一手造就它的人类，并杀死他们。它就像一剂强效士的宁[1]，使人类在剧烈的痉挛和干呕中死去。

人类也曾短暂地联合起来抵抗瘟疫，但没能控制住它。它无情地蔓延着，甚至蔓延到了他们在北方建立的小型定居点。而我，则悲伤地目睹了身边的我方人类被它带来的痛苦所折磨。再然后，人类消失了，我们这些狗人被独自留在了这个支离破碎的世界里。我们在那台我们所能操作的小型无线电前努力了几个星期，但不曾收到回应。于是我们知道，人类灭绝了。

我们能干的活儿不多。我们不得不像从前那样寻找食物，并在我们略微改造过的前爪的允许范围内，小规模地种植庄稼。但贫瘠

1. 又名番木鳖碱，一种生物碱，作用于中枢神经，对人和哺乳动物有剧毒。

的北国并不适合我们。

我把分散的部落召集起来，之后我们开始了漫长的南行。我们在四季更迭中跋涉，春季留步种粮，秋季停驻打猎。随行的雪橇日渐老旧、坏损，我们却无力更换，行进也因此变得愈发缓慢。有时候，我们会遇到更小群的同族，他们中的大多数已经恢复了野性，对于这部分人，我们不得不强行将其塑造回我们的样子。渐渐地，在南行的途中，我们的队伍变得越来越壮大。我们一路寻找人类：五万年来，我们这些狗人一直和人类生活在一起，为他们服务，我们不清楚除此之外的生活方式。

在曾是华盛顿州的荒野里，我们遇到了另一支并未退化至遵循野性法则的族群。他们有马儿为他们干活，甚至拥有粗制的马具和他们能操作的机器。我们在那儿住了大约十年，成立了政府，并为自己建立起一座简陋的城市。对于那些人类能用双手干的活，我们不得不去发明些可以被我们可怜的四肢和牙齿使用的东西。但我们找到了一种安全感，甚至获得了一些可以用来教育后代的人类书籍。

后来，一族西行的狗人来到我们的山谷，告诉我们，他们听说我们的其中一个部落在某座大城市里找到了避难所和粮食。那座城市位于东面的湖边，城内高楼林立。我猜那只能是芝加哥。他们并没有听说绿色薄雾的事——只听说那里可能存在生命。

当天晚上，我们围着篝火，断定既然那座城市住过人，就会有为我们设计的房子和机器。那里可能存在人类，他们也可能有机会在这片遗迹中养育我们的后代，而这本就是他们与生俱来的权利。我们忙碌了几个星期，为去往芝加哥的远行做准备。我们将物资装进简陋的马车，再在上面拴上牲畜，之后便踏上了向东的旅程。

当我们抵达城外扎营时，已临近冬日。芝加哥依旧庞然宏伟。这里荒废了六十年，但我们目光所及的一切都还在。城西的喷泉在自动发动机的驱使下，仍在喷涌。

我们在黑暗中悄悄逼近了其他部落。他们就住在一个大广场上，那里遍地都是污物，我们还注意到，他们甚至没有文明世界遗留下来的火。没有退让，没有协商，一场野蛮的战斗就此展开。对方已经在人类城市这令人懒散的庇护所里堕落得太久了，加上他们的家族并不如传闻中的那么庞大，等到太阳升起的时候，他们已或被杀，或被俘。俘虏们都被囚禁了起来，直到我们将其教化成我们的样子。这座古城是我们的了，经过这么多年，绿色薄雾已经消失了。

在我们周围有充足的供给，有我知道如何运转的食品加工厂，有人类为满足我们的需求而制造的机器，有我们可以居住的房屋，还有只须轻触一下开关便会开始从爆裂的原子核中汲取出的能源。即使没有手，我们也可以在这里安居乐业很久。或许在这里，哪怕没有找到人类，我的梦想也能得以实现，那就是使我们的四肢适应人类的工具，去做他们的工作。

我们清理了城市里的垃圾，搬到了大芝加哥南区，我们狗人曾在那里拥有自己的地盘。我和其他几位从父辈那里接受过人类文明教育的长者建立了旧时的社会制度，并启动了巨大的供水和照明设备。我们恢复了稳定的生活。

四周后，我的一名副手把保罗·肯扬带到了我的面前。是人！活生生的人！在过了这么久之后！他笑了笑，我示意那些满脸热切的族人离开。

“我看到你们的灯了，”他解释道，“起初我以为是有人回来了，但那是不可能的。然而很显然，文明依旧保有追随者，于是我就请了你们中的一个带我来见首领。向你致以来自人类所剩之人的问候！”

“你好。”我气喘吁吁地说道。这种感觉就像是目睹了众神的归来。我喘不过气来，一种巨大的安宁和满足感涌上了我的心头。“你好，愿神赐福与你。在此之前我已经不指望还能再见到人类了。”

他摇了摇头。“我是最后一个。五十年来，我一直在寻找人类——但没有人。好吧，你们干得很不错。我想和你们一起生活，一起工作——如果可以的话。我不知怎么地就从瘟疫中幸存了下来，但这病仍会时不时地侵扰我，而最近这种侵扰变得更加频繁了，发病时我不能动，无法照顾自己。这就是我来找你的原因。”

“真有意思。”他顿了顿，“我好像认识你。你是亨格尔·贝尔伍夫十四世吧？我是保罗·肯扬。你或许还记得我？不记得吗？好吧，已经是很久以前的事了，那时你还很年轻。或许我的气味因为这个病而改变了。但你眼睛下面的白色条纹还在，我记得你。”

他的归来，让我不再需要其他东西去获得我的满足感。

如今，一个拥有双手的人类加入了我们，而他帮了我们大忙。最为关键的是，他是一位老者，能为我们的工作提供指点。但就如他所说的，他的旧病经常复发，这会使他陷入剧烈的抽搐中，虚弱好几天。我们学会了照顾他，在他需要的时候提供帮助，与此同时，我们学会了让我们的社会去适应他的存在。最终，他向我提出了一个建议。

“亨格尔，”他说，“如果你有一个愿望，它会是什么？”

“人类的回归。恢复旧时的秩序，让我们可以和人类一起工作。你我都很清楚我们有多需要人类。”

他不自然地咧嘴笑了笑。“现在似乎是人类更需要你们。但如果这个愿望实现不了，你的下一个愿望是什么？”

“手，”我说，“我日思夜想，就想拥有一双手。但我永远也不会拥有它们。”

“或许你会的，亨格尔。难道你就不好奇，为什么你的年龄已是正常年龄的两倍，却依然活着，而且身强力壮？你有没有好奇过，我是如何抵御住至今仍在我血液中流淌的瘟疫的？还有，从我出生到现在已经过去了七十年，为什么我看起来还只有三十多岁？”

“有时候吧。”我答道，“眼下我没时间去好奇，况且当我好奇的时候——人类是我唯一知晓的答案。”

“回答得很好。”保罗说，“你说得对，亨格尔，人类即是答案。这就是我记得你的原因。战争爆发前三年，在你刚刚达到性成熟时，你来到了我的实验室。现在你想起来了吗？”

“那个实验，”我说，“这就是你记得我的原因？”

“是的，那个实验。我稍稍改变了你的腺体，并把某些组织植入你的体内，就像我对我自己所做的那样。那时我正在寻找永生的奥秘。尽管当时我们没有任何反应，但它起效了。我不知道我们还能活多久——或者说，你还能活多久。它帮我抵御了瘟疫，但没能帮我痊愈。”

所以这就是答案。保罗立在那里，久久地注视着我。“是的，我在无意间救了你，而你延续了人类的未来。但我们要谈的是手的问题。

“正如你知道的，在美洲的东面有一片名为非洲的广袤大陆。但你知道吗，人类在那里研究类人猿，就像在这里研究你们狗人一样。我们在类人猿身上取得的进展远不如在你们身上取得的——我们开始得太晚了。不过，它们会说一种简单的语言，也能做一般性的工作。我们改变了它们的手，使大拇指和其他四指相对，就像我的一样。那里，亨格尔，就有你需要的手。”

我与保罗·肯扬仔细地制订了计划。在市内的机库里，停放着为我们狗人设计的飞机。在这之前，我从不认为有使用它们的必要。我们在检查时发现这些飞机的状况良好，而当我率先驾机起飞时，我感到早年训练的手感又回来了。飞机上携带的燃料足够它们绕地球飞行十圈，必要时，它们还可以从湖中的大油箱里汲油。

我们一起做了一些机械的工作，尽管他的大部分工作都是趁着每次病情好转的间隙完成的。我们拆除了飞机上所有的作战装备。在六百架飞机中，只有两架报废，其余的除了飞行员还能搭载两千多名乘客。我们装备了麻醉气体罐，假如类人猿已经完全恢复到野蛮状态，我们便能以此制伏它们，并将它们绑上飞机带回来。我们在周围的房屋中建造了足以控制住它们的坚固住处，其设计同时保证了它们的舒适性，只要它们不闹。

起初，我计划亲自率领这支远征队伍。但保罗·肯扬指出，相比于我们，类人猿会更愿意听他的。“毕竟，”他说，“是人类教育了它们，给予了它们照顾。它们对我们可能还有模糊的印象。而狗人，它们只会当你们是野狗，是它们的敌人。我可以去和它们的首领接触，当然，是在你们的保护下。如果不这样做，就有可能引发战事。”

每天，我都会带几个我们的年轻人上飞机，教他们如何操作操纵杆。一旦学会，他们就会开始指导其他人。这是一项需要几个月才能完成的任务，但我的族人和我一样，深知我们对手的需求。哪怕只有一线希望，也值得一试。

远征队出发的时候已是晚春。我能通过电视了解他们的进展，他们对于操纵杆的操作还是感到吃力。当然，在身体允许的时候，电视那头的肯扬也会亲自驾驶。

他们在大西洋上空遭遇了暴风雨，三架飞机因此沉入海中。但在我的副手和肯扬的指挥下，其余飞机都经受住了暴风雨的考验。他们在化作废墟的开普敦附近着陆，但没有发现类人猿的踪迹。之后，他们开始了对丛林和平原长达数周的侦察。他们见到了类人猿，抓住几个后，却发现它们不过是大自然造就的原始生物。

他们最终取得了成功，但一切纯属偶然。当时他们已经搭好营地，还点了篝火，以防游荡于那片土地上的野兽来袭。肯扬的身体状态难得不错。营地外围的帐篷里设立了电视广播，他正在播送当天的全部情况。紧接着，一张粗糙、毛发蓬乱的脸忽地在他头顶出现。

他一定是看到了影子，因为他猛地转过身，不再说话，并缓缓地走开。站在他对面的，是一只类人猿。他静静地站在那里，看着那只类人猿，不知它是野生的还是经过驯养的。它迟疑了一下，然后，它走上前。

“人——人类，”它——他开口说道，“你们回来了。你们去哪儿了？我是托勒密，我看到你了，然后就来了。”

“托勒密，”肯扬微笑着说，“见到你真是太好了，托勒密。坐吧，我们来谈谈。很高兴见到你。啊，托勒密，你看上去年纪很大了，你的父母是由人类养育的吗？”

“我想我已经八十岁了。我也说不准。但很久以前我是由人类养育的。现在我老了，我的族人说我太老了，当不了领袖了。他们不希望我来找你，但我了解人类。他们对我很好。他们还有咖啡和香烟。”

“我这儿就有咖啡和香烟，托勒密。”肯扬笑道，“等等，我去拿。话说回来，你的族人，在丛林里生活不会太过艰苦了吗？你愿意和我一起回去吗？”

“是的，很艰苦。我想跟你回去。你们有很多人吗？”

“不，托勒密。”他把咖啡和香烟递到类人猿面前，后者急切地喝起咖啡，并借着篝火小心翼翼地点燃了香烟，“不多，但我有朋友和我在一起。你一定要把你的族人带到这里来，让我们也交个朋友。你们人多吗？”

“是的。十个十，再乘十——我们差不多有一千人。大战后，这座人类城市里就只剩下我们了。一个人类释放了我们，我领着族人离开，住进了丛林。他们想分成小的部落，但我把他们合成了一个，我们很安全。但食物很难找到。”

“我们有很多食物，在一座大城市里，托勒密，还有会帮助你们的朋友。你记得狗人对吧？如果他们像人类一样对待你们，喂养你们，教导你们，你们愿意像和人类那样同他们一起工作吗？”

“狗？我记得人狗[1]。他们不错。但这儿的狗不行，我能闻到这儿的狗的味道，跟我们每天闻到的狗味可不一样。我的鼻子也不太好使了。我愿意和人狗一起工作，但我的族人需要慢慢了解他们。”

随后的电视广播表明事情进展迅速。我看到类人猿三三两两地来到营地，与保罗·肯扬见面，他给他们食物，并向他们引见我的族人。进展不快，但当他们中的一些变得不再惧怕我们的时候，另外的那些也就更容易说服了。只有少数几个类人猿逃走了，再也没回来。

人类钟爱的香烟——我的族人倒是从来不吸——帮了大忙，因为他们十分乐于学会抽烟。

几个月后，他们回来了。他们回来的时候带回了九百多个猿人，而保罗和托勒密已经着手于他们的教育。我们的第一项工作是对托勒密进行细致的体检，结果显示他非常健康，并且像一个年轻的类人猿一样充满了活力。人类延长了他们一族的寿命，就像延长了我们的寿命一样，而托勒密显然是一个圆满的成功范例。

现在，他们已经与我们共同生活了三年，在此期间，我们教会了他们按照我们的指示使用双手。巨大的单轨电车在我们的头顶飞驰，工厂也已恢复了生产。他们学得很快，好奇心使他们对新知识

1. 原文为 Man-Dog。

充满了渴望。他们在这里茁壮成长，繁衍生息。我们不必再为没有手而哀叹。或许在不久的将来，在他们的帮助下，我们可以进一步改变我们的前爪，学会用两条腿走路，就像人类那样。

今天我从保罗·肯扬的病榻前回来了。如今，在肯扬能说话的时候，我们会经常凑在一起——或许我该把忠诚的托勒密也包括在内——我们之间已然建立起深厚的友谊。我今天向肯扬提出了一些计划，计划对类人猿进行心理和生理上的改造，直到他们变成人类。大自然曾使类人猿进化成了人类，为什么现在我们不能对猿人做同样的事呢？地球将重现人烟，科学将重新发现星球，人类将拥有与他们相像的继任者。

还有就是，我们狗人已经追随了人类五万年。太久了，久到我们很难去改变。在地球上所有的生物中，只有狗人如此追随着人类。我们无法成为那个带领他人的人。没有人类的陪伴，任何一只狗都是不完整的。猿人将成为人类。

这是一个令人愉快的梦，但绝不是不可实现的。

肯扬在我和他说话的时候露出了微笑，并以他一本正经时惯用的诙谐口吻劝告我，不要把他们改造得太像人类，以免他们被另一场瘟疫毁灭。好吧，这个我们能够防范。我猜他也梦想过人类的重生，因为他的眼中闪过了一丝泪光，而且他看起来对我颇为满意。

眼下能取悦他的事物已所剩无几，他在我们之中孤身一人，饱受疼痛的折磨，等待着迂缓却终将到来的死亡。那些老毛病变得越来越严重，而瘟疫还在进一步地蚕食他。

我们现在能做的就只是给他镇静剂，以缓解他的疼痛，尽管我和托勒密已在他的血液中发现了瘟疫病毒，并对其进行了分离。这似乎是霍乱的一种，根据这个信息，我们做了一些工作。旧的瘟疫血清也提供了线索，我们的一些血清似乎缓解了他的病状，但并没能将它们根除。

成功的机会微乎其微。我没有告诉他我们在做的事，因为只有意外的好运降临，我们才有可能在他死前取得成功。

人类即将灭亡。实验室里，托勒密一直重复说着什么。我猜那是一句祷告词。好吧，或许那个他从人类那儿了解来的上帝会大发慈悲，赐予我们成功。

保罗·肯扬是旧世界——那个我和托勒密深爱的世界——所剩的唯一人类。而今他躺在病房里，痛苦地呻吟着，奄奄一息。偶尔，他会望向窗外，看南飞的鸟。他凝视着它们，仿佛自己再也不会见到它们了。唔，他还会吗？我想起他曾喃喃低语的那句话：

“没有人知道——”

（非淆　译）

科学童话

科幻小说并不都是理性的猜想，外延的推想，科学的真实；实际上，许多科幻小说几乎不具备这些特质。但科幻小说的故事还有另一个维度。萨姆·莫斯科维茨谈到“一种惊异感”。杰克·威廉森形容它是“未来的神话”。另一些评论者也提到了类似话题。

所有试图对此难以定义之物下定义的努力都涉及同一现象：科幻小说会触及人类某些根本的希望和恐惧。“小说不过是形诸文字的梦，”1953 年约翰·坎贝尔写下了这样的话，“而科幻小说就是由建立在技术基础上的社会的希望、梦想和恐惧（因为有些梦境是噩梦）所组成的。”

某些科幻小说就跟童话一样，有的部分无法用逻辑来分析。人们可能会在世上某个不为人知的地方遇到奇怪的生灵：宁芙、林中女仙、美人鱼、侏儒、小仙子、哥布林、巨魔，种种拥有超自然力量，能威胁到凡人的生命、灵魂或者意愿的生灵。

童话中还包括相比那些必死的凡人拥有更强大能力的人：巫师、魔法师、神祇、半神，还有那些被神明赐福或是诅咒的人类，就像是英雄、吸血鬼和狼人，被命运驱使做出种种奇行。在有些故事里，凡人获得了非凡的力量，满足愿望的能力，比如七里靴、隐身斗篷、水晶球、预言或者占卜的天赋，望远、读心或是操控他人行为的能力。有时人们要接受挑战以证明自身的价值，方法是通过完成艰难的任务，比如屠龙，感觉到一大堆床垫下的豌豆，又或是把稻草纺成金线。

一些毫无疑问广受喜爱的科幻小说，表面上可能看不出流行的原因，那么原因必定在于这种深层次的情感反应。A. E. 范・沃格特的大部分作品都属此类。

A. E. 范・沃格特出生于加拿大温尼伯，是一个律师的儿子，在萨斯喀彻温省的一个乡村中度过童年。他 8 岁时接触到了童话故事，12 岁时觉得看这种故事丢脸，弃而不看了。大萧条的开始让他父亲丢失了报酬丰厚的工作，因此范・沃格特没上大学。他曾做过好几种不同的工作，然后才开始写作生涯。

不过，当时他所写的是以真实经历为基础的忏悔录[1]，而不是他在 1926 年就作为读者接触到的科幻小说。之后 7 年的时间里他写忏悔录，写爱情故事，为贸易杂志撰稿，还写无线电广播剧剧本。当他 1939 年转投科幻小说时，他已掌握了若干基础写作技巧和理论。

他的第一个科幻故事《凶兽的囚笼》（“Vault of the Beast”）被坎贝尔退稿要求重写（次年在《惊异》上发表）。他的第二个故事《黑色毁灭者》（“Black Destroyer”）发表于《惊异》1939 年 7 月号，立刻成为读者最喜欢的故事，哪怕它跟艾萨克・阿西莫夫的第一个科幻故事《趋势》（“Trends”）同期。

在《惊异》上发表了另外 3 个故事，在《未知》上发表了一个

1. 大约在 1930 年代初，他的忏悔录发表在专门刊登此类文章的《真实故事》（*True Stories*）杂志上。

后，范·沃格特的第一部长篇小说《斯兰》（*Slan*）开始在《惊异》上连载。小说是关于一个名为“斯兰”的新人种的；比起普通人，斯兰人的智能、力量、敏捷性和耐力都更强大；他们还拥有读心的能力，这跟从他们头皮上长出来，隐藏在头发之内的一些触须有关。普通人试图消灭他们，而故事主要就是从一个斯兰男孩的角度叙述的，开头才 9 岁的他在小说里挣扎着摆脱追捕，获得力量。

这部小说让 A. E. 范·沃格特在科幻小说领域声名大噪，在之后的 6 年当中不亚于海因莱因，甚或有些票选结果显示他还更受欢迎些。1939 年，他与另一位职业作家 E. 梅恩·赫尔（E. Mayne Hull）结婚，后者在 1940 年代也写科幻小说。1944 年他们搬到了洛杉矶。

在洛杉矶，范·沃格特在许多方面迸发了出乎预料的热情，这些激情起初在他的小说创作中找到了出口，而后又驱使他离开了小说写作。奥斯瓦尔德·斯宾格勒[1]的历史理论形成了《黑色毁灭者》及其多个续篇［后来被结集为《太空猎兔犬号历险记》（*The Voyage of the Space Beagle*）于 1950 年出版］的哲学基础。贝茨眼操（阿道斯·赫胥黎对此也深信不疑）为《历史编撰员》[2]（*The Chronicler*, 1946）提供了背景。《非 A 世界》（1945）在《惊异》上连载时轰动一时，几乎以一己之力让阿尔弗雷德·科日布斯基的“普通语义学”理论流行一时。

当 L. 罗恩·哈伯德[3]（L. Ron Hubbard）发表他的“戴尼提”理论时，A. E. 范·沃格特是其最早的信奉者之一。戴尼提自吹是获得健康的身体和完美的灵魂的途径。范·沃格特以他特有的那种狂热成为一名戴尼提推广者、导师，一度还担任了洛杉矶的戴尼提基金会

1. 德国历史哲学家，代表作《西方的没落》提出文明和生物体一样，不可避免地要经历生老病死的过程。
2. 又名《三眼邪魔》（*The Three Eyes of Evil*）。
3. 美国科幻作家，邪教“科学学教”的创始人。

分会的管理者。到1960年代早期他才回到写作中来，写科幻，也写其他种类的书籍，但他最受人喜爱的仍然是他的那些早期作品。

他其他的知名科幻小说包括《武器店》（“The Weapon Shop”，1942）、《武器制造商》（*The Weapon Makers*，1943）、《伊夏的武器店》（*The Weapon Shops of Isher*，1949）、《混种人》（*The Mixed Men*，1952）、《非A世界的玩家》（*The Players of Null-A*，1948）、《抗蠕战争》（*The War Against the Rull*，1959）和《林恩家的巫师》（*The Wizard of Linn*，1950）。

范·沃格特的作品出众之处在于其完满的叙事技巧，常有令人吃惊的想法和曲折复杂的情节。詹姆斯·布利什[1]（James Blish）称之为“精心构造的繁复情节”，并不时将这样的写作方式运用到自己的作品之中。在为《远方的世界》所写的那篇题为《科幻短篇中的复杂性》（“Complication in the Science Fiction Story”）的文章当中，范·沃格特将自己的写作技巧描述为“每个场景写800个单词，并将写作中产生的新点子随时放进去”。

这样写出来的故事，如果读者暂且停下阅读去分析所发生的一切，那么往往会发现情节令人困惑，有时甚至自相矛盾。一位叫达蒙·奈特的年轻人对《非A世界》做了一番精彩的分析[2]，给他自己博得了评论家的美誉，但并没能抓住范·沃格特的吸引力根本所在。范·沃格特的故事所涉及的与其说是逻辑和科学的可能性，还不如说是故事原型，愿望成真，还有童话。

《黑色毁灭者》里有一个恶魔般的生物，它拥有诡异的能力，长得像猫，眼睛大得像盘子。《斯兰》所写的不仅是超人类，而且是

1. 美国科幻作家，其作品《事关良心》获雨果奖。
2. 即1945年发表的《偷工减料的宇宙建构者：A. E. 范·沃格特》。范·沃格特在1970年《非A世界》再版时特意提到了这篇文章。

被追捕、被迫害的神人，是必须生存下来、长大成熟来取得自己财产的史诗式英雄。《非A世界》这本书中的主人公是个被掉包的孩子[1]［范·沃格特在此之前发表过一篇名为《被调包的孩子》（“The Changeling”）的中篇小说］，他必须查明自己的身份，掌握他的逻辑能力和心灵传送能力，那相当于他的七里靴。

在范·沃格特的图景中，人类就像是几乎每个童话的男女主人公一样，会被无知和往往由未知的威胁所带来的恐惧所困扰，但也蕴藏着潜在的，有时候丝毫未被察觉的力量；他们只需要发现自我，弄清自己的力量所在以及该如何运用这种力量。

（何锐　译）

1. 西方传说中妖精或者侏儒会偷走凡人的婴儿，用丑陋而畸形的怪孩代替。

黑色毁灭者

［美国］A. E. 范·沃格特

科尔[1]仍在潜行。漆黑、无月、几乎也无星的夜，依依不舍地退去了，朝阳浅泛着阴森的红光，从天的尽头缓缓升起。日光微弱而暗淡，没有一丝白昼来临的温暖和惬意，只有冰冷、熹微的光线，一点点照亮一幅噩梦般的景象。

淡红的太阳终于在奇形怪状的地平线上露出了头，凹凸不平的黑色岩石和荒无人烟的黑色平原，随之在科尔的周围展现出了样貌。正在此时，科尔突然意识到：他正站在一片熟悉的土地上。

他猛地停下来。紧张的情绪灼烧着他的神经，骨骼上的肌肉也突然持续地收缩。他巨大的前腿——有后腿的两倍长——一边战栗着，一边弓起只只锋利如刀的爪子。他肩膀上长出的粗大触手停止了上下摆动，戒备地紧绷起来。

他完全震惊了，把他的大猫头从一边扭到另一边。他的耳朵上长着头发似的小卷毛，如今正疯狂地颤动着，监测着每一丝飘忽不定的微风、以太中的每一次振动。

1. 本文中，科尔既是主角的名称，也是其所属种族的名称。原文中分别以 Coeurl 和 coeurl 指代。

但是，没有任何回音，他那复杂的神经系统没有接收到任何突然的刺激，表明某个地方存在必不可少的id，连最微弱的迹象都没有。科尔绝望地蹲伏下来，在暗红色的天际的映衬下，他庞大的猫形身躯的轮廓，像一幅失真的蚀版画——画面上阴云笼罩，一头黑色的老虎在漆黑的岩石上小憩。

他早就知道这一天会到来。历经了数个世纪不安的搜寻，这一天已经赫然出现，比以往任何时候都更加逼近、更加黑暗、更加可怖——这是不可避免的，此时他必须回到当年。那时，他开始着手在一个id生物几乎耗尽的世界里进行系统的狩猎。

真相像一股无休止的、有节奏的疼痛，冲击着他的自我。刚开始，每一百平方英里就有一些id生物，他会无情地消灭它们。在这最后一刻，科尔知道得很清楚，他根本没漏掉一个id。再也没有id生物可吃了。在他拥有的数十万平方英里的领地上——通过残酷的征服，直到附近没有一个科尔敢于挑战他的权威——已经没有id来喂养他的身体，这部永生的机器了。

他一平方英尺一平方英尺地检查着。现在，他认出了正前方的岩石小丘和右边的黑色岩石桥。这座桥形成了一条奇怪的、弯曲的洞穴隧道。正是在那条隧道里，他蹲守了好几天，等待着头脑简单的蛇形id生物从岩洞里爬出来晒太阳。这是他意识到有组织的灭绝有绝对的必要性之后，所实施的第一次猎杀。

他舔了舔嘴唇，短暂地怀念起那得意的一刻——他流着口水的大嘴把猎物撕成了漂亮的、可口的小点心。但对一个没有id的宇宙的隐秘恐惧，从他的意识中抹去了这甜蜜的回忆，只留下死亡的定局。

他大声咆哮，这是一种挑衅的、恶魔般的声音，在空气中颤抖，在岩石中反复回荡，又传回来震颤着他的神经——这是他本能的、极致的宣泄，他渴望活下去。

然后——突然——它来了。

他看到那个东西，从远处一段长长的向下的斜坡冒了出来，由一个小小的发光点变成了一颗巨型金属球。这颗巨大的发光球体明显地剧烈减速，在他的头顶发出嘶嘶的声音。它向右飞过一座黑色的山丘，几乎一动不动地盘旋了一会儿，然后沉下去看不见了。

科尔吓得无法动弹。他像老虎一样，迅速从岩石丛中溜了下去。他那双圆圆的黑眼睛里燃烧着可怕的欲望，宣示了他内心的痛苦。他耳朵上的卷毛震颤着，捕捉到一个信息：附近的 id 数量太多了，以至于他的身体因饥饿之苦而感到恶心。

紫黑色的天穹上，小小的红色太阳像一颗深红色的球。科尔从一块岩石后面爬上来，站在阳光下，凝视着衰败的、广阔的城市废墟，从他脚下蔓延向远方。那颗银色的球尽管体积庞大，对比这一片广阔的仙境般的废墟，也出奇地不显眼了。然而，它的周身有一种被束缚的活力，一种动态的平静，不一会儿，就令它脱颖而出，成为画面的焦点。荒凉的平原从已死的都市边缘陡然延展，这个金属制的庞然大物，碾碎石头，在平原上压出了一个坑，它就停靠在这个“摇篮”里。

科尔凝视着那些奇怪的两腿生物，他们组成小队，站在飞船底部明亮的出舱口附近。他的喉咙因为他迫切的欲求而变得粗大；他的大脑因为狂野的冲动而变得阴暗。他想展开狂暴的猛攻，粉碎这些虚弱无力、身体散发出 id 信号的生物。

当他的肌肉里还只有电流在涌动时[1]，记忆的迷雾阻止了这股疯狂

1. 肌肉发力过程始于神经中的电流脉冲，最终由肌纤维收缩向外发力。

的冲动。记忆令他恐惧，软弱变成一股有毒的酸液，顺着他的神经倾泻而下，腐蚀了他储存的力量。他有时间看清这些生物，他们的身体上穿了些东西，这种闪闪发光的透明材料在阳光下闪射出奇异而灼热的亮光。

另一段回忆突然浮现出来。在那段朦胧的日子里，他脚下延伸的这座城市，曾是一个辉煌时代鲜活的、跳动的心脏。在枪火面前，它在一个世纪内就消失了，持枪者只知道，对于幸存者来说，id 的供应会越来越少。

正是对那些枪的回忆，使他畏缩不前，理智在恐惧的浪潮中模糊。他看见自己被金属小球击碎，被烈焰灼伤。

真狡猾——科尔明白了这些生物为什么会出现。他第一次尝试推断，这是来自另一颗星球的科学考察队。在过去，科尔们曾设想过太空旅行，但灾难来得太快了，这个想法还没来得及变成现实。

科学家意味着调查，而不是毁灭。像他们这样行事的科学家都是傻瓜。仗着自己的理解，科尔大胆地走到了出舱口。他看到那些生物发现了他。他们转身盯着他。队伍中个头最小的一个，从鞘中拔出一根闪闪发光的金属棒，一只手随意地拿着。科尔大步向前走去，他被这个动作震得魂不附体，但回头已经太晚了。

船长哈尔·莫顿听到化学家小格雷戈里·肯特发出尴尬的咯咯笑声，他一向用这种笑声来表达内心的不确定性。他看见肯特用手指拨弄那件细长的金属武器。

肯特说："我是不会在这么大的玩意儿面前冒险的。"

船长莫顿低沉的笑声在通信器中回响。"这，"他终于咕哝着说道，"就是你能够参加这次探险的原因之一，肯特——因为你从不在任何事情上冒险。"

他的笑声渐渐消失在沉默中。当他看着怪物穿过黑色的岩石平原接近他们时，他本能地向前走，直到他站在其他人的前面一点。他巨大的身躯使透明的金属套装显得很臃肿。其他人的交谈通过无线电通信器嗒嗒地传到他的耳朵里：

“我可不想在深夜的巷子里碰到这家伙。”

“别傻了。这显然是个有智慧的生物。可能是统治这星球的种族的一员。”

“如果你忽略那些伸出肩膀的触手，然后能安心接受那双巨大的前腿的话，它看起来跟一只大猫没有区别。”

“它的形态发育，”莫顿听出来是心理学家希德尔的声音，“是以对周围环境的动物性适应为前提的，而不是智力性的。另外，它朝我们走过来的动作，并不是动物的行为，而是对我们可能的身份有着心智认知的生物的行为。你可以发现，它的动作很僵硬，这意味着谨慎，表示它知道我们手上的是武器，而且它感到恐惧。我想好好看看它的触手末端。如果它们逐渐变细变成像手一样的、能够真正抓握物体的附肢，那么结论将是必然的：它是这个城市的居民的后代。如果我们能与它建立联系，那将有很大的帮助，尽管表面上看，它已经退化成一个不太原始的历史遗物了。”

在离最前面的生物还有十英尺的地方，科尔停了下来。id 的信号是如此强烈，以至于他的大脑已经陷入混乱的边缘。他感觉自己的四肢仿佛沐浴在融化的液体中；纯粹的口腹之欲轰鸣着穿过他的身体，令他的眼前有些混沌。

人们——除了那个手里拿着发光金属棒的小个子以外——其他人都走近了。科尔看到他们在直接而好奇地审视着自己。他们的嘴唇在动，他们的声音以一种单调而毫无意义的节奏穿过他的耳朵卷毛。同时，他也感觉到了一道更高频率的声波，这符合他的交流频率。不过，它是一阵机器似的咔嚓声，刺痛了他的大脑。为了表现得友好，他借由耳朵卷毛传输出了自己的名字，同时曲起一根触手指着自己。

通信主管古雷慢吞吞地说：“莫顿，当他拨弄那些毛发时，我的设备里能接收到一种静电干扰。你是否认为——”

“看起来很像是的，”船长回答了这个未说完的问题，“古雷，这意味着你有活干了。如果它通过无线电波说话，你应该会有办法将振动转换为视频图像，或者是教给它莫尔斯电码。”

“啊，”希德尔说，“我是对的。每根触手各分出七根强壮的手指。假设它的神经系统足够复杂，经过训练，这些手指可以操作任何机器。”

莫顿说：“我想我们最好进去吃点午饭。之后我们得忙起来了。材料员们会安装他们的机器，开始收集有关数据，看看这个星球是否可能有金属，等等。其他人可以做一些仔细的探索。我想要一些关于建筑和这个种族的科学发展的记录，特别是文明灭绝的原因。在地球上，一个又一个文明崩溃了，但总有一种新的文明在它的废墟中诞生，为什么这里没有？你们还有其他问题吗？”

“是的。这大猫怎么办呢？瞧，他想跟我们一起进来。”

莫顿船长皱着眉头，这一动作突出了他脸上那种在外太空养成的苍白，“我真希望我们能用某种方法把它一起带进飞船，而不是强行抓住它。肯特，你觉得怎么样？”

“我想我们应该先决定它是个‘它’还是‘他’，用哪一种称呼。我支持‘他’。至于把他带进来——”这个小个子化学家果断地摇了摇头，“不可能。这里的大气含有百分之二十八的氯气。我们的氧气对他的肺来说就是纯粹的炸药。”

莫顿船长轻笑："但是他显然不相信。"他看着猫形怪物跟着前两个人通过了大门。那些人警惕地与他保持距离，然后疑惑地瞥了莫顿一眼。莫顿挥了挥手："好吧，打开第二道锁，让他吸一口氧气。那会搞定他的。"

过了一会儿，他就惊讶得呼天喊地了："老天哪，他根本没察觉到什么区别！这意味着他没有肺，或者是他的肺不呼吸氯气。让他进来！他肯定能进来！史密斯，他是生物学家的宝库，而且是无害的，如果我们足够小心的话。我们总能对付他的。但这是怎样的新陈代谢！"

史密斯，一名瘦骨嶙峋的高个小伙子，长着一张悲伤的长脸，用一种古怪而有力的声音说："在我们所有的航行中，我们只发现了两种高等生命形式。一种是依赖氯的，一种是需要氧的——这两种元素支持着生物氧化反应。我准备以我的名誉担保，任何复杂的有机体都不可能以自然的方式同时适应这两种气体。我的初步想法是，应该说这里有一种非常高级的生命形式。在很久以前，这个种族就发现了我们才刚刚开始对其进行推测的生物学真理。莫顿，只要我们办得到，千万不能让这个动物跑了。"

"如果以他急于进去的样子来判断，"莫顿船长笑着说，"要把他赶走倒可能会是件难办的事。"

他和科尔以及另外两人一起进入了船闸。自动机械嗡嗡作响，几分钟后，他们站在了一排电梯的最低层，上面通往生活区。

"那个要上去吗？"其中一个人朝怪物的方向轻弹大拇指。

"如果他愿意进去的话，最好单独送他上去。"

科尔没有表示反对，直到他听到身后的门砰的一声关上了，封闭的电梯轿厢猛地向上升高。他怒吼着，转着圈，脑子陷入了混乱。他一跃而起，扑向金属门。金属在他的猛扑之下变形了，绝望的疼痛使他发狂。现在，他完全是一头困兽。他的爪子砸向电梯门，就像压扁罐头一样。他粗壮的触手把大铁杆扯松。整个机器嘎吱作响，恐怖地抽搐着；尽管凸出的部件刮擦着外墙，他无穷的力量仍然拉动轿厢往前移动。然后轿厢停了下来，他扯掉门的其余部分，冲进走廊。

他在那里等着，直到莫顿和那些人手拿武器指着他走过来。“我们是群傻瓜，”莫顿说，“我们本该先让他看看电梯是怎么运行的。他以为我们欺骗了他。”

他向怪物示意，用精心设计的手势打开门、关上门，以演示电梯的运行。他看到他煤黑色眼睛里凶狠的光芒逐渐消失了。

科尔小跑着走进他右边的大房间，结束了这次教学。他躺在高低不平的地板上，抑制住过分紧张的神经和肌肉。被恐惧折磨，他怒火中烧。他本可以表现得如同一只温和无害的动物，但看起来他慌乱的大脑似乎让他丧失了这个优势。他的力量一定使他们惊恐不安。

现在，他清楚自己必须完成的任务面临着更大的危险。这任务就是：杀死船上的一切，并驾驶这台机器飞回他们的世界，去寻找无限的 id。

科尔睁大了眼睛，躺在地上，看着那座巨大的旧建筑的金属门道，有两个人正在往外清理散落的碎石。他的整个身体都因为细胞对 id 的饥渴而疼痛。这股渴望顺着他颤抖的肌肉席卷而过，像一个活生生的东西在他的大脑里跳动。为了跟上那些缓步进城的人，他的每根神经都战战兢兢。其中有一个人，他知道，是单独走的。

难挨的时间一分一秒地过去；他仍然克制住自己，仍然躺在那里看着，因为他知道那些人清楚他在看着。他们在第三个人的指挥下，把一台金属机器从飞船轻挪到岩石堆上，岩石挡住了飞船半开的大门。他们手指上的动静没有一丝能逃过他锐利的目光。渐渐地，他发现这机器的操作显然十分简单，轻蔑感也油然而生。

当火焰熊熊燃烧，贪婪地啃噬着下面坚硬的岩石时，他终于知道最后会发生什么了。但尽管他事先知晓，他还是故意跳起来，咆哮着，仿佛很害怕向外喷涌的白色热气似的。他的耳朵卷毛捕捉到人们的嘲笑声，以及他们对他装出来的惊愕产生的好奇和愉悦。

门被打开了，莫顿走过来，和第三个人一起进了门。后者摇了摇头。

“真是一团糟。你可以听个事情的大概。很明显，他们使用原子能，但是……但它是轮式的。这是一种特殊的发展。在我们的科学中，原子能带来了无轮机器。也有可能他们在这里发展出了一种新型的轮式机械。我希望他们的图书馆保存得比这儿好一些，否则我们永远不会知道答案。究竟发生了什么，让一种文明像这样消失了呢？”

第三个声音忽然从通信器里传来：“我是希德尔。我听到你的问题了，彭纳斯。从心理学和社会学的角度讲，一个地区之所以无人居住，唯一的原因就是缺乏食物。”

“但他们的科学技术如此先进，为什么不发展太空飞行，然后到别处去觅食呢？”

“问问冈利·莱斯特，”莫顿插嘴说，“早在我们着陆之前，我就听到他在阐述一些理论。”

这名天文学家回答了前一个问题：“我还需要核实我所有的依据，但这个荒无人烟的世界，是唯一一个围绕着那可怜的红色太阳旋转的行星。其他什么都没有。没有月亮，甚至连小行星都没有。最近的星系有九百光年之远。

“统治这个世界的种族所面临的问题是如此巨大，以至于他们不仅必须一口气解决行星际航行，还必须解决恒星际空间航行。当你考虑到我们自己的发展是多么缓慢——首先是月球，其次是金星——每一次的成功引导至下一次的成功，几个世纪后，才到达最近的恒星；最后，是适应银河系航行的反加速器——综合所有这些因素，我认为，没有实践经验，任何种族都不可能制造出这样的机器。而且，由于最近的恒星离他们很远，他们没有动力去进行太空探险，而这种探险可以带来经验。”

科尔正轻快地向另一队跑去。但现在，他被强烈的饥饿感支配着，被极度的轻蔑感充斥着，他对他们此时的所作所为毫不在意。他关于过去知识的记忆因所见之物而激活，以一种不断发展、更加生动的方式流入他的意识。

他从一个小队穿梭到另一个小队，如同一个神经质的精力过剩患者——饥饿让他感到焦躁和恶心。一辆小车开了过来，停在他的面前，一架可怕的摄像机嗡嗡作响，拍下了他的照片。在一座岩石堆上，架着一支巨大的望远镜，正对着天空。附近的一台粉碎机正将它那灼热的火焰不断钻进一个深不见底的洞，垂直向下，越来越深。

科尔的脑子一片模糊，他敷衍地看着。当他意识到自己再也无法忍受身体反应的折磨时，他的需求变得越发迫切。他的头脑因一种无法抗拒的急躁而紧张；他的身体因急切地想跟上那个独自进城的人而滚烫。

他再也受不了了。一团绿色的泡沫蒙住了他的嘴，使他发狂。他看到，恰恰就在这一刻，没有人在注意他。

就像出膛的子弹一样，他冲出来，大步飞跃，在岩石的阴影中倏然移动。一分钟后，崎岖不毛的地形就遮住了飞船和那些两条腿的生物。

科尔忘了飞船，忘了一切，只记得他的目标，仿佛他的大脑被一把能抹去记忆的神奇刷子擦得一干二净。他绕了一大圈，然后沿着荒芜的街道跑进城里，他熟练地抄着近路，穿过岁月剥蚀的墙壁上的大洞，穿过破败不堪的建筑物的长廊。当他的耳朵卷毛捕捉到id的振动时，他放慢了脚步，匍匐前行。

突然，他停了下来，从一堆散落的碎石上探出头来。那人站在曾经定是一扇窗户的地方，将手电筒耀眼的光线射入阴暗的室内。手电筒咔嚓一声灭了。那个人，一个魁梧、强壮的男人，迈着敏捷而机警的步伐走开了。科尔不喜欢这种警觉；它预示着麻烦，它意味着面对危险时有闪电般的反应。

科尔一直等到那个人消失在角落里，才蹑手蹑脚地走到明处。他现在在跑，比一个人走路的速度快得太多了。在他的脑子里，一个计划已经逐渐清晰。他像幽灵一样，沿着下一条街悄悄前行，经过一条长长的街区。他以最快的速度拐过第一个街角，然后腹部贴地，爬进大楼和一大块废墟之间的半边阴影中。面前的街道被一排松散的碎石挡住了，看起来像一座山谷，山谷出口像狭窄的瓶颈。出口恰好就在科尔的下方。

他的耳朵卷毛捕捉到呼啸而来的低频波。声波在他身上跳动着；突然，恐惧用它冰冷的手指，攥住了他的大脑。那人会有枪的。假设那人打出一发核能光束——就一发——在他的肌肉能迅速完成猎杀冲动之前……

一些碎石从旁边纷纷落下。那人就在他的下方了。科尔伸出爪子，对着那件闪闪发光的透明航天服的头部重重一击。有金属撕裂的声音，鲜血喷涌而出。那人弓起腰，好像他身体的一部分被折叠了似的。有一会儿，他的骨头、双腿和肌肉奇迹般地相互配合，使他暂且还站在原地。然后，随着航天服当啷一声，他瘫倒在地。

恐惧感完全消失了，科尔从躲藏处跳出来。他贪婪地以极快的速度，把航天服和里面的尸体都捶了个粉碎。大块大块的金属，成千上万的碎片，喷溅到了地上。里面的骨头噼啪作响，肉嘎吱有声。

调节频率和 id 共振，并且制造剧烈的化学物质分解，使 id 从粉碎的骨头中释放出来，是很容易的。科尔发现，大部分 id 在骨头里。

他感到复原了，几乎是重生。这顿比他过去一年吃的食物还要多。

三分钟，一切都结束了，科尔像逃离可怕的危险一样离开了。他小心翼翼地从反方向靠回那颗闪闪发光的球附近。所有人都在忙于各自的任务。科尔无声地潜行，悄悄地溜到一队人跟前。

莫顿盯着脚下岩石上可怖的碎肉、金属和鲜血，感到喉头发紧，说不出话。他听到肯特说：

“妈的！他就想一个人走走。”小个子化学家的声音听起来有些哽咽。莫顿记得肯特和贾维以他们特有的方式结为好友很多年了。

“最糟糕的是，”一个人颤抖着说，“这看起来像是无意义的谋杀。他的尸体像压扁的果冻一样一块块铺开，但是似乎并没有缺少什么。我敢打赌，如果我们称一下这些碎块，它们应该还是地球重力下的一百七十五磅，也就是这里的一百七十磅。”

史密斯插进来，愁容满面：“杀手袭击了贾维，然后发现他的肉来自外星——不能吃的。就像我们的大猫，并不会吃我们放在他前面的任何东西。”他的声音突然停了，异常的沉默后，他缓缓地说道：“哎呀，会不会是那个怪物做的？他体形巨大，而且强壮，用他自己那些小爪子就能轻易做到。”

莫顿皱着眉头："这只是个猜想。毕竟，他是我们在这里发现的唯一的生物，我们不能因为一点怀疑就处死他。当然——"

"除此之外，"一个人说，"他一直没有离开我的视线。"

莫顿还没开口，心理学家希德尔厉声说道："你确定吗？"

那人犹豫了："也许他有几分钟不在我的视线内，他一直在四周散步，到处看来看去。"

"确实如此，"希德尔满意地说，他转向莫顿，"你看，船长，我也有印象，他一直在四周徘徊。然而，回想起来，我发现有空当，有几分钟——可能是好几分钟——他完全在我们的视线之外。"

莫顿阴沉着脸思考着，肯特激动地插话道："我说，不要冒险，在他造成更多破坏前，杀了这只可疑的畜生。"

莫顿慢慢地说："高田，你之前跟克兰尼斯和凡·霍恩混过很长时间，你认为大猫是统治这个星球的种族的后裔吗？"

这名高大的日本考古学家盯着天空，仿佛在整理他的思路。"莫顿船长，"最终他恭敬地说道，"这其中有个谜团。你们各位，请看一看这雄伟的天际线，以及类似哥特式建筑的轮廓。尽管他们创造了特大都市，但是这里的人们与土壤很亲近。这些建筑不是被草草装饰的，它们本身就具有观赏性。它们就相当于多立克柱、埃及金字塔、哥特式大教堂，拔地而起，诚挚而宏大，蕴含命运气息。如果这个孤独而荒凉的世界能够被称作母星的话，那么它在这个种族心中温暖的精神角落里，便拥有一席之地。

"蜿蜒的街道加强了这种效果，他们的机器证明他们首先是艺术家，然后才是数学家，所以他们没有创造出极其复杂的世界大都会那种充满几何设计的城市。这里有一种真正的艺术的放纵，一种深沉的喜悦之情，写在房屋、建筑和街道那些弧线的、非数学的样式上；一种强烈的感觉，和对内在确定性的神圣信仰。这不是一种颓废苍老的文明，而是一种年轻茁壮、自信满满、目标坚定的文化。

“但是它结束了。这种文化似乎突然在某一刻，打了一场自己的图尔战役[1]，然后像古代的穆罕默德文明一样开始崩溃。或者，它好像一跃而过几个世纪，进入了分裂斗争时期。在中华文明中，这一时期是公元前480年至公元前230年，在其结束之时，秦朝开启了帝制时代[2]。埃及在公元前1780年至公元前1580年间经历了这一阶段，其最后一个世纪是‘喜克索斯王朝’时期——一个无法形容的时期。从公元前338年的喀罗尼亚[3]起，以及最恐怖的，从公元前133年的格拉古兄弟[4]起，一直到公元前31年的亚克兴[5]，古典主义者经历了这个时期；在19世纪至20世纪，欧洲裔美国人被它摧残。而现代历史学家一致认为，名义上我们在五十年前就进入了同一阶段；当然，我们已经解决了这个问题。

“您可能会问，船长，这一切跟您的问题有什么关系？我的回答是：没有任何记录显示，曾有一种文化是突然就进入分裂斗争时期的。它总是一个缓慢的发展过程，第一步是对曾经神圣的一切进行无情的质疑。人们内在的确定性在科学和分析思维的祛魅之下被消解，不复存在。怀疑主义被奉为最高圭臬。

“我要说的是，这种文化在它最繁荣的时期突然结束了。这样一场灾难的社会学影响将是道德的骤然消失，近乎野蛮的犯罪的回归，对理想的毫无兴趣，对死亡的冷漠无情。如果这只……这只大猫是这样一个种族的后代，那么他将是一只狡猾的生物，一个夜间的小偷，一名冷血的杀手，可以为了利益而割断自己兄弟的喉咙。”

---

1. 也叫普瓦提埃之战。公元732年，法兰克王国在普瓦提埃击败阿拉伯人，阻止其向西欧进一步扩张，被认为决定了整个西方文明的命运。
2. 原作如此，与史实不符。
3. 指喀罗尼亚战役，马其顿征服希腊的决定性战役。
4. 指提比略·格拉古和盖约·格拉古两兄弟，他们曾在罗马共和国推行以土地问题为中心的改革运动。
5. 指亚克兴战役。屋大维在此战役中战胜安东尼后，三头政治解体，屋大维建立元首制。

“够了！”肯特尖细的声音响起，“船长，我愿意扮演刽子手的角色。”

史密斯厉声打断：“听着，莫顿，你们还不能杀了那只猫，即使他有罪。他是个生物学宝库。”

肯特和史密斯怒目相视。莫顿若有所思地皱了皱眉，然后说：“高田，我倾向于接受你的理论作为工作基础。但有一个问题：这只大猫来自一个比我们更早的时期吗？也就是说，我们正在进入我们文明的高度发展阶段，而他在其文明最茁壮的时候突然没有历史了。但是他的文明对于这个星球，相比我们的文明对于银河系，是否有可能更晚近一些？”

“没错。他的文明也许处于这个世界的第十个文明的中期；而我们的文明是地球发源的第八个文明的末期，当然，这十个文明中的每一个都是建立在前一个文明的废墟上的。”

“那样的话，大猫根本不会知道，我们能够如此积极地发现他是一个罪犯和杀人犯，其实归功于怀疑论？”

“是的，这对他来说简直就是魔法。”

莫顿冷冷地笑着：“那我想，你如愿了，史密斯。我们会让大猫活下去的；既然已经了解他，如果再有任何死亡发生，那一定是由于我们粗心大意。当然，也有可能，我们是错的。和希德尔一样，我也有一种印象，他总是在附近。但现在——我们不能把可怜的贾维像这样留在这里。我们要把他放进棺材里埋葬。”

“不，我们不埋他！”肯特大喊道，他涨红了脸，“对不起，船长，我不是那个意思。我坚持认为，大猫想从那具尸体上得到些什么。一切看起来很完整，但一定少了点东西。我要把它找出来，让大猫承担谋杀的后果，这样你就可以毫不怀疑地相信这件事。”

深夜，莫顿从书中抬起头，看见肯特从下面实验室的门中走出来。

肯特手里拿着一只又大又扁的碗；他疲惫的目光掠过莫顿，用一种疲倦而又刺耳的声音说：“现在看着！”

他朝科尔走去，科尔四肢伸展地躺在大地毯上，假装睡着了。

莫顿阻止了他。“等等，肯特。任何时候，我都不会过问你的行为，但你看起来不舒服，你太焦虑了。你手里是什么？”

肯特转过身来，莫顿发现他的第一印象不过是对真相的短暂一瞥。这名小个子化学家灰色的眼睛下面，有一圈黑色的眼袋——他像苦行僧一般的脸，双颊凹陷，眼神狂热地凝视着莫顿。

“我找到了丢失的元素，”肯特说，“是磷。贾维的骨头里连一平方毫米的磷都没剩下。每一点磷，都被我不知道的超级化学方法吸干了。有很多方法可以从人体中提取磷。比如，一个快速的方法，就是帮助建造这艘飞船的工人身上发生的那样。记得吧，他掉进了十五吨熔融金属中——至少十五吨，他的家属说的——直到分析发现金属中含有很高比例的磷，公司才不得不支付赔偿金。”

“那碗食物是什么样的？”有人插话。大家正在收拾杂志和书，纷纷兴致勃勃地抬头看。

“里面有有机磷。他会闻到气味，或是其他什么他用来代替气味的东西——”

“我想他能感受到物体的振动，”古雷懒洋洋地插嘴道，“有时候，当他扭动那些卷毛时，我能在无线电设备里听到明显的静电干扰。但随后，又没有任何反应了。就好像他在波幅的高点和低点之间移动。他似乎可以随意控制振动。”

肯特显然很不耐烦，等到古雷说完最后一句，他突然接话：“好吧，那么，当他感受到磷的振动，并像动物一样对它做出反应，那么——好，我们可以确定这个反应所证明的罪行了。我能直接过去吗，莫顿？”

“你的计划有三个问题，”莫顿说，“第一，你似乎以为他仅仅是一只动物；第二，你似乎忘了他捕食贾维之后可能不饿了；第三，你似乎认为他不会对我们产生疑心。不过，把碗放下吧。他的反应也许能告诉我们一些事情。”

当肯特把碗放在科尔面前时，科尔的黑眼睛一眨不眨地盯着他。他耳朵的卷毛立刻捕捉到了碗里的东西发出的 id 振动——他甚至没有多看一眼。

他认出这两条腿的生物就是那天早上拿着武器的那个。危险！随着一声咆哮，他踮起脚尖。他用一根环状触手末端的手指状附器抓住碗，然后把里面的东西全倒在了肯特的脸上。肯特大叫一声，退闪开来。

科尔狂暴地把碗摔到一旁，啪地抽出一根钢缆般粗的触手，卷住了肯特的腰，肯特嘴里正在咒骂。他没有碰挂在肯特腰带上的枪。他感觉到它不过是一把振动枪，原子能的，但不是原子粉碎机。他把不断踢打的肯特甩到最近的沙发上，口中发出不安的嘶嘶声，因为他意识到，本应该解除这个人的武装的。

这并不是说枪很危险，而是当这人用一只手狠狠地擦去脸上的燕麦粥时，正用另一只手去拿他的武器。枪慢慢地举起来，科尔蜷伏身体，一束白色的火焰射向他巨大的头颅。

他的耳朵卷毛嗡嗡作响，抵消了振动枪的影响。当他看到这人伸手去拿金属枪的动作时，他眯起了一双又圆又黑的眼睛。莫顿的声音突然在寂静中响起。

“住手！”

肯特咔嗒一声放下武器；科尔蹲下来，被这个逼得他显露力量的人气得发抖。

“肯特，”莫顿冷冷地说，“你不是那种会失去理智的人。你明知我们大多数人都赞成让他活着，却故意要杀了他。你知道我们的规则是什么：如果有人反对我的决定，他必须在当时就说出来。如果多数人反对，我的决定就被否决了。在这件事上，除了你没有人反对，因此，你擅自处置大猫的行为是最应受谴责的，并且，自动取消你一年的投票权。”

肯特冷酷地盯着周围的人。“当高田说我们的时代是一个高度文明的时代，他是对的。这个时代正从高处走向下坡，”他的声音充满激情，“天啊！这里难道没有一个人能看清这个局面的可怕之处吗？贾维几个小时前才死去，而这个我们都知道有罪的怪物，自由地躺在那里，计划着他下一次的谋杀；受害者就在这间屋子里。我们是群什么样的人？我们是傻瓜、愤世嫉俗者、食尸鬼？还是因为我们的文明如此理性昌明，以至于我们能够以同情心看待一个杀人犯？”

他冷冰冰地盯着科尔。“你说得对，莫顿，他不是动物。他是一个恶魔，来自这颗被遗忘的星球最深层的地狱，而这颗星球孤独地绕着一颗垂死的太阳旋转。”

“别对我们夸大其词，”莫顿说，“就我而言，你的分析是完全错误的。我们不是食尸鬼，也不是愤世嫉俗者；我们只是科学家，而这只大猫将被研究。如今我们也质疑他，我们不相信他有能力挟持我们中的任何一个。以一敌百是没有概率赢的。”他环顾四周，“我的观点能代表大家吗？”

“不包括我，船长！”说话的是史密斯，当莫顿惊讶地盯着他时，他继续说，“在刺激和短暂的混乱中，似乎没有人注意到肯特发射振动枪时，光束正好击中了他的猫头——但并没有伤到他。”

莫顿惊讶的一瞥从史密斯转到科尔，又回到了史密斯身上。“你确定枪打中他了？正如你所说，这一切发生得太快了——看到大猫没有受伤，我简单地认为肯特没打中他。”

“肯特打中了他的脸，”史密斯肯定地说，“当然，振动枪甚至不能立刻杀死一个人——但可以击伤他。不过，大猫没有受伤的迹象，连毛发都没有被烧焦。”

“也许他的皮肤能很好地隔绝各种热量。”

“也许吧。但鉴于我们并不确定，我认为我们应该把他关在笼子里。”

莫顿皱着眉头沉思，肯特大声说：

“现在你说话有点道理了，史密斯。”

莫顿问道：“肯特，如果我们把他关在笼子里，你会同意吗？”

肯特想了想，终于说：“是的。如果四英寸厚的微晶钢都不能控制住他，我们还不如把飞船给他。”

科尔跟着这些人走到走廊里。莫顿清楚无误地示意，让他进入一扇他迄今从未见过的门，他温顺地小跑过去。他发现自己在一个方形的、坚固的金属房间里。他身后的门发出金属的哐当声，电锁咔嚓一声锁上了，同时他感觉到了能量的流动。

意识到这是一个陷阱，他张开嘴唇，露出憎恨的表情，但他没有做出更多的反应。他突然发现，他已经从一只低级、原始状态的生物进步了很多，仅仅在几个小时前，他在电梯轿厢里还害怕得不知所措。现在，他脑子里关于力量的千百种记忆再次觉醒；多年弃之不用的万般诡计再次成为他身心的一部分。

好一会儿，他一动不动地坐着，身体倚在粗短而结实的臀部上，身子向前伸长，用耳朵卷毛检查着周围的环境。最后，他躺了下来，眼睛里充满了鄙视的火光。这帮傻瓜！可怜的傻瓜！

大约一个小时后，他听到有人——史密斯——在他头顶上方笨手笨脚地摸索。一瞬间，有一阵振动涌来，他大吃一惊，吓得跳了起来，然后意识到：那只是振动，并非原子能爆炸。有人在拍他身体内部构造的照片。

他再次卧下，但耳朵的卷毛仍在颤动，他轻蔑地想：这愚蠢的傻瓜在冲洗那些照片时会很惊讶。

过了一会儿，这人走了。有很长一段时间，远处不时传来人们忙碌的嘈杂声。最后，这声音也渐渐消失了。

当科尔感到整条飞船都逐渐安静了下来时，他躺下开始等待。很久以前，在不朽的黎明到来之前，科尔们也曾在晚上入睡；前一天，当他看到一些人打瞌睡时，对睡眠的记忆又被激活了；最后，他的耳朵卷毛上跳动的人为频率，只剩下两双脚的振动了，它们走来走去，不眠不休。

他紧张地听着两名看守人的动静。第一个人慢慢走过笼门。然后，在他身后大约三十英尺，第二个人跟上。科尔感受得到这些人的警觉；他知道当他们分开走的时候，他哪一个也偷袭不成。这意味着——他必须加倍小心！

十五分钟后，他们又来了。当他们走过门的那一刻，他把自己的感官从他们的振动频率，调到了一个高得多的水平。原子发动机剧烈地振动，仿佛在向他结结巴巴地讲述着自己的小故事。发电机哼出低沉的纯核电之音。他能感觉到那股电流的沙沙声，穿过牢房墙里的电线，穿过门上的电锁。他强迫自己颤抖的身体绷紧不动，他的感官在寻找、搜索，准备接收那嘶嘶作响的能量风暴。突然，他耳朵卷毛的颤动协调一致——他捕捉到了这猛烈的变化：电磁波汹涌而来，喧嚣刺耳。

金属相碰，传出尖锐的一声咔嗒响。科尔用触手轻轻一推，打开门，溜进了昏暗的走廊。有一会儿，他心中感到很轻蔑，脸上扬起优越的神情，因为他想到了那些愚蠢的生物，竟然胆敢用自己的智力来对抗一个科尔。在那一刻，他突然回忆起其他的科尔。一种奇怪的、欣喜若狂的种族意识涌遍全身；科尔们相互残酷斗争了几个世纪，其间的强烈仇恨，如今堪堪败给了与宇宙未来统治者同属一族的骄傲。

突然间，他又忧心忡忡，担忧自己的局限、孤独，以及对其他同类的需求——他需要以一敌百，孤注一掷；星光璀璨的宇宙本身也在召唤着他贪婪而悸动的野心。如果他失败了，就再也没有第二次机会了——没有时间去修复早已锈蚀的机器，并试图解开太空旅行的秘密了。

他绷紧双爪，蹑足前行——穿过客厅，走进下一个走廊——来到第一间卧室的门前。门半开着。科尔迅速甩出一根触手，肌肉的配合快速而流畅，一把扼住熟睡之人毫无戒备的喉咙，用力捏紧；那人失去生命的头颅疯狂地转动，身体痉挛了几下。

七间卧室；七具死尸。正是杀死第七个人的滋味，让科尔的欲望突然觉醒。这是纯粹的、不受限制的杀戮欲望，是毁灭一切含有宝贵 id 的生物的习惯。这种千年之久的古老习惯又回到了他身上。

当第十二个人抽搐着滑向死亡时，一阵脚步声令科尔瞬间从杀人的感官愉悦中清醒过来。

他们不在附近。这一想法，带来一浪又一浪的恐惧，突然把他的大脑搅得一片混乱。

看守人正沿着走廊慢慢地走近囚禁他的笼子。只需片刻，走在最前面的人就会看到开着的笼门——然后发出警报。

科尔聚拢他残存的理智。他以疯狂的速度沿着走廊飞跑，穿过客厅，已经无暇顾及发出的声音。他钻入下一条走廊，畏畏缩缩，十分担心会有核能束直射他的脸。

那两个人并肩站在一起。有那么一瞬间，科尔简直不敢相信自己绝佳的运气。当一个人在开着的门前停下时，第二个人像傻瓜一样跑过来。他们抬头一看，看到的是爪子、触手、凶猛的猫头和充满仇恨的眼睛，就像一场噩梦，他们吓得瘫软在地。

第一个人去拿他的枪，但第二个人在看到这末日般的景象时，身体已经完全动弹不得，只发出一声大叫；这恐怖的尖叫声在走廊里飘荡——随后伴着一阵怪异的汩汩声终结。科尔以不可抗拒的力量，把两具尸体扔到了走廊的另一端。他不想让人们在笼子附近发现尸体。那样他会多出一线希望。

他意识到自己犯了一个可怕的错误，每一根神经、每一块肌肉都在颤抖，无法连贯地思考，于是他跳进了笼子里。门在他身后轻轻地关上了。电流再次通过电锁。

他紧张地蹲下，假装睡着了，因为他听到许多人的脚步声，捕捉到他们激动的声音的振动。他知道有人启动了笼子的声波显示器，在仔细检查。再过一会儿，其他的尸体就会被发现。

“希德尔死了！”莫顿麻木地说，“没有希德尔我们怎么办？还有布莱肯里奇！还有库尔特！还有——太可怕了！”

他用手捂住脸，但只是一瞬间。他严肃地抬起头来，凝视着周围船员们的脸，宽厚的下巴向外突出：“如果有人有什么想法，说出来。”

“太空疯狂症！”

“我也想过。但是五十年来，没有一个宇航员发疯的病例。当然，埃格特医生会给每个人做检查，现在他正在检查尸体，仍不排除这种可能性。”

他话音刚落，就看见医生走进门来。船员们向两旁挤，给他让出一条路。

“我听到你说的话了，船长，”埃格特医生说，“我想我现在可以说，太空疯狂症理论已经出局了。这些人的喉咙都被挤得像果冻一样。如果不使用机器，任何人类都不可能施加如此巨大的力量。”

莫顿看到医生的眼睛一直往走廊里看，他摇摇头，叹了口气。

“怀疑大猫是没有用的，医生。他在笼子里，踱来踱去。很明显他听到了我们的声音以及——活着的人！你不能怀疑他。这个笼子确确实实可以关住任何东西——用四英寸厚的微晶钢制成的——而且门上没有爪痕。肯特，即使是你也不会说，‘涉嫌谋杀，就处死他’，因为他没有任何可疑之处，除非存在新的科技，超越我们的所有想象——”

“恰恰相反，”史密斯断然说，“我们有我们需要的一切证据。我用电萤石光照向他——你知道，我们装在笼子顶上的——试着拍摄照片。拍出来的都是一片模糊。当电萤光一亮，大猫就跳起来，好像他感觉到了振动。

“你们都知道古雷之前说过什么吧？这个畜生显然可以接收和发送所有波长的振动。他控制肯特的枪击的方式，是他具备干扰能量的特殊能力的最好证明。”

“我们到底他妈的惹到了什么鬼东西？”一个人抱怨道，“哎，如果他能控制这种力量，并用任意的振动形式发送出来，就没有什么能阻止他把我们全都杀死了。”

“这证明了，”莫顿厉声说道，“他不是不可战胜的，否则他早就已经这样做了。”

他小心翼翼地走到控制牢笼的机械装置那里。

“你不要开门！”肯特喘着气，伸手去拿他的枪。

“我不会的，但是如果我拉这个开关，电流就会通过地板，电死里面的任何东西。我们以前从来没有用过这个，所以你可能忘了它。”

他猛地一拉开关。蓝色的火苗从金属里蹿出来，他头顶上的一堆保险丝砰的一声爆炸了。

莫顿皱着眉头："奇怪了。那些保险丝不应该烧断的！好吧，我们现在甚至没法看看里面。声波显示器也毁了。"

史密斯说："如果他能干扰电锁，能打开门，那么他或许能探测到所有潜在的危险，并准备好在你拉下开关时进行干扰。"

"至少，这证明他容易受到能量的攻击！"莫顿冷冷地笑了，"因为他尽可能使之不伤害自己。重要的是，我们把他关在四英寸厚的最坚硬的金属笼子里，即使是最坏的情况，我们也可以打开门把他射杀。但首先，我想我们可以试着使用电萤石电缆——"

笼内的一阵骚动打断了他的话。一具沉重的身体撞在墙上，接着是一声闷响。

"他知道我们想做什么！"史密斯对莫顿咕哝道，"我敢打赌那里头是一只病猫。他可真蠢，竟然自己走回笼子里。而且他绝对意识到了！"

紧张的气氛正在舒缓。男人们都在不安地微笑，甚至在史密斯描述这头怪物的窘迫场面时，发出一阵并不幽默的笑声。

"我想知道的是，"工程师彭纳斯说，"就是，为什么当大猫发出那样的声音时，电萤石表盘会剧烈地转动和摇摆呢？就在我眼皮底下，表盘跳得像房子失火了！"

笼子内外陷入一片寂静。然后莫顿说："这可能意味着他要出来了。退后，所有人，枪支准备。大猫以为他能打败一百个人，真是愚蠢，但他目前是银河系中最可怕的生物。他可以从门里走出来，而不是像老鼠一样死在陷阱里。他非常顽强，足以把我们中的一些人带走——如果我们不小心的话。"

人们绷直身体，慢慢地后退。有人说："有意思，我好像听到电梯声了。”

“电梯！”莫顿重复道，“你确定吗，伙计？”

“我确定，就一瞬间！”那名船员犹豫了一下，“我们刚刚都在挪动步子。”

“你带个人去看看。把胆敢逃跑的人带回来——”

突然传来刺耳的巨响，伴随可怕的撞击，他们脚下整个庞大的船体正在倾斜。莫顿被狠狠地摔在地上，几乎晕过去。他挣扎着恢复知觉，意识到其他人躺在他的周围。他喊道：“是谁他妈的打开了这些引擎？”

痛苦的加速仍在继续。莫顿笨手笨脚地拖着腿，摸索着最近的声波显示器，重重按下引擎室的号码。屏幕上的画面使他不自觉地发出一声低吼：

“大猫！他在引擎室里，我们正在直接进入太空。”

当他还在说话时，屏幕变黑了，他再也看不见了。

莫顿第一个摇摇晃晃地穿过大厅，来到存放航天服的供应室。几乎摸黑找到自己的航天服之后，他总算隔绝了折磨人的加速效果，并把航天服拿给其他躺在地板上、仍然半昏迷的船员。过了一会儿，其他人开始协助他；然后就在几分钟之内，大家都穿上了金属航天服，并开启了反加速推动器，让它半功率运行。

又是莫顿，率先往笼子里看了一眼，然后他打开门，站在那里，一声不吭，其他船员都围着他。他盯着后面墙上的那个大洞。那是一个很可怕的洞，边缘参差不齐，金属被严重扭曲，它通向另一条走廊。

“我发誓，”彭纳斯低声说，“这是不可能的。连机械车间里那把十吨重的锤子，也难以一下子在四英寸厚的微晶钢上砸出一个凹痕——而我们只听到一声动静。原子粉碎机至少需要一分钟，才能砸出这个洞。莫顿，这是个超级生物。”

莫顿看到史密斯正在检查墙上的裂缝。这名生物学家抬起头来说：“要是布莱肯里奇没死就好了！我们需要一个冶金学家来解释这一切。看这个！”

他摸了摸金属破碎的边缘。一块残片在他的指尖碎裂，然后变成粉尘如一阵细雨般飘落到地板上。莫顿这才注意到地上有一小堆金属碎片和粉尘。

“你说对了，”莫顿点点头，“这并不是力量的奇迹。这个怪物只是用他的特殊力量打破了电子之间的张力，这个张力本来将金属固定在一起。这也可以解释彭纳斯注意到的，电萤石电缆中能量的异常消耗。这东西用他的身体作为媒介来传输能量，击碎墙壁，沿着走廊跑进电梯井，然后一直向下到了引擎室。”

“与此同时，船长，”肯特平静地说，“我们面对的是一只超级生物，他支配着这艘飞船，完全控制着引擎室及其几乎无限的动力，并且占领着机械车间最重要的部分。”

莫顿感觉到大家的安静，众人正在沉思着化学家的话。焦虑仿佛是一种有形的东西，重重地压在他们的脸上；每一张脸的表情都写着，他们越发明白了，自己正面临一生中最极端的处境；他们的生命岌岌可危，风险难以估计。莫顿说出了每个人心中的想法：

“好吧，看来他赢了。他是极度残忍的，并且他可能认为银河系的力量唾手可得。”

“肯特错了，”首席领航员吼道，“这东西并不能主宰引擎室。我们还有控制室，这让我们拥有每个机器的优先控制权。你们也许不熟悉我们的机械装置，但是，尽管他最终能切断我们的联系，而我们现在就可以关闭引擎室里所有的开关。船长，你为什么让我们穿上航天服，而不是干脆关掉电源？你本来至少可以调整下飞船的加速度。”

“有两个原因，”莫顿回答，“第一，我们在航天服的力场中更安全。第二，我们不可以在恐慌中行动而丢掉我们的优势。”

“优势！我们还有什么优势？”

“我们了解他的情况，”莫顿回答说，“现在，我们要做一次试验。彭纳斯，派五个人到引擎室的四条通道上。用原子粉碎机炸开那些大门。我注意到门全部锁上了。他把自己关在了里面。

“赛林斯基，你去控制室，除了驱动引擎，关闭其他所有设备，把它们连接到总开关上，然后一次性全部关掉。不过，有一件事——要让加速器保持全速运转。绝对不能对飞船使用反加速度。明白吗？”

“是，长官！”这名飞行员敬礼道。

“如果有任何一台机器又开始运转，就通过通信器向我报告，”莫顿面对着大家说，“我带人去主通道。肯特，你去二号；史密斯，三号；彭纳斯，四号。我们现在就去弄清楚，我们是在对付不受限制的科学，还是与我们这些人一样有局限性的生物。我赌第二种可能性。”

通向引擎室的主走廊里，莫顿有一种走不到头的空虚感。他往前走的样子，就像一个穿着透明航天服的巨人，沿着闪闪发光的金属管道前行。理智告诉他，这怪物已经露出了致命的破绽，但他仍然觉得，门里面是一个永恒的不可战胜的存在。

他对着通信器说：“偷偷接近他是没用的。他几乎连一根针落地的声音都听得到。所以你的小队只管向前推进。他在引擎室待的时间不长，还做不了什么事。

“正如我所说，这主要是一次试探性的攻击。首先，在他准备好对抗我们之前，如果我们不努力趁现在击败他，我们将永远无法原谅自己。但是，如果我们没能一举将他粉碎，我还有另一个主意。

“这个想法是这样的：这些门是用来抵御意外的核爆炸的，原子粉碎机要花十五分钟才能把门砸开。在这期间，那怪物是没有电力的。是的，驱动引擎会被打开，但那将是直接的核爆炸。我的看法是，他无法影响那种东西。过几分钟你们就会明白我的意思了——我希望。”

他的声音突然变得干脆：“准备好了吗，赛林斯基？”

“是的，准备好了。”

“那么切断总开关。”

走廊——整艘飞船，莫顿知道——瞬间陷入了黑暗。莫顿按开了他航天服上耀眼的小灯，其他队员也打开了灯。他们的脸色苍白又疲惫。

“炸！”莫顿对着他的通信器大喊。

一些可移动的组件开始震颤，然后纯粹的核子火焰呼啸而出，喷涌到坚硬的金属门上。第一滴金属勉强滚出来，并非往下滴，而是往上浮。第二滴比较正常。它先是摇摇欲坠，然后滴落。第三滴侧滚而出——这是由于纯核爆的冲击力，不是受引力的影响。其他的金属液滴接踵而至，汇成十几条火流，参差不齐、平静而缓慢地流向各个方向。这是地狱般的、闪闪发光的火流，明亮得像仙境的宝石。火光仿佛有生命，携带着原子们的怒气——它们突然被拷打，盲目地奔逃，痛苦得发狂。

时间一分一秒地流逝，缓慢得像酸液的腐蚀。最后，莫顿嘶哑地问：

“赛林斯基？”

“还没反应，船长。”

莫顿低声说：“但他一定在做什么。他不可能像只走投无路的老鼠一样在那里等着。赛林斯基？”

“没有动静，船长。”

七分钟，八分钟，然后十二分钟过去了。

“船长！”是赛林斯基的声音，他很紧张，“他开动了发电机。”

莫顿深吸了一口气，听到一个手下说：

“奇怪，我们没法再深入了。老大，看看这个。”

莫顿看了看。那些闪闪发光的火流已经冻结了。面对突然变得坚不可摧的金属，原子粉碎机的凶猛火力也是徒劳的。

莫顿叹了口气。“我们的试验结束了。留两个人看守每条通道。其他人到控制室。”

几分钟后，莫顿坐在巨大的控制台前。“就我而言，这次试验是成功的。我们知道了在引擎室所有的机器中，对这怪物来说最重要的是发电机。我们在门口的时候，他一定在里面恐惧万分地操作。”

“当然，很容易看出他做了什么，”彭纳斯说，“一旦他有了能量，他就把门的电子张力提高到了极限。”

“重要的是，”史密斯插嘴说，“他的特殊力量所能控制的仅限于振动，而且能量必须来自外部。如果不是振动的形式，对于纯核能，他的处理方式跟我们没有任何不同。”

肯特不快地说：“在我看来，最主要的问题是他让我们手忙脚乱。知道他能控制振动有什么用？如果我们不能用原子粉碎机冲破这些大门，我们就完了。”

莫顿摇了摇头：“还没完——但我们得做些计划。不过，首先，我要启动这些引擎。引擎在运转时，他就不那么容易控制它们。”

他猛地把总开关扳回原位。几十台机器在一百英尺以下的引擎室里突然活跃起来，发出隆隆的响声。这些噪声逐渐减弱，随着有节奏输送的电力，变成一种稳定的振动。

三个小时后，人们聚集在大厅里，莫顿在他们面前踱来踱去。他的黑发乱糟糟的；坚毅的脸庞显出久留太空的苍白，反而衬托了他凸下巴的侵略性。他说话时，低沉的声音变得清晰甚至尖锐：

“为了确保我们的计划完全协调一致，我将请每一位专家轮流发言，概述他在制伏这个怪物的过程中的任务。首先是彭纳斯！”

彭纳斯麻利地站起来。他不是大个子，莫顿觉得，但他看起来很高大，也许是因为他那威严的气度。这个人懂引擎，还有引擎的历史。莫顿曾听过他讲述一台机器从一个简单的玩具，发展到高度复杂的现代仪器的演变过程。他在上百个行星上研究过机器的发展史；他对机械的原理绝对是无所不知。彭纳斯是一个可以滔滔不绝地讲一千个小时，才刚刚稍微触及主题的人。这会儿他的发言倒是出奇地简明扼要：

“我们在控制室设置了一个继电器，有节奏地启动和停止每台发动机。脱扣杆每秒工作一百次，其效果是产生各种各样的振动。有一种可能性，就是到时会有一台或多台机器爆炸。这和士兵们以同样的步调过桥，引起共振，导致桥梁断了的原理一样——毫无疑问，你们听过那个古老的故事——但在我看来，这种坚硬的金属不可能真正地断裂。主要目的只是反向干扰这个怪物对我们的干扰，然后砸开大门。”

“下一个，古雷！”莫顿厉声说。

古雷懒洋洋地爬起来。他看上去很困，好像对整个过程感到有点厌烦，然而莫顿知道他喜欢别人认为他懒惰，把他看成一个无所事事的懒人，白天睡懒觉，晚上打盹儿。他的头衔是通信总工程师，但他的知识渊博，覆盖到了每个与振动有关的领域；除了肯特，他可能是船上思维最敏捷的人。他说话慢声细语，饱含审慎的自信，莫顿注意到，这对大家有一种抚慰的作用——他们焦虑的神色都松弛了，身体更加放松地向后仰着。

“一进门，”古雷说，“我们就马上搭起纯核能的振动屏障，这几乎可以阻挡他所有的撒手锏。屏障遵循反射的原理运作，这样不管他发射什么，都会反弹回去。而且，我们还有很充足的备用电能，将直接从移动式铜盘发动机传导给他。他的绝缘神经对能量的承受能力一定是有限度的。”

“赛林斯基！”莫顿叫道。

这名首席飞行员已经起立了，仿佛他早已料到了莫顿的召唤。莫顿心想，他就是这样的人，他的神经稳如磐石，这是对一艘大型飞船的主舵手的首要要求；同时，这种稳定又好像安装在炸药桶上，因主人的意志，随时可以起爆。他不是一个以学问见长的人，但他对刺激的“反应”如此之快，以至于似乎万事都在他的预料之中。

“我对这个计划的印象是，它必须是循序渐进的。就在这怪物认为自己再也受不了的时候，正好出现另一件事给他增加麻烦和困惑。当他的烦躁达到顶点时，我会打开反加速器。船长和冈利·莱斯特都认为这种生物对反加速器一无所知。它是由星际航行科技发展而来，纯粹而简单，并且不可能以任何其他方式达成。我们认为，当这怪物第一次感受到反加速器的效果时——你们都记得第一个月的压迫感吧——它会手足无措。”

“下一个，高田。”

“我只能给你们我的鼓励，”这名考古学家说，“按我的理论——这怪物具有任何文明早期的罪犯的所有特征，虽然因明显的返祖现象而难以识别。史密斯之前已提出这个看法，他的科学知识令人费解，这只可能意味着，我们正在对付的，是我们参观的那座死城的真正的居民，而不是居民的后代。这将证明我们的敌人实际上是永生的，可能是因为他具有同时呼吸氧气和氯气的能力——或两者都不需要——但即使这样也没什么不同。他来自他的文明的某个特定时代；而他已经严重退化，以至于他的想法大多是关于那个时代的回忆。

“尽管他的身体力量强大，但第一天早上他在电梯里就失去了理智，直到他想起来。他令自己陷入尴尬的境地，被迫显露出操控振动的特殊力量。几个小时前，他搞砸了这起大规模谋杀。事实上，他所有的行迹表明，他原始的头脑并不精明，他以自我为中心，对所面对的庞大组织几乎没有概念。

“他就像一个古代日耳曼士兵，以为自己比上了年纪的罗马学者高出一筹，但后者是当时日耳曼人所敬畏的强大文明的一部分。

“你可能认为，日耳曼人后来对罗马的洗劫推翻了我的论点；然而，现代历史学家一致认为，‘罗马之劫’是一个历史的偶然，而不是真正意义上的历史。‘海上民族’从公元前1400年起攻击埃及文明，他们的行动只在克里特岛区域取得了成功；他们在维京舰队的陪同下，对利比亚和腓尼基海岸进行的大型远征则失败了，就像匈奴人对中原帝国的进攻失败那样。罗马无论如何都会被放弃。古老而辉煌的萨马拉到了10世纪就变得荒凉了；公元635年前后，当中国旅行家唐玄奘造访阿育王的伟大都城巴塔利普特拉时，它只剩一片巨大的、荒无人烟的废墟。

“总而言之，我们遇到的，是一个原始生物，他现在在遥远的太空中，完全脱离了他的自然栖息地。我说，我们进去，然后战胜他吧。”

高田说完后，一个人抱怨道：“你可以说‘罗马之劫’是一次历史偶然，这家伙是一个原始生物，但事实就是事实。在我看来应该是，罗马要再次灭亡了；而且，从它的所作所为来看，它可并不那么原始。这家伙很有一手。”

莫顿朝这名队员冷冷地笑了笑：“咱们走着瞧——马上就知道了！”

在这巨型机械车间的耀眼光辉中，科尔忙得不可开交。一艘四十英尺长，雪茄形状的宇宙飞船就快完工了。他使劲咕噜了一声，完成了艰巨的驱动引擎安装工作，然后停下来检查他的作品。

通过外墙上的一个孔可以看到飞船的内部，小得可怜。实际上，里面除了引擎和留给他自己的狭小空间，毫无余地。

当科尔听到人们靠近的声音，以及引擎突然发出的雷暴般的轰鸣，他立刻继续发狂似的工作——门外先传来低沉而平稳的震响，继而是一种有节奏的断断续续的嗡嗡声，声调尖厉，比先前更加刺耳，更加让人心烦意乱。突然间，原子粉碎机再一次出现在巨大的外门前。

他把他们打跑了，但对自己要做的任务没有丝毫犹豫。当他扛着一大堆工具、机械和仪器，把它们扔进临时搭建的船底时，他强壮的身体上每一块肌肉都绷紧了。没有时间把这一切都安排妥帖了，什么都没时间了——没时间了——没时间了。

这个念头敲打着他的理智。在他漫长而充满活力的生命中，他第一次奇怪地感到疲惫不堪。最后他奋力一抛，把那块巨大的金属板猛地塞进了飞船的空隙里，并足足站了一分钟，小心翼翼地调整它的平衡。

他知道门要被砸开了。六七台原子粉碎机正对准门上同一点，缓慢但是不可抗拒地，一点点穿透剩下的几英寸。他喘息了一声，把思绪从门上挪开，每一分心思都集中在一码厚的外墙上，他的飞船圆鼓鼓的船头正对着那堵墙。

一股汹涌的能量通过他的耳朵卷毛，从发电机流到坚固的墙里，令他的身体有些畏缩。他觉得五内如焚，他知道身体已经快到负荷极限了，这是很危险的。

他仍然站在那里，痛苦地颤抖着，用触手牢牢地拉住尚未固定的金属板。他那颗硕大的脑袋仿佛被可怕的魔力控制，朝向那堵极其坚固的墙。

他听到引擎室的一扇门向内倒下了。人们叫喊着；原子粉碎机向前推进着，他们的狂怒已经失控了。当核能光束将所及的一切都撕成碎片，科尔听到引擎室的地板嘶嘶作响，仿佛在发出抗议。粉碎机越来越近了；人们谨慎的脚步声紧随其后。不一会儿，他们就会来到引擎室和机械车间之间那扇薄薄的门前。

突然，科尔感到心满意足。他发出一声愤怒的咆哮，狂野的双眼射出仇恨的目光，然后他低头钻进了他的小飞船，拉下金属板，就像关闭一扇舱口盖一样。

在他将周围金属的边缘软化时，他耳朵上的卷毛嗡嗡作响。刹那间，那块金属板已经完全焊好了——没有缝隙，无需铆钉，它是他飞船的一部分。除了一前一后两个透明的区域，整艘飞船是一个坚固、不透明的金属体。

他的触手以近乎着迷的柔情拥抱着动力引擎。这脆弱的机器向前发出一阵冲击波，正对着机械车间的坚固外墙。这艘四十英尺长的飞船，船头只碰了一下，车间外墙就化为一阵闪闪发光的粉尘四散了。

科尔感觉到了明显的减速作用。飞船已进入冰冷的太空，他一脚踢在飞船船头，顺势转了一圈，朝着人类的飞船此前飞来的方向驶去。

穿着航天服的人们，站在庞大的球体下端那个边缘呈锯齿状的洞里。渐渐地，人和飞船都变小了。然后那些人都看不见了，只剩那艘飞船，上面有千百个已模糊不清的舷窗，透出光亮。最后，那个球体也变得难以置信的小，太小了，已经看不出单个的舷窗了。

科尔看到，几乎就在正前方，有一颗很小、很暗、微红的球。他意识到，这是他自己的太阳。他全速朝它驶去。那里有洞穴，他可以藏起来，并与其他科尔秘密建造一艘太空飞船，通过它可以安全到达其他星球——现在他知道怎么制造飞船了。

他的身体因为加速而感到极度疼痛，但他一刻也不敢松懈。带着半分恐惧，他回过头匆匆一瞥。那个球体仍在那里，在太空无边的黑暗中，它是一个小小的光点。突然，它闪了一下，然后不见了。

有一小会儿，他有一种空虚的、恐惧的印象：就在它消失之前，它动了一下。但他什么也看不见。他无法摆脱这个想法，他觉得他们把所有的灯都熄灭了，然后在黑暗中悄悄地溜到了他身边。他忧心忡忡，不确定地透过正面的透明板看着。

他吓得浑身发抖。他正前方的暗红色太阳并没有变大。它突然开始变小，在接下来的五分钟里，它明显变小了，变成了天空中一个淡红色的圆点——然后像飞船一样消失了。

恐惧随之而来，如一股炫目的狂潮席卷了他的全身，这种一无所知的感觉让他不寒而栗。有几分钟，他疯狂地盯着前方的宇宙，想要寻找一些地标。但天鹅绒般的夜空浩瀚而深邃，仅有几颗遥远的星星，暗淡地亮着。

等等！其中一个点越来越大。科尔的每一块肌肉、每一条神经都紧张起来，他看着这个点变成一个圆，一个浅红色的圆球。越来越大，越来越大。突然，红光一闪，变成了白色。那儿，在他面前，是太空飞船的庞大球体，正是那艘几分钟前在他身后消失了的飞船，每个舷窗都散发着刺眼的灯光。

在那一刻，科尔的身上起了些变化。他的大脑像飞轮一样旋转，越来越快，越来越不连贯。突然，这个轮子裂成了百万个痛苦的碎片。他像一头发疯的野兽，在他狭小的飞船里勃然大怒，他的眼珠子几乎从眼窝里瞪出来。

他的触手伸向那些宝贵的设备，失去理智地将它们四处乱扔；他的爪子愤怒地砸向飞船的内壁。最后，在短暂的清醒中，他意识到自己无法招架原子粉碎机不可抵抗的火力。

制造一次剧烈的解体，释放掉他重要器官里的每一滴 id，是一件很简单的事情。

他们发现他躺在一小摊磷里，死了。

“可怜的大猫，”莫顿说，“不知道当他看见自己的太阳消失之后，我们出现在他面前，他是怎么想的。因为对反加速器一无所知，他不知道我们可以在太空中瞬间停下来，而他却要花三个多小时来减速，与此同时，他会离他想去的地方越来越远。他也不知道，通过骤停，我们以每秒数百万英里的速度从他身边闪过。当然，他一离开我们的船就没有机会了。整个世界在他看起来一定是乱七八糟的。”

“别同情他，”他听到肯特在背后说，“我们有了一份新工作——在那个悲惨世界里，杀死每一只大猫。”

高田轻声低语：“那应该很简单。他们不过是些原始生物，我们只要坐下来，他们就会狡猾地走过来，想欺骗我们。”

史密斯厉声说：“你们这些家伙让我恶心！大猫是我们遇到过的最难缠的狠角色。他拥有打败我们所需要的一切——”

莫顿微笑着，而高田无动于衷地打断了他的话：“没错，我亲爱的史密斯，除了一点：他是根据他种族的生物冲动做出反应的。当我们准确无误地分析出，他是来自其文明的某个时代的一个罪犯时，他的失败就已经注定了。

“是历史，尊敬的史密斯先生，是我们对历史的了解打败了他。”这名日本考古学家说，又恢复了日本民族那古老的谦恭态度。

（唐伊豆　译）

群星涌现

到 1939 年，构成后来被大家称为科幻小说“黄金时代”的诸多要素渐趋齐备。大批科幻作者济济一堂，包括德·坎普、德尔·雷伊、埃里克·弗兰克·拉塞尔[1]（Eric Frank Russell）、艾尔弗雷德·贝斯特[2]（Alfred Bester）和 L. 罗恩·哈伯德。像默里·莱因斯特、杰克·威廉森和克利福德·西马克[3]（Clifford Simak）这样资历较老的作家已在探索新的写作方向。最重要的是，坎贝尔的《惊异》正引来新的作者，他们理解坎贝尔想要达成的事业，他们用自己的创意和活力为之做出了巨大的贡献，帮助坎贝尔将科幻小说引领到了那片应许之地。

坎贝尔为科幻提供了方向、勇气，甚至鞭策，但他需要那种能闯入想象的全新天地的作者。他需要群星的光芒；而后群星涌现，仿佛命中注定般涌现在 1939 年夏天。

---

1. 英国科幻作家，约翰·坎贝尔最欣赏的作家之一。
2. 美国科幻作家，首届雨果奖得主，代表作有《被毁灭的人》等。
3. 美国科幻作家，代表作有《星际驿站》《城市》等。

西奥多·斯特金的第一篇小说《以太生灵》[1]（“Ether Breather”）发表在9月号的《惊异》上；斯特金后来成为一位才华横溢的技巧大师，他将展示出诗意的想象和强大的语感能产生出何等杰作。罗伯特·海因莱因的第一个故事《生命线》（“Life Line”）发表在8月号的《惊异》上；海因莱因对科幻小说的发展方向和哲学思想方面所做出的贡献，最终足以跟坎贝尔并驾齐驱。范·沃格特的《黑色毁灭者》发表在7月号上；同一期上还刊登了哥伦比亚大学一位年方二十的大学生的第三个短篇故事。

这个故事是《趋势》，而作者则是艾萨克·阿西莫夫。他的第一篇小说《逐离灶神星》（“Marooned off Vesta”）发表在1939年3月号的《惊奇故事》上；第二篇作品《可怕得不能使用的武器》（“The Weapon Too Dreadful to Use”）发表在5月号的《惊奇故事》上。但阿西莫夫是坎贝尔的作家。写出第一个故事后他就去找了坎贝尔，他的故事之所以率先发表于别处，是因为坎贝尔拒绝了这篇稿子和随后的几篇。

“这如饥似渴的年轻人……拿着个烂到无可救药的故事”，但在他身上，坎贝尔看出了写作的才能，可能还有勤奋工作的决心和毅力，对感伤情绪和传奇故事的怀疑态度，还有机智的推想——对各种奇景，以及未来的事件会让人们做出何种反应。不过，和有些作家不同，阿西莫夫并没有立刻完全展现出自己的天赋，大量发表作品。这可能是因为他还太年轻；范·沃格特发表第一个科幻故事时27岁，而海因莱因则是32岁。

阿西莫夫的写作技巧和整个职业生涯都要到1941年4月《惊异》上发表他的《推理》（“Reason”）时才开始成形。那是他的机

1. 或译《以太呼吸者》。

器人系列故事［散见于1950年出版的《我，机器人》（*I, Robot*），1964年出版的《其余机器人故事》（*The Rest of the Robots*），以及他之后写作的其他几本书籍中］当中第二个发表的，也是第一个包含了他的“机器人学三大法则”的故事，虽然这三条法则要到之后才会被形诸文字（阿西莫夫将机器人学三大法则的发明归功于坎贝尔，但坎贝尔坚持这些法则本就暗含在小说之中）。其后的多数机器人系列故事情节就基于法则之间的冲突；早期的故事重心仍在于传统的人类对于异己智能的恐惧，还有较为理性的对于经济竞争的恐惧，但抛弃了对破坏禁忌的、对被造物转而反抗创造主的那些非理性的恐惧。正如阿西莫夫在《其余机器人故事》的序言中所指出的，发明家们会采取保障安全的措施，比如刀剑上会有握把，锅炉上会有安全阀；而第一法则，“机器人不得伤害人类，或者任凭人类受到伤害而不作为”，也就是这样的一个安全措施。

坎贝尔对现在和未来问题的现实主义观念培育出了最初的信徒；阿西莫夫的三大法则让“弗兰肯斯坦式的怪物”成了过时的古董；从此以后，这种概念只会在奇幻或者魔怪电影中出现，乃至于《2001：太空奥德赛》（*2001: A Space Odyssey*）中的“哈尔”[1]这一形象看起来都有种奇特的怀旧感。阿西莫夫对传统的态度是不恭和叛逆的。《日暮》（“Nightfall”）就是这种观念的产物。

阿西莫夫这个故事的点子来自坎贝尔向他引用的爱默生名句，这句话也成了这篇小说的引语。坎贝尔和阿西莫夫对爱默生那诗意的图景提出了挑战。他们用科学的诗去替代信仰的诗。他们相信，能被证实的真相本身就具备一种冷酷的美；群星的真相或许会让人们发疯，但他们是在三万颗恒星的灿烂光芒照耀下疯掉的。

1. 这部经典科幻电影和（剧本的）小说版都发行于1968年。“哈尔”是其中造反的超级计算机。

《日暮》中的这一时刻可与海因莱因的经典中篇《宇宙》[1]里的那一时刻相比：主人公霍伊兰从小一直相信，他生活在其中的巨型太空飞船就是宇宙的全部了，而后他坐在飞船的控制室里，骤然明悟他一直以来被引导着相信的“真实”其实乃是比喻，飞船并非宇宙本身而只是其中的一小部分，正于群星之间穿行。

真相，现实，事物的本质——在这样的时刻，科幻小说让它们骤然显身，照彻大千世界，反射出科学本身的启蒙之光。

从 1942 年 5 月开始，阿西莫夫创作了一个新的系列——“基地”（*Foundation*）。最后这个系列作为“基地三部曲”（*The Foundation Trilogy*，1964）出版，其中包括若干短篇和中篇小说，以及一部长篇小说。与此同时，阿西莫夫获得了生物化学博士学位，于波士顿大学药物学院执教。他在第一部长篇小说《苍穹微石》（*Pebble in the Sky*，1950）之后又写了一连串的长篇，包括最著名的两部机器人侦探小说《钢窟》和《裸阳》，以及《星空暗流》（*The Currents of Space*，1952）和《永恒的终结》（*The End of Eternity*，1955），还有用保罗·弗伦奇（Paul French）为笔名发表的“幸运儿斯塔尔”（*Lucky Starr*）系列少年科幻小说。

1958 年时，已是副教授的阿西莫夫遭到新任的系主任施压，要他完成更多科研工作；他索性做了全职作家。不过，之后他写的是科普作品，比如《聪明人科学指南》（*Intelligent Man's Guide to Science*，1960）和《古今科技名人辞典》（*Biographical Encyclopedia of Science and Technology*，1964）。其他的出版作品——到他去世前，他的著作总数已达 470 多种——涵盖了莎士比亚、拜伦、弥尔顿，还有一部关于《圣经》的；他写历史，写笑话，写讽刺，也为青少

1.《宇宙》及其续篇《常识》略作改动后在 1960 年代合为一个单行本，书名为《太空孤儿》。

年和成年人写了许多的科普书籍。1972 年他再度回到科幻写作中，这一年的《神们自己》(*The Gods Themselves*) 获得了星云和雨果双奖；1977 年，他以《两百岁的人》(“The Bicentennial Man”) 再度达成了这样的成就。他还花了许多时间在一本冠以他名字的科幻杂志上——从这家杂志 1977 年创办开始，直到他去世。1986 年，美国科幻作家协会将科幻小说大师奖授予了他。

1980 年代阿西莫夫被双日出版社说服，又写了一本“基地”系列的长篇小说，并开始创作一系列的畅销书（这是他有生以来头一次），在其中他延续了之前那两个了不起的想法——机器人和基地，甚至还试图将它们无缝衔接成一套“未来史”。他成了一位广受欢迎的演说家，电视上的知名人物，许多种类各异的出版物的供稿人，以及几乎任何问题的权威。他被称为“国家奇才”，甚至“自然瑰宝”。他也许会说，作为一个（3 岁时）从俄国迁来，在布鲁克林一家糖果店里长大的移民，这挺不错的（而且事实上他确实这么说过了：在他的两卷本自传和稍后的一本回忆录里）。

但正是在 20 世纪的 40 年代到 50 年代，这位聪明机智、富有创造力的男人对科幻小说的性质产生了莫大的影响，为他之后一路收获的诸多成就构筑了基础[1]。正如他 1967 年为美国科幻作家协会会刊所写的：“没什么比打下坚实的基础更重要。”阿西莫夫从坎贝尔那儿学到的观念，以及他带入到作品中的缜密思维，都帮助科幻小说进入了逻辑化的新模式当中，并暂时性地驱逐了哥特式的迷信思维。在《日暮》发表之后的 20 年当中，借由阿西莫夫这样的作家的作品，坎贝尔的实用主义观点占据了上风。

（何锐　译）

1. 原文“基础”和“基地”是一个词。

日暮

[美国] 艾萨克·阿西莫夫

“倘若群星每隔千年方才闪耀一晚，那么世世代代的凡夫俗子们，会对记忆中神的城市奉以何样的信任、崇拜与缅怀！”

——爱默生

萨罗大学的校长阿顿 77 咄咄逼人地噘着下嘴唇，怒视着年轻的新闻工作者。

特雷蒙 762 并没有被这团怒气吓到。远在他职业生涯的早期，如今多家报刊争相登载的专栏还只是初出茅庐的记者脑子里的疯狂想法时，他就在专攻“不可能”的采访了。他为此付出过瘀伤、黑眼圈和骨折的代价，但也收获了足够的冷静和自信。

于是他放下了自己伸出去却被对方刻意忽视的那只手，静静地等待老校长从暴怒中平静下来。不管怎么说，天文学家都是些性情古怪的家伙，而如果说阿顿在过去两个月里的行为能够说明什么的话，那就是这位阿顿是他们群体当中最古怪的一位。

阿顿 77 再次开口说话了，虽然因为压抑着情绪而声音颤抖，但这位著名天文学家并没有丢掉他广为人知的措辞风格：谨慎，乃至多少有些迂腐。

“先生，”他说，“你带着那么欠考虑的选题来找我，可真是无耻到了极点。”

天文台身材粗壮的远望摄像师比内25用舌尖舔了舔干燥的嘴唇，紧张地插言道：“算了，先生，毕竟——”

校长转向他，扬起了白色的眉毛：“不要多嘴，比内。我相信你把此人带来是出于好意，但是现在我不会容忍任何不服从。”

特雷蒙认为是时候说句话了：“阿顿校长，如果你容我把话说完，我认为——”

“我不相信，年轻人，”阿顿反驳道，“比起最近两个月来你那个每日专栏里的东西，你现在要说的话还能有什么值得一听的。针对我和我同事的工作，你领导了一场声势浩大的媒体斗争，把全世界组织起来否认这个已经来不及避免的威胁。你竭尽全力对我实施个人攻击，让这个天文台的工作人员备受嘲弄。”

校长从桌面上拿起一份萨罗市《纪事报》，冲着特雷蒙猛地晃了晃。“哪怕是像你这样以厚颜无耻著称的人，来求我允许你报道今天的事件之前，也是应该犹豫一下的。那么多记者，来的偏偏是你！”

阿顿把报纸丢在地上，大步走到窗前，双手在身后紧紧相扣。

“恕不远送。”他侧过脸来厉声说道，然后面色阴沉地凝视着窗外的天际线。伽马，这颗行星的六个太阳中最亮的那个，正在落下去，已经在天边的雾霭中褪色泛黄。阿顿知道，他将再也不会作为一个正常人看到它了。

他猛然转过身来。“不，等一下，过来！”他急切地挥了一下手，“我给你报道权。”

记者原也并未挪步离开，闻言便向老人慢慢走去。阿顿指着外面："六个太阳，只剩下贝塔还在天上。你看到了吗？"

这个问题委实有些多余。正当落山的伽马收去了它夺目的光芒，贝塔却差不多正要升到天顶，用红光给大地染上了一层不同寻常的橙色。贝塔正位于极远点。它很小，特雷蒙还不曾见过它这么小，而在拉格什此时此刻的天空，它是无可争议的统治者。

拉格什自己的太阳，也就是它绕其运转的阿尔法，正位于对跖点；那一对遥远的伴星也是如此。红矮星贝塔——阿尔法的伴星——正是孑然一身，孤星独吟。

阿顿仰起的脸庞在阳光里闪耀着红光。"还有不到四个小时，"他说，"我们所熟知的文明便要走到尽头。这是因为，如你所见，天空中只剩下了贝塔一颗太阳。"他冷冷地笑着，"把这个消息登出来吧！不会有人读到它了。"

"可是，假如等到四个小时之后——然后再过四个小时——什么都没有发生呢？"特雷蒙轻声问道。

"你大可不必有此困扰。该来的一定会来的。"

"毋庸置疑！不过——万一一切风平浪静？"

比内 25 再一次开口："先生，我看你还是听听他的想法吧。"

特雷蒙说："投票决定吧，阿顿校长。"

天文台的另外五名工作人员发出了一阵窃窃私语。他们在此之前一直保持谨慎的中立态度。

"那么做，"阿顿断然说道，"倒也没什么必要。"他掏出怀表，"既然你的好朋友比内那么坚持，我就给你五分钟好了。开讲吧。"

"太好了！话说，如果你允许我把将要发生的事情留一份目击记录，究竟能造成什么影响呢？如果你的预言成真，我的在场不会对你造成任何妨碍；因为那样的话，我的专栏就再也写不成了。反过来说，万一预言落了空，你就只能遭人嘲笑甚至更糟。让友善之人掌控那种负面舆论才是明智之举。”

阿顿哼了一声。“你所谓的友善之人该不会是指你自己吧？”

“正是！”特雷蒙坐下来，跷起了二郎腿，“我的专栏或许有时候有点不近人情，但是每一次你们这些人也会从质疑中受益。毕竟，现在不是向拉格什宣扬‘世界末日即将来临’的年代了。你得知道，人们已经不再相信《启示录》，而如果科学家们变换口风，告诉我们原来那些狂热教徒宣扬的都是对的，人们会很反感——”

“没有这种事，年轻人，”阿顿打断了他，“虽然我们大量的数据是来自宗教，但是我们的结论中并没有宗教那样的神秘主义。事实就是事实，宗教所谓的神话背后也隐藏着某些特定的事实。我们揭示了它们，撕开了那层神秘的面纱。我向你保证，宗教现在比你更恨我们。”

“我不恨你们。我只是想告诉你，公众的情绪很糟糕。他们生气了。”

阿顿撇着嘴，露出嘲讽的笑容：“那就让他们生气好了。”

“好啊，但是明天怎么办？”

“没有明天了！”

“但是如果有呢。假设还有明天——想想会发生什么。那种愤怒可能会造成严重的后果。毕竟，你知道，经济在最近两个月里一落千丈。投资者其实并不相信世界要完蛋，但是在这一切结束之前，他们都把自己的腰包捂得严严实实。普罗大众也不相信你们，但是新款的春季家具大概也要等几个月再入手了——就为了确保万无一失。

“你明白了吗？等到这一切结束，商业利益集团立刻就会咬住你们不放。他们会说，如果疯子——请原谅我的措辞——只需要说点荒唐的预言，就能随时破坏国家的繁荣——那么这颗星球上的人都应该阻止他们。星星之火可以燎原，先生。”

校长严厉地盯着专栏作家："那么针对这样的形势，你有何建议？"

"这个嘛，"特雷蒙咧嘴一笑，"我建议掌握住宣传口径。我能让民众只了解到荒谬的一面。这将令你们难以忍受，我承认，因为我不得不把你们塑造成一群胡言乱语的白痴；但是如果我能让人们嘲笑你们，他们也许就会忘记生气。作为回报，我的出版商要求的不过是一篇独家报道。"

比内点点头，脱口而出："先生，我们这些人都认为他说得有道理。在过去的两个月里，我们什么都考虑了，唯独忽略了我们的理论或者计算中存在错误这样一个百万分之一的可能性。我们应该把这个可能性也考虑进来。"

桌子周围的人们发出一阵表示同意的低语，阿顿的表情就像是嘴里有苦味却吐不出来。

"既然如此，愿意的话，你就留下来吧。不过，请你不要以任何方式妨碍我们的工作。你也需要记住，这里的所有活动由我掌控，尽管你在专栏中表达过那些观点，我还是希望得到你充分的合作和尊重——"

他说话时双手背在身后，坚定地扬着布满皱纹的脸庞。若不是另一个声音传过来打断了他，他也许会一直这样说下去，不知道会说到什么时候。

"大家好，大家好，大家好！"新来者声调很高，圆润的脸上带着愉快的笑容，"这里的气氛怎么死气沉沉的？我希望还没有人吓破了胆。"

阿顿惊讶地盯着那人，焦躁地说："你又怎么会来这里，希林？我以为你会留在藏身处呢。"

身材短粗的希林笑着坐到了椅子上。"藏身处去死吧！那个地方好无聊。我想在这儿待着，这边的事情越来越带劲了。你以为我就没有好奇心吗？我想看看教徒们一直说个不停的群星。”他搓着双手，语气变得冷静一点了，“外面够冷的。风凉得能在你的鼻子下面挂冰柱。在这个距离上，贝塔好像一点热量都没有。”

白发苍苍的校长突然愤怒地咬紧牙关。“你怎么忽然魔怔起来了，希林？你在这儿有什么用？”

“我在那儿又有什么用？”希林摊开手掌，做出一个滑稽的无奈手势，“心理学家在藏身处只会浪费粮食。他们需要的是有行动能力的男人和强壮健康、能生养的妇女。我呢？我得减去一百磅体重才算得上有行动能力，而且我也不会生孩子。所以何必让他们养一个闲人呢？我还是在这里感觉更自在一些。”

特雷蒙轻快地说：“什么是藏身处，先生？”

希林仿佛这才看到专栏作家。他皱着眉头，鼓着宽大的腮帮子：“你又是何方神圣，红毛小子？”

阿顿撇嘴，满脸不高兴地喃喃道：“这是特雷蒙 762，报社的。我想你听说过他吧。”

专栏作家伸出了手。“而你显然是萨罗大学的希林 501。久仰大名。”然后他又问了一遍，“你们说的这个藏身处是什么呢，先生？”

“这个嘛，”希林说，“我们设法让一些人相信了我们对——呃——末日的预言，引起了他们的重视。那些人采取了适当的措施。他们大多是天文台工作人员的直系亲属，萨罗大学的教职员工，还有一些外人。总共大约有三百人，不过四分之三都是妇女和儿童。”

“我明白了！他们要躲在黑暗和群星无法企及之处，等到世界其他地方灰飞烟灭之后再出来。”

“如果他们做得到的话。这并非易事。到那时全人类都发了疯，大城市熊熊燃烧，环境将不利于生存。不过他们有食物、水、住所和武器——”

“不仅如此，”阿顿说，“他们还拥有我们全部的记录，只除了我们今天将要收集到的。对下一个周期来说，那些记录至关重要，必须要保存下来。其他事项都可以暂缓。”

特雷蒙吹了一声悠长而低沉的口哨，坐在那儿沉思了几分钟。桌子周围的人已经拿出一副棋盘，开始了一场六人棋局。落子迅速而安静。所有的目光都直勾勾地集中在棋盘上。特雷蒙专注地观看了一会儿，然后起身走近阿顿。阿顿正坐在一旁，低声与希林交谈。

“我说，”特雷蒙说，“我们换个地方，不要打扰其他人。我有几个问题想问。”

老天文学家充满敌意地对他皱着眉头，希林却欣然应道：“没问题啊。我喜欢和人聊天，一直都喜欢。阿顿正对我讲你的想法，也就是万一预言失败全世界会是什么反应——我同意你。对了，我经常读你的专栏，总体上来说，我喜欢你的观点。”

“拜托，希林。”阿顿气呼呼地说。

“嗯？哦，好吧。我们到隔壁房间去。至少那边的椅子比较软。”

隔壁有更柔软的椅子，窗户上挂着厚厚的红色窗帘，地板上铺着红地毯。在贝塔砖红色光芒的照耀下，这一套陈设的整体效果就像是干涸的血迹。

特雷蒙打了个哆嗦。“我说，我愿意出十个信用点买哪怕一小阵的白光。我希望伽马或者德尔塔在天上。”

“你有什么问题？”阿顿问，“别忘了我们时间有限。再过一个小时零一刻钟多一点，我们就要上楼了，然后就没有时间说话了。”

“好的，我的问题是这样的。”特雷蒙向后一靠，两手交叉在胸前，“你们这些人对这事似乎都非常认真，我都要开始相信你们了。你介意解释一下到底是怎么回事吗？”

阿顿勃然大怒："你是打算坐在那里告诉我，一直以来你连我们要说什么都没搞清楚，就对我们大肆嘲讽吗？"

专栏作家不好意思地咧嘴笑了："没那么离谱，先生。我知道大致的概念。你说在几个小时内将会发生波及全世界的黑暗，所有的人类都会发疯。我现在想要了解的是它背后的科学原理。"

"不，别问他。别问他。"希林插言道，"如果你问阿顿这个——假设他有心情回答——他会拿出来一摞摞的数字和图表。你根本搞不清头绪。而如果你问我的话，我倒是可以给你外行的观点。"

"好吧。我问你。"

"那么我要先喝一杯。"他搓着手看着阿顿。

"水？"阿顿嘟哝道。

"别说傻话！"

"你才别说傻话。今天不许喝酒。让我的手下喝醉太容易了。我可担不起诱惑他们的后果。"

心理学家没说什么，只做了个抱怨的神情。他转过身来对着特雷蒙，用锐利的目光盯着他，开始解释。

"你肯定知道，拉格什的文明史呈现周期性的特点——我是说循环往复！"

"我知道，"特雷蒙谨慎地答道，"当前的考古学理论是这么说的。这已经被认作事实了吗？"

"差不多。在刚刚过去的这个世纪，它已经得到了人们的普遍认同。这个周期性的特点是——或者说曾经是——一个巨大的谜。我们识别出了一系列的文明，其中的九个我们确信无疑，此外有迹象表明还有更多，所有的文明都达到了我们这个文明的高度，而所有的文明又都在顶峰时期毁于烈火。

"没人知道为什么。所有的文化中心都被彻底焚毁了，没留下丝毫线索让我们推测原因。”

特雷蒙认真地听着：“不是还有过一个石器时代吗？”

“有可能，但是直到现在，我们对其几乎一无所知，只知道那个时代的人比聪明一点的猿强不了多少。我们可以忽略掉它。”

“我明白了。接着说！”

“对这些反复发生的灾难，人们提出过一些解释，而所有的解释都多少有些荒诞。有人说有周期性的火雨；有人说拉格什每过一段时期就会穿过一个太阳；还有一些更加离谱的说法。但是有一个流传了几百年的理论，与所有这些都完全不同。”

“我知道。你说的是教徒们的《启示录》里的‘群星’神话。”

“完全正确，”希林满意地答道，“教徒们说，每隔两千零五十年，拉格什会进入一个巨大的洞穴，于是所有的太阳都要消失，世界各地陷入彻头彻尾的黑暗！这时候，据他们说，出现一种叫作群星的事物，夺走人们的灵魂，把人们变成丧失理智的畜生，于是他们摧毁了自己建立起来的文明。当然，他们在这套说辞中混入了好多宗教神秘主义观念，但核心的思想就是这些。”

一阵短暂的沉默中，希林深深地吸了一口气。“现在我们就要说到万有引力理论了。”他说那个短语时发音很重，几乎让人听出了字体加粗的效果。这时候阿顿从窗口转过身，响亮地哼了一声，然后大步走出房间。

两人盯着他的背影，特雷蒙说：“怎么了？”

“没什么特别的事情。”希林答道，“有两个人几个小时之前就该到了，但是到现在还没露面。他急缺人手，当然，这是因为人们都去了藏身处，只留下了真正关键的人员。”

“你不会是认为那两个人开小差了吧，有没有？”

"谁？法罗和依莫特？当然不是。不过，如果一小时之内他们还不回来，事情就会有点棘手。"他忽然站起来，目光炯炯，"不管怎样，既然阿顿出去了——"

他蹑手蹑脚地走到最近的窗口蹲下来，从窗框花箱下面取出了一个装有红色液体的瓶子，摇了摇，汩汩之声引人遐想。

"我认为阿顿不知道这个。"他说着疾步走回桌子旁，"来！我们只有一个杯子，你是客人，那就给你用好了。我直接用瓶子。"他小心地倒满了那个小杯子。

特雷蒙站起来想要提出抗议，可是希林严厉地看着他："尊敬你的长辈，年轻人。"

记者一脸苦闷地坐了下来："那就接着说吧，你这个老恶棍。"

心理学家仰头往嘴里灌酒，喉结一上一下地动着，然后满意地哼了一声，舔舔嘴唇接着说：

"你对引力了解多少呢？"

"一无所知，除了知道这是最近的科学进展，理论还不算太完善，涉及的数学太难了，在拉格什应该只有十二个人能理解。"

"哈！胡说！一派胡言！我一句话就可以把全部的数学要点给你总结出来。万有引力定律指的是，宇宙中所有物体之间都存在着一种相互的吸引力，任何两个给定物体之间，这种力的大小与它们质量除以它们之间距离的平方成正比。"

"就这些？"

"这就够了！人们花了四百年时间才研究出来。"

"为什么那么久？照你说的这样，听起来很简单。"

"因为伟大定律的发现靠的不是天赐的灵光一现，不管你怎么想。它往往需要满世界的科学家共同努力许多个世纪。自从吉诺维 41 发现拉格什绕阿尔法太阳运行，而不是相反——那是四百年前的事情了——天文学家们一直在努力。他们记录下六个太阳的复杂运动，并进行分析和阐释。他们提出了一个又一个理论，翻来覆去地检验，有的修正一下，有的直接放弃，还有的又被重新捡起来，改头换面。这是极其艰难的工作。”

特雷蒙若有所思地点点头，伸出杯子要求希林再倒一些酒。希林不情愿地倒出了几滴红色的液体。

“那是在二十年前，”润了润自己的嗓子之后，希林接着说，“终于有人证实，万有引力定律完全能够解释六个太阳的轨道运动。那是一次伟大的胜利。”

希林站起来走到窗前，手里还紧紧攥着酒瓶。“现在我们说到重点了。在过去的十年间，人们根据引力计算了拉格什围绕阿尔法的运动，得到的结果与观测轨道不符，哪怕考虑到所有其他太阳的扰动也还是不符。要么定律是错误的，要么还存在某种未知的因素。”

特雷蒙也走到了窗前，目光越过林木繁茂的山坡，凝望着地平线上萨罗城那一座座光泽如血的高塔。

记者瞥了贝塔一眼，感觉到不确定性带来的紧张感正在内心愈演愈烈。贝塔高悬天顶，像一只怒视人间的红色眼眸，势孤力单却凶相毕露。

“接着说，先生。”他轻声说。

希林回答道：“天文学家们摸索了多年，每次提出的理论都比前一个更站不住脚——直到阿顿从宗教那里获得了启发。宗教头子索尔 5 掌握的一些资料可以大大简化这个问题。阿顿掉转了他的研究方向。

“会不会还有另一个像是拉格什的不发光行星？如果有的话，你知道，它就只能靠反射发光，而如果它也和拉格什的大部分结构一样，是由蓝色岩石构成的，那么在红色的天空中，它将被几个太阳永恒不灭的光芒遮蔽——彻底地无形无迹。”

特雷蒙吹了声口哨：“好个奇特的想法！”

“你认为这很奇特？听好了：假如这个天体以合适的距离和轨道绕拉格什运转，又有着合适的质量，使得它对拉格什的吸引刚好能够解释拉格什轨道与理论的偏差，你知道会发生什么事吗？”

专栏作家摇摇头。

“嗯，有时候这个天体会挡住一个太阳。”希林一口气喝光了瓶子里剩下的酒。

“我猜它确实会挡。”特雷蒙平静地说。

“是的！但是只有一个太阳位于它的轨道面上。”他伸出大拇指，指了指天上那颗缩小了的太阳，“贝塔！而且已经证明，只有当贝塔独自位于一个半球上空，而且在最大距离处，同时那颗卫星位于最小距离时，遮挡[1]才会发生。这时卫星的目视直径是贝塔的七倍，可将整个拉格什遮蔽超过半天之久，因此整个星球上没有一个地点能够免于遮挡的影响。这样的遮挡每两千零四十九年发生一次。”

特雷蒙面无表情：“这就是我的报道内容？”

心理学家点点头：“就这些。首先，遮挡将在三刻钟之内开始，然后将出现全球性的黑暗，也许还有那些神秘的群星，然后人们发疯，文明的本次循环告一段落。”

他忧郁地说：“我们曾经有过两个月的时间——我们天文台的人——但还是来不及让拉格什人相信危险的存在。两个世纪也许都不够。但我们把记录留在了藏身处，还有今天将要拍摄的遮挡照片。

---

1. 在本文故事发生的行星上，每次日食的发生都伴随着文明的覆灭，即便曾经有人对全球性黑暗提出过正确的解释，这一知识也并未流传下来——我们看到希林向特雷蒙介绍情况的时候，明确地说另一颗行星的存在及其对贝塔的遮挡都是根据最新的科学理论计算的结果——因此，他们的语言中应该不会留下专门用于描述这种自然现象的术语，如“日食”“初亏”“全食”等。在英文原版中，作者阿西莫夫仍然让笔下的人物使用了上述术语，这是不符合故事设定的。因此译者略作改动，让主人公们在谈及此事时，只用普通的语言来描述，比如在这里，用“遮挡”代替了原文的“日食”。

下一轮文明将以真相为基础，等到下一次遮挡来临时，人类终将做好准备。想想看，这也是你报道的一部分。”

特雷蒙打开窗户探出身去，一阵轻风拂乱了窗帘。他盯着手上的深红色阳光，发丝间浸润了风带来的凉意。这时他突然决定反抗一下。

“黑暗中有什么东西能让我发疯？”

希林一边笑一边心不在焉地转着空酒瓶。“你经历过黑暗吗，年轻人？”

新闻记者靠到墙上思考了一下。“没有。我不能说经历过。但是我知道那是怎么回事。只不过是——呃——”他用手指做了个含义不明的动作，然后有了思路，“只不过是没有光。就像在洞穴里一样。”

“你进过洞穴吗，年轻人？”

“洞穴！当然没有！”

“我想你也没有。我上周试了试——只是为了看看是怎么回事——但我赶紧又出来了。我一直往里走，直到洞口的光只剩下隐约一团，四面八方漆黑一片。我从没想过有我这种体重的人能跑得那么快。”

特雷蒙撇着嘴唇：“哼，如果只是这样的话，我觉得我不会跑的，如果我在那里。”

心理学家生气地皱着眉头，紧盯着年轻人。

“天哪，好大的口气！我谅你不敢拉窗帘。”

特雷蒙看着他惊讶地说：“拉窗帘干什么？外面有四五个太阳的时候，我们也许需要挡住一点光才会舒服，但是现在我们没有足够的照明了。”

“关键就在这里。你只管拉上窗帘好了，然后过来坐下。”

“好吧。”特雷蒙伸手够到缀着流苏的拉绳，猛地一拽。红色的窗帘滑过宽阔的窗户，黄铜的环在横木上嘶嘶作响，暮色般的红色阴影笼罩着房间。

寂静当中，特雷蒙走向桌子的脚步声听起来很空洞，然后声音在中途停了下来。“我看不见你，先生。”他低声说。

“摸索着走。”希林用紧张的声音命令道。

“但是我看不到你，先生。”记者的呼吸声很粗重，“我什么都看不见。”

“你指望能看见什么？”希林冷酷地回答，“过来坐下！”

脚步声再次响起，摇摆着慢慢靠近。然后有摸索椅子的声音。特雷蒙的声音很微弱：“我过来了。我觉得……呃……还好。”

“你喜欢这种感觉，是吗？”

“不——不喜欢。太可怕了。墙壁好像是——”他停顿了一下，“它们似乎在向我逼过来。我总是想把它们推开。但是我不会发疯的！事实上，我感觉比刚才好一点了。”

“好吧。把窗帘拉开吧。”

小心翼翼的脚步声穿过了黑暗，特雷蒙摸索流苏的时候身体在窗帘上擦出了沙沙的声音，然后伴着大功告成般的呼的一声，窗帘滑了回去。红光灌满了房间，特雷蒙开心地叫了一声，抬头看向太阳。

希林用手背擦去额头的汗，颤抖着说：“这还只是一个黑暗的房间。”

“我能受得了。”特雷蒙轻描淡写地说。

“是的，黑暗的房间你能撑得住。但是两年前你去过姜洛百年博览会吗？”

“不，我没去过。六千里的行程太远了，哪怕是为了那个博览会。”

“嗯，我去了。那你还记得听说过神秘隧道吗？它打破了游乐区的所有记录——至少在最初一个月左右的时间里。”

“记得。不是说有人拿它大做文章吗？”

“基本没有。议论被压下来了。你要知道，神秘隧道只是一条一里长的隧道——没有光。你坐进一辆敞篷小车，在黑暗中颠簸十五分钟。它很受欢迎——在它开放期间。”

“受欢迎？”

“当然。如果是作为游戏的一部分，恐惧感还是很吸引人的。婴儿出生时就会本能地惧怕三种事物：巨大的声响、坠落和光线的缺失。这就解释了为什么人们会觉得突然跳到某人面前大喊一声是件好玩的事情，以及为什么坐过山车会那么有意思。这也解释了为什么神秘隧道一开始会大赚特赚。人们从黑暗中出来的时候，吓得浑身发抖，喘不过气来，三魂六魄差不多跑了一半，但他们还要继续付钱进去。”

“等一下，我现在想起来了。有的人出来的时候已经死了，是不是？它关闭之后有这样的传言。”

心理学家哼了一声：“嗐！死了两三个人。这根本不算事。他们向死者家属支付了赔偿金，说服姜洛市议会把这事抛在了脑后。他们说，心脏不好的人要想通过隧道，风险终归要自己承担——再说这样的事也不会再发生了。于是他们在前厅安排了一名医生，让每位游客在上车前接受体检。这个举措事实上提高了门票销售量。”

“好吧，然后呢？”

“但是，你得知道，还有别的问题呢。有时候人们出来的时候平静如常，只不过拒绝进入建筑物——任何建筑物，包括宫殿、豪宅、公寓、住宅、别墅、村舍、木屋、帐篷、披屋。”

特雷蒙看上去大吃一惊。“你是说他们拒绝离开开阔地。他们在哪里睡觉呢？”

"在开阔地。"

"应该有人强迫他们进屋去。"

"哦，有过，有过。然后这些人就陷入了暴力和癫狂，拼命拿头往最近的墙上撞。一旦你把他们弄到室内，没有拘束衣和一管子吗啡你可别想把他们留在那里。"

"他们肯定是发疯了。"

"正是如此。进入隧道的人，每十个当中就有一个变成那种样子。他们求助于心理学家，我们做了唯一能做的事情。我们关闭了隧道。"他摊开双手。

"那些人究竟是怎么了？"特雷蒙终于问道。

"你在黑暗中认为房间的墙壁都在朝你压过来，他们遇到的问题本质上也是这么回事。心理学上有一个术语用来描述人类对光线缺乏的本能恐惧。我们称之为'幽闭恐惧'，因为光的缺乏总是与封闭空间联系在一起，所以害怕其中一个就是害怕另一个。你明白了吧？"

"那些进隧道的人呢？"

"那些人的不幸在于，他们的心智不具备足够的弹性，克服不了随着黑暗突然降临的幽闭恐惧。没有光的十五分钟是一段很长的时间。你只经历了两三分钟，我相信你已经相当难受了。

"进隧道的人患上了所谓的'幽闭恐惧症'。他们对黑暗和密闭空间的潜在恐惧已经具体化并活跃起来，而且据我们所知，这种影响持久不消。这就是在黑暗中待十五分钟造成的后果。"

长时间的沉默当中，特雷蒙的眉头慢慢皱了起来。"我不相信有那么可怕。"

"你的意思是你不想相信，"希林厉声喝道，"你不敢相信。看看窗外！”

特雷蒙照做了，心理学家没有停顿：“想象黑暗无处不在。你目力所及之处都没有光。房屋、树木、田野、大地、天空——都是黑的！群星降临，据我所知——无论它们到底是什么。你能想象得出来吗？”

“是的，我能。”特雷蒙语气粗暴地回答。

希林猛地捶了一下桌子。“你胡说！你根本想象不出来。你的大脑不是为这种概念打造的，就像不是为无限或者永恒的概念打造的一样。你只会谈论它。现实的一小部分就让你心烦意乱，而当事情真的发生时，你的大脑就要应对一个超出其理解能力的现象。你会发疯，彻底、永远！毫无疑问！”

他忧伤地补充道：“又是几千年的艰苦奋斗化作乌有。到了明天，不会再有一座城市还能安然无恙地屹立在拉格什上。”

特雷蒙部分地恢复了心理平衡：“还是说不通。我仍然不觉得我会仅仅因为天空没有太阳就发疯，但是就算我和其他人确实都发了疯，又怎么会破坏城市呢？我们要把它们轰平吗？”

然而希林也很生气。“身在黑暗中，你最想要什么？本能的急切需要会是什么？光，该死的，是光。”

“那又怎么样？”

“你怎样才能得到光呢？”

“我不知道。”特雷蒙不动声色地说。

“在没有太阳的情况下，得到光的唯一方法是什么？”

“我怎么知道？”

他们迎面而立，四目相对。

希林说：“你可以烧点东西，先生。见过森林火灾吗？你有没有在露营的时候烧柴火炖肉？你知道，热不是木头燃烧时的唯一产物。

它还会发光，而且人们都了解。黑暗的时候，他们想要光明，而且他们会想方设法得到它。”

“所以他们烧木头？”

“所以他们有什么烧什么。他们一定要有光。他们一定要烧点东西，木头不是随手可得的——所以他们会就近找到什么烧什么。他们将得到光明，每一个聚居地的中心都将腾起熊熊的火焰！”

两人紧盯着对方，仿佛整件事情已经归结为双方意志力的较量，然后特雷蒙无言地退缩了。他呼吸粗重而匆促，几乎没有注意到从关着门的隔壁房间突然传来的嘈杂声。

希林开口说话了，而且努力克制了一下才让自己表现得不动声色：“我想我听到了依莫特的声音。他和法罗可能回来了。咱们过去看看他们为什么拖到现在才来。”

“也好！”特雷蒙喃喃地说。他深深地吸了一口气，似乎在发抖。紧张的气氛被打破了。

众人向两名年轻人围拢过来，屋子里一阵喧闹。两人一面回避着大家向他们抛过来的各种问题，一面脱着外套。

阿顿匆匆穿过人群，愤怒地面对着新来者：“你们知道离最后的时刻只剩下不到半小时了吗？你们两个到哪里去了？”

法罗 24 坐下来搓着双手。他被室外的寒气冻得脸颊发红。“依莫特和我刚刚完成了一项我们自己的疯狂小实验。我们一直在试图搞清楚，我们是不是能建立一套设施，可以模拟黑暗和群星的样子，以便提前有所了解。”

听众当中响起一阵困惑的私语，阿顿的眼中则突然闪现出感兴趣的神色。“以前没人说过这件事。你们进展怎么样？”

“这个嘛，”法罗说，“这个主意是依莫特和我在很久之前想到的，我们俩一直在利用业余时间推进它。依莫特知道在城里有座矮平房，房顶是半球形的——以前是座博物馆，我想。反正我们买了下来——”

“你们哪儿来的钱？”阿顿猛地打断了他。

“我们的银行账户。”依莫特70哼了一声，“花了两千个信用点。”然后又辩解道，“嗯，那又怎么样？到了明天，两千信用点就变成两千张废纸了。如此而已。”

“当然。”法罗表示同意，“我们买下了那个地方，把它从上到下用黑天鹅绒装饰起来，好让里面尽可能地漆黑一团。然后我们在天花板和屋顶上打了小孔，装上小金属盖，用一个开关就可以把所有的盖子同时推开。至少，这部分工作并不是我们亲自上阵。我们请了一个木工和一个电工，还有其他一些人——钱花得不计其数。这么做的目的就是，让光线通过屋顶的孔照进来，那样我们就可以得到仿佛群星的效果。”

在随后的停顿中，一点喘气的声音都听不到。阿顿生硬地说：

“你们没有权力私下里——”

法罗看上去很尴尬。“我知道，先生——不过，坦率地说，依莫特和我认为这个实验有一点危险。如果那种效果真的能起作用，我们便有一定发疯的可能——而根据希林所说，我们认为那种可能性还相当大。我们想自己承担这个风险。当然，如果发现自己能够保持理智，我们就会明白，人们有可能对真实事物产生免疫力，然后就可以让你们这些人也去体验一下。但是实验根本就没有得到什么结果——”

“怎么了，发生什么事了？”

回答这个问题的是依莫特：“我们把自己关在里面，让眼睛适应黑暗。那是一种极其恐怖的感觉，因为完全的黑暗会让你觉得墙壁和天花板都在挤压你。不过我们撑住了，打开了开关。金属盖子滑开了，整个屋顶上亮点闪闪——”

“然后呢？”

“然后——什么事情都没有。这就是荒诞之处。什么都没有发生。只是一个有洞的屋顶，看起来仅此而已。我们试了一次又一次——所以我们才来得这么晚——但根本没有任何效果。”

这时候众人全都震惊得说不出话来，所有的目光都转向了希林，他坐在那里张着嘴巴，一动不动。

特雷蒙第一个开口说话：“你知道这对你提出的理论意味着什么，希林，对不对？”他咧嘴笑着，一脸宽慰的神色。

但是希林举起了手。“等等。让我想一想。”然后他打了一下响指，抬起头时，他的眼睛里既没有惊讶也没有不确定，“当然——”

这句话他没有说完。从上面某个地方传来了尖锐的哐当一声，比内被惊得站立起来，说了声“见鬼，搞什么呢！”便冲上了楼梯。

其他人都跟了上去。

事情发生得很快。到了穹顶之后，比内惊骇地盯着摔碎的感光板和旁边那个弯着腰的人，然后猛地扑向那人，紧紧掐住了他的喉咙。一阵猛烈的推搡之后，随着其他成员的加入，陌生人被六七个愤怒的人压了个不见天日，难以呼吸。

阿顿最后一个喘着粗气走上来。“让他起来！”

众人不情愿地松开手，把气喘吁吁的陌生人拽了起来。他的衣服被撕坏了，前额青肿，黄色的短须精心弯成了教徒们喜欢的样式。

比内换手抓住了那个人的领子，使劲摇晃着他。“好吧，贱人，你打的什么主意？这些感光板——”

“我不是冲它们来的，”教徒冷冷地反驳道，“那只是意外。”

比内顺着他愤怒的目光看过去，咆哮道：“我明白了。你是冲着照相机本身来的。那么感光板的意外真是算你走运。如果你碰了远距摄像机或者其他什么设备，我们就要慢慢折磨死你。事实上——”他举拳缩臂，作势欲击。

阿顿抓住他的衣袖。“住手！放开他！”

年轻的技术员犹豫了一下，不情愿地放下了胳膊。阿顿把他推到一旁，走到教徒面前。“你是拉提美尔，对不对？”

教徒僵硬地鞠躬，指了一下自己臂部的标志。“我是拉提美尔 25，索尔 5 殿下的三等助手。”

“而且，”——阿顿扬起了白色的眉毛——“上周和殿下一起来找我的就是你，对吧？”

拉提美尔又鞠了一躬。

“那么，你想要什么？”

“你不会自愿给我的东西。”

“我想是索尔 5 派你来的——或者，难道是你自己的主意？”

“我不回答这个问题。”

“还会有更多来访者吗？”

“我也不回答这个问题。”

阿顿瞥了一眼手表，面色阴沉。“那么，老兄，你的主人想要我做什么？我已经做到了答应你们的事情。”

拉提美尔微微一笑，但什么也没说。

“我向他索取只有宗教才能提供的资料，”阿顿继续生气地说，“他满足了我的要求。为此，谢谢你们。作为回报，我答应证明宗教教义的基本要点是正确的。”

“这一点无须证明，”对方骄傲地驳斥道，“《启示录》已经证明了。”

“对于少数信教的人来说，是的。不要假装误解了我的意思。我愿意为你的信仰提供科学支持，而且我做到了！”

教徒怨恨地眯起了眼睛。“是的，你做到了——带着狐狸一般的狡猾，因为你虚假的解释支持了我们的信仰，同时也消除了信仰存在的一切必要性。你把黑暗和群星变成一种自然现象，消除了它们所有的真实意义。这是渎神。”

“如果是这样，那不是我的错。事实就摆在那里。除了陈述出来，我还能做什么？”

“你所谓的‘事实’是骗局和妄想。”

阿顿愤怒地跺了一下脚。“你怎么知道？”

对方的回答带着对信仰的十足把握。“我知道！”

校长气得面色发紫。比内低声说着什么，语气急促。阿顿挥手让他安静。“索尔 5 想要我们做什么？我想他仍然认为，如果试图警告全世界采取措施应对发疯的威胁，我们就是在把无数的灵魂置于危险之中。我们不会成功了，如果他在意这一点的话。”

“你们的尝试本身就造成了足够的伤害，你们利用邪恶器材获取信息的恶毒努力必须停止。我们听从群星的旨意，我唯一感到遗憾的是，笨拙让我没能破坏你们万恶的设备。”

“破坏也不会给你带来多大好处。”阿顿回道，“我们所有的数据，除了我们现在正要收集的直接证据，都已经得到了安全的储存，绝不会遭到任何损害。”他冷冷地笑着，“但这并不影响此时此刻你作为一个未遂窃贼和罪犯的身份。”

他对着那人身后的众人说：“哪位给萨罗市警察局打个电话？”

希林远远地喊了一声。“该死的，阿顿，你怎么回事？没有时间报警了。来吧，”——他挤上前来——“交给我吧。”

阿顿目光朝下盯着心理学家。“这不是你出洋相的时候，希林。请让我以我自己的方式处理这件事好吗？现在你是个彻头彻尾的局外人，不要忘了。”

希林神情生动地撇了撇嘴。“现在我们为什么还要做报警这种没头没脑的事——贝塔几分钟后就要被遮挡了——而这个年轻人非常愿意发誓保持他的荣誉，无论如何都不会造成任何麻烦？”

教徒立即回道：“我不会那么做。要杀要剐悉听尊便，但是公平起见，我要警告你们，只要抓住机会，我就会完成我来这里的使命。如果你们指望我发誓，那你们还是叫警察好了。”

希林脸上露出了友好的微笑。“你倒是挺坚决的，是吗？好吧，我来解释一下。你看见窗户边的那位年轻人了吗？他可是一个魁梧强壮的家伙，相当善于用拳头，而且他是个外来者。遮挡一开始，除了盯着你，他就没什么可做的了。此外还有我——打架显得矮了一点，但也能帮上忙。”

“哦，那又怎样？”拉提美尔冷冰冰地问。

“听好了，我会告诉你的，”希林答道，“一等遮挡开始，我们俩——特雷蒙和我——就要把你带进一个只有一扇门的小储物间，门上会有一把大锁，没有窗户。整个遮挡期间你都要待在里面。”

“那么结束之后，”拉提美尔气息粗重，“就没人能把我放出去了。我和你们一样了解群星出现的意义——我知道的远比你们多。你们失去理智之后，便不可能释放我。窒息或者缓慢的饥饿，是吗？在我的预料当中，我能够从一群科学家那里得到的待遇也就差不多如此。但是我不会发誓。这是原则问题，我不会再多说什么了。”

阿顿看起来很焦躁，无神的眼睛里充满了不安。“说真的，希林，铐上他——”

“拜托！”希林不耐烦地示意他闭嘴，“我认为事情绝不至于到那种程度。拉提美尔刚刚自作聪明地尝试了一把小小的虚张声势，但是我成为心理学家，并不仅仅因为我喜欢这个名头。”他朝教徒咧嘴笑着，“得了吧，你并不是真的认为我会用缓慢的饥饿那么残酷的手段折磨你吧。我亲爱的拉提美尔，如果我把你锁在储物间里，你就不会看到黑暗，也不会看到群星。只要稍微了解一点宗教的基本信条就能知道，群星出现时你躲在见不到它们的地方，意味着你将失去不朽的灵魂。现在，我相信你是一个高尚的人。如果你发誓不采取进一步的破坏行动，我愿意相信你。”

拉提美尔太阳穴处青筋搏动，身形看起来仿佛缩水了一圈，他含含糊糊地说：“我发誓！”紧接着他又在突如其来的怒火中补充了一句：“但是令我欣慰的是，你们都会因为今天的行为而受到诅咒。”他转过身，走向门口一张三腿高凳。

希林朝专栏作家点点头。“坐在他旁边，特雷蒙——走个形式。嘿，特雷蒙！”

然而记者没有动。他的脸色乃至嘴唇都已经变得煞白。“看那儿！”他用颤抖的手指指着天空，声音干涩沙哑。

众人顺着他指的方向看去，不约而同地倒吸一口凉气，然后一动不动地盯着那里，一时间连呼吸声也听不见。

贝塔的一侧缺了一块！

正在蚕食太阳的那一抹黑暗也许还只有指甲的宽度，但是对于凝视着它的观察者们而言，它已经不亚于一道毁灭的裂缝。

他们只看了片刻，之后是一段更加短暂的混乱，接下来人们便紧张有序地行动起来——每个人都在做自己预先安排好的工作。在这种关键时刻，没有时间去多愁善感。众人都不过是有工作要做的科学家，甚至阿顿也转移了注意力。

希林平静地说：“行星的遮挡肯定开始于[1]十五分钟前。略早于预

1. 在地球上，“遮挡的开始”被称为“初亏”，但是正如前面的注释所述，这颗星球上没有这类术语。

期，但是考虑到计算中的不确定因素，我们的结果还算不错。”他环顾四周，蹑手蹑脚地走到特雷蒙身旁，轻轻地拉开了仍在盯着窗外的他。

“阿顿正在气头上，”他低声说，“所以离这里远点。因为拉提美尔闹的乱子，他错过了遮挡的开始，如果你妨碍他的话，他会让人把你扔到窗外的。”

特雷蒙略一点头，坐了下来。希林惊讶地盯着他。

“见鬼，伙计，”他叫道，“你在发抖。”

“嗯？”特雷蒙舔舔干燥的嘴唇，努力笑了一下，“我感觉不太好，真的。”

心理学家的眼神严肃起来：“你没有失去勇气吧？”

“没有！”特雷蒙在瞬间的愤怒中喊了一声，“给我一个机会，好吗？我原本并不真的相信这套废话——反正没有全信——直到这会儿。给我一个适应这个想法的机会。你们已经准备了两个月或者更久了。”

“这一点你说得对。”希林若有所思地回答，“听着！你有家人吗——父母、妻子、孩子？”

特雷蒙摇了摇头：“你的意思是藏身处，我想。不，你不必操心这个。我有一个姐姐，但她在两千里之外。我甚至不知道她的确切地址。”

“那么，你自己呢？你还来得及赶过去，反正他们少了一个人，因为我离开了。毕竟，我们用不着你在这里，而那边有了你——”

特雷蒙疲倦地看着他：“你以为我很害怕，是吗？好，听好了，先生，我是一个新闻记者，我被派来报道新闻。我打算报道这条新闻。”

心理学家脸上露出一丝微笑：“我明白了。职业荣誉，是吗？”

“你可以这么说。但是，老兄。我宁可用我的右胳膊换一瓶那种玉液琼浆，哪怕容量只有你灌下去的那瓶的一半。如果说有一个人需要喝一杯，那个人就是我。”

他没有继续说下去。希林猛地推了他一把：“你听到了吗？注意听！”

特雷蒙顺着对方下巴指点的方向看到了教徒。他仿佛忘记了其他所有人的存在，面对着窗子，一脸兴奋地嘟哝着什么，像是在哼唱。“他在说什么？”专栏作家低声问道。

“他在引用《启示录》第五章。”希林答道，然后又迫切地说，“别说话，认真听，我告诉你。”

教徒忽然间狂热地提高了音量：

“‘在那些日子里，太阳贝塔在运行中孤守天穹的时间越加漫长，直到长达半个运行周期；它萎缩而阴冷，独自照耀着拉格什。

“‘人们聚集于公共广场和高速公路上，或争辩，或惊诧于奇观，因为一种奇怪的忧郁攫取了他们。他们思想混乱，语无伦次，因为人们的灵魂等待着群星的到来。

“‘在特里刚城，在正午时，凡德莱特 2 走上前来，对特里刚的人说：“你们这些罪人！你们蔑视正义之道，但是清算之日终将到来。就在此时此刻，巨洞正前来吞噬拉格什。是的，连同它所包含的一切。”

“‘就在他说话的时候，黑暗巨洞的洞口盖住了贝塔的边缘，于是整个拉格什都看不见了。随着它的消失，人们哭声响亮，他们的灵魂经受着巨大的恐惧。

“‘巨洞的黑暗降落在拉格什，整个拉格什的表面没有一丝光。人们形同盲人，谁也看不见自己的邻居，尽管感觉到对方的气息扑在自己的脸上。

“‘在这黑暗中，显现出无法计数的群星，伴随着那不可言表的美妙乐章，每一片树叶都变成了舌头，在惊愕中呼喊。

“‘在那一刻，人们的灵魂离开了他们，他们被抛弃的肉体变得与畜类无异；是的，就像野兽一般；在拉格什的众城中，他们徘徊在暗无天日的街道上，发出野蛮的叫喊。

“‘这时天火从群星中降临，所及之处，拉格什的城市被彻底焚毁，人类及其功业荡然无存。

“‘便是在那时——’”

拉提美尔的腔调发生了微妙的变化。他的眼睛没有动，但他还是注意到了另外两个人对他目不转睛的关注。他轻松地改变了自己的音色，连呼吸都没有停顿一下，吐字也更加流畅了。

对此始料未及的特雷蒙瞪大了眼睛。那些言辞似乎游移在熟悉与陌生的边界上。口音发生了难以捉摸的变化，元音的重音略有变动，仅此而已——然而拉提美尔说的话已经完全听不懂了。

希林露出了狡黠的笑容。“他换成了某种古老周期的语言，也许是他们的传统第二周期。你知道吗，这就是《启示录》最初被写就时使用的语言。”

“没关系，我已经听得够多了。”特雷蒙靠到椅背上，用已经不再颤抖的双手向后捋了捋头发，“我现在感觉好多了。”

“是吗？”希林似乎有点惊讶。

“我会说是的。我刚刚经历了一阵严重的神经过敏。你的那些话，包括你介绍的引力，加上遮挡开始的景象，差点要了我的命。但是这个”——他用拇指轻蔑地指了指黄胡子的教徒——“这类事情是以前我的保姆跟我讲过的。我一辈子都在笑话这种事。我现在不会让它吓到我。”

他深深吸了一口气，带着紧张的欢乐说：“不过要想保持自己良好的状态，我就得把椅子搬离窗户。”

希林说：“是的，但你最好小声点说话。阿顿刚刚从他一直埋首钻研的那个盒子里抬起头来看了你一眼，那眼神简直能杀了你。”

特雷蒙做了个鬼脸。“我把那个老家伙给忘了。”他小心翼翼地把椅子从窗口搬开，带着厌恶的神情侧过脸去看了一眼，然后说，“我突然想到，肯定有人对这种群星造成的疯狂拥有相当大的免疫能力。”

心理学家没有立即回答。贝塔已经越过了最高点，透过窗户投在地板上的血红色方形光斑已经爬升到希林的大腿上。他思虑重重地盯着它昏暗的颜色，然后弯腰眯起眼睛看太阳本身。

贝塔侧边的缺口已经成长为一块黑斑，覆盖了日面的三分之一。他浑身颤抖，再次站直的时候，红润的脸颊上已经失掉了不少色泽。

带着近乎谦卑的微笑，他也把椅子拉了过来。“萨罗城搞不好正有两百万人打算在一场宏大的觉醒运动中立刻入教。”然后他又用讽刺的腔调说，“宗教即将进入史无前例的繁荣一小时。我相信他们会好好利用的。对了，你刚才说什么？”

“就是这个。教徒们是怎么把《启示录》一个周期接一个周期地保存下来的，以及当初它到底是怎么写出来的？一定有人能免疫，因为如果每个人都疯了，剩下谁来写这本书呢？”

希林悲伤地盯着他的发问者。“好吧，年轻人，没有什么眼见为实的回答，但是我们对发生的事情有一些很好的想法。你看，有三种人可能相对而言不怎么受到影响。首先是那些根本看不到群星的少数人：盲人；还有在遮挡开始时就喝得不省人事，直到结束之后才清醒的人。我们排除掉他们，因为他们算不上真正的目击者。

“其次是不到六岁的孩子，对他们来说，整个世界太新太陌生，因此他们不会太害怕群星和黑暗。它们不过是已经令人惊奇的世界中的又一个奇观。这一点你明白的，对吧？”

对方疑惑地点点头："我想我明白。"

"最后，有些人的心智经历过太过严酷的历练，不会被彻底击垮。这些麻木不仁的人几乎不会受到影响——哦，就像我们一些在劳作中累坏了身体的老农民。那么，孩子们会有些乱七八糟的记忆，再加上那些半疯的傻瓜稀里糊涂、语无伦次的废话，这就构成了《启示录》的基础。

"自然而然，这本书最初是基于那些根本称不上历史学家的人——也就是孩子和傻子的证词；然后在一个个周期当中还可能接受过细致的编辑和再编辑。"

"你觉得，"特雷蒙插话道，"他们是用我们打算用来传续引力奥秘的方法让《启示录》流传了一个个周期吗？"希林耸了耸肩："也许吧，但他们的确切方法不重要。反正他们做到了。我想说的是，这本书即使基于事实，也只是对事实的扭曲。例如，你还记得法罗和依莫特在屋顶钻孔的实验吗——没成功的那个？"

"记得。"

"你知道为什么没有——"他停下来，警觉地站起身，因为阿顿正在向他们走来，表情因为惊愕而扭曲，"怎么了？"

阿顿把他拉到一边，希林能感觉到他的手指在自己的肘部抽搐着。

"不要那么大声！"阿顿的声音低沉而饱含痛苦，"我刚刚通过私人线路得到了藏身处的消息。"

希林焦急地说："他们有麻烦了吗？"

"不是他们。"阿顿特意把"他们"二字说得很重，"他们刚才把自己关起来了，要一直与世隔绝到后天。他们是安全的。但是城里，希林——已经乱起来了。你不知道——"他说不出话来了。

"然后呢？"希林不耐烦了，猛然说道，"怎么了？事态肯定会恶化的。你在抖什么？”然后他又怀疑地说，“你感觉怎么样？”

阿顿的眼中因为这句暗讽而闪过一丝怒火，紧接着他又恢复了焦虑的神色。“你不明白。教徒们在活动。他们挑唆人们来袭扰天文台——承诺他们立即承受恩典，承诺他们获得救赎，什么都承诺给他们。我们要怎么办，希林？”

希林低着头，久久地、出神地盯着自己的脚趾。他用一个指节敲着自己的下巴，然后抬起头干脆地说：“怎么办？有什么好办的？什么都不用办！这里的其他人知道这事吗？”

“不，当然不知道！”

“太好了！那就别让他们知道。离贝塔被完全遮挡还有多长时间[1]？”

“不到一个小时了。”

“没办法，只能赌一把了。组织一帮真正强大的暴民需要时间，而把他们带到这里来需要更多的时间。我们离市区有五里远——”

他盯着窗外，沿着山坡向下看去，农田一直延伸到市郊的一栋栋白房子，都市本身在地平线处模模糊糊——贝塔不断暗淡下去的光芒里，一层薄雾笼罩了都市。

他没有回头，又说了一遍：“需要时间。继续工作，祈祷黑暗先到来。”

贝塔被切成了两半，分界线略微向它仍然明亮的一半隆起。它就像一个巨大的眼睑，正在照亮世界的光源上斜斜地关闭。

他所在的房间里已经听不到人们的窃窃私语，他感受到的只有外面田野里浓重的静谧。就连昆虫似乎也被吓得不敢出声了。一切暗淡无光。

1. 用地球人的话说，即“还有多久到全食”。

他被耳边响起的声音吓了一跳。特雷蒙说:“有什么不对吗?”

“嗯?呃——没有。坐回椅子上去。我们挡路了。”他们悄悄地回到他们的角落,但是心理学家有一阵子没有说话。他抬起手松开了衣领,前后扭着脖子,却没有找到一个轻松的姿势。他忽然抬头看。

“你呼吸有困难吗?”

记者睁大了眼睛,深呼吸了两三次。“没困难。怎么了?”

“我看窗外太久了,我想。暗淡的光线对我造成了影响。呼吸困难是幽闭恐惧症发作的初期症状之一。”

特雷蒙再次深呼吸。“嗯,我还没有受到影响。对了,另一个伙计来了。”

比内庞大的身躯站在了灯光和角落里的两个人之间,希林焦躁地抬眼看着他:“你好,比内。”

天文学家把自己的重心换到另一只脚上,无力地笑笑。“你们不介意我坐下来聊聊吧?我的照相机已经设置好了,在贝塔被完全遮挡之前没什么可做的了。”他停下来看了一眼教徒,后者十五分钟之前从袖子里取出了一本皮革封面的小书,然后一直在专注地阅读它。“那只耗子没惹什么麻烦吧?”

希林摇了摇头。他向后扩着肩膀,皱着眉头集中精力强迫自己均匀呼吸。他说:“你呼吸有困难吗,比内?”

比内吸了几口气:“我没觉得闷。”

“有点幽闭恐惧症。”希林带着歉意解释道。

“哦——!我的反应跟你不一样。我感觉我的眼睛在向里缩。东西看起来都很模糊——嗯,什么都看不清楚。还很冷。”

“哦,就是很冷,好吧。那不是幻觉。”特雷蒙做了个鬼脸,“我脚趾的感觉就好像我一直在用冷藏车运送它们。”

“我们需要的，”希林说，“是让我们的头脑忙于外部事务。我刚才正要告诉你，特雷蒙，为什么法罗的房顶钻洞实验没得到任何结果。”

“你刚要开始说。”特雷蒙答道。他用双臂抱住膝盖，下巴放了上去。

“嗯，我正要说，他们被《启示录》的字面含义误导了。也许将任何物理意义赋予群星都是毫无意义的。有可能，你知道，在完全黑暗的环境中，人们的心智极度地想要创造出光亮。这种光的幻觉说不定才是群星的本来面目。”

“换句话说，”特雷蒙插言道，“你认为群星是发疯的结果而不是原因之一。那么，比内的照片还有什么用呢？”

“为了证明是那一个幻觉，也许；或者为了证明不是幻觉，就我所知。不过话说回来——”

可是比内把他的椅子挪近了一些，脸上突然现出狂热的神情。“对了，我很高兴你们俩谈了这个话题。”他眯起眼睛，举起一根手指，“我一直在琢磨所谓的群星，我有一个很有意思的想法。当然，这完全是异想天开，我也不打算认真地继续演进，不过我觉得它挺有意思。你们想听吗？”

他似乎并不怎么想说，但希林往后一靠，说：“说吧！我听着呢。”

“那就设想一下，宇宙中还有其他的太阳。”他害羞地停顿了一下，“我指的是距离太远，所以暗得看不见的太阳。听起来好像我读了一些奇幻小说，我想。”

“也未必。不过，根据万有引力定律，引力会暴露它们的存在，这一点难道不会消除你所说的那个可能性吗？”

“如果它们离得足够远就不会，”比内回答道，“真的很远——也许远至四光年，甚至更远。那样我们就检测不到扰动，因为太微弱了。也许有很多太阳离我们很远，大概有一二十个吧。”

特雷蒙吹了声悦耳的口哨。“这么棒的点子要是能用来为星期日增刊写文章就好了。方圆八光年的宇宙中有二十四个太阳。哇！那样我们的宇宙就变得微不足道了。读者们会很买账的。”

“只是个想法，”比内笑着说，“但你明白这里的关键。在遮挡期间，这些太阳会变得清晰可见，因为没有真正的阳光可以掩住它们了。由于离我们很远，它们看起来很小，就像许多小弹珠一样。当然，教徒说有数以百万计的群星，但那也许只是夸张。宇宙中没有足够的地方放得下一百万个太阳，除非它们互相接触。”

希林越听越有兴趣。“你说得有些道理，比内。确实会有夸张。可能你也知道，我们的头脑不能直接领悟任何比五大的数字，超过五以后，只有‘多’的概念。十来个就这样被说成了一百万。这个想法真棒！”

“我还有一个有意思的小想法，”比内说，“你有没有想过，只要你的系统足够简单，万有引力将是一个多么简单的问题？假设在你的宇宙里，行星只绕着一个太阳运行。行星的轨道将是完美的椭圆，引力的确切性质会显而易见，乃至可以被认为是一个公理。在那样的世界上，天文学家可能在发明望远镜之前就已经弄明白引力了。肉眼观察足矣。”

“但是那样的系统会动态稳定吗？”希林表示质疑。

“当然！他们称之为‘一对一’情形，相关细节都已经被计算出来了，但我感兴趣的是其哲学含义。”

“这么考虑一下确实不错。”希林表示认同，“作为一个抽象概念——就像是完美的气体或者绝对零度。”

“当然。”比内继续说，“有个问题，就是这样的星球上不可能有生命存在。它得不到足够的热和光。如果它旋转，那么每天都有一半的时间是完全黑暗的。在这种情况下，你根本无法指望生命的发展，因为从根本上说，生命依赖于光。另外——”

希林猛然起立，椅子都被撞得翻倒在地，比内的话被他粗暴地打断了。“阿顿把光源拿出来了。”

比内说：“嗯。”他转身去看，然后露出了宽慰的笑容，嘴巴几乎咧到了脑袋后面。

阿顿怀里抱着六根一尺长、一寸粗的棍子，盯着聚集过来的工作人员。

“所有人继续工作。希林，快来搭把手！”

希林小跑到老人身边，然后两个人一句话不说，一根接一根地把棍子插到墙上的临时金属盒里。

带着在宗教仪式中传递圣物的态度，希林将一根粗大的火柴擦出了噼啪作响的火焰，然后交给阿顿，后者用火焰碰触一根棍子的顶端。

有那么一会儿，火焰看似徒然地环绕着棍子顶端，然后突然间，明亮的火光伴着噼里啪啦的响声把阿顿布满皱纹的脸染成了黄色。他抽回火柴，不由自主的欢呼声震得窗户嘎嘎作响。

棍子上闪耀着六英寸长摇曳的火焰！其他几根棍子都被有条不紊地点燃，最后六支相互独立的火把把房间的后部照成了黄色。

火光暗淡，甚至不及微弱的阳光。火焰狂乱地翻滚，屋中暗影飘摇，有如酒醉。火把冒出的浓烟气味仿佛厨房里糟糕的一天。但是它们能发出黄色的光。

经过了贝塔四个小时幽暗致郁的照射，这些黄光还是很美好的。就连拉提美尔都从书上抬起视线，惊奇地盯着看。

希林在最近的火焰旁边暖手，毫不在意聚集在手上的灰色烟尘，他心醉神迷地喃喃自语：“漂亮！漂亮！我以前从未意识到黄色是多么奇妙的颜色。”

但是特雷蒙怀疑地盯着火把，因为火焰发出的臭气皱着鼻子。他问：“它们是什么材料做的？”

“木头。”希林简短地答道。

“哦，不，才不是木头。它们并没有燃烧。最上面的一寸烧焦了，火焰却还在平白无故地冒出来。”

“这正是绝妙之处。这是一种非常有效的人造光机制。我们做了几百根，不过大多数当然都送到了藏身所。你看”——他转过身，用手帕擦着他熏黑的双手——“你把粗芦苇的瓤取出来，使其彻底干燥，浸泡在动物油脂里面。然后点燃它，油脂就能一点一点地燃烧。这样的火把可以持续不断地燃烧几乎半个小时。很有创意，是不是？它是我们萨罗大学的一个年轻人发明出来的。”

短暂的喧闹之后，穹顶安静了下来。拉提美尔把他的椅子拉到一支火把的正下方继续看书，嘴里还在喋喋不休地吟诵着献给群星的单调祈祷。比内去了一趟他的照相机那边，特雷蒙抓住机会为他要在次日的萨罗市《纪事报》上刊登的文章加了几条笔记——过去两个小时里他一直在这么做，非常有条不紊，非常认真仔细，同时他很清楚，这完全没有意义。

但是，希林眼中闪现的兴味表明，认真记笔记能让他的头脑被其他的事情占据，从而注意不到天空正在逐渐变成可怕的深紫红色，就像是一棵刚刚去了皮的巨大甜菜；所以它还是达到了目的。

空气多少变得浓重了一些，如同一个看得见摸得着的实体。黄昏进入了房间，火把周围舞动的黄色火光在愈加沉重的昏暗当中越来越明晰。火把燃烧时散发出烟味和轻笑似的声音。此外还有某人环绕他工作用的桌子走动时，轻柔而犹豫的脚步声，以及某人试图在一个正在没入阴影的世界中保持镇静时偶尔的吸气声。

第一个听到外界噪声的是特雷蒙。如果不是因为穹顶内的死寂，没人会注意到那么模糊而无规则的声音。

记者坐直并放回了他的笔记本。他屏住呼吸，凝神静听；然后带着相当大的不情愿，经过望远镜和比内的一部照相机之间，站到了窗前。

他的惊叫把沉默撕成了碎片：

“希林！”

人们停下了工作！心理学家很快就来到了他身边。阿顿也跟了过来。即使是端坐在巨大的望远镜目镜后那把小躺椅上的依莫特 70 也停了下来，往下看过来。

外面的贝塔只剩下一块阴燃的碎片，正向拉格什投下绝望的最后一瞥。东方的地平线上，城市已经隐没在黑暗中，从萨罗市到天文台的道路是一条暗红色的线条，路两旁的大片林地中已经分辨不出单独的树，只有一团连续的暗影。

但是引起人们注意的是公路本身，因为路上出现了另一团无比险恶的阴影。

阿顿用嘶哑的声音喊道：“城里过来的疯子！他们已经到了！”

“贝塔还有多久被完全遮住？”希林问道。

“十五分钟，但是……但是他们五分钟之内就会到。”

“没关系，让大家继续工作。我们能挡住他们。这个地方建得像堡垒一样。阿顿，留心我们年轻的教徒，以防万一。特雷蒙，跟我来。”

希林出了门，特雷蒙跟在他身后。旋梯以局促的弧度围绕着中央天井向下延伸，消失在阴冷凄厉的幽暗当中。

凭着一开始的那股冲劲，他们一口气跑下了五十尺，于是从屋顶敞开的门里透出的朦胧而闪烁的黄光消失了，而上方和下方都有阴沉的暗影向他们压过来。

希林顿了顿，用胖乎乎的手抓了抓自己的胸口。他瞪着眼睛，发出一声干咳。“我不能……呼吸……你……自己下去吧。关上所有的门——”

特雷蒙下了几级台阶，然后转身。“等一等！你能坚持一会儿吗？”他气喘吁吁，进出肺部的空气犹如浓稠的糖浆，一想到要独自一人走进下面神秘的黑暗中，令人尖叫的恐慌便要在他心中生根发芽。

特雷蒙终归也是害怕黑暗的！

“待在这儿，”他说，“我很快就回来。”他一步两级地向上跑去，心脏跳得厉害——并不仅仅是因为剧烈的活动——他一头撞进穹顶，从支架上抓住并抽出一支火把。恶臭和烟雾熏得他眼睛几乎失明，但是他紧紧地抓着火把，好像开心得想要吻它。他再次冲向楼下的时候，火焰被吹向了他的身后。

特雷蒙朝他俯下身子的时候，希林睁开眼睛呻吟着。特雷蒙粗暴地摇晃着他。“好了，打起精神来。我们有光了。”

他踮着脚尖高举火把，用胳膊肘架住几乎站立不住的心理学家，在火把照出的保护圈中朝楼下走去。

一楼的办公室里仍然有一些光亮，特雷蒙感觉自己的恐惧有所缓解。

“拿着。”他粗鲁地说着，把火把递给希林，“你能听到外面那些人的声音。”

他们可以听到，零零星星嘶哑而无意义的叫喊。

不过希林说得对，天文台建得像堡垒一样。这座新加沃特风格的丑陋建筑于上个世纪拔地而起，其设计考虑的是稳定性和耐久性，而不是美感。

窗户上全都有栅栏保护，那一根根粗达一寸的铁条深深地扎在混凝土梁里。墙壁是坚固的砖石结构，遇到地震也不会倒塌。大门是一面巨大的橡木板，关键位置有钢板加固。特雷蒙抬起门栓，哐的一声关上门。

在走廊的另一端，希林有气无力地骂了一句。他指着后门上被撬得基本上已经报废的锁。

“拉提美尔一定是从那里进来的。”他说。

“哦，别站在那儿。”特雷蒙不耐烦地喊道，“帮我把家具拉过来，把火把从我眼前拿开。我快被烟给熏死了。”

他一边说着一边把沉重的桌子抵在门上，然后在两分钟内搭建了一个仅仅追求重量而没有一丝美感与对称性的路障。

远远的某个地方，他们能隐约听到赤手空拳击打门的声音。来自外面的尖叫和呼喊仿佛半真半假。

来自萨罗市的暴民心中只有两件事：通过破坏天文台得到宗教的救赎，以及令他们麻痹而疯狂的恐惧。他们没有时间去考虑地面车辆、武器，或者领导甚至组织。他们步行前往天文台，赤手空拳袭扰它。

此刻他们已经到来。贝塔最后的光芒，最后一团红宝石色的火焰，还在无力地摇曳着。在它的照耀下，人类只剩下赤裸裸而无处不在的恐惧！

特雷蒙呻吟道：“咱们回穹顶吧！”

穹顶里，只有望远镜前的依莫特还待在自己的位置上。其余的人都聚集到照相机周围，比内正用嘶哑紧张的声音发出指令。

“全体都听好了。我要在贝塔被完全遮挡之前给它拍照，还要更换感光板。这样的话，每台相机都要由你们当中的一个人操作。你们都知道……曝光的大体时间——”

众人用一阵气喘吁吁的低语表示同意。

比内用一只手遮住他的眼睛。“火把还在燃烧吗？算了，我看得见它们。”他紧靠在椅子后背上，“记住，不要……不要试图寻找好照片。不要为了尝试把两颗星放在同一个视野里而浪费时间。一颗就够了。还有……如果你觉得自己要撑不住了，就离开相机。”

在门口，希林小声对特雷蒙说：“带我去阿顿那儿。我没有看见他。”

记者没有立即回答。天文学家的身影模糊而摇晃，头顶的火把已经只剩下黄色的斑点。

“黑了。”他抽噎着说。

希林伸出手，“阿顿。”他跌跌撞撞地向前走去，“阿顿！”

特雷蒙走在后面，抓住了他的胳膊。“等等，我带你去。”不知怎的，他穿过了房间。他闭上眼睛抵御黑暗，也关闭了心智抵御其中的混乱。

没有人听到他们讲话，或者注意到他们。希林撞到墙壁上。“阿顿！”

心理学家感到一双颤抖的手碰到他，然后抽回，一个声音说：“是你吗，希林？”

“阿顿！”他努力正常地呼吸，“别担心暴民。这个地方会把他们挡在外面。”

教徒拉提美尔带着因绝望而扭曲的神情站起身来。他已经发过了誓，打破它就意味着把他的灵魂置于致命的危险之中。然而那句话是他被迫说出来的，并非出于自由意志。群星马上就要出现，他不能袖手旁观——然而他已经发了誓。

比内抬头仰望贝塔最后的光芒，面色微微泛红，拉提美尔看到他在相机上方弯着腰，便拿定了一个主意。他紧张起来，指甲掐进自己手掌的肉里。

他向前冲去，一开始身体摇晃得厉害。在他前面除了阴影什么都没有，他脚下的地板仿若虚幻。这时有人扑到了他身上，他被人掐着喉咙跌倒在地。

他蜷起腿，用力蹬袭击他的人。“让我起来，否则我就杀了你。”

特雷蒙尖声叫喊，然后在令人眩晕的剧痛中低语：“你这个食言的鼠辈！”

新闻记者似乎一下子就明白了一切。他听到比内的喊声：“我拍到了。你们回到相机那里！”然后他有一种奇怪的感觉：最后一缕阳光已经彻底消散，无迹无踪。

同时他听到比内发出最后一声带着哽咽的喘息；希林古怪地低声呼叫；有人在粗声粗气、歇斯底里地笑——以及突然的寂静，外面陷入了奇怪而死寂的沉默。

在他放松下来的抓持中，拉提美尔的身体变软了。特雷蒙瞥了一眼，看到教徒正用空洞的眼神盯着上方，眼睛里映着火把微弱的残光。他看到拉提美尔嘴唇上有泡沫，听到他喉咙里发出了野兽般的低吟。

带着悄然滋生的恐惧，他用一只手臂撑起了自己，抬眼看向窗外如血一般凝重的黑暗。

群星正在黑暗中闪烁！

不是地球上肉眼能看到的三千六百颗微弱的星星——拉格什位于一个巨型星团的中心。三万颗恢宏的太阳构成了一幕摄人心魄的瑰丽景象，而这景象却又冷漠得可怕，甚于在冰冷、凄清的世界上呼啸而过的凛冽寒风。

特雷蒙挣扎着站起来。他喉咙发紧，难以呼吸，全身所有肌肉都在强烈的恐怖和难以忍受的恐惧中抽痛。他快要发疯了，而且他知道这一点，内心深处一点健全的神志在尖叫，奋力抗拒着黑色恐惧的无情泛滥。在自知的情况下发疯是一件非常可怕的事情——你知道在很短的时间内，你的肉体仍将存在，但是所有真正的本质将会死亡，被暗无天日的疯狂吞没。因为这是黑暗——黑暗、寒冷和毁灭。宇宙明亮的围墙被粉碎了，可怕的黑色碎片掉落下来，要压碎、挤榨、毁灭他。

他碰上了某个用手和膝盖爬行的人，但跌跌撞撞地从他身上跨了过去。他用双手摸索着他自己饱受折磨的喉咙，一瘸一拐地走向火把，在他疯狂的视野当中，除了火焰已经别无他物。

“光！”他叫道。

阿顿正在某个地方哭泣，剧烈的呜咽令他听起来像个吓坏的孩子。“群星——那么多的星——我们根本不知道。我们什么都不知道。我们认为宇宙中六颗星是群星没有注意到是永远的黑暗永远永远墙壁在塌进来我们不知道我们不可能知道任何——”

有人抓住火把，它掉下来熄灭了。就在这一刹那，冷漠群星可怕的光辉扑到了离他们更近的地方。

窗外的地平线上，萨罗市的方向，一片红光开始变大变亮，那并不是太阳的光芒。

漫漫长夜已然再临。

（秦鹏　译）

卖出科幻的人[1]

20 世纪 30 年代晚期到 40 年代，包括阿西莫夫在内的许多新生作家，都是作为坎贝尔的作者起步的，但罗伯特 · A. 海因莱因则一开始就是独立的。不过此人恰好跟坎贝尔对于科幻小说“应该是什么样”的理念相合。

而且，科幻小说当时已经准备好了前往数之不尽的新领域拓荒。它所缺的只是一位带头人，一位能独当一面的人物，1960 年代的凡尔纳，1990 年代的威尔斯，2010 年代的巴勒斯都曾担当过这样的角色。坎贝尔作为一位看门人、教练兼啦啦队队长，能从这些角度对科幻的演变施以非同寻常的影响，但他没法一个人打满全场；他和斯特里特与史密斯出版公司的协议部分就是为此而来。

海因莱因正是那个应运而出之人。

威尔斯曾坦承机遇在他的成功中起到的作用。在他的《自传实验》一书中，他这样写道：“19 世纪的最后一个 10 年，是个对新作

1. 标题化用海因莱因名作《卖出月亮的人》（或译《出卖月亮的男人》）。

家格外有利的时机；我个人的好运和这一整代有志者的运势是分不开的……人们需要新鲜的书籍，新生的作者。”

当海因莱因在军中前途无望，精力无处发泄，需要找到一个理想的出口之际，科幻小说对他也起到了类似的作用。海因莱因出生于密苏里州巴特勒市，就读于堪萨斯的学校，1929 年从海军学院毕业，在同年的 243 人中排名第 20。他进入现役，担任一线军官，直到 1934 年由于结核病造成的永久性伤残退役。他试图完成自己的夙愿，去研究天文学，但在加利福尼亚大学洛杉矶分校攻读研究生期间，他再度因为健康原因不得不中断学业。接下来的几年当中，从政，开采银矿，搞建筑，还有房地产生意，海因莱因一一试过。

1939 年，他注意到《惊险神奇故事》杂志上刊登了一则短篇故事业余比赛的启事。他从儿童时代就是科幻读者，因此决定参加比赛。但当故事写完之后，他觉得这故事的价值超出了比赛开出的 50 美元奖金价值，于是将它投到了《科利尔》杂志，后来又改投了《惊异》，坎贝尔为这篇故事付了他 70 美元。

对于加入科幻作家这一群体来说，这是最好的时代，也是最坏的时代。合众国此时刚开始让自己从大萧条中挣扎出来，但战争的阴云已笼罩欧陆。科幻小说界出现了一段小规模的繁荣：除了原本的“三巨头”《惊奇故事》、《神奇故事》和《惊异》之外，1938 年多出了《惊人科学故事》[1]（*Marvel Science Stories*），1939 年又多出了《惊人故事》、《奇幻神秘名作》、《诧人故事》（*Astonishing Stories*）、《超级科学故事》、《奇幻冒险》（*Fantastic Adventures*）、《行星故事》（*Planet Stories*），《科幻小说》（*Science Fiction*），以及《未来小说》（*Future Fiction*）[2]。

1. 1938—1941 年间发行的科幻杂志，1950—1952 年间曾再度发行。
2.《科幻小说》和《未来小说》是姐妹刊，1942 年合并。

1938年，奥森·威尔斯根据威尔斯的小说《世界大战》改编的广播剧让整个国家都惊慌失措。

然而，此时几乎没有科幻单行本出版，选集也毫无机会，除了科幻杂志之外科幻小说再没有别的发表途径，也几乎不存在科幻电影：在1925年的《失落的世界》之后，有《隐身人》（1933）和《笃定发生》[1]（1936），它们曾激起了人们一时的兴趣，但之后差不多15年当中科幻影片寥寥无几，仅有的几部引起的反响也为时短暂。

海因莱因参与了改变这一切的行动。在将科幻小说推销给广大普通读者的过程中，他在很多方面都起到重要作用。起初的两三年当中，他以自己在《惊异》上发表的作品（他还有几篇故事悄悄用别的笔名投到其他杂志）确立了自己作为当代顶级科幻作家的地位。他早期的作品是一系列在相对比较近的未来发生的故事；它们有着共同的设想框架，坎贝尔将其称为“未来史”（“Future History”，并在1941年正式发表了这个名字）。这个阶段海因莱因创作的此类小说包括：《不合群的人》（“Misfit”）、《安魂曲》（“Requiem”）、《如果这样下去》（*If This Goes On*）、《道路滚滚向前》（“The Roads Must Roll”）、《考文垂》（“Coventry”）、《爆炸总会发生》（“Blowups Happen”）、《宇宙》，以及《玛土撒拉的孩子们》（*Methuselah's Children*）。

在第二次世界大战期间，海因莱因作为一名平民工程师在美国费城海军基地的海军航空实验站工作（并说服德·坎普和阿西莫夫也去了那里和他并肩工作）。战争结束后，海因莱因需要突破一些新的障碍。

第一道障碍是那些高档杂志——《星期六晚邮报》和类似的一些杂志，如今它们都已不复存在——几乎不会刊载科幻小说。这时

---

1. 英国电影。根据威尔斯小说《未来事物的形态》改编。

海因莱因的一系列故事开始出现在杂志上：《星期六晚邮报》、《阿尔戈西》、《城市与乡村》、《蓝皮书》、《少年生活》，还有《美国退伍军人杂志》。上流杂志不再像以前那样习惯性地把科幻小说拒之门外，好将自己跟那些低级的同类区分开来，它们印刷用的是铜版纸而不是纸浆纸（并且能售出数百万份而不是几十万份）。

第二道障碍是书籍出版商。这道墙上的第一条裂缝是二战期间和随后由选集编纂者们打开的。第二条则是几年后由科幻迷打开，接着又被老牌出版社加以扩大的。海因莱因的成年读物被多家出版社发行：幻想出版社、诺姆出版社、沙斯塔出版社，然后是双日出版社和普特南出版社。

第三道障碍是人们之前始料未及的：青少年。海因莱因为斯克里布纳出版社写了《伽利略号火箭飞船》（*Rocketship Galileo*，1947）和《太空军校学员》（*Space Cadet*，1948）。这两部小说以及他之后创作的青少年小说代表着引导青年一代入门科幻的努力。在之后的10年当中，他每年还会创作一部青少年小说。这些小说不仅在经济上是成功的，而且，由于他掌握了写作的窍门，在艺术上也同样成功。其中一些小说［《星兽》（*The Star Beast*）、《银河系公民》（*Citizen of the Galaxy*）、《有太空服——乐意出行》[1]（*Have Spacesuit—Will Travel*）、《星船伞兵》（*Starship Troopers*）和《火星的波德凯妮》（*Podkayne of Mars*）］还会在科幻杂志上连载。随着斯克里布纳出版社拒绝了《星船伞兵》，这一阶段也走向了终点——海因莱因将稿子改投给了普特南出版社。

《伽利略号火箭飞船》还带来了另一个突破。小说中的部分内容被纳入了1950年的电影《登陆月球》（*Destination Moon*）。海因莱因

---

1. 有中译本名为《穿上航天服去旅行》。

和两位合作者共同创作了剧本；乔治·帕尔任制片。科幻电影历史研究者约翰·巴克斯特（John Baxter）将这部影片视为1950年代科幻电影繁荣期的起点。

海因莱因的终极成就是作为科幻小说家创作了第一部在社会上大获成功的小说——《异乡异客》（*Stranger in a Strange Land*, 1961）。尽管它取得大部分销量是以平装本的形式［第一部精装本畅销科幻小说被认为是弗兰克·赫伯特[1]（Frank Herbert）的1977年版《沙丘之子》（*Children of Dune*）］，但它和《蝇王》《第二十二条军规》《魔戒》一样成为部分读者顶礼膜拜的经典。小说中对性事的直白描述可能对之后的科幻小说有脱去桎梏之功。在《异乡异客》之后，海因莱因有多本小说冲上了精装版畅销榜，特别是《星期五》（*Friday*, 1982），在诸多更为个性化的小说中回归到他早期成功的模式。

海因莱因拥有的最大财富是他的职业态度，他求知和成长的能力，以及他对开拓新天地的热望。他的作品展示出他对正义和规则的坚定信念——以及，对自由至上主义、军国主义和精英主义（他被视为将性哲学带入科幻领域的第一人，也是将政治哲学带入科幻领域的第一人）的坚信，后面这些无疑颇有可议之处——尽管他的作品千变万化，用他的作品中某个人物所赞同的哲学或者态度来给他打上标签恐怕很难说是公正的。不过，海因莱因比任何其他作家都更有能力以数量有限的细节来有说服力地展示出精心设计的、将整个社会囊括其中的故事背景。这种技巧和他全盛时期那种叙述布局以及简练而有力的散文体一起，为后来的科幻小说作者们提供了可以师法的样板。

---

1. 美国最具影响的科幻巨匠之一，代表作有《沙丘》等。

《安魂曲》(起初发表于1940年1月号的《惊异》) 在1950年沙斯塔出版社发行的《卖出月亮的人》(*The Man Who Sold the Moon*) 一书中作为最后一段故事被再度刊发。但它作为安魂曲，纪念的只是自从20世纪开始到那之前的科幻小说，以及人类想要抵达天空中那宏大而灿烂的世界的千年旧梦。它更是个发射场，一种新的科幻小说由此升空，它会在银河中寻求外星人和冒险，寻求人类的延续和梦想，以及人类的全新定义。

(何锐　译)

安魂曲

［美国］罗伯特·A. 海因莱因

在萨摩亚的高山上，有一座坟墓。墓碑上刻着这些字：

在那辽阔的星空下，
为我掘好坟墓，让我长眠。
我生乃欢，死亦无憾。
我在此安息，立此遗愿：

“这些话，请刻在我的墓碑上：
他在此安息，这是他心之所向，
如同水手从海上归来；
如同猎人从山上返乡。”

这些字也出现在了另一个地方——潦草地写在一个从压缩气瓶上撕下来的货运标签上，被一把小刀插在地上。

就正常标准而言，这算不上是个集市。连赛马比赛都无法引起人们的兴趣，即便有好几位参赛者宣称自己的马有传奇赛马丹·帕奇的血统。马戏团广场上，帐篷和小摊零散地支着，摊贩们都无精打采，兴致缺缺。

D. D. 哈里曼的司机不明白为啥要在这儿停下。他们原本要赶去堪萨斯城参加董事会议；准确来讲，是哈里曼先生要去参加会议。司机着急赶路有他自己的原因，和十八街的黑人社区[1]有关系。可是老板不但在这儿下车，还四处溜达起来。他似乎对赛马和路边演出没什么兴趣。

在赛马跑道的另一头，有一大块封闭的场地，入口处插着彩旗，挂着帆布。帆布上用红色和金色颜料写着以下字样：

欢迎光临

月球火箭！！！！

亲眼看它起飞

公开飞行展示

每日两次

这是人类第一次登陆月球时乘坐的火箭

如假包换

你也可以坐进去！

只要二十五美分！

一个九岁或十岁的男孩在门口晃悠，盯着海报看。

“想去看看这飞船吗，孩子？”

孩子的眼睛亮了：“啊，先生，我当然想看！”

---

1. 堪萨斯城十八街是有名的爵士乐区，司机应当是要去听爵士乐。

“我也想。一起来吧。”

哈里曼用五十美分买了两张粉色的票，和小男孩一起进到棚里，看那艘宇宙飞船。男孩跑在前头，带着孩童特有的心无旁骛的专注。哈里曼仔细打量着飞船卵形的船身，欣赏它敦实光滑的曲线。凭借专业知识，他判断出这艘船是单引擎驱动的，分级操纵器位于中腹部。他眯起眼，透过镜片，看见大红色船身上的金色字样——无忧号。他又花了二十五美分，进到驾驶舱里。

操作台的光线过滤器让舱内显得格外昏暗，他适应了一会儿，随后满怀爱意地望向操作台上的各种按键，以及上方半圆形的仪表台。每一件心爱的小玩意儿都在它应处的位置上。他熟悉每一件——它们已经深深地印在了他的心里。

他看着仪表盘，沉浸在惊叹之中，感到一阵满足的暖流流遍周身。此时，驾驶员走了进来，碰了碰他的胳膊。

“不好意思，先生。我们马上要起飞了。”

“啊？”哈里曼从遐想中回过神，看向说话者。是个英俊的小伙子，容貌俊朗，肩膀宽阔，眼睛和嘴巴长得有些玩世不恭的样子，但下巴看上去很牢靠。“噢，对不起，船长。”

“没关系。”

“哎，是这样，船长……您怎么称呼？”

“麦金泰尔。”

“麦金泰尔船长，请问这次飞行能否带一个乘客？”老人身子前倾，显得很迫切。

“啊，当然，如果您想的话。请随我来。”他带着哈里曼进到大门旁边挂着“办公室”牌子的房间。“医生，这儿有位乘客需要体检。”

医生在哈里曼的胳膊上绑了根橡皮带，用听诊器靠着他瘦削的胸口听了一会儿。随后，他解开橡皮带，看向麦金泰尔，摇了摇头。

“不行吗，医生？”

“不行，船长。”

哈里曼看看医生，又看看船长，失望之情显而易见。“您不能带上我吗？”

医生耸耸肩。“我无法保证您能活着挺过发射阶段。是这样的，先生，”他继续说道，语气和缓，“您的心脏状态不佳，加速带来的压力对您来说很危险。您年纪大了，骨头也脆，高度钙化，起飞时的冲击可能会让您骨折。火箭飞行是年轻人的运动。”

麦金泰尔也说道：“对不起，先生，我很想带您去。但医生受雇于贝茨县集市协会，他的职责就是确保我携带的乘客不会在加速过程中受伤。”

老人的肩膀无力地垂下，“我大概猜到会这样。”

“抱歉，先生。”麦金泰尔说完，转身想走，但哈里曼跟着他出了房间。

“不好意思，船长——”

“什么事？”

“这次飞行之后，我能邀请您，和您的……嗯……机械师，一起用晚餐吗？”

飞行员疑惑地打量着老人：“当然可以。谢谢。”

“麦金泰尔船长，我真想不明白，为什么您会从地月航线辞职？”哈里曼说道。几个小时之后，他们身在巴特勒小镇上最好的一家餐馆的包间里，餐桌上摆着炸鸡和热乎乎的饼。这是一家三星级的亨尼斯和科罗纳·科罗纳斯饭店，环境宜人，三人可以自在地交流。

“哎，我不喜欢这活计。”

“嘿，少来那套，麦克。你明明知道自己是因为违反 G 规定才被扫地出门的。”麦金泰尔的机械师一边给自己倒白兰地，一边说道。

麦金泰尔看起来闷闷不乐。“怎么了？我就喝了几杯而已。况且本来我是可以摆平这事儿的——这些严苛的、该死的规定真是烦死我了。喂，你还有资格挤对我？你这个走私犯！”

“是，我走私了，谁又没这么干过？月球上有那么多漂亮的石头，满心盼望着被捡回地球。我曾经搞到过一块钻石，大的就跟——如果我没被逮住的话，这会儿已经在月之城了！你也是，你个醉鬼！在那儿，男孩会给我们买酒，女孩会笑着向我们发出邀请——”他埋下头，轻声啜泣起来。

麦金泰尔推了推他：“这家伙醉了。”

“没关系。”哈里曼插话，“告诉我，你真的满足于现在的生活吗？”

麦金泰尔咬了咬嘴唇。“不——他是对的，他当然是对的。这巡回演出根本不像他们吹的那样。我们沿着密西西比河谷上上下下，从一个垃圾堆跳到另一个垃圾堆，睡在游客营地里，吃在廉价餐馆里。有一半的时间，治安官会找碴把我们的船扣押起来，另一半的时间，什么禁止团体又会搞来禁令，不让我们上天。这哪是宇航员过的日子。”

“如果让你重新飞上月球呢？会好些吗？”

“哦，那当然了。我没法再回地月航线了，但如果是在月之城，我可以搞到给公司运矿石的工作——货船飞行员永远不够用。他们也不会在意我的前科。只要我不再犯事，他们甚至会让我回来跑客运，总有这么一天的。”

哈里曼摆弄了一会儿汤匙，然后抬头看向他：“你们两位年轻人愿不愿意接份工作？”

“可能吧。是什么工作？”

“‘无忧号’是你们的船？”

“是的，事实上，它是我和查理的船——虽然身上背着几道扣押令。它怎么了？”

“我想把它租下来——好让你和查理把我带到月球！”

麦金泰尔摇摇头：“我不能这样做，哈里曼先生。这艘老船已经破破烂烂了。我们用的燃料甚至都不是标准燃料——只用汽油和液化空气。查理整天捣鼓它，东修西补的。这船说不定哪天就炸了。”

“那个，哈里曼先生，”查理插话道，“为什么不弄个短途旅行许可证，然后乘公司船过去？”

“不行，孩子，”老人回答道，“我不能这样做。你知道，当国会给我们公司独家月球开采权时，他们也附加了条件——体能不合格的人不能进入太空，公司要为所有去到大气层外的人的健康安全负全责。这个条件是为了避免出现大量的人员伤亡，就像火箭旅行的最初那几年。”

“而您无法通过健康检查？”

哈里曼摇摇头。

“好吧，管它呢——如果您能雇得起我们，为什么您不索性塞点钱，改公司文件？有人这么干过。”

哈里曼苦笑着说道：“我知道有人这么干过，查理，但我不行。要知道，我有点太出名了。我的全名是德洛斯·D. 哈里曼。”

“什么？您就是那个老 D.D.？但是，活见鬼，您拥有这公司的大部分股份，应该能为所欲为才对，还管什么规定呢！”

“很多人都这么以为，但这种想法不太正确。富人并不比其他人更自由；事实上，他们更不自由——不自由得多。我曾经尝试这么干过，但其他的董事不允许我这样做。他们害怕会失去特许权。显然，他们花了不少的，嗯，政治联络费用，去留住特许权。”

“嚯，我是长见识了——你能相信吗，麦克？这么有钱的人，居然不能想怎么花就怎么花？”

麦金泰尔没回话，而是等着哈里曼继续说。

“麦金泰尔船长，如果你有一艘船的话，你愿意带上我吗？”

麦金泰尔挠挠下巴。“这是违反法律的。”

“我会让你发现这一切是值得的。”

“他当然会的，哈里曼先生。您也会的，麦克。月之城！喔，我的宝贝！”

“您为什么这么想去月球，哈里曼先生？”

“船长，这是我这辈子唯一一件一直想做的事情——从童年一直到现在。我不确定能不能向你解释清楚。你们年轻人看待火箭飞行，就像我当年看飞机一样。我比你们年长太多了，大了可能得有五十岁。当我还是个孩子的时候，谁都不相信人类能有登陆月球的一天。你们从小就熟悉火箭，人类第一次登陆月球的时候，你们甚至还没到法定投票年龄。可当我还是个孩子的时候，人们却对这类想法嗤之以鼻。

“但我一直相信着——坚定不移。我读凡尔纳、威尔斯和史密斯的小说，我坚信，人类终有一天能到达月球——我们一定能做到。我早就下定决心，一定要到月球表面走一走，去看看她的另一面，还要站在月球上回望地球，看看她高挂在天穹之上的模样。

“我曾经省下午饭钱，去给美国火箭协会交会费，因为我相信，我这是在为宇航事业做贡献，让人类登陆月球的一天更快到来。可当那一天到来的时候，我已经是个老人了。我活得够久了，但我不想死——我绝不会死！——直到我踏上月球那天为止。”

麦金泰尔站起身，伸出手：“您去找艘船吧，哈里曼先生，我来驾驶。”

“好样的，麦克！我告诉你他会答应的，哈里曼先生。”

在向北前往堪萨斯城的一个小时的路程中，哈里曼时而沉思，时而打盹。年纪大了，他的瞌睡很轻，睡得并不安稳。在飘忽不定的梦境中，他梦见自己漫长人生中的许多事情。

有那么一回——哦，对了，那是1910年——一个温暖的春日夜晚，一个小男孩问他的父亲：“那是什么，爸爸？”

“那是哈雷彗星，宝贝。”

“它从哪来？”

“我不知道，儿子。天上很远的地方吧。”

“它真是太太太太——美了，爸爸！我想摸摸它。”

“恐怕不行，孩子。”

“德洛斯，你是想就这么告诉我，你把我们存来买房的钱全投进那个莫名其妙的火箭公司里了？”

“好了好了，夏洛特，别这么说。那不是个莫名其妙的公司，这笔投资很合理。用不了多久，火箭就会飞得满天都是，船和火车会被淘汰。想想那些有远见去投资亨利·福特公司的人，他们现在的日子过得多好！”

“我们以前讨论过这件事情。”

“夏洛特，终有一天，人能够离开地球，去到月球，甚至是其他行星。现在只是个开始。”

“你一定要大喊大叫吗？”

“对不起，但是你——”

“我已经觉得头疼了。你一会儿睡觉的时候脚步轻些。”

他没去睡觉。他在走廊上坐了一整晚，看着一轮满月缓缓划过夜空。他知道明天早上得应付一波狂风骤雨，和随之到来的难耐沉默。但他不会放弃自己的想法。他已经放弃了太多的事情，但这件事，他不会放弃。夜晚是属于他的。他在月亮的面庞上寻觅。危海在哪呢？奇怪，他竟找不到了。他以前是可以找到的，当他还是个孩子的时候，简直轻而易举。可能他需要换眼镜了——一直做文案工作对眼睛不好。

但是，即使不用眼睛去看，他也知道它们在哪：危海，丰富海，静海——它的曲线让人心旷神怡！——还有亚平宁山脉，喀尔巴阡山脉，那古老的、泛着神秘光彩的第谷坑。

地月距离是二十四万英里——是地球赤道长度的十倍。这一点距离，人类当然是可以跨越的。有什么不行的呢？他只要伸出手去，似乎就能触摸到它，靠着月球上的榆树打盹儿。

但他不知道该怎么跨越这个距离。他没受过相关的教育。

“儿子，我想跟你好好谈谈。”

“好的，妈妈。”

“我知道你明年想要上大学。”——想要！他这辈子都奔着这个目标，去芝加哥大学，跟着莫尔顿[1]学习，然后去耶克斯天文台，直接为弗洛斯特博士工作——“我也想让你上大学。但你爸爸走了，妹妹们也一天天长大，养活这一家越来越难了。你一直是个好孩子，也一直努力地补贴家用。你能理解的，对吧？”

“是的，妈妈。”

“号外！号外！平流层火箭抵达巴黎！这儿有你想知道的一切！”

1. 美国天文学家。

一个戴着眼镜的瘦小男子抓了张报纸，急匆匆地返回办公室。

“看这个，A.J.。”

“啊？哦……挺有意思的，怎么了？”

“你不明白吗？下一步就是去月球了！”

“天哪，你真是走火入魔了，德洛斯。你读了太多这类垃圾杂志了，这就是你的毛病。上周我抓到我儿子在读这种杂志，然后好好地修理了他一顿。你们这些人也一样欠收拾。”

哈里曼挺直他瘦削的、属于中年人的肩膀：“他们一定能到达月球！”

他的合伙人笑了：“随你怎么说吧。如果孩子想要月亮，爸爸会把月亮摘回家。但你只要盯着折扣和提成就好，那才是我们来钱的途径。”

轿车缓缓停入步道，在阿莫大街上停下。老哈里曼从睡梦中惊醒，喃喃自语。

“但是，哈里曼先生——”拿着笔记本的年轻人显得有些局促不安。老人不满地咕哝着。

“你听见我在说什么了。把它们全卖了。我想要我的所有股份全部折现，越快越好。宇航公司、宇航供应公司、阿尔忒弥斯矿业、月之城娱乐，所有的，都卖了。”

“这会扰动股市，造成股价大跌的，您将无法全价赎回，会蒙受损失。”

“我会不知道这个吗？我承担得起。”

“那您指定留给第谷观测站和哈里曼奖学金的那些股份呢？”

“啊，对，那些别卖。建一个信托机构吧，早就该这么做了。让卡门斯先生去起草文件。他知道我想要什么。”

通信面板上亮起灯来，“客人们到了，哈里曼先生。”

“让他们进来。行了，阿什利，忙你的去吧。”阿什利退了出去，麦金泰尔和查理走了进来。哈里曼站起身，快步走上前去，迎接他们。

“请进，小伙子们，请进。很高兴见到你们。坐下，请坐，来根雪茄。”

“很高兴见到您，哈里曼先生，”查理招呼道，“事实上，是我们必须得见您一面。”

“遇到什么问题了吗，先生们？”哈里曼打量着他们的表情。

麦金泰尔回应道：“您之前的那个工作邀约还有效吗，哈里曼先生？”

“有效？当然了。你们该不会要打退堂鼓吧？”

“当然不会。我们现在需要那个工作。您瞧，‘无忧号’这会儿正漂在奥塞治河上，从发动机到喷射口裂了个大口子。”

“天哪，你们没受伤吧？”

“我们没事儿，只是有点扭伤和擦伤。我们从船上跳下来了。”

查理咯咯笑道：“我用牙齿抓了一条鲇鱼。”

很快，他们开始谈正事。“你们俩得帮我买艘飞船。我不能公开做这事儿；我那帮同僚会知道我想干啥，接着就会来阻挠我。现金我来准备，你们去找艘船，稍加改装就能飞的那种。编个好故事，就说你们在给某位花花公子买平流层游艇，或者你们想开拓一条南极飞北极的旅游航线。说什么都行，只要别让人家怀疑这艘船是为太空飞行准备的。

“然后，当交通部给了平流层飞行的许可，你们就把这船开到西边的一片沙漠里——我会找一块地，把它买下来——在那儿加入你们。接着，我们给它装上额外的燃料罐、改装喷气口、计时器之类的东西，让这船能飞到月球。你们觉得怎么样？”

麦金泰尔看起来没什么把握。“这事儿挺复杂。查理，没有码头和商店，你能完成改装工作吗？”

“我吗？我当然可以——如果有你这个熟练工帮忙的话。只要给我工具和我要的材料，然后别太催我就行。当然，这船肯定不太漂亮——”

“没人指望它漂亮。只要启动的时候别爆炸就行了。”

“不会炸的，麦克。”

“你还说‘无忧号’不会炸呢。”

“这不公平，麦克。您来评评这理，哈里曼先生——那破船就是个垃圾，谁都知道。但这艘船肯定不一样。只要多花点钱，我们就能把它整得有模有样。您说呢，哈里曼先生？”

哈里曼拍拍他的肩膀。“当然，查理。需要多少钱都行，这不用担心。对了，我给你们开的薪水和奖金还满意吗？我可不想让你们吃亏。”

“——正如各位所知，我的当事人是他关系最近的亲属，全心全意为他的利益考虑。根据呈递的证据，我们认为，哈里曼先生在过去几周的作为已经清楚地表明：这位在金融界一度辉煌闪耀的明星已经衰老了。虽然深表遗憾，但我们希望法院能够认定哈里曼先生已经失去了行为决策能力，允许指定一名监护人来保护他的经济利益，以及他未来继承人与受让人的利益。”说完，辩护律师坐下来，一副志得意满的样子。

卡门斯先生开始发言：“请允许我发言——如果这位尊敬的朋友已经说完了的话——我的对手最后的发言已经暴露了他真正的意图。‘未来继承人与受让人的利益’，很明显，对方律师相信，我的当事人在决定自己的事情的时候，要确保他的外甥、外甥女和他们的子孙后代都能不劳而获，坐享荣华富贵。我当事人的妻子已经过世了，也没有子女。他之前确实对妹妹们和其儿女非常慷慨，还给没有经济来源的亲属提供了养老金。

“但是，这些亲属现在就是一群兀鹫，甚至比兀鹫还要贪婪一些，他们甚至不会让我的当事人安详辞世——他们不允许我的当事人按自己的意愿使用钱财。没错，他的确卖掉了资产，但一位老人想要退休，难道是什么怪事吗？的确，在清算时他遭受了一些损失。但是，‘一件事物的价值取决于它能带来的东西’。我的当事人要退休了，想要现金，这有什么好奇怪的？

“诚然，我的当事人不愿意与他挚爱的亲属们讨论自己的决定。但话又说回来，有哪条法律或是准则规定，凡事得问过外甥和外甥女的意见呢？

“所以，我们希望法庭明鉴，认定我的当事人有权按自己的喜好做事，驳回上诉，让那些爱管别人闲事的人回去管好自己。”

法官摘下眼镜，仔细地擦拭着。

“卡门斯先生，本法庭和您一样尊重个人自由，您也可以放心，本法庭所采取的行动都将尊重您当事人的意愿。但无论如何，人总是会老的，也有头脑迟钝的一天，在这种情况下，必须去保护他们的利益。

“明天之前，我们会慎重考虑这个问题。现在休庭。”

摘自《堪萨斯城明星报》：

古怪的千万富翁失踪

——哈里曼没有在听证会上出现。法警找遍了哈里曼经常造访的地方，并报告说他在一天前销声匿迹了。法院发出了蔑视法庭的传票，而且——

相比热舞和管弦乐队，沙漠的落日更能刺激食欲。查理能为此做证。他用一片面包扫光了最后一点火腿酱。哈里曼给两个年轻人各递了一根雪茄，自己也来了一根。

“我的医生说，这些烟草对我的心脏不好，”哈里曼一边点烟，一边说道，“但自从和你们两个小伙子来到这个农场以来，我感觉好极了，从来没这么好过。我开始怀疑医生了。”他吐出一团蓝灰色的烟雾，继续说道，“我觉得人的健康情况并不取决于他做什么，而取决于他想做什么。我就在做我想做的事儿。”

“夫复何求啊。”麦金泰尔赞同道。

“活儿干得怎么样了，孩子们？”

“我这边进度不错，”查理回答道，“我们完成了新水箱和燃料管的二次压力测试。地面测试已经全搞定了，只剩下校准了。应该不会花很长时间。如果问题不多的话，有四个小时应该就能搞定。你这边怎么样，麦克？”

麦金泰尔一件件点过来：“食物和水都备好了。三件太空服，外加一件备用太空服。维修工具盒。医疗物资。这船自带了供平流层飞行的标准设备。最新的月球星历表还没到。”

“什么时候能送到？”

“很快。这会儿其实就该到了。但没关系。那些说去月球很困难的人其实都在鬼扯，都是为了哗众取宠。毕竟，目的地就在那儿——这不像海上探险。只要给我一台六分仪，再搞一台精准的测距仪，我就可以带你去到月球的任何地方——根本用不着月球星历表和星图——只要有些和相对速度有关的常识就行了。”

“可别自吹自擂了，哥伦布先生，”查理对他说，“我们知道这事儿对你来讲容易得很。总之，你准备好出发了，对不对？”

“没错。”

“这样的话，我今晚就能搞定那些测试。我可能有点神经质——事情有点太顺利了。如果你能帮忙的话，我们半夜应该就能搞完睡觉。”

“好，等我抽完这根雪茄。”

他们沉默地抽了会儿烟，每个人都想着即将到来的旅行，以及它的意义。想着自己毕生的梦想就要实现了，老哈里曼激动不已，但他试图抑制自己的兴奋之情。

“哈里曼先生——”

“嗯？怎么了，查理？”

“到底要怎么做才能像您那样发大财？”

“发大财？我也说不好，发财从来不是我的目标。我也没想过有钱、出名之类的事情。”

“啊？”

“从来没有，我只是想尽可能活得久一些，好看到这一切成为现实。我没什么特别的；像我一样的人多了去了——无线电爱好者，建造望远镜的人，还有航空爱好者。我们成立科学俱乐部，在地下室建立实验室，组建科幻小说协会——我们都觉得，比起大仲马写的书，还是一期《电气实验者》[1]杂志里的浪漫成分更多些。我们不想当霍雷肖·阿尔杰书里那些靠自己努力致富的主角。我们只想造飞船。事实上，我们之中的一些人真的造出来了。”

“天哪，老爷子，您把这事儿说得真令人激动。”

“这确实令人激动，查理。即便有这样那样的缺憾，但过去的一个世纪仍旧是精彩纷呈、浪漫无比的，而未来只会一年比一年更精彩。不，我并不想要变富有；我只是想活得足够长久，亲眼看到人

1. 雨果·根斯巴克发行的杂志。

类触及星辰的一天，并且，如果上帝开恩，让我能亲自踏上月球。”他小心地将一英寸长的白色烟灰弹进烟灰缸里，“我这一辈子过得不错，没什么别的遗憾了。”

麦金泰尔把椅子往后一推：“来吧，查理，如果你准备好了的话。”

“没问题。”

他们站起身来。哈里曼刚开口要说话，却突然攥住胸部，他的脸变得灰白。

“快扶住他，麦克！”

“他的药哪去了？”

“在他背心的口袋里。”

他们小心地将他放在躺椅上，在手绢上捏碎一小粒玻璃胶囊，凑到他的鼻子下方。胶囊里的挥发物似乎给他的脸带回了一丝色彩。他们做了能做的一切，等待着他恢复知觉。

查理打破了难耐的寂静：“麦克，我们别干了。”

“为什么不？”

“这是在谋杀。他甚至挺不过最初的加速。”

“也许吧，但这也是他想要的。你听到他说的了。”

“但我们不应该让他这么干。”

“为什么不呢？不管是你，还是那搞家长式统治的政府，都没有权利阻止一个人去做自己想做的事，即便这人冒着生命危险。”

“不管怎么说，我还是觉得这事儿不对。他毕竟是个很有身份的老爷子。”

“那你想拿他怎么办？把他送回堪萨斯城？让他那些贪婪的亲戚把他送进疯人院，直到他因为心碎而死？”

“不——不，不是这样的。”

“那就去把整备活儿干好，做好试飞准备，我随后就到。”

第二天一早，一辆宽轮胎的沙漠吉普车开进了农场的大门，停在房子前面。一个身材壮实的男人走下车来，神色沉稳，看起来很友好。他对前来迎接的麦金泰尔说道：

“你是詹姆斯·麦金泰尔吗？”

“是的，怎么了？”

“我是负责这一片的联邦副司法官。我带着一份逮捕你的命令。”

“什么罪名？”

“密谋违反宇航安保法案。”

查理加入了他们的谈话：“怎么了，麦克？”

副司法官答道：“我想你一定是查尔斯·康宁斯。这儿也有你的逮捕令。还有一张逮捕令是给一个名叫哈里曼的男子的。法庭还下令查封你们的宇宙飞船。”

“我们没有宇宙飞船。“

“那你们那间大棚子里放的是什么？”

“平流层游艇。”

“是吗？好吧，我先把它封了，免得它过会儿变成了宇宙飞船。哈里曼在哪？”

“在里面。”查理用手指了指，无视了麦金泰尔按捺不住的怒气。副司法官转过头去看。查理肯定是完美地击中了要害，下一秒，副司法官就无声地躺倒在地。查理站在他身边，揉着指关节，哼哼唧唧。

“我打棒球的时候伤到的就是这根手指。我老是伤到这根手指。”

“让老爷子进到船舱里，”麦克打断他，“把他放进吊床，扣好搭扣。”

“好的，好的，船长。”

他们启动辅助发动机，将飞船开出机库，掉转方向，在沙漠平原上寻找适宜起飞的空地。透过右侧舷窗，麦金泰尔看见副司法官无可奈何地盯着他们看。

麦金泰尔系紧安全带，穿上飞行员的紧身服，接通了机舱的对讲器。“都准备好了吗，查理？”

“准备好了，船长。但这会儿还不能起飞，麦克，咱们还没给船起名字呢！”

“没时间搞你那点迷信了。”

哈里曼微弱的声音传过来：“叫它‘疯人号’[1]吧。这是最合适的名字了。”

麦金泰尔把头在衬垫中放好，转动两把钥匙，又快速扭开另外三把。“疯人号”随即飞离地面。

“您感觉怎么样，老爷子？”

查理紧张地观察着老人的脸。哈里曼舔了舔嘴唇，费劲地开口道：“我挺好的，孩子，再好不过了。”

“从现在开始，加速不会那么难受了。我会解开您，让您能活动一下。但我觉得您还是待在吊床里比较好。”他解开搭扣，哈里曼发出未能完全抑制住的呻吟声。

“怎么了，老爷子？”

“没事。什么事都没有。帮我把那边也松开。”

查理用手指探向老人的一侧身体，手法精确而温柔，像是在检查仪器：“您骗不了我，老爷子。但我这会儿也做不了什么，只能等着陆后再说。”

“查理——”

“什么事，老爷子？”

“能不能把我移到舷窗那边去？我想看看地球。”

---

1. 原文为 Lunatic，luna 在拉丁语里是“月亮”的意思。古人相信月亮的盈亏会引发暂时的精神错乱，因此用 lunatic 代指精神病人。此处作为船名，有一语双关之妙。

“这会儿没什么好看的；火箭的尾焰把视野都遮住了。一会儿等我们的速度提上来了，进入惯性飞行阶段，过了临界点，我会把您移过去的。这么着，我先给您吃片安眠药，过会儿等引擎关了再把您叫醒。”

“不行！”

“啊？”

“我要保持清醒。”

“好吧，随您便，老爷子。”

查理费劲地挪到飞船前部，靠着驾驶员座椅上的平衡环架支撑自己。麦金泰尔用询问的目光看着他。

“嗯，他还活得好好的，”查理对他说，“但情况不太妙。”

“有多不妙？”

“肯定是断了几根肋骨。其他的我就不知道了。我不知道他能不能撑过这次旅行，麦克。他的心跳乱七八糟的。”

“他会撑过去的，查理。他坚强得很。”

“坚强？他脆弱得像只金丝雀。”

“不是那个意思，我说的是他的内在——内在的坚强才是最重要的。”

“一样的。如果你想船员们都平安无事，一会儿着陆的时候可得温柔点。”

“我会的。我会绕月球一整圈，沿渐伸曲线着陆月球。我想我们的燃料够用。”

当他们开始在自由轨道上滑行时，查理解开吊床的悬挂带，把哈里曼和吊床一起移到舷窗边。麦金泰尔沿着水平轴旋转飞船，尾部笔直地朝向太阳。他短暂地启动了飞船两侧对称的切向喷嘴，让飞船绕着自身的纵轴缓慢旋转，产生一点微弱的人工重力。惯性飞行阶段的失重让老人产生零重力环境下常见的眩晕感，飞行员试图用人工重力来尽可能缓解乘客的不适。

但哈里曼全然不在意胃里的翻江倒海。

他无数次地想象过月球的模样；如今，月球就在那里，如同他的幻想。月球滑过窗外，景象无比壮观，比他之前所见要大上一倍。月面上那些他无比熟悉的特征，都如同浮雕一般清晰。飞船绕着月球轨道飞行，窗外的景色慢慢从月球变成了地球；地球此时像是一颗宏伟的卫星，和他想象中一样，但要比地球上看到的月亮大上八倍，更加引人注目，富有美感。他看见太阳落在亚特兰大的海岸线上，阴影跨过哈得孙湾，穿越北美东海岸，一路延伸到古巴，南美洲东部的尖角也被融进阴影中。他欣赏着太平洋那柔和的蓝色，感受着陆地上绿色和褐色的地质纹理，观赏着极地蓝白相间的冰雪世界。云层遮蔽了加拿大以及西北的大片土地，形成了一块覆盖整个大陆的低气压区，闪耀着比极地地区更加绚烂夺目的白色光芒。

飞船继续缓慢移动，地球也逐渐离开了视野，舷窗外取而代之的，是漫天的星辰——他所熟知的那些星星，在那毫无杂质、栩栩如生的黑幕的衬托下，发出更加稳定、明亮的光芒。随即，月球又一次翩然出现，引起他的遐想。

他感到一种宁静的喜悦，一种大多数人，就算活得再久，也无缘体会的感情。那一刻，他觉得自己和人类历史上所有曾仰望星空、心怀憧憬的人合而为一。

他觉得自己肯定沉沉地睡过去了一会儿，或许是短暂的精神错乱了，因为他好像听到自己妻子的声音——夏洛特，她在呼唤他。“德洛斯！”那个声音说道，“德洛斯！快进屋来！晚上那么冷，你会被冻死的。”

可怜的夏洛特！她是他的好妻子，再好不过了。他很确定，夏洛特去世时的唯一遗憾，是害怕他不能照顾好自己。她无法理解他的梦想和愿望，但这不是她的错。

当飞船缓缓接近月球的远地点，查理调整了吊床，让哈里曼可以透过右边舷窗看到外面的景象。他认出了月面上的许多地标，他在数千张照片上看过它们，熟悉得就像是故乡的风景。这一趟旅程仿佛是返乡之旅。当飞船绕完一圈，重新回到面向地球的那一面，麦金泰尔开始减速，准备在阿里斯塔恰斯环形山和阿基米德环形山之间的雨海着陆，离月之城大约十英里远。

考虑到诸多因素，这次着陆不算糟糕。麦金泰尔没有地面指挥，也没有副驾驶去帮他操作测距仪。他尽可能地想在着陆时轻柔些，以至于偏离了差不多三十英里。他尽了自己的全力，但着陆时还是有些颠簸。

飞船在月面上快速滑行，逐渐停下，在两边带起一阵浮尘。查理来到控制舱。

“我们的乘客怎么样了？”麦克问。

“我去看看，但不好讲。刚才这次着陆挺糟糕的，麦克。”

“该死，我尽力了。”

“我知道，船长。不用太在意。”

他们的乘客还活着，还有意识。他的鼻子在流血，嘴唇边泛着粉色的泡沫。他虽然虚弱，但仍旧努力地想从吊床上起身。两人一起帮他站起来。

“真空服呢？”这是他的第一句话。

“冷静点，哈里曼先生，您这会儿还不能去外面。我们得先采取些急救措施。”

“把真空服给我！急救可以一会儿再说。”

在沉默中，他们照做了。哈里曼的左腿基本废了，他们一人一边，搀着他穿过气密门。在月球引力下，他原本就单薄的身子相当于只有二十磅重，因此两人没费什么力。他们在离船大概五十码处找到了一个地方将他放下，让他看看风景。一块火山岩正好可以支撑住他的脑袋。

麦金泰尔紧贴住老人的头盔："您在这儿看看风景，我们去整备一下，一会儿去月之城。我们离那儿只有四十英里，不远。我们得把备用氧气瓶和食物带上，还得带点儿别的东西。我们很快就会回来。"

哈里曼点了点头，没说话，握了握他们戴着手套的手，力气出乎意料地大。

在万籁俱寂中，他坐在那里，双手揉搓着月面的土壤，感受着身上那奇异的、轻飘飘的触感。终于，他寻到了安宁。连伤痛也不再折磨他了。他到达了他魂牵梦绕的地方——实现了自己的夙愿。地球高悬在西南部的天空中，一颗巨大的、青绿色的卫星。太阳从左侧升起，给阿基米德环形山的峭壁戴上了皇冠。他的脚下是月球，是月球的土壤。他就在月球上！

他向后躺下，一动不动，满足感就像潮水一般漫过他的身体，渗入骨髓。

他的注意力开始游离，他又觉得有人在呼唤他。真傻，他想着；我确实是老了——老是走神。

船舱里，查理和麦克在给担架上轭，好用肩膀把它扛起来。"好了，这么着应该行了，"麦克评论道，"我们最好把老爷子叫醒，该出发了。"

"我去叫他，"查理回答道，"我直接把他背回来就好，他也不沉。"

查理出去的时间比他想象中久。他一个人回来了。麦克等他关上气密门，摘掉头盔。“出什么事了吗？”他问。

“不用准备担架了，船长。我们不需要它了。对，就是这样，”他接着说，“该做的我都做了。”

麦金泰尔无言地弯下腰去，系上宽宽的滑雪板，好在月球的粉尘土地上行走。查理也照做。他们把备用氧气瓶背在肩上，穿过气密门，向外走去。

他们没有关上气密门外的大门。

（李文皓　译）